国家社科基金
GUOJIA SHEKE JIJIN HOUQI ZIZHU XIANGMU
后期资助项目

屈大均与明末清初岭南诗派

Research on Qu Dajun and the Formation of Lingnan Poetry School in the Late Ming and Early Qing Dynasties

王富鹏 著

中华书局
ZHONGHUA BOOK COMPANY

图书在版编目(CIP)数据

屈大均与明末清初岭南诗派/王富鹏著. —北京:中华书局,
2023.6
(国家社科基金后期资助项目)
ISBN 978-7-101-16211-0

Ⅰ.屈⋯　Ⅱ.王⋯　Ⅲ.①屈大均(1630~1696)-诗歌研究
②古典诗歌-文学流派研究-中国-明清时代　Ⅳ.①I207.22
②I207.209

中国国家版本馆 CIP 数据核字(2023)第 080756 号

书　　名	屈大均与明末清初岭南诗派
著　　者	王富鹏
丛 书 名	国家社科基金后期资助项目
责任编辑	余　瑾
责任印制	陈丽娜
出版发行	中华书局
	(北京市丰台区太平桥西里 38 号　100073)
	http://www.zhbc.com.cn
	E-mail:zhbc@zhbc.com.cn
印　　刷	三河市宏盛印务有限公司
版　　次	2023 年 6 月第 1 版
	2023 年 6 月第 1 次印刷
规　　格	开本/710×1000 毫米　1/16
	印张 33¼　插页 2　字数 510 千字
国际书号	ISBN 978-7-101-16211-0
定　　价	168.00 元

国家社科基金后期资助项目出版说明

后期资助项目是国家社科基金设立的一类重要项目，旨在鼓励广大社科研究者潜心治学，支持基础研究多出优秀成果。它是经过严格评审，从接近完成的科研成果中遴选立项的。为扩大后期资助项目的影响，更好地推动学术发展，促进成果转化，全国哲学社会科学工作办公室按照"统一设计、统一标识、统一版式、形成系列"的总体要求，组织出版国家社科基金后期资助项目成果。

全国哲学社会科学工作办公室

目　录

绪　论 ……………………………………………………………… 1

上编　慷慨悲歌与麦薇之吟

第一章　明末清初奋身国难的岭南诗人志士 …………………… 9

　一、奔赴辽东的岭南诗人志士 ………………………………… 9

　二、南明隆武朝的岭南诗人志士 …………………………… 16

　三、南明绍武朝的岭南诗人志士 …………………………… 19

　四、丁亥之役前后的岭南诗人志士 ………………………… 22

　五、屈大均、陈恭尹等对陈子壮、陈邦彦、张家玉等人

　　　精神的继承 …………………………………………… 39

第二章　明末清初岭南诗人的壮游与隐遁 …………………… 47

　一、陈恭尹、何绛等人的志士之游 ………………………… 47

　二、屈大均的名士之游 ……………………………………… 50

　三、梁佩兰、程可则等人的宦游 …………………………… 54

　四、隐于乡野市井 …………………………………………… 62

　五、隐于丛林禅寺 …………………………………………… 70

第三章　明末清初岭南诗人的地域性群体认同与岭南

　　　　诗派的形成 …………………………………………… 89

　一、明末清初岭南地域性诗社及其与南园诗社渊源

　　　考论 …………………………………………………… 89

　二、宴饮、唱和与地域性群体集结 ………………………… 119

第四章　清初岭南诗人的诗学理论 …………………………… 123

　一、屈大均的诗学观念："丽"与"则" ……………………… 123

　二、陈恭尹的性情论诗学观 ………………………………… 135

　　三、梁佩兰以性情涵容雅正和神韵的努力 ·················· 144

　　四、成鹫以禅喻诗及其"诗本夫性"说 ················ 148

第五章　明末清初岭南诗派的雄直诗风 ················ 163

　　一、岭南诗派的雄直一脉 ················ 164

　　二、岭南遗民精神对岭南诗风的影响 ················ 170

　　三、明末清初自抒性情的岭南诗人 ················ 174

　　四、特殊的地域环境对岭南诗风的影响 ················ 177

第六章　明末清初岭南诗派与清初诗坛之格局 ················ 183

　　一、诗人与诗集 ················ 183

　　二、合称与世家 ················ 188

　　三、诗社与诗派 ················ 191

　　四、清初中原、江南和岭南诗坛的鼎足格局 ················ 192

下编　文化重构与地域书写

第一章　屈大均的文献编纂和明末清初岭南文献编纂之

　　　　热潮 ··· 207

　　一、屈大均的文献编纂思想 ················ 207

　　二、屈大均文献编撰成书考 ················ 221

　　三、清初岭南文献编纂之热潮 ················ 241

第二章　屈大均等人对岭南地域诗学传统的建构 ················ 247

　　一、乡贤崇拜与地域典范的确立 ················ 247

　　二、岭南诗史的梳理 ················ 253

　　三、岭南地域诗学的形成 ················ 256

第三章　屈大均对岭南文化传统的梳理和重构 ················ 263

　　一、岭南和岭南人 ················ 264

　　二、上古华夏文明与岭南文化之渊源 ················ 268

　　三、华夏道统学统之正传 ················ 272

第四章　屈大均等人笔下的岭南与中原王朝 ················ 281

　　一、岭南古来属华夏 ················ 281

二、屈大均之于岭南割据政权
　　——南越和南汉 ……………………………………… 285

三、正统与僭窃:屈大均的天下观和正闰观 …………… 289

第五章　明清之际华夏道统的承续危机与屈大均对屈氏
　　　　宗族精神的建构 ………………………………… 299

一、明末清初遗民的亡天下之忧 ………………………… 299

二、屈原忠骚与华夏道统和学统 ………………………… 301

三、忠骚传统与屈氏宗族精神 …………………………… 303

第六章　"学为圣贤":天下将亡之时屈大均的大儒自塑 … 313

一、逃禅归儒,力倡正学 ………………………………… 313

二、接续孔、孟、屈原、朱子、白沙、甘泉学统 ………… 320

三、"学为圣贤" ………………………………………… 326

第七章　"交广有《春秋》"
　　　　——屈大均的明史书写 ………………………… 331

一、"笔削吾何倦,《春秋》以没身" …………………… 331

二、岭南丁亥之役与《皇明四朝成仁录》的写作 ……… 333

三、袁崇焕不入《成仁录》 ……………………………… 339

第八章　明末清初岭南诗人的地域书写 ………………… 347

一、明末清初岭南诗人的梅岭书写
　　——兼论梅岭地标文化内涵的生成与变迁 ………… 347

二、屈大均的岭南书写
　　——以《广东新语》的地理书写为论述中心 ……… 370

附录一　岭南诗人世家:南海陈氏(绍儒、子壮、子升等)
　　　　事迹征略 ………………………………………… 397

附录二　岭南诗人世家:番禺王氏(邦畿、鸣雷、隼等)
　　　　事迹征略 ………………………………………… 455

主要参考文献 …………………………………………… 519

绪　论

　　"岭南诗派"这一说法，最早出自明代。天顺年间广东东莞诗人祁顺的《宝安诗录序》和万历年间浙江金华学者胡应麟的《诗薮续编》中都有这一说法。此后，"岭南诗派"作为泛指岭南地区地域性诗派的概念逐渐被学界接受。尽管祁、胡等人并非从风格学意义上命名，但既然作为一个地域性诗派为学界认可，它一定有其不同于其他诗派的一些特色。明末清初，岭南诗派以其突出的成就和独树一帜的风格为人称道并产生了巨大影响。此时，岭南文学不但走上了巅峰，且其独具的特色也得以突出和彰显。这一时期岭南诗人慷慨悲歌，诗风雄直，成就了文学史上的一个典范，可谓之岭南文学的建安时代。

　　"岭南"在地理上，大致包括今天的广东、广西和海南，但学术界则普遍在文学意义上用"岭南"指代当今的广东和传统上属于广东的海南省以及广西的部分地区。因此，地理的岭南和文学的岭南是有所不同的。此处所谓的"岭南"这一概念主要是在文学意义上使用的，所谓的"岭南诗派"主要是泛指传统的广东地区的诗人群体。笔者对岭南诗人与岭南诗派诗人、岭南诗歌与岭南诗派诗歌，这两组概念并没有进行严格的区分，也即是说这两组概念都是在不太严格的意义上使用的。这里所谓的"岭南诗派"的风貌也就是指岭南诗坛、岭南诗歌的整体风貌。

　　在探讨屈大均与岭南诗派的形成这一问题时，笔者把岭南诗派放在中国传统文化和文学、岭南传统文化和文学，以及明清时代巨变的多重坐标中，在文学地理学视野下对其进行多维度的观照。有别于通常的做法，笔者从师承授受关系和秉承的忠烈风雅精神这两个维度上，把鼎革前后岭南诗坛两代诗人视为一个整体，分析这一时期岭南诗派的精神风貌、成就和特色。既力图勾勒出岭南诗派在明末清初走向巅峰的过程和在当时诗坛的位置，同时也力图进一步勾画清初诗坛生态，深化清代文学研究。

在岭南诗派发展和形成的过程中,屈大均是一个重要人物。岭南诗派最突出的特色是在明末清初才最终形成的。其特色既是当时所有诗人的集体创造,也是屈大均等人基于传统和时代的有意建构。笔者通过重点解析屈大均等人基于历史和现实对岭南文学传统和文化传统的梳理和重构,来探究这一地域性诗派的形成。力图为研究地域性诗派的形成和地域书写,探索一种新的研究路径和范式。既力图探讨屈大均等人基于历史和现实,重构岭南文化传统,建构岭南诗派的情况,也在文献编纂、传统重构、明史书写和地域书写等方面拓展深化屈大均的研究。

明末清初岭南诗人众多,略为四类:一为丁亥之役及其前后死难的志士,一为鼎革后至万不可为而后隐遁的遗民,一为国变前后隐于丛林寺庙的诗僧,一为入仕新朝的年轻诗人。这一时期诗人和诗人世家很多。或兄弟、或父子、或祖孙、或兄弟子侄等二人至七人以上的诗人世家,李德超《岭南诗史稿》收录的有五十八组,收录的诗人仅顺康年间就约有七百一十四位①。这一时期的诗人还有所谓的"岭南前三家""岭南三大家""岭南七子""粤东七子""粤东三子""北田五子""广南二方""岭南五子"等合称。

虽然明末和清初这两个时期的诗人有很大的变化,但这两个时期岭南诗坛鼓荡洋溢的精神、岭南诗人所呈现的气度风貌却是一贯的。从鼎革前后活跃于岭南诗坛的成员来看,虽为两代诗人,但就诗派、诗风的发展和形成而言却属同一个时代。清初较长时期岭南诗坛鼓荡的那股豪情,其直接源头即在于明代末年,尤其是因为丁亥抗清之役而形成的时代风潮。前后两代诗人秉承了同一种精神和气质。

顺治三年丙戌十二月清军破广州,天下版籍几乎尽归清军。第二年初陈子壮、陈邦彦和张家玉等岭南诗人志士,于日落虞泉之时效鲁阳挥戈。据瓯骆一隅,虽难以回天,却改写了清军征服岭南的历史。受其遗风鼓荡,岭海之间数十年士风直雄,以岭南三大家为代表的大批诗人应运而生。岭南丁亥之役的策划者陈邦彦是屈大均之师、陈恭尹之父。

①李德超:《岭南诗史稿》,高雄法严寺出版社1998年,第198—271、347—410页。

"南海则陈文忠主其谋,东莞则张文烈奋其策。"①屈大均谓邦彦"之于陈文忠,与文烈之于林公㵊,亦皆师弟子也。道义相孚,声气相感……求吾粤君臣之义者,求之师弟之间而可矣!"②"公……与文忠、文烈并称。粤有三人,谁曰不宜? 公之门人,如马应房、杨景烨、霍师连、霍达芳,皆一时相从以死,虽忠义根于天性,亦师友观摩之所自也。"③梁佩兰虽未师从邦彦,却也自称是其私淑弟子。屈大均等人所强调的他们之间的师承授受,重点在对陈子壮、陈邦彦奋身国难、慷慨悲歌精神的继承,而不主要在学问的授受。从这个意义上说,陈子壮、陈邦彦可谓岭南这一时期大批年轻士人的精神导师。

陈子壮是丁亥之役的发动者和主导者之一,也是明末修复南园、㧑林、浮丘等多个诗社的倡导者和岭南诗派的领袖,于鼎革之前即极力宣导南园传统,心系天下,慷慨悲歌。崇祯末年陈子壮重开南园诗社,参与活动的"南园十二子","自息庵外,多以忠烈称"④。入清之后的岭南诗人大多都受到了这次丁亥之役直接或间接的影响。屈大均和陈恭尹等都是丁亥前后抗清行动的参与者和亲历者。明末陈子壮、陈邦彦、张家玉等岭南士人的这一忠烈风雅的精神,因为明末清初岭南士人参与的这场影响深远的抗清斗争,在陈子升、屈大均、陈恭尹、何绛等人身上实现了代际传承。陈子壮等殉国之后,屈大均等继之积极修建因兵燹而荒废的诗社,逐渐成为岭南诗派新一代的核心。陈子壮等人身上所呈现出来的这一忠烈风雅的精神,通过屈大均等人有意识的强调、建构和发扬,也成为明末清初岭南诗派的精神主轴。屈大均等刻意强调他们之间的师承授受关系其用意即在于此。

---

① 屈大均:《顺德给事岩野陈公传》,屈大均著,欧初、王贵忱主编:《屈大均全集》第3册,人民文学出版社1996年,第447页。按:本书所引《屈大均全集》之《翁山诗外》《翁山文外》《翁山文钞》《翁山佚文》《广东新语》等中的内容,如果没有特别注明,皆出自这一版本,不再另注版本信息和著者项;引文有个别标点明显不当者,在不影响文意的情况下,径改,不另标注;凡标注为《屈大均全集》第4册者,皆为这一版本的《广东新语》,亦不再另注篇目和卷数。

② 屈大均:《顺德起义臣传》,《屈大均全集》第3册,第854—855页。

③ 屈大均:《顺德给事岩野陈公传》,《屈大均全集》第3册,第447页。

④ 黄芝撰:《粤小记》卷2,道光十二年刻本,陈建华主编:《广州大典》第395册,广州出版社2015年,第23页。按:本书引用《广州大典》所收文献,皆为广州出版社2015年影印本,不再另注出版信息和著者项。

　　从其后多数岭南诗人的行动和创作可以看出,这一精神明显流贯在入清之后年轻一代岭南诗人的身上。从社会思潮和诗风的演变而言,其余波在岭南一直延续至雍正前后。康熙后期、雍正之后,这一精神逐渐消歇。特别是随着乾隆大规模禁书,社会思潮和诗风学风加速转变,岭南士人的精神面貌和诗风学风也随之发生了变化。康熙六十年辛丑(1721)惠士奇担任广东学政,乾隆二十九年甲申(1764)之后,翁方纲又两任广东学政,很大程度上改变了岭南的士风和文风。惠、翁二氏长期督学广东,奖掖后学,培植风气,从事实上改变了岭南士人的师承授受关系,也改变了岭南士人的精神面貌和诗风学风。浩荡于明末清初岭南诗坛的雄直之气至此则邈渺矣。

　　作为地域性诗派,岭南诗派的形成与其文化传统和文学传统有关。传统的形成既与历史、文化演变的客观过程有关,也与有识之士的梳理、建构和书写有关。岭南诗派最突出的特色是在明末清初才最终形成的。如前所述,其特色既是当时所有诗人的集体创造,也是屈大均等人基于传统和时代的有意建构。明末清初,在岭南诗派的地域特色形成和清晰化的过程中,屈大均等人的地域书写和对岭南诗学传统、文化传统的梳理与重构起到了非常重要的作用。

　　明末清初岭南地区形成了编纂整理地方文献的热潮,其中屈大均成就最大。他以一人之力对岭南文献进行了近乎全面系统的整理。就岭南文献整理研究之精审、深入、规模和系统性来说,迄今为止无人能出其右。目前所知他编撰和参与编纂的二十多种编著相互之间还存在一定程度的关联和配合。他的文献编纂尤其是对岭南文献的编纂,从某种意义上可以说是对岭南文化和岭南文化与中原华夏文化关系的重构。

　　屈大均认为岭南文化之根在中原华夏文化,继承的是正宗的华夏道统和学统。他对岭南文献的整理、对岭南文化传统的梳理和重构,其目的是保护和延续华夏道统和学统,对其后数百年粤人的自我认知产生了极大影响。屈大均认为粤人来自中原,岭南向属华夏,天下不可分割,神华必须一统。

　　屈大均不但是中国古代社会后期的一流诗人、词人和学者,更是

"天下将亡"之时华夏道统学统的捍卫者和继承者。屈大均认为天、道一体，道统高于治统。得天下者需是行王道、承续华夏道统的华夏之人。不施仁义，无论是否为华夏族人，即使窃得天下，亦非正统。屈大均认为华夏治统的丧失，有可能导致华夏道统和学统乃至华夏文脉的断绝，进而导致"亡天下"。他认为儒学为华夏文化的根本，佛教属外夷之学，佛老文化的精髓全在儒学之中，故而他逃禅归儒、极力辟佛。屈大均相信"道存则天下与存"，只要存续华夏道统文脉，即可免于天下之亡，所以他以孔子、朱熹为师，"学为圣贤"，接续华夏道统学统，自塑典型于乱世，成一代大儒。他精研经学，撰成《翁山易外》《四书补注兼考》等，广泛搜集明末史料，以《春秋》之笔撰成《皇明四朝成仁录》等。屈大均对岭南理学的发展脉络和白沙之学与孔、孟、濂、洛之间的渊源关系进行了认真的梳理，认为白沙、甘泉接续了孔、孟之学，接续了华夏道统学统正脉。为保存华夏道统学统，他坚守道统正学，接续孔子、朱子所传之道，自认为是孔、孟、濂、洛、朱熹、白沙、甘泉所传华夏道统学统的衣钵传人。某些观点，尽管还可商榷，但可以肯定屈大均并非仅是发愤抒情的诗人，而是明末清初一位思想型的诗人和学者。

屈大均等人不但系统整理了岭南的诗歌文献，并对岭南诗歌史进行了梳理。他们不但确立了张九龄在岭南诗史上的崇高地位和典范意义，还把"南园五先生"和"南园后五先生"纳入这一传统，肯定他们对"曲江规矩"的继承。从屈大均等人的论述，可以看出"曲江规矩"和宗法汉魏，总体而言即是岭南传承千年的地域诗学传统。

岭南诗歌的风格多姿多彩，但大体来说雄直和清淡是岭南诗歌一直以来存在的两种主要风格。清淡之风主要因缘于岭南的气候水土物产等自然环境，而雄直则主要因缘于岭南特殊的地理环境和历史所形成的文化传统。

明清鼎革之初，虽然没有哪一位领袖人物真正主导诗歌的发展走向，但综观诗坛生态，却可以清楚地看出当时诗歌创作上的两个主要趋势：抒写性情和以诗存史。这两者都是当时诗歌创作自然形成的整体取向。当时的诗坛之所以形成这两种主要的倾向，与鼎革之初以遗民和志士为主体的诗坛格局直接相关。严迪昌先生认为"中国诗史上从未有像清王朝那样,以皇权之力全面介入对诗歌领域的热衷和制控的!"①由于这一介入,清初诗坛出现了明显的分化:朝野离立、布衣诗风与辇下诗风离立。二者无论诗风还是诗学主张都有明显的不同。王士禛的神韵诗派所代表的正是辇下诗风;在野的布衣之诗,其创作主体主要是志士遗民,在诗学理论上更强调性情的抒写。清初岭南诗坛是一个遗民长期占主体的诗歌群体。屈大均、陈恭尹、陈子升、王邦畿、王鸣雷、伍瑞隆、何绛及诗僧函昰、函可和成鹫等皆为在野之人,入仕清朝的岭南著名诗人只有梁佩兰、程可则和方殿元,且程、方二人活动主要不在岭南。此时在岭南诗坛成为主导的雄直诗风最能体现在野的布衣诗学的要求。整体而言,长期以来岭南诗风虽有雄直一脉,但至明清鼎革,因为这一特殊的时代,这一诗风才真正成为岭南诗派的主导诗风而产生重要影响。最能突显朝野离立这一现象的是中原、江南和岭南诗坛的领袖人物的出处行藏。王士禛、江左三大家和朱彝尊等皆为入仕新朝之人,而屈大均和陈恭尹等皆始为志士,终为遗民,直至生命的后期仍然保持与朝廷的疏离和对立,这是朝野离立的最具标志性的现象。因此,可以说朝野离立在岭南诗坛表现最为明显。

　　从地域、诗风和政治这三个角度对清初大大小小的诗派进行整合,大致可以把清初诗坛划分成中原、江南和岭南三个不同的区域。当中原和江南诗风于康熙朝顺时而变时,雄直之气却在岭南诗坛长期保持下来,并进一步强化了岭南诗派的传统。屈大均和陈恭尹等人对雄直诗风的坚守、对诗主性情的强调和对岭南地域诗学传统的建构,实际上与王士禛神韵诗派所代表的辇下诗学诗风形成了对抗态势。相对于中原和岭南,江南诗坛表现出与朝廷不即不离的状态。尤其就诗风而言,清初诗坛实际上形成了以江左三大家和朱彝尊等为代表的江南诗坛、以王士禛为代表的中原诗坛和以岭南三大家为代表的岭南诗坛三足鼎立的格局。

①严迪昌:《清诗史》上册,浙江古籍出版社 2002 年,第 17 页。

上编　慷慨悲歌与麦薇之吟

第一章　明末清初奋身国难的岭南诗人志士

文人言兵,在明末成为一种风气,这与明末严重的内忧外患有着直接的关系。岭南虽在南部边陲,但岭南士人却对远在辽东的战事有着一种特殊的热情。一些年轻文士出于家国情怀,跋涉数千里,北上辽东,投笔从戎。李云龙、韩上桂、梁稷、邓桢、傅于亮等皆是如此。其中声名最为显赫的当数督师辽东的袁崇焕。

一、奔赴辽东的岭南诗人志士

袁崇焕(1584—1630),字自如,号元素,广东东莞人。万历四十七年己未(1619)进士,授邵武知县。《明史》谓袁崇焕"为人慷慨负胆略,好谈兵。遇老校退卒,辄与论塞上事,晓其阨塞情形,以边才自许"①。天启二年壬戌(1622),袁崇焕往京城觐见明熹宗朱由校,御史侯恂破格提拔袁崇焕任兵部职方主事。不久,广宁被后金攻陷,朝廷商议派人镇守山海关。袁崇焕悄然单骑出关,考察形势。兵部袁主事突然失踪,家人亦不知其所往。众人正惊讶之际,袁崇焕已毕事还朝。向众人详细叙述关上形势,曰:"予我军马钱谷,我一人足守此。"朝廷破格提拔袁崇焕为"佥事,监关外军,发帑金二十万",使之招募兵马。当时关外之地已被哈剌慎诸部占据,袁崇焕到任后,暂时驻守于关内。袁崇焕《山海关送季弟南还》之二云:"弟兄于汝倍关情,此日临歧感慨生。磊落丈夫谁好剑,牢骚男子尔能兵。才堪逐电三驱捷,身上飞鹏一羽轻。行负乡邦重努力,莫耽疏懒堕时名。"袁崇焕虽文人出身,却自负胸有万千精兵,欲立名塞上。之一云:"公车犹记昔年情,万里从戎塞上征。牧圉此时犹捍御,驰驱何日慰升平。由来友爱钟吾辈,肯把须眉负此生。去住

①张廷玉等撰:《明史》卷259,中华书局1974年,第6707页。

安危俱莫问,燕然曾勒古人名。"①莫问安危,燕然勒名,袁崇焕心中正激荡着一股豪情。

不久,哈剌慎诸部归顺,经略王在晋令其移军驻扎中前所,督参将周守廉、游击将军左辅的军队,管理前屯卫所的事务。之后王在晋又命袁崇焕前往前屯安置辽东的失业流民。袁崇焕立即于夜间出发,冒险穿梭于虎豹出没的荆棘之地,四更入城,将士皆叹。大学士孙承宗巡行边塞,袁崇焕请求驻守宁远,虽遭王在晋、张应吾、邢慎言等人的反对,其主张却得到孙承宗的采纳。孙承宗自镇关门,非常倚重袁崇焕。天启三年癸亥(1623)九月,孙承宗命袁崇焕与满桂一起前往宁远镇守。天启四年甲子(1624),宁远城墙修筑竣工,在袁崇焕等人的经营下,将士乐于效命,商旅、流民视为乐土,宁远被倚为关外重镇。袁崇焕先后晋升为兵备副使、右参政。袁崇焕《边中送别》诗云:"五载离家别路悠,送君寒浸宝刀头。欲知肺腑同生死,何用安危问去留。策杖只因图雪耻,横戈原不为封侯。故园亲侣如相问,愧我边尘尚未收。"②袁崇焕五年离家,以书生入仕,如今却仗剑镇抚边关,不求封侯,只求边尘清靖。

天启五年乙丑(1625),孙承宗与袁崇焕定计,攻占了锦州、松山、杏山、右屯及大、小凌河等地,并修缮城防长期驻守,开疆复土两百里。努尔哈赤自起兵以来,所向披靡,明朝诸将无人敢议战守。明将议战守,自崇焕始。同年十月,孙承宗遭罢免,高第接任。高第认为关外不可守,命令军队从刚收复的锦州及右屯等地全部撤出。袁崇焕极力争辩,认为锦州、右屯、大凌三城都是前锋要地。兵法说,有进无退,收回的疆土怎么能够轻易放弃?如果撤兵,收回的疆土将再次沦陷,已经安居的百姓将再次播迁。锦州、右屯动摇,宁远便难保守,关门也失去保障。但高第执意撤离,且欲撤走宁远的军队。崇焕抗命道:"我宁前道也,为官于此,当死于此地,我必不去!"高第无奈,于是撤锦州、右屯、大凌河、小凌河及松山、杏山、塔山守具,驱遣屯兵入关,委弃米粟十余万。军沮民怨,死亡载途,哭声震野。适逢其父去世,袁崇焕请求回乡丁忧,遭驳

---

①李永新主编:《全粤诗》第17册,岭南美术出版社2014年,第234—235页。
②李永新主编:《全粤诗》第17册,第234页。

回。十二月,袁崇焕升为按察使。

努尔哈赤得知明守将有变,于天启六年丙寅(1626)正月,率大军西渡辽河,二十三日抵达宁远。后金兵围宁远,劝袁崇焕投降,经略高第和总兵杨麟拥重兵于山海关,作壁上观。袁崇焕写下血书,与大将满桂,副将左辅、朱梅,参将祖大寿,守备何可纲等将士盟誓,以死守城。后金连续两天猛攻宁远,损失惨重,努尔哈赤不得已下令退军。宁远保卫战胜利后,举朝欢喜,升袁崇焕为右佥都御史。

宁远大捷之后,天启六年三月,明廷重新设立辽东巡抚,命袁崇焕担任。同年八月,努尔哈赤死,袁崇焕派使者前往吊唁,刺探虚实,皇太极遣使回报。袁崇焕根据形势需要,派使者前往后金议和。天启七年(1627)正月,皇太极接受和议,渡鸭绿江征讨朝鲜。袁崇焕趁皇太极征讨朝鲜之机,加紧修缮锦州、中左、大凌三城。皇太极从朝鲜退兵后,五月十一日率兵直抵锦州,四面合围。袁崇焕以为宁远兵不可动,选精骑四千,让尤世禄、祖大寿率领,绕到清军后面决战,再派水军从东面进行牵制,并请蓟镇等地发兵东护关门。不出崇焕所料,尤世禄等刚一出发,后金即于二十八日分兵来攻宁远。袁崇焕与宦官刘应坤、副使毕自肃率将士登陴防守,列营濠内,炮轰后金。满桂、尤世禄、祖大寿率兵与后金战于城外,双方死伤惨重。后金兵无奈从宁远撤军,再增兵攻打锦州,仍不克,伤亡惨重。六月,撤兵,顺道毁坏大、小凌河二城。宁锦大捷后,朝廷论功行赏,魏忠贤指使党羽弹劾袁崇焕不救锦州为暮气。

七月,崇焕辞官归岭南。临别作《南还别陈翼所总戎》诗:"功名劳十载,心迹渐多违。忍说还山是,难言出塞非。主恩天地重,臣遇古今稀。数卷封章外,依然旧日归。"出塞多年,虽有建树,却与当年的抱负相去甚远,心中的无奈不经意流露了出来。同题另一首云:"慷慨同仇日,间关百战时。功高明主眷,心苦后人知。麋鹿还山便,麒麟绘阁宜。去留都莫讶,秋草正离离。"①秋草离离,去留不要太过挂怀,显然这是自我安慰。于今暂且还山,终有一天会再到边庭建功立业。袁崇焕一路南下,过大庾岭,顺道游南华寺参拜六祖惠能,作《游曹溪参六祖》:"虞

①屈大均辑,陈广恩点校:《广东文选》下册,广东人民出版社 2008 年,第 481 页。

帝南游时，此地几陵谷。黄梅证道归，此事非变局……风幡未足疑，在猎心无逐。何须转法华，自性无不足。我来礼金身，恍惚旧眷属。四十未有期，已失初面目。”①此时，袁崇焕已至不惑之年，难免回思过往的所作所为、是是非非。至广州，过诃林寺口占云：“四十年来过半身，望中祇树隔红尘。如今着足空王地，多了从前学杀人。”②驻足空门，面对佛祖，心中飞舞的尘念渐渐下落。

不久，明熹宗天启帝驾崩，朱由检即位，是为崇祯皇帝。魏忠贤伏诛，之前冒领军功的阉党被削职。朝中大臣争先请召崇焕还朝。同年十一月升右都御史，视兵部添注左侍郎事。崇祯元年戊辰(1628)四月，命以兵部尚书兼右副都御史，督师蓟辽，兼督登莱、天津军务，有司敦促上道。其同年进士陈子壮招集岭南诸文士于广州诃林净社为崇焕饯行志别。赵焞夫作图，子壮题引首“肤功雅奏”，对袁崇焕寄予莫大期望。陈子壮、梁国栋、黎密、傅于亮、陶标、欧必元、邓桢、吴邦佐、韩戛、戴柱、区怀年、彭昌翰、释通岸、李膺、邝露、吕非熊、释超逸、释通炯、梁稷十九人题诗于图③。这十九人当中有不少即南园诗人。其中欧必元、区怀年、释通岸和陈子壮等于崇祯末年曾重修南园诗社，有“南园十二子”之说。其中傅于亮、邓桢、梁稷等皆追随袁崇焕，入其幕府参与军务。傅于亮，字贞父，又作贞甫，广州人。以诗名，曾与欧必元、李孙宸唱和。其《题肤功雅奏图》云：“运筹前后著勋殊，附臂频催入帝都。圯上有书留报汉，胸中操算立降胡。天山自昔凭三箭，辽左而今仗一夫。秉钺纷纷论制胜，笑谈尊俎似君无。”④邓桢，字伯乔。曾与李孙宸、欧必元等修莲社，又与黎密、韩上桂、赵焞夫、欧子建诸人唱和。其《题肤功雅奏图》云：“和鸾望阙复临边，夹道人看气倍前……借箸独当天下计，折冲随运掌中权。黑衣岂直朝来补，朱帝由兹世共联。身历四朝元未老，城如万

①温汝能辑，吕永光等整理：《粤东诗海》卷45，中山大学出版社1999年，第860页。
②袁崇焕：《过诃林寺口占》，见李永新主编：《全粤诗》第17册，第236页。
③见诗卷《袁崇焕督辽饯别图诗》，袁崇焕著，杨宝霖辑校：《袁崇焕集》卷首，上海古籍出版社2014年；吴天任撰：《邝中秘湛若年谱》“崇祯元年戊辰”条，至乐楼丛书第三十五种1991年，第15页。
④见林雅杰：《广东历代书法图录》，转引自史洪权主编：《全粤诗》第18册，岭南美术出版社2016年，第400页。

里信加坚。"①

　　袁崇焕整装出发，再次奔赴边塞："客路过庾岭，乡关渐已违。江山原不改，世事近来非。瑟岂刘门惯，人宁狗监稀。驱车从此去，莫作旧时归。"②这一次逾岭北上，自然与去年辞官过岭不同。希望这次不要像上次一样不得伸张抱负。

　　七月，袁崇焕入都，上疏陈述兵事。崇祯帝于平台召见，慰劳备至。袁崇焕称五年可以收复全辽，崇祯帝甚喜，云："复辽，朕不吝封侯赏。卿努力解天下倒悬，卿子孙亦受其福。"又上奏说："五年收复全辽本非易事，陛下既委臣重任，臣不敢辞。但五年内，户部转运军饷，工部供应器械，吏部用人，兵部调兵选将，朝廷内外必须事事配合，方能成功。"崇祯帝让四部皆依其所言。袁崇焕担心遭人忌恨，又曰："以臣之力，制全辽有余，调众口不足。一出国门，便成万里。忌能妒功之人，即使不以权力掣肘，亦能以意见扰臣心思，乱臣谋画。"崇祯帝起立倾听，曰："卿无疑虑，朕自有主持。"崇祯帝在大学士刘鸿训等人的建议下收还王之臣、满桂的尚方宝剑，将其赐给袁崇焕，并赐酒馔。继又上书说："驾驭边防大臣与朝廷大臣不同，军中可惊可疑之事很多，当只论成败大局，不必计较一言一行之失。事任重大，招怨亦多。凡利边疆之事，皆不利边将自身。谋敌愈急，变诈愈多，离间君臣之事，在所难免，故而边臣难为。陛下爱臣知臣，臣不必过于疑惧，但中有所危，不敢不告。"崇祯帝发优诏答复袁崇焕，并赏赐蟒袍玉带、银币，袁崇焕上疏推辞。

　　崇祯二年己巳(1629)，来自川、湖等地驻守宁远的士兵，因为军饷之事而哗变，袁崇焕用计将其平定。关外大将四五人，事多掣肘。袁崇焕请求将宁远、锦州合为一镇，让祖大寿镇守锦州，何可刚替代朱梅驻宁远，赵率教守关门，袁崇焕留镇宁远，关内外只设二大将。之后上书崇祯帝极力称赞祖大寿等三人之才，且曰："臣五年收复全辽，皆靠此三人，届期不成，臣手戮三人，臣至有司领罪服死。"是年闰四月，叙功，崇祯帝加封袁崇焕为太子太保，并赐给蟒衣银币。

---

① 见林雅杰：《广东历代书法图录》，转引自李永新主编：《全粤诗》第17册，第659页。
② 袁崇焕：《度庾岭》，见李永新主编：《全粤诗》第17册，第236页。

　　袁崇焕镇守宁远，后金在山海关前无路可进。是年八月后金兵数十万突然绕道龙井关、大安口深入内地，进逼京师。崇焕闻知，随即督祖大寿、何可刚等入关守卫。十一月十日抵蓟州，所历抚宁、永平、迁安、丰润、玉田诸城，皆留兵守。崇祯帝闻其至，甚喜，温旨褒奖所部，发帑金犒劳将士，并令袁崇焕统率诸道援军。遵化、三屯营被后金军攻破，十一月四日赵率教在遵化之战中中流矢阵亡，一军尽殁。巡抚王元雅、总兵朱国彦自尽，后金兵越蓟州而西，直逼京城，袁崇焕忙率兵护卫京师，驻扎广渠门外。崇祯帝立即召见，并赐御用酒菜及貂裘慰劳崇焕。袁崇焕以士马长途奔波，疲惫已极，请入城休整，遭到拒绝。袁崇焕不得已出城与后金鏖战，互有胜负。袁崇焕令戴承恩在广渠门列阵，祖大寿于南面列阵，王承胤在西北列阵，袁崇焕在西面列阵以备战，中午时刻，后金骑兵从东南面进攻，祖大寿率兵奋力接战，而王承胤却拔阵向南避战。后金力战祖大寿不下，于是撤退，明将刘应国、罗景荣等人率兵追击，杀伤后金千余人，明军死伤亦多。皇太极败退，解京师之围。明军收兵，崇祯帝酒食犒赏军队。袁崇焕千里救援，自认为有功无罪，但京师百姓突然遭兵，疑谤纷起。有人诽谤袁崇焕与后金勾结，纵兵入关，崇祯帝闻而疑之。朝中有人诬其引敌胁和，欲为城下之盟。此时后金亦设离间之计，谓与崇焕密有成约，令所俘宦官获知，暗中纵其逃出。此人奔告于帝，崇祯帝信之不疑。十二月将袁崇焕下狱。崇祯三年庚午（1630）八月，袁崇焕被凌迟处死。其家亦被抄没，兄弟妻子流徙三千里[①]。据传崇焕受刑之时，市民啣恨，争食其肉，须臾而尽。崇焕无子，家无余赀，天下皆知其冤。袁崇焕被杀带来的后果极为严重，谚曰：自失袁崇焕，无人守辽东。

　　崇祯元年袁崇焕督师蓟辽，如前所述岭南士人傅于亮、邓桢等曾投其帐下参与军事。与傅于亮等同入幕中的还有李云龙和梁稷等。李云龙，字烟客，番禺人。少补诸生。性跌宕，负奇气，慷慨重节义，北走塞上，入崇焕幕中。临行，"南园十二子"之一黎遂球送之以诗："万里欲何之，行营望将旗。我正怜烟客，人疑是药师。谈兵奋髯戟，骑马策杨枝。

---

① 按：这一节以上所叙史实主要依据张廷玉等撰《明史》卷259《袁崇焕传》、卷23《庄烈帝本纪》、卷271《赵率教传》《何可纲传》以及《崇祯实录》等。

为试登楼啸,胡雏满地悲。"①崇焕死,归里,礼道独,削发为僧,法名二严,为罗浮华首台藏主。著有《雁水堂集》《啸楼前后集》《遗稿》《别稿》②。梁稷,字非馨,南海人,为袁崇焕重要幕僚。李云龙、陈邦彦、陈子升、邝露、韩宗骤俱与之游,而黎遂球与之最密,数称其诗。李云龙有《宝剑篇》赠之。崇焕被杀,梁稷悲愤欲蹈海而死,然思为其申冤,姑少全。只身留寓金陵,再北上京师,隐忍不得白。南都破,梁稷入闽,以荐官主政,遂与邝露一起上疏隆武帝为之申冤。崇焕终得服爵赐葬。后归里,不复出③。

除其幕僚之外,所知奔赴辽东的较为著名的岭南诗人还有韩上桂。韩上桂(1572—1644),字芬男,一字孟郁,号月峰,番禺人。幼颖悟绝伦,日诵万言。十六岁为诸生,闻西部有边患,慨然有投笔志,学击剑驰马,研习天官兵法壬遁之书。明神宗万历二十二年甲午(1594)举人,翌年会试,礼闱拟榜首,以卷中触忌,置乙榜,例得教职,不谒铨而归。二十六年,再试不第,遂放怀诗酒,游咏胜地,兼喜填词度曲,人称万历间岭南第一才子。时与陈子壮、韩日缵、李待问等为声气之交。四十四年丙辰(1616)会试,复中乙榜,署定州学正。时中外用兵,上桂奉命督运饷边,迁建宁同知。明亡,恸哭不食,卒于宁远城。著有《城坳集》《鸡肋篇》《浮丘汇稿》《蓬庐稿》《韩孟郁杂稿选》《韩节愍公遗稿》等。

辽东战事是明末清初岭南士人的心中之痛。顺治十五年戊戌(1658)春,屈大均逾岭北上,东出榆关,吊崇焕废垒,作《吊袁督师》云:"袁公忠义在,堪比望诸君。百战肌肤尽,三年训练勤。凉州无大马,皮岛有骄军。一片愚臣恨,长悬紫塞云。"④屈大均从数千里外的广东来到山海关外,面对明清鼎革的关键人物袁督师曾经驻守之地,内心五味杂

①黎遂球:《送李烟客出塞二首》之一,见史洪权主编:《全粤诗》第18册,第256页。

②参阅陈伯陶著、谢创志整理:《胜朝粤东遗民录·附录方外》,上海古籍出版社2011年,第280—281页;温汝能辑:《粤东诗海》卷51,第952页。

③参阅陈伯陶:《胜朝粤东遗民录》卷4,第274—275页;邝露《留都赠梁非馨》诗后自注云:"非馨为袁督师重客。督师以孤忠见法,天下冤之。后十二年,予与非馨同朝。非馨在主政,余在史馆,疏白其冤,服爵赐葬。非馨真信友矣。"见邝露:《峤雅》卷2,清海雪堂刻本,《广州大典》第432册,第675页。

④《屈大均全集》第1册,第449页。

陈。其后想起被冤杀的袁督师又一气作《再吊袁督师》五首①。屈大均《广东文选》卷 33 所选袁崇焕的《南还别陈翼所总戎》二首也与其督师辽东有关。

二、南明隆武朝的岭南诗人志士

顺治二年乙酉(1645),即明弘光元年,南京陷,副使苏观生、总兵郑鸿逵、南安伯郑芝龙、福建巡抚张肯堂等奉唐王聿键入福州,立为帝,改福州为福京。以闰六月初七日监国,二十七日即位,是为绍宗襄皇帝。以是年乙酉为隆武元年,亦即弘光元年。隆武一朝参与抗清的岭南诗人志士众多,略举知名者数位。

区怀瑞(?—1645),字启图,广东高明人,明代著名诗人区大相之子。少负大才,赋《秋雁》诗,大学士赵志皋见之,深为器重。天启七年丁卯举人。历当阳、平山两县知县。著有《琅玕巢稿》四卷、《玉阳稿》八卷及《趋庭》《游燕》《游滁》《南帆》诸草。又荟萃其前五百余家广东诗人的作品编为《峤雅》,惜未成而卒。平生以文章节义自励,时与李云龙、罗宾王、欧必元、邝露等相唱和,崇祯末与陈子壮等重修南园诗社,为"南园十二子"之一。明末,"念时艰日亟,自是研究兵略",与黎遂球、邝露等奔走国事,甲申变后,闻福王立于南京,乙酉仲夏,遂同邝露入南都。福王败,闻唐王监国于闽,遂与黎遂球同往福州投奔唐王,"寻于途中仓猝触刃而卒"②。

黎遂球(1602—1646),字美周,番禺人。陈子壮门人。与陈邦彦、邝露合称"岭南前三家"。天启七年丁卯举人。崇祯初年落第南归,至扬州,参加江淮名士举办的"黄牡丹会",即席赋诗十首,名列第一,被誉为"牡丹状元",诗名大噪。后与陈子壮等十二位诗人倡复南园诗社,世称"南园十二子"。其诗雄直痛快,高华俊爽,被誉为"吾粤之太白"③。著有《莲须阁集》数十卷,崇祯年间,诏行保举,詹事陈子壮荐之,遂球以

---

①《屈大均全集》第 1 册,第 459—460 页。
②参阅陈伯陶:《胜朝粤东遗民录》卷 3,第 211—212 页;温汝能辑:《粤东诗海》卷 45,第 870 页。
③温汝能:《粤东诗海·例言》,见温汝能辑:《粤东诗海》卷首。

母老辞。遂球《拟古少年从军四首》有云:"状貌若妇人,力能挽强弓。岂是木兰女,无劳认雌雄。昨日绣旗下,金甲腾乌龙。"①甲申京师陷,遂球闻变,破产治铁铳三百余函及药弩之属,解赴督师史可法军,以佐北征之用。复上书当事,请饷练兵,以保广州。亲至富家巨室,劝输公帑,激扬忠义。一时勤王之士因而兴起。当事大夫倚重之。南京陷,建议迎立桂王(永历帝之父)。旋闻唐王立,喜曰:"高皇帝九世孙也。"遂球草中兴十事,以援赣为先。帝命遂球以兵部职方司主事练习两粤水师,帅之援赣。隆武二年四月,赣州围急,遂球与主事龚芬、御史姚奇胤、副将黄志忠、游击罗明受、推官欧家贤提水师数千逾岭。大战三日,屡挫强敌,然众寡不敌,遂败。狼猛兵闻之,逗留不进。遂球军孤,乃入城与万元吉等死守。赣州号"虎头城",三面据险,民怀忠义。遂球与元吉等鼓励有方,日以数千人更番出战,兵一民三,争先死敌。敌计穷,知无懈可击,撤兵屯下沙窝。八月,汀州陷。围城之敌告以主亡国灭,以动军心,遂球与元吉等凭郁孤台骂之。敌援兵至,穷极攻击。十月三日夜,黄雾蔽天,诸军崩恐,烟雾中相践踏,城中大乱。遂球率死士数百奋呼巷战,胁中三矢,堕马,被数刃以死。时年四十有五。其弟参将遂琪亦战死。永历帝即位,诏赠太仆寺正卿,赐祭葬,荫一子入监读书。又诏以遂球与万元吉、杨廷麟、龚芬、姚奇胤为五忠,于赣州敕建五忠祠。

张穆(1607—1687),字尔启,号穆之,又号铁桥道人,亦称二桥山人,东莞人。善诗工画,尤善画马。少放浪,与黎遂球、梁朝钟、邝露等人游。喜畜马,尝百金买名马,日与马对,饮食坐卧其侧,深得马之性情。张穆倜傥任侠,好击剑骑射,与人交,重气节。邝露称张穆"短小似郭解,沉深类荆卿,相剑类风胡,画马类韩干"。崇祯六年(1633),张穆二十七岁,逾岭北游,思立功边塞,未果,游历江南各地。甲申闻煤山凶信,为位哭于茶山雁塔寺。顺治二年乙酉明唐王立,张穆入闽谒苏观生,观生以御史王化澄疏荐,目为靖江王党人,摈弃不录。经侯官曹学佺举荐,"着御营兵部试用"。旋奉诏与张家玉往惠州、潮州募兵。张穆致书镇平赖其肖,招之,其肖束手听命,穆即与家玉入其军阅兵,得万

①史洪权主编:《全粤诗》第 18 册,第 217 页。

人。会汀州变起，与张家玉引兵击敌，还驻镇平。所统士卒皆盗贼之余，粮尽无固志，兵散，遂归里。桂王既监国，而苏观生又立唐王弟于广州。张穆见诸臣不以恢复为念，叹曰："诸当事不虞敌，而急修内难，亡不旋踵矣。"遂不复出。后屡游衡岳，泛湖湘，入留都，历吴越。海内诸名士多与之游，朱彝尊赠诗云："莫道雄心今老去，犹能结客少年场。"归安韩纯玉题其画马诗云："壮心烈士悲暮年，永日披图发长叹。"晚年好道，康熙十一年（1672）前后，张穆隐居东安石鳞山中，筑石鳞草堂，宽衣广袖，戴竹皮冠，以遗民终老。年八十余，步履仍健，一日无疾而卒。著有《铁桥山人稿》①。

　　李贞（1611—1672），字定夫，号萍庵，东莞人。负才名，弱冠游学国子监，与张采、陈子龙、陈继儒、徐世溥友善。为人慷慨有大志，重然诺，能急人之急，挥金如土。与张家玉、黎遂球、陈子升诸人相款洽，时以道义相砥砺。好吟咏，散华流藻，传诵一时。黎遂球致李贞书有云："分财则管鲍之知，称诗等元白之誉。"明崇祯十六年（1643），诏荐才，有司荐之，仕兵科给事中。京师陷，感愤激烈，悲歌纵饮。闻清兵围攻赣州急，李贞举兵往救，总督万元吉题授兵部职方司主事，监督粤东义旅。赣州破，北望痛哭，痛不欲生。丁亥（1647），同张家玉起兵，兵败被执，备受酷刑，后得释。第二年戊子，投奔永历帝，授兵科给事中，转户科。两次上疏为张家玉请恤，以为家玉受难之苦甚于阁臣陈子壮，子壮之祸，祸烈于一身，家玉之祸，祸烈于一族。永历帝感动，家玉遂得赐谥赠爵。鼎革后，僧服家居，自号大呆和尚，年六十二卒。著有《寄远楼集》《乙丙游草》《掖垣谏草》②。

　　谢元汴（1605—？），字梁也，号霜崖，澄海人。寡言笑，性颖异，读书过目成诵，博通六经子史，诗文瘦削奇放。崇祯十六年癸未进士。拟馆选，元汴以母老辞归。闻李自成破北京，北向恸哭，往来观变。顺治二年乙酉明唐王立福州，母促之赴闽。九月至福州，授兵科给事中。以直

①参阅陈伯陶：《胜朝粤东遗民录》卷2，第149—151页；郭文炳修，张朝绅等纂：〔康熙〕《东莞县志》卷12，康熙二十八年刻本，《广州大典》第285册，第226页。

②参阅陈伯陶：《胜朝粤东遗民录》卷2，第141—142页；温汝能辑：《粤东诗海》卷51，第951页；郭文炳修，张朝绅等纂：〔康熙〕《东莞县志》卷12，《广州大典》第285册，第229页。

忤郑芝龙，革职归里。永历二年戊子（1648），至肇庆谒桂王，复授兵科给事中。第二年，奉命至平远募兵。广州破，永历西奔，元汴遂奉母隐居丰顺大田泥塘。母殁，弃家僧服流寓厦门、澎湖、台湾，不知所终。著有《烬言》《放言》《霜崖集》《霜山草堂集》《和陶》《霜吟》诸集①。

陈万龄，字学修，乳源人。诸生。其父常州通判，为盗所害，万龄痛愤，结壮士二十四人，潜入贼砦，尽斩渠首，祭其父，由是，以孝侠闻。隆武二年（1646）冬，韶州不守。万龄起兵，与敌战于枋子岭、白牛坪，皆克之，收复宜章。将乘胜入湖南，敌御之于郴口，万龄战死②。

苏胤适，字景南，号粤滇，顺德人。赋性豪迈，负才气，娴骑射，精韬略，时值危乱，欲尽忠于国，遂往军前效力。以军功升黄冈营守备。清兵入粤，从两广总督丁魁楚，多出奇制胜，屡立战功。受丁魁楚倚重，不离左右。丁亥二月，从丁魁楚出屯岑溪，李成栋遣杜永和袭杀丁魁楚，苏胤适斩十余人，战死③。

三、南明绍武朝的岭南诗人志士

顺治三年丙戌（1646），即明隆武二年八月，清兵破汀州。九月，隆武帝亲征，车驾至上杭，死难。陈子壮派人至端州见桂王朱由榔，奉表劝进，九月，桂王监国。十月明两江总督丁魁楚、广西巡抚瞿式耜等奉桂王于端州。明大学士苏观生，初拒赴端州朝桂王，桂王西走，又遣陈邦彦奉笺劝进，且请回銮。邦彦既行，唐王弟聿鐭与大学士何吾驺自闽入广，南海关捷先、番禺梁朝钟首倡兄终弟及，苏观生与何吾驺及布政使顾元镜，侍郎王应华、曾道唯等，会议拥立④。十一月初二日，苏观生

---

① 参阅陈伯陶：《胜朝粤东遗民录》卷4，第261—262页；温汝能辑：《粤东诗海》卷50，第935—936页；林杭学修，杨钟岳纂：《潮州府志》卷9上，康熙二十三年刻本，《广东历代方志集成·潮州府部》第2册，岭南美术出版社2009年影印本，第411—412页；杨权主编：《全粤诗》第20册，岭南美术出版社2017年，第249页。
② 参阅屈大均：《广东州县起义传》，见《屈大均全集》第3册，第779页。
③ 参阅罗学鹏编：《广东文献二集》卷2《赠参府粤滇苏公墓志》，同治二年春晖堂刊本，见《广州大典》第491册，第204页。
④ 参阅无名氏撰，万年青室主人考订：《陈文忠公行状》，见陈伯陶：《胜朝粤东遗民录·附录》，第336—338页。

立隆武帝弟唐王聿镈于广州,改元绍武。

梁朝钟(1603—1646),字未央,号车匿,番禺人。崇祯十五年壬午(1642)举人,癸未中进士乙榜。朝钟幼孤,依舅氏霍子衡。十岁即能为诗、古文,有奇童之称。为人俶傥不羁,豪气自举,敏口善辩,性不能容人,虽尊贵,亦不少屈。都给事陈熙昌从子夺其祭田,有司不能断。朝钟方为白衣童子,辄致书诮责熙昌。熙昌大惊,亲造其门谢曰:"子天下士也。"知县张国维主试童子,熙昌致书荐之曰:"是尝骂予,然董、贾之流,邑中材士无与比。"国维阅其文果善,拔置第一。尝赴秋闱,策论奥博,主司以为老,出闱,乃英弱士,自恨失人,请相见,朝钟拒之。两广总督熊文灿聘为子师,揖军门,角巾傲岸。时赞议机密,多见采用,为文灿倚重。梁朝钟与里人黎遂球、罗宾王、陈学佺、张二果、韩宗骏、曾起莘等并以高才纵谈当世务,有康济天下之志,后见时事日非,相约为方外游。崇祯十二年己卯(1639),熊文灿奉命督剿流寇,与之同行,至安庆辞归。甲申京师陷落,痛愤几绝。弘光初,史可法、马士英、阮大铖皆尝折节交朝钟,皆欲疏荐于朝,辞之。隆武元年乙酉,苏观生当国,征朝钟,又有特荐纂修国史者,并辞之。隆武二年丙戌广州拥立,授翰林院简讨,有人贺之,对曰:"国事至此,朝钟官亦死,不官亦死。是当吊之,何贺也?"寻授国子监祭酒,疏辞:"书生拜官一月而为人师,天下后世当谓臣何? 不敢奉诏。"改授国子监司业,兼兵科给事中,赐笏。立朝四十余日丰采严正,未尝以仓促废典型。闻惠州陷,与舅氏霍子衡相约殉节。又数谓其门人曰:"汝辈今欲成仁乎? 城陷,衣冠赴泮池而死,斯成仁矣。"十二月十五日广州陷。十六日,冠带北面成礼复拜,辞家庙,时城中人俱已剃发,独公峨冠博带往来里中,见者惊愕。有人谏,无子宜少逊为后计,朝钟不为动。屏退家人赴池,水浅不能没,邻人岑端贤,逾墙救之。朝钟曰:"若爱我,幸拉沉我。"其仆继至,气已绝。仆掖至屋之东廊,覆以长被,稍苏。清兵入,叱使归降。朝钟大骂,被斫数刀不死,辗转地上。兵去,匍匐取小刀自割以死,年四十有五。著有《辅法录》《家礼补笺》《日纪录》《喻园集》①。

----

① 参阅王鸣雷撰:《梁朝钟传》,见阮元修,陈昌齐等纂:〔道光〕《广东通志》卷285,清道光二年刻本,《广州大典》第256册,第649页;屈大均:《前广州死难诸臣传》,《屈大均全集》第3册,第837页。

霍子衡(？—1646)，字觉商，南海人。由万历三十四年丙午(1606)举人，任海康教谕，升国子监博士，改都察院司务、户部司务、历主事、员外郎中，出为袁州知府。清约爱人，甚有政声，擢太仆寺少卿。流贼陷城，脱走归广州。隆武二年丙戌十一月，唐王聿𨮁立广州，起太仆寺正卿。十二月望日，清兵潜袭广州，唐王死。与甥梁朝钟恸哭相诀，谓诸子曰："吾，国之上卿，君亡与亡。吾今从君，汝曹亦当从父。"皆哭拜曰"如大人命"，愿从地下。子衡朝衣北拜，父子四人赴水死，妻姜继之①。

梁万爵(？—1646)，字天若，番禺人。少贫，佣书养母，弟万寀负贩佐之，以孝闻。隆武元年乙酉，举于乡。隆武二年丙戌唐王聿𨮁立广州，官拜行人司行人。清兵将至，谓其友曰："赖国家之灵，苟窃一命以慰老母。事不济，则宅后有池，惟君收吾骨焉。"十二月，广州陷，遂辞其母以死。越日，其弟万寀归，见浮尸池上，捣首恸哭，亦就其旁触死②。

邝鸿(约1622—1646)，字剧孟，南海人。曾祖邝彭龄，进士。父邝露，中书舍人，有美才，以辞赋称。邝鸿少负不羁之才，更多勇力，工诗，好剑击、阴符之术。隆武二年丙戌，广州陷，率花山义旅千余人，战于东门之外，死难。年二十余。赠锦衣千户③。

王邦畿(1616—1665)，字说作，番禺人。隆武元年乙酉举人，隆武二年丙戌唐王聿𨮁立广州，以荐任绍武朝御史。后赴肇庆，任职永历朝。著有《耳鸣集》④。邦畿事详见上编第二章及附录，不赘。

王鸣雷，字震生，号东村，番禺人。邦畿从子，梁朝钟门人。隆武元年乙酉举人，丙戌唐王聿𨮁立广州，官绍武朝中书舍人。清兵陷广州，与罗宾王同下狱。将诛之。其父汝玠闻之，喜曰："吾儿得死所矣。"旋获释，乃北游燕赵，往来吴楚，归而隐居。著有《王中秘文集》《空雪楼诗

---

① 参阅屈大均：《前广州死难诸臣传》，《屈大均全集》第 3 册，第 835 页；魏绾修，陈张翼纂：〔乾隆〕《南海县志》卷 16，清乾隆六年刻本，《广州大典》第 273 册，第 350 页。

② 参阅屈大均：《前广州死难诸臣传》，《屈大均全集》第 3 册，第 838 页。

③ 参阅屈大均：《广东州县起义传》，《屈大均全集》第 3 册，第 778 页；温汝能辑：《粤东诗海》卷 55，第 1025 页。

④ 参阅陈伯陶：《胜朝粤东遗民录》卷 1，第 68 页；任果、常德修，檀萃、凌鱼纂：〔乾隆〕《番禺县志》卷 15，乾隆三十九年刻本，《广州大典》第 277 册，第 311—312 页。

集》等①。鸣雷事详见上编第二章及附录,不赘。

四、丁亥之役前后的岭南诗人志士

顺治四年丁亥,亦即明永历元年,朱明王朝已经被清军驱赶到天涯海角。事实上,此时的朱明王朝大势已去,几乎已经失去了恢复的可能,稍有智识的人对此皆洞若观火。但是,中华民族总有明知不可为而为之的智勇之士。这是在某种理念的驱动下,超越个人利害的行为。岭南诗人陈子壮、陈邦彦、张家玉等即是如此。他们于日落虞泉之时,再挥鲁阳之戈,居然一定程度地改变了清军征服中国的过程。

陈子壮(1596—1647),字集生,号秋涛,南海人。万历四十七年己未(1619)进士,廷对,赐第三名,探花,授编修,时年二十四。曾祖绍儒,南京工部尚书。祖弘乘,善化知县。父熙昌,吏科都给事,赠太常寺卿。天启四年甲子(1624),子壮典试浙江,得士甚盛。著有《南宫》《秋痕》《云淙》诸集,为明末岭南诗坛领袖。魏忠贤府第落成,欲书"元勋"二字于堂,以示尊威。因子壮善书,又慕其才名,遣人求子壮题额,曰"书此当得好官"。子壮严词拒绝。又曰其势"能生人,能死人"。子壮怒骂,语刺魏阉。其父熙昌时为吏科给事中,亦上疏抨击魏阉。魏忠贤罗织罪名,父子同日夺官归里。天启七年丁卯,明熹宗天启帝驾崩,朱由检即位,是为崇祯皇帝,魏忠贤伏诛。崇祯元年戊辰,召起子壮为左春坊谕德。熙昌除吏科都给事,会病卒。子壮居家丁忧。崇祯四年辛未(1631),子壮起詹事府少詹兼翰林院侍读学士。五年壬申,纂修玉牒告成,六年癸酉,迁礼部右侍郎兼侍读学士,充经筵日讲,于帝多所启沃。每进讲,帝动容倾听。主事礼部三月,刷剔积弊,部中为之一新。八年乙亥(1635),李自成毁中都祖陵。子壮上书曰:"今日宜下罪己诏与天下,以收拾人心,或可激发忠义,寇乃可灭。"会唐王聿键及周王尝以礼节小故弹劾大员,皆下狱论治,子壮担心外藩势重,有司不能行使职权,

① 陈伯陶:《胜朝粤东遗民录》卷1,第72页;任果、常德修,檀萃、凌鱼纂:〔乾隆〕《番禺县志》卷15,《广州大典》第277册,第313页。

抗疏救之。宗藩遂交相构陷子壮。被革职，下刑部问罪。同年十一月入狱，九年丙子（1636）四月出狱，凡五月。谢恩毕，取道南还。在粤期间率岭南诗人修复南园、讷林等多个诗社。崇祯十五年壬午，起复原职，同充会典总裁，子壮以亲老婉辞，不赴召。崇祯十七年甲申（1644）三月，李自成攻陷北京，帝殉社稷。子壮闻煤山凶信，率诸缙绅于光孝寺，设位祭悼。闻福王即位南京，是年八月初三日，子壮助饷以佐军需，十月，诏起礼部尚书。弘光元年乙酉正月，子壮赴金陵，任礼部尚书兼掌詹事府事，加太子太保。时首辅马士英专典机密，与阮大铖朋比为奸。五月初九日，闻清兵破扬州，将薄金陵，子壮趋朝请旨设法守御，为马士英所阻，不得入觐。夜三鼓，马士英挟福王与太后阖宫潜逃。次日，子壮觉，方欲追随车驾，而清兵已逼金陵。赵之龙与钱谦益等出降，居民多出城逃避。二十一日，子壮遂微服潜出聚宝门，沿途打听福王下落。子壮闻福王被清军掳去，大哭，欲自尽。六月初五日，过杭州，奉福王母慈禧太后旨，"星驰还粤，集旅勤王"，遂取道南还。

陈邦彦（1603—1647），字会份、会斌，顺德人。长身美髯，目光炯炯，视日不眩。为诸生时，每试辄为冠，然年近四十无所遇。迁居县北锦岩，从学者数千人，称岩野先生。所著书多散轶，存《雪声堂集》。邦彦博极群书，穿穴古今，识见通敏，诗笔老健，被誉为"吾粤之少陵"①。以文行负重名，刚毅喜任事。习星历阴阳家之言，但与人言必依忠孝，不屑趋避。郡邑有大议，诸缙绅会坐计议，或终日不决，邦彦遥于末座申论可否，了了数言，听者折服。诸大老或事先就邦彦处问其所宜。顺德邑令经画大事，有时也取决于邦彦。为诸生时，与子升友善。一日子升引邦彦见兄子壮，子壮与之语，惊曰："此奇男子也！"遂与订为兄弟，使教授其子上延、上图，下榻硕肤堂。课读之余，与子壮纵论天下大事，指陈形势，条举策画，悉中当时利害，确然可行。子壮语人曰："吾粤之士，胸怀经济大略，而不以经生自局者，会份一人而已。"崇祯十六年癸未秋，濒海盗起，邦彦欲募乡兵，向富人乞饷，未得。明年春，地方饥馑，邦彦又乞粟以赈馆粥百日，食者三千人，富人服其无私，卒莫怨也。甲

---

①温汝能：《粤东诗海·例言》，见温汝能辑：《粤东诗海》卷首。

中国变,福王立于南京,邦彦走南都,上《中兴政要》三十二策,报闻而归。自南京还,应隆武元年乙酉乡试。隆武帝于户部郎苏公观生处得其书草,读之,曰:"奇才也!"下旨召见,未赴,既而特诏授监纪推官。拜官数日,而秋围榜发,列第七人,遂以推官冠服赴焉。

张家玉(1616—1647),字玄子,号芷园,东莞人。唐张九龄弟九皋之后。幼从诸同学登黄旗峰,峰陡险,皆有难色,家玉独造绝顶,举筯语其师林溭曰:"我辈作人,非第一流不可。"林公惊异之。崇祯九年丙子举于乡,十六年癸未成进士,出左谕德周凤翔之门,殿试三甲,观政工部,选授翰林院庶吉士。有《张文烈遗集》存世。周凤翔曰:"玄子尔雅温文,貌若妇人女子,然中怀刚毅,定知大节不移。"崇祯十七年三月,京师陷,李自成欲授官,家玉历数其十大罪状。自成怒,命锦衣卫四人持出斩之,家玉大笑而退。令悬于五凤楼,挞之,皮开血进,七日不食,垂死。李自成再使军师牛金星说降,仍不为动。后自成出东关,家玉乘间逃脱归里。福王立,复原官。顺治二年乙酉,南京陷,家玉走嘉兴府,与副使苏观生、总兵郑鸿逵、南安伯郑芝龙、福建巡抚张肯堂等奉唐王聿键入闽,称帝,改弘光元年为隆武元年。家玉掌起居注。七月六日,隆武帝大誓文武,授钺分征。命定虏侯郑鸿逵出仙霞关,平虏侯郑芝龙督禁兵居守。家玉知兵,条陈恢复大计,并请军前效力。隆武帝谕曰:"尔年少英俊,文武兼资,朕今以儿子视尔,朕中兴大事今以托尔。"帝命以翰林院侍讲兼兵科给事中监御左营军,联络直浙,剿抚江西。赐银印御节,便宜行事,与郑彩督兵进取。家玉受命,先出关至广信以待。隆武元年十一月抚州围急,家玉约诸镇会兵许湾,力战,颇有斩获。都督陈有功、参将叶寿阵亡。家玉乃出金帛筑坛,选骁悍郭毓卿、李忠明、陈良、赵珩四人拜之,令各领死士分伏;伏已,拔营佯走,敌以万人追击。伏发,断敌为二,破之。遣人带书信潜入抚州,约永宁王兵袭敌,内外夹击。翌日,又破敌于千金陂,抚州围解。捷闻,隆武帝优诏褒奖,悬进贤伯世爵以待。方是时,郑彩以兵三千守关内,家玉以兵三千战关外,欲乘敌受大创,并力而前,而郑彩恇怯不从。家玉以监军之臣,竟行督师之事,出奇制胜,功劳遂出郑彩上,彩畏恶其能。

初,唐王聿键监国福州,召起子壮太子太保、兵部尚书,隆武元年乙酉十月二十二日,子壮遵慈训赴召。又召子壮门人黎遂球,随之同往。
十一月十四日,子壮至南雄府,时唐王以逆宗靖江王僭乱,惧其侵夺广
州,乃复遣使加子壮为东阁大学士、兵部尚书,令与粤督丁魁楚、赣督万
元吉,同办军务,不必入觐。子壮命黎遂球赴赣州助万元吉,以为声援。
十二月十五日,有山贼拥众数千围攻雄州,子壮厉众登陴,出奇兵剿杀
之。又捐资招募,得众两千余人,日夜训练,准备勤王。

　　隆武二年丙戌正月,郑彩尽撤兵入关,弃新城不守。家玉认为新城
乃永定屏障,永定乃福京门户,城虽褊小,但不可弃,请留一镇,不从。
家玉乃与新城知县李翔募兵以守,事未集,敌骑突至,鏖战城南,中矢坠
马。隆武帝闻之曰:"统兵大将尽走入关,独使文臣陷阵,何以自解!"下
诏斥责郑彩,慰家玉曰:"尔许湾之战,建、抚以复;新城之守,杉关以宁,
威著华戎,忠格天地……特晋尔金都御史,巡抚广信,仍准带翰林旧
衔。"家玉以无功辞,不拜。请给假三月,往广东惠州和潮州募兵筹饷,
以进取江西。帝许之,赐名"武兴"营,家玉为监督总理。又诏起林浟,
以推官监纪其军。林浟(1601—1647),字习修,东莞人。林培之孙。性
孝友,慷慨有大节。弱冠补诸生。家玉少时从之受学。唐王立于闽,家
玉荐之,不赴。闻家玉出兵杉关,寄诗勉之。家玉创武兴营,浟任推官。
广州破后,师徒欲殉节,适逢子壮书至,约家玉举兵。林浟遂与家玉策
划起兵,后为清军所执,狱中著《读易》及《明夷草》,不屈而死,年四十有
七。另著有《研露台集》《念祖篇》[①]。

　　隆武二年二月,隆武帝走延平。八月,清兵破汀州。是年邦彦迁兵
部职方司主事,奉命监狼粤兵万人出梅关。赣州围急,时苏观生以枢辅
督诸军援赣州,驻南安数月,以兵少饷缺,不敢进军。邦彦数为划策,不
听,请偏师独战,不许,郁郁久之。

　　家玉闻隆武帝将入粤,引兵出迎,猝遇敌于赤山之陂,兵不肯战。
贝勒遣使招降,众起而剮之,扯碎其檄。遂诱敌骑于山谷中,击败之。
九月,隆武帝亲征,车驾至上杭,御营溃散,隆武帝死难。家玉还驻镇
平。士卒皆盗贼之余,粮尽,无固志,军遂散。家玉叹息曰:"廉颇思用

① 参阅屈大均:《东莞起义大臣传》,《屈大均全集》第 3 册,第 856—857、861—862 页;温汝能辑:
《粤东诗海》卷 50,第 936 页。

赵人。集吾东莞子弟,尚可为也。"适其祖父去世,遂奔丧返里。

子壮闻隆武帝崩,抚膺痛哭,语其部属曰:"昔文信国天祥有言,援立新君以存宗社,存一日则尽臣子一日之责。吾自留都南还时,本议拥立神宗孙桂王之子永明王以延国祚,因唐王即位福京,其事遂止。今福京既亡,永明王近驻端州,殆天之所以兆光复,未可知也。"遂派人至端州奉表劝进。是年永明王朱由榔袭封桂王,九月,监国。

苏观生闻隆武帝崩,欲返广州。邦彦询其意,答曰:"国未有主。"邦彦知其不以恢复为念,晓之曰:"国乱先内,国危先外。今东丧八闽,西绝湖湘,北沦章贡,国家分土十五,独两粤存耳!阁下当以守土安境为己任,及其危难而弃之,将谓天下何!"观生曰:"然则奈何?"邦彦曰:"国自有主,非阁下所急。今敌全力在闽,势将西侵。东方战事为急,阁下毋归广州,当间道疾驰惠、潮二州。趁漳州、泉州未溃,先期控扼,犹可自立。若必以拥立为功,谋议之间,时日迁延,敌则越韩江而西。将士恇怯,号令不行,两粤则难守矣。如今两粤存亡,系于阁下东向迟速之间,速则存,迟则亡。不患无主,而患在疆圉之不固!粤北门户,愿留一军与彦,以死守之。"观生不听。南安人泣涕遮道,请留邦彦共守,亦不许。观生携邦彦还广州。

十月初四日,赣州陷,粤督丁魁楚败还。见子壮,告以清军取赣州,总督万元吉赴水死,兵部职方司主事黎遂球阵亡。子壮闻之,叹息不已,因以劝进端州之事告诉丁魁楚。魁楚曰:"吾有是心久矣。"即偕子壮以兵赴端州,与广西巡抚瞿式耜等共同辅政。

苏观生因与丁魁楚有小嫌,拒赴肇庆朝桂王。稍后桂王西走梧州。邦彦引义力争,观生悔悟,遂派邦彦奉笺劝进,且请回銮广州。邦彦濒行,数语观生以潮、惠二州为念。邦彦既行,隆武帝之弟唐王聿镈与邓、周、益、辽四王航海至广州。苏观生又以"兄终弟及",欲立唐王。观生与子壮商议。子壮曰:"天潢之序不可乱,况端州已正大位,若必为之,是启争端也。"观生曰:"兄终弟及,何谓紊序?即起争端,岂谓吾等甲兵不坚利乎?"子壮曰:"以兄终弟及为宜,则端州之立固所以继南京也。自甲申殉社稷以来,南京则不二年而亡,福京则仅一年而陷。其时南京倡议迎立者,马士英也,而士英则以奸邪误国。福京之拥立者,郑芝龙也,而芝龙则以观望丧师。诸臣徒以拥立贪功,不以兴复为念,以至宗社日移,国祚日短。今公等不鉴败亡覆辙,犹欲各据争立,势必至宗室之内互为敌仇,谚所谓'鹬蚌相争,渔人得利'!"观生曰:"君言拥立非功,何以劝进端州? 争非得计,公何不劝端州退位以成让国之美乎?"子壮知不能阻其志,遂率所部兵出屯九江,建树义旗,广行招募。又命子上庸说降诸山寨,招集流散,纠合义勇,待时而发。十一月初一日,桂王专敕印剑旗牌于九江加衔,命子壮督师,赐尚方剑便宜行事、太子太师、文渊阁大学士、礼兵二部尚书,凡大小文武官员皆可随材委用,且授子壮子上庸为兵部职方司主事,并颁一敕一防使团练义勇以助。

十一月初二日,苏观生等立唐王聿𨮁于广州,改元绍武。观生又招海上郑、石、马、徐四姓盗,授总兵官,以与肇庆相拒。子壮移书瞿式耜,请兴师东向,以靖唐藩。桂王曰:"先遣官谕之,俟其拒命,讨之未晚。"[①]唐王授张家玉礼、兵二部右侍郎,并数次派御前办事中书至其家,家玉坚辞不受。八日,桂王遣兵科给事中彭燿、户部主事陈嘉谟赉登极诏至广州,谕以天潢伦序,被苏观生杀害。

邦彦西至梧州,十一月八日趋朝奉笺劝进。方候令旨,夜半,灯火连江,宫中使者十余人,连呼陈主事船。邦彦惊起,曰:"事变矣!"衣冠入对,王御龙舟,太妃垂帘,丁魁楚侍于侧。王曰:"闻四王至广州,甚喜。然孤既已监国,且辅臣先生已具启入朝,又立唐王于广州,观生意欲何为?"邦彦曰:"此或因循闽中旧称,而小民讹传,亦未可知。"魁楚曰:"唐王已登极矣!"王曰:"今日之事,非战即和,计将安出?"邦彦曰:"我弱彼强,战则非敌;我直彼曲,和则非名。今敌房已据八闽,不日即入寇粤东,观生若不悔祸,败亡即在眼前。若悔祸,则必求和于我,是我为主也,焉用先之示弱,故和不可取。粤西之兵,长于滩濑之战,而不长于江海,且新募之兵,未经训练,战必不胜,即侥幸获胜,其力必疲,难以持久,则战亦不可。如今皇明宗嗣,尽在区区两粤之地,岂可不以仇雠为敌,而骨肉相残乎? 当今之计,独宜速返肇庆,正大位以收人心,缮舟

---

① 徐鼒《小腆纪年》所载苏观生立唐王的时间为五日而非二日。"丁未(初五日)明前大学士苏观生立唐王聿𨮁于广州。"见徐鼒撰,王崇武校点:《小腆纪年附考》卷13,中华书局1957年,第512、508页。

固险,驰檄远近,训练兵勇,鼓舞士气,以观其变。今南雄守兵,皆西山劲卒,其势足以控制韶州。粤东十郡,我制其七而与其三,以之代吾受敌,又何必战?"王曰:"善。"明日,擢邦彦为兵科给事中,奉敕宣谕观生。邦彦东还,未至广州,观生奏请以邦彦为刑科都给事。邦彦闻彭耀等被杀,止郊外不入,修书晓谕观生,指陈利害,使其副兵部职方司主事刘大壮奉敕入广州。十一月十二日桂王还肇庆,十八日即帝位①,诏以明年丁亥为永历元年。

观生命陈际泰率兵守三水江口,以拒端州之兵。观生初恐惧欲和,会总督林佳鼎以舟师问罪广州,唐王使其总兵林察接战。林察使徐、郑、石、马四姓盗诈降,掩袭,林佳鼎仓促战死,全师覆没。邦彦闻林佳鼎之败,乃变姓名,入高明山中。观生自是骄无和志,高峡三水之间,无日不战,胜负相当。廷议水军新败,肇庆无以为守,永历帝西走桂林。道路阻塞,子壮与永历帝之间诏、奏俱为隔阻。

十二月,清军总督佟养甲、提督李成栋自福建攻占潮、惠二州。用潮、惠印符,每日为文书邮至广州报平安,而轻骑伪装急袭广州,直至城下。观生无备,本月十五日,方随唐王聿𨥄视学,或报有警。观生怒曰:"东方昨日有文书,岂有此理?妄言斩之!"三报斩三人,而前军已入东门,仓促间,兵不能集,唐王被执,观生自缢而死。子壮以母在城,乃剃发诈降,得奉其母还九江堡。清军总督佟养甲闻张家玉有能将英名,心有畏惮,遣副使张元琳说降,许以官爵,公峨冠出见,叱之。

顺治四年丁亥,明永历元年正月,帝在柳州。成栋尽锐西寇,破肇庆,直犯桂林。邦彦自山中出,临西江之口,望旌旗而叹:"莫救也! 夫若乘其未定,得奇兵径袭广州,此孙膑所以解赵也。"当时顺德大盗余龙聚甘竹滩上,有人数万,粤之余兵败将倔强不屈者多依附之。邦彦曾受团练之诏,遂独驾一叶扁舟,径往余龙军中,激劝忠义,鼓倡豪杰,痛饮三日,人人得其欢。说服余龙乘广州空虚,骤出奇兵袭之,以牵制西向之敌。

---

① 按:无名氏撰《陈文忠公行状》所记永历即位时间与屈大均、陈恭尹等所记稍有不同。《陈文忠公行状》谓:丁魁楚"即偕公以兵赴端州,与广西巡抚瞿式耜等定议。十月十四日,永明王即位于端州"。见陈伯陶:《胜朝粤东遗民录・附录》,第336—337页。

二月十日,余龙率舟数百从虎门海道进入,遇敌船百余艘于东莞,焚之,歼其兵,进薄广州,攻之四日。养甲惧,闭城不出,遣飞骑日夜奔桂林,报成栋回军救广州。养甲扬言李成栋东还,甘竹滩被剿,余龙闻之退兵。成栋闻报,亦解桂林之围,回军而东。三宫得安,皆邦彦之力。与此同时,邦彦约大学士陈子壮起兵南海,侍郎张家玉起兵东莞,参政黄公辅起兵新会,互为犄角,复联络岭西一带。陆兵则恩平王兴、阳春莫廷兰、新兴梁位灼、东安何士璋等,水兵则顺德明靖、梁斌,新会杨世熊、李宗圣,骁锐三十余万,山海协同,棋布已定。又约思恩侯陈邦傅鼓行东下,大作声援。永历帝闻之,降敕谕嘉奖。时邦彦作书与家玉曰:"成不成天也,敌不敌势也,姑置勿计。方今天步艰难,王师风鹤,若得牵制突骑,使之数月不得西向,则浔、梧防备已就,是我不必收功于东而收功于西也。"家玉然之。

二月,邦彦即起兵高明山中,使生员马应房以舟师先攻顺德;子壮与刑部主事朱实莲、长子上庸起兵九江堡。三月四日,侍郎张家玉起兵东莞。参政黄公辅起兵新会。远近闻之,翕然响应。清远指挥白尝灼、舍人朱学熙,高明御史麦而炫、主事区怀炅,各杀其令,遥相声援。自是清军不复有力西寇。

张家玉起兵,初至到滘,得骁锐五千余人,申明约束,誓师。主事韩如琰、参将李万荣各率众来助,十四日,扬帆至东莞,战鼓未响,南门已开,遂复东莞,斩敌知县。留其师林渃守万家租。为攻广州,十五日家玉还到滘治兵。原刑部尚书李觉斯、主事李梦日、总兵王应莘驰书通报清军,李成栋来攻。十七日,家玉与之大战于万家租,林渃督乡兵力战。初交战,颇有斩获。家玉还军金鳌洲,举火,风反,被逼栅口,遂败,东莞再陷。家玉退师至到滘,李成栋先击望牛墩,孤其唇齿。大战七日夜,望牛墩陷落。清军再攻到滘,血战三日,死千余人,载尸还广州,舴艋络绎不绝。家玉力亦竭,遂陷。家玉以三面与敌,开一面走。敌屠到滘。守备叶品题、何勉、叶时春、卢学德、千总何士登皆战死。家玉祖母陈氏、母黎氏安人、妹石宝赴水死,妻彭氏被执,敌断其肢体而死。壮士负家玉走,至西乡。家玉承制授陈文豹总兵,委其招募兵勇。十日间,义旗复振,出复新安县,斩马兵三百余级,步兵一千五百余级。四月十日,戚元弼及成栋义子贾九率水陆兵大至。诸乡有十余处,士人争出堵御,清军增兵夺险,得至西乡。明总兵梁中英浮舟师数百来援,斩百级,获战舰两艘,清军遁去。家玉遣参将何不凡率兵六百疾往诸乡招募,得三千人,乘虚袭攻东莞,未至,清知县施景麟率兵至白沙来拒。原参议郑瑜使其众助清军,战于赤岗。明军胜之,斩首数百,擒清军先导李觉斯之婿、推官尹希临。

四月,邦彦使余龙战于黄连,余龙败,焚舟二百,马应房分战亦败,死难。邦彦亲至江门,收其余烬,出兵攻高明。御史麦而炫、主事区怀灵、举人谭相国等皆毁家以从,军声大振。养甲视为大患,派数十骑往捕龙山邦彦家,获一妾二子,致书与邦彦逼降。邦彦于其书后判曰:"乘舆播荡,寇虏猖狂。正君子肝脑涂地之秋。妾可辱,子可杀,身死朝廷,义不顾妻子也。"养甲怒杀其妾何氏及二子和尹、虞尹。恭尹方受使往来诸军,闻讯而匿于南海、增城,为清知县跟踪,父友湛粹破千金匿之,得免。一子馨尹战死军中。

五月二十一日,家玉遣兵至东莞,攻三日,垂拔。二十五日,家玉率兵至东莞,降盗司徒义开城待战,家玉揣彼逸我劳,彼饱我饥,战恐不利,遂收军。还至北栅,家玉兵散回乡。司徒义趁兵未集,导清军力追,家玉坐骑陷泥淖中,长枪几乎触及,一战士以钯挑马,马惊,一跃而起,遂脱去,得达西乡。成栋复来攻,家玉谓文豹等曰:"虚而示之实。"令砦上遍列旗鼓,佯书约战,与众人登舟潜匿他岛。敌至,疾攻,砦上一炮不发,疑有伏,薄暮,侦其无人,乃入,举火焚砦。家玉见火起,与文豹等反击,成栋不备,大创,死者千余人,弃舟逃。数日复尽锐来攻,家玉守砦中,文豹等战砦外,水战其陆,陆战其水,血战二日。明军舟师先败,文豹及监纪推官王者肱、监纪通判李乙木、都司陈兰谷、守备叶如日、叶进之、叶文明、胡起新、生员曾卢桐等皆战死,西乡被屠。家玉且战且走,至于铁冈。途经万家租,视家庙闾舍悉为灰烬,亲戚宗族亦屠戮过半,痛哭而去。当初李觉斯、李梦日、李胤香等向清军献计:家玉所居以家庙为龙头,金鳌洲塔为虎尾,摧其首尾,彼将自坏。清军从之,并掘家玉祖墓,又捕其子为巡逻兵,布游哨,下令有敢匿张氏者杀无赦。张氏死者前后至千人。清军三攻西乡而两败,两攻到滘而一败,死者凡万余人。东莞之到滘、新安之西乡,清军闻之咋指,以为鬼门之关。家玉至铁冈,得姚金之众千人、陈谷子之众千人,遂走十五岭训练,又得罗同天、刘龙、李启新之众三千人,军声复振。攻龙门,斩知县林之秀。

子壮、邦彦、家玉相约七月东西会攻广州。先使卫指挥杨可观,总兵杨景烨,守将王天锡、王天授率兵于城中为内应,又令左州知州梁若衡设伏城外为援兵,说花山盗三千人伪降,得守东门。传檄诸乡镇,诸军云集响应。邦彦与子壮会师九江,七月初一日①,子壮大会文武,誓师于九江。编海上诸舟为四营,得战舰六千余艘,尽张汉威营黄色旗,子壮居中军,行牌各处,水陆会攻广州。此时风雨骤作,中军船中"督"字大黄旗被雨,一旗尽黑,不辨字画,左右疑非吉兆,公曰:"忠孝是吉,人即吉兆也。"②计议已定,子壮从径道攻广州西南,邦彦从海道攻其东北,且击成栋归路。此前成栋率军出城,与家玉战于新安,待其回救广州,击之。定于七月七日兵临城下,城中三鼓,皆发。期约既定,邦彦引军而东。

子壮驻军城南五羊驿③。七月五日,子壮督舟师千余艘突然至广州,一鼓夺下西郭炮台。火器飙发,焚一角楼,敌大惧。子壮家童有一人乘马张檄至城下,为养甲捕获,一审遂吐事实,内应谋泄④。养甲大惊,登城自守,急忙传檄所遣东西兵还救。并严捕细作,手刃子壮妹婿知州梁若衡,悬赏出首告密者。卫指挥杨可观家奴率先出首其主,总兵杨景烨及同事者皆被杀。养甲又假言犒赏据守东门的花山盗。让三千人分批进入一空院,入则斩之。是日,内城豪杰被杀者近百人,城中震慄。赵王与从子亦被绞死。

---

① 按:无名氏撰《陈文忠公行状》谓:"七月二十八日立汉威营。"见陈伯陶:《胜朝粤东遗民录·附录》,第338页。参酌陈上图、屈大均和陈恭尹等人所记,不取无名氏所记时间。
② 无名氏撰:《陈文忠公行状》,见陈伯陶:《粤胜朝东遗民录·附录》,第338页;陈上图《陈子壮年谱》又云:"后率师将抵五羊,始解缆,公复为船中物坠所中,微损正额。噫! 即此二兆,岂天将有意耶?"见《广州大典》第191册,第502页。
③ 无名氏撰《陈文忠公行状》谓:子壮军"驻五羊驿,连日攻广州,不克"。见陈伯陶:《胜朝粤东遗民录·附录》,第339页。
④ 按:陈上图《陈子壮年谱》所载稍异,谓:杨可观等见夺下炮台,敌兵奔溃,于是"西门伏兵先发,城门大开……讵前部水哨误报五羊城破,诸师遂舍西门而争趋五羊,乃机会一失,内应事泄"。见《广州大典》第191册,第502页。

　　成栋与家玉方战于新安,得报遽返。邦彦告子壮曰:"今夕成栋必由东回救广州,我以火舟待之,至则必遭吾火,惧其余舟奔突,请严阵以待,执青旗朱旒者,我军也。"报至,子壮未即传令。七日,鸡鸣,成栋至禺珠,火舟起,邦彦引军旁击①,焚其蒙冲斗舰数十艘,杀敌千余人,擒游击孟辉、都司张一鸿、守备杨聪等,斩之。成栋脱走,邦彦乘风追之,黎明时分,迫近子壮军。养甲从城上击鼓,喧声震天,子壮军不知,望帆樯蔽空而上,以为尽是敌军,心惧阵动。子壮虽知,然而仓促传令不及,后军拔船先走,成栋因击之,遂溃②。邦彦亦收兵攻城。城上悬杨可观、杨景烨首以示,邦彦望祭哭之。攻五日,不拔。军孤不能独留,遂率副总兵霍师连等退攻三水,复之,斩知县陈亿。家玉趁李成栋还救广州,率师袭新安、东莞,战赤冈,据之,军声大振。子壮本以为有杨可观等内应在城,轻率乌合之众仓促攻城,不克,士气受挫。后上庸扶病与战,负剑而死,士气益衰,望敌舟先自披靡。前军方战,后军尽已奔溃,莫可如何。子壮乃走高要横桐乡,与麦而炫等合军③。

　　邦彦克复三水之后,又战于胥江,胜;转战新会,大胜。八月,分师再攻高明,复克,斩伪知县徐中玄、教谕曾飚,斩虏马兵五百余级。于新会、香山间,一月十余捷。

　　子壮、邦彦自广州退军之后,成栋疾趋新安,与家玉会战数日,家玉败走铁冈。七月,家玉攻博罗,克之,斩敌五百余级;分兵克复连平州,斩首百余;攻长宁,克之,斩敌知县顾济德兵四百余;攻惠州三日,

---

①按:此处不同文献所记时间有异,此取屈大均和陈恭尹所述。陈上图《陈子壮年谱》谓陈子壮七月初攻广州失利,十二日退兵后,于"八月初五日公复率各路舟师围攻广城"。见《广州大典》第191册,第502页。无名氏《陈文忠公行状》谓:"八月十六日,公复约邦彦攻广州。"陈邦彦与子壮约伏兵于禺珠以火舟击李成栋于归路,"青旗而朱旒者,我军也"。见陈伯陶:《胜朝粤东遗民录·附录》,第339页。

②按:陈上图《陈子壮年谱》和无名氏撰《陈文忠公行状》此处所记与此稍异。见《广州大典》第191册,第502页;陈伯陶:《胜朝粤东遗民录·附录》,第339页。

③按:无名氏撰《陈文忠公行状》所记稍异,谓:"成栋引兵而西,邦彦尾之。会日暮,天将雨,黑暗中公(子壮)军不能辨旗帜,疑皆敌舟也,追之,阵遂动。成栋回舟奋击,战方酣,忽风雨大至,波浪拍天,成栋援兵继至,乘风顺流,势不可遏,师大溃,长子上庸殁于阵,公遂舍舟登陆,退走九江。"见陈伯陶:《胜朝粤东遗民录·附录》,第339—340页。陈上图《陈子壮年谱》谓:"上庸在九江团练义师,猝然兵至,扶病御敌,负剑而卒。比我师至,敌已解围,公遂屯师于九江。"见《广州大典》第191册,第503页。

不克；克归善县，守备陈瑞昌战死，遂还博罗。清军攻之五十余日，教谕廖习梧冠带绯衣，代家玉巡行楼堞，被射死。清军从胡芦岭掘地道，实火药，火发城崩。屠城，知县李显谟及守备刘丽敬、千总叶奇才、叶文扬战死。

　　克复高明后，麦而炫报捷迎子壮。子壮往高明安抚，遂命刑部主事朱实莲与麦而炫同守高明。八月二十五日，子壮还九江，遣家人奉朱太夫人寓高明三洲之冯馆。时九江举人陈官纪私通广州，藏密书于衣领，遣奸细约清军来攻，为逻兵巡获。子壮拘陈官纪，责以大义，未欲杀之。诸将固请斩之以申军法，以为负恩叛国者戒，遂斩之。乡人争啖其肉，须臾而尽。子壮叹曰："读圣贤书，所学何事。彼与朱实莲同领辛酉科乡荐，均受国恩。实莲公忠自矢，彼则廉耻丧尽。人之贤与不肖，相去何其远也？"

　　南明清远卫指挥白尝灿等攻清远，克复，斩伪知县何甲。白尝灿举城迎邦彦，邦彦率军赴之。池水诸乡民众车载粮草以佐军需，四会、韶州、连州翕然响应。广州通北之咽喉被阻断，成栋急，尽锐争之。邦彦设重栅于江上，以拒成栋。成栋不得战，愤甚，会北风大起，霍师连以火舟出击，成栋败走数里，风忽反，成栋因火势反攻，霍师连舟迫栅不得入，尽焚，师连战死。邦彦婴城固守，成栋围之数重。被围十日，邦彦亲以飞炮击冲梯，敌死者积尸如羊马。成栋周行郊外，见古庙，曰："得之矣。"从古庙中掘地道及城下，实火药。战酣，火发，城崩十余丈。署县事关钟喜战死。邦彦率死士巷战，自晓及午，颈被三刃，左右死伤略尽。邦彦走入待诏朱学熙园，见学熙已自缢而死。朱学熙（？—1647），字叔子，清远人，诸生，师事邦彦。忠孝质直，留心当世之务。永历初，上书言恢复大计，授翰林待诏。学熙乘间与白尝灿执知县杀之，举清远城以迎邦彦。兵食不足，学熙破产以供。城破，取先人兵法焚之，肃衣冠，自缢而死。著有《南越》《广艾》及诗赋等集①。邦彦于壁题诗曰："无拳无勇，无饷无兵。联络山海，矢佐中兴。天命不佑，祸患是婴。千秋而下，鉴此孤贞。"又曰："平生报国怀深，望断西方好音。已共苌弘化碧，还同

①参阅温汝能辑：《粤东诗海》卷55，第1014页；《屈大均全集》第3册，第853页。

屈子俱沉。"又曰："恋阙孤怀尽，悬丝一命微。负伤如未觉，无泪不须挥。鱼吮艰贞血，水为赙襚衣。只应魂气在，长绕玉阶飞。"书毕赴池，水浅，敌引之出。笑曰："我陈兵科也。"被押至广州。佟养甲欲降之，使医疗伤，膳人进馔，邦彦却之。佟养甲问："陈阁部秋涛何在？"邦彦曰："陈阁部吾师也，为国而死，何必问！"入狱五日不食，端坐赋诗，意气阳阳，若无事者。养甲知其不可屈，遂害之。

九月二十八日赴刑，白昼如晦，风埃四塞。好事者，争投纸笔，求遗书，信笔而满，草书精绝。临刑作歌曰："天造兮多艰，臣也江之浒。书生漫谈兵，时哉不我与。我后兮何之，我躬兮独苦。厓山多忠魂，后先照千古。"再问："尚有何言？"自状生平一纸、清远《题壁》三首及《赠花巡简》。养甲笑而袖之。歌毕，西向受刃，颜色不变，被磔而死，时年四十有五。人云邦彦被害时，监刑某取视其肝，肝忽跃起扑面，某惊坠马，归病而死。此说由治其病者欧阳生得之。

邦彦死，义兵始衰，敌全力直向子壮和家玉。九月初十日，子壮再治兵于九江，四路设伏。二十四日，李成栋率师环攻九江，见雒口无兵，成栋遂舍舟登陆，进逼中洲书院之后垣。伏兵四起，子壮率义勇五百人冲击，斩其健将张虎等三十余人，大胜之。成栋兵退还舟，解围而去。

博罗之战后，家玉且战且走，得脱。复返龙门招募，十日得兵四万，分龙、虎、犀、象、豹五营，遂至增城。家玉驻营于城南，诸将驻营于西北。十月初一日，清军至，首领争出，至十里迳口逆战，胜之，擒魁首一人。初四日，清军再至，又胜之。初七日，清军又至，又胜之。凡三日三胜，斩首一千九百余，得马四百九十。初十日，清军援兵大至，瞭望者摇旗不已，士兵惊骇，忽失胆气，莫肯前，清军夺迳口而入，烧一小营。西北诸处望小营火起，惧而阵动，家玉不能止，成栋遂围中军。家玉亲自播鼓，自早战至晚，斩马数十匹，人百余级。清军骑兵散走，然据平冈而止。家玉亦稍稍收军，令以五千人冲锋，以五千人守壁。义兵过勇，空营逐利。军法规定：张旗而出，卷旗而入，夺敌旗则张麾呼喊以入。此日，大旗总斩敌级多，喜出望外，竟忘军规，手绾数头，张旗驰奔中军献功，西北诸营望见张旗而入，以为敌攻入中军，皆走。前军见后军走，亦惊，以为敌出己后。军遂乱，自冲西北二营以散，成栋疾以铁骑冲突。

义军死者六千人，家玉中数矢，伤一目，堕马，跃入野塘以死。时为永历元年丁亥十月初十，享年三十三岁。

十月十四日，子壮率军攻新会，围三日，不克，往攻新兴，亦不克，遂还高明。二十一日，成栋兵抵高明，子壮婴城固守。登西城，振臂一呼，诸将死战，莫不一以当百，斗死殆尽，人无变志。成栋穴地为道至城下，实火药，二十九日火发，南城崩。刑部主事朱实莲，参将麦铁橹，游击陈冲，都司关熊、方从灼，守备何熙，中书范奇徵，举人区铣，队长林挺秀、梁应宸、赵宛符、陈瑞、潘文鉴、潘至慎等十四人，俱战死。兵部主事谭应龙全家缢死。成栋令生擒子壮，遂与麦而炫、区怀灵、区宇宁、曾贯卿、陆言、王鼎衡自西门冲阵出，逃至高明之三洲，归省其母，而朱太夫人已缢于冯馆矣①。子壮呼天擗踊，欲殓母而死，遂为追兵所及。子壮冠服，端坐自如，麦而炫等六人亦同日被执。成栋亲手释绑，命乡人殓葬其母。至军中，具宾主礼，谈笑举止如常。成栋又遣副将张英吊唁，设饮食供具甚美，子壮流涕拒之。

岭南丁亥之役前后持续将近一年。虽被镇压，但作战于东，收效于西的战略目的达到了。在此期间，瞿式耜驻守桂林，命焦琏攻复阳朔、平乐，陈邦傅攻复浔州，合兵梧州，军声复振。粤西告急，成栋将引兵而西，先送子壮至佟养甲营，命张英监护，并言妥善安置，不欲加害。子壮见养甲，岸然北面立。养甲叱之跪，子壮厉声曰："汝食明衣明，明何负于汝，而背畔至此？我为朝廷大臣，头可断，膝不可屈。"养甲知其不可威胁，遂曰："我念尔是年谊，欲曲意保全，俾知天命有归。尔何违天，自作孽乎？"子壮曰："尔既负朝廷，何年谊之有！人当尽君臣之伦，不问气数之天。我神宗鼎甲，世受国恩，今日事既不成，当一死以报而已。"养甲曰："汝降，生且富贵，否则夷族。"子壮曰："但求死所耳，他非所计也。"十一月初六日，养甲莅东郊，先杀御史麦而炫、行人区怀灵、知府区宇宁、知县曾贯卿、守备陆言、参将王鼎衡六人以惧子壮。子壮且笑且骂，养甲怒，遂被磔。临命，呼太祖高皇帝不绝声，时年五十有二。当时白昼如晦，大雨震雷，郡学两楹无故自坏，观者咸以为忠诚所感。同日

①陈伯陶《陈子升传》所记与此有异，云："子壮之死也，李成栋籍其家，子升奉母窜匿。"见陈伯陶：《胜朝粤东遗民录》卷1，第34页。

死者:区怀炅、区宇宁、区铣、关伦纪、杨从尧、杨从先、谭熙昌、李钟岳、程宪玄、曾一唯、僧达朗凡十一人。季子上图将同命,家童伯卿请代,乃囚之。养甲欲夷灭其族,后每出堂,辄见子壮呼呵至门,指已忿骂,养甲惧,故所执亲属皆放还,唯上延、上图系狱①。永历帝闻之震悼,命东阁大学士、吏部尚书吴贞毓设祭九坛,赠子壮太师、上柱国、中极殿大学士、吏兵二部尚书、南海忠烈侯,谥曰文忠。长子上庸,兵部职方司主事,殉节时二十七岁,赠太仆寺少卿;次子上延,荫尚宝司丞;季子上图,荫锦衣卫指挥使②。子壮被执后,李成栋抄没其家。子壮妾张氏有美色,成栋纳之年余,不欢。偶演剧,张氏观剧而笑。成栋问其故,曰:"台上优伶着衣冠,感威仪而喜。"成栋遽起,复着明冠服。张氏取镜照之,成栋欢跃。张氏遂怂恿其叛,成栋抚几而叹。张氏曰:"我岂敢独享富贵?请先死以成君子之志!"遂拔剑自刎。成栋大哭,曰:"女子如是乎!"拜而殓之。当时江西提督金声桓已叛清归明,擒杀江西巡抚章于天等,并修书招成栋反清。成栋因不满封赏,又遭佟养甲刻意压制,心生不平。时子升拥旧卒,将欲复仇,成栋惧。顺治五年,即永历二年戊子三月③,成栋遂挟持佟养甲叛清降明。稍后,诛佟养甲。

　　永历二年,帝还都肇庆。思恩侯陈邦傅首上章为张家玉请恤,永历帝于龙舟顾问家玉全家死难状,挥涕久之,辍朝一日。诏赠家玉少保兼太子太保、武英殿大学士、吏部尚书、增城侯,谥文烈,曾祖、祖、父皆如其官,皆赠增城侯。父兆龙陛见,帝慰劳备至,封增城侯。陈恭尹伏阙为父请恤。帝嘉邦彦之忠,制曰:"邦彦奉敕宣扬,叩头泣血,山林感奋,义勇愿忠。却敌西行,牵之东顾。酝酿□□□□中兴之业,实赖尔二三臣起义之功。"下诏视子壮、家玉例,赠兵部尚书,荫一子恭尹锦衣卫指挥佥事,世袭。赐祭二坛,加祭一坛,全葬。仍咨内阁拟谥,行地方官设

---

① 次年戊子成栋反正,闰三月十八日释上延、上图,殓子壮于光孝寺之邵宅。见陈伯陶:《胜朝粤东遗民录·附录》,第 342 页。
② 按:《明史》谓赠"番禺侯",无名氏撰《陈文忠公行状》谓"南海忠烈侯",屈大均《成仁录》则谓"忠烈侯"。无名氏撰《陈文忠公行状》谓"吏兵二部尚书",屈大均《成仁录》则谓"礼兵二部尚书"。
③ 按:据陈垣《二十史朔闰表》,时为明大统历闰三月、清时宪历四月。见陈垣:《二十史朔闰表》,中华书局 1962 年,第 186 页。

庙,岁时致祭①。

　　是时,岭南诗人志士纷纷入朝,追随永历帝播荡于粤桂滇黔之间。顺治七年庚寅(1650),南雄失守,二月,尚可喜、耿继茂围广州。"驻札北郭外,连营十里……围城八月余,日夕攻守。"冬,广州再陷。清平南王尚可喜、靖南王耿继茂屠城,"男子之在城者,靡有孑遗。妇稚悉为俘掳,监管取赎。七日止杀"②。"冬十二月朔二日克广州,可喜等屠城。死者七十万人,民居遂空"③,史称"庚寅之劫"。屈大均为避难礼函昰和尚于番禺员冈乡雷峰海云寺为僧,法名今种,字一灵。十二月永历帝走南宁。子升追永历帝不及,流落山泽。明末著名诗人、"岭南前三家"之一邝露亦在这次劫难中殉国。邝露(1604—1650),字湛若,号海雪,南海人。幼聪慧绝伦,十三游泮,慕坟、典、左氏、庄、骚、古文,不沾沾举子业。古诗宗汉魏,近体法盛唐。举动风致模拟竹林。狂傲不羁,出处行藏迥异世俗。崇祯七年(1634)上元夜,露醉,与人联骑遨游,值邑令黄恭庭(字熙印)至,不避,且吟诗讥讽。令怒,将加罪。避走广西,游于岑、蓝、胡、侯、槃五姓土司,为瑶人女首领云𪩘娘掌书记。后度桂岭,入湖南,泛洞庭,出九江,至江浙,北上京师,复南行至安徽。沿途历览山川,广交朋友,意欲共纾国难。清军入关后,赴南京进光复之策,至九江,因南京陷落而折回。清顺治三年丙戌清军攻广州,守城激战中痛失长子邝鸿。顺治七年庚寅奉使还广州,清军再攻广州,邝露与城中诸将勠力守城十月余。城破,整肃衣冠,怀抱古琴,环列古玩图书于身旁,端坐就戮,年四十有七。著有《峤雅》二卷④。其诗意境深窈,词采华茂,悲劲苍凉,被誉为"吾粤之灵均"⑤。他在岭南诗歌史上有着很高的地位,

---

①按:这一节以上所叙史实主要依据陈恭尹撰《兵科给事中赠资政大夫兵部尚书先府君岩野公行状》、屈大均撰《顺德给事岩野陈公传》《增城侯谥文烈张公行状》、屈大均撰《皇明四朝成仁录》中的《顺德起义臣传》《南海起义大臣传》《东莞起义大臣传》,以及无名氏撰《陈文忠公行状》,陈上图撰《陈子壮年谱》等。

②释成鹫:《纪梦编年》,见释成鹫著,曹旅宁等点校:《咸陟堂集》第2册,广东旅游出版社2008年,第303页。

③任果、常德修、檀萃、凌鱼纂:〔乾隆〕《番禺县志》卷18,《广州大典》第277册,第426页。

④参阅郭尔㤚、胡云客修,冼国干等纂:〔康熙〕《南海县志》卷12,康熙三十年刻本,见《广州大典》第272册,第724页;温汝能辑:《粤东诗海》卷53,第978页。

⑤温汝能:《粤东诗海·例言》,温汝能辑:《粤东诗海》卷首。

有"旷世未易之才""旷代仙才"之誉,屈大均和陈恭尹多次咏及。

岭南的抗清斗争虽然屡遭残酷镇压,却持续数十年,直至康熙年间,枝蔓始尽。屈大均曰:"我粤忠义之士,一盛于宋,再盛于明,事虽不成,亦足以折强敌之气,而伸华夏之威……事不必成,功不必就,而已可传不朽矣!"①在这数十年的抗清斗争中,陈子壮、陈邦彦和张家玉等于丁亥年所发动的这次行动,规模甚巨,对岭南诗人志士影响最大,也深刻地影响了岭南文化的发展。

丁亥之役首义者为大均之师、恭尹之父陈邦彦。屈大均云:"公举义以丁亥二月,在粤诸公之先崎岖山海,激发俊雄。首攻广州,以挫虏锋,分狗州县,以疲虏力,虏由是不敢轻粤中士大夫。已而诸公义旗竞建,南海则陈文忠主其谋,东莞则张文烈奋其策。""文烈战广州之东而不西,文忠战广州之西而不东。""岭西一带,陆则恩平、阳春、新兴、东安,水则顺德、新会、新宁,诸道名豪,戈旌蜂起,劲兵三十余万,皆为公之所联络。水步连攻,正偏分击,使虏穷于奔命,凛然不敢西向。"②丁亥之役岭南士人殉国志士众多。屈大均曰:"自岩野陈公与文忠、文烈三路连兵,势同鼎足,于是,广之忠臣从之而起者,人人破产,在在扬戈,以与敌人争一旦之死命。盖从文忠而死者三十余人,从文烈而死者六十余人,从公而死者则此十有一人,皆大节皎然,有当于从容慷慨之二道者也。"③岭南死于丁亥之役者难以计数。

岭南士人的这次反清行动,虽被镇压,却有效地迟阻了清军征服华夏的过程,"桂林行殿,得以端拱无忧,比之张巡、许远遮蔽江淮,功诚相等"④。"至于提乌合之众,水步连攻,家自为军,人自为斗,使敌人眷服,首尾狼顾,喋血千里,救死不赡,而邕管之三宫得以无虑,则家玉之大有功于中兴也。""公(邦彦)如不死,则文烈能西,文忠能东,虏之为虏,存亡未可知也。虏所畏者,公与文忠、文烈耳。然皆以书生徒手奋呼,艰难发难,振中华之气,而伸君子之威,使虏精锋挫尽,首尾崩奔,救死扶

---

①屈大均:《广东州县起义传》,《屈大均全集》第3册,第789页。
②屈大均:《顺德给事岩野陈公传》,《屈大均全集》第3册,第446、447页。
③屈大均:《顺德起义臣传》,《屈大均全集》第3册,第854页。
④屈大均:《顺德给事岩野陈公传》,《屈大均全集》第3册,第447页。
⑤屈大均:《东莞起义大臣传》,《屈大均全集》第3册,第859页。

伤,束身归命,中兴勋劳,盖莫有尚焉者!"公"与文忠、文烈并称。粤有三人,谁曰不宜?"①

五、屈大均、陈恭尹等对陈子壮、陈邦彦、
张家玉等人精神的继承

岭南丁亥之役不但有效地迟阻了清军征服华夏的过程,也深刻地影响了岭南士人的出处选择,更积淀成为岭南文化精神的重要部分。屈大均曰:"夫吾粤固多忠义。宋厓山之变,英豪痛愤,谓蒙古灭中国,人人得而诛之,于是竞起兵以伸大义。终元之世,粤人所在,横戈伐鼓,怒气凌云,无一日不思为宋复仇计,元八十年间,与粤人力战,盖无虚岁。元可以得志于中原,而不能加威于吾粤,粤人之为元患也久矣,而东莞为甚。东莞豪杰,在皇明开国,则有何真;在中兴,则有张文烈。呜呼! 讵不伟哉?"②"吾广州故有三大忠焉,其与国为存亡,与君为生死,仁之至,义之尽,盖文、陆、张三公其人也。嗟乎! 广州故忠臣之渊薮哉! 宋亡于广州,三公死以终之。明兴于广州,三公死以始之。事虽不成而已,有牵制之功臣没于东,而君存于西矣。故永历之初,言中兴大烈者,吾必以陈公为冠。其从之者,皆非常之士云。"③屈大均以陈子壮、陈邦彦、张家玉三人比宋末文、陆、张三忠。明末"岭南三忠"上承宋末三人之忠烈,鼓舞山海以伸大义,人虽亡,而精神不死。志士遗民慷慨悲歌,追怀英烈,抒写亡国之恨,成一时风气。《广东新语》卷 17"大忠祠"条云:"广州城南有三大忠祠,祀宋丞相文公天祥、陆公秀夫、太傅张公世杰。祠本南园旧址,洪武初,有五先生者结社其中,开有明岭南风雅之先。其后当事者,即其地建祠,以祀三大忠,以与厓门大忠祠并峙。其左有堂曰臣范,右有轩曰抗风,抗风者,典籍孙先生之所命也。典籍诗:'昔在越江曲,南园抗风轩。'今以俎豆五先生,是为南园五先生祠。予尝谒祠,有诗云:'词客旧多亡国恨,骚人今有礼魂篇。'其在厓门大忠

①屈大均:《顺德给事岩野陈公传》,《屈大均全集》第 3 册,第 446、447 页。
②屈大均:《增城侯谥文烈张公行状》,陈伯陶:《胜朝粤东遗民录·附录》,第 361 页。
③屈大均:《南海起义大臣传》,《屈大均全集》第 3 册,第 872 页。

祠,白沙先生尝作哀歌亭其侧,时醨(原为'晒',据刻本改)酒以吊三公,有辞云:'俨其堂堂,沛其洋洋。是谓正气,至大至刚。上有青天,下有黄壤。不亡者存,薰蒿凄怆。'"①明初五先生结社南园,开有明岭南风雅,嘉靖中即此地建祠以祀宋末三忠,可谓风雅与忠烈相继。崇祯末,陈子壮等十二位诗人于增修"三忠祠"之际②,重修南园诗社,以续五先生风雅,是为合风雅与忠烈而为一。此时正值天下变乱,陈子壮等岭南诗人倡导风雅,激扬忠义,鼎革之时与陈邦彦、张家玉奋起抗清为宋末文、陆、张三公之续,是亦合忠烈与风雅而为一。

岭南丁亥举义虽被镇压,但其所鼓荡的这股雄直之气并没有因此消歇。其后大批士人或辗转山海继续抗争,或隐于首阳穷饿以终。无论哪种方式皆是对陈子壮、陈邦彦、张家玉等人这一精神的继承和发扬。以屈大均、陈恭尹等人为代表的岭南诗人,继续这一风雅忠烈之精神,慷慨抒情,使岭南风雅不曾中衰。从这一意义上说,陈子壮、陈邦彦、张家玉等可谓其后以屈大均、陈恭尹为代表的年轻的岭南诗人的精神导师。他们师承的不只是具体的知识和学问,更在于这种合忠烈与风雅而为一的精神。这种精神的师承授受,不但屈大均在其著作中进行了清楚的表述,而且入清后的不少年轻的岭南诗人在作品中都有所透露。

永历元年这场影响巨大而深远的丁亥之役,陈邦彦虽然首先举义,且规划了整个的战略布局,但陈子壮却是整个起义过程的领袖,故屈大均云:"诸公义旗竞建,南海则陈文忠主其谋,东莞则张文烈奋其策。"③这一情况与当时陈子壮在岭南文人士大夫中的地位有着直接的关系。陈子壮不但在这一批士大夫文人中有着最高的政治地位,而且年龄较长,又是明末岭南诗人的领袖。许多相对年轻的士人皆以其为师。万

---

① 《屈大均全集》第 4 册,第 420 页。
② 黎遂球:《三大忠祠赋并序》云:"三大忠祠,祀故宋信国文公天祥、左丞相陆公秀夫、越国张公世杰也。地本广州南园旧址。当国初有赵御史介、孙典籍蒉、王给事中佐、李长史德、黄侍制哲是为五先生,结诗社南园,开我明岭表风雅之始。既而当事者,因其地建祠以祀三公,为岁已久。崇祯戊寅直指葛公奉命巡按东粤……率僚属诸公,庀材募工修之……因又举五先生所为诗重援剞劂。"见孔兴聪修,彭演等纂:〔康熙〕《番禺县志》卷 19,康熙二十五年刻本,《广州大典》第 276 册,第 588 页。戊寅为崇祯十一年(1638),陈子壮重修南园诗社,盖于崇祯十一至十二年间。
③ 屈大均:《顺德给事岩野陈公传》,《屈大均全集》第 3 册,第 447 页。

历四十七年,他二十四岁即成进士,廷对第三,授翰林院编修。天启四年主浙江乡试,得士甚盛。著有《南宫》《秋痕》《云淙》诸集。明代末年为光大南园精神,他又倡复南园等诗社,参与这次重修南园诗社的,有"南园十二子"之说。陈邦彦和"南园十二子"之一的黎遂球等皆以子壮为师。

《陈岩野先生集》卷3有《赣关接云淙老师手书兼闻大疏》二首:"先皇留旧德,苍生望槐宰。蹇蹇志匪他,忧国我心痗。闻变已趣装,主恩况逾倍。出处有大义,报称如靡逮。""道路阻且长,江皋日延伫。珍重书中理,进退慎所处。匪为一身谋,而以观干蛊。"[1]云淙,指陈子壮。此诗表达了陈邦彦对陈子壮出处大义的敬佩。屈大均《顺德给事岩野陈公传》等记载陈邦彦被执回广州,佟养甲欲通过邦彦之口获知陈子壮的消息。"养甲(原为'申',误)欲降公,使医视创,膳人进馔,公叱骂却之……问:'陈阁部何在?'曰:'吾师也,死国奚问哉!'入狱五日不食。"[2]屈大均又云:"且公(陈邦彦)之于陈文忠,与文烈之于林公洊,亦皆师弟子也。道义相孚,声气相感,又复如此!求吾粤君臣之义者,求之师弟之间而可矣!"[3]林洊为家玉受业之师,丁亥之役,事前师徒二人曾一同策划,后亦死难。由此可见陈子壮与陈邦彦之间存在着师弟子之谊,且关系密切。陈邦彦与陈子升为友,子升介见子壮。子壮与之订为兄弟,下榻硕肤堂,使之教授二子上延、上图。陈恭尹在《岭南五朝诗选序》中也说:"余童年侍先大夫,读书于云淙公写叶山房,睹所积粤中前辈诗集。"[4]陈邦彦为子壮家西席,其子恭尹亦读书其间,并且可以翻阅子壮藏书。

邦彦门生众多,陈恭尹在《行状》中说:公"以文行负重名,迁居县北锦岩,从学者数千人,称岩野先生。"[5]翁山云:"陈邦彦……所居锦岩,学

①陈邦彦:《陈岩野先生集》卷3,嘉庆十年听松阁刻本,《广州大典》第433册,第715页。

②屈大均:《顺德给事岩野陈公传》,《屈大均全集》第3册,第445页。

③屈大均:《顺德起义臣传》,《屈大均全集》第3册,第854—855页。

④黄登编:《岭南五朝诗选》卷首,康熙三十九年刻本,《广州大典》第492册,第174页。

⑤陈恭尹:《兵科给事中赠资政大夫兵部尚书先府君岩野陈公行状》,陈伯陶:《胜朝粤东遗民录·附录》,第365—366页。

者称'岩野先生'。每岁，及门恒数百人。性喜任事，识见通敏，穿穴古
今。"①又云："陈公邦彦……少以文行负重名，开大馆，为文学大师，及门
数百人，所居锦岩，学者称岩野先生焉。"②无论千人，还是数百人，可以
肯定其弟子众多，因此，他在岭南年轻文人当中具有较大的影响力。丁
亥之役，跟从陈邦彦起兵的弟子就有不少。翁山云："从公而死者则此
十有一人，皆大节皎然，有当于从容慷慨之二道者也。十有一人者，其
四为公之门人，若应房、景晔、师连、达芳是也。而忠显亦公之旧门人
云。"③其后岭南诗人当中较有影响的如屈大均、陈恭尹、程可则、薛始亨
等皆从之受学，梁佩兰虽未师从邦彦，却亦自称是其私淑弟子。翁山
云："大均向受业于公……尝为《哀辞》一篇以吊公，比于宋玉之《招魂》，
盖亦弟子之谊云。"④"公之门人，如马应房、杨景烨、霍师连、霍达芳，皆
一时相从以死，虽忠义根于天性，亦师友观摩之所自也。予十六从公受
《周易》《毛诗》，公数赏予文，谓为可教。今不肖隐忍偷生于此，不但无
以见公，且无以见马、杨、霍四子，又四子之罪人也已。"⑤"昔茂名陈思贤
遭逊国之变，率其弟子六人同缢于明伦堂以死。盖君臣之义，尽由于师
弟之义，尽师弟之义尽，斯君臣之义无不尽。前有茂名陈公，后有顺德
陈公，时异而道同也。且公之于陈文忠，与文烈之于林公涤，亦皆师弟
子也。道义相孚，声气相感，又复如此！求吾粤君臣之义者，求之师弟
之间而可矣！大均向受业于公，后死之责未知能无愧于四君与否！噫
嘻！今亦老矣！尝为《哀辞》一篇以吊公，比于宋玉之《招魂》，盖亦弟子
之谊云。"⑥

　　其后入清的这些诗人，不少曾亲身参加这场战役。丁亥年初，屈大
均曾随其师邦彦起兵，独领一队。邦彦被杀，大均趁夜色收拾尸骸、齿
发，囊之而归。其从兄屈士燝、士煌亦破产从军⑦。屈士燝，字贲士。明

①屈大均：《顺德起义臣传》，《屈大均全集》第3册，第848页。
②屈大均：《顺德给事岩野陈公传》，《屈大均全集》第3册，第441页。
③屈大均：《顺德起义臣传》，《屈大均全集》第3册，第854页。
④屈大均：《顺德起义臣传》，《屈大均全集》第3册，第855页。
⑤屈大均：《顺德给事岩野陈公传》，《屈大均全集》第3册，第447页。
⑥屈大均：《顺德起义臣传》，《屈大均全集》第3册，第854—855页。
⑦《屈大均全集》第3册，第139页。

隆武元年举人,任永历朝礼部员外郎。后隐居不出。著有《食薇草》。屈士煌(1630—1685),字泰士,士爆弟,贡生。士煌与兄士爆"纠合罗浮十三营壮士数千人赴张家玉"①,往来陈子壮等义军中。事败,潜归奉母。其诗今存八十余首。邦彦起兵,陈恭尹亦入军中,曾受命往来于诸军间。子壮起兵之时,其弟子升亦领军一队与战,其后奔走流离。家玉仲弟家珍(1631—1660),字璩子。年十六,从家玉起兵抗清,勇决无前,号"小飞将"。到滘之败,家珍走入水,敌钩及衣,亟脱之以泅,赤身行水底数里,气急,跃而上,触船,额裂,复没水,凡逾水八重,乃至赤岭,仓促以巫师符印钤黄纸画一花押为军号,收得残兵六百,赴西乡助战,斩敌功多。连平、长宁之复,皆与有力。家玉殁,与总兵陈镇国拥残卒数万于龙门以图恢复。广州再破,隐于铁园,家居养父,折节读书,有《寒木居诗钞》一卷②。邝日晋,字无傲,南海人。官总兵。家玉起兵东莞,日晋率部响应,战数有功,晋都督同知。明亡,礼道独为僧,山名函义,字安老。著有《楚游稿》《磊园集》③。

　　屈大均追忆这一时期殉国先贤的诗文很多,如《死事先业师赠兵部尚书陈岩野先生哀辞》《读陈岩野先生政要》《追哭相国陈文忠公》《书陈文忠公纪梦后》《增城过张文烈战没处》《黎太仆公影堂记》等。除普通的诗文之外,屈大均还以毕生精力撰写了历史著作《皇明四朝成仁录》。这是一部纪传体与纪事本末体相结合的殉国烈士传记。其中记载了岭南抗清烈士的大量事迹。屈大均之外,其他岭南诗人咏及这一时期殉国先贤的诗文也有很多。有时后辈年轻诗人还会集体凭吊追忆。康熙四年(1665)乙巳秋夜,王鸣雷、王隼、梁佩兰、刘汉水、梁王顾、陈夔石访陈恭尹,宿独漉堂,拜读陈邦彦遗集。梁佩兰作《秋夜宿陈元孝独漉堂,读其先大司马遗集感赋》六首。王隼作《秋夜与梁药亭先生、陈夔石、刘汉水、梁王顾、家东村宿陈元孝独漉堂,读其先大司马遗集感赋》二首,

---

① 见《屈氏族谱》卷11,《屈大均全集》第8册,第2114页。
② 参阅屈大均:《增城侯谥文烈张公行状》,《屈大均全集》第3册,第466页;《屈大均全集》第4册,第320页;陈伯陶:《胜朝粤东遗民录》卷2,第129—130页;陈恭尹:《张金吾家珍传》,陈恭尹著,郭培忠点校:《陈恭尹集》,人民文学出版社2018年,第661页。按:以下引用《陈恭尹集》不做特别说明者,皆用这一版本,不再另注版本信息和著者项。
③ 参阅陈伯陶:《胜朝粤东遗民录》卷1,第51页。

之二云："小子生何晚，深嗟未及亲。壮心移海岳，正气逼星辰。樗里宁
无子，芦中尚有人。可怜当日事，掩卷不能陈。"①王隼以出生太晚，没能
亲身经历而深感遗憾。陈恭尹回赠《秋夜王东村梁药亭刘汉水王蒲衣
梁王顾家夔石过宿独漉堂读先司马遗集有诗赠答》二首。

　　由此可以看出，他们虽然已经殉难多年，但入清后新一代的年轻诗
人并没有忘记他们，而是时时念起。明末陈子壮、陈邦彦、张家玉等岭
南士人的这一忠烈风雅的精神，因着明末清初岭南士人参与的这场影
响深远的抗清斗争，在陈子升、屈大均、陈恭尹、何绛等人身上实现了代
际传承。

　　虽然明末和清初这两个时期的诗人有很大的变化，但这两个时期
岭南诗坛鼓荡洋溢的精神、岭南诗人所呈现的气度风貌却是一贯的。
从鼎革前后活跃于岭南诗坛的成员来看，虽为两代诗人，但就诗派的发
展而言却属同一个时代。清初较长时期岭南诗坛鼓荡的那股豪情，其
直接源头即在明代末年，尤其是因着丁亥抗清之役而形成的时代风潮。
前后两代诗人秉承了同一种精神和气质。这种精神通过屈大均等人有
意识的强调、建构和发扬，也成为明末清初岭南诗派的精神主轴。屈大
均等刻意强调他们之间的师承关系其用意即在于此。从其后多数岭南
诗人的行动和创作可以看出，这一精神明显流贯在入清之后年轻一代
岭南诗人的身上。从这个意义上来说，明末和清初岭南两代诗人，虽然
生活在不同的时代，但就诗派诗风的发展和形成而言，实际上却是一个
整体，可以看作同一个时期。从社会思潮和诗风的演变而言，其余波在
岭南一直延续至雍正前后。康熙后期、雍正之后，这一精神逐渐消歇。
特别是随着乾隆大规模禁书，社会思潮和诗风学风加速转变，岭南士人
的精神面貌和诗风学风也随之发生了变化。康熙六十年辛丑（1721）惠
士奇担任广东学政，是一个很有意味的标志性的事件，很大程度上改变
了岭南的士风和文风。其后有所谓的"惠门四子""惠门八子"之说。自
乾隆二十九年甲申（1764）起，翁方纲又两任广东学政，入其门下的称诗
弟子更多。惠士奇和翁方纲督学广东，不但奖掖后学，培植风气，加强

---

① 王隼：《大樗堂初集》卷9，诗雪轩刊本，《广州大典》第503册，第575页。

了岭南诗坛与中原和江南的联系,同时也强化了官方的意识形态对岭南的影响。惠、翁二氏长期督学广东,从事实上改变了岭南士人的师承授受关系,也改变了岭南士人的精神面貌和诗风学风。浩荡于明末清初岭南诗坛的雄直之气至此则邈渺矣。

第二章　明末清初岭南诗人的壮游与隐遁

明代末年天下变乱,岭南士人欲有所作为者众多。明清鼎革,每一位士人都面临着出处行藏的选择,有隐遁山野丛林者,有追随南明奋起反抗者,也有不得已入仕新朝之人。永晦云:"明之亡也,桂王西奔,吾粤倡义为牵缀之师,同志响应。其败者,沉身殒族,濒九死而不悔;其存者,间关奔走,亦至万不可为,而后遁居穷山,或溷迹方外以终。余若一介草茅,抗节高蹈者,复所在而有。视宋之亡,加烈焉。"①就整体而言,不仕清朝者众。拒仕新朝是清初岭南诗坛主要的政治倾向。拒仕新朝的士人还可分为两类:一类隐于丛林寺庙;一类漫游各地,寻机抗清,最终隐于乡野市井,以布衣终老。第一类以天然和尚及其弟子为代表,第二类以屈大均和陈恭尹等人为代表。

一、陈恭尹、何绛等人的志士之游

明末清初士人的远游有着各种各样的目的或意图。有人为生计而游幕,有人为做官而宦游,有人为得江山之助作诗人之游,也有人为考察山川地理而作学者之游,更有人欲图恢复而作志士之游,也有不少人因为失国破家而作自我放逐之游。岭南诗人屈大均和陈恭尹他们的远游无疑是志在恢复,但仔细分析起来,二者的游又有所不同。

陈恭尹(1631—1700),字元孝,初字半峰,晚号独漉②、罗浮布衣③,顺德人。著有《独漉堂集》等,诗风雄郁苍凉。崇祯四年辛未九月二十五日生于顺德城之锦岩东隅④。顺治四年,其父陈邦彦起兵抗清,毁家

①陈伯陶:《胜朝粤东遗民录》卷首,第23页。
②梁佩兰:《前锦衣卫指挥佥事私谥贞谧先生独漉陈公行状》,《陈恭尹集》,第765页。
③赵尔巽等撰:《清史稿》卷484,中华书局1977年,第13331页。
④陈恭尹:《初游集小序》,《陈恭尹集》,第3页;梁佩兰:《前锦衣卫指挥佥事私谥贞谧先生独漉陈公行状》,《陈恭尹集》,第765页。

殒身,唯陈恭尹避匿得免。此后不久,陈恭尹就开始了他的四方之游。顺治八年辛卯(1651)秋,陈恭尹东走福建欲从郑成功于海上,不得达。顺治九年壬辰(1652)春,自福建往游江西,登匡庐。秋,自赣出九江,顺流而东,止于西湖。之后往返吴越,秘密结联。"恭尹策其无成,往来观变,留闽浙者七年。一日,有父友遇于途,责之曰:'君先人未葬,四世宗祊无托,奈何徒欲以一死塞责,绝先忠臣后耶!'恭尹泣而谢之。既而归葬先人于增城之九龙山。"①不久再次出岭,北走吴越,顺治十一年甲午(1654)春,陈恭尹自吴越归岭南,夏,僦居新塘,娶湛氏②。顺治十二年乙未(1655)陈恭尹与蔡蔍③访何绛于羊额,结庐读书。

　　何绛(1627—1712),字不偕,号孟门,顺德人。遗民诗人。好读书,博通群籍。与其兄何衡、陈恭尹、陶璜、梁梿隐居北田读书,称"北田五子"。"何绛……性英爽……值明末时事沧桑,乃自放废,徜徉罗浮、西樵山中。已,复游历中原几遍,尝欲自比于马文渊,故又号曰北田,志效北地,畜牧行踪也……素工诗,大抵以张曲江、王右丞为宗。所著有《不去庐诗集》。"④明亡后,揣摩兵法,交结徐枋等志士。南明隆武二年闻张名振起事,疾趋南京,至则事败。胡方《何绛墓志铭》云:顺治三年,趋金陵,明年溯江入楚,转游徐豫而还⑤。顺治十三年丙申(1656)秋,陈恭尹偕蔡蔍、何绛游阳春。此时,当地仍有一些抗清力量存在。其中王兴率军据文村,邓耀据龙门岛。阳春为二处之孔道。三人此行,当为观变而来。顺治十四年丁酉(1657)秋,陈恭尹偕何绛游澳门。顺治十五年戊戌春,陈恭尹与何绛出厓门,渡铜鼓洋,访故人于海外,欲收拾海上抗清残余,无成而反⑥。八月,陈恭尹与何绛同往湖南。"戊戌仲秋,复逾大

---

① 冯奉初:《明世袭锦衣金事怀远将军陈元孝先生传》,《陈恭尹集》,第767页。

② 陈恭尹:《增江前集小序》,《陈恭尹集》,第15页。

③ 蔡蔍,字艮若,顺德龙江人,幼以奇童称选县庠。明亡弃诸生,同陈恭尹筑室西樵,著《杜若居稿》。陈恭尹《蔡艮若墓志铭》谓曰:"性至孝,笃气谊,狷介,少许可,座有意外客,即艴然去之……诗文孤洁刻峭,不欲袭前人一字。"年三十而卒,"有志之士,莫不恸焉"。见《陈恭尹集》,第660页。

④ 陈志仪修,胡定纂:〔乾隆〕《顺德县志》卷13,乾隆十五年刻本,见《广州大典》第282册,第641页。

⑤ 何绛:《不去庐集》卷末,抄本。

⑥ 陈恭尹:《增江前集小序》,《陈恭尹集》,第15页。

庾岭,取道宜春,度岁于昭潭。而滇黔路绝。明年乃登南岳,泛洞庭,顺流江汉之间。其秋憩芜关。"①邓之诚《清诗纪事初编》认为陈恭尹顺治"十六年将入滇从桂王,道阻,乃北走衡湘。渡彭蠡,下至池州,寓芜湖。值成功大举围金陵,张煌言进取徽宁,恭尹与共策画。旋成功败走,煌言间道出海"②。温肃先生据龙山《陈氏族谱》认为陈恭尹参与了此役的策划:"己亥抵湘潭,游衡岳,出湖口,泛舟彭泽。出池州,寓芜湖。七月谒世子,上奏记言事,与张立著、张书绅、朱子成参谋。"③之后陈恭尹与何绛"轻舟济江,历中都,治寒衣于汴梁。北渡黄河,徘徊太行之下。冬中南还,自郑州、信阳至云梦登舟,度岁于汉口……是游也,志在西南,而行乃东北……始予十二,丁母夫人艰于锦岩,苦次夜梦,有大象十余头,乘舟过吾门者,象上有人羊裘而操琵琶,宿昔所未睹也。且以白先公,先公曰:'异梦也,其必有征。'是行也,于郑州道中,遇象十三自南而北,雨雪初晴,其人皆披裘,坐象背而弦歌。十八年前梦中所见也。询其自来,乃滇池所获。予之飘泊于此,命也夫。盖自是无复远游之志矣"④。这一年清军大举入滇,击败李定国,永历帝败逃缅甸。这年冬天洪承畴以疾先归。陈恭尹在郑州路上所遇当为洪承畴部。陈恭尹认为十八年前的这一梦正应了明亡清兴之定数。自此他心灰意冷,一意南归,岁末至汉口。顺治十七年庚子(1660)元旦,陈恭尹、何绛与毛会建⑤同登黄鹤楼。其后陈恭尹、何绛自汉口溯流而上,至湖南衡阳、郴州,逾南岭,下韩泷,三月抵家。陈恭尹仍旧寓居新塘,之后未再远游。顺治十八年辛丑(1661),缅甸人执永历帝献于吴三桂军前,翌年四月,永历帝被害于昆明。

冯奉初亦云:"恭尹修髯伟貌,气局深沉,尝绘《九边图》,并身所经历,悉疏其险要,置诸行箧。"⑥梁佩兰亦云:"君智深勇沉,有志当世之务,每纵论古今,如水传器,然才大而不得生遇其时。尝绘《九边图》,置

①陈恭尹:《中游集小序》,《陈恭尹集》,第31页。
②邓之诚:《清诗纪事初编》卷2,上海古籍出版社2013年,第302页。
③温肃:《陈独漉先生年谱》,见《陈恭尹集》,第783页。
④陈恭尹:《中游集小序》,《陈恭尹集》,第31页。
⑤毛会建,字子霞,江苏武进人。寄籍浙江,诸生。后侨居武昌,定居于此,属遗民。
⑥冯奉初:《明世袭锦衣金事怀远将军陈元孝先生传》,《陈恭尹集》,第768页。

之箧中,疏明阨阢。"①陈恭尹著《九边图》,置诸行囊,也进一步证明其为恢复而远游的目的。明末清初类似的著作不少,如:魏焕著《九边考》、许论著《九边图论》②、郑文都编《边塞考》③、霍冀等汇编《九边图说》④、温陵郑大郁编《边塞考》⑤等。此时,这类著作的大量出现,显然与明末喜言军事的风气有关,也与一些志士为恢复而远游有关。

　　陈恭尹的远游显然是为着家仇国恨。陈恭尹和何绛的远游,基本上都是悄悄地进行。虽然陈恭尹事后在其作品中,对其行踪有所记述,但也都闪烁其词,对其远游的目的和具体行踪讳莫如深。如果不了解其身世,仅从片言只语的记述是难以明白其真正目的的。如果联系其身世和时事,其远游的目的又昭然若揭。复国只要还有一线希望,则舍命为之;直到彻底无望之时,方停止远游。陈恭尹、何绛远游,行踪隐秘,不事张扬,一切为了事情的成功,这显然是志士的远游。清初许多谋图恢复者的远游多是如此,不过,屈大均远游的风格则有所不同。

二、屈大均的名士之游

　　屈大均(1630—1696),字翁山,又字骚余。屈氏世居番禺。崇祯三年庚午九月初五日,大均生于南海之西场(今属广东广州)。就远游的主要目的来说,屈大均与陈恭尹应该没有什么区别,皆为抗清复明的政治目的。尽管二人所到之处,登高临深,皆有撰作,但二人对自己踪迹记述的详细程度却有很大区别。陈恭尹的记述扑朔迷离,而屈大均的记述却非常详细,甚至可以清晰地勾画出其具体行踪。

　　二人的行踪不但有清晰和模糊的区别,而且二人出游的风格也大不相同。与陈恭尹相比,屈大均几乎每一次行动都显得非常高调和张扬。顺治十四年丁酉秋,屈大均欲北上出塞寻访函可。张穆画马赠诗

---

①梁佩兰:《前锦衣卫指挥佥事私谥贞遹先生独漉陈公行状》,《陈恭尹集》,第764—765页。
②雷梦辰:《清代各省禁书汇考》,北京图书馆出版社1989年,第62—63页。
③雷梦辰:《清代各省禁书汇考》,第71页。
④雷梦辰:《清代各省禁书汇考》,第81页。
⑤雷梦辰:《清代各省禁书汇考》,第189页。

以别,陈子升、岑徵①皆有诗送行。张、陈、岑三人皆是以气节著称的遗
民文人。据详细比较,此次北行起意于十四年秋冬,实际上至顺治十五
年春方才成行②。邬庆时《屈大均年谱》谓:翁山这次出塞名为寻访函
可,实为刺杀满洲要人。这类事情应该是极为隐秘的,但还没有出发,
屈大均已经把这次行动渲染得如荆轲刺秦一样。上路之后也未潜踪匿
迹。邬庆时《屈大均年谱》云:"先生少年气盛,不甘寂寞,每到一处,不
久即为时人注意,不能久留。""抵京师。求威宗烈皇帝死社稷所在,故
中官吴指万岁山寿皇亭之铁梗海棠树下。先生伏拜,哭失声,辄从吴询
问宫中遗事及内府所藏御器。旋走济南,求李氏家藏翔凤御琴观之,留
济逾月。值杨正经(怀玉)至,握手若平生好。"之后"谒孔林,识王士祯。
五月在蓟门。冬,渡三岔河,东出榆关,周览辽东西名胜,游塞外,北抵
粟末,过挹娄、朵颜诸处,吊袁督师崇焕废垒,访平生故人,浪荡而返"。
就他的游踪而言,这一路并不像是目的明确的行动。到了北京,为一睹
先皇遗物,突然南下济南,之后又流连孔林。出关之后,并不急于付诸
行动,而是一路探访凭吊,周览辽东西名胜。后抵达奉天,混进沈阳故
宫窥探形势,至十王殿被执。因其形象文弱不类刺客,且身无利器,从
宽驱逐出境③。屈大均继之南下,至岁暮,客广陵。就其行为风格而言,

①岑徵(1625,一说 1627—1699),字金纪,号霍山,南海人。明诸生。少颖敏,日诵万言,贯通群籍,
明亡时,年二十,弃儒冠,绝意进取,与陈恭尹同隐西樵山中。喜任侠韬钤之术,后出游,泛三湖,
走金陵,入燕赵。尽耗家资后返乡授徒自给。性方介,虽穷困以终,不自悔。著有《选选楼集》。
陈恭尹《选选楼集序》:"每酒酣击案,切齿于失机误国之侪,而引断以古今成败,仰天号叹,至为
泣下,其壮心热血亦足观矣。"见《陈恭尹集》,第 748 页。梁佩兰亦在《选选楼集小序》中云:"余
友岑徵……值明季甲申之变,弃诸生入隐西樵。家在九江,经岁不一入郡。所相与交好皆高僧
野人,或通家世谊,非是弗顾也。性聪敏,能日诵万言。博涉群籍,经事史事无不贯串。而不喜
多誉,舍二三知己而外,世卒无有知之者。其生平高风亮节,在屈、陈二公之上。尝过吴楚为凭
吊之诗,以当新亭之泣。其为人可知已。"见梁佩兰著,吕永光校点补辑:《六莹堂集》,中山大学
出版社 1992 年,第 419—420 页。按:以下引用《六莹堂集》,不做特别说明者,皆用此版本,不再
另注版本信息和著者项。
②屈大均:《天崇宫词序》云:"臣大均自戊戌春北走幽燕,曾亲诣万寿山寿王(疑为'皇')亭之铁梗海
棠树下,伏拜恸哭久之。"见《屈大均全集》第 3 册,第 431 页。
③邬庆时著,广东省立中山图书馆编:《屈大均年谱》,广东人民出版社 2006 年,第 53—55 页。顾
梦游《送一灵师之辽阳兼柬剩和尚》二首,之一:"岭路双绡拎,关门一杖孤。吟随芳草去,饭藉落
花趺。栈道怀摩奏,天山入画图。江船宜看渡,予病未能扶。"诗自注:"灵公、粤人,从雪公来金
陵,欲北上具疏请自戌,而求放剩和尚入关。"见《顾与治诗》卷 5,民国金陵丛书丙集刻本,四库全
书存目丛书编纂委员会编:《四库全书存目丛书补编》第 1 册,齐鲁书社 2001 年影印本,第 46 页。

其目的无论说是寻访函可,还是刺杀满洲要人,似乎都不太合乎情理。这次远游北行的风格倒像是一次轰轰烈烈的故国遗迹凭吊秀。屈大均这次远游,历时大约五年,也不全是一次故国遗迹凭吊秀,南下之后,他毕竟真正参与了抗清的军事行动。顺治十六年己亥(1659)郑成功以水军收复瓜州、镇江等地,金陵准备议降,因郑成功骄傲懈怠为清军所乘,很快败走。在此期间,屈大均参与了郑成功和张煌言的军事行动。顺治十六年己亥至康熙元年壬寅间,屈大均往返于吴越之间,结交志士遗民,与魏畊、祁斑孙、祁理孙等联络海上之师。顺治十八年辛丑缅甸人执永历帝献于吴三桂军前,康熙元年壬寅(1662)四月,永历帝被杀于昆明郊外。这一年屈大均南归,至桐江南岸富春山之麓,拜谢翱墓,至秋,归里,结束了这次远游。

　　屈大均每到一处,很快就会把众人的目光吸引到自己身上,自己很快也会成为一个光芒四射的名士。名士风采的另一次远游开始于康熙四年。这次远游,就如现代人的旅行,一路自拍,一路发布消息,详细地记录了自己所有的行踪。所到之处,几乎都有一定的轰动效应。康熙四年乙巳春,屈大均再次北上,陈子升、陈恭尹、梁佩兰、王邦畿、薛始亨等都有送别之作。行动还未开始,就已经引起了众人的关注。至金陵,游嘉兴,于吴门逢杜恒灿。十一月与孙默(无言)握别于钱塘,偕杜恒灿入陕西。二十七日从南京渡江,岁暮抵三原,寓城南庆善寺。康熙五年丙午(1666)正月入三原城。二月至泾阳,于温氏馆遇王弘撰①。王邀为太华之游。三月六日,屈大均偕王弘撰从故道复往华阴。八日,至王弘撰普里独鹤亭,弘撰命其子王宜辅导上太华,弘撰送至醉溪而别。四月朔,下山。五月初二日,屈大均偕王弘撰、王宜辅父子同入西安,与王宜辅往观碑洞。同李因笃②、李楷、杜恒灿、颜光敏、沈荃、王弘撰父子等置酒高会。时有十五国客,大均与颜光敏以诗盛称于诸公,一座属目。先是传大均《登华》长律至西安,李因笃见而惊服,即再拜订交,谓今日始

①王弘撰(1622—1702),字无异,一字文修,号山史,又号待庵,陕西华阴人。明诸生,嗜学,收藏古书画金石最富,著有《易象图述》《山志》《砥斋集》《西归日札》《待庵日札》等。关中士人领袖,康熙戊午征举鸿博不就。初与李因笃关系甚密,及李就征鸿博,与之绝交。

②李因笃(1631—1692),陕西富平人。明诸生,见天下大乱,走塞外,求访奇士,杀敌报国。后经其母力劝,不得已应试博学鸿词。

得一劲敌。沈荃见大均《登华》百韵,叹为旷世奇男子。之后屈大均与李因笃寻未央宫遗址,同至富平韩家村李因笃家登堂拜母。六月偕李因笃自富平同往代州,过太原访傅山,至代州识顾炎武。八月六日,游五台山。屈大均游代州时,在李因笃等人的安排下,娶王华姜。康熙六年丁未(1667)八月朔,屈大均自代东入京。康熙七年戊申(1668)三月顾炎武以莱州黄培诗狱案牵连,下济南狱中。李因笃走燕中急告诸友,大均于京师参与其事。之后,大均返代州,欲从代州返岭南。这年秋,王华姜生女阿雁。八月二日,大均携家北行,至昌平,谒长陵以下诸陵,入京。买舟南行,至济宁,舍舟陆行,岁暮,至秦淮度岁。康熙八年己酉(1669)春,大均夫妇于南京遇李符。大均顺道访朱彝尊、徐嘉炎于嘉禾,下榻嘉炎斋中。八月,抵番禺故里。大均这一次远游,不但结交了很多志士仁人,而且还用诗文详细记录了自己的行踪和心情。赵园研究员说:"《翁山文外》卷一系列性的长篇游记,自述其游踪甚详。诸篇有连续性:谒孝陵(《孝陵恭谒记》),由南京渡江,经安徽、河南至陕西(《宗周游记》),由代州赴京师(《自代东入京记》《自代北入京记》等),俨然一次凭吊故国之旅。"①

虽然屈大均的名士之游主要缘于其个性的张扬,但也不能说与其个人的选择和追求没有关系。屈大均是一位抗清志士,但也是一个文人。他对写作和文化传承的用心,并不亚于抗清之事。"经国之大业,不朽之盛事"的文章写作未必不是其人生的追求之一。吴梅村云:"不涉山川、历关檄,不足以发其飞扬沉郁、牢落激楚之气。"②吴梅村此处是就诗歌创作与游历的关系而言的。不过,明末清初文人远游的初衷并不一定就如吴氏所言是为诗而游,其中多数人的游是志在恢复。恢复虽成泡影,但这种远游却使其诗得到了江山之助。此时的文人于无意当中把万卷书和万里路的理想,整合到了抗清复国的壮游之中。屈大均的远游虽然结交了很多抗清志士和遗民,但也结交了很多仕清的文化名人,如王士禛、钱谦益等。温汝能《粤东诗海》云:屈大均"为飘然远

①赵园:《游走与播迁——关于明清之际一种文化现象的分析》,《东南学术》2003年第2期。
②杜登春:《尺五楼诗集》卷首,康熙十九年(1680)刻本,转引自李婵娟:《清初岭南遗民诗群的社会结构与群体心态》,《广西社会科学》2014年第1期。

游之举,先后游览庐山、罗浮山……复东出榆关,周览辽东西名胜……
其后,流连于齐鲁吴越间,交王士禛、朱彝尊、杜濬(原作'潜',当为
'濬')、钱谦益诸名家"①。屈大均的远游并非单纯的志士之游,明显带
有文化名士之游的色彩。

在清初岭南诗人当中,除了陈恭尹等人的志士之游和屈大均的名
士之游外,还有另外一种形式的游,那就是某些诗人为了个人仕途的宦
游。梁佩兰、程可则和方殿元等人的游就属于这一类。

三、梁佩兰、程可则等人的宦游

明末清初岭南著名诗人梁佩兰、程可则、方殿元等,与屈大均、陈恭
尹不同,在明清鼎革之时,出于各种原因,他们选择了入仕新朝。其南
来北往属于宦游。

(一)程可则

程可则(1628?—1677?)②,字周量,又字彦揆,小字佛壮,号石臞,
又号湟溱,广东南海人。程可则"五岁读书,过目不忘,十岁能文,有神
童之称,弱冠下笔如云涌泉流,千言立就"③。少与薛始亨、屈大均等同
受业于陈恭尹之父邦彦。明亡,礼函昰为僧,法名今一,字万闲④。顺治
七年庚寅冬,清军再破广州,程可则与其父身陷围城中被执,出应顺治
八年秋围,中试。陈恭尹云:"周量少时与薛君剑公、屈君翁山诸人同受

---

① 温汝能辑:《粤东诗海》卷 98 下,第 1859 页。
② 程可则的生卒年有不同的说法:一、1623—1673。见江庆柏编:《清代人物生卒年表》,人民文学
　出版社 2005 年,第 768 页,言据陈恭尹《海日堂集序》。二、1624—1673。见钱仲联、傅璇琮、王
　运熙等主编:《中国文学大辞典》,上海辞书出版社 2000 年,第 1211 页;钱仲联主编:《中国文学
　家大辞典》,中华书局 1996 年,第 791—792 页。三、1627—1673。四、1627—1676。见陈永正主
　编:《岭南文学史》,广东高等教育出版社 1993 年,第 297 页;温汝能辑:《粤东诗海》卷 56,第 1036
　页。笔者以 1628?—1677? 为是。
③ 郭尔庇、胡云客修,冼国干纂:〔康熙〕《南海县志》卷 12《人物》,康熙三十年刻本,见《广州大典》
　第 272 册,第 717 页。
④ 徐作霖、黄蠡辑:《海云禅藻集》卷 4,道光十年刻本,见《广州大典》第 515 册,第 286 页。按:阮元
　修,陈昌齐等纂〔道光〕《广东通志》卷 328(道光二年刻本)作"万间",见《广州大典》第 257 册,第
　566 页。

业于先子之门。先子既殉节，而薛屈二君皆弃其诸生，以著书为乐；周量独身陷围城中，与尊人并为系缧，不得已而取世资以自免。"①顺治九年壬辰会试第一。《广东通志》云："顺治辛卯，以《诗经》荐壬辰会试，举礼部第一，以磨勘首义，不得与殿试，而可则益沉酣经学。"②"以磨勘题理黜不得第，人皆冤之。"③"归南海，傍西樵之麓，诛茅以居，益发愤"，沉酣经史，"又东游吴会，西泛彭蠡，北走燕赵，循太行观九塞三关之险"④。

　　顺治十七年庚子春，程可则"应阁试，授内阁撰文中书，寻改内秘书院"⑤。十八年，奉诏颁赐山东。康熙八年己酉，以户部主事充任顺天府同考官，擢员外郎。十年，迁兵部职方司郎中。康熙十二年癸丑（1673）四月出为桂林知府，顺道回乡。之后赴桂林上任，赴任月余而三藩乱作。本年七月，吴三桂、尚可喜、耿精忠先后请撤藩，皆许之。十一月吴三桂杀云南巡抚朱国治，率所部反清，以蓄发复衣冠号召天下。程可则忧劳成疾，康熙十六年丁巳（1677）前后，卒于全州，终年五十。陈恭尹《海日堂集序》云："出守桂林，月余而三藩乱作，竟以忧卒于全州，年仅五十。又一年，而朝廷有博学宏词之举……向使周量不遇胡公，必不至于排击，不出守桂林，必不至身及于乱。稍加以年，未必不与于博学宏词之选。"⑥康熙十七年下诏于明年举博学宏词试。据此推测程可则当卒于康熙十六年前后。著有《海日堂集》《遥集楼诗草》《萍花草》。后二书，今不存。

　　程可则沉酣经史，广交游，"诗文名世，与颍川刘体仁、长洲汪琬、新城王士正齐名"⑦。与陈恭尹、梁佩兰、王邦畿、方殿元、方还、方朝合称"岭南七子"，与陈恭尹、梁佩兰、王邦畿、王鸣雷、陈子升、伍瑞隆合称"粤东七子"，又与宋琬、曹尔堪、施闰章、沈荃、王士禄、王士禛、陈廷敬

①陈恭尹：《海日堂集序》，见程可则：《海日堂集》卷首，道光乙酉重刊本，《广州大典》第436册，第132页。

②郝玉麟修、鲁曾煜纂：〔雍正〕《广东通志》卷48，雍正九年刻本，见《广州大典》250册，第214页。

③陈恭尹：《海日堂集序》，见程可则：《海日堂集》卷首，《广州大典》第436册，第131页。

④王士禛语，转引自温汝能辑：《粤东诗海》卷56，第1037页。

⑤郝玉麟修、鲁曾煜纂：〔雍正〕《广东通志》卷48，见《广州大典》第250册，第214页。

⑥陈恭尹：《海日堂集序》，见程可则：《海日堂集》卷首，《广州大典》第436册，第132页。

⑦郝玉麟修、鲁曾煜纂：〔雍正〕《广东通志》卷48，见《广州大典》第250册，第215页。

（一说汪琬）合称"海内八家"，活跃于清初京城诗坛。"其为诗取材于《选》，取法于唐。"①施闰章序其集，谓为"腾踔奋伟，熊熊有光焰"②。钱朝鼎序云："周量诗高情胜气，逸出云霞之表，其克与三家伯仲鼓吹也。大率具拾遗之风骨而化其坚深，备供奉之逸气而消其奔轶。"③汪琬序云："程子周量，既不得志于时，及其为诗清婉深粹，盖犹有风人可以怨之遗焉。"④沈德潜云："湟溱诗俊伟腾踔，声光熊熊，亚于渔洋，品在公㪍、玉虬、钝翁诸公之右，称鲁、卫者惟西樵乎！后之选岭南诗者，只取屈、梁、陈，而不及程何也？"众人指出的这一特征从以下两首诗可以看出。其《送纪载之备兵肃州》云："万古焉支路，迢迢欲上天。送君持汉节，吹角去防边。问俗清西海，题诗贲酒泉。羌戎群下拜，不敢向居延。"沈德潜评此诗："不必奇崛，自是唐音。"《登虔州城楼》云："郁孤台畔暮烟空，与客登临起大风。马耳群山归睥睨，虎头全郡览崆峒。江通闽楚三千里，地跨东南百二雄。十载楼船纷下濑，兵戈今喜罢虔中。"⑤不过，程可则诗所呈现出来的特征也并非都是如此，有不少诗作就透露出无奈和悲凉，这类诗可以说是对宦情的表达。

顺治十年癸巳（1653）屈大均北游，程可则有《送灵上人之庐山》，诗云："片云辞粤峤，孤鹤向溢城。自有名山契，能将客路轻……未觉劳生梦，飘飘愧尔行。"⑥程可则此前虽经历了一些仕途上的挫折，但相比较他一试及第，再试又捷，总体上看还是比较顺利的，所以他此时尚感慨未深，从这首诗即可看出。

程可则游宦在外，难免心生感慨。《雪》诗云："十载南天外，深冬见汝难。一从乡国别，两度客中看。野寺少尘鞅，空斋增暮寒。登楼望萧瑟，高卧愧袁安。"《三月晦夜》云："九十春今尽，萧条逆旅过。人烟寒大陆，山雨急长河。岁月悲歌换，莺花涕泪多。思亲同潞水，东逝不

①郭尔毦、胡云客修，冼国干等纂：〔康熙〕《南海县志》卷12《人物》，见《广州大典》第272册，第717页。

②施闰章：《海日堂集序》，见程可则：《海日堂集》卷首，《广州大典》第436册，第127页。

③钱朝鼎：《海日堂集序》，见程可则：《海日堂集》卷首，《广州大典》第436册，第126—127页。

④汪琬：《海日堂集序》，见程可则：《海日堂集》卷首，《广州大典》第436册，第130页。

⑤沈德潜等编：《清诗别裁集》卷3，上海古籍出版社1984年，第109、111—112页。

⑥温汝能辑：《粤东诗海》卷57，第1053页。

回波。"①

人在旅途,易生逆旅之悲,尤其对于曾经遭受挫折之人。《舟中对梅花有感》云:"岭头相望不相见,今日逢之生叹嗟。春色倚帘徒延伫,家傍罗浮未归去。身是东西南北人,来岁花开我何处。"②《江上怀美公》云:"斜日明归雁,空江忆故人。昔年经雨雪,此地共风尘。失路吾谁偶,论交尔最真。一从过岁晏,芳芷不成春。"③失路之悲,飘零之叹,在这两首诗中是比较明显的。

生日对于不少人来说是一次狂欢。不过,对于有志功名的人来说,常有人生易老,久而无成之感,程可则即是如此。《生日感怀》云:"多生何处惹尘埃,三十九年今日来。长路烟霜恒在眼,寒林风木总余哀。徒将薄劣班机禁,未有功施被草莱。记得本师留偈别,三堂花雨梦中回。"(之一)"明年四十登强仕,气体依稀异昔时。哭柏山中头白早,征兰梦里子生迟。折肱敢论当年事,抚髀真惭后日期。今夕闻鸡又茅店,一生心绪许谁知。"(之二)④

康熙七年戊申屈大均欲从代州返岭南,见到任职于京师的程可则。程可则作《送屈翁山归里》六首,屈大均作《将从雁代返岭南留别程周量》五律九首。两人本来同窗共读,但其行藏出处却截然相反。这一组诗,很能透露二人心迹。程可则云:"天涯频念汝,相见喜成悲。老大余诗卷,飘零有鬒丝。"(之一)"及汝为同学,迢迢二十年。别离虚少壮,丧乱饱风烟。羽翼谁相假,行藏各自怜。"(之三)"来从广武塞,去忆尉佗城。聚散感遥夜,行藏慎此生。负书徒独往,怀璧竟何成。共坐闻乌鹊,南飞心易惊。"(之五)"两月长安道,交游兴未孤。词华方庾鲍,世态任萧朱。"(之六)⑤屈大均诗云:"鸿雁南飞尽,予将大庾还……离心同落叶,一夜满秋山。"⑥"流落真无计,依人古所难……骨肉归相保,关山去

①温汝能辑:《粤东诗海》卷57,第1055页。
②温汝能辑:《粤东诗海》卷56,第1045页。
③温汝能辑:《粤东诗海》卷57,第1053页。
④温汝能辑:《粤东诗海》卷57,第1061页。
⑤程可则:《送屈翁山归里》,《海日堂集》卷3,道光乙酉重刊本,见《广州大典》第436册,第201页。
⑥屈大均:《将从雁代返岭南留别程周量》之五,《道援堂诗集》卷4,清刻本,见《四库禁毁书丛刊》集部第52册,第553页。

正寒。劳君治行李,歧路泣相看。"①丧乱余生,二人都感慨很深,共同抒发了分别后的遭际和沧桑之感。程可则为宦京城,亦感世态炎凉而老马哀鸣。

康熙十二年之后三藩皆有不臣之心,吴三桂在西南蠢蠢欲动。是年四月,程可则由兵部职方司员外出知桂林。这次西南之行,也就走到了他生命的最后一程了。《古意》诗云:"朝闻吹角动秋城,诏下巴渝事远征。一夕闺人万行泪,玉砧齐和捣衣声。"②

程可则对这种游宦生活,有时也强作宽慰。《寄内子长沙》云:"一封家信寄潇湘,暂把他乡作故乡。此后春来应有雁,莫言飞不过衡阳。"③这样的宽慰透露出的到底是宦游的无奈。

(二)梁佩兰

梁佩兰(1629—1705),字芝五,号药亭,别号柴翁、漫溪翁④、二楞居士⑤,晚号郁洲⑥,友人私谥文介先生⑦。生于崇祯二年己巳十二月十二日。祖籍南海县,世居广州城西梁巷⑧。父名濂泉,梁佩兰为长子⑨。

顺治七年庚寅冬清军第二次攻陷广州。梁佩兰当时二十二岁,携家逃难,见清军暴虐,愤而作《养马行》。其后曾一度为僧⑩。顺治十四年丁酉梁佩兰应乡试,中"解元……会魁"⑪。

不幸的是自顺治十四年丁酉之后直到康熙二十六年戊辰,三十年

---

① 屈大均:《将从雁代返岭南留别程周量》之四,见《屈大均全集》第1册,第254页。

② 温汝能辑:《粤东诗海》卷57,第1064页。

③ 温汝能辑:《粤东诗海》卷57,第1064页。

④ 释成鹫:《纪梦编年》"戊午"条,《咸陟堂集》第2册,第310页。

⑤ 周弧辑:《法性禅院倡和诗》卷首,有梁佩兰撰《放生池序》,篇末自署"二楞居士梁佩兰题"。康熙四十一年(1702)蓍卜楼刊本。

⑥ 《皇清赐进士出身征仕郎翰林院庶吉士显考药亭梁公府君、敕封孺人显妣梁门何氏太夫人之墓(碑记)》(以下简称《梁佩兰墓碑记》),见《六莹堂集》,第451页。

⑦ 方正玉:《哀词》,见《六莹堂集》,第391页。

⑧ 《梁佩兰墓碑记》,见《六莹堂集》,第451页。

⑨ 《梁佩兰墓碑记》,见《六莹堂集》,第451页。

⑩ 檀萃谓:"梁六莹初亦为僧,不久而归举解元。"见檀萃撰,黄涛编:《楚庭稗珠录》卷4《论三家》,光绪间抄本,《广州大典》第394册,第274页。

⑪ 阮元修、陈昌齐等纂:〔道光〕《广东通志》卷78,《选举表》十六"顺治十四年丁酉"条,道光二年刻本,《广州大典》第252册,第506页。

间,屡上公车,皆怅怅而返。顺治十六年己亥会试落第,南归。康熙三年甲辰(1664)春,梁佩兰会试落第,游吴越。康熙六年丁未会试落第,在京交王士禛。康熙十一年壬子应聘往阳春县修志。康熙十二年癸丑落第南归,途经宁都访彭士望等。康熙十七年戊午(1678)梁佩兰与释成鹫等于弼唐避三藩之乱,自号漫溪翁。康熙二十年辛酉(1681)冬离粤,第二年二月抵京,会试落第。这一年京师结诗社,众推梁佩兰、朱彝尊、方中德主坛坫,声名大重,九月离京。康熙二十二年癸亥(1683)春,客吴门,四月回粤。康熙二十三年甲子(1684)八、九月间,纳兰性德寄书邀梁佩兰赴京共选两宋诸家词。十一月动身赴京。康熙二十四年乙丑(1685)春,会试下第。九月,离京南归,至扬州,与吴绮、卓尔堪赋诗送故明太常吕潜归蜀葬母。应宋实颖之倡,为曹寅《楝树图》题诗。秋末,抵广州。将近三十年的时间里梁佩兰在广州和北京之间往返奔波,希求一第,但总未能如愿。这期间所做之事,除一次应邀去阳春县修志,一次避乱于弼唐,一次在京主持诗社,一次应纳兰性德之邀赴京选词和顺道游吴之外,其他皆为应考。三十年间他六上公车,却屡战屡败。

康熙二十七年戊辰(1688)春抵京。二月十九日,应会试。榜发,得魁本房,中会试第十名。发榜之日,他正与朋友在公寓"论正平岑牟与摩诘《郁轮袍》事。公得捷音,色不为动。第曰:'老而成名,归得肆力于《丘》《索》,足矣。'"①三月二十六日应殿试,中二甲第三十七名,赐进士出身。随后拜见座师徐乾学,有《上徐健庵夫子》诗十二首。五月十一日,选授梁佩兰等三十四人为翰林院庶吉士。同人公推梁佩兰为馆长。第二年夏,请假南归,经扬州回粤。这一年梁佩兰由广州城西移居仙湖。

康熙四十一年壬午(1702)诏敕长期在外的庶吉士赴翰林馆供职,十二月,梁佩兰离粤赴京。七十四岁的梁佩兰再次离粤北上,年虽衰迈,但雄心未泯。此时梁佩兰按捺不住自己的兴奋,一路上不时流露出渴望皇帝重用的心思。《腊月十九日江上立春作》云:"不忘故人书万

---

① 方正玉:《哀词》,见《六莹堂集》,第390页。

里,圣朝词赋重邹枚。"①《韶阳江行》之一云:"不须愁处是晴春,津吏当关许问津。白发未曾忘报国,皇天焉肯滞斯人!山峰送我云为马,沙岩吞篙石作鳞。明日计程江北路,雪中应见柳芽新。"②

　　康熙四十二年癸未(1703)春,抵京。三月十八日,康熙帝五十寿辰,群臣献祝颂诗文,梁佩兰有《恭颂万寿诗》十二首。正当他满怀希望,一展抱负的时候,四月,例值翰林院散馆考试,二十日,庶吉士梁佩兰等三十人,以不习满文,谕归进士班用。这对于他来说,也是一个不小的打击。梁佩兰不肯就选县令,亦不请留内阁中书。九月朔日,同沈用济自潞河乘舟南还。回乡途中情绪大坏,与来京路上的轻松愉悦相较,差别非常明显。康熙四十三年甲申(1704)春,梁佩兰游庐山,再过鄱阳湖,溯赣江而南,度岭入粤。康熙四十四年乙酉(1705)三月二十九日,梁佩兰病卒,享年七十四岁。著有《六莹堂集》等,诗风前期雄健豪放,后期静照敛彩。

(三)方殿元

　　方殿元(1637—?,一作 1636—1702),字蒙章,号九谷,番禺人。曾与屈大均、陈恭尹、梁佩兰等交游。康熙三年进士,历官郯城、江宁知县。康熙十四年,以母丧去官服阕,值三藩乱起,"烽火几半天下",道阻不得返乡。后引疾去官,携其子侨寓苏州。家有广歌堂以延名士,酬唱颇盛。方殿元善诗古文词。著有《九谷诗文集》《环书》。殿元二子二女亦善诗。长子方还(1674—1717),字蒉朔,贡生,著有《灵洲诗集》;次子方朝(1675—1734),字东华,一字寄亭,号初庵,亦号勺湖、勺园,晚号芬灵山人、芬灵野人,国学生,著有《勺湖集》;女方洁(1673—1757)③,工书,善承家学,有诗集行世。"九谷雄长南粤……诗文集鸿丽浑厚,苍然蔚然。故其教子真,令其不读唐以后书。"④兄弟所学一本庭训,"文读诸

①《六莹堂集》,第 323 页。
②《六莹堂集》,第 323 页。
③方殿元、方还、方洁生卒年,见叶宪允:《浣青夫人钱孟钿生平、家世及影响》,《常州工学院学报》2018 年第 1 期。
④沈德潜:《方蒉朔〈灵洲诗集〉序》,《归愚文钞》卷 13,《沈德潜诗文集》第 3 册,人民文学出版社 2011 年,第 1340 页。

子,诗读汉、魏、盛唐"。"倡诗教,喜宾客,四方诗人来吴者,每登方氏广歌堂,赋诗宴饮,称一时之盛。知广南屈、梁、陈三家外,别有方氏派衍云。"时有"二方之名,远近交推之,而弟名尤著"①之说。方殿元并其二子方还、方朝与陈恭尹、梁佩兰、程可则、王邦畿合称"岭南七子"。

方殿元诗原出古乐府,于竞尚苏、黄时独操唐音,吴下从之者众多。《陇头水》:"陇头一何高,流水何悲咽。流水一去不复回,地久天长长断绝。长断绝,人在秦西家在越。百折终教到海东,殷勤泪滴关山月。"②这首诗表达了宦游在外、远离家乡之悲。漂泊在外之人,故乡就是心头最不能碰触的那根神经。《怀园引》:"奈何兮君不归……高枕白云兮,孤鹤于飞。胡舍此兮栖栖,返而返而,彼邦之人兮,忸怩而喔咿。君不归兮将待谁。"③

人生短暂,成名当早,这是许多有志功名的人的共同愿望。方殿元尽管未及而立即成进士,但还是不时生发逝水不返、知音难遇的感慨。《拟古》诗云:"终古何茫茫,阴阳自迁变。往者徒尔闻,来者弗复见。此生只须臾,不值陶唐禅。敝庐穷巷中,瓮牖颓将半……川水倒西流,滔滔何日转。此曲难遽终,知音泪如线。""大火忽流西,阴风起林泉。繁星何熠熠,寒月正中天。对此私惘怅,徙倚步西轩。含情向谁诉,历历托哀弦。一曲生离别,再弹悲逝川。鹍鸡发高鸣,孤鸿为回旋。"④为了那一抔俸禄,一袭如戏装之官服,栉风沐雨,东西南北,偶一转念,难免自嘲不如佛子。《远别离》:"嘻呼悲,远别离。恒山之鸟生四儿,艰难毛羽始成就,各自东西南北飞。东西南北路多阻,从此行兮慎羁旅。朝多霜兮暮多雨,毋我思兮使尔苦。黄河不见西还水,尔纵怀归我何似。嗟哉游宦人,莫哂浮屠子。"⑤

自嘲源自英雄的洒脱、豪杰的胸襟,是用别一视角审视自己时的偶一放松。更多的时候,豪杰还是难以掩饰其放眼天下的英雄心迹。《送远曲》云:"华堂坎坎夜击鼓,弦急笙高月方午。游子今日万里行,满座

①沈德潜等编:《清诗别裁集》卷28,第1148、1151页。
②温汝能辑:《粤东诗海》卷65,第1239页。
③温汝能辑:《粤东诗海》卷65,第1241—1242页。
④温汝能辑:《粤东诗海》卷65,第1244页
⑤温汝能辑:《粤东诗海》卷65,第1239页。

飞觞泪如雨。起坐倾君金屈卮,拔剑顾盼为君舞。西风昨夜吹海涛,江汉飒飒飞寒雨。男儿手握繁弱弓,谁能郁郁老乡土。上客翻为慷慨声,班马一嘶红日曙。"①《羁谣》诗云:"北风飒飒吹江浒,酒阑拔剑为君舞。雕鹗摩天离下土,何代英雄不羁旅。"②"谁能郁郁老乡土""何代英雄不羁旅",这既是英雄用世心迹的表达,也是人在旅途的自我宽慰。宦情虽苦,对于有志功名的人来说,却不能株守门前的那一汪清水、那一片薄田。

梁崇一云:"九谷乐府声色臭味直逼古人,古诗亦疏落自喜,无时下铺排软靡之习。"颜鹤汀云:"九谷乐府寄托遥深,节韵苍峭。"③"其乐府节韵尤苍峭入古。"④邓之诚《清诗纪事初编》评方殿元:"其诗纯以神行,境界甚高。"⑤这几段话都指出了方殿元诗的突出特色及与乐府诗的渊源。沈德潜坐馆方家,深知方氏父子,指出"九谷著《环书》,自成一子,欲究天人窈奥,余事乃作诗人也。然高华伉爽,依傍一空,品不在岭南三家下"⑥。

人的情感是复杂的,尤其处于变乱时代。情感虽然遇物而生,但文人士子通过文字对情感的表达往往是有所选择的。不知程可则、梁佩兰和方殿元等人是否有时候也会产生与屈大均、陈恭尹等类似的感慨和愤激的情绪?是不是为了政治正确,也会有所写有所不写?受时代影响,其作品虽然难免会流露沧海桑田之感,但从以上所述程可则和方殿元等人的情况来看,他们抒写的感慨主要还是传统的游宦之思和羁旅之悲。

四、隐于乡野市井

岭南文人面对明末清初的变局,一开始,出于最基本的家国情怀和

①温汝能辑:《粤东诗海》卷65,第1241页。
②温汝能辑:《粤东诗海》卷65,第1242页。
③温汝能辑:《粤东诗海》卷65,第1232页。
④凌扬藻编:《国朝岭海诗钞》卷2,道光丙戌年刻本,《广州大典》第89册,第249页。
⑤邓之诚:《清诗纪事初编》卷8,第983页。
⑥沈德潜等编:《清诗别裁集》卷9,第352页。

夷夏大防，大多选择了抗清。至万不可为而后抗节高蹈，开始了隐遁的生涯。清初岭南诗人的隐，可以概括为两种形式：一隐于乡野市井，一隐于丛林禅寺。隐于乡野市井者，除屈大均和陈恭尹之外，还有很多，如陈子升、王邦畿、伍瑞隆、王鸣雷、何绛、岑徵等。隐于丛林禅寺者，如天然函昰、今释澹归、今无阿字等。

世间之隐与世外之隐两者之间并没有难以逾越的障碍。隐于乡野市井的遗民诗人大多曾有逃禅的经历或与禅门关系匪浅。这一时期不少岭南文人，出于不同的原因都曾踏足空门，后又脱下僧服，或徘徊于禅俗之间。王邦畿、陈子升、屈大均、王隼等都有出家或为居士的经历；而隐于丛林禅寺之人，又有很多本来即是士夫缙绅，或受师友教导而能赋能诗，岭南一代高僧函昰、澹归出家前即是举人、进士。

隐于乡野市井的遗民诗人其境遇虽然各有不同，但出处行藏却大体一致：读书、抗清和拒仕新朝。正因为如此，他们的诗作才有着共同的情感主题和大体一致的抒情内容：遗民之思和对于明清变乱的感慨。

（一）伍瑞隆

伍瑞隆（1585—1668），字国开，号铁山。香山（今属广东中山）人。性颖悟，弱冠补诸生。天启元年（1621）乡试第一[①]，天启二年壬戌应试京城，往返于燕、齐、鲁、卫之间，本年归，有《临云集》。时李孙宸以"奉使假道休沐"在粤，为之序[②]。崇祯十年丁丑（1637）中会试乙榜，初授化州教谕。修《高州府志》，以信史称，擢翰林院待诏，迁户部主事，再迁员外郎，管仓场。十五年，任河南大梁兵巡道，旋署藩臬两司，谢病归[③]。瑞隆爱香山莲花峰下藕泉，陈子壮为题诗云："云瀑樵西唱采茶，道情三老便移家。香山近日饶铛鼎，扫拾莲峰瓣瓣花。"子壮以方文襄、湛文简、霍文敏为西樵三老，而瑞隆与李孙宸、何吾驺二人为旧交，故以相期。辟玉溪园、白燕池于所居之南，与同里李孙宸、何吾驺诸人文酒唱

---

① 阮元修、陈昌齐等纂：〔道光〕《广东通志》卷76《选举表》记载：天启元年辛酉广东乡试，伍瑞隆为该科解元。"伍瑞隆，解元，香山人，字国开，河南兵备道。"见《广州大典》第252册，第467页。
② 李孙宸：《伍国开〈临云集〉序》，《建霞楼文集》卷4，清刻本，见《广州大典》第431册，第217—218页。
③ 李永新主编：《全粤诗》第17册，第684页。

酬无虚日①。南明弘光朝入金陵与诸名士结社攻马士英、阮大铖②。南明绍武立，拜太仆寺正卿③。清兵破广州，被捕，后放还。所居樗栎社，因离合其文曰"雩乐林"，以樗栎自况。晚年隐于邑南鸠、艾二山间，号鸠艾山人，年八十二卒④。〔康熙〕《香山县志》卷7、〔乾隆〕《香山县志》卷6有传。

鼎湖僧道丘，号栖壑，顺德柯氏子，有戒行。瑞隆辞官归后，从之游，尝与何吾驺延至香山，讲《金刚经》。国亡后，瑞隆迭经丧乱，寄道丘《祝栖老和尚七十有一》诗云："我岁乙酉夏，师年丙戌春。所争九个月，同作七旬人。老宦曾何补，名僧自有真。鼎湖山月白，为照劫灰尘。"⑤冈州四众请道丘说法，瑞隆有皈依意，复赠《客冈州送栖壑和尚还鼎湖》诗云："昔日从师断二愚，别来原只在须臾。肉身喜见生菩萨，法座前称老腐儒。满月一帘天在水，香风万里露成珠。凭师试展琉璃臂，入我冈城立雪图。"⑥

伍瑞隆诗书画兼善，其水墨牡丹名盛一时。成鹫《题伍铁山水墨牡丹》云："铁山写铁干，留色不留香。墨妙传三昧，灵台放宝光。天香非有相，国色等无常。即此明真幻，何须问洛阳。"⑦成鹫《题故将军樊曦墅牡丹》又云："前有铁山伍太史，后有山人赵裕子。先后齐名写牡丹，不尚铅华工墨水。伍公气古骨格高，信笔疾书不求似……铁山得气赵得神，三人角立如鼎峙。"⑧

陈融《颙园诗话》评其诗"寄意深远"。其《山居杂咏》云："天地亦已大，斯人何苦心。把酒语不得，西风吹上林。"⑨《闻笛》："吹笛江头夜半

①陈伯陶：《胜朝粤东遗民录》卷2，第166页。

②温汝能辑：《粤东诗海》卷45，第865页。

③李永新主编：《全粤诗》第17册，第684页。

④温汝能辑：《粤东诗海》卷45，第865页；释成鹫编：《鼎湖山志》卷6；陈伯陶：《胜朝粤东遗民录》卷2，第166—167页；雷梦水、潘超、孙忠铨、钟山编：《中华竹枝词》第4册，北京古籍出版社1997年，第2735页；李廷绵编：《杨柳青青江水平：历代竹枝词赏析》，台北开今文化事业有限公司1994年，第196页。

⑤仇江、李福标等编撰：《新修鼎湖山庆云寺志》第6册，中山大学出版社2018年，第250页。

⑥李永新主编：《全粤诗》第17册，第777页。

⑦释成鹫：《咸陟堂集》第3册，第373页。

⑧释成鹫：《咸陟堂集》第3册，第221页。

⑨李永新主编：《全粤诗》第17册，第761页。

时,新声清切泪堪挥。故园应有梅花落,何得因风满客衣。"①《秋夜登郡城楼》:"萧萧秋气吹长缨,独立缥缈之层城。掌中珠色月俱朗,匣里刀环风自鸣。遥天鼓角有余急,清夜琅璈何处声。凭高感极醉不得,却倚苍茫看玉京。"②这些诗应该有所寄托,所谓"寄意深远"当指这类诗作。其作品也有不少清切明白的。《怀仙》云:"二十三处饮,人人见此人。高情无不可,良会任相亲。瑶草春深长,琼花雨后新。相思在天上,云月是芳邻。"《天池芰荷》:"天上荷花天上开,不应吹落世间来。秋风昨夜香如酒,帝遣天池作寿杯。"《长洲烟雨》云:"烟雨濛濛溪水头,长洲莫即是瀛洲。凭君为拨群峰看,似有玲珑十二楼。"③这类诗,应该没太多的寓意。其《竹枝词》更是清新易懂,云:"鹧鸪草长鹧鸪啼,蝴蝶花开蝴蝶飞。庭前种得相思树,落尽相思人未归。"④

王士禛评岭南诗人云:"东粤诗,自屈、程、梁、陈之外,又有王邦畿说作、王鸣雷震生、陈子升乔生、伍瑞隆铁山数人,皆有可传。"⑤伍瑞隆与陈恭尹、梁佩兰、程可则、王邦畿、陈子升、王鸣雷合称"粤东七子",又与陈子升、王鸣雷合称"粤东三子"。著有《临云集》《辟尘集》《怀仙亭草》《金门草》《白榆园草》《游梁草》《石龙草》《铁篆草》《雩乐林草》《鸠艾山近赋》《少城别业近草》等⑥。"瑞隆诗,诸别集多已佚,仅存日本内阁文库藏明天启四年刊本《临云集》十卷。"⑦

(二)陈子升

陈子升(1614—1692),字乔生,号中洲,又号南雪,南海沙贝村人。生于神宗万历四十二年甲寅冬。父熙昌,兄子壮。年十六补诸生,明末与黎遂球、陈邦彦以文章声气遥应复社。南明弘光帝登极,诏荐士,子升以明经举第一。顺治二年乙酉,南明隆武改元,张家玉疏,召子升赴

---

① 李永新主编:《全粤诗》第 17 册,第 767 页。
② 李永新主编:《全粤诗》第 17 册,第 747 页。
③ 温汝能辑《粤东诗海》卷 45,第 865、866 页。
④ 陈伯陶:《胜朝粤东遗民录》卷 2,第 167 页。
⑤ 王士禛:《渔洋诗话》卷中,见丁福保辑《清诗话》,上海古籍出版社 2015 年,第 188 页。
⑥ 陈伯陶:《胜朝粤东遗民录》卷 2,第 167 页。
⑦ 李永新主编:《全粤诗》第 17 册,第 684 页。

闽,任中书舍人。顺治四年丁亥,即永历元年,兄子壮与张家玉、陈邦彦等起兵抗清,子升亦领军一队与战,事败,李成栋籍其家,子升奉母匿藏深山。次年永历帝返肇庆,拜子升吏科给事中,迁兵科右给事中。顺治七年,粤东再陷,会以使事先出,追永历帝不及,遂流落山泽。久之归里,诗酒自娱。常与王邦畿、王鸣雷、屈大均、陈恭尹、梁佩兰等岭南诗人唱和。康熙五年丙午前后入空门礼佛,皈依道独为僧。康熙十年辛亥(1671)春,子升北上入黄山青原访熊鱼山、方密之,为方外之游,自称智山道人、智山居士。康熙十一年壬子,入庐山归宗寺受天然和尚戒,法名今住,字草庵。归后杜门不出。

　　子升工诗,善音律,又长于书画、篆刻。钱谦益《中洲集序》谓陈子升"学殖富有,才笔日新,以《风》《雅》为第宅,以《骚》《选》为苑囿,缛绣凄弦,蒙荣集翠"①。其作品的主题主要是感叹国事,表达失国之痛和故国之悲,这些作品同时也传达了自甘隐沦的志向。薛始亨《陈乔生传》云:"为诗多悲慨为变雅之音。"②《感秋四十首城中客舍作》有云:"彩凤舞炎方,朝阳更夕阳。苍梧不可宿,韶石但相望。本与麟龙并,如何羽翼伤。长歌洁心志,芝草秀斋房。"③《感讽》:"南越称臣汉赵佗,于今南海甚风波。高台尚在堪朝汉,逝水如斯无渡河。几度狐驺闻国诵,谁边犀兕答城歌。涉川济世元多术,寄语楼船漫戢戈。"④《赠马太监先世回人》:"羁雌啼过定山春,零落先朝一内臣。长忆九重天子事,还悲七尺丈夫身。青宫伴久书因熟,红本批多字爱匀。闲向教门随礼拜,白巾偏称尚衣人。"⑤钱谦益《中洲集序》云:"读乔生之诗而想见其已事,恸哭誓师,创残饮血。既已,怒为轰雷,笑为闪电矣。炎风朔雪,唐天俨然传芭伐鼓,楚祀未艾,陈庭之矢集隼而终楛,周府之玉化蜮而能射。自悼之章,七哀之什,长怀思陵,永言金鉴。鲁阳之落日重挥,耿恭之飞泉立涌,岂

---

① 陈子升:《中洲草堂遗集》卷首,道光二十年南海伍氏诗雪轩校刊本,《丛书集成续编》第151册,台北新文丰出版公司1988年影印本,第270页。
② 陈子升:《中洲草堂遗集》卷首,《丛书集成续编》第151册,第273页。
③ 陈子升:《中洲草堂遗集》卷9,《丛书集成续编》第151册,第330页。
④ 陈子升:《中洲草堂遗集》卷11,《丛书集成续编》第151册,第344页。
⑤ 陈子升:《中洲草堂遗集》卷14,《丛书集成续编》第151册,第376页。

犹夫函书窨井,但忏庚申,恸哭荒台,徒传乙丙而已哉。"①卷末伍元微
《中洲草堂遗集跋》云:"鼎革后,目睹沧桑,寄迹菰芦,以寓其《麦秀》《黍
离》之感,其人品自不可及……能于屈、邝、陈、梁、湟溱、九谷诸子而外
另树一帜。"②陈子升与王鸣雷、伍瑞隆合称"粤东三子",与陈恭尹、梁佩
兰、程可则、王邦畿、王鸣雷、伍瑞隆合称"粤东七子"。现存《中洲草堂
遗集》二十三卷。

(三)王邦畿

王邦畿(1616—1665),字诚籥,一字说作,番禺人。明末副贡生③,
隆武乙酉举人。绍武立,以荐官御史。顺治三年丙戌十二月,清军破广
州,绍武帝被害,永历帝西走。邦畿《丙戌腊末》云:"朔风瘦林木,长陌
动烟尘。草野知今日,飘然愧古人。此心空有泪,对面向谁陈。厌著城
边柳,春来叶又新。"④顺治五年戊子八月,永历帝还都肇庆,邦畿赴肇庆
从永历帝,与陈恭尹同寓肇庆一年。"时朝臣树党,由广西至者,自恃旧
臣,每诋广东人。"⑤"钱澄之《所知录》云:'粤东以反正叙官者满朝列,惟
从苏观生拥立唐藩者,禁锢不用。然其中亦有贤者,皆从此废,谓之绍
武一案。'邦畿寓肇,不详何官,疑亦因绍武一案,不甚显也。"⑥顺治六年
己丑(1649),邦畿作《晓漏己丑》诗托讽:"白简朱衣晓漏催,平明春色御
门开。不知辇下承恩者,谁从銮舆入楚来。"⑦是年夏,邦畿归,礼天然函
昰于雷峰,山名今吼,字说作,遂以僧字行。顺治七年庚寅,清军围广
州,邦畿隐居顺德龙江。〔乾隆〕《番禺县志》载:"后事□□名今吼,字说
作,遂以僧字行。"⑧"函昰虽提持祖道,然不废诗,士之能诗者,多至焉。
时金堡亦事函昰为僧,名今释,诗文极富,皆推邦畿为第一手。堡亦谓

①陈子升:《中洲草堂遗集》卷首,《丛书集成续编》第151册,第270页。
②陈子升:《中洲草堂遗集》卷末,《丛书集成续编》第151册,第436页。
③朝鲜阙名:《皇明遗民传》卷6云:"王邦畿,字说作,广东番禺县人,以贡生终。有《耳鸣集》。"云
"以贡生终",不确。
④王邦畿:《耳鸣集·焚余草》,清初古厚堂刻本,见《广州大典》第435册,第792页。
⑤陈伯陶:《胜朝粤东遗民录》卷1,第68页。
⑥转引自陈伯陶:《胜朝粤东遗民录》卷1,第71页。
⑦王邦畿:《耳鸣集·焚余草》,见《广州大典》第435册,第825页。
⑧任果、常德修,檀萃、凌鱼纂:〔乾隆〕《番禺县志》卷15,《广州大典》第277册,第311页。

愤悱抗激,每见邦畿诗,辄自失也。"①

邦畿感伤国事,为《秋怀》八章,以寄哀思。此诗一作《天柱词》,序云:"岁纪壬寅,权归白帝。金乌落羽,桂树不华。暗露成声,明河莫挽。痛仙人之长往,忧蓬岛之云颓。以此感怀,于焉不寐。如何永叹,遂有长篇。"之一云:"天柱安危未易闻,星光河影隔重云。桂华谁信黄金落,琼树虚传白玉分。十二阑干新布置,三千歌舞旧同群。何由双翼归龙驭,南岳山移北岳文。"②陈伯陶谓"其诗仿义山《无题》,缠绵悱恻,非身其际者,莫知比兴之由。盖邦畿工于自晦,故刻减文字以避祸患"③。再如《惆怅》之三:"水绿山青酒满壶,几朝消息属虚无。前庭寡鹤当春舞,隔树晴鸠尽日呼。芍药绣成犹护架,丁香栽就未曾扶。谁言草木无情物,三月蔷薇叶自枯。"④《寒食》:"出门春已半,荒草绿平原。细雨石桥路,东风寒食村。远烟浓树色,流水澹苔痕。谁识当年恨,飘零杜宇魂。"⑤这类诗可谓"托喻遥深,缠绵悱恻,憔悴婉笃,善于言情,哀而不伤,甚得风人之旨"⑥。凌扬藻评曰:"所为诗引喻藏义,寄托微远,非身其际者莫得其比兴所由。钱受之谓其学殖富,意匠深,云浮胐流,别出岭南诸子之间。"⑦也有个别意思比较明豁的诗,如《丙申长至重游端水》:"山川形胜称灵地,父老能言出圣人。赤鳠钓来犹尚火,寒梅摘去不知春。微阳天气初生子,太岁星缠又纪申。日暮高歌岩顶上,鲁戈何自挽红轮。"⑧

除了这些感怀故国的诗作之外,布衣终老之念也是他诗歌的主题之一。如《太息》:"可为长太息,行止亦何因。叶落犹为客,诗成不似人。雨归松径暮,月照草堂新。一读尼山论,狂歌思逸民。"⑨《送岑克图刈稻东安》:"问子去何边,清江欲放船。言从西岸口,遥指东安田。里

---

①陈伯陶:《胜朝粤东遗民录》卷1,第68页。

②王邦畿:《耳鸣集·七律三》,见《广州大典》第435册,第808页。

③陈伯陶:《胜朝粤东遗民录》卷1,第69页。

④王邦畿:《耳鸣集·七律四》,见《广州大典》第435册,第813页。

⑤王邦畿:《耳鸣集·五律一》,见《广州大典》第435册,第777页。

⑥檀萃撰,黄涛编:《楚庭稗珠录》卷4,《广州大典》第394册,第271页。

⑦凌扬藻编:《国朝岭海诗钞》卷1,《广州大典》第89册,第241页。

⑧王邦畿:《耳鸣集·七律一》,见《广州大典》第435册,第797页。

⑨王邦畿:《耳鸣集·五律一》,见《广州大典》第435册,第780页。

社千年圣,农桑五亩贤。有怀沮溺传,期共犁云烟。"①《闲居》之三:"甘分无他想,安心草泽间。暮云多过水,晴鸟不归山。五福惟求寿,千金只买闲。友人相劝勉,呼吸守玄关。"②金堡序云:"说作诗诸体皆工,至其五七言律,真足夺王、孟之席。"③王士禛曰:"说作句如:'云低沧海树,潮上夕阳城''曙色寒山外,秋风古渡前',殊近钱、刘。"④金堡和王士禛可谓比较准确地概括了邦畿的诗歌特点。其《耳鸣集》有古厚堂清刻本存世。邦畿与陈恭尹、梁佩兰、程可则、陈子升、王鸣雷、伍瑞隆合称"粤东七子",与陈恭尹、梁佩兰、程可则、方殿元、方还、方朝合称"岭南七子"。

(四)王鸣雷

王鸣雷,生卒年不详,字震生,号东村,又号大雁、穷室,番禺人。邦畿从子。父者辅,字汝珩,岁贡生,勤学好古,事母以孝闻。鸣雷少聪慧,早有时名。南明隆武元年乙酉,以五经举乡试,隆武二年官绍武朝中书舍人。"乙酉乡试,鸣雷兼五经,考官惊其才,欲首举之,而格于例,乃抑置榜末。拥戴时,受中书舍人官。"⑤十二月清军破广州,下狱,将诛,其父喜贺,后得释。"与罗宾王俱下狱。父闻之,喜曰:'吾儿得死所矣。'既得释,乃逾岭北游燕赵,往来吴楚,归而自题所居曰'穷室',为《醉乡侯传》以寄意。为人虬须犀首,恂恂似不能言,遇几榻,躺然熟寝。好果饵,伸手求索若稚子。至有所著述,终夜立黑地中,倚柱吟思,比晓不肯休,蚊蚋嘬肌肤,不少避,壮夫不若也。尝学于梁朝钟,为文有师法,奇古奥劲,读之涩口似战国诸子。其《祭灶文》佶屈如《汲冢书》,必三复再索始解。生平著书等身,无语言不妙天下……著有《续易林上下经》二卷、《从蒙子语录》一卷、《东村讲学录》二卷、《王中秘文集》十卷、《空雪楼诗集》七卷、《大雁堂集》。"⑥与陈子升、伍瑞隆合称"粤东三子",

---

① 王邦畿:《耳鸣集·五律二》,见《广州大典》第435册,第786页。
② 王邦畿:《耳鸣集·五律三》,见《广州大典》第435册,第787页。
③ 释澹归著,段晓华校点:《徧行堂集》第1册,广东旅游出版社2008年,第174页。
④ 王士禛:《渔洋诗话》卷中,见丁福保辑:《清诗话》,第188页。
⑤ 任果、常德修、檀萃、凌鱼纂:〔乾隆〕《番禺县志》卷15,见《广州大典》第277册,第313页。
⑥ 陈伯陶:《胜朝粤东遗民录》卷1,第72—73页。

又与陈恭尹、梁佩兰、程可则、王邦畿、陈子升、伍瑞隆合称"粤东七子"。

顺治七年庚寅十二月,清军再破广州,屠城七日,"死者七十万人,民居遂空"①,史称"庚寅之劫"。"浮屠真修曾受紫衣之赐,号紫衣僧者,募役购薪,聚胔于东门外焚之,累骸烬成阜,行人于二三里外望如积雪,因筑大坎瘗焉,表曰'共冢'。鸣雷为文祭之……文出,远近传诵焉。"②王迈人评其诗云:"立言则雅,意则清新,旨则温厚,措句不失之纤,纯乎中唐钱、刘、韩、王诸家,真得风人之旨。"③虽云"旨则温厚",实则感慨极深。《岘山怀古》云:"断桥斜日出云津,访古登临感慨频。鹦鹉不吟梁浦月,鼪鼯空唱岘山春。雍台树色西连楚,樊口桃花北向秦。下马便寻羊叔子,看碑几度欲沾巾。"《沛中怀古》云:"花傍高楼日傍杨,帝家居处本无方。一州亦属君臣地,大统宁分父母乡。黑夜吼龙蛇草湿,碧天低雁马台荒。今朝沛里浮云外,古驿鸟歌归路长。"④《燕京九日》:"去岁重阳岭外来,今年旅食燕昭台。天涯到处同风俗,人事他乡异酒杯。鬓发亦知当节改,菊花能得几回开。愁心莫更凭栏望,蓟北烟高首重回。"《白门道中》:"萧萧烟树六陵东,燕子双双飞故宫。秋草马嘶行客岸,夕阳楼卷聚鸦风。而今不复为京洛,此地曾闻属镐丰。陵谷从来桑海变,江枫何似建康红。"⑤这几首诗中的兴亡之感、遗民之恨非常显豁。

清初岭南遗民诗人很多,这里只能略举几例。"饥者歌其食,劳者歌其事",对于这些隐于市井草泽的遗民来说,故国之情,时代感怆,显然是其诗共同的情感主题和抒情内容。

五、隐于丛林禅寺

岭南佛教史上,明末清初是一个特别重要的时期。这一时期的岭南,无论临济宗还是曹洞宗都出现了影响甚巨的高僧大德。临济宗的木陈道忞等高僧以其与顺治帝的特殊因缘,直接影响了清初的政治和

①任果、常德修、檀萃、凌鱼纂:〔乾隆〕《番禺县志》卷18,见《广州大典》第277册,第426页。
②陈伯陶:《胜朝粤东遗民录》卷1,第72—73页。
③温汝能辑:《粤东诗海》卷58,第1091页。
④黄登辑:《岭南五朝诗选》卷7,康熙三十九年刻本,见《广州大典》第492册,第589页。
⑤温汝能辑:《粤东诗海》卷58,第1098、1099页。

宗教政策;曹洞宗的天然函昰禅师以其特殊的威望庇护了岭南大批的
缙绅士夫,成为无可争议的佛门领袖。除此之外,驻锡罗浮山华首台寺
和广州海幢寺的天然之师宗宝道独、因"私携逆书"发配沈阳的函可和
驻锡肇庆鼎湖山庆云寺的栖壑道丘、弘赞、成鹫等也是一时名德。因缘
际会,文人士夫出于失国之后寄放身心的需要,纷纷投到天然函昰门
下,以致在他周围,形成了一个颇有规模的海云诗派。

(一)海云诗僧

　　明末清初的岭南大地寺庙林立,佛门极为兴盛。这一时期不但出
家为僧者人数众多,而且其中有很多都是能诗能文的饱学之士,这直接
造成了这一时期岭南大批诗僧的出现。《明遗民所知传》云:"明之季
年,故臣庄士往往避于浮屠,以贞厥志。"[①]曹洞宗第三十四代高僧天然
函昰将弘法护生与忠孝节义结合起来,使大批搢绅士夫在生死去就的
危难时刻投到了他的门下。

　　函昰(1608—1685),字丽中,别字天然,号丹霞老人。俗姓曾,名起
莘,字宅师,祖籍广东南雄,后迁至番禺慕德里司造迳村(今广东广州花
都北兴镇造迳村),生于明万历三十六年戊申(1608)。"生而胎胞紫衣,
堕地始出。六岁就外传,自觉身若陨虚,大哭而返,如是者再。"[②]少习儒
典,负才名,年十三,思注《周易》,问塾师太极相生之理。塾师不能答。
年十七,补诸生,与里人梁朝钟、黎遂球、罗宾王、陈学佺、张二果、韩宗
騋等并以高才相与纵谈时务,以匡济为己任。后见世事日非,相约为方
外游。父谓之:"汝欲出世,当俟名成。"函昰体父母之心,复事举业,求
一第以慰亲。年二十六举崇祯六年癸酉乡试,甲戌会试不第。"归途病
剧,感异梦而愈,遂断欲绝荤,力为参究。"崇祯九年丙子冬,谒释道独于
黄岩,"与之往返叩击,针芥相投"。"时诏行保举,函昰以大臣交荐当授
官,辞不就。己卯,公车复上,舟次南康,值道独移锡匡庐,遂诣求祝
发。"[③]法名函昰,字丽中,一字天然。住庐山归宗寺。崇祯十三年庚辰

---

①邵廷采著,祝鸿杰点校:《思复堂文集》卷3,浙江古籍出版社2010年,第206页。
②陈伯陶:《胜朝粤东遗民录·附录方外》,第289页。
③陈伯陶:《胜朝粤东遗民录·附录方外》,第289—290页。

(1640),随师道独和尚往广东罗浮山华首台寺,潜心禅修努力精进,终得其师印可,受曹洞法券,成为曹洞宗第三十四代传人。"初函昰以盛年孝廉出家,人颇怪之,及时移鼎沸,搢绅遗老多出其门,乃始服其先见。"①崇祯十五年壬午,天然和尚从华首台寺到广州省亲,应陈子壮等搢绅名流延请,于诃林寺开坛说法。明亡,初避乱于西樵山。顺治五年戊子,番禺员冈雷峰山隆兴寺寺主拜天然和尚为师,取法名今湛,字旋庵。天然和尚受其恭请往住雷峰主隆兴寺法席。寺始建于南汉(917—971),俗称"金瓯寺",明崇祯年间改名"隆兴寺"。由于隆兴寺房舍狭小,今湛发心扩建,历时十年,始竣其事,更名为"海云寺"。天然和尚名其丈室曰"瞎堂"。"已居雷峰,所立规矩整肃森严,于是粤之学士大夫洁身行遁,转相汲引,咸皈依为弟子。函昰虽处方外,仍以忠孝廉节垂示,以故从之游者每于死生去就多受其益。"②由于天然和尚的影响,海云寺"龙象云集,遂成宝坊"③。顺治七年庚寅,"函昰父母、妻妹、子媳俱为僧尼……函昰未为僧时,有子名琮。邑诸生。颖悟拔俗,好黄老之学,遭乱后,庚寅与大父同时祝发于雷峰,名今摩,字诃衍"④。

以海云寺为祖庭,天然函昰历主福州长庆寺,庐山归宗寺、栖贤寺,广州海幢寺,罗浮山华首台寺,韶州丹霞山别传寺,东莞芥庵诸刹法席,方便接人,弘法济世长达四十五年,康熙二十四年乙丑八月二十七日,在海云寺瞎堂圆寂。汤来贺《天然昰和尚塔志铭》云:"师以文人慧业,深入真际,直见本源,断诸委曲,全提正令,大阐纲宗,行无等慈,目空千古。缁素礼足,凡数千人,率皆有叩则鸣,无挹不注。甲申后避地雷峰,旋徙栖贤,更历华首、芥庵、海幢、丹霞诸刹……师虽处方外,仍以忠孝廉节垂示及门,以故学士大夫从之游者,每于生死去就多受其益,甚深缔信。"⑤

当时投到天然门下,隐于空门的文人学士众多⑥。澹归《王说作诗

---

①陈伯陶:《胜朝粤东遗民录·附录方外》,第291页。

②陈伯陶:《胜朝粤东遗民录·附录方外》,第291页。

③邓尔疋语。转引自陈恩维:《佛家因缘、寺庙空间、文集刊刻与海云诗派的形成》,《五台山研究》2017年第4期。

④陈伯陶:《胜朝粤东遗民录·附录方外》,第292页。

⑤释函昰著,李福标、仇江点校:《瞎堂诗集》卷首,中山大学出版社2006年。

⑥参阅阮元修、陈昌齐等纂:〔道光〕《广东通志》卷328《函昰禅师传》,清道光二年刻本,见《广州大典》第257册,第565—566页。

集序》云："雷峰虽提持祖道,然不废诗,士之能诗者多至焉。"[1]这批人一边修习佛法,同时还不废吟咏。天然禅师有时还利用讲法的机会组织诗社,推动群体创作。这一时期以天然函昰为核心,事实上已经形成了一个规模庞大的诗僧群体。这"是中国至今以来最大的诗僧集团"[2]。海云诗僧不局限于海云寺诗僧,而是泛指天然法系诸寺庙全部能诗弟子。这个诗僧群主要由天然及其"今""古"字辈的弟子组成。很多"今"字辈的弟子,出家前即为诸生,或已有功名、文名。出家之后,参禅并没有影响其诗歌创作。这个诗僧群的成员也有一些少年时期即已出家,后来成为能诗善赋的诗僧的。天然法嗣中有所谓的"海云十今",今无(字阿字)、今覑(字石鉴)、今摩(字诃衍)、今释(字澹归)、今壁(字彻千)、今辩(字乐说)、今䩤(字角子)、今遇(字泽萌)、今但(字尘异)、今摄(字广慈)皆能写诗。这十大法嗣中的今无、今䩤、今但就是少年入寺,由天然老人教导,后来成为诗僧的。今无"初以贫废学,侍雷峰得遍阅内外典"。今䩤"幼年随父出家,九岁成僧,不数年遂悟大乘,为函昰第七法嗣,函昰赠诗云:'闲窗爱独坐,禅暇偶吟诗。与世真无涉,逢人则解颐。幽栖偏得性,辛苦勉从师。所赖为多病,投艰或可迟。'"[3]今但少年出家,也受到了天然禅师的长期栽培。他们少年出家,长期受到天然禅师的教导和熏陶,禅和诗同步修习,既是僧人,也成了诗人。这些少年即已出家的诗僧,虽然与今释澹归等抱有家国情怀不得已而入空门的遗民不同,但他们或多或少地也受到了这个群体的感染,其诗作也自然而然地流露出相近的情怀。无论这些人最初出家的客观原因和主观动机如何,最终他们都以空门作为栖身之地,以禅修作为基本的生活方式,在禅修的过程中其灵魂获得了安顿。这类遁入空门的文人,以这种方式实现了他们的隐。由于天然的提倡,他和他的弟子们形成了一个事实上的诗派——海云诗派。其领袖为天然和尚,其核心则是天然及其弟子今释澹归。

　　释澹归(1614—1680),俗姓金,名堡,字道隐,号卫公,浙江仁和(今

①释澹归:《徧行堂集》第 1 册,第 174 页。
②李舜臣:《20 世纪以来清初岭南诗僧群研究综述》,《淮阴师范学院学报》2009 年第 1 期。
③冼玉清:《广东释道著述考》,广西师范大学出版社 2016 年,第 247、268—269 页。

浙江杭州)人。崇祯十三年进士。顺治二年清军陷杭州,金堡偕原都督同知姚志卓起兵抗清,势孤而败。永历二年,赴肇庆谒永历帝,授兵科(一说礼科)给事中。因直言敢谏,有"五虎"之称,太监恶之,下诏狱。大学士瞿式耜疏救之,盛称其贤。永历四年谪戍清浪卫,未达,留居桂林。同年桂林破,于桂林茅坪庵剃发出家,初名性因,又号茅坪衲僧。顺治九年,至广州,参天然函昰和尚于雷峰海云寺,受具足戒,法名今释,字澹归,一字蔗余,号甘蔗生、冰还道人,又号借山野衲,"涤器厨下,隆冬龟手,不废服勤"。"大学士邓州李永茂之弟仪部充茂,既舍其丹霞旧宅为寺。"[①]为供养师祖空隐道独老和尚,澹归于康熙元年往韶州(今广东韶关)丹霞山辟别传寺。工未及竣,道独圆寂。康熙五年别传寺成,澹归恭请其师天然和尚入丹霞山主别传寺法席,腊月初四日首次登堂说法。天然和尚于康熙六年正月四日开法丹霞山别传寺,为别传寺第一代祖师,自称丹霞老人。康熙七年,"函昰遂付堡大法,为第三法嗣"[②]。康熙十年辛亥冬,天然和尚受归宗寺请,从丹霞山别传寺退院,往住庐山。康熙十二年癸丑天然病笃,澹归往归宗寺谒天然和尚。康熙十三年甲寅(1674)春,还丹霞,顺众请,继天然主别传寺法席。康熙十七年戊午起程赴嘉兴请藏,以丹霞院事付乐说主持。康熙十九年庚申(1680)八月九日于平湖陆孝山南园端坐而逝。澹归工诗文,尤以词著称。其词苍劲悲凉,语多痛切。著有《徧行堂集》,乾隆年间遭禁毁。事见《南疆绎史》卷28。

　　在天然和尚的倡导和教诲之下,众多弟子不但能写诗,而且还颇有成就。除澹归之外,天然众多弟子和再传弟子中有诗集行世者多有其人。何桂林《莲西诗存序》云:"吾粤方外士以诗鸣者,俱本正声,所以古今传诵不绝。大率明季甲申、丙戌之遗老而逃于禅者多……阿字之有《光宣台集》,石鉴之有《直林堂集》,诃衍之有《鹤鸣集》,真源之有《湛堂集》,仞千之有《西台集》,乐说之有《长庆集》,澹归之有《徧行堂

---

① 陈伯陶:《胜朝粤东遗民录·附录方外》,第 291 页。
② 陈伯陶:《胜朝粤东遗民录·附录方外》,第 291 页。1988 年吴天任著《澹归禅师年谱》"康熙七年"条云:"元旦,天然和尚付禅师以大法,为第四法嗣。"(仇江先生藏本,第 87 页)一为第三法嗣,一为第四法嗣,二者有所抵牾。

集》……"①冼玉清《广东释道著述考》记载今字辈有诗集者,如今无《光宣台集》、今觐《直林堂全集》、今摄《巢云遗稿》、今竞《威凤堂集》、今严《西窗遗稿》、今音《古镜遗稿》、今龙《枯吟诗稿》、今沼《铁机集》、今嵥《借峰诗稿》、今毯《怀净土诗》等;古字辈有诗集者,如古记《松溪稿》、古邈《闽中吟草》、古电《石窗草》、古桧《梦余草》、古昱《融虚遗诗》、古奘《虚堂诗集》《蠹余集》、古翼《丹霞雪诗》等②。天然和尚的俗家弟子徐作霖、黄蠡有感于"岁月浸远,遗草易湮,且诸先宿如雁过长空,影沈寒水",故于"破寺荒庵,虫笈蠹简"③,极力搜求遗诗,编成《海云禅藻集》。诗集选录了天然和尚一脉"函""今""古"三代一百二十八位僧人和居士的作品一千零一十首。由此也可以看出这个诗人群体人数之众。

天然和尚为了更好地指导弟子们修禅写诗,还把自己的作品编辑成册以为示范。《天然和尚梅花诗》《丹霞天老和尚古诗》《似诗》的编纂与刊刻,一定意义上就是出于这一目的。天然老人示寂后,其弟子今毯又把天然和尚的诗作一并汇刻成《瞎堂诗集》二十卷。同时天然和尚还在《似诗自序》中提出了"似诗"的理论,解决了僧人修禅与作诗的矛盾。他说:"'似诗'者,何谓也? 夫道人无诗,偈即是诗,故亦曰诗。然偈不是偈,诗又不是诗,故但曰'似'。"④"吾道贵悟明心地耳,古云离文字相,离心缘相,使其获自本心,尽天下人目为不通文,不达理,亦复何愧……自归匡岳,乃有《山籁》,由其天有所甚乐,故其籁有所自鸣也。天乐贫,故其籁以贫鸣;天乐拙,故其籁以拙鸣。贫与拙皆山性也,性既山,其籁亦山,是山籁所由发欤?"⑤这里实际上论述了在性这一基点上诗与禅的相通之处。今释澹归也认为诗与禅通,修禅与作诗两不相害,其《直林堂诗序》云:"济家用刚,洞家用柔。用柔之妙,蕴藉于吞吐之半,不尽不犯,出而为诗,与风人之微旨得水乳合,有不期然而然者。诗非道所贵,然道所散见也。譬之已是凤鸾,举体错见五色六章,求北山鸥不洁之

---

① 释宝筏:《莲西诗存》卷首,光绪十九年刻本,《广州大典》第474册,第804页。
② 冼玉清:《广东释道著述考》,第247—284页。
③ 徐作霖、黄蠡辑,黄国声点校《海云禅藻集》卷首,广东旅游出版社2017年。
④ 释函昰:《瞎堂诗集》卷首。
⑤ 释函昰:《归宗山籁一百四首有序》,《瞎堂诗集》,第89页。

翼,了不可得。"①"'似诗'论较之前代诗僧和俗家文人从语言文字的工具性和诗与禅在思维方式诸方面的一致性强调诗禅沟通有了明显的发展,有效地解决了'不立文字'与僧人文学创作的矛盾,故而大大解放了诗僧的创造力。"②《海云禅藻集·凡例》云:"是集颜曰《禅藻》,《雷峰志》之一尔,禅者既已声尘俱断,宁用文藻标其唾弃。癸甲之秋,天老和尚开法岭表,四方章缝之士望光皈命,于时不二门开,才俊名流翕然趋向。斯集也,志一时之盛,见当日工文翰者皆弃词藻而归枯寂,非入枯寂而又以禅藻名也。观者毋因其名而反议其实焉。"③

海云诗派指天然函昰门下海云系能诗僧人和居士之群体,其成员主要是隐于丛林的僧人。尽管他们出离世间,但由于时代的原因和他们出家前后的经历,其诗作也与其他时期的僧诗有着明显的不同。其诗歌大都与其他遗民诗歌一样不可避免地渗透了故国之悲和遗民之恨。冼玉清云:"或参悟禅机,随缘山水,或痛深家国,移情空案,虽不足以语正宗,亦可觇天然一派宗风,及明末诸贤之往迹也。"④

隐于禅是清初岭南文人隐遁的主要方式之一。禅修虽然有利于化解其故国之悲和遗民之恨,但这一巨大的冲击所造成的心灵创伤,并非单纯的丛林生活可以迅速抚平的。

(二)天然函昰的安攘匡济情怀与通脱的应世方式

天然函昰和尚盛年以"名孝廉"入庐山归宗寺,削发为僧,历主海云、别传、栖贤、归宗、华首、海幢诸刹,成为一代佛门领袖。在他的影响下,其父、母、妻、子、媳、妹一门六口也都先后皈依佛门。他虽生而异相,似乎天生佛缘慧根,年轻之时却有强烈的报国安民情怀,与友人纵谈时务,以匡济为己任。他虽然在明亡之前即已剃度,成为得道高僧,但甲申、乙酉之后,其安攘济世之心并未泯灭,一些行为仍与变乱的时

①释澹归:《徧行堂集》第1册,第193页。
②陈恩维:《"似诗"与"自寻出路"——明末清初海云诗僧的诗学理论及其对诗禅理论的发展》,《中国文学研究》2016年第1期。
③徐作霖、黄蠡辑:《海云禅藻集》卷首。
④冼玉清:《广东释道著述考》,第339页。

局密切相关。其诗作透露的沧海桑田、故国丘墟之感,俨然同于前明遗民。尽管如此,他并没有拒绝与新朝官员的交接,甚至还有一些肯定新朝官员的作品。由此可见天然函昰在应世方式上是相当通脱的。

1.“蒿目切时艰,夙夜矢济匡”

天然禅师虽然皈依空门,但并非不问世事。事实上他一生的所作所为都与当时的政局相关联,对变幻的时局也有清醒的认识。综观平生,一定意义上可以说他是一位于变乱之际谨慎出处的故国遗民。今辩撰《本师天然昰和尚行状》云:天启四年甲子十七岁时初补诸生即与里人梁朝钟、黎遂球、罗宾王、陈学佺、张二果、函可、二严诸人,在宾王之散木堂纵谈当世务,以康济为己任。可以说他年轻之时,颇有一番慷慨报国之心。

《瞎堂诗集》卷5《莫厌贫》诗云:“弱冠不知道,抱志志四方。读书慕先贤,设心追上皇。蒿日切时艰,夙夜矢济匡。”①二十六岁时,举孝廉,“秋,举乡试第二,榜发方歌鹿鸣,坐念功名富贵,与己无预”②。但第二年还是参加了在京师举行的进士科考试。《杂诗七首》之五云:“少年慕勋名,挟策向京都。朝辞莱子衣,日暮登公车。万里谒君门,所志在攘除。”③科举应试是功名富贵之路,也是士人实现安攘匡济之志的必由之路。天然和尚早年诗歌涌动着的那股少年游侠之气,应该说与其安攘匡济之志有着极大的关系。“仗剑走平原,结客少年场。冲突烟尘里,横戈枕长杨。金盔换美酒,击筑官路傍。忽驰大将檄,扶醉骋鞭缰。慷慨誓捐躯,神武威八方。饮马长城窟,悲歌动杞梁。功成万骨枯,谁复念玄黄。凯旋宴太平,王侯册朝堂。”④“驰驱事中原,结客皆市屠。所许多侯嬴,夷门几捐躯。易水去悠悠,空惭剑术疏。”⑤“少壮矢四方,驾言向燕赵。笙竽连夜动,娱情不觉晓。有客倾盖交,劝我立身好。中路遽回车,黾勉先贤蚤。荣名勒朝堂,宾从行尘扰。”⑥这些诗表达的是其青

---

① 释函昰:《瞎堂诗集》,第42页。
② 汪宗衍:《明末天然和尚年谱》“崇祯六年癸酉”条,台湾商务印书馆1986年,第11页。
③ 释函昰:《瞎堂诗集》,第22页。
④ 释函昰:《相逢行》,《瞎堂诗集》,第5页。
⑤ 释函昰:《杂诗七首》之三,《瞎堂诗集》,第21页。
⑥ 释函昰:《古诗十九首》之十,《瞎堂诗集》,第10页。

壮年时期的一股豪迈之情。这股豪迈之情显然关乎着那个内忧外患的时代。这些诗是立志报国的志士心声,不是庸庸碌碌随世沉浮之人所能写出的。其组诗《关中吟十首》之二云:"莫倚元勋傲少年,百重围破一身全。黄埃白刃前驱失,梦里惊魂空自怜。"之三云:"矢尽寒原战未回,云屯万里出龙堆。前军金鼓无消息,百战旌旄拥戍台。"①天然和尚的这些诗所集中塑造的扙剑而行的少年游侠形象与屈大均和陈恭尹的某些诗所呈现出来的抒情形象是比较接近的。

　　崇祯十三年庚辰三十三岁的函昰,诣道独于归宗寺祝发受具②,但他并未因此而忘怀时局。弘光元年乙酉按院拔取英异,屈大均年十六以邵龙名,补南海生员。屈大均资性奇异,天然禅师一见即知其为奇人,使之入广州粤秀山就学于陈邦彦。陈邦彦授徒不同于一般塾师。《周易》《毛诗》以及鬼谷捭阖阴谋之术都是其教授的内容。对于陈邦彦的为人和学识,天然和尚应该比较清楚,使之就学于邦彦当有某些用意。顺治四年丁亥陈邦彦为牵制清军,起兵山中。少年屈大均从师起兵率队与战。顺治七年庚寅冬,清军再陷广州,大均礼函昰于番禺员冈乡雷峰海云寺为僧,法名今种,字一灵,名所居曰"死庵"。虽然屈大均后来的所作所为天然和尚未必于数年之前即能预知,但可以肯定他对陈邦彦和屈大均等人在明末变局中的人生取向是心中有数的。汪宗衍先生云:"天然虽处方外,仍以忠孝廉节垂示及门,迨明社既屋,文人学士,搢绅遗老,多皈依受具,一时礼足凡数千人。"③"和尚以文人慧业,深入真际,有叩则鸣,道声由是远播……文人学士,搢绅遗老,多皈依受具,每于生死去就,多受其法益,甚深缔信。"④由此可以看出天然和尚此时并未因皈依佛法而真正忘怀时局,其匡危济世之情怀并没有泯灭。

　　在明亡清兴的这场大动乱中,无数的志士死于非命。天然和尚用自己的诗笔记录下了这些慷慨国事的烈士。顺治二年乙酉五月,清兵陷南京,又破徽州,金声殉义。天然和尚作《金太史正希殉义》哀悼:"头

①释函昰:《瞎堂诗集》,第 209 页。
②汪宗衍:《明末天然和尚年谱》"崇祯十三年庚辰"条,第 19 页。
③汪宗衍:《明末天然和尚年谱引言》,《明末天然和尚年谱》卷首。
④汪宗衍:《明末天然和尚年谱》"崇祯十五年壬午"条,第 22 页。

目髓脑君甘舍,山河日月泪难干。可怜石上三生话,回首归宗梦里看。"①顺治三年丙戌清军破广州,梁朝钟和霍子衡父子俱死。天然和尚哭之以诗:"嗟予肠欲断,念子且何之。学道生平笃,遣情此际迟。声名世共仰,生死君须知。白刃春风冷,悬崖撒手时。"②《霍觉商父子四人死难二首》云:"生平多慷慨,死国在儒林。父子情偏重,君臣义独深。碧潭今日事,明月古人心。俯仰堪谁语,一堂玄对森。""共明千古节,就义且从容。生死去来际,衣冠谈笑终。草堂云漠漠,寒夜雨溶溶。一片情孤绝,相期入碧峰。"③

　　清兵入粤,明诸王孙多见疑被戮,尸横于野。天然和尚遍拾骸骨,建冢瘗之。天然和尚作《广州三首》哀悼:"粤秀山前鼓角哀,越王台畔草堆堆。飞龙白日旌旗闪,独骥黄尘斥堠来。王谢入为麾下客,贾商推出济川才。十年巨室诛求尽,闾巷萧条乔木灾。"(之二)"万里悲笳朔气深,故园摇落倍沾襟。登楼漫拟刘琨啸,出郭谁为梁甫吟。普天丘墓无新旧,近海云山有古今。去国岂须怜郑谷,徘徊鸥鸟是知音。"(之三)④顺治三年丙戌冬和七年庚寅冬,广州两次城陷,正值衰草连阡、木叶摇落之时。垣颓屋墟,悲笳秋声,使人不忍视听。

　　由以上所述可以看出此时天然禅师虽已皈依空门,但尚存家国情怀、安攘济世之念。

2."共坐长林下,难忘故国情"

　　随着岭南和西南抗清势力的消亡,朱明王朝终于在华夏这片土地上消失了。无论天然和尚对朱明王朝怀有多么深厚的感情,这一事实已无可改变。故国之情也是其诗歌的重要抒情内容之一。

　　《中秋冯紫光过雷峰二首》之二云:"共坐长林下,难忘故国情。水流寒雁影,林噪暮鸦声。郑重怜兹日,蒹葭白露盈。"⑤《送商丘伯侯若孩二首》:"江山并作终天恨,禾黍徒萦异世心。淇水疏钟随晓骑,桐门斜

①释函昰:《瞎堂诗集》,第 193 页。
②释函昰:《梁未央死难二首》之一,《瞎堂诗集》,第 57 页。
③释函昰:《瞎堂诗集》,第 57 页。
④释函昰:《瞎堂诗集》,第 118—119 页。
⑤释函昰:《瞎堂诗集》,第 63 页。

日待秋林。""迢遥万里怆孤臣,转战频年归几人。衰草断垣无白发,辞家去国有青春。荆山西望三川尽,淮海南浮四塞均。自古帝州看垒垒,月明深夜忆闲身。"①对故国的怀恋之情在这些诗中他没有作太多的掩饰。

陶潜在明末清初被遗民赋予了特殊的意义,天然和尚却与时人的看法不同。他认为陶潜归隐田园与朝代变迁没有太多关系,而他皈依空门却怀有强烈的家国之痛:"新亭泪尽江山在,故国歌残禾黍哀……渊明不解长林意,烂醉东篱任菊开。"②清初金陵是个让人极为敏感的地方,因为这里负载了太多沉重的历史。清初产生了大批与金陵有关的诗歌,其中不少诗作都充溢着感伤之情。天然禅师这首诗也是如此:"六朝王气盛当时,水满秦淮绕帝畿。帆落旧都江色暮,月摇金塔梵钟微。壮心淡泊听莲漏,客路萧条恋禁围。回首山阳成往事,不禁禾黍叹依依。"③

随着时日的变迁,失国之痛渐渐变作沧海桑田的感怆。天然和尚的《落齿吟》把个体生命的衰变置入历史变迁的沧桑之中,给人以特殊的感受:"食笋忽落齿,方知非壮年。人生愁渐老,吾道乐其天。岁月忙中过,沧桑梦里迁。一杯清茗罢,吟啸自便便。"④这首诗作于顺治八年。其时天然和尚仅四十四岁,并不算老。"一杯清茗"强言看淡了自己的衰老,也看淡了山河的变迁,但世事的沧桑之感却愈加深沉。天然和尚常常以"吾道"强自慰解,但时代的变迁给予个体生命的创痛,却祛之不去。"已知宫阙生芳草,犹抱愁心泣夕阳。无那东风增惆怅,有时寒雨助凄凉。声随流水涓涓远,血染残红黯黯伤。莫向山斋悲旧苑,晓钟微月梦初长。"⑤"一帆风送到虔州,城枕长江水北流。十年人物今何在,月色笛声满渡头。"⑥

故国深情,出不择地。世间寻常之物也能触发他的灵感。鸿雁传

①释函昰:《瞎堂诗集》,第 109 页。
②释函昰:《秋兴八首》之一,《瞎堂诗集》,第 171 页。
③释函昰:《忆与陈全人下第南归,舟次金陵,宿报恩塔院》,《瞎堂诗集》,第 140—141 页。
④释函昰:《瞎堂诗集》,第 64 页。
⑤释函昰:《子规》,《瞎堂诗集》,第 133 页。
⑥释函昰:《泊虔州》,《瞎堂诗集》,第 198 页。

书,常用于亲人朋友间,但他看到相关画面便作别解。《题画雁四首》云:"濛濛烟雨醉春光,桃李花开归计忙。芦苇岂分南北岸,旧时遗泽未应忘。"(之一)"不为江南乏稻粱,乾坤有恨北天长。征穷沙漠雪销尽,稳坐烟波六月霜。"(之二)①《题燕杏图》也是如此:"燕子春归花正开,一团红雪锁青苔。披图忽动河山恨,何况亲从北地来。"②题画诗常常就画面释解其意,略作生发,而天然和尚这几首题画诗却显然是沿着自己的情路作了特别的延伸。

《瞎堂诗集》中感怀过往、抒写故国丘墟之悲的作品很多:"四十年来事转新,此时泉石昔时人。右军第宅今犹在,晋室山河久已湮。"③"篱落暂增新结构,山前尚有旧交知。夜堂细语人何在,满目河山涕欲垂。"④这两首诗作于康熙十五年,和尚已六十九岁。流逝的时光并没有淘尽其故国之情,反而使其诗中的沧桑之感被碾压得更加坚实。

故国之恨是天然和尚诗歌重要的抒情内容,也是其终生不能消泯的永远的痛楚:"乾坤有恨销穷腊,江汉无情问隙尘。"⑤"此恨终予世,山高共海深。"⑥

3."四海无亲疏","三闾不可学"

在明亡清兴的这场变乱之中,天然禅师虽然曾有强烈的匡世济人的志向,其后也不断抒写其故国情怀,但此时的他在应世方式上却表现得相当通脱和灵活。

明亡清兴这一变局,在他看来是天命所归,非人力可强为。其诗云:"弱冠不知道,抱志志四方……寒云起西北,中原临苍茫。千羽投西江,感物情惨伤。天运不可回,猖狂归山阳。"⑦"徘徊去长安,浮游归蓬居。岂不怀匡济,天运当何如。汉兴抉良何,隋衰生世虞。何山无良材,拳曲顾盼纡。此理良固然,志士徒欷歔。"⑧在他看来,少年时代怀抱

①释函昰:《瞎堂诗集》,第198页。

②释函昰:《瞎堂诗集》,第197页。

③释函昰:《磊园舍作禅林,招予主社,感而留题》,《瞎堂诗集》,第160页。

④释函昰:《庞若云招游亦庵,有怀梁同庵》,《瞎堂诗集》,第160页。

⑤释函昰:《岁晏和何朗水韵二首》之二,《瞎堂诗集》,第104页。

⑥释函昰:《悼铁机二首》之二,《瞎堂诗集》,第77—78页。

⑦释函昰:《莫厌贫十二首》之十一,《瞎堂诗集》,第42页。

⑧释函昰:《杂诗七首》之五,《瞎堂诗集》,第22页。

匡济之志,孜孜汲汲,实在是因为自己太过年轻尚未悟道。在此变乱之时,只好隐居深山,洁身自好。"天上只今已如此,丈夫出处倍相关。时危不可徒干禄,亲老何妨暂住山。绿树清泉身足隐,眠云坐石道能闲。秘书未必赤松意,笑杀留侯空自还。"①这首诗写于顺治二年乙酉。其中表现出对出处行藏的重视。

　　现实已然如此,人力不可回天。明亡清兴也许正是应劫应运而来:"帝王匪偶然,龙起云相随……兴废古今常,天授多明扬。"②作为出家之人,早已悟透了世间因缘,兴废代迁更是亘古恒常之事。身处变乱危难之际,也只好委运自适,老死山林了:"出世已经三十年,红帔白发拜金仙……未来人事应难料,又报钟声上法筵。"③"既已绝世用,吾当纯用天。周望勋安在,邓禹名空传。渭滨与邺下,至今河潺湲。冢上呼黄鹤,子安何时仙。功泽在一世,形骸无千年。声象非永久,探索维幽玄。抚时知代谢,观身语脆坚。悬鉴穷将来,乃居万物前。"④

　　人生短暂,功名虚幻,不可太过拘执。天然和尚早已看透世间一切,天命靡常,难说古是今非。忠臣烈士,亦是各自为己:"嗒然忘形骸,万里如初归。廓落匪宇宙,目前徒清机……一滴鼓洪溟,古是今谁非。"⑤"达天委命是吾师,万古人心未易知。秋尽故怜篱菊早,春先犹恨柳条迟。张良岂果为韩出,徐庶何妨与汉辞。谪宦吊湘哀贾谊,因人聊写在廷时。"⑥这两首诗一反成见,对千年相延之说提出了质疑。尽管如此,他依然隐身林泉,不生尘世之念。"岂守固穷节,吾分应如然。四海无亲疏,去住各有缘。草木春夏繁,天气秋冬妍。日夕省营虑,丰约随目前。"⑦

　　幽隐独处,箪食瓢饮,并非固守所谓清节。去往住留,就如冬去春来,草木枯荣,天运使然。"人生贵寸心,所感易汩没。顺风扬灰尘,寄

①释函昰:《送梁弼臣北上》,《瞎堂诗集》,第99页。
②释函昰:《惟汉行》,《瞎堂诗集》,第7—8页。
③释函昰:《庚戌元旦书怀》,《瞎堂诗集》,第145—146页。
④释函昰:《杂诗七首》之六,《瞎堂诗集》,第22页。
⑤释函昰:《亡立》,《瞎堂诗集》,第39页。
⑥释函昰:《秋兴八首》之六,《瞎堂诗集》,第171页。
⑦释函昰:《莫厌贫十二首》之十,《瞎堂诗集》,第41—42页。

托终不择。自古得意事,贤士多困折。浮荣果霜实,不如守岩穴……肃此励芳晨,慎修匪明哲。三闾不可学,渔父羞灭裂。悠悠时运迁,毋徒伤井渫。"①红尘滚滚,浊浪滔滔,只要不失寸心,则无往而不可,不必如三闾大夫自沉汨罗,也不必回避与新朝官员交接来往。

　　入清之后,尽管天然禅师隐居山林,未尝一言一语仰干豪贵,但他并没有完全拒绝接触入仕清朝之人。"平南王尚可喜……捐金铸铜佛高丈余,置寺中,复广置寺田,盛兴土木。"事后与尚可喜一起联名在新铸的铜佛上落款②。顺治六年己丑十月应"广州宰官绅士请"复出诃林说法③;是年"十二月,受新会邑侯万兴明请说法大云山之龙兴寺,记汝今睹侍行,一时搢绅文学并集为莲社"④。《瞎堂诗集》中也有一些称颂这些官员的诗作。《寄廖昆湖太守》诗云:"匡月湖烟尚未收,几人此日忆同游。河山剩有霜筠色,云水飘余桐树秋。五马重嘶金井畔,三车还拟墨池头。拭眼因缘今古合,一书先报李江州。"⑤《康熙庚戌孟秋,制府周彝初持服北归,道出韶石,订入山不果。赋诗三首奉柬兼以为别》之二云:"孝治兴朝重,覃恩守制还。哀音联北雁,遗爱见南蛮。"⑥这首诗甚至有称颂新朝孝治之意。

　　南康太守伦宣明和南雄太守陆世楷是天然禅师接触较多的新朝官员。《瞎堂诗集》所存与伦宣明有关的诗作有十五六首,与陆世楷有关的诗作约十首。康熙七年戊申冬,南雄太守陆世楷同阖郡诸宰官招入华林。时龙护园落成,为丹霞别传寺下院。天然和尚赋诗《南雄陆太守同阖郡诸宰官招入华林》《龙护园》等。未几还山,作《还山留别陆太守》诗云:"真成一日堪千载,太守高怀岂偶然。撰迹直深尘劫外,论心须忆古皇前。香花已见当年事,云水还期后日禅。归棹未应愁此别,石门遥望夕阳边。"⑦《柬伦太守南康之警,公适报丁艰,两台以其能,疏请夺情御寇,事定

---

①释函昰:《莫厌贫十二首》之四,《瞎堂诗集》,第40—41页。

②陈伯陶:《胜朝粤东遗民录·附录方外》,第292页。

③顾光、何淙撰:《光孝寺志》,广东教育出版社2015年,第108页。

④汪宗衍:《明末天然和尚年谱》"永历三年顺治六年己丑"条,第34页。

⑤释函昰:《瞎堂诗集》,第129页。

⑥释函昰:《瞎堂诗集》,第83页。

⑦释函昰:《瞎堂诗集》,第139页。

论叙弗及,且齗龁之,予感其事,为作此诗》诗云:"保障江城艰钜身,十年风雨见孤臣。从来世乱思廉颇,谁复功成忆寇恂。苦块贤劳扶社稷,潢池安戢答君亲。独怜狡兔川原尽,翘首九重泪点巾。"①

伦宣明在三藩之乱中忠于王事,夺情御乱,但事迄罢官。天然和尚感慨系之,接连赋诗数首,再如《伦公备述去志,未免有怀,再赋二章》之一云:"百年前后事荒唐,业运常迁智者伤。客散且赢身易退,位高犹觉世难忘。是非何定三人易,宠辱同归一梦长。他时闻道堪朝夕,灵鹫尼山两不妨。"②天然和尚所交新朝官员很多,不必尽列于此。

他与政府官员的交接,固然如他所言,系因缘际遇,但也不乏现实的计虑。禅林僧寮虽云世外,但毕竟不在虚无缥缈之间。为保有一方安禅之地,为庇护那些"于生死去就"之际,投其门下的"缙绅遗老",他也不得不与拥有生杀予夺之权的官员虚与委蛇。清初投其门下的禅子数千,寺庙的扩建和寺僧的粥食开销巨大。当时民生艰难,某些官员的布施,天然和尚也无法一概拒绝,这种情况其诗作也有所透露。

天然和尚对世代变迁有着客观的认识,对新朝的善政和造福一方的新朝官员也是肯定的。作为一个出家人,他并不刻意避世,而是随顺因缘,委运自适。他虽然始终抱有强烈的故国情怀,但从他与新朝官员的交接中可以看出,其实其胸襟相当通脱,应世方式也比较灵活。

(三)隐于丛林禅寺的其他岭南诗人

明末清初除了以天然和尚为核心的众多隐于丛林寺庙的文人之外,还有隐于禅的其他一些文人,函可、成鹫、道独、道丘、弘赞等即是其中著名的高僧。

1.函可

函可(1611—1659),字祖心,号剩人,俗姓韩,名宗骒,字犹龙,广东博罗人。明礼部尚书韩日缵长子。少聪颖,为诸生,有声名,以声色犬马自娱,不乐仕进。"性好义,有贫士狱冤,自分必死,函可密白得免,不令知。偶独出里门,为市儿所窘,家人追至,将赴理。函可止之,曰:'岂

---

① 释函昰:《瞎堂诗集》,第 173 页。
② 释函昰:《瞎堂诗集》,第 177 页。

有吾辈不能忘人误犯耶?'"①父殁,见国事日非,与曾起莘往罗浮华首台寺同参宗宝道独和尚。崇祯十二年己卯年二十九,随道独入庐山落发为僧,时起莘(法名函昰)已披淄在坐。不久,函可还住华首台充都寺。又于广州小北门筑不是庵静修。甲申之变,悲恸形于辞色。福王立,顺治二年乙酉,以请藏入金陵,居江宁顾梦游楼上。南京破,记亲睹殉国诸臣事为私史。顺治四年丁亥夏,南归,过城门,守者检箧笥有弘光帝答阮大铖书稿和《再变记》,遂以"私携逆书"之罪拘捕。拷掠至数百,询其党从。夹木再折,项铁三绕,血流至足,绝而复苏数次,但云自为,无二语。观者皆惊,叹为有道。招抚江南大学士洪承畴出其父日缵门下,以避嫌不为定谳。械送北京,下刑部狱,免死,流放辽阳,顺治五年戊子出关。顺治八年辛卯得本师道独和尚书札,知丁亥博罗之役家人十不存一,两弟、一姊一妹殉难,流涕被面,因号剩人②。"函可弟宗骙、宗骒、宗骊以抗节死。叔日钦,从兄如琰,从子子见、子亢,以起义战败死。寡姊以城陷,妹以救母,宗骒妇以不食,宗骊妇以饮刃,皆死。"③

函可至沈阳,先在沈阳南塔(广慈寺)开法,后历主普济、广慈、大宁、永安、慈航、接引、向阳七座大刹,会下各五七百僧众。元旦开法,"喇嘛率诸辽海王臣道俗,称佛出世"④。"大关以东,奉为鼻祖,且其声名洋溢于朝鲜、日本中。"⑤流寓沈阳的左大来、李吉津、魏昭华等仰慕函可节义文章,与函可结"冰天吟社",为诗文之交。诗人吴兆骞被遣戍宁古塔,过沈阳拜谒,以致景慕。

函可虽处方外,其诗却多家国之悲,是典型的遗民诗僧。《沈阳杂诗》之十五云:"卫霍名何减,山头旧札营。乍闻吹落叶,犹似走残兵。原草缠幽恨,河流带哭声。最愁秋雨后,磷火向人明。"⑥沈阳一带,曾是当年明军与清军反复争夺之地,清初犹存袁崇焕废垒。函可遥想当年,

①陈伯陶:《胜朝粤东遗民录·附录方外》,第282—283页。

②释函可:《千山剩人和尚语录》卷3、顾梦游:《千山诗集序》,见释函可著,张红、仇江等点校:《函可和尚集》,广东旅游出版社2015年,第53、133—134页。

③陈伯陶:《胜朝粤东遗民录·附录方外》,第283页。

④释函昰:《千山剩人可和尚塔铭》,释函可:《函可和尚集》,第139页。

⑤汪宗衍:《千山剩人函可和尚传》,《明末剩人和尚年谱》卷首,台湾商务印书馆1986年。

⑥释函可:《函可和尚集》,第198页。

岂能不生发感叹。顺治四年充戍关外，一去故国，家园丘墟，兄弟姐妹皆赴黄泉。数年之后，忽得家书，悲喜交集。《得博罗信三首》之一云："八年不见罗浮信，阖邑惊闻一聚尘。共向故君辞世上，独留病弟哭江滨。白山黑水愁孤衲，国破家亡老逐臣。纵使生还心更苦，皇天何处问原因。"①此时对于国破家亡的函可来说，真正是"纵使生还心更苦"。国变之前函可曾是鲜衣怒马的贵公子，先辈的功名荣耀如今皆已成尘。《忆耳叔弟二首》之二："黑雨屯风折紫荆，生离死别不胜情。尚书冢上凭谁扫，逐客天边恨未烹。先代箕裘应弃置，故园狐鼠任纵横。从今好把袈裟搭，长礼无忧古佛名。"②函可少年时性情豪爽疏阔，出家之后依然悲喜溢于言辞。国破家亡、阖族死难的身世，更让他歌哭无端，发泄胸中的故国之恨。屈大均谓之："充戍沈阳。痛定而哦，或歌或哭，为诗数十百篇，命曰《剩诗》。其痛伤人伦之变，感慨国家之亡，至性绝人，有士大夫之所不能及者。"③著有《千山诗集》二十卷，补遗一卷，传世。

2. 成鹫

成鹫(1637—1722)，法名光鹫，字即山，后易名成鹫，字迹删。俗姓方，名颙恺，字趾麟，番禺人。年十三补南明永历朝诸生，明亡弃去。其父方国骅，字楚卿，号骑田，地方名士，中南明隆武朝乡试，入清隐居不出，学者称学守先生。从兄方殿元，岭南著名诗人，康熙朝进士。成鹫少年任侠，"见猎心动，日与乡里恶少交游，举重扛鼎，运槊试剑，横行市井……出遇不平，奋臂而起，锄强扶弱，不避权贵，敬贤疾恶，不择亲疏"④。年十七，受父教诲，痛改前非，"力究濂、洛、关、闽之学"⑤。"攻苦逾年，经学淹贯"，"得博学反约之要"，"出入经史，老生弗若"⑥。年十九为生计出为塾师。"以道学自任"，"自甲辰以后，专心理学，非圣人之言不言，非圣人之行不行"，"期为晚世之真儒，维持风化"⑦。其后"大江以

---

① 释函可：《函可和尚集》，第239页。
② 释函可：《函可和尚集》，第239页。
③ 《屈大均全集》第4册，第318页。
④ 释成鹫：《纪梦编年》，见《咸陟堂集》第2册，第304页。
⑤ 胡方：《迹删和尚传》，见释成鹫：《咸陟堂集》第1册，卷首。
⑥ 释成鹫：《纪梦编年》，《咸陟堂集》第2册，第305页。
⑦ 释成鹫：《纪梦编年》，《咸陟堂集》第2册，第308页。

南,阻于声教,四方不轨之徒,相继蜂起。岭南山海,半为啸聚之场"①。康熙十六年丁巳,三藩之乱行将平定,成鹫于这一年突然自我断发。"丁巳岁五月五日也,余年四十有一矣。闻变而起,仰天大笑曰:'久矣夫吾之见累于发肤也!'左手握发,右持并剪,大声疾呼曰:'黄面老子,而今而后,还我本来面目,见先人于西方极乐三世矣!'"②康熙十八年己未(1679),别母,礼临济宗高僧离幻元觉石洞为僧,法名光鹫,字即山。第二年八月,至西宁(今广东郁南),住持翠林僧舍。康熙二十年辛酉,回广州华林寺礼石洞禀受十戒。晚年从平阳祖派,更名成鹫,字迹删,号东樵山人。曾住罗浮山石洞禅院、会同县(今海南琼海)多异山海潮岩灵泉寺、香山县东林庵、澳门普济禅院、丹霞山别传寺、广州河南大通寺、肇庆鼎湖山庆云寺等。康熙六十一年壬寅(1722)十月,于广州大通寺圆寂。成鹫工诗文,"所著述皆古歌诗杂文,无语录偈颂等项,本朝僧人鲜出其右者"③。其诗在灵运、香山之间。"快吐胸臆,不作禅语。无雕琢摹仿之习,仍是经生面目。""其文尽情发泄,不拘守八家准绳。"④论者谓其文源于《周易》,变化于《庄》《骚》。著有《楞严经直说》《道德经直说》《金刚经直说》《注庄子内篇》《鹿湖草》《诗通》《不了吟》《自听编》《渔樵问答》《纪梦编年》《鼎湖山志》《咸陟堂诗文集》等。清〔道光〕《广东通志》卷 328 有传。

　　成鹫交游很广,名公巨卿多与之游,曾与陈恭尹同隐小漫山。陈恭尹号西樵,成鹫自号东樵,若与之抗。陈恭尹辞世,成鹫为文哀悼。与屈大均、梁佩兰等也有唱和之作。虽为方外之人,诗中却不时出现遗民话头。《春暮,姚二曾汉英昆玉偕蒋子蕴过寺,为邑令公姚齐州设斋,貌老僧小影。夜将半,令公乃至,话至鸡鸣而别。别后即事赋诗十绝》之九云:"寂莫四窗人语稀,小筵清供客忘归。匡庐新茗丹霞笋,差胜西山老蕨薇。"⑤《赠山人》:"鸟声无赖行相逐,樵径多岐自不迷。芳草萋萋薇

---

①释成鹫:《纪梦编年》,《咸陟堂集》第 2 册,第 309 页。
②释成鹫:《纪梦编年》,《咸陟堂集》第 2 册,第 309 页。
③沈德潜等编:《清诗别裁集》卷 32,第 1358 页。
④邓之诚:《清诗纪事初编》卷 2,第 295 页。
⑤释成鹫:《咸陟堂集》第 3 册,第 208 页。

蕨长,王孙去后见夷齐。"①《竹尊者武林崇胜寺有竹千余竿,挺然特出者一,弘觉范禅师目为竹尊者,题以诗,次韵和之》:"不著繁华不落枯,当阳壁立见清癯。休夸淇水多君子,岂独西山有丈夫。"②《病中放言》之二云:"频年多难逢寒食,怅望家山又一春。青草久荒攀柏地,黄梅深愧种松人。哀猿啼树将圆月,饥鸟眠花动隔旬。辜负清明好时节,梦中犹忆蕨薇新。"③这里西山、蕨薇显然是遗民的话头。他对屈大均有较深的同情和理解。其《屈翁山归自金陵,予将入泷水,赋赠》诗云:"君不见至人有身无四大,乘风稳踞溟鹏背……此身有母难许国,自作散儒深可惜。深可惜,未忍闻,长歌短曲聊和君。明朝我向泷西隐,世事悠悠勿复云。"④从这些诗可以看出,成鹫的心态更像是一个隐于乡野的遗民。其诗中有明显的失国之悲和兴亡之叹。《过崧台感旧》:"百川曾此一朝宗,荒殿犹存碧藓封。野渡水寒朝饮马,江城云起昨从龙。千秋离黍歌三阕,半夜苍梧梦九重。自是六朝僧去后,遗臣多少作山农。""趋庭记说崧台事,应诏曾瞻十二旒。焚草再陈忧国疏,吟诗多上阅江楼。手存旧泽惟鹡鸰,心有殊恩但蒯缑。谁念夕阳风在树,有人持钵过端州。"⑤《阅江楼怀古》:"新莺啼遍旧皇州,端水无情日夜流。惆怅美人何处所,不堪重上阅江楼。"⑥端州是永历帝都,也是明清反复争夺之地,那里的山水不知曾引发清初多少人的遐思。

从以上引文可知,成鹫虽然身处方外,却有明显的遗民情结,可以说是一位隐于丛林的遗民诗人。

---

①释成鹫:《咸陟堂集》第3册,第226页。
②释成鹫:《咸陟堂集》第1册,第211页。
③释成鹫:《咸陟堂集》第1册,第257页。
④释成鹫:《咸陟堂集》第1册,第24页。
⑤释成鹫:《咸陟堂集》第1册,第185页。
⑥释成鹫:《咸陟堂集》第1册,第309页。

第三章　明末清初岭南诗人的地域性群体认同与岭南诗派的形成

　　结社是诗人集结的一种重要方式。诗社与诗派虽然并不等同,但二者往往有着千丝万缕的联系。所谓诗派,顾名思义,当是某些诗人的群体集结。集结的方式可以千差万别,但关键的是最终必须落实到一点:大体上形成一个群体。"地域文人集群的存在,是地域诗派形成的一个必要条件。"①地域性诗社是地域性群体认同的一种表现形式。岭南地区前后有承续关系的不同诗社和诗人群体集结行为一定意义上就是岭南诗派形成的基础。

一、明末清初岭南地域性诗社及其与南园诗社渊源考论

　　岭南人组织诗社可以追溯到宋代。"相传粤诗社始于宋李忠简,当时别有月泉吟社。至明吾粤更盛。"②李忠简,即南宋的李昴英。明初除广州孙蕡等所结南园诗社外,顺德还有陶园诗社。"洪武初有陶园逸兴,征君邓迁叟主之。""邓伯凯号迁叟……好诗赋,与诸名士相唱和。筑陶园,中有清樾亭、沧浪水阁,极一时之胜。"③其后,东莞又有凤台诗社和南园诗社。屈大均《广东新语》卷 12 云:"明兴,东莞有凤台、南园二诗社。"④天顺、成化间,东莞人陈靖吉、何潜渊等十五人结凤台诗社,又称凤冈诗社。"何潜渊,字时曜,东莞人……晚年与邑耆英结诗社于

①陈恩维:《论地域文人集群与地域诗派的形成——以南园诗社与岭南诗派为例》,《学术研究》2012 年第 3 期。
②李福泰修,史澄、何若瑶纂:〔同治〕《番禺县志》卷 53,同治十年刻本,《广州大典》第 278 册,第 651 页。《番禺县志》据清道光黄芝撰《粤小记》卷 2 语此,但文献无征。
③佚名纂:《顺德龙江乡志》卷 4,1926 年重刊本,《中国方志丛书》第 51 号,台北成文出版社 1967 年影印本,第 315、287 页。
④《屈大均全集》第 4 册,第 323 页。

凤台。"①成化、正德间,南海姚文宽(字裕夫)"壮从父游广右,所过佳山水多题咏,与同志为兰亭诗社"②。东莞黄阅古,字时准,弘治进士,致仕归家后,"与诸耆硕结东山社,赋诗自适"③。番禺屈青野于水门乡"尝与诸从结社龙山"④。除此之外,明代粤地诗社还有很多。"嘉靖以后,为广东诗社鼎盛期",广州及周边南海、番禺、东莞、顺德等地诗社最为兴盛⑤。

　　明代粤人热衷组织诗社,早就有人指出了这一现象。明人叶春及(石洞)云:"东广好辞,缙绅先生解组归,不问家人生产,惟赋诗修岁时之会,粤人故多高致乃尔。"⑥《龙江乡志》卷4"杂志上"记载:"乡中先辈,皆尚名检,工词章,彬彬尔雅,质有其文。居官则励气节,比休官里居,与物无竞,优游林下,角巾方幅,日就骚人逸士开社,赋诗把酒,诚盛事也。洪武初有陶园逸兴,征君邓迁叟主之;成、宏、正、嘉间,有香山九老之会,大参李归叟主之;有白莲诗社太守萧檗斋主之;有长春书院明府邓检斋主之。至万历癸丑复有冠裳会之设,以清节而后序,诚可为后学之仪型矣。而一时散见于郡邑者,宪副薛介屏则有凤山诗社,少宰黄卓星则有仙湖诗社,泊国初犹有存焉。自时厥后,更不可胜记矣。"⑦《南海县志》概而言之:"吾粤前明,诗社特盛,而南园称最。最后十二人陈秋涛子壮……"等"多以忠烈称"⑧。

　　入清之后,此风未衰。尽管顺治九年朝廷明令"禁立盟结社","生员不许纠党多人,立盟结社,把持官府,武断乡曲。所作文字,不许妄行刊刻,违者听提调官治罪"⑨。就清初岭南的实际情况来看,这一纸禁令

①黄佐纂修:〔嘉靖〕《广东通志》卷60,嘉靖四十年刻本,《广州大典》第242册,第233—234页。

②潘尚楫等修,邓士宪等纂:〔道光〕《南海县志》卷36,同治八年刻本,《广州大典》第274册,第654页。

③陈伯陶纂修:〔民国〕《东莞县志》卷57,东莞养和印务局铅印本,《广州大典》第287册,第246—247页。

④《屈大均全集》第4册,第320页。

⑤李绪柏:《明清广东的诗社》,《广东社会科学》2000年第3期。

⑥《屈大均全集》第4册,第321页。

⑦佚名纂:《顺德龙江乡志》卷4,《中国方志丛书》第51号,第315页。

⑧郑梦玉等修,梁绍献等纂:〔同治〕《南海县志》卷25,同治十一年羊城内学院前翰元楼刻本,《广州大典》第275册,第495页。

⑨商衍鎏:《清代科举考试述录及有关著作》,百花文艺出版社2004年,第47页。

实事上停留在了字面之上。岭南士人似乎并没有受到影响，对诗社的热衷一直延续到雍乾之际。外地来岭南的人也发现了这一现象："岭南诗社剧纷麻，蛮唱蛮讴尽作家。只有镜岩风格好，笔锋扫处即生花。"[1]"仆客粤三年，居羊城者久，见士大夫好为诗社，写之于花宫、佛院墙壁间俱满，其命题多新巧，为体多七律。每会计费数百金，以谢教于作诗者，等第轻重之，流寓之英俱得与。不具姓名，以别号为称，有月泉吟社之遗风。"[2]

明清易代之际，是岭南诗人特别活跃的时期。据不完全统计，明末清初，岭南诗人组建或修复的诗社和具有诗社性质的群体至少有二三十个，而且其中很多都与明初的南园诗社有着特殊的渊源或关联。其主导者也都或隐或显地强调着与南园诗社精神或传统上的联系。明末以陈子壮为核心的"南园十二子"等一批岭南诗人继承南园的传统，倡导风雅，关心时局，修复倡建了多个诗社。国变之时，这批诗人慷慨赴难，更激荡起岭海之间雄直的士风。在鼎革过程中成长起来的屈大均和陈恭尹等逐渐成为清初岭南诗社的核心。前后两个时期虽然人员组成有很大变化，但他们却秉承了共同的精神传统。

（一）明末清初岭南地域性诗社考述

1. 南园诗社

南园诗社初建于元末至正年间。青年诗人孙蕡、王佐与十多位诗友，结社于广州南园抗风轩，诗酒唱酬，号为南园诗社。其核心为孙蕡、王佐、黄哲、李德、赵介五人，合称"南园五先生"。明嘉靖年间，欧大任、梁有誉、黎民表、吴旦、李时行等人继承并试图建构南园传统，人称"南园后五先生"。明崇祯十一至十二年间，陈子壮等十二人在广州南园抗风轩，重开南园诗社。罗元焕《粤台征雅录》记载"陈秋涛名子壮……尝集长少名流区启图、曾息庵、高见庵、黄石佣、黎洞石、谢雪航、苏裕宗、梁纪石、陈中洲、区叔永、黎美周共十二人复修南园旧社"[3]。有人称陈

①杭世骏：《岭南集》卷1，光绪七年学海堂重刊本，《广州大典》第444册，第373页。
②檀萃撰：黄涛编：《楚庭稗珠录》卷4，《广州大典》第394册，第280页。
③罗元焕撰：《粤台征雅录》，乾隆六十年刻本，《广州大典》第446册，第583页。

子壮、陈子升、欧主遇、欧必元、区怀瑞、区怀年、黎遂球、黎邦瑊、黄圣年、黄季恒、徐棻、僧通岸为"南园十二子"。鼎革之际诗社再度废弛,入清之后,程可则、梁佩兰、易训等人重又修复南园诗社。刘继《鹤山县志》卷10记载:"(易训)后归岭南,与程可则、梁佩兰等重结南园诗社。"[1]"兵燹后荒圮,国朝康乾间修复南园,岁久,渐又倾堕,同治十一年重修。"[2]南园诗社几度废弛,又几度重修,可以看出南园的传统入清之后仍然延续着。明末"南园十二子"中的一些成员,如陈子升、区怀年等入清之后,依然热心社事,并成为清初岭南诗坛的重要人物,由此也可以看出清初岭南诗社与明代南园诗社的渊源。

2. 诃林净社

诃林净社在光孝寺,明中叶由梁有誉、黎民表、欧大任等人倡建。"诃林净社在光孝寺西廊,明中叶梁有誉、黎民表、欧大任诸人结诗社于此。天启间顺德梁元柱以疏劾魏阉罢归,复与陈子壮、黎遂球、赵焞夫、欧必元、李云龙、梁梦阳、戴柱、梁木公开诃林净社。邝露有《诃林净社祠》《粤东文献》诗,陈子壮有《诃林新辟禅社》诗。明季诸遗老多披剃受具,或礼高僧为居士。"[3]而翁山在《广东新语》卷12"诗社"条中说:"诃林净社,始自陈宗伯子壮。"[4]由第一则材料可知诃林净社始建于明代中叶,而非如翁山所谓始自明末陈子壮。无论倡建者,还是修复者皆与南园诗社关系密切。梁有誉、黎民表、欧大任为"南园后五子"之三;陈子壮、黎遂球、欧必元等人也是"南园十二子"中的重要成员。由诃林净社与南园诗社在成员上的重叠可以看出二者实出一源。崇祯元年戊辰四月,袁崇焕被起用为辽蓟总督,出关督师。陈子壮招集诸文士于广州诃林净社殷勤饯行志别,赵焞夫作图,子壮题引首"肤功雅奏",题诗于图者有十九人。

---

①刘继纂修:《鹤山县志》卷10,乾隆十九年刻本,《广东历代方志集成·肇庆府部》第38册,第112页。

②梁鼎芬等修,丁仁长等纂:〔宣统〕《番禺县续志》卷40,民国二十年刻本,《广州大典》第279册,第585页。

③梁鼎芬等修,丁仁长等纂:〔宣统〕《番禺县续志》卷40,《广州大典》第279册,第585页。

④《屈大均全集》第4册,第321页。

3. 浮丘诗社

浮丘诗社在广州城西浮丘观。明万历七年(1579),学士赵志皋被贬羊城,在广州城西浮丘建吹笙亭、大雅堂、紫烟楼、晚沐轩等,开浮丘大社,与粤中士大夫相唱和。万历九年赵志皋离开广东。岭南士人王学曾、郭棐、陈堂、姚光泮、张廷臣、黄志尹、邓时雨、梁士楚、陈履、邓于蕃、袁昌祚、杨瑞云、黄鏊、陈大猷、金节、郭槃十六人建浮丘诗社,以继南园风雅。屈大均《广东新语》卷 5 云:“浮丘去城西一里,为浮丘丈人之所游……万历间,学士赵志皋以谪官至,开浮丘大社,与粤中士大夫赋诗。”①卷 12 又云:“浮丘诗社,始自郭光禄棐,王光禄学曾。”②清人罗元焕云:“明万历间,广州名宿郭梦菊、陈莱峰、姚同庵等始辟浮丘诗社……浮丘诗社凡十六人。”③《番禺县续志》卷 40 呼应了这一说法,认为“明万历间,郭棐致仕归”,与陈堂、袁昌祚等十六人“辟此以继南园”。《番禺县续志》又云:“崇正末,陈子壮、子升、黎遂球、区怀瑞、怀年、高赉明、黄圣年、梁佑逵、黎邦瑊、谢长文、曾道唯诸人,复结诗社于此。”④道光年间黄芝《粤小记》卷 2 的记载印证了这一说法:“明季时,前辈结诗社于浮丘寺,共十二人:陈秋涛子壮、弟中洲子升、黎美周遂球、区启图怀瑞、弟叔永怀年、高见庵赉明、黄石佣圣年、梁纪石佑逵、黎洞石邦瑊、谢雪航长文、曾息庵道唯诸君子。自息庵外,多以忠烈称。”⑤《粤小记》所谓“结诗社”应该是重结而非始辟。不过,也有人认为崇祯末,陈子壮、梁佑逵等始建⑥。综合这些材料可知,浮丘诗社当始于明中叶,而非始于崇祯末年陈子壮、梁佑逵等。前人留下的诗作也可以印证这一点。《全粤诗》卷 320 收有欧大任诗《杨民部肖韩入浮丘社得成字》:“胜侣集柴荆,名山不入城。飞栖惟乐志,喧寂自浮生。濠上游方待,河东赋已成。谷莺啼近客,半似和歌声。”⑦欧大任(1516—1595),字桢伯,号仑山。顺德

---

① 《屈大均全集》第 4 册,第 161—162 页。

② 《屈大均全集》第 4 册,第 321 页。

③ 罗元焕撰:《粤台征雅录》,《广州大典》第 446 册,第 576 页。

④ 梁鼎芬等修,丁仁长等纂:〔宣统〕《番禺县续志》卷 40,《广州大典》第 279 册,第 586 页。

⑤ 黄芝撰:《粤小记》卷 2,道光十二年刻本,《广州大典》第 395 册,第 23 页。

⑥ 张涛:《文学社群与明清地域文学流派》,《江苏师范大学学报》2014 年第 1 期。

⑦ 吕永光主编:《全粤诗》第 9 册,岭南美术出版社 2009 年,第 816—817 页。

人。出明中叶著名学者黄佐门下,其诗雄阔高华,为"南园后五子"之一。在京师与李攀龙、王世贞等人结诗社,过从甚密,酬唱颇多,为"广五子"之一①。著有《欧虞部集》。欧大任于万历二十三年去世,可知浮丘诗社于万历年间已经开社。万历年间岭南著名诗人区大相也有与此相关的诗作。其《浮丘社怀赵太史》之二云:"紫气朝来满近关,千秋名胜在人间。杯前霞绕卢敖杖,海上涛飞葛令山。珠树岂曾吟落叶,丹砂聊得驻春颜。玉笙吹罢邀明月,又见孤城一鹤还。"②赵太史当指赵志皋。区大相还有与浮丘有关的诗作如《秋日登浮丘台》等。区大相(? —1614),字用孺,号海目,高明人。明神宗万历十七年(1589)进士,选庶吉士,授检讨,同修国史,经筵展书。历官赞善、中允,掌制诰,居词垣十五年。自给谏调南太仆寺丞,二年后病归。著有《区太史诗集》《前后使集》《图南集》《濠上集》等。从区大相的有关诗作可知,浮丘诗社在明代末年还是存在的。明末曾奔赴辽东的韩上桂和李云龙也有与浮丘诗社有关的诗作。韩上桂有《社集听笙亭》《浮丘社寿桐柏山人》等。前诗云:"三山原不远,碧海旧相寻。地接流云气,人怀出世心。看棋柯欲烂,对酒陆堪沉。向夕迎仙吹,如闻鸾凤音。"③李云龙《浮丘社集同张孟奇黎是因欧嘉可黄逢永张子台分得鱼字》诗云:"葛令丹成后,寥寥千岁余。还逢双燕乌,来访列仙居。布席投青霭,行歌步紫虚。更寻碧山趾,因忆旧焚鱼。"④如前所述,韩上桂,明神宗万历二十二年举人,明亡,恸哭不食,卒于宁远城。李云龙,曾为袁崇焕幕客。崇祯三年,崇焕死,遂为僧,称二严和尚。明亡,不知所终。由此可知,浮丘诗社在明末依然存在。不过,从翁山的有关记述可以推知,鼎革之时诗社曾一度荒废。刊刻于康熙二十六年的《广东新语》"三石"条这样记述浮丘:"荔支梅竹之植,手泽犹存,予每徘徊而不能去……'此丘往时在海中,三山烟雾晴濛濛。今日丘林带城郭,惟余海月一片挂长松。'不禁浩然而兴叹

---

① 钱谦益认为欧大任为"广五子"之一。"桢伯则广五子之一人也,黎惟敬则后五子之一人也。"见钱谦益:《列朝诗集小传》丁集上,上海古籍出版社1983年,第442页。
② 李永新主编:《全粤诗》第14册,岭南美术出版社2013年,第542页。
③ 李永新主编:《全粤诗》第14册,第705页。
④ 释二严著,李君明点校:《啸楼诗集》,释道独等著:《岭外洞宗高僧三种》,广东旅游出版社2015年,第211页。

也。丘前有撒金巷,予家尝近焉,儿时数就珊瑚井旁嬉戏。"①翁山童年的故事就发生在附近,这段文字透露出其强烈的今昔之感。他非常熟悉这里的故实,其记述应该可靠,显然此前诗社废圮。康熙二十九年庚午(1690),屈大均、陈恭尹和梁佩兰等人重又修复。翁山《修复浮丘诗社有作》诗云:"仙城三石三培塿,似三神山随波流。地道潜通第七洞,朱明门户惟浮丘。浮丘丈人昔栖此,子乔吹笙翩来游。浮丘伯与浮丘叔,兄弟一罗而一浮。稚川来挹浮丘袖,丹井至今如龙湫。海神珊瑚一再献,珊瑚知自珊瑚洲。瀺阳(赵公志皋。)浮丘结大社,吾越风雅凌中州。前掩曲江后海目,埙篪一一相绸缪……泰泉弟子多古调,兰汀青霞居其优。我今欲作钟吕倡,欲得二三黎与欧。南园东皋总荒草,坛坫复有浮丘不。"注云:"三石谓浮丘与海珠、海印('印'原作'卬',据康熙年间屈明洪补刊本改)也。"②此外,翁山尚有《浮丘修禊作》。由以上引述,可以看出浮丘诗社万历年间始建,晚明尚存,崇祯末陈子壮等人又结社于此以继南园风雅。鼎革之时因兵燹而毁,康熙二十九年翁山等再次修复。

从崇祯末年陈子壮重结浮丘诗社时参与的人员与其修复南园时所谓的"南园十二子"的高度重叠可以看出明末浮丘诗社与南园诗社之间的关联,甚至可以认为,两个诗社实际上是当时同一帮人所为。前人也曾指出过浮丘诗社与南园诗社之间的关系:"粤东诗社自南园先后五先生外,则有王光禄渐逵、伦祭酒以训之越山社,郭光禄棐、王御史学曾之浮丘社以羽翼之。"③

4. 云淙诗社

云淙诗社为崇祯年间陈子壮所辟,地址在广州城北白云山麓。"陈秋涛名子壮……崇正中以礼部右侍郎抗疏罢归,辟云淙别墅于城北白云山中,日肆吟咏。尝集长少名流区启图、曾息庵、高见庵、黄石佣、黎洞石、谢雪航、苏裕宗、梁纪石、陈中洲、区叔永、黎美周共十二人复修南园旧社,又开社诃林。"④"陈子壮辟此与名流吟咏其中……区怀瑞为《云

---

①《屈大均全集》第4册,第162页。
②《屈大均全集》第1册,第199—200页。
③郑梦玉等修,梁绍献等纂:〔同治〕《南海县志》卷18,《广州大典》第275册,第382页。
④罗元焕撰:《粤台征雅录》,《广州大典》第446册,第583页。

淙赋》纪之。子壮弟子升有《家兄云淙落成》,及《邀瀑亭》诸作。"①

　　由以上所述可知,陈子壮既是云淙诗社的倡建者,还是明末修复南园、诃林、浮丘旧社的主导者。这不但说明陈子壮在明代末年是岭南多个诗社的主导者和领袖式人物,同时也说明明末清初岭南多个诗社与南园诗社在精神上的相通。曾参与陈子壮所主导的诗社成员,入清之后继续活跃在岭南多个诗社当中,感今追昔,抒写怀抱。

　　5. 芳草精舍诗社

　　芳草精舍诗社为崇祯末番禺陈虬起、区怀年等人所结。"明崇正末,邑诸生陈虬起与萧奕辅、梁佑逵、黎邦瑊、区怀年等结诗社,名芳草精舍。感伤时事,抑郁之气时流露于诗词间。"②丙戌乱后,陈虬起从天然函昰禅师出家,法名今儆③。区怀年、黎邦瑊等人在崇祯年间曾参与陈子壮主导下的南园等诗社,同时也是"南园十二子"的成员,由此可以看出二者的渊源。他们"感伤时事"用诗词抒写"抑郁之气",也透露出二者精神上的相通。

　　6. 仙湖诗社

　　仙湖诗社在广州城西,陈子升、薛始亨等人所辟。《龙江乡志》卷4"杂志上"记载:"乡中先辈……日就骚人逸士开社,赋诗把酒,诚盛事也……而一时散见于郡邑者,宪副薛介屏则有凤山诗社,少宰黄卓星则有仙湖诗社,洎国初犹有存焉。"④崇祯十五年壬午,陈子升与薛始亨等在仙湖结社。薛始亨《中洲草堂诗刻原序》云:"崇祯壬午陈子乔生与余缔社于仙湖。同社诸子方锐意举子业,余窃视乔生,翩翩然有建安芙蓉园之想。制义之暇辄复称诗。其伯氏文忠公修复南园五先生故事,乔生则已奋袂登坛,名流且避席矣。"⑤不过,黄卓星之"仙湖诗社"与陈子升、薛始亨等在仙湖所结之诗社前后是否相关则尚待考证。

　　7. 西园诗社

　　西园诗社在广州西郊,为屈大均、王邦畿、陈子升、邝露、陈恭尹、梁

---

①梁鼎芬等修,丁仁长等纂:〔宣统〕《番禺县续志》卷40,《广州大典》第279册,第585页。
②梁鼎芬等修,丁仁长等纂:〔宣统〕《番禺县续志》卷40,《广州大典》第279册,第586页。
③徐作霖、黄蠡辑:《海云禅藻集》,第80页。
④佚名纂:《顺德龙江乡志》卷4,《中国方志丛书》第51号,第315页。
⑤《中洲草堂遗集》卷首,见《丛书集成续编》第151册,第271页。

佩兰等人所辟。明清鼎革之时,年方十五六岁的屈大均已经活跃在岭南诗坛。自云:"自申酉变乱以来,士多哀怨,有郁难宣。既皆以蛰遁为怀,不复从事于举业,于是祖述风骚,流连八代,有所感触,一一见诸诗歌,故予尝与同里诸子为西园诗社,以追先达。然时时讨论,亦自各持一端,有举湛若之言者曰:'诗贵声律,如闻中宵之笛,不辩其词,而绕云流月,自是出尘之音。'王说作则谓:'君等少年,如新华乍开,光艳动人,然不久当落耳。必敛华就实,如果熟霜红,甘美在中,悦目不足,而适口有余,乃可贵也。'"①《番禺县续志》对此也有记载:"乱后士多蛰遁,大均因与同里诸子为西园诗社。丁酉,秀水朱彝尊至粤,与大均最契,归则持其诗遍传吴下,名大起。"②从翁山的记述可知参与的人物还有王邦畿等人。陈子升《赠梁芝五》:"南园忆旧社,西园见新作。之子寝鲜荣,芳菲倚蘼若。心轻进士举,归以骚人托。"陈子升《寄邝湛若》:"南郭灰心念故庐,西园飞盖结交初……年年脉望看仙化,空老雕虫旧秘书。"③由此可知陈子升、邝露和梁佩兰亦当参与其中。

不过,西园诗社的社址到底在哪里却不容易确定。这一时期的文献几处提到的"西园"似乎不在同一个地方。有人认为在广州番禺。张涛教授根据《明遗民录汇辑》和陈伯陶《胜朝粤东遗民录》卷1、卷2的有关记载认为:西园诗社,始于清初,建在广州番禺,主要成员为屈大均、陈恭尹、王邦畿、陈子升等④。

一些文献显示所谓的西园显然在别的地方。《番禺县续志》云:"西园为南汉明月峡玉液池遗址,宋经略使蒋之奇辟为园……明洪武二年以其地开设广州府署。后易名清荫园,有蕉竹山房、来青阁、红雪亭、古树堂、环翠轩、近水榭、西池、梅舫、射堂、哽盦、风烟一览、小山丛桂、小桥曲径诸胜。"⑤顺治十七年庚子初秋,陈恭尹与梁佩兰、岑梵则、张穆、陈子升、王邦畿、梁梿、何绛、梁观集于高俨西园旅舍唱和。本年九月十一日,陈恭尹与张穆、张雏隐、何绛、陶璜、高俨、林梧集于梁佩兰西园草

---

① 《屈大均全集》第 4 册,第 323 页。
② 梁鼎芬等修,丁仁长等纂:〔宣统〕《番禺县续志》卷 18,《广州大典》第 279 册,第 256 页。
③ 陈子升:《中洲草堂遗集》卷 5、卷 11,《丛书集成续编》第 151 册,第 299、352 页。
④ 张涛:《文学社群与明清地域文学流派》,《江苏师范大学学报》2014 年第 1 期。
⑤ 梁鼎芬等修,丁仁长等纂:〔宣统〕《番禺县续志》卷 40,《广州大典》第 279 册,第 582 页。

堂。这里已经出现了两个"西园",二者显然不是同一个地方。康熙元年壬寅秋,陈恭尹、王鸣雷、程可则、高俨、何绛、梁梿、陶璜等与徐乾学和江西遗民魏礼会集于梁佩兰六莹堂分韵赋诗。陈恭尹诗云:"竹窗藤几迥无尘,一会西园尽俊人。济上魏舒为旧好,邺中徐干是嘉宾。"①这首诗中的"西园"应该是梁佩兰西园草堂。梁佩兰虽为广东南海人,但世居广州城西梁巷,所以其西园草堂应该在广州城西。番禺在广州东南部,距离广州城西约有三十公里,显然这里所谓的西园不会在张涛教授所说的番禺。广州西关的法性寺,也有人称为"西园"。法性寺原在光孝寺内,康熙年间法性寺住持远公为避清兵之扰,于康熙十五年(1676)将法性寺迁往广州西关。"法性寺迁至西关之后,人们喜欢称之为'西园'。"②这里又出现了一个西园,显然与前面提到的又不是同一个地方。《广东新语》云:"其在半塘者,有花坞,有华林园,皆伪南汉故迹。逾龙津桥而西,烟水二十余里,人家多种菱、荷、茨菰、蕹芹之属,其地总名西园矣。"③清罗元焕《粤台征雅录》云:"省堂家羊城西郭外。其地统名西园,即俗称西关也。"④翁山出生地在广州西关的西场,顺治三年丙戌冬广州城破之前一直生活在这里。尽管具体地址难考,但综合多种信息之后,笔者认为西园诗社的社址当在广州西郊某处,距离翁山少时生活之地不会太远。由于"烟水二十余里……其地总名西园",故有以上多处西园的说法。

　　文献记载的西园诗社的社集活动不是太多。康熙元年壬寅秋屈大均归自吴越。中秋,屈大均与岑梵则⑤、张穆、陈子升、王邦畿、高俨⑥、庞

---

①陈恭尹:《同宁都魏和公昆山徐原一同里王震生高望公湛用嗜程周量何不偕梁器圃陶苦子集药亭六莹堂得真字》,《陈恭尹集》,第491页。

②林子雄:《法性禅院倡和诗·前言》,周彧辑:《法性禅院倡和诗》,广东旅游出版社2017年,第322页。

③屈大均:《广东新语》,《屈大均全集》第4册,第427页。

④罗元焕撰:《粤台征雅录》,《广州大典》第446册,第576页。

⑤岑梵则,其人未详。陈恭尹《西郊赠岑梵则》诗云:"而今万事付儿孙,寂寞荒丘采薇蕨。唯有新诗似少年,夜夜高吟松下月。"见《陈恭尹集》,第331页。由此诗可知岑梵则当为遗民。

⑥高俨(1616—1689),字望公,又字俨若,号海滨逸父,广东新会人。明亡,与陈子升、王邦畿、陈恭尹、张穆等游,复与张穆有偕隐之约。性高洁。尚可喜入粤,闻其名征之,屡辞不就,博学工诗,以诗书画三绝而闻名。著有《独善堂集》。

嘉耋①、梁观②、屈士煌、陈恭尹、梁佩兰宴集于广州西郊。屈大均为述
崇祯皇帝御琴事。陈恭尹作《秋日西郊宴集同岑梵则张穆之家中洲王
说作高望公庞祖如梁药亭梁颛若屈泰士屈翁山时翁山归自塞上》诗。
陈子升、张穆、高俨等亦有诗纪之。陈子升《崇祯皇帝御琴歌序》记录了
这次宴集："道人屈大均自山东回,言济南李攀龙之后,其家藏百琴,中
一琴名'翔凤',乃烈皇帝所常弹者。甲申三月,七弦无故自断,遂兆国
变。中官私携此琴,流迁于此。又朱秀才彝尊曾言有杨正经者,善琴,
烈皇帝召见,官以太常,赐以一琴。自国变后,结庐与琴偕隐,作《西方》
《风木》二操,怀思先帝。其人今尚存云。壬寅中秋,二三同志集于西
郊,闻道人之言,并述杨太常之事,咸欷歔感慨。谓宜作歌以识之,臣陈
子升含毫稽首,长歌先成。"③李婵娟教授认为这是西园诗社的一次社
集。"此次社集是一场别开生面的诗人雅会:社集以极不寻常的御琴为
中心议题,与会者即兴以《崇祯皇帝御琴歌》为题各赋诗一首,以歌代
哭,抒发亡国之痛、故国之思。"西园诗社的成员构成不但与南园十二子
有所重叠,而且结社宗旨也与南园诗社一脉相承④。陈子壮弟子升既是
西园诗社的重要成员,同时也是当年的南园十二子之一。

8. 西园十二堂吟社

西园十二堂吟社由张振堂发起,成员不明,社址在广州西郊。清罗
元焕《粤台征雅录》云:"省堂家羊城西郭外。其地统名西园,即俗称西
关也。昔人有为西园诗社以续浮丘遗响者,至张振堂前辈,复集十二
人,各取一字以名堂,称西园十二堂吟社。省堂诸子继起,亦仿之为后
十二堂云。张振堂名河图,字太初,南海人。由东莞学登康熙壬午副
榜,有《振堂诗集》。相传《十二楼社诗》《红药女郎香奁卷》,乃其游戏之

---

① 庞嘉耋,又名庞招游,字祖如,南海人。明经,世居弼唐乡,陈邦彦弟子。遭乱礼天然为居士,山
　名今焰,字若云,筑易庵。按:《海云禅藻集》卷4本传作"今燄",阮元《广东通志》卷328《函昰禅
　师传》按语作"今燄"。顺治三年丙戌乱后,梁佩兰、陈恭尹、陶璜、方颛恺等皆往依之。康熙十五
　丙辰(1676)庞招游舍弼塘之亦庵为净社。
② 梁观,字颛若,号虚斋,南海人。士济之子,贡生。遭乱后移居顺德邑城,构西山草堂,吟咏其中。
　著有《虚斋集》。陈伯陶《胜朝粤东遗民录》卷1有传。
③ 陈子升:《中洲草堂遗集》卷7,《丛书集成续编》第151册,第310—311页。
④ 李婵娟:《清初岭南遗民诗人集结的文化因素考察》,《五邑大学学报》2015年第1期。

作,而不入集者也。"省堂,何成远号,字思任,南海人①。此壬午即康熙四十一年。此处云"昔人有为西园诗社以续浮丘遗响者,至张振堂前辈,复集十二人",此处所谓"昔人"当指屈大均等人,同时也透露了这样一个重要信息:屈大均等人建西园诗社,是为继承浮丘遗响。《粤小记》卷 2 记载:"明季时,前辈结诗社于浮丘寺,共十二人:陈秋涛子壮、弟中洲子升、黎美周遂球、区启图怀瑞、弟叔永怀年、高见庵赉明、黄石佣圣年、梁纪石佑逵、黎洞石邦瑊、谢雪航长文、曾息庵道唯诸君子。自息庵外,多以忠烈称。"②崇祯末年陈子壮两次召集几乎相同的十二人重修南园,结社浮丘。"张振堂前辈,复集十二人",不但透露出其继承南园传统的用意,同时还透露出他似乎在试图与明末清初陈子壮、屈大均等人的南园、浮丘、西园等诗社建立某种精神上的联系。何省堂诗云:"梅花索笑日巡檐,想见何郎韵屡拈。便过浮丘怀旧社,西园诗思雪中添。"③这一用意,在这首诗中似乎有更明显的透露。

9. 兰湖白莲诗社

明代末年,陈子壮在广州西北兰湖,与诸名士结社吟诗,称兰湖诗社。清人颜师孔有《兰湖诗社》纪其事④。明清鼎革,诸老殉国,诗社圮废。陈恭尹、梁佩兰等人于康熙十九年在新建的法性寺内重修诗社。康熙十八年之后,三藩之乱被平定。清朝的统治渐趋稳定。康熙十九年庚申尚之信赐死,岭南也重新恢复了平静。陈恭尹在耿文明和陈肇昌等人的斡旋下,结束了二百余日的牢狱之灾。陈恭尹在《独漉堂诗集》卷 4《江村集小序》中说:"庚申而后,乃稍得晏然,复理诗书,有同人唱酬之乐。"也就是这一年,陈恭尹同梁佩兰、何绛、陶璜、方殿元、吴文炜、黄河澄等在广州西关重修兰湖白莲诗社。经常参与诗社活动的有遗民,也有积极科进之人。兰湖白莲诗社位于康熙十五年之后新建的法性寺。法性寺原在光孝寺(亦称诃林寺)内,康熙年间因清兵在光孝

---

①罗元焕撰:《粤台征雅录》,《广州大典》第 446 册,第 576 页。

②黄芝撰:《粤小记》卷 2,《广州大典》第 395 册,第 23 页。

③罗元焕撰:《粤台征雅录》,《广州大典》第 446 册,第 576 页。

④杨权、陈丕武:《诗派标准与"岭南诗派"》,《学术研究》2012 年第 3 期;翁筱曼:《晚清学海堂文学教学与先贤宗奉情结》,《暨南学报》2014 年第 7 期。

寺内养牧战马,当时法性寺住持远公(名达津,字远布,江西人),为避清军之扰,于康熙十五年丙辰将法性寺迁往广州西关。"法性寺原在诃林东北隅。乙卯冬十二月,安达公徙迁戎马,借住诃林。僧舍所存,十一焉尔。先师因寄迹郊西友人精舍,迨丙辰间遂卜筑于此……由丙辰迄甲子,凡九年,始获落成……此寺之本末与兹集之缘起也。薝卜楼东偏颇余隙地,乃建客厅一所,其前因兰湖旧迹,广而浚之,为放生池。"①此处诃林指光孝寺。光孝寺原为三国时东吴虞翻的居处,时人称为虞苑,因多植诃子树,又称诃林。虞翻后人施其宅为寺,名制旨寺。南宋绍兴二十一年(1151)易名光孝寺。"从薝卜楼东至借瓮堂,穿林而南为兰湖。兰湖,心公新构之室也……继莲社而传者莫兰湖若矣。"②心公即法性寺住持愿光,字心月。《粤东诗海》云:心公为"远布和尚法嗣,住法性禅院。尝与梁佩兰、陈恭尹、周大樽诸词人结社于兰湖……辑有兰湖唱和集,自著有兰湖稿"③。《清史稿》云:"佩兰……结兰湖社,与同邑程可则、番禺王邦畿、方殿元及恭尹等称'岭南七子'。"④"该寺在广州城墙以西,越王台以南,龟峰西禅寺以东的兰湖故址一带。兰湖故址,又称芝兰湖,南汉时宫苑。"⑤"南宋词人刘镇,学者称随如先生,居丛桂里,即今丛桂坊。相传梁药亭太史亦尝居此,与法性寺诗僧愿光交好,时相过从,故独漉、南樵、蒲衣诸老亦至,同结吟社,辑有《兰湖倡和集》。"⑥除法性寺愿光之外,还有一些僧人也能诗善咏,积极参与兰湖白莲诗社,与梁佩兰、陈恭尹等人时相唱酬。康熙三十八年己卯(1699)闰七月八日,梁佩兰同沈彪、潘耒、张尚瑗、陈都、毛端士、吴漮、杨锡震、姚东明、司旭、陈阿平、释达津、释愿光雅集于法性寺薝卜楼,分赋。陈恭尹未及赴,后亦以《闰七夕后一日远公招同潘稼堂张损持梁药亭毛行九余未及赴诸公分韵见及得心字》诗和之。从《法性禅院倡和诗》收录的诗歌看,

---

① 释愿光:《法性倡和诗集序》,周弧辑:《法性禅院倡和诗》,第 344 页。

② 方鹤洲:《兰湖记》,周弧辑:《法性禅院倡和诗》,第 346 页。

③ 温汝能辑:《粤东诗海》卷 98,第 1857 页。

④ 赵尔巽等撰:《清史稿》卷 484,第 13332 页。

⑤ 林子雄:《法性禅院倡和诗·前言》,周弧辑:《法性禅院倡和诗》,第 322 页。

⑥ 戴肇辰等修,史澄、李光廷纂:〔光绪〕《广州府志》卷 162,光绪五年刊本,《广州大典》第 271 册,第 568 页。

大约在康熙二十四年至五十一年(1685—1712)间,陈恭尹、梁佩兰、陈阿平、陶璜、杨锡震等人不时到法性寺聚集唱和。

10. 越台诗社

越台诗社在广州城西西禅寺,明末朱完修复。"朱完,字季美,又号白岳山人,九江堡人……粤东诗社自南园先后五先生外,则有王光禄渐逵、伦祭酒以训之越山社,郭光禄棐、王御史学曾之浮丘社以羽翼之。自后风流稍歇,完乃与顺德潘子朋、梁有谦、欧必元等继踵而起,远绍前修,社事复振。时岭海名流与会者如香山李孙宸、番禺韩上桂、新会林枝乔、从化刘克治等皆社中人,相与扬抈。其间粤台风雅得以不坠,而盛举自完倡之。"① 粤台,即越台。李孙宸,字伯襄,万历四十一年癸丑(1613)进士,崇祯初升礼部左侍郎兼翰林院察典、经筵讲官。时通州、蓟州、遵化等城为清军攻陷,京师告急戒严,李孙宸上疏陈述应变方略七条,并与闽粤籍京官上德胜门协助将士守城,发誓以身殉国,倡议捐薪俸,变卖金饰用以犒劳守城将士。崇祯七年病故,追赠太子太保,谥文介公。著有《建霞楼文集》等。由参与人员可知,越台诗社明末尚存。康熙二十三年甲子二月吴绮入粤,集屈大均等众人再修越台诗社。梁宪(字绪中,号无闷)《花朝社集西禅寺》小序云:"甲子花朝,吴兴太守吴蔥次入粤,集海内之词人于西禅寺,结越台诗社,至期则宴叙分题。"② 康熙二十三年这次当是重新结社,此前诗社当毁于鼎革之际。由梁宪诗序所谓"集海内之词人"可以看出,参与这次社集者并非仅为岭南诗人,也有不少外地诗人。再由"至期"二字推测,有可能当时就立下了定期雅集的社规。翁山有《花朝社集西禅寺》诗:"水国多烟雨,春光一半迟。花从今日得,莺与故人期。浦有沉香气,林多翡翠枝。玉壶携不远,兰若在江湄。"③ 陈恭尹《独漉堂集》有《越台新柳诗十首和王础尘》,之九云:"好鸟飞来韵不孤,从来寄托属吾徒。贞操只许陶彭泽,直道无妨鲁大夫。"④ 此处"越台新柳诗"不知是不是越台诗社的社集之作。王础尘

---

① 郑梦玉等修,梁绍献等纂:〔同治〕《南海县志》卷18,《广州大典》第275册,第381—382页。
② 张其淦编录,李君明点校:《东莞诗录》卷22,广东旅游出版社2016年,第417页。
③ 屈大均:《翁山诗外》,《屈大均全集》第1册,第623页。
④《陈恭尹集》,第389页。

是流落岭南的江南遗民,长期在惠州知府王煐的幕府之中,与屈大均、陈恭尹交往密切。明清易代之际,人们赋予了魏晋时期的阮籍、嵇康和晋宋之交的陶渊明等新的意义,将之归入了伯夷、叔齐这一人格类型。这显然是陈恭尹对自己和王础尘坚守志节的期许。

康熙二十六年(1687)高兆来端州割砚,过广州,与陈恭尹等相见。第二年高兆自肇庆割砚返闽途经羊城,再与陈恭尹、屈大均等相见。屈大均作《送高固斋》诗二首,之二云:"轻帆千里挂,故国八闽回。著作时相寄,知言在越台。"①此处"越台"当指越台诗社。这一次相见,陈恭尹有《高固斋以长歌赠别赋答》,诗云:"我生不辰稀所慰,唯以同心作同气。同心海内几人存,白首尘中觉无谓。与君相知三十年,未曾识面心先传。穷通夷险每在眼,眉宇笑貌依希然。去年握手仙羊石,今年大醉崧台驿。"②由明末朱完修复诗社参与的人员可知,越台诗社与陈子壮重修南园诗社在精神上存在一定的关联。屈大均和陈恭尹等人是明末南园精神的主要继承者,入清之后他们积极参与越台社事,也可进一步说明越台诗社与南园诗社精神上的关联。

11. 石湖诗社

石湖诗社由罗孙耀与梁梿、陈恭尹、吴文炜等人创立。罗孙耀,字乃远,隐居石湖,故名。"罗孙耀,字乃远,号澹峰,大良人。登顺治辛卯乡荐,任曲江教谕,以廉介忤韶守……戊戌登进士……隐石湖别业……与陈恭尹、梁梿、彭睿壦、吴文炜、刘云汉结社,流连山水,不通权贵。"③罗孙耀之孙罗天尺撰有《锦岩山志略》,其中收录了石湖诗社同人唱和诗文。梁梿(1628—1673),字器圃,号寒塘居士,广东顺德人,是气节凛然的遗民诗人,与陈恭尹、陶璜、何衡、何绛闭关读书,合称"北田五子"。"梿,字器圃,晚号寒塘……结茅池西曰寒塘,悬板以限来者。知县张其策欲见之,不可。迹其在甘溪,单车就焉,梿夷旷自如。与罗孙耀结石湖诗社,又与何绛兄弟称'北田五子'。书画并工,时号寒塘派。卒时,从容赋诗而逝。尝病陈恭尹交不择人,辄骂之曰:'向与公言何事,而仆

---

① 《屈大均全集》第 2 册,第 695 页。
② 《陈恭尹集》,第 330 页。
③ 郭汝诚修、冯奉初等纂:〔咸丰〕《顺德县志》卷 25,咸丰六年刻本,《广州大典》第 283 册,第 642 页。

仆风尘为也?'恭尹敬谢之而已。"①

12. 东皋诗社

东皋在广州东门外。东皋诗社为崇祯四年陈子壮从兄陈子履所辟。《广东新语》卷17"名园"条:"广州旧多名园。其在城东者,曰东皋别业,陈大令之所营也。"赵元方注云:"陈大令名子履。南海人。子壮兄。"②"东皋诗社在东门外,崇正四年,陈子壮从兄子履所辟。南望教场,后为白云山……子壮抗疏罢归,有《饮顺虎家兄东皋别业诗》。黎遂球、黄圣年、黎邦瑊、徐棻、欧主遇、张萱、何吾驺皆有唱和。明亡,池馆荒废。国朝康熙间驻防镶黄旗参领王之蛟修葺之,取为别业,聘屈大均、陈恭尹、梁佩兰主其中,名曰东皋诗社。四方投篇赠缟者门不停轨,与昔之南园颉颃,今圮。"③陈子履辑诗社诸人之作为《东皋诗》一卷。"《东皋诗》一卷。明陈子履撰,存。传钞本。陈子壮序略云:东皋者,余伯兄顺虎先生所为别业也。左联永泰,右接长春,演武之场据其首,镇海之楼奠其北。凿山开径,引水植林,仲长统乐志命篇;竹木周匝,潘安仁闲居作赋。菡萏披敷,池环九岛以种鱼,迻仿孤山而纵鹤。封胡遏末,兄弟足当宾主。东南交游特盛,或良辰张宴,或飞盖夜游,点缀江山,独专丘壑。既命题之不一,旋比类以成编。凡文二首,诗数十首。谨按此编内陈子履《东皋纪略》一篇,陈熙韶《玉带桥记》一篇,此外,则何吾驺、张萱、黎邦瑊、邝露、黎遂球、张家玉、陈熙韶、陈熙昌、陈子壮、陈子履诸人诗凡数十首。别有题曰《练要堂集选》者,盖就陈忠简公子壮集中有涉东皋者录之,殆后人续编入者欤。"④子壮谥号南明谓"文忠",清谓"忠简"。陈子壮于顺治四年丁亥与陈邦彦等同时起兵,最后死难。顺治初东皋为清兵牧马之地。翁山《双声子·吊东皋别业故址》云:"幸狐狸,知谢公白血,珍同水碧金膏。微躯安惜,乾崩坤裂,平陵一死鸿毛。与龙髯马角,和粪土、同委干濠。炊残白骨,牛羊总成,一片腥

---

① 郭汝诚修,冯奉初等纂:〔咸丰〕《顺德县志》卷24,《广州大典》第283册,第615页。
② 屈大均:《广东新语》卷17,中华书局1985年,第470—471页。
③ 梁鼎芬等纂,丁仁长等纂:〔宣统〕《番禺县续志》卷40,《广州大典》第279册,第585—586页。
④ 梁鼎芬等修,丁仁长等纂:〔宣统〕《番禺县续志》卷32,《广州大典》第279册,第427—428页。

臊。"注云："谢公谓故督师大学士陈公子壮也。"①词寓无限感慨。别业旁有东皋武庙,明清鼎革,武庙亦毁于兵燹。康熙三十年辛未(1691)春,驻防参领王之蛟重修东皋武庙祀奉关羽,勒碑以纪其事,又铸钟鼎,请屈、梁、陈三人各撰铭文。又于庙旁修别业,重修东皋诗社②。"陈氏东皋草堂,鼎革后亭池荒芜。康熙初,镶黄旗参领王之蛟取为别业,聘岭南诗人梁药亭、陈独漉暨僧一灵,所谓'岭南三大家'者创东皋诗社,四方投简授诗者无虚日,实足抗手南园。"③此处谓三家创诗社,不确。屈大均有《九日承王骠骑邀集东皋有赋》三首,梁佩兰有《东皋关忠义庙新铸大钟歌》。乾隆至道光年间旗人樊封《南海百咏续编》卷3"东皋武庙"条载其事:"在东皋之阳探花桥西,村氓告赛祠也,兵燹之后鞠为茂草。康熙时驻防镶黄旗参领王之蛟建。复于左右筑诗社,与番禺屈大均、陈恭尹、顺德梁佩兰为社友。庙工竣日,铸一钟一鼎,三子为诗铭之,班驳离奇,瑰列庭除,往来才士,扪挲如鉴焉。"诗云:"乌柏凝霜破庙红,兽镮瑟瑟系花骢。阴廊神鬼时呵护,一代诗王聚鼎钟。"④多条材料都记载了此事,不过,樊封对陈恭尹和梁佩兰籍贯的记述略有差错。

13. 探梅诗社

探梅诗社由黄登于康熙三十五年倡建。黄登,字俊升,岭南遗民诗人,与屈大均、陶璜等人友善。陈伯陶云:"黄登,字俊升,一字积庵,番禺人。好学工诗,善鼓琴。国亡后隐居不试,筑南轩、亦非亭,与屈大均、陶璜、邝日晋、罗谦相往还,时称高士。大均尝过登,赋赠云:'一室城南小,幽人自有余。花乘三月食,叶待一秋书。诗句先年老,禅心入夜虚。我来分啸傲,每至暮钟初。'"⑤撰有《见堂诗草》《历代嘉言》《岭南五朝诗选》。康熙三十五年丙子(1696)五月十六日屈大均病卒。这一年黄登于广州东郊黄村辟探梅诗社,花时约名流饮酒赋诗于其下,延梁佩兰主衡诗社。"黄村探梅诗社去县治东郊三十里,居人环山植梅,明

---

① 《屈大均全集》第 2 册,第 1438 页。
② 梁鼎芬等修,丁仁长等纂:〔宣统〕《番禺县续志》卷 36,《广州大典》第 279 册,第 514 页。
③ 戴肇辰等修,史澄、李光廷纂:〔光绪〕《广州府志》卷 162,《广州大典》第 271 册,第 567 页。
④ 樊封:《南海百咏续编》卷 3,道光二十九年刻本,《广州大典》第 455 册,第 319 页。
⑤ 陈伯陶:《胜朝粤东遗民录》卷 1,第 91 页。

遗老黄登辟此社。于花时约名流饮酒赋诗其下。梁无技、僧成鹫皆预焉。并延南海梁佩兰主衡诗社。今废。"①梁佩兰有《黄村探梅》云:"梅花十里黄村路,花候谁能更掩关? 满地月明怜昨夜,一天寒色在前山。冰融野壑崖前折,僧立溪桥影自闲。拟欲置身茅屋里,白头相对不知还。"②另外,黄登还曾成立苟林琴社。梁佩兰《岭南五朝诗选序》云:"初,予与积庵结识,修琴社于苟林也,积庵时裘马少年耳。抽弦剧棋,击剑饮酒。侠事韵事,欲以一人之身任之。"③

14. 雅约社

雅约社由屈大均与区怀瑞、区怀年首倡。《广东新语》卷 12"区海目诗"条云:"岭南诗自张曲江倡正始之音,而区海目继之。明三百年,岭南诗之美者,海目为最,在泰泉、兰汀、仑山之上,其集有《前使》、《后使》二编,及《海目诗选》行世。而虞山钱氏不获见之,此《列朝诗集》之憾事也。陈云淙云:'海目太史之为诗也,濬南园五先生之源,而汇梁、黎诸公之流,盖雅道莫尚已。'……海目有二子启图、叔永,皆能嗣其音响。予尝与为雅约社,并序其诗,俾世之言诗者知吾粤,言粤诗者知区氏焉。"④区怀瑞,字启图,广东高明人,明代著名诗人区大相之子。"怀瑞少负异才,不读唐以后书,与弟怀年俱能承其家学。"明末怀瑞"念时艰日亟,自是研究兵略……甲申国难作,乙酉仲夏,怀瑞遂同邝露入南都……未几,福王败,唐王监国于闽"。怀瑞与黎遂球同往,"寻于途中仓猝触刃而卒"⑤。

15. 南塘诗社(又称湖心诗社)

南塘诗社由何栻于康熙年间创立,参与者有屈大均、陈恭尹、梁佩兰、王隼等人。何栻,字太占,号南塘渔父,贡生,广东香山人。著有《南塘诗钞》。"南塘诗社在小榄村蓝田坊,周遭三十亩,筑亭累山,四面皆水,何栻与诸词人游咏之地。"⑥《香山志》云:"栻性旷达,以诗名,尤工

①梁鼎芬等修,丁仁长等纂:〔宣统〕《番禺县续志》卷 40,《广州大典》第 279 册,第 586 页。
②《六莹堂集》,第 94 页。
③《六莹堂集》,第 417 页。
④《屈大均全集》第 4 册,第 315 页。
⑤陈伯陶:《胜朝粤东遗民录》卷 3,第 211—212 页。
⑥戴肇辰等修,史澄、李光廷纂:〔光绪〕《广州府志》卷 85,《广州大典》第 270 册,第 55 页。

书。梁药亭称之为诗隐。"梁佩兰《南塘渔父诗抄序》:"南塘渔父,予老友也。南塘诗社,予旧游地也。予每至榄溪,必宿于其所谓湖心亭者。尝见渔父或于松阴,或于水曲,时作鹄立,间效鹤行,侧首攒眉,一若甚有所苦者。"①《何氏诗徵》云:"公乃明太傅象冈公孙,荫锦衣使越巢公嗣子。高隐南塘,不应有司事。日与屈华夫、梁药亭、陈元孝、吴山带、王蒲衣辈唱和。四方名士云集,开湖心诗社,客至,不问姓名,觞咏尽欢,有累月不去者。南塘为太傅公别业,周曹三十亩,四面皆水,环以翠筱苍松,红葉青荇,中结茅屋数椽,又筑土为小山,可以登眺。梁药亭太史赠诗云:南湖三十亩,君在镜中居,殆道尽情事也。部除理藩院知事,不就。杜门著书,不履城市,亦不问家人生产,年九十余,乃终。海内谈耆旧者,必以公为称首。"②此处所谓赠诗即是《六莹堂集》中的《寄何太占》:"南湖三十亩,君在镜中居。菱叶烟浮水,梅花月照庐。人闲湘簟冷,风远玉箫疏。何地无佳兴,高吟出夜鱼。"③此诗在汪观辑《五大家诗》中题作《题沈方舟南湖别业》④。何栻"日与屈翁山、梁药亭、陈元孝、吴山带、王蒲衣辈唱和,又与海幢呈乐和尚、华林铁航和尚、鼎湖契如和尚、尘异、雪木、迹珊、心月、敏然等为方外交,四方名士云集,则开湖心诗社"⑤。

16. 冰天诗社

冰天诗社由函可创立于顺治年间,是岭南人在中国东北创建的诗社。函可,清初高僧,工诗,礼空隐和尚落发受具,住华首台充都寺。"福王立,以请藏经至金陵,居江宁顾梦游楼上。值国再变,亲见诸死事臣,纪为私史,城逻发焉。当事疑有徒党,拷掠至数百,绝而复苏者屡。但曰'某一人自为'。夹木再折,血淋没趾无二语。观者皆惊咋,叹为有道。"械送京师,减等,遣戍沈阳。至戍地,开法千山。后,其家被屠。"时遣谪诸臣,若莱阳左懋泰……陈心简辈始以节义文章相慕重,后皆引为法交。函可因招诸人为冰天诗社,凡三十三人。"⑥函可为清代文字

---

①《六莹堂集》,第418—419页。

②黄绍昌、刘熽芬纂辑,何文广校:《香山诗略》上,中山诗社重刊,超星电子书,第156页。

③《六莹堂集》,第271页。

④汪观辑:《五大家诗》,康熙五十四年刻本,《药亭诗》补卷1。

⑤张琼:《清代岭南诗社探究》,《岭南学术研究》2018年第1期。

⑥梁鼎芬等修,丁仁长等纂:〔宣统〕《番禺县续志》卷27,《广州大典》第279册,第377页。

狱第一人,卒于顺治十六年。

17. 浩社

浩社在粤秀山镇海楼。崇祯年间,南海九江乡人朱国材兄弟召集才士数十人所创。"有朱国材者,字四古。崇祯间名诸生也……国材兄弟招集才士数十人创浩社于镇海楼……国变后,风流云散,始由岁贡生廷试第一,授开建校官,而人仍以老宿尊之。"①

18. 溪南诗社

溪南诗社在东莞,清初王应华所结。王应华,字崇阆,号园长,东莞人。崇祯元年进士,累官至礼部侍郎。甲申归粤,辅永历帝,拜东阁大学士。帝入桂后,与函昰同礼道独,法名函诸。归隐水南村。"东莞邑志云:应华隐居,与里人黎铨、卢蠹辈结溪南社,以文酒自晦……翛然有出世之志……尝戴华阳巾披羽衣,出游罗浮,见者疑为神仙中人。"②

19. 凤台诗社

凤台诗社在东莞,明天顺、成化间,东莞人陈靖吉、何潜渊等十五人初建,又称凤冈诗社。明中叶黄佐《广东通志》云:"何潜渊,字时曜,东莞人。质直有操守,明敏好学问。为诗文必欲理胜于词……晚年与邑耆英结诗社于凤台。"③翁山《广东新语》云:"明兴,东莞有凤台、南园二诗社,其诗颇得源流之正。"④其后荒废。李义壮《凤台诗社图序》云:"余学诗时,则闻天顺初,吾广有南园诗社,东莞凤台相望而兴。时则陈靖吉辈为之宗。嗣是日搜罗诗家之作,则并与其社而亡矣。中间兴废相寻,仅六七十年间耳,然率无传者。"⑤天启元年前后,罗黄庭、邓云霄、洪信、尹守衡、周一士等一度重修,洪信、尹守衡为社长。崇祯末,邑人陈象明等再次修复。陈象明《凤台诗社重修记》:"吾莞之有凤台诗社也,稽之邑乘,盖创于天顺辛巳之岁也。"⑥此记作于崇祯十年丁丑。陈象

---

①郑梦玉等修,梁绍献等纂:〔同治〕《南海县志》卷18,《广州大典》第275册,第383页。

②温汝能辑:《粤东诗海》卷49,第913页。

③黄佐纂修:《广东通志》卷60,嘉靖四十年刻本,《广州大典》第242册,第233—234页。

④《屈大均全集》第4册,第323页。

⑤汪运光修,张二果、曾起莘纂:〔崇祯〕《东莞县志》卷7,崇祯十二年修,清抄本,《广州大典》第284册,第707页。

⑥汪运光修,张二果、曾起莘纂:〔崇祯〕《东莞县志》卷7,《广州大典》第284册,第715页。

明,崇祯元年戊辰进士,任户部主事。南明永历帝授为兵部右侍郎兼都察院左佥都御史,总督两广军务,同陈邦傅领兵六万,往广西,挥师直进浔州,歼强敌,进复梧州。顺治四年,即永历元年丁亥十一月,陈象明兵败被俘,在梧州投潭死。

20. 耆英会

耆英会由简知遇与陈调等创建。"简知遇,字伯葵,东莞人。万历戊午举人,官四川铜梁令……国亡后,栖息东皋,与同里陈调辈为耆英会,放浪于文字诗酒间,深自韬隐。"①

21. 旦社

旦社由薛始亨始建于清初。薛始亨,字刚生,号剑公、二樵山人,广东顺德人。诸生。与翁山同笔砚。明亡,入罗浮为道士。顺治五年戊子春,广州大饥。薛始亨与诸子结社于龙江青云台,醵金为长明灯,始亨因命为旦社,有《龙江青云台旦社题辞》②。

22. 陶社

陶社由郭之奇始建于清初。郭之奇,字仲常,号菽子,广东揭阳人。崇祯元年戊辰进士,选翰林院庶吉士。里居期间,结陶社,与罗万杰相唱和。郭之奇追随永历帝转战于闽粤桂黔,后被执殉国③。

23. 禺山诗社

禺山诗社由夏文石、白超藩创立。"禺山诗社,康熙间,夏云、白之昱等设立。"④

24. 珠江诗社

珠江诗社由詹韶等建。"詹韶,字广凤,饶平人。拔贡生。性孝友,慷慨好义。崇祯末,潮郡大乱……乱定后,年四十余,遂弃举业,与岭南诸名士结珠江社,日以著作自娱。"⑤

---

① 陈伯陶:《胜朝粤东遗民录》卷 3,第 154 页。
② 薛始亨:《蒯缑馆十一草》卷 1《杂著》,清抄本。
③ 温廷敬纂:《明季潮州忠逸传》卷 2,林杭学修,杨钟岳纂:《潮州府志》卷 9 上,康熙二十三年刻本,《广东历代方志集成·潮州府部》第 2 册,第 387—388 页。
④ 吴凤声、余棨谋修,朱汝珍纂:[民国]《清远县志》卷 13,民国二十六年广州亚东印务局铅印本,《广州大典》第 303 册,第 436 页。
⑤ 陈伯陶:《胜朝粤东遗民录》卷 4,第 255 页。

25. 汾江诗社

汾江诗社由汪后来创立。"汪后来,字白岸,号鹿冈,番禺人。举康熙壬午武乡试,官千总,分防佛山。退休后遂家焉。晚年倡诗社汾江,远近名士多仰为职志。尤擅于画,性高介,食贪自甘,不轻以尺幅赠人。"①

26. 云岩诗社

云岩诗社由高德创立。"高德……居家修祠墓,解纷息争。乡界既复,多方定其居止,构云岩诗社于狮山麓,八十九卒。著有《江上草》《云岩遗稿》。"②

27. 北田五子

除了以上所叙述的诗社之外,这一时期岭南诗坛还活跃着类似于诗社组织的诗人群体,"北田五子"就属于这类情况。"北田五子"形成于顺治年间。

关于北田五子成员有几种不同的说法。较为可信的是:陈恭尹、何绛、何衡、陶璜和梁梿五人。"宁都三魏"之一魏礼《与北田五子》题注云:"广州何左王、不偕、梁器圃、陈元孝、陶苦子。"③这是目前所见关于"北田五子"这一并称的最早记录。陈恭尹《梁寒塘墓志铭》也对北田五子的姓名做了明确的交代:"寒塘先生梁氏,讳梿,字器圃,广州顺德人也……与同邑何左王衡、何不偕绛、番禺陶苦子璜暨尹闭关北田,世之言隐者,目为北田五子。"④魏礼之子魏世俲《赠北田诸先生序》云:"岭南北田五子曰:二何先生左王、弟不偕、梁先生器圃、陈先生元孝、陶先生苦子,与家君子为昆弟交。"⑤《顺德县志》也印证了这一说法:"何绛……性英爽……值明末多故,乃自放废,徜徉罗浮、西樵山。既乃纵游吴越,足迹几半天下,复与陶窳、陈恭尹、梁梿,暨其兄衡隐,称北田五子,声著

①阮元修、陈昌齐等纂:〔道光〕《广东通志》卷 286,道光二年刻本,《广州大典》第 256 册,第 676 页。

②郭汝诚修、冯奉初等纂:〔咸丰〕《顺德县志》卷 25,《广州大典》第 283 册,第 646 页。

③魏礼:《魏季子文集》卷 9,林时益辑:《宁都三魏全集》,道光二十五年宁都谢庭绶绥绂园书塾重刻本,《四库禁毁书丛刊》集部第 6 册,第 71 页。

④《陈恭尹集》,第 658—659 页。

⑤魏世俲:《魏昭士文集》卷 3,林时益辑:《宁都三魏全集》,《四库禁毁书丛刊》集部第 6 册,第 322 页。

甚……素工诗,论诗最宗张文献、王右丞。著有《不去庐集》。"①不过,
《清史稿·陈恭尹传》却有不同的说法:"(恭尹)归,主何衡家。与陶窳、
梁无技及衡弟绛相砥砺,世称'北田五子'。"②陶窳即陶璜,此处有梁无
技而无梁槤。民国人记录清初之事,偶有失误也很正常。陈恭尹本人
即为北田五子之一,魏礼又是与北田五子为同声相求的朋友,他们的一
致记载是可信的。

顺治十一年甲午春,陈恭尹自吴越归岭南。顺治十二年乙未陈恭
尹与蔡蒑访何绛于羊额,结庐读书。《增江前集小序》云:"乙未,与蔡子
艮若就何子不偕之乡,结茆荷池之上,读书稽古,倦则放舟仰卧荷香中,
致足乐也。"这期间与蔡蒑、何绛、梁槤等遗民时相往还,赋诗唱酬。顺
治十三年丙申秋,陈恭尹偕蔡蒑、何绛游阳春。顺治十四年丁酉秋陈恭
尹偕何绛游澳门。顺治十五年戊戌春,陈恭尹与何绛出厓门,渡铜鼓
洋,访故人于海外③。八月,与何绛同往湖南。"(顺治)十六年将入滇从
桂王,道阻,乃北走衡湘。渡彭蠡,下至池州,寓芜湖。值成功大举围金
陵,张煌言进取徽宁,恭尹与共策画。旋成功败走,煌言间道出海。"④之
后陈恭尹与何绛"轻舟济江,历中都,治寒衣于汴梁。北度黄河,徘徊太
行之下。冬中南还,自郑州、信阳至云梦登舟,度岁于汉口"⑤。顺治十
七年庚子,陈恭尹、何绛自汉口溯流而上,逾岭抵家。仍旧寓居新塘,之
后未再远游。从顺治十三至十七年陈恭尹的游历情况看,顺治十二年
乙未访何绛于羊额之后的数年他与何绛并没有真正闭关读书。此时,
"北田五子"应该还没有形成。不过"陈恭尹、何绛、蔡蒑三子的集结经
历为结社活动积累了宝贵经验,对后来北田五子的形成有直接影响,可
视作北田五子的前身,或北田五子集团形成的酝酿阶段。北田五子集
团正式形成于清顺治十七年庚子"⑥。陈恭尹《增江后集小序》云:"庚子
春,余归自楚南,其夏与何、梁、陶诸子掩关于新塘者二年。辛丑之冬,

①郭汝诚修,冯奉初等纂:〔咸丰〕《顺德县志》卷25,《广州大典》第283册,第645页。
②赵尔巽等撰:《清史稿》卷484,第13331页。
③陈恭尹:《增江前集小序》,《陈恭尹集》,第15页。
④邓之诚:《清诗纪事初编》卷2,第302页。
⑤陈恭尹:《中游集小序》,《陈恭尹集》,第31页。
⑥李婵娟:《北田五子与清初典范遗民文人集团之建构》,《中山大学学报》2015年第3期。

始为罗浮之游。自壬寅至戊申,则掩关羊额为多。"①何衡、何绛兄弟为顺德羊额人,陈恭尹为顺德龙山人,梁梿为顺德大良人,唯陶璜为番禺人。但陶璜曾携母在何氏家中寓居数年,五人交游非常密切。因何绛自号所居为"北田",时称"北田五子"。当时"北田五子"在南方名气很大,清人陈康祺将他们与江西易堂九子相提并论,认为他们"皆以声应气求,相从讲学,有名字于世"②。他们"闭关北田,结茅池西,曰'寒塘',悬板以限来者"③。陈恭尹、何绛、何衡、陶璜和梁梿偕隐北田,砥砺读书,吟啸于寒塘草亭之间。这样的一个诗人群体,显然对岭南诗人有着相当的凝聚和示范意义,对清初岭南诗派的形成有一定促进作用。多年之后,陈恭尹还非常怀念当年相依读书的生活,其《握山喑予新塘率尔写怀因寄止斋寒塘两兄》对彼此之间的深厚情谊做过真切的描述:"频年兄弟得相依,散诞江乡共掩扉……今日对君唯有叹,鹣鹣只翼不成飞。"④康熙七年戊申,陈恭尹夫人湛氏病逝,他带着儿女移居增城新塘,"生事日繁,不复能闭户矣"⑤。此后陈恭尹结束了自康熙元年至七年掩关羊额的读书生活,"北田五子"遂于无形中解散。"北田五子"实际上是一个颇有声名的遗民诗人群体。

28. 海云诗派

明清鼎革,佛门一时成了学士大夫安顿心灵之处。曹洞宗第三十四代高僧天然函昰将弘法护生与忠孝节义结合起来,使大批缙绅士夫在生死去就的危难时刻投到了他的门下。这一时期以天然函昰及其弟子今释澹归为核心,形成了一个规模庞大的诗人群体。因函昰住雷峰主海云寺法席,故称这个诗人群体为海云诗派。"初函昰以盛年孝廉出家,人颇怪之,及时移鼎沸,搢绅遗老多出其门,乃始服其先见。""已居雷峰,所立规矩整肃森严,于是粤之学士大夫洁身行遁,转相汲引,咸皈依为弟子。函昰虽处方外,仍以忠孝廉节垂示,以故从之游者每于死生

①《陈恭尹集》,第 49 页。

②陈康祺撰,晋石点校:《郎潜纪闻初笔》卷 14,中华书局 1984 年,第 293 页。

③陈伯陶:《胜朝粤东遗民录》卷 2,第 121 页。

④《陈恭尹集》,第 93 页。

⑤《陈恭尹集》,第 49 页。

去就多受其益。"①

当时投到天然门下的文人学士众多。澹归《王说作诗集序》云："雷峰虽提持祖道,然不废诗,士之能诗者多至焉。"②这批人一边修习佛法,同时还不废歌咏。这个诗僧群主要由天然"今""古"字辈的弟子组成。很多"今"字辈的弟子,出家前即为诸生,或已有功名或文名。天然禅师有时利用讲法的机会组织诗社,推动群体创作活动。天然法嗣中著名的"海云十今",今无(字阿字)、今覞(字石鉴)、今摩(字诃衍)、今释(字澹归)、今壁(字仞千)、今辩(字乐说)、今電(字角子)、今遇(字泽萌)、今但(字尘异)、今摄(字广慈)皆能写诗。海云诗派的成员并不局限于海云寺诗僧,而是泛指天然法系诸寺庙全部能诗弟子。详见上编第二章《明末清初岭南诗人的壮游与隐遁》之"海云诗僧",此不赘述。

(二)明末清初岭南地域性诗社与南园诗社关系考论

明清两代岭南地区诗社众多。虽然有人说粤诗社始于宋代,但于史无征。真正有据可查的岭南地区的诗社则始自元末明初孙蕡、王佐等倡建的南园诗社。南园诗社于明初始辟之后,因故中断,但又数度修复。这不但保证了南园风雅未坠于地,一脉传承,同时也说明了南园诗社在岭南诗人心中的地位。

明中叶除了"南园后五先生"之外,还有越山诗社和浮丘诗社等承续南园诗社的传统。"广州好为诗社,迄今犹盛。明初典籍孙蕡等始开诗社,所谓南园五先生也。厥后光禄王渐逵、祭酒伦以训为越山诗社;光禄郭棐、王学曾为浮丘诗社;尚书□□□为诃林净社又复修南园旧社,与广州名流十有二人唱和。"③如果说这里的叙述还不够明确,那么《南海县志》就非常明确地说出了南园诗社与其他诗社的关系:"粤东诗社自南园先后五先生外,则有王光禄渐逵、伦祭酒以训之越山社,郭光禄棐、王御史学曾之浮丘社以羽翼之。"④《番禺县志》中挖去的人名是陈

---

①陈伯陶:《胜朝粤东遗民录·附录方外》,第291页。
②释澹归:《徧行堂集》第1册,第174页。
③任果、常德修,檀萃、凌鱼纂:〔乾隆〕《番禺县志》卷17,《广州大典》第277册,第395页。
④郑梦玉等修,梁绍献等纂:〔同治〕《南海县志》卷18,《广州大典》第275册,第382页。

子壮。浮丘诗社和诃林净社等在岭南地区是有较大影响的诗社,这一记述进一步说明南园诗社在岭南地域性诗社中的地位。

明末清初是岭南地域性诗社发展的一个重要时期。从明代末年诗社形成的情况可以看出,陈子壮是这一时期岭南地区多个诗社的核心人物。这一时期的南园诗社、诃林净社、浮丘诗社和云淙诗社等的重结或新建,陈子壮都是发起人或领袖人物。崇祯末年陈子壮在广州南园抗风轩重开"南园诗社",参与活动的诗人有"南园十二子"之说。"十二子"具体包括哪些人,学界虽有不同的说法,但出入不大。一般认为陈子壮、陈子升、欧主遇、欧必元、区怀瑞、区怀年、黎遂球、黎邦瑊、黄圣年、黄季恒、徐荣、僧通岸等十二人,合称"南园十二子"。《粤台征雅录》云:"陈秋涛名子壮……尝集长少名流区启图、曾息庵、高见庵、黄石佣、黎洞石、谢雪航、苏裕宗、梁纪石、陈中洲、区叔永、黎美周共十二人复修南园旧社,又开社诃林。"①《粤小记》云:"明季时,前辈结诗社于浮丘寺,共十二人:陈秋涛子壮、弟中洲子升、黎美周遂球、区启图怀瑞、弟叔永怀年、高见庵贵明、黄石佣圣年、梁纪石佑逵、黎洞石邦瑊、谢雪航长文、曾息庵道唯诸君子。自息庵外,多以忠烈称。"②由这些文献可以看出,明末参与诃林、浮丘等诗社的人员与南园诗社的参与者虽不完全相同,但主要人物基本上是重叠的。由此可以看出这一时期的南园、诃林、浮丘等几个诗社基本上是同一帮人所为,是同一帮人在不同地点的集体诗会。这也说明这些诗社与南园诗社的渊源和关联。

其实,参与这几处诗社的诗人并不止这些。《番禺县续志》云:"诃林净社在光孝寺西廊,明中叶梁有誉、黎民表、欧大任诸人结诗社于此。天启间顺德梁元柱以疏劾魏阉罢归,复与陈子壮、黎遂球、赵焞夫、欧必元、李云龙、梁梦阳、戴柱、梁木公开诃林净社。"③《粤台征雅录》所载"复修南园旧社,又开社诃林"的十二人与《番禺县续志》所载明末复修诃林净社的九人,不但人数不同,人员也有一定出入。应该说参与这些诗社的诗人包括了广州及周边地区岭南的主要诗人。他们一定意义上代表

①罗元焕撰:《粤台征雅录》,见《广州大典》第446册,第583页。
②黄芝:《粤小记》卷2,《广州大典》第395册,第23页。
③梁鼎芬等修,丁仁长等纂:〔宣统〕《番禺县续志》卷40,《广州大典》第279册,第585页。

了这一时期岭南诗派的主体。

顺治四年丁亥,陈邦彦、陈子壮和张家玉等岭南士人,联络山海,水陆协同,发起了声势浩大的抗清之役。虽然最后失败,但其精神却在前后两代诗人之间实现了代际传承。以岭南三大家为代表的大批诗人应运而生。这一时期慷慨悲歌的岭南诗人,大多与这次抗清行动有着直接或间接的关系,受到了直接或间接的影响。《南海县志》云:“吾粤前明,诗社特盛,而南园称最。最后十二人陈秋涛子壮……自息庵外,多以忠烈称,洵所谓余事作诗人者。”①他们或慷慨赴难,或以遗民终老。参与或亲历这场事变的陈子升、区怀年、梁佑逵等在鼎革前后都是诗社的积极参与者或组织者。

无论在明末清初岭南诗人的活动中,还是岭南丁亥之役的整个过程中,陈子壮都是核心人物,处于领袖地位。明清鼎革前后陈子壮等岭南诗人心系天下,慷慨悲歌,进一步光大了自明初以来一脉相传的南园精神。如前所述,岭南丁亥之役,最早的策划者陈邦彦是翁山之师、元孝之父,与陈子壮关系密切。“公(陈邦彦)举义以丁亥二月,在粤诸公之先崎岖山海,激发俊雄……南海则陈文忠主其谋,东莞则张文烈奋其策。”②丁亥之役虽痛失领袖,但其后的岭南诗人却继承了他光大了的南园精神,并刻意强调他们之间的师承授受。陈恭尹在《岭南五朝诗选序》中说:“余童年侍先大夫,读书于云淙公写叶山房,睹所积粤中前辈诗集。”③云淙即陈子壮。陈邦彦曾为子壮家西席,陈恭尹读书其间。“一日,公(陈子壮)弟子升偕友人陈邦彦谒公。邦彦字会份,顺德人,时尚为诸生,公一见与语,惊曰:‘此奇男子也。’遂与订为昆弟,因下榻馆之,使海上延、上图。课读之余,尝与之纵谈天下事,邦彦指陈形势,条举策画,悉中当时利害,确然可见之施行。公益重之,语人曰:‘吾粤之士,胸怀经济大略,而不以经生自局者,会份一人而已。’”④不仅如此,子壮、邦彦之间,一定程度地还存在师弟子之谊。陈邦彦视子壮为师,有

①郑梦玉等修,梁绍献等纂:〔同治〕《南海县志》卷25,《广州大典》第275册,第495页。

②屈大均:《顺德给事岩野陈公传》,《屈大均全集》第3册,第447页。

③黄登辑:《岭南五朝诗选》卷首,见《广州大典》第492册,第174页。

④无名氏:《陈文忠公行状》,见陈伯陶:《胜朝粤东遗民录·附录》,第332—333页。

《赣关接云淙老师手书兼闻大疏》诗。屈大均说："且公（陈邦彦）之于陈文忠，与文烈之于林公涍，亦皆师弟子也。道义相孚，声气相感，又复如此！求吾粤君臣之义者，求之师弟之间而可矣！大均向受业于公，后死之责未知能无愧于四君与否！噫嘻！今亦老矣！尝为《哀辞》一篇以吊公，比于宋玉之《招魂》，盖亦弟子之谊云。"[1]林涍为张家玉师，丁亥之役，事前师徒曾一起策划。陈邦彦被执回广州，佟养甲欲通过邦彦得到陈子壮的消息。"养甲（原作'申'，误）欲降公，使医视创，膳人进馔，公叱骂却之……问：'陈阁部何在？'曰：'吾师也，死国奚问哉！'入狱五日不食，赋诗自若……临命作歌，有'天造兮多艰，时哉不我与，我后兮何之？我躬兮独苦'之语。西向受刃，颜色不变。"[2]"公……与文忠、文烈并称。粤有三人，谁曰不宜？公之门人，如马应房、杨景烨、霍师连、霍达芳，皆一时相从以死，虽忠义根于天性，亦师友观摩之所自也。予十六从公受《周易》《毛诗》，公数赏予文，谓为可教。今不肖隐忍偷生于此，不但无以见公，且无以见马、杨、霍四子，又四子之罪人也已。"[3]梁佩兰虽未师从邦彦，却亦自称是其私淑弟子。

　　屈大均等人所强调的陈子壮与陈邦彦以及屈大均、陈恭尹等岭南诗人之间的师承授受，重点在对陈子壮、陈邦彦奋身国难、慷慨悲歌精神的继承，而不主要在学问的授受。如果从这个意义上说，陈子壮、陈邦彦可谓岭南此一时期大批年轻士人的精神导师。明末陈子壮、陈邦彦、张家玉和黎遂球等一大批岭南志士殉国之后，屈大均、陈恭尹和梁佩兰逐渐成为新一代岭南多个诗社的核心，多数重要的诗社都有他们三人的身影。虽然明末和清初这两个时期参与相关诗社的人员有很大的变化，但这两个时期岭南诗坛鼓荡洋溢的精神、岭南诗人所呈现的气度风貌却是一贯的。从鼎革前后活跃于岭南诗坛的成员来看，虽为两代诗人，但就诗派的发展而言却属同一个时代。清初较长时期岭南诗坛鼓荡的那股豪情，实际上即主要产生于因为丁亥抗清之役而形成的时代风潮。前后两代诗人秉承了同一种精神和气质。这种精神通过屈

大均等人有意识的强调、建构和发扬,也成为明末清初岭南诗派的精神主轴。屈大均等刻意强调他们之间的师承关系其用意即在于此。

明清鼎革之际,屈大均、陈恭尹和梁佩兰虽然还非常年轻,但已经成为岭南地域性诗社中非常活跃的人物。从笔者现在掌握的资料来看,鼎革之前屈、陈、梁并没有参与相关的诗社活动,但屈大均、陈恭尹等人都是丁亥前后,岭南士人慷慨悲壮的抗清行动的参与者和亲历者。在明清鼎革和岭南士人揭竿反抗的过程中成长起来的屈大均和陈恭尹等人逐渐成为新一代岭南诗人的核心和领袖。屈大均《广东新语》云:"自申酉变乱以来,士多哀怨,有郁难宣。既皆以蜚遁为怀,不复从事于举业,于是祖述风骚,流连八代,有所感触,一一见诸诗歌,故予尝与同里诸子为西园诗社,以追先达。"①"为西园诗社,以追先达",从这一表述可以看出清初西园诗社与明末以陈子壮等人为核心的多个岭南地域性诗社的关联。王邦畿、陈子升、区怀年等相对于屈大均和陈恭尹年龄稍长,鼎革之前都曾是活跃在岭南诗坛的重要诗人,也是倡建于清初的西园等诗社的主要成员。从人员的组成方面可以看出二者之间的关联。雅约社,由屈大均与区怀瑞、区怀年首倡;湖心诗社由屈大均、陈恭尹、梁佩兰、何栻等组成;兰湖白莲诗社为陈恭尹、何绛、陶璜等在广州西关重修;越台诗社由屈大均等众人重结;东皋诗社的主持者为屈、陈、梁三人。不必赘述。入清之后岭南地域性诗社大多与屈大均、陈恭尹等岭南志士遗民有着直接或间接的关系。入清之后较长时期岭南诗坛所鼓荡的那股豪情,实际上正是源自陈邦彦、陈子壮和张家玉等岭南士人发动的丁亥抗清之役。陈子壮在明代末年既是岭南多个诗社的倡导者和领袖人物,于鼎革之前即极力宣导南园传统,同时又是岭南丁亥之役的发起者和主导者之一。以此来看,入清之后的屈大均、陈恭尹等岭南诗人在自我叙述上刻意强调与南园诗社在精神上的联系,有隐义存焉。

屈大均在《广东新语》中对岭南地域性诗社的源流和后世岭南诗人对南园传统的继承有比较清晰的叙述:"广州南园诗社,始自国初五先

---

①《屈大均全集》第 4 册,第 323 页。

生。越山诗社,始自王光禄渐逵、伦祭酒以训。浮丘诗社,始自郭光禄
棐,王光禄学曾。诃林净社,始自陈宗伯子壮,而宗伯复修南园旧社,与
广州名流十有二人唱和……粤诗自五先生振起,至黄文裕而复兴……
桢伯与梁兰汀、李青霞、黎瑶石皆泰泉门人,其诗正大典丽,泽于风雅,
盖得其师所指授……瑶石后有区海目者,直追初唐,置大历以下不复
道。论者谓明兴,前后七子称诗,号翰林馆阁体,海目始力祛浮靡,还之
风雅,其《前使》、《后使》二集,虽使燕、许复生,亦不能有所加损……启
图能承家学,与李烟客、罗季作、欧子建、邝湛若四五公者唱和,其雄才
绝力,皆可以开辟成一家……慨自申酉变乱以来,士多哀怨,有郁难宣。
既皆以董逃为怀,不复从事于举业,于是祖述风骚,流连八代,有所感
触,一一见诸诗歌,故予尝与同里诸子为西园诗社,以追先达。”①屈大均
在这一段话中不仅梳理了自明初南园以来岭南地域性诗社演进的概
况,更透露了自南园以来一脉相承的岭南地域性的诗社传统,和明末清
初岭南诸诗社与南园诗社在精神上的某种关联。

入清之后,岭南三大家组织或主持诗社,共同参与社事,一起饮宴
唱和,曾经跟随三家学诗而后来享一时之名者就有不少,王隼、梁无技、
陈阿平、周大樽、邓廷喆、徐璈、韩海,以及女诗人王瑶湘等就是。他们
的诗社或唱和活动无形中加强了岭南诗人之间的相互联系,使他们形
成了一个相对稳定的诗人群体,虽经明清鼎革,南园传统不但得以延
续,更促成了岭南诗派的形成和发展。

岭南诗派在明代已经有了重大的发展。钱谦益评明代诗云:“岭南
人在词垣者,琼台、香山,后先相望,而梁公实、黎惟敬皆出才伯(黄佐
字)门下,于是南越之文学彬彬然比于中土矣。”②岭南诗派经过明初的
“南园五子”、明中期的“南园后五子”和明末“南园十二子”等诗人的推
动,逐渐形成了一个在全国较有影响的地域性诗派。清初顺康时期,以
三大家为代表的岭南诗人继承前代诗人的精神,慷慨抒情,使岭南诗派
更成长为堪与中原、江南鼎足而立的地域性诗派。

①《屈大均全集》第 4 册,第 321—323 页。
②钱谦益:《列朝诗集小传》丁集上,第 383 页。

二、宴饮、唱和与地域性群体集结

组织诗社、定期或不定期社集是相对正式的目的明确的进行诗歌交流创作的集体活动。除了这种目的明确的诗社活动之外,随机性的次韵、分韵、分题、同题酬唱也是比较常见的诗人们的诗歌活动。因为这样的酬唱常常伴以聚会饮宴,因此饮宴唱和几乎就成了一个固定的习惯搭配。唱和可能本非初衷,而为因缘凑巧的偶然事件所致。聚会意味着交流,诗人的交流难免评骘与唱和等形式。这类经常性的诗歌活动,无疑能促进诗人的创作,有利于形成诗学宗尚和创作理念相对接近的诗人群体,甚至形成影响一方或一时的诗歌流派。

据留存下来的资料来看,这样的酬唱自南园时代就成了岭南诗人常见的活动形式。明末清初保存下来的这类记载更多。这样的诗歌活动对岭南诗派的形成无疑有着重要的促进作用。

明清鼎革之后,经常参与这类唱酬活动的岭南诗人主要有岑梵则、庞嘉鳌、陈子升、王邦畿、张穆、薛始亨、王鸣雷、程可则、梁佩兰、屈大均、陈恭尹、梁梿、何绛、梁观、陶璜、吴文炜等人。多年之后,岑梵则、庞嘉鳌、陈子升、王邦畿等诗人渐渐老去,屈大均、陈恭尹和梁佩兰三人成为这个群体的无可争议的核心。在当时的广州,尤其是屈大均、陈恭尹息游之后,形成了一个以屈大均、陈恭尹和梁佩兰等人为中心的岭南文人群。当时广州周围几乎稍有文名的人都曾参与过这种交游唱和。这类活动从三家年轻时代一直持续到晚年。这样的唱和活动,略举几例如下:

顺治十七年庚子初秋,陈恭尹与梁佩兰、岑梵则、张穆、陈子升、王邦畿、梁梿、何绛、梁观集于高俨西园旅舍唱和。

本年秋,梁佩兰邀岭南文人梁梿、何绛、陈恭尹、陶璜等与魏礼游宿灵洲山寺,并各吟诗纪其事,寄语王邦畿、王鸣雷。

本年九月十一日,陈恭尹与张穆、张雒隐、何绛、陶璜、高俨、林梧集于梁佩兰西园草堂。

顺治十八年辛丑孟冬,陈恭尹游罗浮,腊月十日,偕梁梿、麦时及僧九人观日于飞云峰。

康熙元年壬寅秋,屈大均归自吴越。从兄屈士燝[①]、屈士煌[②]以及陈子升、王邦畿、陈恭尹、薛始亨、谢楸[③]等遗民皆以诗贺其平安归来。在乡苦盼的同声同气之人,见到任侠远游数年归来的游子,当是无限快慰。

本年中秋,屈大均与岑梵则、张穆、陈子升、王邦畿、高俨、庞嘉鳌、梁观、屈士煌、陈恭尹、梁佩兰宴集于广州西郊。屈大均为述崇祯皇帝御琴事。陈恭尹、陈子升、张穆、高俨等皆有诗纪之。

本年秋,陈恭尹、王鸣雷、高俨、何绛、梁槤、陶璜、程可则和入粤学人徐乾学以及江西遗民魏礼等集于梁佩兰六莹堂分韵赋诗。

康熙二年癸卯(1663)四月初四夜,陈恭尹、王邦畿和王鸣雷等订游海幢寺。是年重阳日,梁佩兰六莹堂前一朵梅花先时而放。陈恭尹、王邦畿与梁佩兰一起赋咏早梅。

康熙三年甲辰,陈恭尹与王邦畿、王鸣雷等同宿六莹堂,怀梁佩兰。陈恭尹有《春夜同王说作王东村程周量宿六莹堂怀主人梁药亭》诗。

康熙四年乙巳春,屈大均北上金陵,陈恭尹、陈子升与梁佩兰为之饯行,同赋罗浮蝴蝶,以比大均。

康熙八年己酉八月,屈大均自塞上归抵番禺故里。陈恭尹与陈子升皆有诗赠之。

康熙十年辛亥八月,屈大均、陈恭尹和林梧[④]等泛舟东莞东湖,至晚宴集于尹源进兰陔别墅。是年,陈子升之青原,访方以智、熊遇山。屈大均、陈恭尹皆作诗送之。

康熙十二年癸丑秋,查容归海宁,屈大均、张穆和陈恭尹等以诗送之。

---

①屈士燝,字贲士,一字白园,屈大均从兄。清兵南下,与弟士煌破产从军。广州陷,与弟徒步入滇,效力南明永历朝廷。永历十二年转礼部员外郎。

②屈士煌,字泰士,一字铁井,屈大均从兄。屈士燝之弟,年十六,补诸生。清兵南下,与兄破产从军。广州陷,又与兄徒步入滇,效力南明永历朝廷,任兵部职务,试职方司主事。清兵入云南,还家,奉老母匿迹山林。以笔墨代耕稼。永历帝被害,郁郁而终,年五十六,著有《铁井诗文稿》。

③谢楸,字惟秉,僧名今楸,字邺门,番禺人。明诸生,著有《螺室诗集》《箕山草堂诗稿》。

④林梧,字叔吾,林洊之子,东莞人。林洊,东莞死节之士。林洊三子为林杨、林杞、林梧,称"三林"。

康熙十九年庚申,陈恭尹、何绛、陶璜等同黄河澄及梁佩兰、方殿元、吴文炜等重修兰湖白莲诗社。

康熙二十二年癸亥四月十日,潘楳元招梁佩兰、陈恭尹、王世桢、汪煜、查嗣瑮、徐令、林梧和王完赵集于其视苍楼,送春。

康熙二十五年丙寅(1686)春日,广州将军王永誉府中牡丹盛开,招梁佩兰、屈大均、陈恭尹、张梯、张远和陈阿平等雅集于倚剑堂,赏花分赋。

本年夏,伏日,陈恭尹、林梧、梁佩兰、朱研、周文康、董克灌、王完赵与王世桢、张梯集于潘楳元视苍楼分赋。

康熙二十六年丁卯春,严绳孙①入粤,其间与陈恭尹、屈大均、梁佩兰、吴文炜等交游唱和。秋,绳孙归无锡,梁、屈、陈皆有诗赠别。

康熙二十八年己巳(1689)仲春,陈恭尹与陶璜、王世桢、季煌、释大汕、黄河澄同登镇海楼,相约为长律纪其胜。陈恭尹作《镇海楼赋》。

康熙三十年辛未三月三日,王隼之女王瑶湘与李仁新婚,屈大均与梁佩兰、陈恭尹、林梧、吴文炜、梁无技往王隼澶庐宴集,即席分赋以贺。

康熙三十一年壬申(1692)正月十七日,大汕邀陈子升、屈大均、梁佩兰、陈恭尹、龚翔麟、王瑛、陈廷策、王世桢等十多人,社集于长寿寺离六堂。

康熙三十二年癸酉(1693)二月,朱彝尊奉命使至粤,二月八日,陈恭尹、屈大均和梁佩兰等陪朱彝尊等人往光孝寺,观唐僧贯休所画罗汉。各有诗作。朱彝尊等留广州三日后别去。梁佩兰设宴于五层楼,邀同陈恭尹、屈大均、吴文炜、王隼、陈元基、梁无技、季煌为之饯行,席上分赋。

康熙三十五年丙子,屈大均去世之后,陈恭尹、梁佩兰等的文人雅集一如既往。

岭南诗人的这类饮宴唱和活动,虽然难免平庸之作,但对培养创作氛围、交流诗学思想、提升诗学理论认识,乃至达成相对接近的诗学观念、诗学宗尚都是有很大促进作用的。这种作用是潜移默化的。在岭南诗派的形成过程中,其积极意义不亚于目的明确的诗社组织。

---

①严绳孙,字苏友,号藕渔,无锡人。以诗文擅名。康熙十八年,以布衣举博学鸿词,力辞不获,赋诗而出,授检讨,修《明史·隐逸传》,寻迁宫允,康熙二十三年乞归。工书善画,著有《秋水集》。

第四章　清初岭南诗人的诗学理论

　　明末清初岭南诗坛在诗歌创作方面大都能够做到缘情言志,其理论宗尚,总体上倾向于性情论。陈恭尹论诗最为明确,始终秉持诗主性情的观点。梁佩兰在序吴文炜诗集时说:"夫性情,无所谓庸与奇也。诗亦如是而已矣。予尝持此说以与诸子论诗,莫不以为然……今海内之诗,竞趋习尚。予粤处中原瓯脱,人各自立,抒其性情,翁山、元孝而外,山带其一也。"①梁佩兰长期身处岭南,此处与其论诗之"诸子",也主要是指岭南诗人。这段话不但透露出岭南诗坛整体上有关诗歌的理论宗尚,而且也比较清楚地表达了他以性情为主的诗学思想。屈大均说:"今天下善为诗者多隐居之士,盖隐居之士能自有其性情,而不使其性情为人所有。"②屈大均是隐居之士、"善为诗者",亦是"自有其性情"之人。他虽然强调诗主性情的文字不是很多,但三家之中,他的创作更能直抒胸臆,诗风更为雄肆不羁,以致另一位岭南遗民诗人何绛对屈诗颇有微词。即此一点,就可以看出屈大均有关性情与诗歌创作关系的理解。屈大均没有就诗论诗,而是在哲学层面和人、文典范的层面上建立了他"丽"与"则"的诗学观念。

一、屈大均的诗学观念:"丽"与"则"

　　汉代扬雄"诗人之赋丽以则,辞人之赋丽以淫"③的论述,最早使"则"成为文学批评的一个重要概念。在其后近两千年的使用过程中,"则"这一概念的内涵和外延没有发生明显的变化。王士禛在作于顺治

---

① 《六莹堂集》,第 415—416 页。
② 屈大均:《见堂诗草序》,《屈大均全集》第 3 册,第 79 页。
③ 扬雄著,李轨等注:《宋本扬子法言》,国家图书馆出版社 2017 年,第 91—92 页。

十三年的《丙申诗序》中提出的典、远、谐、则诗歌审美四原则之一的"则"①,也是如此。而这一概念的适用范围至屈大均却获得了突破性的发展。他不但在论述诗文时使用这一概念,在论述天道自然时也经常使用,认为天地日月之运行变迁也要遵循"则"。因此在屈大均思想中,"则"这一概念成了诗道、人道、天道皆要遵循的普遍法则,实际上已经成为一个哲学概念。

(一)诗学层面上的"丽"与"则"

屈大均谈论诗歌的文字很多,"则"是一个统贯一切的核心概念。他大量的有关"则"的论述,使"则"具有了纲领性的意义:"诗以丽为贵,扬子云云,诗人之赋,丽以则……发乎情,止乎礼义者,其则也。盖诗以膏泽而丽,又以情而丽,以礼义而丽,不淫而后可以好色,不乱而后可以怨诽,以合乎其则,合乎则而后能变化,不失其正,斯则丽之至者哉。"②在这里,他对"则"与"丽"这一对概念略有阐释。

从他大量有关的文字中可以知道"丽""则"是他论诗的最高原则。"西京十九篇,丽则同芳轨。"③"新诗多丽则,胜地有楼台。"④"君诗推典则,一一可弦歌。"⑤"《风》《雅》只今谁丽则? 不才多祖楚《骚》辞。"⑥尽管他也非常推崇李白和杜甫,但比较而言,他最推崇的还是屈原。因为在他看来,屈骚是"丽""则"的最高典范。"《离骚》多讽谏,比兴即《春秋》……后生师典则,不向杜陵求。"⑦他虽然常常"丽""则"并提,其实,在他的诗学思想中,这二者并不对等。"则"为本,"丽"为末。分而言之,为"则"与"丽";合而言之即为"则"。因为他所谓的"则"本身即为"丽"与"则"之辩证。诗道尚变,但要变而不失其正,"丽"而不失其"则"。他这一思想与儒家的传统诗教是一致的。

---

①王小舒:《神韵诗学论稿》,广西师范大学出版社2001年,第23、73页。
②屈大均:《无题百咏序》,《屈大均全集》第3册,第71页。
③屈大均:《赠王给事》,《屈大均全集》第1册,第96页。
④屈大均:《余子生日赠之》,《屈大均全集》第1册,第389页。
⑤屈大均:《寄陆太守》,《屈大均全集》第2册,第1516页。
⑥屈大均:《西蜀费锡璜数枉书来自称私淑弟子赋以答之》,《屈大均全集》第2册,第1351页。
⑦屈大均:《赠某大司马》,《屈大均全集》第1册,第271页。

　　在一些地方，他并没有用"则"这一概念，而是根据行文的需要使用了"正""雅""礼""典"等概念。这些概念在具体的语境中与"则"有着同等的意义。"今夫诗以《风》《雅》相兼为贵，然与其《风》而不《雅》，毋宁《雅》而不《风》。《风》犹之《乐》，《雅》犹之《礼》……为学莫贵于善变，变而不失其正，其变始可观。《易》道尚变，《诗》亦然。"①这一段文字中"雅"与"风"、"礼"与"乐"、"正"与"变"这三对概念，也正如"则"与"丽"的关系。"郭子数就古陋巷读修来所撰《乐圃集》，与之讲求正变，沿溯源流，其诗歌之善，出《风》入《雅》，有典有则。"②这一段文字中的"典"与"则"具有同等的意义。不过他在论诗时，使用得最多的还是"则"与"丽"这一对概念。

　　屈大均在诗论中发展起来的"则"这一概念，也延伸到了文论领域。在论文时，他有时使用"正""理""礼"等概念代替"则"。他所使用的这些概念大都与"则"处于同一层次上，具有同等的意义。其文学思想以儒学为本体，以儒家经典作为衡诗论文的尺度。他认为儒学能涵盖佛老，世间之学唯有儒学才是衡量一切、裁定一切的"则"。要"有典有要，一以经术为归"。

　　他在《广东文选凡例》中说："是选以崇正学、辟异端为要，凡佛老家言于吾儒似是而非者，在所必黜……务使百家辞旨，皆祖述一圣之言，纯粹中正，以为斯文之菽粟，绝学之梯航。"③他认为儒学为正大之学，至公、至正。因此那些在作品中阐述、弘扬儒家之道的唐宋古文家，就得到了他的肯定。"为文当以唐宋大家为归，若何李、王李之流，伪为秦汉，斯乃文章优孟，非真作者。吾广先哲，文体多出于正，可接大家之武者实繁其人，是选无遗美焉……是选中正和平，咸归典则，于以正人心、维风俗，而培斯文之元气。"④屈大均编《广东文选》的标准非常明确，所选之文，要有"典"有"则"，非是者一概不录。

　　他在整体上肯定了阐扬儒学的唐宋古文大家之文，但是对其中学

①屈大均：《书淮海诗后》，《屈大均全集》第3册，第168页。
②屈大均：《滋阳郭君诗集序》，《屈大均全集》第3册，第282页。
③屈大均：《广东文选凡例》，屈大均辑：《广东文选》卷首。
④屈大均：《广东文选凡例》，屈大均辑：《广东文选》卷首。

儒不醇者却有所批评："文自两汉以来,莫正于唐,莫纯于宋。考亭、横渠,中正精粹,集文事之大成,而朱子之理尤盛。盖理,水也;言,浮物也。理盛则言之短长与声之高下者皆宜。而昌黎以为气,水也;言,浮物也,此非知文者也。是故君子有穷理之功,而无养气之功。气之刚大以直,而塞乎天地,皆穷理之功之所为。"①这里只举考亭、横渠,而不及欧阳修和苏氏父子,足见其对为儒不醇者是不给予完全肯定的。他甚至批评韩愈这位儒学思想不太精纯的古文大家为"非知文者"。"吾尝谓文人之文多虚,儒者之文多实,其虚以气,其实以理故也。天下至实者,理而已耳;至虚者,气而已耳。为文者,能以理而主其气,则气实,否则气虚,故有谓文以气为主者非也。儒者之道,舍穷理之外无余事,穷理所以尽其性,尽其性所以至其命,命至矣,性尽矣,如是而发为文,广大为外,精微为内,高明为始,中庸为终,其造诣有非文人之所敢望者。噫嘻,岂非文之至乎其极者哉?"②

　　屈大均评论一个人的文章,主要看他的文章是否有坚实的"理",其文中之气是否以"理"主之。这里的"理",显然是儒学之理。此"理",隐于内,为"理"、为"道";显于外,为"礼"、为"则"。这一儒家学说中的"理",在屈大均论人、论诗、论文、论天道的理论体系中,就转化成了"则"这一概念。此"理"、此"则",也即是"正"。"为文者,能以理而主其气",穷理以尽其性,以至其命,发而为文"岂非文之至乎其极者哉"?

　　如前所述,在屈大均的诗学思想中,与"则"相对的是"丽",与"正"相对的是"变"。这二者是辩证统一的。分则为"则"、为"丽",为"正"、为"变";合则为"则"、为"正"。"则"中寓"丽","正"中寓"变"。屈大均的诗学思想是辩证的,并非一概讲"则"、讲"正",而不讲"变"。

　　为诗作文要能行自然之变,"为学莫贵于善变,变而不失其正,其变始可观"③。文章之变,亦如天地自然穷极万变,皆"不过其则"。屈大均论诗论文,以儒家之道为本,衡之于儒学经典,同时又强调以化为贵:

①屈大均:《无闷堂文集序》,《屈大均全集》第3册,第68页。
②屈大均:《无闷堂文集序》,《屈大均全集》第3册,第68页。
③屈大均:《书淮海诗后》,《屈大均全集》第3册,第168页。

"理化而其气与之俱化,是之谓天地至文。"①万变而不失其"正",不离其
"则",这才是自然之文、天下至文。这里"正"与"变"、"则"与"丽"是辩
证统一的。既强调儒家之道,同时又尚变、尚丽、尚自然。

屈大均不满于当时诗坛的状况。对诗坛上的"风有余而雅不足"的
现象,用"则"这一原则进行了批评:"诗之亡,亡于不雅焉耳。今天下之
为诗者,亡虑数千百家,无华戎,无贵贱,无贤不肖,无不为诗,盛极矣,
盛极而实衰,则以风有余而雅不足,雅不足则其风亦非肆好之风。所以
者,舍古而师今,舍远而师近,舍君子而师小人,江河日下,而不知反其
本也。"②这段文字是就诗坛的整体现状而言的,使用的虽是"雅"与"风"
这一对概念,实际上运用的还是"则"与"丽"这一思想。

就某人的具体创作而言,他也使用同样的观念进行评论:"启图能
承家学,与李烟客、罗季作、欧子建、邝湛若四五公者唱和,其雄才绝力,
皆可以开辟成一家,而兢兢先正典型,弗敢陨越。所著悉温厚和平,光
明丽则,绝不为新声野体,淫邪佻荡之音,以与天下俱变,是皆岭南之哲
匠也。"③屈大均肯定区启图、李烟客等人"皆岭南之哲匠",其诗作"光明
丽则,绝不为新声野体"。黎遂球也是岭南著名诗人,为屈大均所敬仰,
但以"则"绳之,为黎赢得"牡丹状元"的一类诗作,却被他斥为"皆丽句
也"。"美周诗,五古最佳,有《古侠士磨剑歌》云:'十年磨一剑,绣血看
成字。字似仇人名,难堪醉时视。'《结客少年场》云:'生儿未齐户,结客
少年场。借问结交人,不数秦舞阳。泣者高渐离,深沉者田光。'……是
皆不失英雄本色,他体仿佛西昆,则伤于绮靡矣。黎美周尝客扬州于郑
氏影园,与词人即席分赋《黄牡丹》七律十章,已糊名殿最,钱牧斋拔美
周第一,郑氏以书报曰'君已录牡丹状头矣',以二金罍贵之。其后美周
过吴下,人皆称牡丹状元。其诗有曰:'月华醮露扶仙掌,粉汗更衣染御
香。'又曰:'燕衔落蕊成金屋,风蚀残钗化宝胎。'皆丽句也。"④显然,屈
大均真正肯定的是其"不失英雄本色"的符合"则"的诗作。《黄牡丹》之

①屈大均:《黄太史文集序》,《屈大均全集》第 3 册,第 56 页。
②屈大均:《粤游草序》,《屈大均全集》第 3 册,第 436 页。
③《屈大均全集》第 4 册,第 322—323 页。
④《屈大均全集》第 4 册,第 316 页。

类的诗作"丽"则"丽"矣,但"伤于绮靡"。

总之,就整体的诗学思想而言,"则"是屈大均品诗评文的最核心的概念。同时他也讲求"丽"与"则"、"风"与"雅"的辩证关系。"变"不能失矩,"丽"不能逾规,宁可舍弃"丽",舍弃"变",也要坚持"正"和"则"这一根本原则。

(二)哲学层面上的"丽"与"则"

屈大均不但用"则"这一概念来谈论诗文,同时还用它来解释天道自然、人间万象。"则"这一概念,在他的思想中已经上升到了第一哲学的层面。

他在《张子诗集序》中说:"天之为文以日月,而日月不过其则。日过其则,则日过乎月,而日为月所食;月过其则,则月过乎日,而月为日所食,而万物皆受其灾眚矣。故则者,日月之礼也。人之性与日月同体,才则日月之光明也。礼者,所以使日之中,月之正者也⋯⋯盖以谓《风》者,月之所为,月至子而中,喜怒哀乐未发之时也;《雅》者,日之所为,日至午而正,喜怒哀乐已发而中节之时也。中节而后,光明盛实,阴不失于寒,阳不失于暑,洋洋乎太和之所发育,而为天地之至文。"①在这里"则"已经超越诗学,成了哲学意义上的概念,成了日月运行、天道往复、人之为人的一种大法则、一种宇宙原则。既然这是一种宇宙法则,则天地间万事万物,都不可能超越这一原则,《易》也一样。尽管"《易》道尚变",但仍然遵循"则"这一原理。

屈大均常常借诗谈《易》,借《易》论诗。其诗学思想不但有着较明显的《易》学色彩,而且,其诗学原则也融到了其《易》学之中。"吾观《诗》与《易》相为表里⋯⋯予尝欲著一书,以《易》为经,以《诗》为纬,不以《易》传《易》,而以《诗》传《易》,合二经为一,以男女之道贯通之。"②《易》为内,《诗》为外,《诗》是《易》的具体延展。在《六莹堂诗集序》中他说:"《诗》亦《易》之外《彖》、《爻》、《象辞》也欤!"③《诗》与《易》,一表一里。

①《屈大均全集》第 3 册,第 69 页。
②屈大均:《无题百咏序》,《屈大均全集》第 3 册,第 71 页。
③《屈大均全集》第 3 册,第 61 页。

《易》蕴含着天道自然，《诗》所包含的也不仅仅是世事人为的东西，同样也蕴含着天道自然："古圣之人多以《诗》言道，三百五篇，天人终始之本，性命通复之源，广大精微，无言弗及。子思作《中庸》，多称引之，以明其旨。"①在这一意义上，《诗》与《易》处于同一层面上。"《易》道尚变，《诗》亦然。""为学莫贵于善变，变而不失其正，其变始可观。"②《诗》道、《易》道是相通的。他认为"为诗者能善用夫一阴一阳之韵，使清浊高下以序相谐，大不过刚，细不过柔"③。诗蕴含乾坤阴阳，通于男女之道。《诗经》多言男女，合乎阴阳之道。《易》也是如此，其阴阳、乾坤之说，亦源自天地男女。"盖男女之道，可以无所不通，明乎男女之道，而《易》与《诗》之精微皆得之矣⋯⋯盖以天地之大，亦男女而已耳⋯⋯五伦之间，父子兄弟而外，无不可以夫妇言者，其道盖本之日月。"④显然，其意思是君臣之义乃天道自然，与《诗》道、《易》道相为贯通，本乎日月，可以夫妇言之。《诗》与《易》同为原始儒家之经典，皆通于男女之道。虽言男女，但不逾礼、不失道。从这个角度看，《诗》与《易》有着相通之处，遵循着同样的正变原则。

"易"本身是活跃的，变动不居的，与诗是一样的。"吾尝谓不善《易》者，不能善诗。《易》以变化为道，诗亦然。故曰：知变化之道者，其知神之所为，诗以神行，使人得其意于言之外，若远若近，若无若有，若云之于天，月之于水，心得而会之，口不可得而言之，斯诗之神者也。"⑤"《诗》之道无穷，其学之亦如学《易》⋯⋯吾尝欲以《易》为诗，使天地万物皆听命于吾笔端，神化其情，鬼变其状，神出乎无声，鬼入乎无臭，以与造物者同游于不测。"⑥《易》道、《诗》道皆尚变，但要变而不失其正。无论是诗学还是易学，其中都贯通着同样一种精神、同样一种原则。《易》本身就是"本"、是"源"、是"正"、是"则"、是辩证的，是丽与则、正与变的统一。"予昔从《离骚》以学三百五篇，今更从三百五篇以学《易》，

①屈大均：《六莹堂诗集序》，《屈大均全集》第 3 册，第 61 页。
②屈大均：《书淮海诗后》，《屈大均全集》第 3 册，第 168 页。
③屈大均：《怡怡堂诗韵序》，《屈大均全集》第 3 册，第 278 页。
④屈大均：《无题百咏序》，《屈大均全集》第 3 册，第 71—72 页。
⑤屈大均：《粤游杂咏序》，《屈大均全集》第 3 册，第 79—80 页。
⑥屈大均：《六莹堂诗集序》，《屈大均全集》第 3 册，第 61—62 页。

以《易》为正，以《诗》为奇，《易》不必其内，正而奇之，则《诗》不必其外，奇而正之，皆可矣。"①此处"奇"即"变"之意。屈大均"以《易》为正"，又说"《易》道尚变"。在他看来《易》本身即为"正"，是正与变的统一。"变"寓于"正"，"丽"寓于"则"。"正"可以寓"变"，而"变"不可以寓"正"。

至此，可以看出屈大均的《易》学思想与诗学思想是相互关联的，都贯通着同样的原则。这一原则即是"正"与"变"、"风"与"雅"、"乐"与"礼"、"丽"与"则"的辩证统一。"则"，"盖本日月"，源自天道自然。因此，"则"在这里已经上升到了哲学的层面。事实上，屈大均也常常在哲学的意义上使用"则"这一概念。

（三）屈、《骚》：现实层面上体现"丽""则"的人、文典范

在古代所有的诗人中，屈大均最为推崇的就是屈原。朱彝尊《明诗综》卷82《静志居诗话》云："翁山诗，原本三闾，王逸以下，多屏而不观。"②屈大均还曾自言："予为三闾之子姓，学其人，又学其文，以大均为名者，思光大其能兼风雅之辞，与争光日月之志也。"③

屈原是那个时代志士仁人的精神象征。在那个天崩地解的时代，屈原在许多志士仁人的诗作中成了一个特定的符号，一个抗志不屈、九死不悔的意象。陈邦彦被俘前题诗于壁曰："平生报国怀深，望断西方好音。已共苌弘化碧，还同屈子俱沉。"④曾经参加秘密抗清活动的归庄也瓣香屈子。其《九日普济寺养疴》诗云："《离骚》读罢钟初歇，支枕长吟梦不成。"⑤阎尔梅奔走流离，喜读《离骚》，诗云："痛饮读《骚》门闭住，西园花下即深山。"⑥屈大均《樊义士墓志铭》云："崇祯十七年三月，京师

①屈大均：《翁山诗外自序》，《屈大均全集》第1册，《翁山诗外》卷首。
②转引自汪宗衍：《屈大均年谱》"顺治十七年"条，见《屈大均全集》第8册，第1882页。笔者仔细查阅所见《明诗综》和《静志居诗话》的几种版本，皆无此语。《静志居诗话》未收屈大均。这几种版本当属乾隆禁毁删后的版本。
③屈大均：《自字泠君说》，《屈大均全集》第3册，第127页。
④《陈恭尹集》，第759页。
⑤归庄：《归玄恭遗著·诗钞》，中华书局1923年铅印本，《续修四库全书》第1401册，上海古籍出版社2002年影印本，第623页。
⑥阎尔梅：《书梁吟梁（按："梁"疑为衍字）斋中》之三，《白耷山人诗集》卷8，康熙刻本，《续修四库全书》第1394册，第460页。

陷。君(布衣樊洁)辍耕走华山西峰,日夕哭……结庐于西峰以居。凡四年间,每遇霜黄木落,风雨晦冥之候,人未尝不闻其哭泣。朗月之夕,或歌《蓼莪》,或诵《离骚》、《山鬼》。其声悲酸凄楚,断续于幽林激濑之中,呜呜不止。"①屈原的这种人格、这种精神,在历史上曾感动过无数仁人志士。屈原这种九死不悔的精神,体现出来的也正是"则""正"的儒家道德理想。

屈大均在《自字泠君说》中说,学习屈原不但要"学其文",更要"学其人"。"文可以不如三闾","为人则不可以不如三闾"。屈大均这种主张,在明末清初那个时代是有特定意义的。"汝之二兄,昔者追从车驾,朝向昆明,暮趋腾越,艰难险阻,濒九死而弗移。人谓汝二兄'忠贞并笃',盖善学其祖灵均也者。夫吾家为三闾大宗子姓之秀,固宜以灵均为师,忠以致身,文以流藻,以求无负先大夫所以垂光来叶至意。"②生当那个时代的志士应该像屈原那样重"修能"、养"内美",虽死不悔。王朝鼎革,志士不得已为遗民,但变而不失其正,不受新朝利禄引诱,保持自己的节操。《翁山诗外自序》云:"司马迁谓三闾之志可与日月争光,夫岂以其词之能兼《风》《雅》乎哉?《诗》言志,《离骚》亦然。"③这是从屈原的人格方面来说的。

屈大均认为屈原的作品虽语言夸诞,却合乎经术;"惊采绝艳",却有典有则。"《离骚》合经术,规谏心无穷。子其玩微词,追琢为楚风。谗邪譬云蜺,君子喻虬龙。金相而玉质,惊采开童蒙。"④"《离骚》多讽谏,比兴即春秋……后生师典则,不向杜陵求。"⑤《离骚》合乎儒家经典,《诗》亡《骚》继,风雅愈深。《朱人远曾经屈沱作歌屈沱者三闾大夫所居楚人谓江之别流为沱云》之二云:"《诗》亡《骚》乃作,风雅变逾深。不是忠诚者,安知讽谏心。"⑥"湘累亦寓言,荒淫为《九歌》……称文虽渺小,

①《屈大均全集》第 3 册,第 368 页。
②屈大均:《哭从弟孚士文》,《屈大均全集》第 3 册,第 217—218 页。
③《屈大均全集》第 1 册,《翁山诗外》卷首。
④屈大均:《送从弟无极归里》之三,《屈大均全集》第 1 册,第 12 页。
⑤屈大均:《赠某大司马》之二,《屈大均全集》第 1 册,第 271 页。
⑥《屈大均全集》第 1 册,第 561 页。

其旨咸包罗。"①

　　屈大均对屈原"微言""巧说",寓意深远的表现方法,对他发愤抒情、放言天外的文风,对其作品奇特丰富的想象、窈冥恍惚的境界,以及对他宏丽瑰玮、"耀艳深华"的语言都十分推崇:"三闾多微言,游仙托荒诞。追逐风谏心,光彩争云汉。《离骚》能好色,《九章》多怨叹。洋洋变《风》《雅》,发愤成波澜。"②"三闾之《天问》,亦犹庄子之放言也。不必有其人,不必有其事,不必有其言,怨愤、无聊、不平,呵而问之,佯狂而道之,不可以情理而求之。《南华》、《离骚》二书,可合为一,《南华》天放,《离骚》人放,皆言之不得已者也。"③屈原作品的瑰丽璀璨、委曲尽情、寓托深渺的艺术特征,是屈大均心慕手追的。屈原"酌奇而不失其真,玩华而不坠其实"④的创作原则也是他所强调的。屈原的作品耀艳绝丽,但瑰奇而不失"则",合乎儒学经义。"合乎则而后能变化,不失其正,斯则丽之至者哉。"⑤既求作品富于变化,又不能流而不返。

　　屈大均认为屈原是遵循"则"的最高典范,是矗立在志士遗民心中的一座精神丰碑;屈原的作品是"丽"而又"则"的典范,能为后来者提供丰富的艺术营养。屈大均是三闾之后,同时他也认为自己是屈原的精神后裔、诗学后裔。此乃其论诗宗《骚》之本。

　　屈大均论诗以儒为本,尚变,尚化,同时又"变"而不失其"正","丽"而不失其"则"。他认为作诗与为人一样皆应守其道,抱其本,才能纵横自得。就其本人一生的行迹来说,也是如此。他忽释忽道、忽墨忽儒,行迹不定,行头屡变,但万变不失其"则",不离乎"吾儒"。作志士,不能复国,则作遗民;作遗民不得任其情志,则优游于官府宦海。要之,始终守其遗民之道,以布衣终老。临终之时还屡问长子,其体位正否。

(四)屈大均诗学思想的贡献及其他

　　有人认为屈大均的文学思想过于保守。郭预衡先生在《中国散文

①屈大均:《赠友》之五,《屈大均全集》第1册,第11页。
②屈大均:《赠友》之四,《屈大均全集》第1册,第11页。
③屈大均:《读庄子》,《屈大均全集》第3册,第178页。
④刘勰著,陆侃如、牟世金译注:《文心雕龙译注·辨骚》,齐鲁书社1995年,第134页。
⑤屈大均:《无题百咏序》,《屈大均全集》第3册,第71页。

史》中说屈大均首先是盛称儒者之文，而鄙薄文人之文；崇正学、辟异端，其说甚为迂执①。的确如此，不过屈大均这样"保守"的文学主张是缘于其特殊的社会政治思想和严酷的社会环境的。

　　处于明清鼎革之际的仁人志士，摆在他们面前的一个严峻的事实，就是朱明王朝何以如此不堪一击，败给了文明程度远不及自己的异族。鼎革之后，士夫们纷纷归顺清朝，遗民的生存状况极其艰难。面对这样的事实，屈大均认为要想恢复华夏的治统，以免天下之亡，只有坚持道统，用纯正的儒家思想来维系华夏文化不被"蛮夷"征服。其《书逸民传后》云："以予观东汉矫慎，非逸民也。其学黄老，诡谲于圣人，至身没而有人复见之于燉煌，益怪诞不可以为训。而范晔采之，与梁鸿同传，至比于孔子之所称者，谬甚矣哉。南昌王猷定有言，古帝王相传之天下至宋而亡。存宋者，逸民也。大均曰，嗟夫，逸民者，一布衣之人，曷能存宋？盖以其所持者道，道存则天下与存，而以黄老杂之，则亦方术之微耳，乌足以系天下之重轻哉……世之蚩蚩者，方以一二逸民伏处草茅，无关于天下之重轻，徒知其身之贫且贱，而不知其道之博厚高明，与天地同其体用，与日月同其周流，自存其道，乃所以存古帝王相传之天下于无穷也哉。嗟夫，今之世，吾不患夫天下之亡，而患夫逸民之道不存。吾党二三子者，身遭变乱，不幸而秉夷齐之节，亦既有年于兹矣。然吾忧其所学不固而失足于二氏，流为方术之微，则道统失，治统因之而亦失。"②他认为道统续，则治统续；道统亡，则治统亡，天下随亡。屈大均呼唤遗民承续道统，以免天下之亡。他认为以释老之轻不足以系天下之重，儒家文化乃华夏文化的精髓，若逐二氏而弃儒，则华夏文化遂亡，天下则真亡矣。屈大均在《归儒说》中把佛老之学置于儒学之下："吾儒能兼二氏，而二氏不能兼吾儒，有二氏不可以无吾儒，而有吾儒则可以无二氏。"③在社会政治思想领域中，屈大均坚执儒学，力持道统的主张，实际上也可以简化为充溢着道统和儒学精义的"则"。

　　可以说，屈大均"保守"的文学思想与其"保守"的社会政治思想有

---

①郭预衡：《中国散文史》下册，上海古籍出版社1999年，第458—459页。
②《屈大均全集》第3册，第394页。
③《屈大均全集》第3册，第123页。

着直接的关联。而且，这种"保守"的社会政治思想，又与那个时代特殊的社会政治环境有着直接的关联。这种特殊的社会政治环境影响了这一时期大批文人士夫的思维。不但屈大均的思想有"保守"的倾向，其实这一时期许多学者文人的主张都有所谓的"保守"倾向。顾炎武提倡"文须有益于天下"，"文之不可绝于天地间者，曰明道也，纪政事也，察民隐也，乐道人之善也。若此者有益于天下，有益于将来，多一篇，多一篇之益矣。若夫怪力乱神之事，无稽之言，剿袭之说，谀佞之文，若此者有损于己，无益于人，多一篇，多一篇之损矣"①。"故凡文之不关于六经之指、当世之务者，一切不为。"②屈大均力倡有典有则、以经为宗、盛称儒者之文与顾炎武讲求经世致用、强调文章的社会功能一样都是出于同样的时代原因和相近的心理背景。如果盲目谓之"保守""正统"，则非知人论世之谈。

不少人认为屈大均的思想非常庞杂，其实，这是一个误解。笔者对其思想深入研究之后发现，"则"这一概念统摄了其思想的各个主要方面，且其全部思想几乎都是围绕着这一核心展开的。"则"是屈大均思想中贯穿各个层面的辩证的最高的原则：在哲学层面，"则"近于天地日月运行的规律，虽有日月之蚀、自然灾变，却始终不背大道；在社会和政治层面，"则"近于社会和政治运作管理的正当法则，虽时有权变，却始终不背儒道；就处世为人而言，"则"是守道抱本，立身端正，应变达权，不失正道；就诗文创作而言，要求有"典"有"则"，"则"中寓"丽"，"正"中寓"变"。总之，"则"这一概念，贯通于屈大均论诗、论文、论天道、论人为的所有理论之中，处于其全部思想的最核心位置。屈大均以"则"为核心的思想贯通于文学、哲学、社会、政治等各个层面，成为笼盖一切的概念。

屈大均因着时代的需要，极大地扩充了"丽"与"则"这一对诗学概念所包含的内容，使之扩展到哲学、社会和政治等层面，而且，还成为为文、为人的最高准则。如前所述，扬雄最早使"则"成为文学批评的一个重要概念，在其后近两千年的使用过程中，"丽"与"则"这一对诗学概念

①顾炎武著，严文儒、戴扬本校点：《日知录》卷19，上海古籍出版社2012年，第739页。
②顾炎武：《与人书三》，顾炎武撰，华忱之点校《顾亭林诗文集》卷4，中华书局1983年，第91页。

的内涵和外延都没有发生明显的变化。时至清初,屈大均才对"丽"与"则"这一对诗学概念的内涵和外延进行了极大的扩充。这可算作屈大均对中国文学理论发展史的一个贡献。

二、陈恭尹的性情论诗学观

"岭南三大家"之一的陈恭尹以诗歌创作实绩,而不以诗文理论立名于当代。他的诗学思想在当时和日后极少有人关注,他对于文学创新的理论突破也不曾为人注意。他论诗力主性情,其所谓的"性情"主要指的是"情",且偏于指悲哀、郁愤、离乱之情。他对神韵诗学的批评,对秦汉、唐宋之争和新、旧辩证关系的论述都有值得重视的地方。

(一)创新:不在新字句,而在新性情

文学的因革和新旧,自古以来就为人们所关注。综观文学批评史,比较多的论述都立足于文学与时代的关系:认为时代升降,文学亦因之而变。与此不同,陈恭尹认为诗人自写其性情,有别样的性情,即有别样的文章,文章高下不与时代升降相关。

陈恭尹论诗力主性情,他对新与旧关系的论述也立足于其性情论。他在《答梁药亭论诗书》中说:"养心养气,久乃可臻其妙,未易以笔墨蹊径求也。弟窃以为当求新于性情,不必求新于字句,求妙于立言,不必专期于解脱。盖新旧无定名,解脱无定位,若谓今不经用者为新,人不共为者为解脱,又乌知新者异日之不为旧,而解脱者之非缠缚也? 李赞皇有言:'文章如日月,终古常见而光景常新,此所以为灵物。'吾常佩服其言,而未能学。夫日月以其精华为日新,而忘其形体之旧,文章以其性情为不朽,而忘其言语之寻常。假使日舍其圆而方,月变其弦而角,新则新矣,尚未必不为怪物也。"①这段论述非常透辟和辩证。"养心养气……求新于性情,不必求新于字句",可谓发前人所未发。

综合陈恭尹全部的诗学思想和这段文字的大意,"养心养气……求

---

①《陈恭尹集》,第 636 页。

新于性情,不必求新于字句",所强调的应该是创作主体要有独特的性情,也即个性。而且,独特的性情并不是先天赋予的,需要长期"养心养气"的培养过程。有独特的"新"的性情,则文章自新。要想"新"文章,则必须"新"性情。陈恭尹在这里谈到了作家个性培养和个性对创新的影响的问题。在中国古代文学批评史上这应该还是第一次,对文学创新的理论不无启发。

　　刘勰在《文心雕龙》中详细论述了文学的因革问题。其中涉及性情与通变关系的论述却很少:"凭情以会通,负气以适变。"此句意谓"凭借自己的情感来继承前人,依据自己的气质来适应革新"①。显然这样的论述还比较简略。明代袁宏道也论及古今新旧问题,但他也只是以为:"世道既变,文亦因之,今之不必摹古者也,亦势也……人事物态,有时而更,乡语方言,有时而易,事今日之事,则亦文今日之文而已矣。"②袁宏道从"势",从时代的变迁来理解古今新旧问题。袁宏道的朋友江进之曾把新旧与性情联系在一起。他在给袁宏道《敝箧集》所写的叙中说:"要以出自性灵者为真诗尔……流自性灵者,不期新而新;出自模拟者,力求脱旧而转得旧。由斯以观,诗期于自性灵出尔,又何必唐,何必初与盛之为沾沾哉。"③这段话批评的对象是七子派的模拟之风。流自性灵,则文章自新,这样的论述尚显粗疏。这里所谈的创新重点在情感和内在意蕴上。若出于庸俗灵魂的老生常谈,文章就很难保证在这方面有多少创新之处。江进之只是强调写出性灵,不管其性情是否有别于他人,是否具有独特性。他没有谈到性情的独特性,也即作家的个性。明代公安派对创作主体性灵的论述大抵如此。相比之下,陈恭尹的论述显然更符合实际,更深入了一层。

　　性情论也是明末清初的一个热门话题。当时讨论这一问题的人有享誉天下的诗界巨擘,也有名不甚显的诗论家。比较著名的如以钱谦益为首的虞山派和以陈子龙为代表的云间派、西泠派,就性情与格调孰本孰末、孰主孰次互有论争;王夫之说:"诗以道性情,道性之情也。性

---

① 刘勰著,陆侃如、牟世金译注:《文心雕龙译注·通变》,第 390 页。
② 袁宏道:《江进之》,见袁宏道著,钱伯城笺校:《袁宏道集笺校》卷 11,上海古籍出版社 2018 年,第 551 页。
③ 江进之:《敝箧集叙》,见袁宏道《袁宏道集笺校》附录 3,第 1833—1834 页。

中尽有天德、王道、事功、节义、礼乐、文章。"①黄宗羲认为"诗以道性情……盖有一时之性情,有万古之性情"②。王、黄二人对性情进行了合乎儒家政教精神的规范;吴乔诗学思想作为虞山派冯班诗学的继续,与钱谦益诗学思想有一定的继承性,强调"诗中须有人""意为主将"③;朱彝尊论诗首标"言志",由言志而肯定缘情,以情之深浅与真伪评判诗之高下;王士禛也不反对"吟咏情性",但他把性情纳入了他神韵诗学的逻辑之中。其他如周亮工、归庄、叶燮、陈祚明、贺贻孙、施闰章、宋琬等也都有一些零星的论述。总之,在这一时期这些著名的诗人和诗论家中,除了陈恭尹之外,笔者没有发现其他人就性情本身的形成进行过有价值的论述,也从未把性情看作"新"的对象。在他们看来性情只是影响的施加者。

　　在陈恭尹看来,性情不但是影响的施加者,同时也是一个接受"改造"的对象,是"新"的对象。诗文创新的根本在于"新"自己的性情,培养自己的个性,使自己的性情具有独特性。陈恭尹的这些思想显然有对孟子的"养气"说、公安派的性灵说,以及其他相关的诗学思想的发展和综合。同时,陈恭尹也在此基础上做出了超越前人的重要发展。其"养心养气……求新于性情""文章以其性情为不朽"等,指出了文学创新和文章不朽的根本。无论抒情性的文字还是叙事性的文字,都以状写人的性情或性格为重要目标。成功地写出"新"的具有独特性的性情或性格,则自然感人,传之不朽。这应当说是陈恭尹在性情论和创新问题上的重要突破。

(二)宗唐、宗宋、必秦、必汉,"皆非也"

　　自明中期至清初,祖秦汉、宗唐宋的问题,在诗文界一直争论不休。陈恭尹尽管僻处岭南,也无法完全回避这一问题。

---

①王夫之撰,周柳燕校点:《明诗评选》卷5,上海古籍出版社2011年,第219页。

②黄宗羲:《马雪航诗序》,《南雷诗文集》上,沈善洪、吴光主编:《黄宗羲全集》第10册,浙江古籍出版社2005年,第95—96页。

③吴乔:《围炉诗话》卷1、卷2,见郭绍虞编选,富寿荪校点:《清诗话续编》,上海古籍出版社2016年,第474、525页。

陈恭尹从其性情论出发,认为文章只要能写出人"新"的性情以及天地万物之情状,使人感动,也就达到了目的。文章的好坏与时代先后、社会治乱没有关系。后世之人不必管它是秦,是汉,似唐,还是似宋。其《岭南五朝诗选序》说:"诗所以自写其性情,而无与于得丧荣瘁之数者也,故不以时代而升降。"《次韵答徐紫凝》之四又云:"文章大道以为公,今昔何能强使同。只写性情流纸上,莫将唐宋滞胸中。"①这是他关于秦汉唐宋之争的基本观点。他在《屈翁山文抄序》中又详细地分析了这一思想:"近世之为秦汉者曰:'唐以后书,吾不读也。'为唐宋大家者,则曰:'彼模拟剽窃者,伪也。'二者交讪,予以为皆非也。夫文之为用,所以写天地万物之情,而传于人,述古今万事之变,而垂于后。其写物也,须眉毕见,生气跃然;其述事也,治乱有源,脉络井井。使读者如身入其中,喜者欲舞,怒者欲奋,哀者欲泣,乐者欲歌,足以示劝惩而起顽懦。苟能如是,不必问其为秦、为汉、为唐、为宋,皆天下之劲兵也。而孰敢与之争? 若夫理义多而不实,是唱筹之沙也;文采备而不精,是儿戏之军也;句读具而不炼,是市人之驱也;段落散而不整,是首尾不应之蛇也。即其人而真秦汉,真宋唐,亦必败之兵矣,而可以战乎?"②自明中叶到清初一直纷纷攘攘的秦汉、唐宋之争,陈恭尹一言以蔽之曰:"皆非也。"他指出这种争论的无谓,可以说振聋发聩。诗文"写天地万物之情",自然也包括人的性情。文章只要能够做到"须眉毕见,生气跃然""脉络井井""喜者欲舞,怒者欲奋,哀者欲泣,乐者欲歌",即"不必问其为秦、为汉、为唐、为宋"了。陈恭尹的这些论述可谓简洁明快。

陈恭尹在这里实际上是想通过强调诗写性情,而力图超越秦汉、唐宋之争。清初确实有一些人力图超越秦汉、唐宋之争,但最终真正实现的人却很少。王士禛以神韵说超越了秦汉、唐宋之争,陈恭尹从性情论出发同样也实现了这种超越。

(三)以遗民诗学的立场对鞶下诗学的批评

明末清初,诗坛上一片哀怨悲痛之音。钱谦益说:"兵兴以来,海内

---

①《陈恭尹集》,第 750、525 页。
②《陈恭尹集》,第 587 页。

之诗弥盛,要皆角声多,宫声寡;阴律多,阳律寡;噍杀恚怒之音多,顺成嘽缓之音寡。"①此时虽然无人能真正主导诗坛走向,但综观当时的诗歌创作和诗歌理论,却可以清楚地看出当时诗歌创作上的两个重要趋势:抒写性情和以诗存史。这是当时诗歌创作自然形成的整体倾向。志士、遗民是清初诗歌创作的主流。他们所说的"性情",主要是悲愤激荡的民族情感。这一观念甚至影响到入仕新朝和准备入仕的人。

康熙初年文化领域内各个方面都在进入历史性的转换期,顺治时期一度群星丽天的诗界此时已趋沉寂,诗坛正需要新的宗主出现。其后,清朝统治慢慢稳固下来,诗坛上的那种噍杀愤躁之气、悲慨怨痛之音,已经显得比较刺耳,甚至摹写底层文人凄声寒魄的凄清幽眇、僻峭冷涩的变风变雅之作也已不合时宜。同时随着时光的流逝,遗民的亡国剧痛也麻木了,化为如丝如缕的感伤。王士禛倡导的神韵说正好迎合了当时人们的这一心态。

王士禛能在钱谦益之后成为诗坛领袖,其神韵说独领风骚,除了其个人因素、时代运会之外,也与当时文化政策的导向有着重要的关系。康熙皇帝曾多次对他进行提携:"康熙帝谕内阁:'王士禛诗文兼优,着以翰林官用',遂以侍读直南书房,开始时来运转。康熙十八年(1679)三月,'鸿博'试于体仁阁,天下才彦云集京师,然而诗文词坛恰值群龙无首,权威空缺。王士禛被任命为国子监祭酒,而且在此前一再得御赐'存诚'、'清慎勤格物'以及御笔《枫桥》诗幅等,恩宠有加,位渐隆尊,实在是极好的机遇,他有了足够的资格来填补空缺。"②康熙皇帝的有意栽培,一定程度上是因为神韵说正好迎合了当时的文化政策。正是在这一意义上,神韵说在当时实际上成了辇下诗学的代表。当时许多诗人都深受神韵说的影响。

不过,王士禛的这一诗学思想在当时并没有得到所有著名诗人的认同。陈恭尹就曾对神韵"宗主"王士禛表示过"不满"。陈恭尹根植于其遗民立场的性情诗学与王士禛的神韵诗学多有抵触是在所难免的。

---

① 钱谦益:《施愚山诗集序》,《有学集》卷 17,钱谦益著,钱曾笺注,钱仲联标校:《钱牧斋全集》第 5
　册,上海古籍出版社 2003 年,第 760 页。
② 严迪昌:《清诗史》上册,第 449—450 页。

陈恭尹的"不满"是赵执信透露出来的:"阮翁昔奉使过岭,著《皇华纪闻》,极称元孝,而元孝顾大有不满之言。虽文人自古相轻,然阮翁之受侮可谓不少也欤!"①赵执信所谓的"大有不满之言",其具体内容,赵氏未明确说出,我们则不得而知。

其实,在陈恭尹向赵执信透露他的看法之前,陈恭尹曾就神韵诗学与梁佩兰进行过仔细的辩论。严迪昌先生认为:"梁氏在赴京会试以至入翰林院期间,先后与王士禛、朱彝尊等交游,诗学观念受影响很大……从梁佩兰的审美观中已明显见出'神韵说'的倾向,也就是说,该时梁氏在诗学观上程度不等地成了辇下诗风的附庸,与在野人氏异其趣了。"②梁佩兰在与陈恭尹的信中表明了他此时对诗歌的基本看法:"性情欲流,规格欲别,词语欲化。""于灯取影,水取空,风无声,云无色,烟无气。"③他认为"无色之色,无味之味,无声之声,此之谓化"④。梁佩兰"取影""取空""无声""无色""无气"的诗法以及对韦应物的推崇,实际上与王士禛所倡导的神韵说是完全一致的。针对梁佩兰的观点,陈恭尹在《答梁药亭论诗书》中进行了辩驳:"'于灯取影,水取空,风无声,云无色,烟无气',此皆气象之似,须成诗后观之,非可按为实法。必信斯言,韦苏州犹有惭色,王仲初去之益远。夫'性情欲流'者,欲其跃动也,欲其酣畅也,欲其呈露也。然必务留余地,使读者寻绎得之,过尔痛快,便近于俚……'规格欲别,词语欲化'者,欲其不板滞也,欲其不陈腐也。故救板滞者以活,救陈腐者以鲜,亦皆不欲其过……于兄灯影水风云烟之喻,觉不相似。兄首推韦苏州,则近似之矣,然苏州有道之士,养心养气,久乃可臻其妙,未易以笔墨蹊径求也。弟窃以为当求新于性情,不必求新于字句,求妙于立言,不必专期于解脱。"⑤严迪昌先生针对陈、梁二人的这次争论,这样评价:"梁氏所见示的诗境诗法的比喻,全属强调'虚'与'无'的审美趣味,实际上就是'不着一字,尽得风流'的神

---

① 赵执信:《饴山诗集》卷16《怀旧集·第十首小传》,《饴山堂集》,台北中华书局2016年,第5页b面。
② 严迪昌:《清诗史》上册,第345页。
③ 陈恭尹:《答梁药亭论诗书》,《陈恭尹集》,第635—636页。
④ 梁佩兰:《大樗堂初集序》,《六莹堂集》,第408页。
⑤ 陈恭尹:《陈恭尹集》,第636页。

韵诗法。恭尹直言不讳指出'非可按为实法',针对性很强。""这里'笔墨蹊径'与'实法'是一个意思,但角度不同,'蹊径'实即'门径',门庭之径;'实法'则是特定的遵循之法或规则。此中言外有音,其反对宗派式的门户定见是很明白的。至于强调'养心养气',强调'求新于性情'、'求妙于立言',而否定只在字句上求'解脱'('解脱'者实际就是离'实'就'虚'的那种'摇曳'、'空灵'法),陈恭尹此番诗论与'神韵说'的针锋相对,当可不言而喻。"①陈恭尹与梁佩兰二人之间的争论,自然对当时开始风行诗坛的神韵说没有产生多少影响。梁佩兰在自己的实际创作中也没有真正接受陈恭尹的建议,因而其晚年诗风呈现出明显的神韵特色。尽管如此,这次争论也并非毫无意义。

　　陈恭尹与梁佩兰的辩论实际上是陈恭尹带有遗民立场的性情诗学与开始风行诗坛的神韵说之间的一次争论,是一次以志士遗民占主体,和遗民诗风为主导的清初诗坛向非遗民所主导的诗坛转变过程中的一次论争。正如严迪昌先生所说:陈恭尹与梁佩兰的这一论争实际上是遗民诗学与辇下诗学的一次论争。因此,其意义已经不限于二人之间。

(四)陈恭尹诗论对清代诗学的影响

　　研究清代诗学的学者们都知道在神韵诗学风靡天下之时,赵执信曾犯众怒批评王士禛,却很少人知道早在赵执信之前,陈恭尹在《答梁药亭论诗书》中曾有过一段对神韵诗学的批评。

　　陈恭尹《答梁药亭论诗书》疑作于康熙六年丁未。这一年梁佩兰三十九岁第三次进京会试,在京期间曾写信给陈恭尹。陈恭尹《得梁药亭燕台书因怀石埭之行》诗即作于此时。"梁药亭燕台书"疑即"梁药亭论诗书"。王士禛在《古夫于亭杂录》回忆道:"康熙丁未、戊申间,余与苕文(汪琬)、公㦤(刘体仁)、玉虬(董文骥)、周量(程可则)辈在京师为诗倡和。余诗字句或偶涉新异,诸公亦效之。"②此处虽未提及梁佩兰,实际上在此期间他也参与了新一代诗人之间的诗文活动。梁佩兰这次会试落第,程可则与之同游西山以解其心中烦恼,王士禛作《送周量同梁

①严迪昌:《清诗史》上册,第346—347页。
②王士禛撰,赵伯陶点校:《古夫于亭杂录》卷6,中华书局1988年,第135页。

芝五游西山》赠行。此时王士禛的神韵诗学思想已经形成,并正在上升为主流诗学,梁佩兰在与之交游之时难免受其影响。当接触到这一主流诗学时,他按捺不住兴奋写信告知多年的诗友。尽管在见到确凿的证据之前,笔者不能完全肯定"论诗书"即"燕台书",但"论诗书"作于此时却是极有可能的。即便《答梁药亭论诗书》不是康熙六年之作,考梁佩兰的行迹可知其写作时间不会晚于康熙二十七年戊辰。因此可以肯定梁、陈之争一定发生在赵、王之争之前。

　　赵执信《谈龙录序》云:"余幼在家塾,窃慕为诗,而无从得指授。弱冠入京师,闻先达名公绪论,心怦怦焉每有所不能惬。"[1]"弱冠入京师",指其康熙十八年己未十八岁时进京会试。风靡诗坛的神韵诗学虽然不能契合其心,但他此时尚没有提出自己明确的诗论主张。尽管赵执信于康熙二十八年己巳革职之前已经对王士禛的神韵诗学有所不满,但康熙三十年辛未前后二人矛盾还没有表面化。其不满至革职后方在《题大木所寄晴川集后》诗中明确表露:"渔洋诗翁老于事,一一狎视海鸟翔。赏拔题品什六七,时放瓦釜参宫商。"[2]此诗虽批评了王士禛,但也只是批评王士禛所奖掖的诗人良莠不齐。他对其诗学的批评更在此之后。一般而言,身居高位或官场得意之人,论诗一般不会力主性情。而极力鼓吹性情或性灵之人,往往是那些在仕途上遭到挫折,或是对仕宦没有太高期望之人。这背后其实有着"发愤抒情"的心理背景。赵执信自康熙二十八年被革职之后远离了政坛,其诗学思想很可能就是在其仕途遭受重挫之后逐渐形成的。之前,其诗学思想只是处于萌芽或隐约朦胧的状态。据考证,赵执信明确批评神韵诗学的时间,是在康熙三十五年丙子于岭南结识陈恭尹之后。赵执信写于此时的《独漉堂集序》云:"余晚得读先生之诗,既大快其积愿,又自以言为世忌,不能改悔,失意薄游于万里之外,而得持论之同于先生,兼以坚其所自信,而幸其不孤也……先生曰:'子之必名余于似也,其自待视二十年来之世之论者若何也?请子自书之,以为吾序。'"[3]从《序》中可知,赵执信因持论

---

①赵执信著,陈迩冬校点:《谈龙录》,人民文学出版社1981年,第5页。
②赵执信:《饴山堂诗集》卷3《还山集》,《饴山堂集》,第3页a面。
③《陈恭尹集》卷首,第3—4页。

同于陈恭尹而"坚其所自信",也即是说此前他对自己的诗学思想仍不够自信。陈恭尹面对风靡诗坛二十多年的神韵诗学,明言不介意赵执信引他作为同调以抗时论,且云"请子自书之,以为吾序"。这段话也显示出陈恭尹的胆识。赵执信的《论诗二绝句》也是作于这一年,之二云:"无弦只许陶彭泽,会得无弦响更长。若使无弦亦无响,人间悦耳足笙簧。"①这是对王士禛《论诗绝句》"解识无声弦指妙,柳州那得并苏州"的批评。此后赵执信更批评王士禛"诗中无人""言与心违"。赵氏认为由此招致王士禛的愤怒。二人矛盾激化,遭到围攻之后,赵执信曾因"谤多",而"袖手"数年不敢作诗。康熙三十六年(1697)之后至康熙四十年(1701)几乎没有诗作,或许就是"袖手"之故。赵执信《冯舍人遗诗序》云:"明年(按:康熙四十年)将往哭先生,适渔洋公暂假归新城。余过谒公,问先生临殁状,相对陨涕。时余方以论诗逢公之愠。"②这段话从一个侧面又证明了赵执信对神韵诗学的激烈批评主要发生在康熙三十五年之后的数年之间。

　　陈、梁之间的论争和王、赵之间的论争,尽管都是就主性情或主神韵这一问题,但实际上这两次论争却有着完全不同的背景。王、赵之争发生在神韵诗学风靡天下多年之后,诗界为之救偏补弊的过程之中。这一论争预示了其他诗学思想正在消解神韵诗学一统天下的局面。陈、梁之争则发生在以志士遗民占主体,以遗民诗风为主导的清初诗坛向非遗民所主导的诗坛转变的关节点上。此论争之后新朝的"盛世"之音逐渐取代了明末以来的离乱之音,而成为诗坛的主流。陈恭尹从其性情论出发,对神韵诗学的评论,对文学新旧关系的论述,以及有关秦汉、唐宋之争的评论,都有前人未发之处。他的创作和诗学思想对年轻的赵执信大有影响。严迪昌先生认为,陈恭尹之后的赵执信和袁枚"性灵说"一系列核心观点,在陈恭尹的文章中都已启露端倪。

　　尽管在清初诗坛发生重大转变的关节点上,陈恭尹以性情论对神韵说的批评,没能阻挡住清初诗风的转变,但其意义却是重大的,可以说,其意义不逊于后来赵执信对神韵说的批评。历代的研究者都比较

①赵执信:《饴山堂诗集》卷7《鼓枻集》,《饴山堂集》,第6页a面。
②赵执信:《饴山文集》卷2,《饴山堂集》,第8页b面。

重视赵执信在清代诗风转变过程中的重要作用,但基本上都忽略了赵执信做出犯众怒挑战神韵诗学这一决定的艰难,因而也都忽略了做出这一决定的过程中,陈恭尹给予赵执信的理论和信心的支持。除此之外,陈恭尹对清初诗学理论的批评也有许多可取之处。更为重要的是陈恭尹的诗论思想把文学创新的理论推进到了更深的一个层次上。

三、梁佩兰以性情涵容雅正和神韵的努力

如前所述,明清鼎革之初,虽然没有哪一位领袖人物真正主导诗歌的发展走向,但综观诗坛生态,却可以清楚地看出当时诗歌创作上的两个主要趋势:抒写性情和以诗存史。这两者都是当时诗歌创作自然形成的整体取向。当时的诗坛之所以形成这两种主要的倾向,与鼎革之初以遗民和志士为主体的诗坛格局直接相关。此时诗坛在野的声音明显处于优势。抒写性情和以诗存史,归根结底是一种在野的诗歌主张。

当时的岭南诗坛也是如此,尤其对于诗歌理论的探讨,更多的人强调诗歌抒写性情的本质特征。陈恭尹对抒写性情的强调,如前所论,不再赘述。尽管梁佩兰在这一点上,与陈恭尹曾有过争论,并且逐渐融入了主流的神韵诗潮,但从相关的资料来看,其实他始终没有放弃性情论,甚至从根本说他还是主张诗写性情的。

如前所述,康熙初年,他在与陈恭尹进行争论时就强调“性情欲流”。康熙三十一年壬申陈子升去世之后,梁佩兰将其遗作编成《中洲草堂遗集》,并为之作序。他在序中说:“风雅之道,至今日发明无遗蕴矣。返观明代前辈,优孟汉唐之衣冠,而性情不属。”[①]康熙三十二年癸酉春,梁佩兰、陈恭尹为吴文炜辑录订刻《金茅山堂集》。梁佩兰为之序云:“诗以自道其情而已矣。情之所至,一倡三叹而已矣。物莫不因乎其所触。触之于目,接之于耳,贯之于心,而其人其地其事当乎吾前。吾从而往复周环,密视精审,而有以得其所以然之故。性情勃然而兴,跃焉而出,激发焉而不能自禁。故夫天地、日月、风雨、露雷、山川、草

---

①梁佩兰:《中洲草堂遗集序》,《六莹堂集》,第414页。

木、动植，鸟兽飞走、鱼龙变化，无一而非吾性情之物。而吾之喜怒哀乐，或则言笑，或则歌舞，或则感慨，或则幽咽，一一见于讽咏之间，而诗成焉。此天地之真声也……故夫情之不真，非诗也，团土刻木而已矣……世所罕见，则皆以为奇。男女、日用、饮食、布帛、菽粟，则庸视之，而竟不能自离于庸之内。夫性情，无所谓庸与奇也。诗亦如是而已矣。予尝持此说以与诸子论诗，莫不以为然……今海内之诗，竞趋习尚。予粤处中原瓯脱，人各自立，抒其性情，翁山、元孝而外，山带其一也。"①"且夫诗者，思也。人情有所感于中而不能散，则结而为思，而诗名焉。"②梁佩兰论诗的文章不多，从这几条引述可以看出贯穿其一生的基本的诗学思想还是性情论。

从顺治年间到康熙中期，随着时间的推移，清初诗坛在野的声音逐渐减弱，而辇下诗风逐渐获得了主导的地位。在此期间，梁佩兰多次进京，与当时诗界名流王士禛、朱彝尊、纳兰性德、宋荦等往还唱和，他有意无意地也参与了当时诗潮的这一转变。严迪昌先生认为："梁氏在赴京会试以至入翰林院期间，先后与王士禛、朱彝尊等交游，诗学观念受影响很大……从梁佩兰的审美观中已明显见出'神韵说'的倾向，也就是说，该时梁氏在诗学观上程度不等地成了辇下诗风的附庸，与在野人氏异其趣了。"③可以肯定地说梁佩兰的诗学思想和诗风都受到了这一诗潮的影响。他不但逐渐融入了当时的主流诗坛，而且还透露出其试图以性情涵容雅正和神韵的努力。

梁佩兰与朱彝尊结交的时间相对较早，朱彝尊顺治十三年丙申秋来粤后，二人就已有交往。不过朱彝尊对梁佩兰的影响应该产生于康熙十八年朱试博鸿之后。此前的朱彝尊还是南北奔走的抗清志士。他醇正博雅的诗学主张也是形成于入仕清朝之后。严迪昌先生认为朱彝尊的诗学思想主要有这样几个方面："概括起来说，他力主扶'正'，力求其'醇'，尊唐贬宋，博'学'取'材'，其一切议论大致不出此四点。"④从梁

---

①梁佩兰：《金茅山堂集序》，《六莹堂集》，第415—416页。
②梁佩兰：《大樗堂初集序》，《六莹堂集》，第407—408页。
③严迪昌：《清诗史》上册，第345页。
④严迪昌：《清诗史》上册，第506页。

佩兰后来的诗作特点和他论诗的文字,笔者看出他在诗学观念上与朱彝尊有相近之处。他在《杨大山文集序》中说:"乐音惟琴德最优,能导引性情,宣幽出滞。故君子无事,斯须不去。其配乎礼也,则上弦而下壶,左圭而右璧;合天地中和之气,散于宇宙而聚于人身。为文亦然。文,欲其静以正也,又欲其奥以博也。静以正,则其体严;奥以博,则其用广……若夫文人学士,以著述为事,则必其平时学殖,搜罗百家,牢笼万有,纵观古今之大,细察品物之盛。"①他既强调"导引性情,宣幽出滞",同时还强调"殖学""中和""静正"。"末世崇饰虚名,人鲜殖学。甫就捃摭,便尔扬诩。毋论其于三百五篇比、兴、赋之义未识源流,即汉、魏、六朝、三唐以迄有明,亦未能望其墙仞。而乃立壁分门,各自排诋。此如五尺童子夸其勇健。"②这是批评诗坛"人鲜殖学"的现象。他在《中洲草堂遗集序》批评明代前辈"优孟汉唐之衣冠,而性情不属"之后,即云:"□性情温厚,音节和平。虽然,才不可不奇,调不可不高也。有时空诸所有,有时实诸所无;有时高唱入云,有时舟回荡漾;有时天然颓放,有时簇锦攒花;间或嗜险驱奇,毕竟雅人深致:总于温厚和平,意旨不爽毫芒。"③这里强调了"雅人深致:总于温厚和平"。他在《南塘渔父诗抄序》中进一步申论:"人必有所托以自娱,然后可以绝嗜欲,一死生,不假强制而怡然有以自适也……不幸而时命限人,则拔剑斫地,发为哀吟。有如晓角秋笳,酸人心鼻。此亦变风变雅之一体也。然而未免有损天和。则又不如即现前之景物,写逸士之幽怀。虫鱼草木,静观焉而得其消息之机;世故物情,冷觑焉而穷其变幻之态。任意挥斥,只自怡悦,不求人知。"④梁佩兰与王邦畿、王隼父子为两世之交。"予向与蒲衣尊人说作先生为风雅之交垂二十年,今得蒲衣,遂成两代。"他肯定"王子蒲衣所著诗,神明造姿,孤隽表骨,学问酝酿,能极其思,左右变化以出之"。他对王隼更有一种长辈之于晚辈的期望:"予更有感焉:以蒲衣美才,上有怜才之君,下有荐贤之相,使之出入承明,给赐笔札,振其鸿

---

① 《六莹堂集》,第411—412页。
② 梁佩兰:《大樗堂初集序》,《六莹堂集》,第407页。
③ 《六莹堂集》,第414页。
④ 《六莹堂集》,第418—419页。

藻,与相如《谏猎》、子云《甘泉》,亦何必异? 而故卑处孤芦,徘徊彳亍;徒步于台岭,担簦于八闽,荡楫于蠡湖,息影于庐岳;以凄思苦调为哀蝉落叶之词,致自托于佳人、君子、剑侠、酒徒、闺闱、边塞、仙宫、道观,以写其呵壁问天、磊落抠塞、怫郁侘傺、突兀不平之气。"[1]这之中有期望也有批评,即使有所"怫郁侘傺、突兀不平",但也应该归之于"性情之正","变风变雅""未免有损天和"。显然,他"温厚和平"、静正、殖学的主张与朱彝尊的文学思想有相通之处。同时也可以看出他试图用性情涵容雅正的努力。

梁佩兰与王士禛结交于康熙六年丁未第三次会试落第之时。王士禛当时在诗坛上已经崭露头角,其后他的神韵说更是风靡一时。在这种情况下,梁佩兰难免受其影响,且其影响是多方面的。王士禛在典试蜀川和祭告南海时期,曾有意识地学习杜甫、韩愈和苏轼等人,以表示自己能兼善不同的风格。王士禛的学生盛珍示在《蚕尾续诗集总述》中云:"康熙壬子秋祇奉朝命典试益州,有《蜀道集》二卷、《蜀道驿程记》四卷。其诗高古雄放,观者惊叹,比于韩、苏海外之篇。"[2]王士禛亦自言"《蜀道》《南海》豪放之格"[3]。王士禛这个时期的新尝试,对梁佩兰也产生了一定的影响。其友人张尚瑗在《六莹堂集序》中说:"其少作,间亦驰骤于十子、七子之间。晚年与新城(按:指王士禛)、商丘(按:指宋荦)诸先生游,则时时瓣香韩、苏,示能兼长。"[4]邓之诚说:"早岁之作,尚不脱七子窠臼。及交王士禛、朱彝尊,始参以眉山、剑南。晚岁犹驰逐风气,与后进争名。"[5]从前人的评论中可以知道,王士禛对梁佩兰的影响是多方面的。不过梁佩兰主要接受的还是王士禛神韵诗学的影响。他在《大樗堂初集序》中说:"呜呼,神已而未已也! 以水照水,犹以为拟淡也;以月配月,犹以为喻明也;以雪覆雪,犹以为比洁也;以窍接窍,犹以

---

① 梁佩兰:《大樗堂初集序》,《六莹堂集》,第 408 页。
② 王士禛:《带经堂集·蚕尾续诗集》卷首,康熙五十年程哲七略书堂刻本,《续修四库全书》集部 1414 册,第 476 页。
③ 张廷玉等:《皇朝文献通考》卷 234,《文渊阁四库全书》第 637 册,台湾商务印书馆 1986 年影印本,第 434 页。
④ 张尚瑗:《六莹堂集序》,《六莹堂集》,第 2 页。
⑤ 邓之诚:《清诗纪事初编》卷 8,第 986 页。

为存听也。无色之色,无味之味,无声之声,此之谓化。"①他在这里对
"神"和"化"的论述,应该说与王士禛的神韵诗学是一致的。他的这一
主张在与陈恭尹的信中表述得更为明白:"性情欲流,规格欲别,词语欲
化。""于灯取影,水取空,风无声,云无色,烟无气。"他并且"首推韦苏
州"之诗作为创作圭臬②。梁佩兰"取影""取空""无声""无色""无气"的
诗法以及对韦应物的推崇,实际上与王士禛所倡导的神韵说是完全一
致的。王士禛神韵说继承了司空图、严羽等人"不着一字""不落言荃"
的理论。他于康熙二十七年编刊的标志着神韵说成熟的《唐贤三昧
集》,极力推崇的也正是王、孟、韦、柳一派的诗歌。严迪昌先生认为:
"梁氏所见示的诗境诗法的比喻,全属强调'虚'与'无'的审美趣味,实
际上就是'不着一字,尽得风流'的神韵诗法。"严先生并且认为梁佩兰
力求在语言文句上寻求的"解脱","实际就是离'实'就'虚'的那种'摇
曳'、'空灵'法"③。从陈恭尹的这篇文章中我们可以比较清楚地看出梁
佩兰此时对王士禛神韵说的接受。陈恭尹在这封信中进一步发挥:"夫
'性情欲流'者,欲其跃动也,欲其酣畅也,欲其呈露也。"不管陈恭尹的
发挥是否符合梁佩兰的原意,但可以看出,梁佩兰尽管接受了王士禛神
韵说,但始终也没有抛开诗道性情的诗学思想,而且首先强调的还是
性情。

　　由以上有关梁佩兰与王士禛、朱彝尊关系的论述,可以看出梁佩兰
诗学思想的整体面貌,是以性情为根底涵容雅正和神韵。

四、成鹫以禅喻诗及其"诗本夫性"说

　　明末清初的岭南诗坛对于诗歌理论的探讨,比较多地强调了诗歌
抒写性情的功能。但比较之后,可以看出又各有不同,各有其特色。概
而言之,陈恭尹的性情论比较明确、单纯;梁佩兰总体上主张诗道性情,
却又试图以性情为根底涵容雅正和神韵;诗僧成鹫在主张诗写性情的

---

①《六莹堂集》,第408页。
②陈恭尹:《答梁药亭论诗书》,见《陈恭尹集》,第635—636页。
③严迪昌:《清诗史》上册,第346页。

同时,更强调诗本自性。他认为"诗本性情""诗本夫性"。他在阐述这一思想时,常常结合禅修的体会论诗。以禅喻诗,以禅史喻诗史,以宗风比诗风,"以禅品喻诗品"①。

以禅喻诗是中国传统诗学的一个重要话题。清初诗僧成鹫的有关论述,不但丰富和深化了这一理论,还切中了以禅喻诗的深层依据。在他看来诗与禅,其源为一,皆以性情、性命、性为根本。这一思想不但贯通了诗与禅,而且也指出了以禅喻诗的深层依据。

(一)以禅喻诗

"学诗浑是学参禅,妙处难于口舌传。"②以禅喻诗自宋代严羽之后即为诗学的一个重要话题,且争论不休。严羽在《答出继叔临安吴景仙书》中非常自信地说:"仆之《诗辨》,乃断千百年公案,诚惊世绝俗之谈,至当归一之论。其间说江西诗病,真取心肝刽子手。以禅喻诗,莫此亲切。是自家实证实悟者,是自家闭门凿破此片田地,即非傍人篱壁、拾人涕唾得来者。"③以禅喻诗其实并非始于严羽。蒋寅先生说自唐代"齐己指出诗与禅相通以后,以禅喻诗在宋代诗论中成为热门话题。严羽继江西派诸公后,倡言'大抵禅道唯在妙悟,诗道亦在妙悟'(《沧浪诗话·诗辨》),深为后人所认同"④。也有人认为以禅喻诗始自东晋⑤。看来,自东晋时期即有人把诗与禅联系到了一起,唐宋时期的皎然、司空图、苏轼等人也曾借禅谈诗。尽管以禅喻诗并非始于严羽,但严羽却在前人的基础上把这一理论发展到了新的高度,使以禅喻诗建立在妙悟的基础上。

严羽"非傍人篱壁""断千百年公案"的宣言,立即招致一些人的反对。南宋的刘克庄云:"诗家以少陵为祖,其说曰语不惊人死不休;禅家以达磨为祖,其说曰不立文字。诗之不可为禅,犹禅之不可为诗也。"⑥

---

① 覃召文:《岭南禅文化》,广东人民出版社 1996 年,第 137 页。
② 游潜:《梦蕉诗话》卷上,见吴文治编:《明诗话全编》,江苏古籍出版社 1997 年,第 1518 页。
③ 严羽著,郭绍虞校释:《沧浪诗话校释》附录,人民文学出版社 1961 年,第 234 页。
④ 蒋寅:《以禅喻诗的学理依据》,《学术月刊》1999 年第 9 期。
⑤ 杨权:《成鹫及其咸陟堂集》,见释成鹫:《咸陟堂集》第 1 册,卷首。
⑥ 刘克庄:《跋何秀才诗禅方丈》,见曾枣庄主编:《宋代序跋全编》卷 180,齐鲁书社 2015 年,第 5131 页。

步刘克庄之后明清时代继续有人反对他的观点,如郝敬、陈继儒、钱谦益、冯班、赵执信、李重华等。郝敬《艺圃伧谈》云:"严沧浪借禅喻诗……诗本性情,禅宗见性。可以相通,其实不同。禅主空寂,无言为宗。诗者,声音之道,全仗言语动人……禅耳,与诗何预?"[①]郝敬虽然强调诗禅不同,但也肯定了二者在心性上是相通的。严羽标举"妙悟",指出"大抵禅道惟在妙悟,诗道亦在妙悟……惟悟乃为当行,乃为本色"[②]。钱谦益为了反对严羽的观点,另辟蹊径,采用唯识宗的术语"熏习"概念进行释解。《成唯识论校释》云:"如是能熏与所熏,识俱生俱灭,熏习义成。令所熏中,种子生长,如熏苣蕂,故名熏习。"[③]钱谦益反对严羽"妙悟",他却用另外一种方式丰富并发展了以禅喻诗的理论。

认可严羽这一观点的人也有很多,甚至形成了一个以禅喻诗的传统。明代附和者,如徐祯卿、王世贞等。明释达观《石门文字禅序》认为诗禅无二:"禅如春也,文字则花也。春在于花,全花是春;花在于春,全春是花,而曰禅与文字有二乎哉? 故德山、临济棒喝交驰,未尝非文字也;清凉、天台疏经造论,未尝非禅也,而曰禅与文字有二乎哉?"[④]与钱谦益不同,清代继钱氏为文坛领袖的王士禛却极为推崇严羽的以禅喻诗:"严沧浪以禅喻诗,余深契其说,而五言尤为近之……妙谛微言,与世尊拈花,迦叶微笑,等无差别。通其解者,可语上乘。"[⑤]又云:"严仪卿所谓'如镜中花,如水中月,如水中盐味,如羚羊挂角,无迹可求。'皆以禅理喻诗。内典所云不即不离,不黏不脱;曹洞宗所云参活句是也。"[⑥]"舍筏登岸,禅家以为悟境,诗家以为化境,诗禅一致,等无差别。"[⑦]王士禛在严羽的基础上提出"诗禅一致",用禅宗的"不即不离""不黏不脱"的般若观进一步发挥严羽的观点。这是对严羽诗学思想的继承与发展。"诗与禅通。禅从悟入,拈花微笑,当下即证胜果。诗亦从悟入。"

---

① 郝敬:《艺圃伧谈》,吴文治编:《明诗话全编》,第5938—5939页。
② 严羽:《沧浪诗话校释·诗辨》,第10页。
③ 玄奘译,韩廷杰校释:《成唯识论校释》卷2,中华书局1998年,第128页。
④ 祝尚书编:《宋集序跋汇编》卷21,中华书局2010年,第977页。
⑤ 王士禛著,戴鸿森校点:《带经堂诗话》卷3,人民文学出版社1963年,第83页。
⑥ 王士禛:《师友诗传续录》,见丁福保辑:《清诗话》,第152页。
⑦ 王士禛:《带经堂诗话》卷3,第83页。

"诗亦从悟入，无论唐宋元明，皆可炼作金丹。若本无所悟，纵高谈格调，仿佛唐音，徒笑衣冠优孟耳。"[①]清人任运昌的这一段文字也是对这一思想的发挥。

诗与禅确有相通之处，这正是以禅喻诗的根据。如果过于强调二者之同，而不知二者相异之处也不恰当。陈宏绪《与雪崖》云："诗与禅相类，而亦有合有离。禅以妙悟为主，须从最上乘具正法眼悟第一义，而无取于辟支声闻小果，诗亦如之，此其相类而合者也。然诗以道性情，而禅则期于见性而忘情。说诗者曰，情动于中而形于言，言之不足，故嗟叹而咏歌之。申之曰，发乎情，民之性也。是则诗之所谓性者，不可得而指示而悉征之于情，而禅岂有是哉？"[②]诗固然与禅有相类之处，但确有缘情与见性之别。

无论起初是反对还是肯定，最终都不得不接受以禅喻诗已经成为中国诗学传统中的一个重要话题。诗禅有别，有离有合，在根本上却是相通的。基于"诗本性情，禅宗见性，可以相通"这一理念，现代人对以禅喻诗的内在机制试图进行深入的分析。周裕锴在《中国禅宗与诗歌》第九章从"价值取向的非功利性""思维方式的非分析性""语言表达的非逻辑性""肯定和表现主观心性"四个方面论述了"诗禅相通的内在机制"[③]。其实这四个方面还没有解决诗禅相通的根本问题。蒋寅先生从其必要性和迫切性这一个角度，又对以禅喻诗、诗禅相通这一问题做了进一步深入的论述："诗与禅在经验的不可传达性、传达的迫切要求以及传达的方式上有着惊人的相似，或者说有一种异质同构的相似关系，正是这点决定了以禅喻诗的可行和必要……不可言说的言说正是沟通禅的宗教经验和诗的艺术经验的那种最基本的一致性，以禅喻诗的内在机制及实现方式都是在这一基础上形成的。"[④]

清初除了王士禛等人之外，岭南诗僧成鹫也对以禅喻诗这一理论

---

① 任运昌：《静读斋诗话》，道光刊本《香杜草》附，转引自蒋寅：《以禅喻诗的学理依据》，《学术月刊》1999 年第 9 期。

② 周亮工：《赖古堂尺牍新钞二选藏弃集》，宣统三年国学扶轮社石印本，转引自蒋寅：《以禅喻诗的学理依据》，《学术月刊》1999 年第 9 期。

③ 周裕锴：《中国禅宗与诗歌》，复旦大学出版社 2017 年，第 334—360 页。

④ 蒋寅：《以禅喻诗的学理依据》，《学术月刊》1999 年第 9 期。

有深入的论述,一定程度地发展了以禅喻诗的诗学思想。"成鹫还继承了肇自东晋、经唐宋而在宋末严羽《沧浪诗话》那里获得丰富的以禅喻诗的理论,并在前人基础上进行了发挥。"①成鹫作为方外之人,修禅谈禅是其本分,论诗常常结合自己修禅的体会,以禅喻诗,以诗喻禅。

他回顾自己写诗的体会,即使赠答题咏,也本诸性情,不离性徒逞笔墨。他在《香山尉王端之诗序》中说:"予受以卒业,中间遇物逢人,赠答题咏,一一从胸中流出,如岩头奯所谓盖天盖地者是矣。忆十年前予住香山之东林,一夕灯下与诸子辈深谈风雅根本禅定,闻者哂为迂阔,予止之曰:'诸子勿哂,请以灯喻。夫灯非油不燃,油非盛以琉璃、笼纱罩纸,过风则摇摇也。油譬禅也,笼罩不动,其定力乎! 诗第余光之发见耳。假令徒炷无油,虽暂有光,不无明灭。今之作者皆离油索光也。'闻者茫然,疑信参半。是时座中恨无超方卓识,一取决焉,未免土旷人稀之叹。今幸矣,可无憾矣! 昔宋江都尉王琪题诗洛阳寺壁,晏元献公一日过寺,命侍史诵而听之,心赏,召见与同饮食。晚偕游池上,因见落花得'无可奈何花落去'之句,索尉属对,时值归燕,即应声云'似曾相识燕归来',后世脍炙其工巧。殊不知此即吾宗金针妙叶,啐啄同时,机用亦如前日灯喻,油因炷而发光耳。假是时离花与燕别有所瞩,遂谓无复佳句,可乎?"②他认为诗禅一致,诗与禅都基于性命、自性和性情。这是他结合自己长期禅修和写诗的体会得出的结论。这一灯油之喻,在性、禅与诗三者之间建立起了联系。有灯芯而无油无罩,则不能长明。修禅根本自性,禅定需要性定。诗歌本夫性情,成为真正的诗人,亦需本诸自性的长期写作。无论晏殊"无可奈何花落去"的出句,还是王琪"似曾相识燕归来"的对句都是基于自性的当下情景的触发。可谓啐啄同时,目击道成,直指自性本心。成鹫"遇物逢人,赠答题咏,一一从胸中流出,如岩头奯所谓盖天盖地者",也是基于自性本心的当下情景的触发。

禅与诗皆根本自性,所以古人特别强调护持本心、护持自性。他说

---

①杨权:《成鹫及其咸陟堂集》,见释成鹫:《咸陟堂集》第1册,卷首。
②释成鹫:《咸陟堂集》第3册,第62页。

"吾人性命中自有枝叶"①,但要"护之惜之",修之、养之。又说:"香山尉王君瑞(按:当为'端')之,超方出格奇士,偶涉仕涂,胸次中常洒洒然,无肉食之气,不自知其为禅、其为诗也,触景兴情,如建瓴倒峡,不可禁制,无非禅也,无非诗也。是能虚其中者乎!予得其诗于双桂天公座间,三复其言,谓天公曰:'是犹嶰谷之竹,虚其中而声之。禅乎?诗首(疑为"乎")?悟者自知,予何复言。'"②在成鹫的笔下,香山尉王端之对本心自性能"护之惜之",虽涉仕涂,胸次却"洒洒然,无肉食之气",所以无论做官、修禅还是写诗,都能根本自性本心,所以是通人、达人。《鹿溪诗草》的作者头陀也是这样的通人、达人。《鹿溪诗草序》云:"予展读之,自端至末,皆以冲和平澹之气,发为悲歌慷慨之辞。故其诗与文,虽疾而不激,怨而不怒,讽而不诽,恢谐而不戏谑。譬之百川东注,汪洋澎湃,不可杀遏……千态万状,不可踪迹,皆本乎中之冲融平澹为之也。故时或垂手入廛,蹑屐登山,啸月咏风,樵林钓泽,绛帐谈经,青油搦管,一惟中之所有,常如明镜当台,智珠在掌,胡来胡现,汉来汉现,翠竹黄花,溪声山色,安往而非道哉!则谓头陀之禅不即文字也可,不离文字也亦可。何也?水之流而为泉,止而为渊者,禅也。传诸器,放诸海,为声,为色,为气,为味,种种光怪者,文字也。文字果无病于禅也,则已耳。"③文字不能病禅,禅于诗又有何碍?在成鹫看来,山水还是山水,同时也是诗、是禅,诗与禅同源异流,两不相害,可以互喻。

成鹫更细致深入的论述,下文还有申论,此不赘述。

(二)以禅史喻诗史、以禅品喻诗品

成鹫除了以禅喻诗之外,还以禅史喻诗史,将当下诗坛与禅宗相类比。他批评当下诗坛:"风雅一道,至今日犹吾宗之末法也。止存声律,绝无性情,譬诸拈椎竖拂之家,但知斗凑机锋,向上一著,未曾梦见。"④这是以佛门比况当下诗坛。他在《九带堂诗跋》中继续发挥这一说法:

---

① 释成鹫:《拾叶堂诗草序》,《咸陟堂集》第 3 册,第 142 页。
② 释成鹫:《虚中草序》,《咸陟堂集》第 3 册,第 112 页。
③ 释成鹫:《咸陟堂集》第 2 册,第 12—13 页。
④ 释成鹫:《论诗》,《咸陟堂集》第 2 册,第 222—223 页。

"昔大慧说法,目诸方为海蠡禅,而自比于海蟳。盖谓诸方以吊诡为智,
方寸九曲,惟恐以实法与人。径山则肝肠净白,开口洞然,有目共见,无
多宛委也。此语流布古今,人皆宗之。后来说法,往往从蠡而舍蟳,何
与?意者,深之则拙易藏,浅之有瑕可指耶。今之言诗者,亦复如是,工
声律为精微,忽性情为浅露,寻至铅华相尚,纤巧争新,风雅一道,荡然
无遗,此径山所谓海蠡禅也。天藏法叔,受嘱愚关,洞彻玄要,晦迹三十
余年,当机垂语,尽得呆祖芳规。一棒一喝如狮子哮吼,闻者莫不识真。
间或寓游戏于翰墨,以文字而作佛事,惟假声律以舒写其性情,不外性
情而神明于声律,一开口顷放百宝光,照天烛地,譬如月满胎呈,珠藏泽
媚,龙宫鼍市,莫不睹其光怪,此径山所谓海蟳禅也。"①这里以海蠡禅与
海蟳禅比方当下诗坛的声律论与性情论。

　　他认为无论学诗,还是修禅,都应该以古为师,取法乎上:"贤辈学
诗,当知三百篇是如来禅,汉魏六朝是祖师禅,初盛中晚是诸方禅,今之
作者则野狐禅也。取法欲上,立志欲高,请以古人为师。"②他以禅史喻
诗史,分别把《诗经》、汉魏六朝诗、唐诗比作如来禅、祖师禅和诸方禅。
同样的说法还出现在别的文章之中。《陈伯云诗草序》云:"粤自吾教西
来,唱于少室,和以曹溪,分为五宗,声同响别,至今日几无禅矣。譬诸
诗焉,元音始自风雅,唱和盛于三唐,作者争鸣,汗牛充栋,至今日殆无
诗矣。是故说诗者,必祖风雅以为经,如来禅也。汉魏六朝,五言古风
为纬,祖师禅也。初盛中晚,代变新声,诸方禅也。"③同样的说法出现在
他不同的文章之中,说明这一观点是成鹫深思熟虑的。不管这一比方
是否完全准确,但确有其合理的成分。

　　成鹫的这一比方,应该说受到了严羽《沧浪诗话》中某些思想的启
发。严羽《沧浪诗话·诗辨》云:"禅家者流,乘有小大,宗有南北,道有
邪正,学者须从最上乘,具正法眼,悟第一义。若小乘禅,声闻辟支果,
皆非正也。论诗如论禅:汉魏晋与盛唐之诗,则第一义也。大历以还之
诗,则小乘禅也,已落第二义矣。晚唐之诗,则声闻辟支果也。学汉魏

①释成鹫:《咸陟堂集》第2册,第42—43页。
②释成鹫:《论诗》,《咸陟堂集》第2册,第223页。
③释成鹫:《咸陟堂集》第2册,第8页。

晋与盛唐诗者，临济下也。学大历以还之诗者，曹洞下也。"①严羽将"大历以还之诗"与"晚唐之诗"区分开来，分别与"小乘"和"声闻辟支"对应。其实"声闻""辟支"皆为小乘，都是小乘佛教的果位。在严羽看来，"汉魏晋与盛唐之诗，则第一义"，"大历以还之诗"和"晚唐之诗"皆落第二义。这一比方基本能为人接受。但他把"汉魏晋与盛唐之诗"与临济宗、"大历以还之诗"与曹洞宗进行比附，则让人难以理解，甚至有人对他的禅学知识进行质疑。禅宗史上，曹洞与临济是一花五叶之后两个并列的宗派，千年之内难分高下。先后不同时期的诗歌，其诗品、诗风虽有不同，但他这样的比附实则是把属于诗史的问题与诗品和宗风问题搅在了一起，虽然有一定的道理，但总让人难以理清头绪，而生发歧义。钱谦益在《唐诗英华序》中批评说："严氏以禅喻诗，无知妄论，谓汉、魏、盛唐为第一义，大历为小乘禅，晚唐为声闻辟支果，不知声闻辟支即小乘也。谓学汉、魏、盛唐为临济宗，大历以下为曹洞宗，不知临济、曹洞初无胜劣也。"②明人陈继儒更嘲笑严羽杜撰："严沧浪云：'学汉魏晋与盛唐诗者，临济下也；学大历以还之诗者，曹洞下也。'此老以禅论诗，瞠目霄外。不知临济、曹洞有何高下？而乃剿其门庭影响之语，抑勒诗法，真可谓杜撰禅。"③

　　相对于严羽，成鹫的论述就非常清楚，逻辑也非常清晰。成鹫不但以禅史喻诗史，还以宗风比诗风，以禅品喻诗品："当唐之世，作者略备，李、杜齐名，王、孟、高、岑，后先继起。工部广博，临济禅也。谪仙高远，云门禅也。右丞缜密，曹洞禅也。其余诸家，分流别派，亦犹法眼、沩仰，鼎峙门庭，建立宗旨，无非禅也。今者伯云之诗，予未知其奚若，然以吾宗之禅方之，则诸方之杰出者也。于是就诗谈禅，更即禅以谕诗，何不可之有？若谓教外别传，不立文字，必枯木不萌，死灰不然而后可，是何异于矮子观场、痴人说梦哉！"④宏观地说，这一比方确实很有道理。这一比方也为我们理解中国诗史及诗品提供了一个新的视角。这里所

①严羽：《沧浪诗话校释》，第10页。
②钱谦益：《有学集》卷15，《钱牧斋全集》第5册，第707页。
③陈继儒：《偃曝谈余》，吴文治编：《明诗话全编》，第5892页。
④释成鹫：《陈伯云诗草序》，《咸陟堂集》第2册，第8—9页。

谓的禅品是指与禅风和禅宗流派等相关联的不同的流品或品类。司空图著《二十四诗品》,以据风格、神韵等特色的不同,将诗歌分为雄浑、冲淡、纤秾、沉著等不同的品类。笔者所谓禅品近乎司空图分别诗之流品。覃召文先生说:"光鹫以禅史喻诗史的做法,显然继承了严羽的《沧浪诗话》;而他以禅宗五家的宗风比附诗家诸派的基本风格,却完全是自己的个人见解。他的过人之处就在于直接否定了早期禅宗提倡的'教外别传,不立文字',弘扬自宋代慧洪等提倡的'文字禅'的精神,这对于融合诗与禅,进而建立诗禅文化是扫除了一大障碍。"①

　　成鹫之后,方恒泰有类似的说法:"禅家诗家各诩三昧真传,谈禅者每目诗为绮语,工诗者又以禅为哑羊。其实就诗谈禅禅入妙,即禅论诗诗可通也。四始六义,其如来禅乎? 汉魏六朝,其祖师禅乎? 初盛中晚代变新声,其诸方禅乎? 临济广博,工部似之;云门高远,谪仙似之;曹洞缜密,右丞似之。他如法眼、沩仰分流别派,亦尤苏、陆诸家鼎峙门庭,各建宗旨耳。"②二者所说,几乎完全一样,前后有明显的承继关系。

　　有关禅品与诗品,成鹫在《浪锡草序》中有更深入的论述,云:"诗贵本色,文士有风雅之气,山僧有烟霞之气,此真品也。诗贵出格,风雅中带烟霞气,烟霞中带风雅气,此妙品也。诗贵超方,风雅中无风雅气,烟霞中无烟霞气,此神品也。""真品""妙品""神品"原为中国画学的概念,此处借来用之于诗论。又云:"神品上矣,非深于道者未足语此……真品为骨,妙品为髓,神品为神,出之以游戏三昧,虽日吟咏于风雅、烟霞之场,不自知其为诗与道也。"③实际上,成鹫在此把诗、画、禅三者打成了一片。

(三)"诗本夫性"

　　成鹫以禅喻诗,以禅论诗,是因为诗禅相通。在他看来,禅与诗之所以相通,在性命本身,因此,他论诗特别强调性、性情。其《白华堂诗

---

①覃召文:《岭南禅文化》,第 138 页。
②方恒泰:《橡坪诗话》卷 7,清道光刻本,转引自蒋寅:《以禅喻诗的学理依据》,《学术月刊》1999 年第 9 期。
③释成鹫:《咸陟堂集》第 2 册,第 17 页。

集序》云："风雅一道,本夫性情,发为咏歌,有声有辞,不可不辨。出之以天君,和之以天倪,动之以天籁。"①作为方外之人的他,这一表述与普通诗人没有区别。"性情之发,本乎天君,出为天籁,不求人知,而人共知之、共名之,是之谓真诗。""风诗一道亦复如是,当其未始有诗也,性情耳。既为诗矣,文彩烂然。"②

他总结自己作诗的体会:"自为诗文,无所取法,第惟根于心,出诸口,发之而为声,歌之咏之,自适其情而已。"③"足之所至,兴之所寄,即事遣情,往往有诗,不复计其工拙。"④"中间遇物逢人,赠答题咏,一一从胸中流出。"⑤称赞天藏禅师"假声律以舒写其性情,不外性情而神明于声律"⑥。赞扬庞子"当患难,时舒其牢骚愤懑之气,出为不平之鸣"⑦。批评"世之作家不务养其性情、致其中和,徒役志于声行"。他在《梁石云诗序》中的表述几乎在诗与性情之间画上了等号:"诗家之言性情也,犹帖括家之言道德也,彼徒知诗之为性情,而不知性情之为诗也。"⑧这些论述都是对"诗本性情"的强调。

他的论述没有笼统地停留在"诗本性情",而是继续深入,对性与情的关系进行了区分,对性和情分别在诗中的作用进行细致的论述:"夫寂然不动者,性也;感而遂通者,情也……罗浮之云,夜半日出,光发石膝,如万箭之射空,云气从中而出,性之发而为情也。"⑨再结合其他论述,可以发现,其"诗本性情"的说法,重心在性,而不在情。这一点有别于他人。

他在《凉踽堂诗序》中说:"诗犹御也,声律,轮辙也;情,骖服也。性犹六辔之在手也,手以执辔,辔以驭马,以马运轮,以轮合辙,出入八达

①释成鹫:《咸陟堂集》第3册,第61页。

②释成鹫:《捣药岩诗序》,《咸陟堂集》第3册,第135页。

③释成鹫:《藏稿自序》,《咸陟堂集》第2册,第1页。

④释成鹫:《纪游诗序》,《咸陟堂集》第2册,第13—14页。

⑤释成鹫:《香山尉王端之诗序》,《咸陟堂集》第3册,第62页。

⑥释成鹫:《九带堂诗跋》,《咸陟堂集》第2册,第43页。

⑦释成鹫:《缶鸣草序》,《咸陟堂集》第2册,第17页。

⑧释成鹫:《咸陟堂集》第3册,第130—131页。

⑨释成鹫:《梁石云诗序》,《咸陟堂集》第3册,第130页。

之衢,往来九折之坂,尽人皆可为良、造,轨辙存焉尔。"①在这一段论述中,性与情完全不是处在同一个层次上的概念。"诗犹御也""性犹六辔之在手也""情,骖服也",这里又几乎在"诗"与"性"之间画上了等号。他在《友云堂合集序》中肯定他与"友云堂李子兄弟"为神交之后说:"所贵乎神交者,惟其性之所同。性失而后有情,情失而后有声,情声之合,邪正同异之见,纷然聚讼,相为是非,莫可穷诘……今之所谓诗者,第情声之末耳!……夫云以无心而出岫,诗以无心而成声。"②这一段论述,更把情放在了等而下之的地位,批评当下诗坛"第情声之末"。此处他明确肯定了性之于诗的重要作用,指出情之于诗的负面影响。

　　他在《东园诗序》中的论述干脆抛开了情,只说诗与性的关系:"夫梗楠豫章,凌云蔽日,匠石不能穷其用,是栋梁之材也,而不可以为琴瑟。椅桐梓漆,可琴瑟矣,而不可以为薪蒸。荆榛朴樕,樵苏所取也,乃不见顾于匠石。凡物之性,刚柔大小,不能强之使同,惟适于用而已。营宫室者以其材,伐琴瑟者以其声……二公之诗,豫章也。子之诗,桐梓也……子自为子,何必二公!"③这里没有出现情,只有诗与性。如果仅就这一段文字而言,成鹫所表达的诗论思想并不独特,近似的说法在其他诗论家的文字当中也能见到。其特殊之处在于,如前所引他对性之于诗作用的肯定、情之于诗负面影响的提示,和以下引文中他对诗与性关系的反复强调。总之,从他对性与情关系的论述和对性之于诗作用的强调,我们可以用"诗本夫性"来概括他所表达的诗论思想。综合成鹫的有关论述,可知其所谓的"性"是指气质之性,如"凡物之性,刚柔大小,不能强之使同""夫寂然不动者,性也;感而遂通者,情也""所贵乎神交者,惟其性之所同"等。由此还可以看出成鹫笔下的"性"及"性"与"情"的关系,与中国传统诗论家相类。

　　至此,再综合其"风雅一道,本夫性情""诗之为性情""性情之为诗"等说法,可以看出成鹫认识逐步深化的过程是由"诗本性情"到"诗本夫性"。相对来说"诗本夫性"更能准确地表达他真实的思想。因此,与其

①释成鹫:《咸陟堂集》第3册,第129页。
②释成鹫:《咸陟堂集》第3册,第124页。
③释成鹫:《咸陟堂集》第2册,第9页。

说成鹫的诗论主张是"诗本性情",还不如说是"诗本夫性"。的确,物性各不相同,人也各有其性。气有清浊,性有刚柔,其诗也自有异,故曰"诗本夫性"。

《论文》一篇谈论的也是诗、禅与性的关系:"岩头龨云:'从门而入,不是家珍,胸中流出,盖天盖地。'此通宗妙旨,亦作文家秘密陀罗尼也。今人作文多从门入,譬如乞邻美服,非不炫耀可观,究之长短广狭,无一称体。果属己有,自然冬裘夏葛,熨贴得宜,何必九章十二旒,自取不衷之灾乎!吾辈为学,但得胸次洒然,便有一篇现成文字,滔滔流出,如三峡之水不可禁制,所谓盖天盖地也。足下信否?"[1]在他看来,禅宗妙旨与诗文一样,只要从"胸中流出",即"盖天盖地",只要"本夫性",就一定自然熨贴,"果属己有,自然冬裘夏葛,熨贴得宜"。这是对其"诗本夫性"思想的继续发挥。

《李公参诗草序》是对这一思想的进一步生发:"言者英华也,英华之发,其最始乎。当其始也,未始有始,未始有言;既而有言矣,始终具焉。譬诸草木之生,本无色香,未几有色矣,未几有香矣,至春而华,及秋成实,惟其时耳。当华而实,谓之速成;当实而华,谓之易节。速成者,毁之征也;易节者,败之形也。智者弗取焉。言之发为诗也,亦若是。始惟文耳,既有质焉,既而质胜文焉,寻而至于质,返其本矣。观其为诗者,知其人之少艾以英华也。雄健壮矣,坚实老矣,枯淡知其衰矣。予比年衰病待尽,不多为诗,间一为之,类皆枯槁寂灭,时节至矣,岂能复为英华哉!……实大者声宏,谷深者响远,非区区枯槁寂灭之可比。"[2]他认为青春年少,则诗作英华丰茂;年老衰病,则诗作枯淡无味。显然诗本夫性命、本夫自性。

成鹫"诗本夫性"的思想在《拾叶堂诗草序》中还有另外一种表述:"禅,枯桩也。诗,枝叶也。桩而不叶,吾见之矣;叶不根于桩也,吾未之见。惟一公禅门支、远,诗家之齐、贯也。三十年前常与之游,至今恍如昨日。昔在丹霞会下,于蒲团上见枯桩焉。今各老矣,忽于海幢座间,奚囊内拾得其叶,乃霜后遗姿,所谓红于二月花者。赏玩久之,而后知

---

①释成鹫:《咸陟堂集》第 2 册,第 223 页。
②释成鹫:《咸陟堂集》第 2 册,第 10 页。

向之所见为枯桩者,非不萌之木,敛华就实耳。吾人性命中自有枝叶,不善收拾则不发生。当其生也,护之惜之,惟恐失之;及其摇落,覆之藏之,恐其暴露而杂于粪壤者。此拾叶堂之诗,即拾叶堂之禅乎!识者珍之,吾将见枯桩之复萌为枝叶也。"①这里说"禅,枯桩也。诗,枝叶也"与《香山尉王端之诗序》中"风雅根本禅定"所表达的意思是一致的。这里,成鹫实际上跳过了一个环节,其真实的意思应该是:禅,枯桩也;性,枯桩也;诗,枝叶也。成鹫把性、禅定比成枯桩,把性与诗的关系比作枯桩与枝叶,所以他又说"吾人性命中自有枝叶"。这段话表达的核心思想也是"诗本夫性""本夫性命"。

《张北山游岭南草序》云:"道学之门,不尚风雅,理胜情也;风雅之家,不谈道学,情胜理也。二者相胜,不折衷于性命之学,均属偏枯,非正论也。《诗》三百篇删自孔氏,蔽以一言曰'思无邪',孔氏非道学之宗乎? 首以学《诗》立教于天下万世,必一其心归于正而后已焉。风雅其可少乎哉!……其以道学为风雅乎? 以风雅为道学乎? 抑于性命之外别有所谓道学风雅乎? 吾不得而知也。"②《诗经》既是诗学的极则,也是道学的最好体现。在成鹫看来,《诗经》是"以道学为风雅""以风雅为道学"的最高典范。修身养性,见性明道,为道德之士所追求,亦为禅家所追求。"以道学为风雅""以风雅为道学",以禅为诗,以诗为禅,诗禅一致,道学、禅学和诗最终皆"折衷于性命之学"。这实际上触及了问题的根本,以见性为旨归的禅修和表现性情的诗歌最终都要"折衷于性命之学"。诗归根结底是性命、生命的表达,禅与诗皆"本夫性"。

"禅家不立文字,直指人心";诗人借助文字,绘声写情。无论诗缘情写性,还是直达心性,其终极都指向人的心性。陈宏绪《与雪崖》云:"发乎情,民之性也。是则诗之所谓性者,不可得而指示而悉征之于情。"③"诗本夫性""不可得而指示而悉征之于情",也即是说"诗本夫性",却需缘情而达,诗需缘情写性、达性。诗所写之情,是性因事、因物

---

① 释成鹫:《咸陟堂集》第 3 册,第 142 页。
② 释成鹫:《咸陟堂集》第 3 册,第 4 页。
③ 周亮工:《赖古堂尺牍新钞二选藏弃集》,转引自蒋寅:《以禅喻诗的学理依据》,《学术月刊》1999年第 9 期。

之所变，归根结底还是"诗本夫性"。准确地说：诗缘情，而本夫性；性动为情，性、情原本一体；混言之则曰："诗本性情。"

成鹫禅修之人，常缘情寻性，见性忘情，着重在性，故强调"诗本夫性"；诗人执着于情感，见情忘性，着重在情，故曰"诗缘情"。成鹫"诗本夫性"说是对中国传统的"诗缘情""诗本性情"等诗学理论的发展和深化。"诗本夫性"，相对于"诗缘情""诗本性情"来说，要更深入一层，能更准确地指向其最根本的东西。真正让人成为独具特色诗人的，是根植于生命的自性，而非表浮于外的情感。

以禅喻诗自东晋，经历唐宋，在宋末严羽《沧浪诗话》那里获得了较大的丰富和发展。成鹫继承这一传统，不但以禅喻诗，还以禅史喻诗史，以禅品喻诗品，以禅宗五家宗风比附诸家诗风。在他看来"诗本夫性"，诗与禅同源异流，皆以性情、性命、性为根本，实际上道出了以禅喻诗的最终依据。

如上所论屈大均、陈恭尹、梁佩兰和成鹫四家，其诗学思想虽各不相同，但整体而言却表现出了强调缘情言志这一倾向。再进一步，就清初岭南诗派而言，无论诗歌创作，还是理论宗尚同样表现出缘情言志的整体倾向。应当说这一倾向与清初岭南诗人多为遗民或抱有遗民情怀有关。即使梁佩兰、程可则、方殿元等出仕新朝之人，也难免受到当地诗人群体和地域文化氛围的深刻影响。清初岭南诗人群体的这一整体倾向，不但表现出他们对诗歌本质特征的强调，同时也表现出岭南诗人独张一军，不为主流意识左右的理论自信。

第五章　明末清初岭南诗派的雄直诗风

在中国文学史上,岭南地区长期以来都较少受人关注。实际上,自唐代张九龄之后,岭南诗坛代不乏人。元末明初南园五先生之后,岭南诗派已经引起了研究者的重视。明天顺年间东莞诗人祁顺《宝安诗录序》云:"吾宝安诗人为岭南称首,盖岭南诗派也……百十年来,声诗洋溢,复有结风台、南园二社以大肆其鸣者,于是岭南之派益大而远,噫,盛哉!"①万历年间浙江学者胡应麟说:"国初吴诗派昉高季迪,越诗派昉刘伯温,闽诗派昉林子羽,岭南诗派昉于孙蕡仲衍,江右诗派昉于刘崧子高。五家才力,咸足雄据一方,先驱昭代。"②至明末清初,岭南诗坛更是异军突起,走上了巅峰。"岭南诗派"作为一个地域诗派的名称逐渐得到了学界的认可。

祁、胡二氏所谓"岭南诗派"是就地域进行的区分,是泛指岭南地区③诗歌创作的一个群体。尽管并非是从风格学的意义上进行命名,但岭南诗派既然作为一个地域性诗派为学界所认可,它一定有着不同于其他诗派的特征。岭南诗派整体上到底有着怎样的风格特征呢?因为所谓的岭南诗派是泛指广东地区的诗人群体,所以这里论述岭南诗派的风格,实际上也就是对岭南诗坛、岭南诗歌整体风貌的论述。

明末清初岭南诗人辈出,产生了一批在全国有较大影响的诗人,岭南诗派以其突出的成就和独特的诗风备受关注。清代中期著名诗人洪亮吉云:"尚得昔贤雄直气,岭南犹似胜江南。"④清末诗人沈汝瑾《国初

---

① 祁顺:《宝安诗录序》,《巽川祁先生文集》卷11,康熙二年在兹堂刻本,见四库全书存目丛书编纂委员会编:《四库全书存目丛书》集部第37册,齐鲁书社1997年影印本,第519页。

② 胡应麟:《诗薮续编》卷1,万历四十六年江湛然刻少室山房四集本,见《广州大典》第517册,第3页。

③ 笔者遵从学术界普遍在文学意义上使用"岭南"这一概念的习惯,指当今的广东省和传统上属于广东的海南省以及广西的部分地区。

④ 洪亮吉:《道中无事偶作论诗截句二十首》之五,见刘德权点校:《洪亮吉集》卷2《百日赐环集》,中华书局2001年,第1244页。

岭南江左各有三家诗选阅毕书后》云："鼎足相持笔墨酣,共称诗佛不同
龛。珠光剑气英雄泪,江左应惭配岭南。"①清末学者程秉钊《国朝名人
集题词》云:"浩瀚雄奇众妙该,遗民谁似岭南才?"②陆蓥《问花楼诗话》
卷3云:"国朝谈诗者,风格遒上推岭南,采藻新丽推江左。"③陆蓥之"遒
上"、程秉钊之"雄奇"与所谓"雄直"之意相距不远。近代人汪辟疆《近
代诗派与地域》云:"雄直二字,岭南派诗人当之无愧也。"④由此看来,岭
南诗坛不同于其他地区的"雄直"诗风基本上得到了普遍的认可。现代
学者陈永正、吕永光、郭培忠、刘斯奋、杨权、左鹏军等先生以及吾师吴
承学先生也有类似的看法。温柔敦厚、雅正和平是中国的传统诗教。
"宽柔以教,不报无道,南方之强也,君子居之。衽金革,死而不厌,北方
之强也,而强者居之。"朱熹注曰:"南方风气柔弱,故以含忍之力胜人为
强,君子之道也。""北方风气刚劲,故以果敢之力胜人为强,强者之事
也。"⑤远在南部边裔的岭南诗坛却形成了"雄直"的诗风,显然与人们的
常识相左,事实是否如此? 其背后又有着什么样的原因呢?

一、岭南诗派的雄直一脉

汉代和帝时,岭南人杨孚作《南裔异物赞》,可以说是最早的岭南诗
歌。屈大均云:"亦诗之流也。然则广东之诗,其始于孚乎?"⑥大多数岭
南诗人,包括屈大均,仍然普遍把唐代的张九龄看作岭南诗歌的真正开
端,"吾粤诗始曲江,以正始元音先开风气"⑦。张九龄是岭南地区公认
的文学宗主。他的出现为岭南文学树立了一个良好的形象和开端。

张九龄之后的一个时期岭南文学比较沉寂。北宋时期,余靖
(1000—1064)又为岭南文学增添了光彩的一笔。其诗"清劲幽峭、质朴

---

①见郭绍虞、钱仲联、王蘧常编:《万首论诗绝句》,人民文学出版社1991年,第1702页。

②见郭绍虞、钱仲联、王蘧常编:《万首论诗绝句》,第1573页。

③陆蓥:《问花楼诗话》卷3,见郭绍虞编选:《清诗话续编》,第2190页。

④汪辟疆:《近代诗派与地域》,见《汪辟疆说近代诗》,上海古籍出版社2001年,第40页。

⑤朱熹撰:《四书章句集注·中庸章句》第10章,中华书局1983年,第21页。

⑥《屈大均全集》第4册,第312页。

⑦屈大均:《广东文选凡例》,见屈大均辑:《广东文选》卷首。

疏朗，一洗西昆铅华，与张九龄并称岭南二诗宗"①。他对岭南文学的发展也产生了一定的影响。南宋名臣崔与之（1158—1239）少卓荦有奇节。他力图扭转南宋政局的颓势，知其不可为而为之。其诗抒发政治理想，沉郁深挚，苍劲激昂。梁善长评曰："七言古体，宋崔菊坡与之高华壮亮，犹有唐人遗音。"②李昴英（1201—1257）生于官宦之家，深受崔与之器重。他多次弹劾权臣，"直声动天下"。宋理宗云："李昴英，南人，无党，中外颇畏惮之。"其诗刚直激昂，奇崛遒健。其门人李春叟在《初刻李忠简公文溪集序》中评曰："刚方正大之气，蟠郁胸次。泄而为文，光芒自不可掩。"③崔与之、李昴英生逢末世，其诗同属"雄直"一路，而又各具特色。宋代的余靖、崔与之和李昴英的诗风一定程度上可以说是对自张九龄开始的岭南诗歌传统的继承和发展，同时也对后来者产生了不小的影响。

岭南诗派常常于狂澜既倒的末世表现得最为慷慨悲壮。南宋末年，岭南为抗元的最后据点。宋朝行将覆亡之际，在岭南涌现出一批慷慨抒情的诗人。赵必𤩷（1245—1294）为宋太宗十世孙，因祖父任粤盐官，落籍东莞。宋末曾参与粤中军事。国变后，每望厓山，伏地大哭，设文天祥画像于堂朝夕泣拜。晚年与陈庚、陈纪、黎献、李春叟等故宋遗民交游。"宋亡，隐居终身，故其发为诗歌，多愤懑激烈，《黍离》《麦秀》之致。诗见言外。"④李春叟于宋末亦曾参与粤中军务，其诗沉雄劲健，深挚悲壮。陈纪于宋亡之后与兄陈庚偕隐居家，与赵必𤩷、赵时清等遗民交游唱和。其诗借景抒怀，寄托亡国之痛，风格雄浑悲慨，沉郁苍凉。这一时期在岭南地区形成了一个为数颇众的遗民诗人群体。亡国之痛、遗民之恨自是其诗所抒写的重要主题。其诗虽时有哀叹感伤，但难掩其沉痛苍凉、慷慨悲壮的风格。这批诗人"形成独特的风格，实开岭

---

① 陈永正主编：《岭南文学史》，第 348 页。
② 梁善长：《广东诗粹·例言》，乾隆十二年达朝堂刻本，《广州大典》第 493 册，第 6 页。
③ 郑洛书：《文溪李公文集序》，李春叟：《初刻李忠简公文溪集序》，见李昴英：《李忠简公文溪集》卷首，乾隆三十八年久远堂重刻本，《广州大典》第 418 册，第 33、30 页。
④ 陈向廷：《覆瓿集叙》，见赵必𤩷：《秋晓先生覆瓿集》卷首，诗雪校刊本，《广州大典》第 501 册，第704 页。

南诗派之源"①。这种风格的形成应该说与其人生选择和不屈的心态有着密切的关系。他们对后世岭南诗人的影响主要不是发生在艺术层面,而主要是在人格和精神上的感召。南宋末年岭南这群遗民诗人,代表了这一时期岭南诗派创作的主体,并对岭南诗派的诗风产生了一定的影响。

陈永正先生对岭南文学有广泛的研究,认为:"岭南诗歌'雄直'之气,在唐代已露端倪……余靖诗继承了张九龄、邵谒的传统,体现出幽峭傲兀、苍劲朴老的风骨……崔与之和李昂英二家诗,健笔凌云,体现了岭南诗歌'雄直'的本色。宋末的爱国诗人区士衡、赵必璙、李春叟、陈纪等均遵循岭南诗歌的传统进行创作。"②不能否认,这些诗人确有部分这样的诗作,但这一诗风是不是在此之后就成为岭南诗派的主导风格和传统呢?这些诗人对之后岭南诗人虽有一定的影响,但在全国的影响,除张九龄之外,其他人都很有限。这一诗风成为岭南诗派的主导风格并被普遍认可还有一个比较曲折漫长的过程。

事实上,岭南诗风除雄直之外,也明显存在清淡诗风。曾大兴教授认为"岭南诗歌的两种风格"是"雄直与清淡"。"岭南诗歌清淡之风的形成,可能有多种因素,但气候(物候),无疑是一个非常重要的因素。"③笔者认为岭南诗歌长期存在雄直和清淡两种主要的诗风,雄直之风虽时弱时强,但整体而言,明代末年之前雄直之风并未明显成为主导的风格。作为"岭南诗祖"的张九龄就兼有雄直和清淡两种诗风。胡应麟《诗薮》云:"张子寿首创清淡之派。盛唐继起,孟浩然、王维、储光羲、常建、韦应物,本曲江之清淡,而益以风神者也。"④胡应麟的这一说法为众人所认可。欧阳世昌先生在《岭南文学史》中也说曲江诗"清淡蕴藉",并引用胡氏"首创清淡之派"的观点,但同时又认为"岭南诗歌'雄直'之气,在唐代已露端倪"⑤。这里所谓的唐代,实际上指的就是张九龄。表

①陈永正主编:《岭南文学史》,第348页。
②陈永正:《岭南诗派略论》,《岭南文史》1999年第3期。
③曾大兴:《岭南诗歌清淡风格与气候之关系》,《学术研究》2012年第11期。
④胡应麟:《诗薮内编》卷2,上海古籍出版社1958年,第35页。
⑤陈永正主编:《岭南文学史》,第44、46页。

面上看前后矛盾,其实不然,因为张九龄诗风本来就兼有雄直和清淡。如果再仔细分析,还可以发现即使其清淡之诗,也往往透露出雅正、劲秀,乃至兀傲之气。这一特点与"雄直"当中的"直"有着内在的关联,而由"直"到"雄"不但跨度不大,而且"雄"也是"直"的一个自然指向。因此说岭南诗派的"雄直"之气于张九龄就已初露端倪,是有一定道理的。再者,一个有成就的诗人,其诗风往往也不是单一的。两宋时期的余靖、崔与之、李昴英、区士衡、赵必瑑、李春叟、陈纪等虽然各有特点,但如陈永正先生所论,也数量不等地创作出部分这类作品,不同程度地表现出"雄直"之气。

元末明初,诗人孙蕡、王佐、赵介、李德、黄哲结社于广州南园抗风轩,称"南园五先生"。孙蕡七古笔力雄健,意态横肆;王佐诗作清圆流走,雄俊丰丽;李德炼气归神,静穆淡远;黄哲用笔清劲,颇有气骨。五子之中孙蕡成就最高。"孙蕡之诗,既有'气象雄浑'的一面,又有'清圆流丽'的一面,直接继承张九龄、邵谒的传统。""南园五子一反元诗的浅薄靡弱,上追三唐。"①其流风余韵,在当地影响甚远。丘濬为诗"格律精严,不失矩度"②;陈献章为明代著名哲学家,其诗超妙冲淡,清新自然。明嘉靖时期,岭南诗派再度活跃起来。朱彝尊说:"岭表自'南园五先生'后,风雅中坠,文裕力为起衰,如黎惟敬、梁公实辈,皆其弟子。嘉靖中,'南园后五先生',二子与焉。盖岭南诗派,文裕实为领袖,不可泯也。"③所谓"南园后五先生"一般是指黄佐门下的欧大任、梁有誉、黎民表、吴旦、李时行等数位诗人。黄佐为陈献章门人,诗作风格雄直奇丽,壮浪恣肆,后人尊为"吾粤之昌黎"④。欧大任气韵沉雄,宏阔高华;黎民表感慨殊深,深秀庄严;李时行"神游物表""格高调逸"⑤;吴旦婉曲有致,清新俊逸。梁有誉诗才秀出,"学诗于泰泉,又与乡人结社……所得

①陈永正:《岭南诗派略论》,《岭南文史》1999年第3期。
②程克勤语,转引自陈永正主编:《岭南文学史》,第170—171页。
③朱彝尊著,黄君坦校点:《静志居诗话》卷11,人民文学出版社1990年,第297页。按:"南园后五先生"原为"南园后五年生",笔者以意改之。
④温汝能:《粤东诗海例言》,温汝能辑:《粤东诗海》卷首。
⑤文徵明、檀萃语,转引自陈永正主编:《岭南文学史》,第186、188页。

于师友者深,虽入王、李之林,习染未甚"①。区大相生当万历衰世,关注现实,摆脱复古思潮的影响,"力祛浮靡,还之风雅"。屈大均《广东新语》云:"明三百年岭南诗以海目为最。"王士禛也说,"粤东诗派,皆宗区海目大相"②。

以上所述比较著名的岭南诗人,不但各人有各人的风格和特色,单就诗人个体来说其作品也不是仅仅如上述之单一风格。要之,整体来看,岭南诗坛在千年的发展过程中,雄直一脉如草蛇灰线,虽时隐时现,时弱时强,却贯穿始终。至明清鼎革前后,雄直诗风才真正成为岭南诗歌的主导风格而被普遍关注,并在全国产生了重要影响。

明代末年政乱国危,岭南诗坛涌现了一大批慷慨悲歌的诗人。这批诗人在岭南文学史上有很高的地位,其人生选择和诗歌创作对之后的岭南诗人产生了更为直接的影响。他们当中比较突出的有所谓的"岭南前三家":邝露、黎遂球和陈邦彦。黎遂球(1602—1646)于甲申变后,积极抗清,清顺治三年丙戌任南明隆武政权兵部职方司主事,率两广水陆义师驰援江西赣州,与清兵苦战三日,入城与督师阁部杨廷麟会师,合力拒守。城破,率师巷战,中箭而死。黎氏于诗歌创作较有成就。崇祯初年自北京落第南归,行至扬州,参加江淮名士举办的"黄牡丹会",即席赋诗十首,名列第一,被誉为"牡丹状元",诗名大噪。其后,与陈子壮等十多位诗人倡复南园等诗社,世称"南园十二子"。其诗雄直痛快,高华俊爽。清人温汝能谓之"吾粤之太白"③。康熙十六年丁巳屈大均访黎遂球之子延祖、彭祖于番禺板桥之莤园,拜黎遂球像。延祖、彭祖兄弟二人于国亡之后隐居不仕。

明清鼎革之际,以陈邦彦、陈子壮、张家玉等为代表的岭南士人,揭竿而起,一定程度地改写了清军征服岭南的历史。陈邦彦(1603—1647)"性刚正果毅,忼慨喜任事,识见通敏,穿穴古今"④。隆武政权倾覆后,他寻机而动,顺治四年二月起兵,牵制清军西进。全家被祸,唯长

①朱彝尊:《静志居诗话》卷13,第388页。
②王士禛:《渔洋诗话》卷下,见丁福保辑:《清诗话》,第206页。
③温汝能:《粤东诗海例言》,温汝能辑:《粤东诗海》卷首。
④阮元修、陈昌齐等纂:〔道光〕《广东通志》卷285,见《广州大典》第256册,第651页。

子陈恭尹逃匿得免。七月与陈子壮、张家玉等会攻广州，失利，转战三水、高明、新会、香山，一月十余捷。应白常灿之邀，合兵驻守清远。九月城破，陈邦彦巷战被执，被磔于广州。陈邦彦诗法杜甫，笔力老健，感慨深沉，在明清之际影响很大，其风格慷慨苍凉，被誉为"粤中杜甫"①，著有《雪声堂集》。屈大均、薛始亨、程可则等皆出其门下，梁佩兰也自称私淑弟子。邝露（1604—1650）狂傲不羁，出处行藏迥异世俗，因避祸出走广西。后度桂岭，入湖南，泛洞庭，出九江，至江浙，北上京师，复南行至安徽。沿途历览山川，广交朋友，意欲共纾国难。顺治三年丙戌清军攻广州，守城激战中痛失长子。顺治七年奉使还广州，清军再攻广州，邝露与城中诸将勠力守城十月余。城破，他整肃衣冠，怀抱古琴，环列古玩图书于身旁，端坐就戮。他在岭南诗歌史上有着很高的地位，有"旷世未易之才""旷代仙才"之誉，著有《峤雅》二卷。其诗意境深窈，词采华茂，悲劲苍凉，被誉为"粤中屈原"②。屈大均和陈恭尹在作品中多次咏及邝露。

　　在这一过程中岭南士人虽然遭到残酷镇压，但以屈大均和陈恭尹等为代表的清初岭南士人，受其遗风鼓荡，用行动、用诗歌仍然继续着自己的反抗。屈大均诗云："慷慨干戈里，文章任杀身。尊周存信史，讨贼托词人。"③这一时期屈大均、陈恭尹、陈子升等一大批志士、遗民毋庸赘述，即便是后来入仕清朝的诗人如梁佩兰、程可则、方殿元等，其诗也颇具风力，有雄直之气。梁佩兰前期的作品词锋显露，风格雄健，意概恢宏。程可则"其为诗取材于《选》，取法于唐"④，施闰章序其诗云："腾踔奋伟，熊熊有光焰。"⑤沈德潜评曰："湟溱诗俊伟腾踔，声光熊熊。"⑥方殿元少时与屈大均等游，诗源古乐府，于竞尚苏、黄时独操唐音。颜鹤汀云："九谷乐府寄托遥深，节韵苍峭。"⑦"其乐府节韵尤苍峭入古。"⑧再

①温汝能辑：《粤东诗海》卷52，第964页。
②温汝能辑：《粤东诗海》卷53，第978页。
③屈大均：《春山草堂感怀》，《屈大均全集》第1册，第286页。
④郭尔戺、胡云客修，冼国干等纂：〔康熙〕《南海县志》卷12，见《广州大典》第272册，第717页。
⑤施闰章：《海日堂集序》，见程可则：《海日堂集》卷首，《广州大典》第436册，第127页。
⑥沈德潜等编：《清诗别裁集》卷3，第109页。
⑦转引自温汝能辑：《粤东诗海》卷65，第1232页。
⑧凌扬藻编：《国朝岭海诗钞》卷2，《广州大典》第89册，第249页。

有此时岭南的大批诗僧如函可、函昰、澹归、阿字、成鹫等,他们的诗也颇具风骨。

岭南诗派"雄直"一脉传承千年,至明末清初因着岭南地区特殊的时代背景得以光大,"雄直"于是真正成为岭南诗派的主导诗风。

二、岭南遗民精神对岭南诗风的影响

这一脉雄直诗风相传千年,有其内在的原因。岭南地域诗学的两个核心是"曲江规矩"和宗法汉魏。无论曲江之诗,还是汉魏之诗都有内在的风骨。"曲江规矩"是指张九龄在融汇汉魏、楚辞和初盛唐基础上形成的诗歌规范。曲江诗透露出的刚正不阿的骨鲠之气,与汉魏的质直和风骨一脉相承。岭南诗派的雄直诗风,一定意义上就与其诗学的这两个核心有关。岭南诗派雄直诗风的形成,除了自唐代张九龄以来的诗歌传统之外,还有其他因素的影响,其中岭南人强烈的遗民精神也是一个非常重要的因素。

中国历史上有明确记载的遗民当属商周之际的伯夷、叔齐,而岭南遗民群体的出现却是发生在蒙元入主中国的宋末元初。遗民意识和遗民精神在岭南的群体性生成,也应该发生于此时。左鹏军教授《厓山记忆与岭南遗民精神》一文说:"这场惨烈的战争(厓山战役)导致了对于南宋王朝而言灾难性的后果……遂使厓山具有了昭示民族精神、反映历史兴亡的特殊的象征意义,成为宋代及其后绵延不绝的岭南遗民精神的寄托与象征,成为岭南历代文化记忆中一个具有特殊政治内涵与历史意味的标志,甚至是岭南遗民精神、不屈意志的一个精神原点。"[1]屈大均《广东语新》卷2《地语》专设"厓门"一条:"厓门在新会南,与汤瓶山对峙若天阙,故曰厓门。自广州视之,厓门西而虎门东,西为西江之所出,东为东、北二江之所出,盖天所以分三江之势,而为南海之咽喉者也。宋末,陆丞相、张太傅以为天险可据,奉幼帝居之,连黄鹄、白鹞诸舰万余,而沉铁碇于江,时穷势尽,卒致君臣同溺,从之者十余万人,波

①左鹏军:《岭南文献与文学考论》,中山大学出版社2016年,第1页。

涛之下,有神华在焉。"①清邵廷采云:"两汉而下,忠义之士至南宋之季盛矣……此则天运,非人力可及焉。"②宋元之际,岭南涌现了一批遗民诗人。清末民初陈伯陶辑录南宋遗民,仅在东莞一邑即得二十七人,成《宋东莞遗民录》一书。可以想象当时岭南地区南宋遗民之多。遗民精神在当时一定程度地成了岭南人的集体意识。在遗民精神的感召之下,此时出现了一些比较著名的遗民诗人,如赵必琭、赵时清、陈庚、陈纪、黎献、李春叟等。他们是当时岭南地区有相当影响的诗人,代表了当时岭南诗派的主体。其诗虽时有哀叹感伤,但难掩其沉痛苍凉、慷慨悲壮之气。这一批诗人"形成独特的风格,实开岭南诗派之源"③。这些诗人对岭南遗民意识和遗民精神的群体性生成,应该说产生了一定的影响。

　　明代中期著名的思想家陈献章表现出对南宋末年宋元大战的发生地厓山的浓厚兴趣,并创作了大量有关厓山的诗作④。他与广东右布政使刘大夏率先提议在厓山于大忠祠近处建慈元庙(又名全节庙),并撰写《慈元庙记》,云:"弘治辛亥冬十月,今户部侍郎、前广东右布政华容刘公大夏行部至邑,与予泛舟至厓门,吊慈元故址,始议立祠于大忠之上。""宋室播迁,慈元殿创于邑之厓山。宋亡之日,陆丞相负少帝赴水死矣。元师退,张太傅复至厓山,遇慈元后,问帝所在,恸哭曰:'吾忍死,万里间关至此,正为赵氏一块肉耳,今无望矣。'投波而死,是可哀也。厓山近有大忠庙,以祀文相国、陆丞相、张太傅。"⑤"可以说,在此之前,还没有任何一位诗人像陈献章这样如此周详全面、如此满怀深情地记载厓山、歌咏厓山。厓山的思想内涵和精神象征由于陈献章着意进行了'厓山诗史'书写而变得空前深刻辽远。""在厓山象征与岭南遗民精神的形成过程中,明代江门的陈献章起到了至为关键的作用。"⑥

　　南园五先生之后,岭南诗坛一度沉寂,至理学名家陈献章才又重新

①《屈大均全集》第4册,第31页。
②邵廷采著,祝鸿杰点校:《思复堂文集》卷3,浙江古籍出版社2010年,第194页。
③陈永正主编:《岭南文学史》,第348页。
④张大年选编:《厓山诗选》,香港广角镜出版社1991年。
⑤陈献章著,孙通海点校:《陈献章集》卷1,中华书局1987年,第50页。
⑥左鹏军:《岭南文献与文学考论》,第14、11页。

振起。以理学名世的陈献章创立了岭南学派，亦称“江门学派”。据张诩《白沙先生行状》记载，其时四方学者致礼于门，“自朝至夕，与门人宾友讲学论天下古今事”[①]。“自此粤士多以理学兴起，肩摩躧接，彬彬乎有邹鲁之风。”[②]陈献章提倡“自然为宗”和“自得之学”，学风开放，以疑为贵，独立思考，对岭南学术和岭南诗界都产生了重要的影响。与白沙先生一样，其门下弟子，既修习理学，也不废吟咏，因此，其弟子既有理学名家如湛若水，也有名传后世的诗人如黄佐。“甘泉尝撰《白沙诗教》以惠学者。”[③]南园五子之后，再次使岭南诗坛为世所重的是南园后五子，而他们均出于黄佐门下。其中的李时行更同时师事黄佐和湛若水。在黄佐和南园后五子的影响之下，岭南诗人结社吟咏，蔚然成风。这批诗人基本上都是白沙先生的弟子和再传弟子，“白沙诗教”和他推崇的“厓山精神”通过他们在岭南得以广泛传扬。

左鹏军教授《厓山记忆与岭南遗民精神》一文说：“没有其他任何地域的诗人可以像岭南诗人那样如此直接、如此近距离地感受、体会甚至见证厓山的厮杀呐喊、血雨腥风，品味与反思厓山战役之后的兴亡成败、王朝更替。因此，古今遗民思想中临大节而不可夺的信仰、忠义精神、英雄气概、烈士情怀等等，在岭南诗人的厓山书写中得到了空前充分、空前深入的表现。从南宋末年开始，特别是到了明代前中期以后，随着汉族统治的日益稳固，汉族江山的逐渐恢复，厓山与厓山故事越来越经常地进入岭南诗人的视野，厓山所承载和表现的历史经验与文化精神也越来越深入地进入岭南诗人及其他人士的心灵。在许多岭南人的思想意识中，厓山已经成为岭南诗人的一种文化符号和精神象征，成为承载和传达民族意识、烈士精神、不屈意志、故国情怀的一个重要的文化符号。在这种连续性的文化感知、思想反思和文学表现中，厓山逐渐成为岭南遗民文学的一个精神原点，厓山象征直接促成了岭南遗民精神的形成，并由此向其他地区、向后世传布和延伸开来，产生了极期

---

①陈献章：《陈献章集》附录2，第870页。

②《屈大均全集》第4册，第7页。

③《屈大均全集》第4册，第315页。

深远的历史影响。"①毫无疑问,白沙先生所推崇的厓山精神对岭南人的遗民精神和其后的岭南诗歌都产生了很大的影响。"通过诗文创作褒扬南宋英烈,推崇危难存节、反抗异族的崖山精神","陈献章的'崖山情结'对后代岭南文人影响深远"②。

在岭南遗民精神形成的过程中,明末清初是一个极为重要的时期。以陈子壮、陈邦彦、张家玉、陈子升、王邦畿、屈大均、陈恭尹等为代表的一大批岭南士人起到了至关重要的作用。"从岭南思想文化史的角度来看,这批杰出人士的出现,不仅使厓山书写得到进一步丰富,使厓山记忆和厓山象征得到了更加充分的彰显,而且将岭南遗民精神与世变之际的政治选择、人生命运空前紧密地联系在一起,从而使这种文化精神获得了具有理想追求色彩的实践品格,也使岭南文化精神中的英雄气概、烈士情怀、报国激情得到了一次空前绝后的展示,将岭南遗民精神提高到了一个全新的思想高度。"③明清鼎革之际,岭南士人的表现堪称惊天地,泣鬼神。岭南士人在这次陵谷位移之际的表现,是宋末以来岭南遗民精神和白沙先生刻意建构的"厓山精神"在新的变局中的一次集体飙发。相对于宋末元初,这一次遗民群体更为庞大,更充分地彰显了岭南的遗民精神。

明末清初以陈邦彦、陈子壮和张家玉为代表的岭南士人,发动的明知不可为而为之的抗清军事行动,不但一定程度地改写了清军征服中国的历史,而且也极大地激发了岭南士人不屈的精神。岭南士人的遗民精神实际上就是这种不屈精神的体现和延续。入清之后,"不服清"一词长期流行在岭南某些地区。可以肯定,岭南诗派的雄直诗风与岭南人这种抗志不屈的遗民精神有着直接的关联。因着岭南遗民精神在鼎革之际的这次集体飙发,雄直诗风也才真正成为岭南诗派的主导的诗风,并在全国产生了重要影响。

---

① 左鹏军:《岭南文献与文学考论》,第 10—11 页。
② 李婵娟:《清初岭南遗民诗人集结的文化因素考察》,《五邑大学学报》2015 年第 1 期。
③ 左鹏军:《岭南文献与文学考论》,第 16—17 页。

三、明末清初自抒性情的岭南诗人

诗歌的本质特征即是抒写性情。"诗言志""诗缘情"是中国诗学最基本的原则。不过,诗歌的发展又常常因一时的观念、好尚等的影响出现偏离这一基本原则的现象,明代中期的七子派即是如此。明代中期之后的某些岭南诗人如梁有誉等就曾受时风影响,倡言秦汉盛唐。不过,岭南远离中原,僻处岭海之间,粤人之诗"不在天下风气之内"①,能"自抒声情,不与时为俯仰"②。

明末清初的山海巨变,使人们的身心都遭受了巨大的创伤。秋夜虫唱、清风残月式的幽人独怀,温柔细腻、煦暖平和的君子之思,显然不是这一时期诗文所要表达的主要情感。这一时期诗文所表达的情感内容主要是痛苦的呻吟、悲怆的呼号、愤怒的呐喊以至绝望的诅咒等。这一时期人们心中所积郁的情感过于浓厚激烈,发而为声、为言、为歌、为诗,都难以做到温柔敦厚、雅正平和。天地间的巨大变故,使人们内心的剧痛、悲苦、愤怒一时间都无法掩饰地迸发出来,因而也就使诗歌创作迅速向抒写性情的本质特征回归。无论七子之斤斤秦汉、寸寸唐宋,还是竟陵之幽情单绪,孤怀独寄,都已无暇计较。

明清鼎革之初,虽然没有哪一位领袖人物真正主导诗歌的发展走向,但综观诗坛生态,却可以清楚地看出当时诗歌创作上的两个主要趋势:抒写性情和以诗存史。这两者都是当时诗歌创作自然形成的整体取向。当时的诗坛之所以形成这两种主要的倾向,与鼎革之初以遗民和志士为主体的诗坛格局直接相关。钱谦益《爱琴馆评选诗慰序》云:"夫诗者,言其志之所之也。志之所之,盈于情,奋于气,而击发于境风识浪奔昏交凑之时世。"③"古之为诗者,必有深情畜积于内,奇遇薄射于外……于是乎不能不发之为诗,而其诗亦不得不工。"④顾炎武说:"诗主

①梁佩兰:《东轩诗略序》,《六莹堂集》,第 420 页。
②陈恭尹:《征刻广州诗汇引》,《陈恭尹集》,第 635 页。
③钱谦益:《有学集》卷 15,《钱牧斋全集》第 5 册,第 713 页。
④钱谦益:《虞山诗约序》,《初学集》卷 32,《钱牧斋全集》第 2 册,第 923 页。

性情,不贵奇巧。"①诗"以性情时事为诗,故质实而有余味"②。黄宗羲说:"诗之为道,从性情而出。性情之中,海涵地负,古人不能尽其变化,学者无从窥其隅辙。"③毛先舒说:"诗以写发性灵耳,值忧喜悲愉,宜纵怀吐辞,蕲快吾意,真诗乃见。"④申涵光云:"诗以道性情,性情之事,无所附会。盛唐诸家,各不相袭也。"⑤不可否认,这一时期的诗歌所抒写的感情多为绝假纯真的悲哀、怨痛之情。"《黍离》之大夫,始而摇摇,中而如噎,既而如醉,无可奈何而付之苍天者,真也。汨罗之宗臣,言之重,辞之复,心烦意乱,而其词不能以次者,真也。栗里之征士,淡然若忘于世,而感愤之怀,有时不能自止而微见其情者,真也。"⑥这些引文讲"感愤之怀""写发性灵""纵怀吐辞",又强调时世、时事和奇遇,显然在这里性情关联着当时的历史,关联着乱世中个人的悲愤和苦思。

岭南诗坛也不例外。这一时期成长起来,且在此之后长期主持岭南风雅的著名诗人论诗也多主性情。他们的诗论思想对岭南诗派的影响是直接的。屈大均说:"今天下善为诗者多隐居之士,盖隐居之士能自有其性情,而不使其性情为人所有。"⑦此所谓隐居之士即指遗民。梁佩兰在一些文章中强调诗写真情:"诗以自道其情而已矣。情之所至,一倡三叹而已矣……性情勃然而兴,跃焉而出,激发焉而不能自禁。故夫天地、日月、风雨、露雷、山川、草木、动植,鸟兽飞走、鱼龙变化,无一而非吾性情之物。而吾之喜怒哀乐,或则言笑,或则歌舞,或则感慨,或则幽咽,一一见于讽咏之间,而诗成焉。此天地之真声也……故夫情之不真,非诗也,团土刻木而已矣……夫性情,无所谓庸与奇也。诗亦如是而已矣。予尝持此说以与诸子论诗,莫不以为然。"⑧比较而言,在岭南诗人中,陈恭尹论述诗主性情的文字最多。

---

①顾炎武著:《日知录》卷21,第800页。
②潘德舆:《养一斋诗话》卷3,转引自刘世南:《清诗流派史》,人民文学出版社2004年,第48页。
③黄宗羲:《寒村诗稿序》,《南雷诗文集》上,《黄宗羲全集》第10册,第56页。
④毛先舒:《诗辩坻》卷1,见郭绍虞编选:《清诗话续编》,第12页。
⑤王云五主编:《聪山集》,商务印书馆《丛书集成初编》本,第2页。
⑥顾炎武著:《日知录》卷19,第748页。
⑦屈大均:《见堂诗草序》,《屈大均全集》第3册,第79页。
⑧梁佩兰:《金茅山堂集序》,《六莹堂集》,第415页。

陈恭尹在其所有的论诗文字中,始终强调诗歌抒写性情的功能。他代表了明末清初最堪悲悯的一类。作为以诗文自现的他,流露出身世之悲是自然的。在诗文中抒写这种悲情与他性情论的诗歌主张也是一致的。其《初刻自叙》云:"余自志学以往,皆为患难之日,东西南北不能多挟书自随,而意有所感,复不能已于言,故于文辞,取之胸臆者为多。"①这是他于康熙十三年甲寅四十四岁汇刻诗集时所写。康熙二十年辛酉陈恭尹在《梁药亭诗序》中详细地阐述了他的诗文主张:"诗有意于求工,非诗也。古之作者必不得已而后有言,其发也,如涌泉出地,若有物鼓篑之……故性情者,诗之泉源也……泉之真者,味之轻重,品之高下,各各不同,而皆具有生气。诗之真者,长篇短句,正锋侧笔,各具一面目,而作者之性情自见。"②陈恭尹的论断是非常明确的:诗之泉源,乃是性情,并认为作诗是情之所迫,不得已的事情。这是他诗论的核心。

陈恭尹还特别强调悲哀、郁愤、离乱之情在诗歌中的作用。"诗者,发愤之所为作,外物之感,哀乐有动于中,勃然而赴之,不自知其言之工耶否耶,上也;称情而出之,和比其音律,引伸其物类,以副吾之所怀,次也。"③在这段文字中他又强调了悲哀、郁愤之情作为诗歌内容的重要。陈恭尹在不少作品中都对悲哀郁愤之情、家国兴亡之感、遭忧罹难之痛有所强调。"古之作者皆以其经天纬地之才,悲悯时俗之心,超轶古今之识,不得已而寓之文章。"④他认为积郁在英雄烈士、忠臣孝子心中的感时伤乱之悲,一旦与外物相遇,即激成变风变雅之作。诗论如此,其诗作也多变风变雅之作。王煐《岭南三大家诗选序》云:"元孝诗……时或咿嚘,若伸所痛,则亦《小弁》之怨,孔子不删,未足病也。"⑤

岑徵是清初比较著名的岭南遗民诗人,其诗亦多变风变雅之作。陈恭尹序其诗云:"余少与岑子霍山读书七十二峰间,时边烽日警,四郊多垒,俱不屑屑于经生帖括之言,每酒酣击案,切齿于失机误国之俦,而

---

① 《陈恭尹集》卷首,第 7 页。
② 《陈恭尹集》,第 592 页。
③ 陈恭尹:《张菊水诗序》,《陈恭尹集》,第 603 页。
④ 陈恭尹:《朱子蓉诗序》,《陈恭尹集》,第 591 页。
⑤ 王隼辑:《岭南三大家诗选》卷首,清康熙三十一年刊本。

引断以古今成败，仰天号叹，至为泣下，其壮心热血亦足观矣。既而事已大定，余避地江楚，霍山继至，其生平游览凭吊、寄怀赠送，未免有辞。"岑徵诗文多节士家国之悲，作品虽然不多，"然此数帙亦足传矣"①。

陈子升为著名的遗民诗人，其"为诗多悲慨，为变雅之音"②。王隼出生于顺治元年，虽然不算遗民，但受其父邦畿影响，却抱有强烈的遗民情怀。梁佩兰肯定王隼之才，同时又指出他"以凄思苦调为哀蝉落叶之词，致自托于佳人、君子、剑侠、酒徒，闺闱、边塞、仙宫、道观，以写其呵壁问天、磊落抁塞、怫郁佗傺、突兀不平之气"。王隼诗"犹庶几于《匪风》、《下泉》、《繁霜》、《楚茨》、《板》、《荡》变风、变雅之遗也"③。

顺治初年，清军破广州，黎遂球以身殉国，并题绝命诗以明志。屈大均击节叹赏："以视李都尉兵尽矢穷，委身降敌，韦鞲椎结，对子卿泣下沾襟，相去何啻天壤哉！"④可以想象，其诗绝非温柔和平之作。岭南诗僧函可遭清代文字狱第一案，被发往东北酷寒之地，不废吟咏，并组织诗友结冰天诗社。屈大均评其《剩诗》云："其痛伤人伦之变，感慨国家之亡，至性绝人，有士大夫之所不能及者。"⑤

岭南是明末清初抗清最为惨烈的地区之一。清军南下广东时，大局已定，瓯越一隅已不堪固守，但仍有大批志士，破家殉身，慷慨赴死。这一时期反清抗清、拒仕新朝成了岭南地区士人的主要取向，成了岭南士风的主旋律。这一时期岭南诗人普遍强调自抒性情，而所抒之情也主要是悲愤激荡的民族情感。在波谲云诡的时局和这种诗歌观念的影响之下，雄直之气也就成了岭南诗派的主导风格。

四、特殊的地域环境对岭南诗风的影响

岭南诗派雄直这一风格的形成，除以上提到的几种因素之外，应当还与其特殊的地域环境有一定的关联。地域环境影响文学风格是一个

---

① 陈恭尹：《选选楼集序》，《陈恭尹集》，第 748 页。
② 薛始亨：《陈乔生传》，见陈子升：《中洲草堂遗集》卷首，第 273 页。
③ 梁佩兰：《大樗堂初集序》，《六莹堂集》，第 408 页。
④《屈大均全集》第 4 册，第 316 页。
⑤《屈大均全集》第 4 册，第 318 页。

客观存在的事实。中国文学史的早期就有以地域进行文学风格研究的传统。《诗经》中的十五国风即是以地域分布进行编排的。《左传·襄公二十九年》记载吴公子季札观乐,能很准确地分辨出各地音乐风格的不同。诗歌编辑本身也是文学研究。《诗经》的编纂者以地域分布进行编排,即应该考虑到了十五国风音乐和文学风格的地域性差异。

《诗经》时代出现的地域环境影响文学风格这一文学思想,在批评史上不断被后人重复和丰富。西汉人把屈原、宋玉等人的作品编集在一起,名曰《楚辞》,与《诗经·国风》的编辑一样,透露了编者对文学风格与地域环境关系的关注。东汉史学家班固在《汉书·地理志》中以《诗经》为例,论述了地域环境与文学创作的关系。秦地"迫近戎狄",故《诗经·秦风》多言战备。秦地特殊的地理位置造成秦地人时常处于战备之中,所以"高上气力"[①]。"卫地有桑间濮上之阻,男女亦亟聚会,声色生焉,故俗称郑卫之音。"[②]建安时期,徐干受齐地风俗影响,时常呈现舒缓的文风,因而遭曹丕"时有齐气"[③]之讥。明代人唐顺之认为"西北之音慷慨,东南之音柔婉,盖昔人所谓系水土之风气……若其音之出于风土之固然,则未有能相易者也"[④]。清人孔尚任说:"盖山川风土者,诗人性情之根柢也。得其云霞则灵,得其泉脉则秀,得其冈陵则厚,得其林莽烟火则健。凡人不为诗则已,若为之,必有一得焉。"[⑤]沈德潜说:"予尝观古人诗,得江山之助者,诗之品格每肖其所处之地。永嘉山水明秀,谢康乐诗肖之;夔州山水险绝,杜少陵诗肖之;永州山水幽峭,柳仪曹诗肖之:彼专于其地故也。"[⑥]"是江山之助,果足以激发人之性灵者也。"[⑦]近人刘师培论柳宗元说:"子厚与昌黎齐名,然栖身湘、粤,偶有所作,咸则《庄》、《骚》,谓非土地使然与?"[⑧]由以上这几个例子可以看出,

①班固撰,颜师古注,中华书局编辑部点校:《汉书》卷28下,中华书局1962年,第1644页。

②班固撰,颜师古注:《汉书》卷28下,第1665页。

③曹丕:《典论·论文》,萧统编,李善注:《文选》,上海古籍出版社1986年,第2270页。

④唐顺之:《东川子诗集序》,《荆川先生文集》卷10,《四部丛刊》本。

⑤孔尚任著:《古铁斋诗序》,《孔尚任诗文集》卷6,中华书局1962年,第475页。

⑥沈德潜:《芐庄诗序》,《沈德潜诗文集》第3册,人民文学出版社2011年,第1526页。

⑦沈德潜:《盛庭坚〈蜀游诗集〉序》,《沈德潜诗文集》第3册,第1348页。

⑧刘师培:《南北文学不同论》,见舒芜等编选:《中国近代文论选》,人民文学出版社1959年,第576页。

自中国文学的发生期到近现代,这一理论一直为诗人、理论家们认同,并在数千年间不断地被丰富和发展。

吾师吴承学先生说:"从行为感应地理学的角度看,自然地理环境的气候、温度、山川、水土、物产,影响着人的气质、感觉、情绪、意志乃至个性。""自然可以划分为各种类型,有平易,有奇险,有秀美,有雄壮……某一地域的人,生于其中,长乎其中,受其感召,潜移默化。在审美过程中,心物交融,物我同一。"①地域环境通过对人审美心理和性格的潜移默化进而影响文学风格,应该是顺理成章之事。

相同的理论和思想也出现在西方一些哲人的著作当中。孟德斯鸠《论法的精神》是"一部美妙的著作"②,认为地域环境一定程度地决定了人的性格和思想。黑格尔对孟德斯鸠"地理环境决定论"进行了发展和超越,强调"人民的类型和性格"与其所处的地域环境有密切关系。尽管某些具体论述未必全都恰当,但其基本思想无疑是正确的。丹纳(一译作泰纳)在《艺术哲学》中讨论希腊人的审美观时谈到了"自然界的结构留在民族精神上的印记"③,认为,自然环境对于民族的心理和性格有很大影响。他在《〈英国文学史〉序言》中举例说日耳曼民族"住在寒冷潮湿的地带,深入崎岖卑湿的森林或濒临惊涛骇浪的海岸,为忧郁或过激的感觉所缠绕……喜欢战斗流血的生活";希腊和拉丁民族"住在可爱的风景区,站在光明愉快的海岸上,向往于航海或商业……发展雄辩术、鉴赏力、科学发明、文学、艺术等",其民族性格就比较温和。"二者之间所显出的深刻差异,主要是由于他们所居住的国家之间的差异。"④这几位哲人都强调地域环境对人的心理和性格能产生一定的影响,而人的心理和性格则直接影响着文学的风格。法国著名作家斯太尔夫人(一译为史达尔夫人)在《论文学》一文中说:"诗人的梦想固然可以产生非凡的事物;然而惯常的印象必然出现在一切作品之中。"这"惯常的印象"应该包括诗人所处的地理环境在诗人心里留下的印迹,这些印迹显

---

① 吴承学:《中国古代文体学研究》,人民出版社 2011 年,第 199、202 页。
② (德)黑格尔著,贺麟、王太庆译:《哲学史演讲录》卷 4,商务印书馆 1978 年,第 260 页。
③ (法)丹纳著,傅雷译:《艺术哲学》,安徽文艺出版社 1991 年,第 286 页。
④ 伍蠡甫主编:《西方文论选》下卷,人民文学出版社 1964 年,第 238 页。

然是构成作品意境的自然材料①。

　　中外的理论和文学史都证明了地域环境影响人的性格和文学风格这一现象。岭南诗派作为一个地域诗派之所以形成雄直的诗风,并长期保持这一风格,应当也与其特殊的地域环境有一定的关系。《隋书·地理志》云:"自岭已南二十余郡……其人性并轻悍,易兴逆节,椎结踑踞,乃其旧风。其俚人则质直尚信,诸蛮则勇敢自立,皆重贿轻死,唯富为雄。巢居崖处,尽力农事。刻木以为符契,言誓则至死不改……俗好相杀,多构仇怨,欲相攻则鸣此鼓,到者如云。"②宋人祝穆"俗陋而荒,民骄以悍"③的描述虽略有贬义,却更简洁地概括了山地、海滨之人性格的一个侧面。岭南人背倚南岭,面海而居。周边非山即海,平原狭窄。群山和大海深刻地影响着他们的心理,也塑造着他们的性格。古代由于大山的隔阻,在当地许多居民的意识中他们离"中国"远,离南洋近;离岭北远,离大海近。南洋似乎就是他们的一家亲戚。跋涉山涧、拨船下海,是他们的日常生活。他们看惯了深山幽谷、大海波峰。山、海的形象和性格已经内化到当地人的心里。山风劲吹,大海咆哮;时风激荡,人们应时而鼓舞。"岭南滨海之人,狎波涛,轻生死,嗜忠义若性命。"④屈大均《梅花汔水》云:"梅花汔水地,幽绝可逃秦……人人持鹿铁,处处见熊伸。"这首诗描述的正是这里独特的地理环境对当地人性格的塑造。《广东新语》卷2云:"自乳源治北行,出风门,度梯上、梯下诸岭,磴道崅嵼,尺寸斗绝,民悬居崖壑之间,有出水岩、双桥、梅花、汔水四处尤险。其险皆在石,石之气,使人多力而善斗,跳荡而前,无不以一当十。以石为盾,火为兵,虽瑶蛮亦畏惮之,勿敢与争。子生八九龄,即以鸟枪、鹿铁教之,发必命中。"⑤山、海塑造的性格对岭南诗派雄直诗风的形成应该说有着潜在的影响。

　　岭南人虽然认同中原文化,认同中国的文化传统,但温柔敦厚的传

---

①参阅吴承学:《中国古代文体学研究》,第204页。
②魏徵、令狐德棻撰;中华书局编辑部点校:《隋书》卷31,中华书局1973年,第887—888页。
③祝穆撰,祝洙增订,施和金点校:《方舆胜览》卷39,中华书局2003年,第712页。
④邓之诚:《清诗纪事初编》卷2,第302页。
⑤《屈大均全集》第4册,第41—42页。

统诗教,传至岭南也难免发生一些变化。连绵的五岭隔阻了岭南与中原的交通,同时也减弱了中原和其他地区的文学风气对它所造成的影响和冲击。正如潘耒《羊城杂咏》之六所云:"地偏未染诸家病,风竞堪张一旅军。"①王士禛尝与程可则语曰:东粤人才最盛,"正以僻在岭海,不为中原江左习气熏染,故尚存古风耳"②。岭南地区地域上的相对封闭性,使之更容易区别于中原、江南而独立发展,更容易形成自己的特色。山西人张晋《仿元遗山论诗绝句》之五十二云:"瘴雨蛮烟海尽头,岭南三老尽风流。"③也许正是这海尽头的"瘴雨蛮烟"为他们提供了孕育其雄直诗风的独特的地域环境。

"文化交流也反映在文学风格的地域性上,与外界文化交流较少的地域,往往能较久地保持着独特的风格。以岭南文化为例,山河之隔,交通之阻,曾经严重地影响了岭南人与外界的交流。正如自然界北方寒冷的空气难以穿透千里延绵的南岭,中原或江南流行的文风、诗风也难以跨越南岭,因此,岭南诗歌长期保持着'雄直'的地域风格……岭南诗歌多意境雄直、气势劲厉、音调高亮。唐宋以还,岭南诗多宗曾南迁的韩愈与苏轼。由于地域的特殊性,岭南人较少与江南和中原人士接触,所以往往少受各个时期文风的影响,从而保持了独特的地域风格。"④岭南地区地理上的相对独立性,显然有利于形成其不同于中原、江南的独特诗风。对于这一点岭南人自己也有所检讨。梁佩兰说:"予粤处中原瓯脱,人各自立,抒其性情。"⑤陈恭尹也有同样的看法:"百川东注,粤海独南其波;万木秋飞,岭树不凋其叶。生其土俗,发于咏歌,粤之诗所以自抒声情,不与时为俯仰也。"⑥又云:"简讨吟诗地,江门匝海涛。渊源洙泗远,磊落楚云高。近世无真气,斯人也自豪。文章本情性,笑汝小儿曹。"⑦陈恭尹在《岭南五朝诗选序》中说得更为明白:"五岭

①潘耒:《江岭游草》,《遂初堂诗集》卷7,康熙刻本。
②王士禛著,靳斯仁点校《池北偶谈》卷11,中华书局1982年,第251页。
③转引自陈永正主编:《岭南文学史》,第353页。张晋,字隽三,山西阳城人。诸生。有《艳雪堂诗集》。
④吴承学:《中国古代文体学研究》,第207页。
⑤梁佩兰:《金茅山堂集序》,《六莹堂集》,第416页。
⑥陈恭尹:《征刻广州诗汇引》,《陈恭尹集》,第635页。
⑦陈恭尹:《漫兴》,《陈恭尹集》,第113页。

之南,山川盘郁,别为结构……于地理家为南龙之外支,不与中土山川同其流峙,故其人大抵尚闲逸而薄声利,每于天下所(群)趋者,必居人后,而其所自守者,亦往往执而不移,地气使然也。诗所以自写其性情,而无与于得丧荣瘁之数者也,故不以时代而升降。"①

由以上所述可知,学界公认的岭南与中原、江南明显不同的雄直诗风,一定程度上得益于其相对封闭的地域环境。但是"我们不应该把自然界估量得太高或者太低"②。客观地说,岭南诗派的雄直诗风是多方面因素综合影响下的结果。岭南诗坛之所以长时间延续,并在明末清初形成占主导地位的雄直诗风,不但与其传承千年的诗歌传统、诗学好尚、遗民精神和相对封闭的地域环境有关,更与明清鼎革之际发生在岭南的那段特殊的历史、与岭南士人的个性和因着这段特殊的历史所导致的个人遭际等有着密切的关联。

虽然岭南诗派的雄直诗风由来有自,但是这一诗风至晚明之前并未大张,只是时隐时现地存在着的。整体而言,这一诗风明显地呈现出强劲的势头,成为岭南诗派最突出的特征并引起诗坛的重视,还是在明末清初岭南屈大均、陈恭尹等一大批诗人出现之后。不过,清代中期之后,雄直之风有所减弱。近代岭南人屈向邦曾感叹:"自近世趋向宋人艰涩一路,而雄直之诗,渺不可复睹矣。"③

---

① 陈恭尹:《岭南五朝诗选序》,《陈恭尹集》,第750页。按:"群"字,据黄登《岭南五朝诗选》康熙三十九年刻本补。
②(德)黑格尔著,王造时译:《历史哲学》,上海书店出版社1999年,第85页。
③ 屈向邦:《粤东诗话》卷1,诵清芬室。

第六章　明末清初岭南诗派
与清初诗坛之格局

　　清初岭南地区诗人辈出,群星灿烂,形成了一个庞大的地域性诗人群体,仅享誉全国的诗人就有二三十位,并出现许多诗人世家。这一时期不但诗人别集众多,而且还出现了不同的诗人合称。这都充分显示出这一时期岭南诗坛的繁荣。

一、诗人与诗集

　　明末清初岭南诗人数量众多,但具体数字却是一个无法确切统计的难题。尽管如此,我们还是可以根据相关文献对这一诗人群体的数量进行大体的说明。"明末清初"是一个模糊的时间概念,起讫之年没有统一的说法,因此,笔者姑且对清初顺康时期(顺治元年至康熙六十一年)岭南的诗人、诗集和诗人世家进行粗略的统计,以便说明明末清初岭南诗派的情况。

　　明末清初岭南地区形成了编纂大型文献总集的风气。这一风气的形成与屈大均和陈恭尹等人的倡导和积极参与分不开。屈大均的《广东文集》《广东文选》和黄登的《岭南五朝诗选》等即编纂于这一时期。清代中期之后又有梁善长的《广东诗粹》、温汝能的《粤东诗海》、罗学鹏的《广东文献》、陈兰芝的《岭南风雅》、刘彬华的《岭南群雅》、凌扬藻的《国朝岭海诗钞》等。编纂大型地方文献总集的风气一直延续到民国,何藻翔编纂的《岭南诗存》,邬庆时、屈向邦编纂的《广东诗汇》,黄文宽编纂的《岭南小雅集》等都比较著名。这些总集都辑录了大量的清初岭南的诗人诗作。清康熙三十九年刻成的黄登编选的《岭南五朝诗选》共三十七卷。其中《荐绅名编》卷7至卷11所收为清初岭南诗人诗作,卷7收诗人五十位,卷8收诗人五十位,卷9收诗人七十九位,卷10收诗人六十位,卷 11 收诗人五十一位;卷 13 为《高僧名编》收清初岭南诗僧二十九位,卷 14 收清初岭南诗僧二十六位;卷 16 为《闺媛名编》收清初女诗人四位,各卷人数相加总共三百四十九位。另外卷 5、卷 6 和卷 12《高僧名编》所收明代岭南诗人诗僧,有不少人其实也已入清。

在这些诗歌总集当中,温汝能的《粤东诗海》最为著名,最受学界重视。《粤东诗海》收录了唐至清嘉庆年间已殁作者一千余家,共一百零六卷,堪称岭南最大型的历代诗歌总集。《粤东诗海》自卷 55 张家珍、戴柱、黎新之、朱学熙、陈子升等始,至卷 74 方还、方朝、李铠、黄遇良等,所收清初诗人大约二百三十二位;卷 98、99 方外,所收录的这一时期的诗人有二十多位。两者相加超过二百五十二位。另外,卷 45 至卷54 所收明末诗人,有不少人其实也已入清。

今人李德超著《岭南诗史稿》所收岭南诗人更多。其乙编第一卷《粤诗人综表凡例》云:"一、本表收录自汉以下,迄于当代,凡已故粤东诗人,勿论其品第高下,与作品之多寡,一概收入,计得三千零五十七人……二、各诗人所属朝代及其排列顺序,一以其所得科名之先后与品第为原则。其或科第不详,与乎布衣之士,或僧人妇女,则约略按其时代,分别纳入……三、凡有父子孙曾、夫妇兄弟等内外关系者,则勿论其科名等第及所属朝代,一律按其亲属关系,以晚辈附列于先辈之后,以彰族望。"①由此可知,表中诗人大略按时代先后排序。此表第五百八十三、五百八十四、五百八十五、五百八十六位分别是李孙宸、李航、李嶟、黄公辅。李孙宸,字伯襄,明香山人。万历进士,选授庶吉士,崇祯间官至礼部尚书。卒赠太子太保。谥文介。著有《建霞楼集》。李航,字东苑,号虚舟,又号石帆,孙宸孙也。为康熙四十二年癸未岁贡。著有《鹤柴小草》。又曾辑父祖两世遗书,乾隆间,以触犯忌讳,列名禁籍,乃遭焚毁。李嶟,字尊山,号拙轩,孙宸孙也。为乾隆岁贡。著有《拙轩诗稿》二卷。同里何凤麓称其诗自然天籁,抒写性情,实得力于其祖《建霞楼》一集云②。李孙宸卒于清军入关前不久的 1634 年。黄公辅生于1576 年,卒于 1659 年,已经入清。表中所列诗人,紧随其后者,基本都

---

① 李德超:《岭南诗史稿》,第 276 页。
② 李德超:《岭南诗史稿》,第 247 页。

是明末清初之人,且大都入清。其实在此之前有一些诗人也已入清,如第四百五十三、四百五十四位区怀瑞、区怀年兄弟,陈伯陶《胜朝粤东遗民录》卷 3 即以之为前明遗民。该表第一千二百九十八位为祝琼湘,番禺人,"有《灵芝草》,康熙末人,南海诸生黄大琏室"[①]。其后,该表所录诗人取得功名的时间基本已到雍正年间。尽管在雍正年间取得功名的这些诗人应当出生于顺康两朝,但笔者姑且将其归入清中期,不作清初人统计。如果自第五百八十四位李航算起,至康熙末年的第一千二百九十八位祝琼湘为止,这一时期的岭南诗人则多达七百一十四人。因为每一位诗人的生卒年难以一一稽考,故只能这样粗略统计。尽管这七百一十四位诗人当中有些因为已在顺治元年至七年抗清复明的过程中杀身成仁,一般被视作明人,但并不影响对这一时期岭南诗人做粗略的统计。

黄登的《岭南五朝诗选》、温汝能的《粤东诗海》和李德超先生的《岭南诗史稿》这三部文献所收录的清初岭南诗人的人数尽管有很大不同,分别约为三百四十九、二百五十二、七百一十四,但这并不影响我们的结论:清初岭南诗人人数众多,是一个相当庞大的群体。

如前所述根据李德超先生《岭南诗史稿》,从第五百八十四位李航算起,至康熙末年的第一千二百九十八位祝琼湘止,这一时期的岭南诗人多达七百一十四人。其中有诗集者多达四百零一人,且有不少诗人诗集还不止一种。从这一数字可以看出,这一时期岭南诗歌发展之繁荣。不过,有些人的诗集早已失传[②]。罗志欢教授在《岭南历史文献》一书中对岭南文献散佚的内因和外因有详细的论述,认为"岭南地处僻远,地理环境独特,加之兵燹蠹蚀,不宜文献久存"[③]。除此之外,明末清初岭南诗人作品之失传,还缘于雍正、乾隆时期的禁毁。据林子雄先生统计,"清乾隆年间'禁毁'图书。当时被列入'全毁'的粤人著作大概有74 种,属'抽毁'者 17 种。根据《清代各省禁书汇考》一书记载,清朝直隶、陕甘、湖广、两江、闽浙、两广、云贵等地共 160 次奏缴图书,涉及图书 2611 种。至于被销毁的粤版图书数量实在难以计算,其中记录在案

①李德超:《岭南诗史稿》,第 407 页。
②李德超:《岭南诗史稿》,第 333—407 页。
③罗志欢:《岭南历史文献》,广东人民出版社 2006 年,第 232 页。

的清代广东著名学者屈大均一人的著作竟达 312 部:《翁山诗集》124 部、《广东新语》99 部、《翁山诗外》43 部、《道援堂集》15 部、《翁山文外》9 部、《广东文集》6 部、《翁山诗略》6 部、《翁山诗外选略》5 部、《登华记》2 部以及《皇明四朝成仁录》《寅卯军中集》《翁山易外》各 1 部。以上书籍共 2660 册"①。

　　现今存世的岭南清初诗人的作品实在难以准确统计。不过,可以从一个侧面对这一时期岭南诗人作品的存世情况进行说明。明清时代的广州府,是岭南政治文化的核心区域,这一时期的岭南诗人籍贯大多也都是这里。陈建华先生主编的《广州大典》所收文献,其地域范围即是以清代中期的广州府所辖地区为限。笔者把《广州大典》集部别集类所收顺康时期在世的岭南诗人(雍正元年之后取得功名者除外)的诗集按先后顺序胪列如下:

　　1.《秋痕》二卷,陈子壮;2.《元气堂诗集》三卷,何吾驺;3.《泽月斋集》一卷,何士壎;4.《啸楼遗稿》一卷,李云龙;5.《嗀音集》一卷,何其伟;6.《莲须阁集》二十六卷、《迦陵集》不分卷,黎遂球;7.《邝海雪集笺》十二卷,邝露;8.《张文烈公军中遗稿》一卷,张家玉;9.《喻园集》四卷,梁朝钟;10.《千山诗集》二十卷、首一卷、补遗一卷,函可;11.《二丸居集选》九卷、续集一卷、外集一卷,黎景义;12.《陈岩野先生全集》四卷,陈邦彦;13.《铁桥集》不分卷,张穆;14.《瞎堂诗集》二十卷、首一卷,释函昰;15.《取斯堂存稿》不分卷,梁泽;16.《徧行堂集》四十九卷、续集十六卷,释今释;17.《柳盟园诗集》二卷,胡天球;18.《隐轩诗稿》一卷,胡景泰;19.《耳鸣集》不分卷,王邦畿;20.《香眉堂诗集》三卷、《旅草》一卷,胡天宠;21.《海日堂集》七卷、补遗一卷,《湟榛诗选》一卷,程可则;22.《梁无闷集》二卷,梁宪;23.《自知集》二卷,黄居;24.《涂鸦集》一卷,释一机;25.《选选楼遗诗》不分卷,岑徵;26.《六莹堂集》九卷、《二集》八卷、《药亭诗》三卷,梁佩兰;27.《翁山诗外》十八卷、《道援堂诗集》十三卷、《翁山诗略》四卷,屈大均;28.《独漉堂诗集》十五卷、《独漉堂稿》七卷,陈恭尹;29.《寒木居诗钞》一卷,张家珍;30.《天山草堂稿》三卷,李

①林子雄:《二千多年以来的广州文献》,《古版新语——广东古籍文献研究文集》,广州出版社 2018 年,第 45 页。

文灿；31.《离六堂集》十二卷、《近稿》一卷、《离六堂二集》三卷、《潮行近草》三卷，大汕；32.《阿字无禅师光宣台集》二十五卷，今无；33.《月鹭集》十卷，释古云；34.《九谷集》六卷，方殿元；35.《咸陟堂诗集》十七卷、《二集》六卷，成鹫；36.《越巢诗集》不分卷，何巩道；37.《南樵初集》十四卷、《南樵二集》十一卷，梁无技；38.《五湖新咏》不分卷，易宏；39.《石岳诗寄》不分卷，林凤冈；40.《东谿诗选》八卷、《罗浮集》一卷，刘世重；41.《虚堂诗集》十卷，释古奘；42.《鹤柴小草》一卷，李航；43.《鸿桷堂诗集》五卷、附《梅花四体诗》一卷，胡方；44.《药房诗稿》七卷，梁麟生；45.《兰扃前集》八卷、附一卷，梁以壮；46.《葵村诗集》十一卷，黄河澄；47.《止亭诗钞》一卷，韩鹄；48.《南塘渔父诗抄》二卷，何栻；49.《露香阁摘稿》五卷、《二刻》一卷，杨锡震；50.《乳峰堂诗集》六卷，周大樽；51.《勺湖亭稿》一卷，方朝；52.《东轩诗略》一卷，陈励；53.《鹿冈诗集》四卷，汪后来；54.《茂山堂诗草》一卷、《二集》一卷，梁迪；55.《贯珠五集》九卷，李殿苞；56.《续刻心喜集》三卷，卫蔼伦；57.《萤照阁集》十六卷、首一卷，车腾芳；58.《白佇亭诗钞》一卷、《语山堂诗钞》一卷、《岭外吟》一卷，佘锡纯；59.《凉踽堂二集》不分卷，何樗。

陈邦彦（1603—1647）、陈子壮（1596—1647）、邝露（1604—1650）、张家玉（1615—1647）、梁朝钟（1620—1646）、何吾驹（1581—1651）这几位岭南诗人，虽然多数文献都归入明代，但因其在世时间过了顺治元年，此处笔者姑且以清初人对待。汪后来，康熙五十年武举人；卫蔼伦，康熙五十年举人；车腾芳，康熙五十九年（1720）举人。这几位可以计作清初顺康年间之人。佘锡纯，也可视作清初人。"佘锡纯，字允文，号兼五。顺德人。佘象斗次子。性慧，幼承家学，能文善诗。游番禺庠，久困场屋，以岁贡任阳江训导。寻归，与缙绅名士结社城南，觞咏无虚日。清世宗雍正年间，应总督郝玉麟之召，参与纂修广东通志。复修清远县志。皆详略有法。终年九十三……著有语山堂诗文集。"[①]"佘象斗，字公辅，号齐枢。顺德人。清顺治十一年举人，十八年登进士，授刑部主事，以母老告归。壬子、丁卯两修邑志。性冲淡而好客，年八十仍相与

①温汝能辑：《粤东诗海》卷66，第1254页。

赋诗,令子孙属和为乐。著有韵府群玉、啸园诗稿。"①综合其父子二人的相关资料,可以确定,佘锡纯应该主要生活在清康熙时期。何梣,为何九渊之子,何霡之兄。"何九渊,字泽泗,晚明新会人,熊祥曾孙,国亡后隐居番禺,与方外及遗逸往来,礼函昰,山名古峰,字石人。有《寄石鉴和尚诗》。何梣,字野望,号大山,九渊子。其诗古体笔气苍厚,音节入古,五律声调高朗,逼近唐贤。诗见韩寄庵《清诗精华》。何霡,字雨望,号小山,梣弟也,明经。诗格与兄亦伯仲间。"②综合何九渊父子三人的相关资料,基本可以确定,何梣也应该主要生活在顺康年间。紧随车腾芳、佘锡纯、何梣之后,《广州大典》所收其他诗人,其生活年代主要在雍乾时期,姑且归入清代中期。

　　《广州大典》是当今最大型的地方文献丛书,收录岭南人著作最为丰富,尽管五十九不算是小数字,但据笔者所知,仍有不少存世的清初广府诗人的著作未被收录。无论李德超先生《岭南诗史稿》的四百零一人,还是《广州大典》的五十九人,都说明了明末和清初在岭南地区有着一个庞大的诗人群体,说明了当时诗歌创作的繁荣和著作的丰富。

二、合称与世家

　　岭南诗歌经过唐、宋、元、明近千年的孕育发展,此时终于走上了它的巅峰。这是历史上岭南文学最繁荣、成就最大的时期,在岭南文学发展史上具有里程碑式的意义。这一时期,在全国产生一定影响的岭南诗人足有二三十人。

　　不同的读者有不同的阅读视角,对这些独具特色的诗人也会做出不同的理解和评价,甚至会对他们进行不同的组合或并称。这一时期这些比较著名的诗人,在人们的评价中就出现了不同的组合。最著名的就是王隼将屈大均、陈恭尹和梁佩兰三人合称为"岭南三大家"。尽管有人对此提出异议,但这一说法还是不胫而走,被人们广泛接

①温汝能辑:《粤东诗海》卷62,第1166页。
②李德超:《岭南诗史稿》,第218—219页。

受。除此之外,这一时期岭南诗人还有几个其他不同的并称:"岭南前三家""岭南七子""粤东七子""粤东三子""北田五子""粤诗四大家"①"广南二方"②"岭南五子"③。

"岭南前三家"是指陈邦彦、黎遂球和邝露;"岭南七子"是指程可则、陈恭尹、梁佩兰、王邦畿、方殿元、方还和方朝;"粤东七子"是指程可则、陈恭尹、梁佩兰、王邦畿、王鸣雷、陈子升、伍瑞隆;"粤东三子"是指陈子升、王鸣雷、伍瑞隆;"北田五子",是指陈恭尹、何绛、何衡、陶璜和梁梿五位年轻的诗人;"广南二方",是指方还、方朝兄弟二人。另外,还有人把岭南诗人程可则与其他地区的诗人进行组合。程可则很早就宦游各地,与在朝文人交游唱和,活跃于清初京城诗坛,在全国范围内影响甚大,因此又与宋琬、曹尔堪、施闰章、沈荃、王士禄、王士禛、陈廷敬(一说汪琬)合称"海内八家"。

明末清初岭南文学的繁荣,除了表现在诗人、诗作、诗社众多,有不同的合称、并称之外,还表现在出现了很多文学世家。李德超先生云:"粤东诗家,自汉和以来,凡三千零五十七人,其中固不乏诗坛巨擘,而亦有仅存零缣断简,甚或诗稿已散佚不传者……而其中有父子、兄弟、夫妇、祖孙、叔侄,或内外两家皆诗人,甚而祖孙八代皆诗人者,共二百四十组。良以粤人世族观念甚浓,每以书香世代为重,即女子亦以闺秀名门为标榜,是以父子兄弟之间,祖孙翁婿之际,往往声气相求,耳濡目染,所以蔚为族望,振起家声,成一方之风气。"④李德超先生统计的这二百四十组诗人世家中,有不少就属于这一时期。

根据李德超先生的统计,与这一时期有关联的父子二人皆为诗人的有这几组:梁亭表、梁若衡;梁可澜、梁梦阳;梁士济、梁观;王应华、今回;辜朝荐、辜兰凤;李楩、李恒焜;陶天球、陶镐;王琅、王镇远;邝露、邝鸿;今锡、古亳;古易、传多;黎淳先、黎彭龄;李文灿、李殿苞;李恕、李

①张德瀛《词徵》卷6"粤诗四大家"条云:"吾粤当国初时,如陈恭尹、屈大均、梁佩兰、王隼皆以诗鸣,有'四大家'之称。"见张德瀛:《词徵》,民国十年刊本。
②温汝能辑:《粤东诗海》卷74,第1406页。
③厉鹗《懒园诗钞序》云:"往时吾杭言诗,必宗西泠十子,懒园师七先生,沈丈方舟独师岭南五子。"见厉鹗:《樊榭山房文集》卷3,上海古籍出版社1992年,第634页。
④李德超:《岭南诗史稿》,第156页。

仁;苏辑汝、苏枚;何惟藻、何逢;许绶、许节;张经、张灏;石咏竹、石娥啸;陈遇夫、陈瀚;劳孝舆、劳潼①。与这一时期有关联的父子三人皆为诗人的有这几组:黎遂球、黎延祖、黎彭祖;李云龙、李云子、李龙子;郭之奇、郭天祯、郭天禔;杨之徐、杨瓒绪(按:正文"瓒"作"缵")、杨黼时;任清涟、任榛、任椅②。

这一时期兄弟二人皆为诗人的有这几组:伍瑞隆、伍瑞俊;张家玉、张家珍;薛始亨、薛始蛟;今鹜、今辩;易训、易宏;熊叶飞、熊瑶飞;李德林、李德炳③。

与这一时期有关联的兄弟暨子侄三人皆为诗人的有这两组:今离、今如、今菎;古正、古真、今渐④。与这一时期有关联的兄弟暨子侄四人以上皆为诗人的有这几组:函昰、今庼、今音、今沼;何九渊、何梼、何霈、何壮英;余象斗、余锡纯、余映斗、余云祚;方殿元、方还、方朝、方洁、成鹫⑤。

与这一时期有关联的叔侄二人皆为诗人者有这两组:谢宗锴、谢元汴;梁佩兰、梁无技⑥。

与这一时期有关联的祖孙二人皆为诗人者有这几组:林培、林浒;韩上桂、韩文举;刘鸿渐、刘祖启;何绛、何濒⑦。与这一时期有关联的祖孙三人皆为诗人者有一组:唐化鹏、唐蒙、唐钧⑧。与这一时期有关联的祖孙四人皆为诗人者有这几组:李孙宸、李航、李嶟、李洸;罗孙燿、罗世举、罗天尺、罗天俊;方天根、方绳武、方师训、方守桐;王邦畿、王隼、潘孟齐、王瑶湘⑨。与这一时期有关联的祖孙五人皆为诗人者有这两组:陈绍文、陈绍儒、陈熙昌、陈子壮、陈子升;何吾驺、何准道、何巩道、何

---

① 李德超:《岭南诗史稿》,目录第9—10页。
② 李德超:《岭南诗史稿》,目录第11页。
③ 李德超:《岭南诗史稿》,第198—200页。
④ 李德超:《岭南诗史稿》,第215—216页。
⑤ 李德超:《岭南诗史稿》,第217—223页。
⑥ 李德超:《岭南诗史稿》,第233—234页。
⑦ 李德超:《岭南诗史稿》,第241—243页。
⑧ 李德超:《岭南诗史稿》,第245页。
⑨ 李德超:《岭南诗史稿》,第247—251页。

栻、何晖山①。与这一时期有关联的祖孙六人皆为诗人者有这两组：区益、区大枢、区大相、区大伦、区怀瑞、区怀年；韩鸣凤、韩鸣鸾、韩鸣金、韩日缵、函可、韩宗礼②。与这一时期有关的祖孙七人以上皆为诗人者有这几组：陈衍虞、陈周礼、陈艺衡、谢玉娘、陈珏、陈王猷、陈士规；黎贯、黎民表、黎民衷、黎民怀、黎邦炎、黎邦瑊、黎邦琛、黎邦璘；陈邦彦、陈恭尹、陈赣、陈励、陈华封、吴氏、陈遇、陈次蕃、陈贤；屈仲舒、屈漢、屈群策、屈青野、屈士燝、屈士煌、屈士熻、屈大均、黎静卿、屈明洪③。

如上胪列，这一时期岭南诗人世家可谓不少。

三、诗社与诗派

有明以来，岭南人文发展迅速，诗人辈出，随着诗人活动的频繁，各种形式的诗社也迅速发展起来。据不完全统计，明末清初岭南诗人修复的旧社和新建的诗社至少有二三十个：南园诗社、诃林净社、浮丘诗社、云淙诗社、芳草精舍诗社、浩社、凤台诗社、溪南诗社、西园诗社、西园十二堂吟社、兰湖白莲诗社、石湖诗社、越台诗社、东皋诗社、探梅诗社、雅约社、南塘诗社、耆英会、珠江社、湖心诗社、冰天诗社、汾江诗社、云岩诗社和禺山诗社等。"北田五子"也是带有诗社性质的诗人群体。有关这些诗社更为详细的情况，此不赘述，参阅本编第三章之《明末清初岭南地域性诗社及其与南园诗社渊源考论》。

这一时期，由于诗人互动交流比较频繁，在这一过程中，在某个群体当中，逐渐出现了领袖式的诗人，在其感召之下，逐渐形成了独具特色的诗派。海云诗派就是这样。海云诗派既有其领袖人物——函昰、澹归，也有其经常活动的场地——海云寺、别传寺等，更有一个庞大的诗人群体——海云一系今字辈和古字辈的僧人和居士。有关这一诗派更为详细的情况，此不赘述，参阅本编第二章之《隐于丛林禅寺》。

由以上对清初岭南诗人、诗集、合称和诗人世家等几个方面的叙

---

① 李德超：《岭南诗史稿》，第 252—254 页。
② 李德超：《岭南诗史稿》，第 257—259 页。
③ 李德超：《岭南诗史稿》，第 262—268 页。

述,可以看出明末清初岭南地区诗歌创作的繁荣。伴随着诗歌创作的繁荣,诗人们开始回望岭南文学发展的历史,整理编纂岭南诗歌文献,同时也开始了对本地区诗学传统的梳理和建构。这些都是诗人们地域性认同的明显表现。这种认同对地域性诗派的形成至关重要。

四、清初中原、江南和岭南诗坛的鼎足格局

对于岭南诗歌和诗人的追溯,大多都是至盛唐张九龄而止。张九龄之后,两宋虽有余靖、崔与之等人取得较高的成就,但直至元末,岭南文学在相当长一段时间内是比较沉寂的。如果说盛唐的张九龄使岭南文学闪亮登场,那么元末明初的南园五先生则可以说再一次启动了岭南文学辉煌的历史。

明初的南园五先生,明中期的陈白沙、黄佐和南园后五先生等,在当时全国都有较大的影响。有明一代岭南诗派不但取得了长足的发展,而且也引起了人们的高度重视。明代学者胡应麟认为明初以孙蕡为代表的岭南诗派能"雄据一方"。"国初吴诗派昉高季迪,越诗派昉刘伯温,闽诗派昉林子羽,岭南诗派昉于孙蕡仲衍,江右诗派昉于刘崧子高。五家才力,咸足雄据一方,先驱昭代。"[①]明代中叶正德、嘉靖年间以黄佐、黎民表、梁有誉、欧大任、李时行、吴旦等为代表的岭南诗派,在胡应麟看来更成为全国四大诗派之一:"近日词场自吴、楚、岭南外,江右独为彬蔚。"[②]明末文坛领袖钱谦益总结明代文学之后说:"岭南人在词垣者,琼台、香山,后先相望……南越之文学彬彬然比于中土矣。"[③]明清鼎革之际,岭南诗派在其前非凡成就的基础上,更获得了空前的发展,迅速走向鼎盛。汪栗亭云:"粤东诗人,实甲天下。"[④]

清初诗坛诗人众多,流派纷呈。随着时间的推移和世事的变迁,各个流派也出现了不同的变化,或从无到有,或由盛而衰。刘世南先生的

---

①胡应麟:《诗薮续编》卷1,《广州大典》第517册,第3页。
②胡应麟:《诗薮续编》卷2,《广州大典》第517册,第16页。
③钱谦益:《列朝诗集小传》丁集上,第383页。
④屈大均:《答汪栗亭书》,《屈大均全集》第3册,第406页。

《清诗流派史》是研究清诗流派的权威之作,对此有比较详细的介绍和论述。根据刘世南先生的分析,清初诗坛主要有这样几个不同的诗歌流派:河朔诗派、岭南诗派、虞山诗派、娄东诗派、秀水诗派、神韵诗派、清初宗宋派、饴山诗派。这八个诗派也为众人熟知和认可。除了这些之外,其实还有一些更小的诗派,此不赘述。如果我们从整体上对清初诗坛进行更宏观的考察,发现其实当时全国这些大大小小的诗派,是可以从某些角度进行合并的。从地域、诗风和政治文化这三个不同的角度整合后,大致可以把清初诗坛划分成一个三足鼎立的格局:中原、江南和岭南。从整体上看,三者不但在地域和诗风上有明显差异,而且还表现出距离政治远近的不同。

(一)清初江南诗坛之风貌

江南人文兴盛,明末清初涌现出许多著名的诗文大家,最为人们熟知的就是所谓的江左三大家(钱谦益、吴伟业和龚鼎孳)和稍后的秀水诗派的开创者朱彝尊等。江左三大家年辈较早,钱谦益和吴伟业在明末已成文坛领袖,并且其后还分别开创了虞山诗派和娄东诗派。

钱谦益虽然两朝为官,居位显要,但其一生却里居时多。"晚岁里居,每集邑中少俊于半野堂,授简赋诗,次其甲乙。"①钱谦益有意开宗立派,奖掖后进,在其家乡常熟一带形成了以他为中心的虞山诗派。虞山诗人在诗法方面也受到他的影响。不过,虞山诗派在其后并没有完全按照他的期望发展。钱谦益以下,虞山诗派分为两支:一是钱陆灿,一为冯班,以冯班影响最大。钱陆灿"生平多客金陵、毗陵间,且时文、古文兼工,不专以诗名也。故邑中学诗者,宗定远为多"②。冯班,字定远,号钝吟居士,冯舒弟。冯班之后,虞山诗派影响更大,声名愈振,在常熟一带涌现出许多追随者。"(赵)执信为人峭峻褊衷,独服膺常熟冯班,自称私淑弟子。"③"赵执信于近代文家少许可者,见班所著独折服,至具

①柳亚子:《潘节士力田先生遗诗序》,载《南社丛选·文选》卷9,转引自刘世南:《清诗流派史》,第81页。
②王应奎撰,王彬、严英俊点校:《柳南随笔》卷5,中华书局1983年,第88页。
③赵尔巽等撰:《清史稿》卷484,第13364页。

衣冠拜之。尝谒其墓,写'私淑门人'刺焚家前。其为名流所倾仰类此。"冯班"淹雅善持论,顾性不谐俗。说诗力抵严羽,尤不取江西宗派,出入义山、牧之、飞卿之间"①。"牧斋称其沉酣六代,出入温、李、小杜"之间②。"其诗以晚唐为宗,时复溯源六代,胎息齐梁……所作虽于义山具体,而堂宇未闳,每伤纤仄。"③"二冯以至虞山派诗人,则主要学晚唐的温、李,主要是李商隐。"④冯氏兄弟以晚唐为宗,由温、李上溯齐、梁,独膺《才调集》和《玉台新咏》,且以其评本教人。钱木庵云:"吾虞从事斯道者,奉定远为金科玉律。此固诗家正法眼,学者指南车也。然舍而弗由,则入魔境;守而不化,又成毒药。"⑤朱炎说:"从二冯所批《才调集》入手者,多学晚唐纤丽一派,或失之浮。"⑥"轻俊之徒,巧而近纤,此又学冯而失之。"⑦由以上这些评论,可以清楚地看出冯氏兄弟及其后虞山派的诗风。

　　就人生经历的大体轮廓而言与钱谦益一样,吴伟业也是由明入清,两朝皆为高官,明代已成文坛祭酒,至清初又开宗立派。吴伟业热衷于集会结社,广事交游,招聚徒侣,追随者众多。吴兆骞、陈维崧、邹于度、邹黎眉、刘友光、沈受弘、吴绮、王摅等皆是其门下弟子。在他的家乡江苏太仓(古称娄东)形成了以他为中心的娄东诗派,享誉东南。吴伟业不但开宗立派,而且其独具特色的"梅村体"也受人称道。特别是其长篇叙事诗"用元白叙事之体,拟王骆用事之法,调既流转,语复奇丽"⑧,"以《琵琶》、《长恨》之体裁,兼温、李之词藻风韵,故述词比事,浓艳哀婉,沁入肝脾"⑨。这一诗体不仅广受好评,且有不少青年诗人起而仿效。吴兆骞(字汉槎)和陈维崧(字其年)都是"梅村体"的衣钵传人。吴兆骞的几首代表作《白头宫女行》《榆关老翁行》等,不仅音节铿锵、用事

①赵尔巽等撰:《清史稿》卷484,第13333页。
②邓之诚:《清诗纪事初编》卷1,第74页。
③徐世昌辑:《清诗汇》卷15,北京出版社1996年,第153页。
④刘世南:《清诗流派史》,第85页。
⑤王应奎撰,王彬、严英俊点校:《柳南续笔》卷3,中华书局1983年,第184页。
⑥陆以湉撰,崔凡芝点校:《冷庐杂识》卷3,中华书局1984年,第170页。
⑦王应奎撰:《柳南随笔》卷1,第20页。
⑧袁枚:《语录》,见钱仲联主编《清诗纪事》顺治朝卷,凤凰出版社2004年,第355页。
⑨朱庭珍:《筱园诗话》卷2,见郭绍虞编选《清诗话续编》,第2229页。

恰当,而且对偶工丽、富于色泽,可以说是学而有成的"梅村体"。陈维崧《酬许元锡》诗云:"二十以外出入愁,飘然竟从梅村游。先生呼我老龙子,半醉披我赤霜裘。"①陈维崧与吴伟业一样也"从'香奁体'入手"②,学习《玉台》、西昆、长吉诸体,而上溯至初、盛唐以至汉、魏③。"所作诗,风华典赡,原本六朝三唐,后乃傲兀自恣于昌黎眉山诸家而得其神髓。"④"至其沉思怫郁,尤一往全注于诗。近体似玉谿;歌行之运笔顿挫,婉转丰缛,前少陵而后香山,不足多也。"⑤周大枢评曰:"其年诗最风秀有骨力。"⑥杨际昌云:其年"诗则知否各半。予观其集,歌行佳者似梅村,律佳者似云间派,大约风华是其本色,惟骨少耳。七言绝清词丽句,足擅一家"⑦。王撝"诗有才笔,师事钱、吴。七言歌行,一唱三叹,有极似梅村者"⑧。"云间王农山广心诗秀气成采,长篇如《大梁行送林平子》,韵致仿佛梅村。"⑨江都吴绮(薗次)"诗则歌行如《青山下望黄将军墓道》,淋漓顿挫,矗矗逼梅村"⑩。吴伟业善于言情,诗风哀感顽艳,镂金错彩,"其诗虽缠绵悱恻,可泣可歌,然不过《琵琶》、《长恨》一格,多加藻采耳。数见不鲜,惜其仅此一枝笔,未能变化;又惜其雕金镂玉,纵尽态极妍,殊少古意,亦欠自然"⑪。朱庭珍又云:"如《永和宫词》、《圆圆曲》诸篇,虽情文兼至,姿态横生,未免肉多于骨,词胜于意,少沉郁顿挫、鱼龙变化之钜观。"⑫赵翼《瓯北诗话》云:"梅村诗本从'香奁体'入手……有意处则情文兼至,姿态横生;无意处虽镂金错彩,终觉腻滞可

①沈德潜等编:《清诗别裁集》卷11,第449页。

②赵翼著,霍松林、胡主佑校点:《瓯北诗话》卷9,人民文学出版社1963年,第138页。

③刘世南:《清诗流派史》,第129页。

④郑方坤:《陈维崧小传》,见陈维崧著,陈振鹏校点:《陈维崧集》,上海古籍出版社2010年,第1791页。

⑤徐乾学:《湖海楼集序》,见陈维崧:《陈维崧集》,第1799页。

⑥周大枢:《调香词自序》,见谢章铤撰:《赌棋山庄词话纪余》,葛渭君编:《词话丛编补编》,中华书局2013年,第1082页。

⑦杨际昌:《国朝诗话》卷2,见郭绍虞编选:《清诗话续编》,第1636页。

⑧邓之诚:《清诗纪事初编》卷3,第400页。

⑨杨际昌:《国朝诗话》卷1,见郭绍虞编选:《清诗话续编》,第1596页。

⑩杨际昌:《国朝诗话》卷2,见郭绍虞编选:《清诗话续编》,第1623页。

⑪朱庭珍:《筱园诗话》卷3,见郭绍虞编选:《清诗话续编》,第2258页。

⑫朱庭珍:《筱园诗话》卷2,见郭绍虞编选:《清诗话续编》,第2229页。

厌。"①赵翼又把他与高启进行对比:"若论其气稍衰飒,不如青邱之健举;语多疵累,不如青邱之清隽;而感怆时事,俯仰身世,缠绵凄惋,情余于文,则较青邱觉意味深厚也。"②吴伟业本人也认识到了自己的不足,自论其诗云:"吾之于此道,虽为世士所宗,然镂金错彩,未到古人自然高妙之极地,疑其不足以传。"③尽管其诗有一些不尽如人意之处,但毫无疑问吴伟业仍然是明末清初开宗立派的一大诗家。

朱彝尊是稍后于钱谦益、吴伟业在江南一带开宗立派且影响深远的诗人。他不但开创了秀水诗派,而且还是清中期浙派的奠基人。杨钟羲引临江乡人语曰:"浙诗国初衍云间派,尚傍王、李门户。竹垞出,尚根柢考据,擅词藻而骈謇衔,士夫咸宗之。俭腹咨嗟之吟,摈弃不取;风云月露之句,薄而不为。浙诗为之大变其继别,不仅梅里一隅也。"④朱彝尊无论其诗作还是诗论前后都有很大的变化,用他自己的话说:"于游历之地,览观风尚,往往情为所移。一变而为骚诵,再变而为关塞之音,三变而为吴伧相杂,四变而为应制之体,五变而成放歌,六变而作渔师田父之语。"⑤综观其诗,如其知交查慎行所说:"其称诗最早,格亦稍稍变,然终以有唐为宗,语不雅驯者勿道。"⑥"虽极纵横变化,而粹然一出于正如此。其称诗以少陵为宗,上追汉魏,而泛滥于昌黎、樊川,句酌字斟,务归典雅,不屑随俗波靡,落宋人浅易蹊径。"⑦其诗风格虽屡有变化,但始终不离"雅驯"。朱彝尊在家乡秀水的弟子很多,随着社会的变化,受其影响,秀水派诗人"由'缘情'逐渐向博学方面发展,形成既'根柢考据'而又'擅词藻'的诗风"⑧。不过,有人说:"我乡自竹垞检讨以来,诗人辈出。然近今学检讨诗者不辨其根本节目之所在,往往溺志

---

① 赵翼:《瓯北诗话》卷9,第138页。
② 赵翼:《瓯北诗话》卷9,第130页。
③ 杜濬:《变雅堂文集·祭少詹吴公》,见陈红彦、谢冬荣、萨仁高娃主编:《清代诗文集珍本丛刊》第52册,国家图书馆出版社2017年,第78页。
④ 杨钟羲撰:《雪桥诗话余集》卷3,杨钟羲撰,雷恩海、姜朝晖校点:《雪桥诗话全集》,人民文学出版社2011年,第2291页。
⑤ 朱彝尊:《荇溪诗集序》,《曝书亭文集》卷36,朱彝尊:《曝书亭集》,世界书局1937年,第454页。
⑥ 查慎行:《腾笑诗序》,见朱彝尊:《腾笑集》卷首,清康熙刻本,上海古籍出版社1979年影印本。
⑦ 查慎行:《曝书亭集序》,见朱彝尊:《曝书亭集》卷首。
⑧ 刘世南:《清诗流派史》,第147页。

于风怀、闲情等作,稗贩字句,争妍取多。"①

就清初而言,虞山诗派、娄东诗派和秀水诗派基本可以代表江南诗坛了。三个诗派虽各有特色,但合而观之,正如前人所评总体上呈现出"采藻新丽"②的特点。费锡璜综观天下诗曰:"吴越之诗婉而驯,其失也曼弱。"③

(二)神韵派风靡的中原诗坛

明末清初,中原诗坛较有影响的诗派,算是以申涵光为领袖的河朔诗派。申涵光自己说:"今天下诗颇推畿辅……照耀河朔。"④明末清初邓汉仪说:"今天下之诗,莫盛于河朔,而凫盟以布衣为之长。"⑤申涵光(1618—1677),字孚孟,一字和孟,号凫盟、聪山等,直隶永年(今河北永年)人,一作河北广平人。与殷岳、张盖合称畿南三才子。少年时即以诗名闻河朔,清顺治中恩贡生,绝意仕进,累荐不就。其诗以杜甫为宗,兼采众家之长,力避七子、竟陵之失,"音节顿挫,沉郁激昂,一以少陵为师,其所以师少陵者,悲愉咷啸,无一不曲肖"⑥。他认为"诗以道性情。性情之事,无所附会。盛唐诸家,各不相袭也。服古既深,直行胸臆,无不与古合。寸寸而效之,矜庄过甚,笔无余闲,古以格帝天神鬼,使啼笑不能动一人,则无为贵诗矣"⑦。河朔诗派的著名诗人还有殷岳、张盖、刘逢源、赵湛等人。殷岳(1603—1670),字宗山,一字伯岩,直隶鸡泽(今河北鸡泽)人,康熙九年(1670)去世。张盖,字覆舆,一字命士,号箬庵,永年人,以能诗闻,有《柿叶庵诗选》传世。甲申变后,"弃博士弟子,悲吟抑郁,遂成狂疾,遍走齐、晋、楚、豫之间,无所遇,将浮于海,不果"。张盖曾与申涵光、殷岳、杨思圣等人避乱隐居于沙河县西部之广阳山,

① 吴文溥:《南野堂笔记》,转引自钱钟联主编:《清诗纪事》乾隆朝卷,第1595页。
② 陆鋆《问花楼诗话》卷3有云:"国朝谈诗者,风格遒上推岭南,采藻新丽推江左。"见郭绍虞编选:《清诗话续编》,第2190页。
③ 费锡璜:《国朝诗的序》,见陶煊、张璨辑:《国朝诗的》卷首,康熙六十一年刻本,《四库禁毁书丛刊》集部第156册,第439页。
④ 申涵光:《逸休居诗引》,《聪山集》,商务印书馆1936年《丛书集成初编》本,第6页。
⑤ 邓汉仪:《聪山集序》,见申涵光:《聪山集》卷首。
⑥ 张素存语,见徐世昌辑:《清诗汇》卷14,第132页。
⑦ 申涵光:《屿舫诗序》,《聪山集》,第2页。

并结下生死之交,混迹于樵牧之中。自闭土室中,独酌狂号,不与外人见。"同里申涵光、鸡泽殷岳者,每往视之,盖延入土室,谈笑颇欢……久之狂益甚,竟以死。"①刘逢源,字津逮,明末清初直隶曲周(今河北曲周)人。赵湛,字秋水,号石鸥,原籍河北永年,后迁至邯郸,明末清初与申涵光、张盖、殷岳、刘逢源、路泽农往来唱酬。申涵光云:"古之以诗传者,其人多清刚而磊落,以石为体,而才致间发,遇物斐然。特如溪涧潆洄,草木蓊翳耳。"②"古之诗人,大多禀清刚之德,有光明磊落之概。本诸忠孝,敷以和平,三百篇皆诗皆道也。"③"盖燕赵山川雄广,土生其间,多伉爽明大义,无幽滞纤秾之习,故其音闳以肆,沉郁而悲凉,气使然也。"④整体看来,"清刚"可谓这一派诗风的总体特色。由于申涵光、殷岳等重要人物于康熙初年即已作古,因此,入清之后不久,这一诗派的影响也就逐渐消歇了。待到王士禛的神韵说形成风气之后,中原诗坛即由神韵诗派一统天下。

　　三藩之乱被平定后,清朝的统治已经稳定,康熙朝的一些文化政策也取得了明显的成效。因着个人的才情和影响与朝廷的政治操作和引导,王士禛的神韵说风靡开来,形成了清初最主要的一大诗派。这一诗派与当时大多数诗派以地域、郡邑命名不同,神韵派独以诗歌风格命名。从诗派的命名可以看出,主导这一诗派的关键人物,可能一开始就有着突破地域、影响全局的设想。尽管这一诗派在全国形成了较大的影响,但是,它并没有真正实现风靡天下的目标。因为当时在江南和岭南地区,也有不少诗派如虞山诗派、娄东诗派、秀水诗派等在地方上各树旗帜,聚徒纳众,其影响甚至也一定程度地超越了地域。客观地说,神韵诗派是当时全国影响最大的诗派,也是具有政治意味的影响全国的主流诗派。其影响虽大,但并不能抵消江南和岭南这些地域性诗派在当地的影响。其真正风靡、压倒一切的也仅局限于中原诗坛。这里所谓的中原诗坛既是地域的,同时也是政治文化的。

---

①屈大均:《高士传》,《屈大均全集》第3册,第355页。
②申涵光:《逸休居诗引》,《聪山集》,第6页。
③申涵光:《青箱堂诗序》,《聪山集》,第1页。
④申涵光:《畿辅先贤诗序》,《聪山集》,第1页。

正当神韵说居高振响,王士禛替代钱谦益、吴伟业成为诗坛新一代领袖之时,赵执信却出人意料地公开挑战这位新的诗坛盟主,且与其针锋相对。虽然受到一些人的诋呵,但赵执信却执拗地坚持着自己的理念。赵执信(1662—1744),字伸符,号秋谷,晚年自号饴山老人。山东益都县颜神镇人。康熙十八年进士,选翰林院庶吉士,散馆授编修。赵执信特著《谈龙录》一书批判王士禛的神韵说。相对于神韵派,其诗一时成为新体,影从者众多,形成颇有影响的饴山诗派。追随他的弟子有:吴剑虹、仲昰保、毕海珖、查曦、秦崑雪、丁鹤亭、李经五、谢文洊、张坦等①。两家虽然公然对立,但宏观地看二者却相反相成,饴山诗派只是在中原诗坛内部对神韵诗派的补弊救偏而已。纪昀早就注意到了这种相反相成的关系,而且对两家之诗有比较公允的评论:"平心而论,王以神韵缥缈为宗,赵以思路劖刻为主。王之规模阔于赵,而流弊伤于肤廓;赵之才力锐于王,而末派病于纤小。使两家互救其短,乃可以各见所长,正不必论甘而忌辛,好丹而非素也。"②又在《阅微草堂笔记》中借木魅之语云:"明季诗庸音杂奏,故渔洋救之以清新;近人诗浮响日增,故先生救之以刻露。势本相因,理无偏胜,窃意二家宗派当调停相济,合则双美,离则两伤。"③

从地域和政治文化的双重视角而言,神韵诗派、饴山诗派与河朔诗派都应该归入中原诗坛。河朔派入清之后不久,其影响即已消歇;饴山派客观来说只是对神韵派的补弊救偏,其影响又远不及神韵派之大,因此,中原诗坛毫无疑问是神韵派的一统天下。

(三)"雄直"的岭南诗坛

盛唐张九龄之后,明初南园五先生和明中叶的南园后五先生等重又振起,岭南诗坛终于引起了研究者的关注。明末清初岭南诗坛异军突起,引起了当时诗坛的极大重视。这一时期的岭南诗坛,不但诗人众多,名家辈出,更为人称道的是整体上真正形成了迥异于中原和江南的

①刘世南:《清诗流派史》,第258—259页。
②永瑢等撰:《四库全书总目》卷173,中华书局1965年,第1527页。
③纪昀:《阅微草堂笔记》卷3《滦阳消夏录》,嘉庆五年北平盛氏望益书屋刻本,第23b—24a页。

雄直诗风。

中国诗学理论和诗学传统中,最受强调和推崇的就是风骨或风力,岭南诗派"力追正始",所继承的正是这样一种传统。就此一点,清初无论是中原还是江南,都不及岭南诗坛更能体现中国传统诗学的价值观。即此而言,谓之与中原、江南鼎足而三并不为过。

明清鼎革之际,中原和江南皆被清军征服之后,以陈子壮、张家玉和陈恭尹之父陈邦彦为代表的岭南士人,揭竿而起,凭瓯骆一隅,居然一定程度地改写了清军征服中国的历史。岭南士人虽然遭到残酷的镇压,但此后以屈大均和陈恭尹等为代表的清初岭南诗人,受其遗风鼓荡,他们用行动、用诗歌仍然继续着自己的反抗。屈大均诗云:"慷慨干戈里,文章任杀身。尊周存信史,讨贼托词人。"①如果说岭南诗派的传统中一直存在着雄直之气的话,也只有到了这一时期,岭南地区特殊的时代背景才真正光大了这一传统,也才使雄直真正成为岭南诗派的主导诗风。

这一时期屈大均、陈恭尹、陈子升等一大批志士遗民就不用说了,即便是后来入仕清朝的诗人如梁佩兰、程可则、方殿元等,其诗也颇具风力,体现出雄直的特色。梁佩兰前期的作品,总的来看具有词锋显露、风格雄健、意概恢宏的特点,显示出来的作家的精神状态也是慷慨豪迈,气盛势张。只是到了后期,梁佩兰受到王士禛神韵诗学的影响,诗风才有所变化。程可则"其为诗取材于《选》,取法于唐"②。施闰章《海日堂集序》云:"腾踔奋伟,熊熊有光焰。"③沈德潜评程可则:"湟溱诗俊伟腾踔,声光熊熊。"④方殿元诗原出古乐府,于竞尚苏、黄时独操唐音。沈德潜云:"九谷雄长南粤……诗文集鸿丽浑厚,苍然蔚然。"⑤梁崇一云:"九谷乐府声色臭味直逼古人,古诗亦疏落自喜,无时下铺排软靡之习。"颜鹤汀云:"九谷乐府寄托遥深,节韵苍峭。"⑥"其乐府节韵尤苍

①屈大均:《春山草堂感怀》,《屈大均全集》第 1 册,第 286 页。
②郭尔戺、胡云客修,冼国干等纂:〔康熙〕《南海县志》,《广州大典》第 272 册,第 717 页。
③施闰章:《海日堂集序》,见程可则:《海日堂集》卷首,《广州大典》第 436 册,第 127 页。
④沈德潜等编:《清诗别裁集》卷 3,第 109 页。
⑤沈德潜:《方冀朔〈灵洲诗集〉序》,《归愚文钞》卷 13,沈德潜:《沈德潜诗文集》第 3 册,第 1340 页。
⑥温汝能辑:《粤东诗海》卷 65,第 1232 页。

峭入古。"①再有此时岭南的大批诗僧,如函可、函昰、澹归、阿字、成鹫等,他们的诗也颇具风骨。由此,我们可以肯定雄直已经成为此时岭南诗坛整体的、占主导地位的诗风。前人谓之雄直是有充分的根据的。

岭南诗坛不同于当时其他地区的雄直诗风在当时和其后都得到了认可。清中期的著名诗人洪亮吉云:"药亭独漉许相参,吟苦时同佛一龛。尚得昔贤雄直气,岭南犹似胜江南。"②清末诗人沈汝瑾《国初岭南江左各有三家诗选阅毕书后》云:"鼎足相诗笔墨酣,共称诗佛不同龛。珠光剑气英雄泪,江左应惭配岭南。"清末学者程秉钊《国朝名人集题词》云:"浩瀚雄奇众妙该,遗民谁似岭南才?"陆銮《问花楼诗话》云:"国朝谈诗者,风格遒上推岭南,采藻新丽推江左。"③程秉钊之"雄奇"、陆銮之"遒上"与所谓雄直意思相近。

岭南诗坛之所以形成并长期延续这种雄直的诗风,应该说是多种因素共同作用的结果。这一诗风除了与岭南文学的传统和某些著名诗人的影响有重要关系之外,地域的影响也是一个重要因素。梁佩兰说:"予粤处中原瓯脱,人各自立,抒其性情。"④王士禛《池北偶谈》云:"正以僻在岭海,不为中原江左习气熏染,故尚存古风耳。"⑤梁、王二人正是从地域这一角度评价的。不过,这一时期雄直诗风之所以能成为其主导诗风,主要还是缘于明清鼎革之际发生在岭南的那段特殊的历史、岭南士人的个性和因着这段特殊的历史所导致的个人遭际等。明末清初时局的突变是激发他们慷慨悲歌的最主要的原因,尤其对屈大均和陈恭尹等人来说。民国学者邓之诚先生说:"洪亮吉遂有句云,'尚得古贤雄直气,岭南犹似胜江南'。大均与东南畸人逸士游,未改故步。佩兰与中原士大夫游,俊逸胜而雄直减矣。"⑥邓先生一语中的。

清初诗坛,还有一些人为了变化求新而师法苏、黄,以求广益多师。

①凌扬藻编:《国朝岭海诗钞》卷2,《广州大典》第89册,第249页。
②洪亮吉:《道中无事偶作论诗截句二十首》之五,见洪亮吉:《洪亮吉集》卷2《百日赐环集》,第1244页。
③陆銮:《问花楼诗话》卷3,见郭绍虞编选:《清诗话续编》,第2190页。
④梁佩兰:《金茅山堂集序》,《六莹堂集》,第416页。
⑤王士禛:《池北偶谈》卷11,第251页。
⑥邓之诚:《清诗纪事初编》卷8,第986页。

后人为概括这一创作倾向谓之"宗宋派"。其实所谓"宗宋派"中的一些代表人物,同时也是其他一些诗派的重要成员。钱谦益一般被看作清诗宗宋派的鼻祖,但他实际上是虞山诗派的创始人;陈维崧"晚而与当代大家诸先生上下议论,纵横奔放,多学少陵昌黎东坡放翁"[①],"后乃傲兀自恣于昌黎眉山诸家而得其神髓"[②],但他实际上却是"梅村体"的衣钵传人。更准确些说,宗宋只是当时一些诗人为了反驳或补救宗唐之弊而有意学宋,在创作上所表现出的一种倾向,并非一个严格意义上的诗派。另外,如上所述,清初大多数诗派都有一定的地域色彩,而宗宋派则没有。因此,讨论清初诗坛的地域格局时,所谓的"宗宋派"可置而不论。

在一般人的印象当中,岭南相对于中原和江南长期以来都是相对落后的,为什么明末清初岭南诗坛却能与中原、江南鼎足而三呢?尽管明代之后,岭南文化已经非常兴盛,但还不足以赶上江南和中原。尽管明末清初岭南地区产生了大批诗人诗作、诗人世家,而且诗社林立,但从数量上来说,岭南一地还不足以与广大的中原或江南相抗衡。根据清初黄登的《岭南五朝诗选》和今人李德超《岭南诗史稿》的记录进行统计,清初岭南地区诗人分别大约是三百五十和七百人,有诗集传世者约有四百来人。这一时期包括修复和新建的诗社约有三十来个。宋明以来江南文化非常繁荣,诗人众多,尽管明末清初岭南诗人辈出,但就整体数量而言,应该还不会赶上江南。江左三大家中的钱谦益和吴伟业两朝皆为显宦,明末已成文坛领袖,其成就和影响相对来说也应当高于岭南三大家中的两位布衣诗人屈大均和陈恭尹。如果我们仔细推敲一下,洪亮吉的"尚得昔贤雄直气,岭南犹似胜江南"和沈汝瑾的"珠光剑气英雄泪,江左应惭配岭南",就会发现其强调的重点都是"雄直气"和"英雄泪",而不是整体的成就和影响。如果说成就和影响孰高孰低尚有可议之处,那么就诗中的英雄之气和雄直之风来说,二者实难相提并论。

明末清初是诗人们最应该慷慨悲歌的时代,风力遒上也最为中国

①陈维岳:《湖海楼诗集跋》,见陈维崧:《陈维崧集》,第1821页。

②郑方坤:《陈维崧小传》,见陈维崧:《陈维崧集》,第1791页。

传统诗学所崇尚,无论中原诗坛所追求的"神韵",还是江左诗人所追求的"采藻新丽"都与之相距甚远,反而僻在岭海之间的诗人最得传统诗学之正。故屈大均非常自信地说:"推诗风之正者,吾粤为先。"①从这一角度来说,岭南诗坛在那个时代无意间变边缘而为中心了。不但岭南三大家可与江左三大家抗衡,岭南诗坛也可与江南、中原诗坛并驰天下。举岭南三家"隐以抗江左三家"②,邓之诚看出了王隼此举的底气。清初著名诗人费锡璜《国朝诗的序》综观天下诗后说:"前朝闽诗胜于粤,今粤中之诗,遂与中原吴楚争衡。此天下诗之大较也。"③

清初中原、江南和岭南这三个地域诗坛所呈现出的诗风是明显不同的,三者差别之大以至"驰两广于中原,望而知为南越之麈"④。诗风明显不同的三者表面看来是地域性的,实际上也是政治性的。从鼎革之初到熙朝中叶,社会由乱而治,诗坛的整体风貌也随之出现了明显的变化。这一变化,受主流意识影响较大的中原诗坛表现最为突出,其次是江南诗坛,相比较,岭南诗坛对这一转变的拒斥最为明显。显然这三者距离政治远近是不同的。

严迪昌先生认为清初诗坛出现了明显的分化:朝野离立、布衣诗风与辇下诗风离立。二者无论诗风还是诗学主张都有明显的不同。"绝世风流润太平"的王士禛,其神韵诗派所代表的正是辇下诗风;在野的布衣之诗,其创作主体主要是志士遗民,在诗学理论上更强调性情的抒写。岭南诗坛的雄直诗风最能体现在野的布衣诗学的要求。这一诗风虽然在本地有着悠久的传统,但也只有在这一时期才成为岭南诗坛的主导诗风。当中原和江南诗风顺时而变时,雄直之气却在岭南诗坛长期地保持下来,并进一步强化了岭南地域诗风诗学的传统。屈大均、陈恭尹等人对岭南雄直诗风的强调,和对岭南地域诗学传统的建构,有意无意间与王士禛所代表的辇下诗学诗风形成了对抗态势。相对于中原和岭南,以江左三大家为代表的江南诗坛,却表现出与朝廷不即不离的

---

①屈大均:《广东文选凡例》,屈大均辑:《广东文选》卷首。

②邓之诚:《清诗纪事初编》卷8,第986页。

③陶煊、张璨辑:《国朝诗的》卷首,见《四库禁毁书丛刊》集部第156册,第439页。

④王之正:《广东诗粹序》,见梁善长辑:《广东诗粹》卷首,乾隆十二年达super堂刻本,《广州大典》第493册,第3页。此为叶春及评明代岭南诗派语,亦可移作对清初岭南诗派的评价。

关系。因此，大体上可以说，清初诗坛实际上形成了以江左三大家和朱彝尊为代表的江南诗坛、以王士禛为代表的中原诗坛和以岭南三大家为代表的岭南诗坛三足鼎立的格局。

下编　文化重构与地域书写

第一章　屈大均的文献编纂和明末清初岭南文献编纂之热潮

　　屈大均是明末清初一大诗家和词家,其文学成就广为人知,但是他作为一个有着巨大成就的文献学家的身份,一般人并不了解。他"不仅是岭南百科全书的开创者……而且是开粤人整理地方文献之先的文献学家"①。"屈大均开岭南人研究整理粤地文化之先河,是广东有史以来对该地区史籍文献进行全面整理和研究的第一人,在广东文化史上占有重要的地位。"②他以一人之力对岭南文献进行了近乎全面系统的整理,其中有些编著还是有关领域的经典之作。目前所知翁山编撰和参与编纂的二十多种编著相互之间还存在一定程度的关联和配合。他不但有巨大的编纂成就,而且还有丰富的编纂思想。在翁山看来,编述与著作一样重要。"惟能述而后能有文,文之存亡在述者之明,而不徒在作者之圣。"③翁山先生晚年息游之后,其主要精力都用在了文献的整理和编纂,其诗云:"年来辞赋已无心,早岁《春秋》元有志。"④

一、屈大均的文献编纂思想

　　翁山的文献编撰始于早年。早年游走四方时,即着手收集有关资料,于"兵火之余,搜罗残缺,出于壁中,求之枕上,穷极幽微"⑤。《皇明四朝成仁录》的撰述,就是从他二十来岁时开始的。他编撰《广东新语》的想法也很早,自述游走四方时,常有人问及岭南的情况,撰作《广东新

①罗志欢:《古文献散论》,中国社会科学出版社2018年,第38页。
②罗志欢:《古文献散论》,第49页。
③屈大均:《广东文选自序》,屈大均辑:《广东文选》卷首。
④屈大均:《季伟公赠我朱子纲目诗以答之》,《屈大均全集》第1册,第187页。
⑤屈大均:《广东文集总序》,屈大均辑:《广东文集》卷首,康熙刻本,《广州大典》第489册,第468页。

语》的计划应该就产生于此时。不过,其大规模系统的编纂计划的正式实施应当在康熙十九年五十一岁息游之后。翁山编撰和参与编纂的,目前所知有二十多种。他的编纂思想就体现在这些编著和相关的理论文章之中。

(一)述亦是作,"恭敬其文,所以恭敬其道"

在翁山看来,述亦是作,可以寓作于述之中。整理编纂意味着弃取,有所取,必有所弃。"诗之有选也,自夫子始,古诗三千,夫子仅十而存一,以为三百篇,故尝自言'《诗》三百',又曰:'诵《诗》三百。'……盖《诗》必删而后正,正而《风》、《雅》、《颂》各得其所,乃可以为经,而与《书》并行于世……五经惟《书》与《诗》主乎文,夫子删后,而《书》与《诗》遂为夫子之文章,故曰作者谓圣,述者谓明。述者因作者以为文章,亦犹月受日之光以为光也。士生圣人之后,有志于文,不能师其作,当师其述。"[1]孔子以述代作,《诗》《书》因而皆得其正,皆得为经,故"《书》与《诗》遂为夫子之文章"。

"夫子称'述而不作',述之中有选存焉,若《书》、《诗》是也……夫左氏之述《国语》,昭明之述《文选》,是皆夫子之志也哉!《书》、《诗》如夫子一家之言,《国语》、《文选》亦如一人之所作,以我范围古人,不以古人范围我。夫子者,述者之圣;二子者,述者之明者也。"[2]"昭明者,盖删述之巨匠,仲尼之肖孙者也。"[3]孔子述而不作,以述代作,翁山谓之"述者之圣"。撰《国语》之左氏、辑《文选》之萧统可谓夫子之"肖孙"。寓作于述之中,以他人之作,成自己一家之言,翁山亦有此念。"予兹不揣愚蒙,谬有《广东文集》之役……以一国之文献,为一家之私书。"[4]

《诗》《书》因孔子选述,其所寓大道得以显现。"文者道之显者也,恭敬其文,所以恭敬其道,道在于吾乡之人,吾得由其文而见之,以为尚友之资,以为畜德之本,岂非吾之所以为学者乎!"[5]在翁山看来,道因文

---

①屈大均:《岭南诗纪序》,《屈大均全集》第3册,第57—58页。
②屈大均:《广东文选自序》,屈大均辑:《广东文选》卷首。
③屈大均:《岭南诗纪序》,《屈大均全集》第3册,第58页。
④屈大均:《岭南诗纪序》,《屈大均全集》第3册,第58页。
⑤屈大均:《广东文集总序》,屈大均辑:《广东文集》卷首,《广州大典》第489册,第469页。

而显，悉心保存先贤的文章，实质上是对道的尊崇。一部《诗经》亦诗也，亦道也；一部《尚书》亦文也，亦道也。

是什么驱使他产生如此之高的热情，耗费半生精力于斯役呢？他眷恋的大明王朝已然不在，"以夷变华"的文化危机迫在眼前。尽管治统不在，他认为只要华夏道统文脉不断，即可免于天下之亡，"以师为君，以道统为治统，作其圣功于无穷"①。华夏道统文脉就保存在前人的著作当中。整理编纂前人遗留下来的著作，即是保护华夏的道统文脉。"笔削吾何倦，《春秋》以没身。诸侯多史记，采取托何人？"②昔以文载道，今以述载道。其文献整理编纂的热情和使命感，即来自保存并承续华夏道统学统和文脉，以免天下之亡的设想。

（二）由一国而天下，始于父母之邦

编述前贤之作实质上也是保存华夏道统文脉，前贤之作浩繁，编述当从乡邦文献开始。对地方文献的整理编纂，既是保存华夏道统文脉，也是对本地历史文化的尊重和继承，是对乡邦文化和文化传统的重构。

编纂从父母之邦开始，有经典先例可依。"述而有其本焉，则父母之邦是也。以父母之邦，为天下之本，此《春秋》之所以因乎鲁史，而《费誓》之所以殿乎《书》，《鲁颂》之所以殿乎《诗》也。吾粤自郡县以来，在前有《交广春秋》、《十三州记》，在后有《广东通志》、《粤大记》，然文与诗百而录一，未有专书，斯乃人文之阙典，岭海之憾事也。予兹不揣愚蒙，谬有《广东文集》之役，思为同乡先哲罔罗放失，纂辑成编，以一国之文献，为一家之私书。"③翁山的思路非常清晰，其述有本，以乡邦为先，有夫子删《诗》《书》《春秋》之先例。

"述天下"，从"述吾乡"开始，这一思想，也与人热爱故土的本能有关。这种感情由乡而国而天下，爱国犹如爱家。《广东文集总序》云："其文明，君子当之……此文献《金鉴》之录、文庄《衍义》之补、文简《格物》之通、文襄《皇极》之畴之所以与皋谟伊训相彪炳也。自洪武迄今，

①屈大均：《圣人之居》，《屈大均全集》第 8 册，第 1837 页。
②屈大均：《编史作》，《屈大均全集》第 2 册，第 1107 页。
③屈大均：《岭南诗纪序》，《屈大均全集》第 3 册，第 58 页。

为年三百,文之盛极矣。极而无以会之,使与汉唐以来诸书,其远而为王范、黄恭之所纪述,近而为泰泉、梦菊之所编摩者,悉沦于草莽,文献无稽,斯非后死者之所大惧乎。"①恭敬桑梓表彰先贤,以免先贤著作"沦于草莽",应该也是翁山整理编纂乡邦文献的动因之一。"吾所以为父母之邦尽心者,惟此一书。于先哲之文如桑与梓,存者为先哲显其日月光华,删者为先哲藏其珠玉瑕颣,是吾之所以为恭敬也云尔。"②

为了其宏大的编纂计划,他极力搜求乡邦文献,"近自穗城,远而琼甸,及此兵火之余,搜罗残缺,出于壁中,求之枕上,穷极幽微"③。翁山不仅著述丰富,藏书亦多,自云"藏书不少"。"在家乡沙亭有'三闾书院'书藏,为乡学藏书之地,专供学员研读。"④除此之外,翁山应当还有"四百三十二峰草堂藏书"⑤。其《独酌时丙寅春五十七岁》诗云:"岁月无多叹逝川,七旬更待十三年……藏书不少名山业,儿女他时各一编。"⑥罗志欢先生是对岭南文献有深入研究的专家,认为翁山"是历史上第一位专意搜集、收藏和整理岭南文献的岭南人"。明末清初岭南"以番禺梁朝钟、屈大均二人收藏最富。屈大均是着意搜藏整理岭南文献的第一人"⑦。

为了乡邦文献的编纂,他对粤人文学和学术源流进行了认真的考

①屈大均辑:《广东文集》卷首,《广州大典》第489册,第467页。

②屈大均:《广东文选自序》,屈大均辑:《广东文选》卷首。

③屈大均:《广东文集总序》,屈大均辑:《广东文集》卷首,《广州大典》第489册,第468页。

④罗志欢:《岭南历史文献》,第211页。按:屈大均《翁山文钞》卷1《三闾书院倡和集序》云:"予于广州城南得陋室数椽,即以为先大夫三闾书院,奉三闾画像其中,而以宋玉、詹尹、渔父为配。"见《屈大均全集》第3册,第284页。罗教授认为三闾书院在沙亭,这里却说在广州城南。《广东新语》卷17《宫语》"三闾大夫祠"条云:在沙亭"予欲建三闾大夫祠,以宋玉、景差二大夫为配"。"祖香园"条云:"祖香园在沙亭乡,吾以园中草木,皆有先祖三闾大夫之遗香,故以名园。园之中有骚圣堂,其木主书曰:'楚左徒三闾大夫先公屈子灵均之位',旁二主书曰:'楚大夫宋玉先生之位'、'楚大夫景差先生之位'。二先生皆高弟子,故以配享。"见《屈大均全集》第4册,第419、428页。由此知三闾书院在广州城南,罗先生也许是将沙亭之三闾大夫祠,误作了三闾书院。

⑤康熙年间刻本《翁山文外》,屈大均《翁山文外自序》末署"四百三十二峰草堂藏书"。《翁山诗外》卷3有《四百三十二峰草堂歌有赠》诗:"君不见罗浮秀出朱明天,璇台万仞阊阖连……形见神藏龙蜿蜒,内圣外王体自然。仲尼不及姑射仙,黥人仁义徒多言。吾心皎皎秋月圆,一死一生如浮烟。"见《屈大均全集》第1册,第140—141页。

⑥《屈大均全集》第2册,第943页。按:"名山业",原作"名山叶",据康熙年间屈明洪补刊本《翁山诗外》卷11改。

⑦罗志欢:《岭南历史文献》,第206、204页。

辨。"广东居天下之南,故曰南中,亦曰南裔。火之所房,祝融之墟在焉,天下之文明至斯而极。极故其发之也迟,始然于汉,炽于唐于宋,至有明乃照于四方焉,故今天下言文者必称广东。"①翁山又云,自"汉议郎陈元,以《春秋》《易》名家"之后,代不乏人②。其《广东新语》卷11《文语》和卷12《诗语》即是对粤人著述和文学源流所进行的精审考辨。"博取而约之,撰为一书,名之曰《广东文集》,使天下人得见岭海之盛于其文。文存而其人因以存,以与《广东通志》相表里,岂非一国人文之大观哉。"③

翁山以乡邦为本,由一国而天下的编纂思想,除了依据孔子著《春秋》等先例之外,也有自己的理解。《广东文集总序》云:"一国之人文,天下之人文也。知天下于一国,知一国于一人。"④《广东文选自序》云:"广东者,吾之乡也。不能述吾之乡,不可以述天下。文在于吾之乡,斯在于天下矣!"⑤《广东新语自序》对这一道理有更充分的阐述:"或曰:'子所言止于父母之邦,不过一乡一国,其语为小。'予曰,不然。今夫言天者,言其昭昭,而其无穷见矣;言地者,言其一撮土,而其广厚见矣;言山言水者,言其一卷石,言其一勺,而其广大与不测见矣。夫无穷不在无穷,而在昭昭;广厚不在广厚,而在一撮土;广大不在广大,而在一卷石;不测不在不测,而在一勺。故曰:语小天下莫能破焉。夫道无小大,大而天下,小而一乡一国,有不语,语则无小不大……《国语》为《春秋》外传,《世说》为《晋书》外史,是书则广东之外志也。不出乎广东之内,而有以见乎广东之外,虽广东之外志,而广大精微,可以范围天下而不过,知言之君子,必不徒以为可补《交广春秋》与《南裔异物志》之阙也。'"⑥翁山把"述吾乡"与"述天下"的辩证关系讲得非常透彻。

他带着强烈的乡邦情怀,投入了对他个人来说几乎是不可能完成的浩大的整理编纂工作当中。"广东者,吾之乡也,一桑梓且犹恭敬,况

---

①屈大均:《广东文集总序》,屈大均辑:《广东文集》卷首,《广州大典》第489册,第467页。
②《屈大均全集》第4册,第291页。
③屈大均:《广东文集总序》,屈大均辑:《广东文集》卷首,《广州大典》第489册,第467页。
④屈大均辑:《广东文集》卷首,《广州大典》第489册,第467页。
⑤屈大均辑:《广东文选》卷首。
⑥《屈大均全集》第3册,第45页。

于文章之美乎？……其不能一一镂版以传，则以贫也，有所待于有力者也，然予将终身以之，若愚公之徙太行，精卫之填东海，不以其力之不足而中辍也，知者鉴诸。"①翁山编纂的《广东文集》是一个巨大的工程。尽管他知道以其一人之力，难以完成他宏大的计划，但他并未知难而退，因为这是"为父母之邦"尽心，这是传承华夏道统学统和文脉。他与王隼相互劝勉，"吾今与蒲衣，心虽有余，力则不足，以一国之书，而成以一人之手，其不为人之所讪笑妒嫉亦幸矣。宁复有解其囊橐而助之成者乎？今且与蒲衣鬻郭外之田庐，卖临邛之车骑，以为剞劂之需。《传》曰：'一篑苟覆，九仞终成。'其无以为难而中止可矣"②。《广东文集》卷帙浩繁，虽然编纂完成，但由于财力不足，未能全刻，流传至今的仅有十六卷。翁山的许多编著尽管没有刊刻流传下来，但其文献学的巨大成就却不容置疑。他"不仅是岭南百科全书的开创者……而且是开粤人整理地方文献之先的文献学家"③。"屈大均开岭南人研究整理粤地文化之先河，是广东有史以来对该地区史籍文献进行全面整理和研究的第一人，在广东文化史上占有重要的地位。"④就岭南文献编纂之精审、规模和系统性来说，迄今为止无人能出其右。

　　翁山的纂述逻辑是从"述吾乡"到"述天下"，但时间上却不必恪守孰先孰后，再者"述吾乡"，本身也是"述天下"。始于早年的《皇明四朝成仁录》即是对明末天下之事的记述。其晚年之撰述，仍然"述吾乡"与"述天下"兼具。康熙二十四年春，王士禛奉使至粤。四月九日，吴兴祚招翁山与王士禛、黄与坚饮于端州石室岩。吴、王"皆欲荐先生于朝。先生曰：'家有老母，吾岂能离朝夕之养？况余所著《诗外》、《文外》、《文钞》、《广东新语》与所述《易外》、《四书补注》、《广东文选》、《广东文集》、《十八代诗选》、《李杜诗选》、《今文笺》、《今诗笺》、《翁山六选》诸书未竟，余之笔砚未可辍也。'"⑤《十八代诗选》《李杜诗选》《今文笺》《今诗笺》《翁山六选》等，我们虽然不清楚其具体内容，但从书名即可判断，其

①屈大均：《广东文集总序》，屈大均辑：《广东文集》卷首，《广州大典》第489册，第469页。
②屈大均：《岭南诗纪序》，《屈大均全集》第3册，第59页。
③罗志欢：《古文献散论》，第38页。
④罗志欢：《古文献散论》，第49页。
⑤黄廷璋：《翁山诗外序》，《屈大均全集》第1册，《翁山诗外》卷首。

内容不只是"述吾乡"。

(三)"崇正学、辟异端"

顺治七年广州庚寅之难,翁山为避难礼函昰为僧,因在心理和行为上不能真正皈依,其后又逃禅归儒。进出佛门本来相对自由,并不存在严格的限制,但其逃禅辟佛之事却引起了人们的议论。有学者沿着他与海云系的过节梳理其心迹的变化,虽然不失为一个可行的视角,但如果要探寻其深层的原因,还应该正视其有关的文字表述。翁山虽如芸芸众生一样浅俗地生活着,但同时又是一个心系天下存亡和华夏道统文脉存续的人。他既浅俗地活在当下,同时也深刻地生存在延续着某种逻辑的文化和历史当中。逃禅归儒最根本的原因在于他正统的文化理想。"崇正学、辟异端"贯穿在他几乎所有的著作和编纂当中。

翁山"崇正学",首言孔子,次曰孟子、屈子和朱子。此数子无所不正,故言去取,皆以其为准的。"诗之有选也,自夫子始……盖《诗》必删而后正,正而《风》、《雅》、《颂》各得其所,乃可以为经,而与《书》并行于世。"[1]"夫子称'述而不作',述之中有选存焉,若《书》、《诗》是也。《书》始唐尧,而五帝以来言不雅驯者勿道;《诗》始殷汤,而白帝、皇娥、涂山之歌,言而荒诞者勿道。夫子之慎,其言如是。"[2]除《广东新语》因体例和传统所限而略及神怪之外,其编著切实做到了"言而荒诞者勿道""言不雅驯者勿道"。陈献章是他极为尊崇的乡贤,但其"有伤典雅者,亦皆删削勿存"。《广东文选》"以崇正学、辟异端为要,凡佛老家言于吾儒似是而非者,在所必黜。即白沙、甘泉、复所集中,其假借禅言,若悟证顿渐之类,有伤典雅者,亦皆删削勿存。务使百家辞旨,皆祖述一圣之言,纯粹中正,以为斯文之菽粟,绝学之梯航"[3]。"务使百家辞旨,皆祖述一圣之言",从这可以看出翁山的编选标准之严格。他编选《广东文集》《广东文选》等不仅仅是为了保存乡邦文献,也有"崇正学""正人心、维风俗"之目的。"崇正学"意味着要"辟异端",这二者是一个问题的正反

①屈大均:《岭南诗纪序》,《屈大均全集》第3册,第57—58页。
②屈大均:《广东文选自序》,屈大均辑:《广东文选》卷首。
③屈大均:《广东文选凡例》,屈大均辑:《广东文选》卷首。

两面。"一篇一字,亦必以内圣外王为归,痛绝释老之言,阴寓《春秋》之法。"①

"辟异端""言而荒诞者勿道",翁山在这一点上与孔子是一致的。"攻乎异端,斯害也已""子不语怪,力,乱,神""未能事人,焉能事鬼?""未知生,焉知死"②云云,不但是孔子的基本思想,同时也是其删述《诗》《书》《春秋》的编纂思想。

翁山编纂《广东文集》"有谥称谥不称官,以朝廷之易名为尊也。无谥乃称官,官以其代之官,以一王之制,不可乱也。官又以所赠之官,荣君恤也。无官则称处士,重高节也。非处士则或称生员、贡、监生,以其尝欲求仕也。或称举人、进士,以其将出而仕者也。别号不称,以非其祖父之所命也"③。在翁山看来,称谥、称官,不称别号,是对朝廷和王制的尊重,这也是"崇正学"的表现。

岭南诗始于曲江张九龄,其诗"中正和平,咸归典则",可为粤诗正始。《广东文选凡例》云:"吾粤诗始曲江,以正始元音先开风气。千余年以来,作者彬彬,家三唐而户汉魏,皆谨守曲江之规矩,无敢以新声野体而伤大雅,与天下之为袁徐、为钟谭、为宋元者俱变,故推诗风之正者,吾粤为先。是选中正和平,咸归典则,于以正人心、维风俗,而培斯文之元气,于是乎在。以此选一邦,即以此选天下,无不可者。以《春秋》之谨严,为诗人之忠厚,不佞窃有志焉。"④"新声野体"泛滥天下,而粤诗独守其正,在翁山看来,这与"千余年以来……家三唐而户汉魏,皆谨守曲江之规矩"有关。

后世文章,唐宋大家之文最能体现孔孟"正学"。翁山云:"为文当以唐宋大家为归,若何李、王李之流,伪为秦汉,斯乃文章优孟,非真作者。吾广先哲,文体多出于正,可接大家之武者实繁其人,是选无遗美焉。"⑤明代前后七子"伪为秦汉",故在其排击之列,务始文体皆出于正。

---

① 屈大均:《广东文集总序》,屈大均辑:《广东文集》卷首,《广州大典》第489册,第469页。
② 杨伯峻译注:《论语译注》,中华书局2009年,第18、71、112页。
③ 屈大均:《广东文集总序》,屈大均辑:《广东文集》卷首,《广州大典》第489册,第469页。
④ 屈大均辑:《广东文选》卷首。
⑤ 屈大均:《广东文选凡例》,屈大均辑:《广东文选》卷首。

"伪为秦汉"的"何李、王李之流"如此，与孔孟之道相左的佛老亦如此。尽管他整体上肯定南越王赵佗，但对其弃冠带，效土著"椎结箕倨"则大加批评；对秦王嬴政虽多有贬词，但对他以中原文化变粤地蛮俗，则大加肯定。这些皆出于其"崇正学、辟异端"的思想。一切与"正学"相左的都在翁山排击之列。如果以此谓翁山太过"正统""守旧"，则非知人论世之谈。

（四）"文""献"有别，"纪""选"有辨

明万历年间，广东提学副使湖北蕲州张邦翼编成《岭南文献》，其继任者福建晋江杨瞿崍继之编成《岭南文献续集》（又称《岭南文献轨范补遗》），虽开广东文献编纂之先河，但其缺陷亦足为戒。陈恭尹谓之"宥于见闻未广"，"挂漏贻讥"[①]。与陈恭尹不同，翁山的批评着重在《岭南文献》体例不精，"是书主于文不主于献"却取名《岭南文献》。翁山云："先是时，吾粤有《岭南文献》一书，吾尝病其文不足，献亦因之，盖因文而求其献耳，非因献而求其文也。斯乃文选之体乎，以言乎文献，则非矣。"[②]因没有严格区别"文"与"献"的关系，以文选之体而作文献，故"其文不足，献亦因之"。屈、陈二人从深与广两个维度，指出了其问题之所在。

何谓文献？《辞源》"文献"条云："文，指有关典章制度的文字资料；献指多闻熟悉掌故的人。《论语·八佾》：'夏礼吾能言之，杞不足徵也；殷礼吾能言之，宋不足徵也；文献不足故也，足，则吾能徵之矣。'后指有历史价值的图书文物。"[③]《汉语大词典》"文献"条云："有关典章制度的文字资料和多闻熟悉掌故的人……朱熹集注：'文，典籍也；献，贤也。'……后专指有历史价值或参考价值的图书资料。"[④]《辞源》和《汉语大词典》的解释应该是权威的。综合二者之后，我们应该可以这样解释翁山对文与献的理解：文指的是典籍文章，献指的是有关先贤的事迹、

---

① 陈恭尹：《重刻岭南文献征启》，《陈恭尹集》，第 646 页。
② 屈大均：《广东文集总序》，屈大均辑：《广东文集》卷首，《广州大典》第 489 册，第 467 页。
③ 《辞源》（合订本），商务印书馆 1988 年，第 737 页。
④ 罗竹风主编：《汉语大词典》（缩印本），汉语大词典出版社 1997 年，第 4036 页。

见闻、言论等。

翁山编辑《广东文选》，在《岭南文献》和《岭南文献续集》的基础上"合二书为一，删者五之，增者五之，删其不文，增其文，起自汉文帝时，至明崇祯时而止，名曰《广东文选》。不仍称《岭南文献》者，盖以岭南非今代所命名，而是书主于文不主于献也"。"予所选止于文，盖以文而存其人，不以人而存其文。故其文未能尽善者，虽大贤弗敢多录。《传》云：言之不文，行之不远。"①辨别文、献，精审体例是编者于编纂之始就首先要认真对待的问题，否则，即难免遭人诟病。翁山编著皆有其一以贯之的主导思想。《广东文选》主于文而不主于献，以诗、文存人，继而存其事。

与文、献之别相类的问题还有纪与选、诗与文等的不同。"蒲衣之为诗纪也，其尚毋如予之所为，宽以居心，严以命笔，纪其人以诗者，十而三四，纪其诗以人者，十而五六，其亦庶乎可矣。文宜博，而诗宜约，固有体裁。《离骚》二十有五篇，而昭明止取其九，《咏怀》八十有二首，而昭明亦取其十七。昭明者，盖删述之巨匠，仲尼之肖孙者也。若于鳞唐诗之选，卧子皇明诗之选，并称醇洁，可以孤行于世，此选家所宜取法者也。然诗纪与选，亦有异焉。纪以其人，选以其诗。以人者，其法宜严于人而宽于诗；以诗者，其法宜严于诗而宽于人。"②"文宜博，而诗宜约""纪以其人，选以其诗"，此亦为前人未发之论。

（五）"文""献"兼顾，以全为贵

《广东文选》以文为主，献为客，相对容易处理，而编纂《广东文集》，翁山却颇费斟酌，不但严辨文、献，更要文、献兼顾，多载以求全。"苟以卷帙浩繁为惮，务存简略，使先哲精神所注，耳目所存，虽有至文，不能溢乎数篇之外，如此即欲天下人尽征其文，已不可得，况于献乎。然欲多载乎文以资观者之厌饫，而其文分体而不分人，人存其名而不存其事实，又以文选之实而冒夫文献之名，名文献实则文选，斯则大均之所不敢出也。若专以识夫献焉，将如《吾学编》《列卿记》《名臣言行录》《献

---

①屈大均：《广东文选凡例》，屈大均辑：《广东文选》卷首。
②屈大均：《岭南诗纪序》，《屈大均全集》第3册，第58页。

征《献实》二录、《人物考》之类，以献为主，文为客，斯则《史记》之流，又大均之孤陋寡闻所未能也。"翁山斟酌再三，最后"以张天如所撰《汉魏百名家》为例"而为之。"其例也，人各一集，集分诸体，体不必兼，即一体亦成一集。不成一集，则以其可附者附之，稍加裁择，咸使雅驯。"①"予所编纂《广东文集》，自汉至今凡有二百余家，人为一集，集分诸体，卷首载其原序，卷末则载行状、传志。"②这样，翁山便基本实现了严辨文、献，而又文、献兼顾的目的。

　　翁山在充分掌握岭南文献的基础上，对岭南文学、文献和著述源流进行了认真的梳理和考辨。《广东新语》之《文语》《诗语》即是他研究岭南文学、文献和著述的学术总结。从《广东新语》可以看出其研究之全面和深入是他人难以比拟的。所以《广东文选》《广东新语》等编著，既文、献兼顾，又全面精到，至今仍是无人超越的经典。《广东新语》卷11云："南越文章以尉佗为始，所上汉文帝书，辞甚醇雅……予撰《广东文选》以佗始，佗孙胡次之，重其文亦重其智也。"③相对于《岭南文献》以唐张九龄为岭南文学之始，翁山把岭南文学史和著述史，上溯到了西汉。"广东之文始自尉佗……吾尝谓广东以文事知名自高固始，谓其能以《春秋》事君也……然则文吾其以汉之陈元为始乎。其《请立左氏传》一疏，大有功圣经。次则杨孚有《请诏均行三年通丧》一疏，即其《南裔异物志》，辞旨古奥，散见他书，搜辑之亦可以为广东文之权舆。今徒以曲江冠简端，抑疏矣。"④这样不但更全面地展现了岭南的文化状况，也使人更清楚了岭南文化的源与流。罗志欢教授统计之后说，翁山"认为张、杨所选多有'不文'之作，故在编辑《广东文选》时，删去张、杨二书所收录的三分之二。同时新增了汉代赵佗等5家，唐代姜公辅等4家，宋代王陶等10家，元李桂高等4家及明代85家"⑤。《广东文选》所收赵佗《报文帝书》和杨孚《南裔异物志赞》等不但具有较高的文学价值，同时也更全面地反映了早期岭南的政治、经济、文化状况。《广东文选》以

---

① 屈大均：《广东文集总序》，屈大均辑：《广东文集》卷首，《广州大典》第489册，第468—469页。
② 屈大均：《广东文选凡例》，屈大均辑：《广东文选》卷首。
③ 《屈大均全集》第4册，第290—291页。
④ 屈大均：《广东文集总序》，屈大均辑：《广东文集》卷首，《广州大典》第489册，第468页。
⑤ 罗志欢：《古文献散论》，第41页。

文带献,文为主,献为客,实现了文、献兼顾的目的。

　　翁山在"贵全"宗旨的引导下,为"使先哲精神所注"不致湮灭,"多载乎文以资观者之厌饫","博取而约之"①编成《广东文集》,兼收并蓄广东自文明以来的全部文献。"广东自汉至明千有余年,名卿钜公之辈出,醇儒逸士之蝉连,操觚染翰,多有存书。其或入告之嘉谟,或谈道之粹论,或高文典册,纪载功勋,或短章数行,昭彰懿行。其义皆系于人伦,其事多裨乎国史。作者深衷,鬼神可质,岂可挂一漏十,令其泯没无传。将一邦人物之盛,著作之宏多,反不如珰珠翠羽,犀象珊瑚,水沉伽楠诸珍怪,犹能尽见于世,是岂有志好古敏求者之所忍乎。大均尝臆度,其间大约大家数十,名家数百,近自穗城,远而琼甸,及此兵火之余,搜罗残缺,出于壁中,求之枕上,穷极幽微,犹可十而得五,一以慰孝子慈孙之心,一以开后生晚学之闻见。苟以卷帙浩繁为惮,务存简略,使先哲精神所注,耳目所存,虽有至文,不能溢乎数篇之外,如此即欲天下人尽征其文,已不可得,况于献乎……书成,总计三百余卷。集皆有原序、新序或书后,集末则以本传、行状、墓志附焉,俾其人生平本末尽见,易以考求。统名曰《广东文集》,分名则曰某人集。""《文集》中十汰二三,然亦宁宽毋严。盖以一省之书,非海涵岳负,无物不具,不足以称厥地灵,昭山海之精华,成人文之渊薮。即或瑕瑜不掩,弥见大家,譬之罗浮瑶石中有粗砾焉,不足以损其瑰丽也;旸谷扶桑上有槁枝焉,不足以累其轮囷也。嗟夫。广东者,吾之乡也,一桑梓且犹恭敬,况于文章之美乎。"②翁山为"使先哲精神所注"不致湮没,不以"卷帙浩繁为惮"而从简。如其所述,《广东文集》的确做到了文、献兼顾,达到了兼收并蓄的目的。

　　尽管"为理精微,可以羽翼圣经贤传",但出于文体之要求,仍有百余种"非文体者"不能收入《广东文集》。翁山务求其全,在《广东文集》之外,再编《广东丛书》。"其集外诸家著书,非文体者,约有百余种,若丘文庄之《大学衍义补》,湛文简之《格物通》《周易测》《二礼经传测》《非老》《非杨》,黄宗大之《皇极经世传》,黄文裕之《乐典》,王光禄之《正学

---

①屈大均:《广东文集总序》,屈大均辑:《广东文集》卷首,《广州大典》第489册,第468、467页。
②屈大均:《广东文集总序》,屈大均辑:《广东文集》卷首,《广州大典》第489册,第468—469页。

观水记》诸书，虽为体博大，为理精微，可以羽翼圣经贤传，概不编入，将别汇为《广东丛书》一部，俾与《广东文集》并悬日月，垂之无穷焉。斯二书也，丛书无所去取，贵大全也。"①

为求其全，翁山甚至甘冒被人诟病为"冗滥"而不顾。"予兹不揣愚蒙，谬有《广东文集》之役，思为同乡先哲罔罗放失，纂辑成编，以一国之文献，为一家之私书，而裁择未精，中多冗滥，颇为识者所病。然予志在广收以为富有，备史臣之肆考，资学士之多闻，若武库之有利钝，太仓之有精粗，不遑计矣。"②虽然以全为贵，甚至"裁择未精"，但翁山并不是没有底线。他编纂《广东文集》仍然"博取而约之，撰为一书……文存而其人因以存，以与《广东通志》相表里"③。博与约是文献编纂必须面对的一个矛盾，其辩证关系，翁山是清楚的。

翁山学识超人，精神可敬，作为遗民却财力不济。"总计三百余卷""二百余集"的《广东文集》编成之后，却无力刊刻。"是书浩繁，未能尽刻，姑于诸集中拔其十之二三，以见大概。不能连篇累牍，为先哲多所表章，予之所不得已也。"④这实在是无奈之事。但其选诗选文的眼光，也正是因"于诸集中拔其十之二三"而编成的《广东文选》才为人所见。翁山不得已而编的《广东文选》成了岭南文学的经典之选，迄今为止无出其右者。四十卷的《文选》与三百余卷的《文集》"相辅而行，而不可废一"。"譬之水焉，《文集》为牂牁大洋，而《文选》为一勺；譬之山焉，《文集》为罗浮二岳，而《文选》为一卷。使观者从一勺以求牂牁大洋，从一卷以求罗浮二岳。是一勺为牂牁大洋之所必须，一卷为罗浮二岳之所不可少。《文选》为《文集》之车右轮，相辅而行，而不可废一者也。"⑤

目前所知翁山编撰和参与编纂的编著有二十多种：《岭南诗选》（未成）、《广东文集》（存十六卷）、《广东丛书》（未见）、《广东文选》（今存）、《广东新语》（今存）、《罗浮书》（已佚，有辑佚）、《渔书》（未见）、《闽史》（未见）、《永安县次志》（今存）、《广州府志》（未见）、《定安县志》（今存）、

---

① 屈大均：《广东文集总序》，屈大均辑：《广东文集》卷首，《广州大典》第489册，第469页。

② 屈大均：《岭南诗纪序》，《屈大均全集》第3册，第58页。

③ 屈大均：《广东文集总序》，屈大均辑：《广东文集》卷首，《广州大典》第489册，第467页。

④ 屈大均：《广东文选凡例》，屈大均辑：《广东文选》卷首。

⑤ 屈大均：《广东文选自序》，屈大均辑：《广东文选》卷首。

《番禺县志》(今存)、《皇明四朝成仁录》(今存)、《永历遗臣录》(未见)、《麦薇集》(未见)、《论语高士传》(未见)、《十八代诗选》(未见)、《李杜诗选》(未见)、《今文笺》(未见)、《今诗笺》(未见)、《翁山六选》(未见)等。这不但是一个庞大的数目,而且不同编著之间还一定程度地存在着关联和配合。

如前所述,在编纂《广东文集》时,因体例所限,约有百余种粤人著作无法收入,而"别汇为《广东丛书》一部,俾与《广东文集》并悬日月"。"《文选》为《文集》之车右轮,相辅而行,而不可废一者也。"从中可以看出三书之间的关联。这可以说是《史记》互见法的灵活运用。《罗浮书》是翁山专为粤中名山罗浮山所编的一部山志;《渔书》虽然未见,但据相关信息可知,此乃记录滨海渔事之书。一书写山,一书写海,何其自然。《皇明四朝成仁录》专记明末四朝死国烈士之事;《麦薇集》专录明末四朝遗民之诗,二者相辅而成。《论语高士传》"取《论语》诸高士,各为一传"[1],再"为《永历遗臣录》"[2]以为鼓舞遗民之具,为《麦薇集》之辅助。《十八代诗选》着意贯通历代之诗,《李杜诗选》则意在垂范。《十八代诗选》《李杜诗选》借以知往;《今文笺》《今诗笺》指画当代。《广东新语自序》又云:"吾于《广东通志》,略其旧而新是详。旧十三而新十七。""是书则广东之外志也。"[3]明万历年间郭棐所编《广东通志》为翁山编撰《广东新语》时所参考。"《广东文集》……文存而其人因以存,以与《广东通志》相表里。"翁山把互见法,既运用在自己所编诸书之中,同时又运用到了自己所编诸书之外。整体而言,翁山有一个宏大的编纂规划,其多种编著不但相互配合支撑,而且与前人编著存在一定的内在关联。

这一宏大的编纂规划,对于僻处岭南江乡的一位遗民来说,几乎是不可能完成的。"然予将终身以之,若愚公之徙太行,精卫之填东海,不以其力之不足而中辍也。"[4]"'一篑苟覆,九仞终成。'其无以为难而中止。"[5]这种知其不可为而为之的精神,一如他年轻时二十年奔走天下寻

---

①屈大均:《林处士七十寿序》,《屈大均全集》第 3 册,第 94 页。
②屈大均:《伯兄白园先生墓表》,《屈大均全集》第 3 册,第 142 页。
③《屈大均全集》第 3 册,第 45 页。
④屈大均:《广东文集总序》,屈大均辑:《广东文集》卷首,《广州大典》第 489 册,第 469 页。
⑤屈大均:《岭南诗纪序》,《屈大均全集》第 3 册,第 59 页。

机抗清一样。其强烈的使命感,源于其强烈的传承华夏道统文脉的内在坚持和对生之养之的故土的热爱。

翁山一生忽佛老,忽墨侠,儒、释、道、墨行头屡换。虽形象屡变,却始于儒,又终于儒。其思想看似庞杂,其实是一个有着严密逻辑的整体,最终都要经由儒学的裁量。尤其息游之后,他更自居为"天下将亡"之时华夏道统学统的守护者和承续者,"学为圣贤"①,成一代大儒,"以道统为治统,作其圣功于无穷"。其编纂思想也根植于这一理念,是其全部思想的有机组成部分。翁山的编纂思想概括起来主要涉及文与献、纪与选、述与作、博与约、"述吾乡"与"述天下"、"崇正学"与"辟异端"等的关系。其宏富辩证的编纂思想也贯穿于宏大的编纂规划和每一部具体的编著当中。其实,翁山的编纂思想尚不止于此,更深细具体的编纂思想另需撰文。

二、屈大均文献编撰成书考

如前所述,屈大均不但著述丰富,而且也非常重视文献的搜集和收藏。其丰富的藏书,为其后来的文献整理与编撰提供了必要的条件。屈大均有关的编撰,存在几种不同的情况:一是纯粹对前人遗留文献的整理编纂,如《广东文集》《广东丛书》《广东文选》《岭南诗选》等;二是参与众人合作的地方志编纂,如《广州府志》《定安县志》《永安县次志》《番禺县志》等;三是在参考大量文献的基础上,记录地理、风物、人物等情况的个人撰述,如《广东新语》《罗浮书》《皇明四朝成仁录》等。第三种,实际上已经是个人的著作。

(一)《广东新语》

《广东新语》,二十八卷,初撰于翁山早年,初刻于康熙二十六年,其后仍有增补修订。

《广东新语》何时撰写、何时定稿,翁山先生没有明确说明,因此也

_____

①屈大均:《王蒲衣诗集序》,《屈大均全集》第3册,第64页。

就成了需要考证的问题。《广东新语自序》云："《广东新语》一书,何为而作也? 屈子曰:予尝游于四方,闳览博物之君子,多就予而问焉。予举广东十郡所见所闻,平昔识之于己者,悉与之语。语既多,茫无端绪,因诠次之而成书也。"①如果按照翁山先生的说法,《广东新语》当始作于早年。

汪宗衍先生《屈大均年谱》认为康熙十七年戊午屈大均"撰《广东新语》二十八卷成"。他的依据是《翁山诗外》卷3《读李耕客、龚天石新词有作》和李符《香草居集》卷7《丰乐楼词》中的诗句。前者诗云:"《交广春秋》我亦成,南方异物多经营。陆贾山川未作纪,嵇含草木徒知名。"翁山以其《广东新语》比拟记录南方异物的《交广春秋》。后者有云:"离箱乍启,且翻叶叶银钩,几卷岭外《新语》。"②屈大均《读李耕客、龚天石新词有作》作于康熙十九年庚申客金陵之时。汪先生据此认为《广东新语》作于康熙十七年戊午翁山北上金陵之前。不过,笔者认为翁山所谓的"《交广春秋》我亦成",只是基本撰成,康熙十七年戊午《广东新语》并没有最后定稿。南炳文据卷28《怪语》"黄宾臣"条,确认《广东新语》成书当在康熙十九年庚申之后③。

康熙二十四年乙丑春,王士禛奉使至粤。翁山四月七日,自番禺至肇庆,翌日,与王士禛同登阅江楼。九日,吴兴祚招翁山与王士禛、黄与坚饮于端州石室岩。吴、王"皆欲荐先生于朝。先生曰:'家有老母,吾岂能离朝夕之养? 况余所著《诗外》、《文外》、《文钞》、《广东新语》与所述《易外》、《四书补注》、《广东文选》、《广东文集》、《十八代诗选》、《李杜诗选》、《今文笺》、《今诗笺》、《翁山六选》诸书未竟,余之笔砚未可辍也。'"④这里明确说《广东新语》未竟,显然汪宗衍先生康熙十七年的说法还有必要进行考究。如果对岭南文献较为熟悉,再细读《广东新语》卷11《文语》和卷12《诗语》,即会发现翁山《文语》《诗语》两卷的写作一定是在基本完成《广东文集》和《广东文选》的编纂之后。《文语》《诗语》

---

① 《屈大均全集》第 3 册,第 45 页。
② 汪宗衍:《屈大均年谱》"康熙十七年"条,见《屈大均全集》第 8 册,第 1932 页。
③ 南炳文:《〈广东新语〉成书时间考辨》,《西南大学学报》2007 年第 6 期。
④ 黄廷璋:《翁山诗外序》,《屈大均全集》第 1 册,《翁山诗外》卷首。

每一条实际上都是在深入研究岭南文献之后写成的精炼的学术论文，绝不是一般意义上熟悉岭南文献的人所能写出来的。罗志欢教授也认为：“《文语》和《诗语》是屈大均整理研究广东文献的记录……旧志中的‘艺文志’，一般只按经、史、子、集四部胪列书目，而《文语》和《诗语》则系统记载粤人重要著述，并考证源流，起到‘辨章学术，考镜源流’的作用，比传统的‘艺文志’更具学术价值。其《文语》共 30 条目，从探讨广东学术源流，到记述广东历代经、史、子、集四部文献的编撰情况，反映出屈大均对广东历代学术的全面考察和思考……其《诗语》共 18 条目，从‘诗始杨孚’条探讨粤诗的起源，到记述明朝广东诗人、诗社的风格流派，反映了屈大均对岭南诗歌曾进行过长期搜集、整理和系统的研究。《文语》和《诗语》所记载和论述的问题，几乎囊括了经、史、子、集四部各门类的文献，其每记一条，实际上就是屈大均的一篇论文。这实在是对传统‘艺文志’的改造和创新，将其称作一部‘广东文学史’或‘广东文献简史’亦可矣。”①卷 11《文语》第一条“广东文集”明确说“书成，总计三百余卷”。说明“广东文集”这一条目收入《广东新语》之时，《广东文集》已经编成。如果以《广东新语》卷 11“广东文集”条与《广东文集总序》对照则更为清楚。“广东文集”条除了删除《序》中的两小段文字之外，仅有个别几处文字略做修改②。《广东新语》卷 11 第二条“尉佗书”条云：“南越文章以尉佗为始，所上汉文帝书，辞甚醇雅……予撰《广东文选》以佗始，佗孙胡次之，重其文亦重其智也。”③这里又提到其《广东文选》以赵佗为始，说明这一条的写作晚于《广东文选》的编纂。《广东文集》和《广东文选》至康熙二十六年丁卯才最后编成，由此，可以确定《广东新语》最后定稿的时间也应当是康熙二十六年前后。《翁山佚文》之《复汪栗亭书》云：“《诗外》一部千余纸，《文外》一部三百一十纸奉寄，外有《广东新语》七百余纸，《广东文选》一千五百余纸，皆已刻成。苦无资，未能刷印，若《易外》千纸，近方谋梓。”④《复汪栗亭书》是翁山在接到汪

①罗志欢：《古文献散论》，第 46—47 页。
②屈大均：《广东文集总序》，屈大均辑：《广东文集》卷首，《广州大典》第 489 册，第 467—469 页。
③《屈大均全集》第 4 册，第 290—291 页。
④《屈大均全集》第 3 册，第 482 页。

栗亭作于"丁卯九月之三日"的书信后的回复。这封回信也应该作于是年①。这里明确说《广东新语》七百余纸""刻成"。由此可以肯定《广东新语》初刻于康熙二十六年丁卯。汪宗衍先生《屈大均年谱》虽然认为《广东新语》撰成于康熙十七年,但也认为刻成于康熙二十六年。可惜,此初刻本今已不传,所能见到的最早刻本是康熙三十九年庚辰(1700)木天阁本《广东新语》二十八卷。每卷为一语,分别为天语、地语、山语、水语、石语、神语、人语、女语、事语、学语、文语、诗语、艺语、食语、货语、器语、宫语、舟语、坟语、禽语、兽语、语鳞、介语、虫语、木语、香语、草语、怪语。由此亦知朱希祖先生所谓的"康熙庚辰木天阁"为"原刻本"的论断亦有疏忽②。其实,康熙二十六年初刻之后,《广东新语》当仍有修订。卷3《山语》"端州山水"条开篇即云:"何磻云:'自广州过三水县而西,山石奇险,峡江屈曲,高岭之上,小峰万叠。'"③此条当是翁山据何磻所述撰成。何磻江苏扬州人,其父何攀龙为史可法部下,清军破扬州,巷战而死,时年二十一岁。何磻为其遗腹子。"岁戊辰,磻至番禺,出所为《孺人行状》及《庐墓图》、《贞毅孺人传》见示……请予为词,以表诸墓。"④戊辰为康熙二十七年。何磻来番禺拜访翁山,翁山为作《何母彭孺人墓表》。何磻自扬州来,游览岭南山水,当有一番不同于当地人的感受。翁山对端州的山山水水太过熟悉,此处借外地人的视角沿其足迹总览端州山水,则有一种特别的效果。此条题为"端州山水",与卷3《山语》专写粤地之山的体例似有冲突,但实际上此条以山为主,以水衬山,更见端州山水相依、山借水色的特点。《广东新语》卷17《宫语》"南海庙"和卷23《介语》"杀鳄鱼"条的写作也与何磻有关。"南海庙"条云:"何磻云:'广州东去百里,有南海庙,祀南海之神,退之为《南海庙碑》,乃其地也……'"⑤"杀鳄鱼"条云:"昔韩愈守潮州,鳄鱼为暴,为文以祭,

①按:《翁山文钞》卷9有《答汪栗亭书》,其中未标注日期的第一、二通同《翁山佚文》之《复汪栗亭书》中间主体部分。而《翁山文钞》四通回书中却未见《复汪栗亭书》之首尾两节。笔者据前后语境判断《翁山文钞》卷9第一、二通回书,当是编者将遗失首尾的《复汪栗亭书》析分而成。
②朱希祖:《屈大均(翁山)著述考》,见《屈大均全集》第8册,第2148页。
③《屈大均全集》第4册,第109页。
④《屈大均全集》第3册,第383页。
⑤《屈大均全集》第4册,第429页。

弗能去。后刺史至，以毒法杀之，其害乃绝……鳄鱼而祭，祭且用文，彼爱居之，祀又何讥焉。此何磻之说也。"①这两条与"端州山水"条一样，或为翁山有意换作外地人的视角，以他者的眼光描写岭南，以便产生不一样的艺术效果。这种叙述方式相当于叙事文中的客观叙事。《翁山文外》卷15《复汪扶晨书》云："近刻《四书补注兼考》，以资后学。"②《四书补注兼考》为何磻与屈大均合著。信写于康熙二十八年己巳，由此可知康熙二十七八年间何磻在岭南曾与翁山有密切交往。《广东新语》卷5《石语》"端溪砚石"条与此类似。此条开篇即云："侯官高兆固斋云……"康熙二十六年高兆来端州割砚，过广州，第二年割砚返闽作《端溪砚石考》。翁山和陈恭尹皆为之作跋。《广东新语·石语》中虽对端石言之颇详，但他认为高兆《端溪砚石考》"尽得三洞之精蕴……美恶精粗，莫逃渊鉴"③，故借高文再作申论。这几条文字的撰写虽然依据何磻和高兆之言、文，但经过翁山匠心运化之后，实际上已成翁山之文，而不可视作何、高之文。由此可知《广东新语》中这几条当在康熙二十六年初刻之后增补。

　　在翁山看来《广东新语》大体与《交广春秋》和《南裔异物志》相类，其中有"嗜奇尚异""未尽雅驯"之处。虽然明知"予之过也"，但仍然不避"嗜奇尚异"之失，说明这有其独特的价值。"《国语》为《春秋》外传，《世说》为《晋书》外史，是书则广东之外志也。不出乎广东之内，而有以见乎广东之外，虽广东之外志，而广大精微，可以范围天下而不过，知言之君子，必不徒以为可补《交广春秋》与《南裔异物志》之阙也。"其实"嗜奇尚异"也是早期记述岭南的《交广春秋》《南裔异物志》等书的共同特点。翁山坦言此书参考了《广东通志》中的内容。"何以新为名也？曰：吾闻之，君子知新，吾于《广东通志》，略其旧而新是详。旧十三而新十七，故曰《新语》。"④尽管参考并采用了《广东通志》中的一些内容，但可以肯定地说此书是翁山新的撰作，而不同于一般意义上的编纂。

---

①《屈大均全集》第 4 册，第 534 页。

②《屈大均全集》第 3 册，第 245 页。

③屈大均：《跋高云客端溪砚石考》，《屈大均全集》第 3 册，第 172 页。

④屈大均：《广东新语自序》，《屈大均全集》第 3 册，第 45 页。

（二）《岭南诗选》

《岭南诗选》，康熙初年始编，未竣，未见，疑不传。

翁山最早着意编撰的除了《广东新语》和《皇明四朝成仁录》之外，《岭南诗选》的编纂应该也为时较早。《岭南诗选》仿钱谦益《列朝诗集》之体，人各有传。《前集》自唐开元至明万历，《后集》自万历至清初。

翁山《广东新语》卷12《诗语》"宝安诗录"条云："予撰《岭南诗选》前后集，《前集》自唐开元至明万历，《后集》自万历至今，人各有传，仿《列朝诗集》之体，积二十年，亦未有成书，可叹也。"①汪宗衍先生认为《岭南诗选》始纂于"康熙三年"甲辰。"此书撰作年份未详，今亦不传。《广东新语》云其积二十年未成。考《新语》约成书于康熙十七年戊午间，刻成于二十六年丁卯，以积二十年未成书推之，其属草当在南归之后。翁山作《广东文集自序》，谓岭南乃唐代之名，今当用广东，此书仍名岭南，似为早年之作。"②汪宗衍先生的推测比较合理。不过，"积二十年，亦未有成书，可叹也"，揆其语意，当是翁山先生断断续续花费了二十年时间，最终未成而止，而非至写作《广东新语》卷12《诗语》时已经编纂二十年仍未成书。如果仍未成书，也许再假以时日，尚可编成，亦不必叹惋。再则《广东新语》定稿时，其地方编纂皆称"广东"，如果《岭南诗选》尚在编纂当中，即不应称之为"岭南"。由此可以确定，在康熙二十六年《广东新语》初刻之前，《岭南诗选》尚未编成，且已经放弃了编纂。

简单梳理一下翁山先生的生平游历，大概可以确定《岭南诗选》始纂于何时。顺治七年庚寅翁山二十一岁为僧；顺治十年癸巳入庐山；顺治十二年乙未在粤中罗浮；顺治十三年丙申住广州海幢寺为侍者；顺治十四年丁酉校勘德清（憨山）《梦游全集》；顺治十五年春北上，赴沈阳寻函可；顺治十六年己亥至顺治十八年辛丑往返于吴越之间；顺治十八年秋，翁山从浙江将南归番禺；康熙元年壬寅至粤，省母，还俗，迁居沙亭；自康熙元年有旨内迁沿海之民五十里，沙亭扰攘，一度奉母避乱泷州；康熙四年乙巳春北上金陵，游山陕数年。据前所论《广东新语》卷11《文

---

① 《屈大均全集》第4册，第323页。
② 汪宗衍：《屈大均年谱》"康熙三年"条，见《屈大均全集》第8册，1895页。

语》、卷12《诗语》当作于康熙二十六年前,如果自康熙二十五六年前推二十年,则为翁山北游江浙山陕之时。如果以汪宗衍先生的说法《广东新语》完成于康熙十七年戊午翁山北上金陵之前,前推二十年则是顺治十五年戊戌,显然,这个时间不太合适。一般来说,编纂大型文献需要相对安定的环境和充裕的时间,简单梳理一下翁山的行踪,大致来说有两个时间段着手编纂《岭南诗选》的可能比较大:一为顺治十二年至顺治十四年,一为康熙元年至康熙三年。顺治十三年曹溶由户部侍郎出为广东布政使,同年秋,朱彝尊入曹溶幕。朱彝尊来粤后不久即与翁山订交。顺治十四年九月,曹溶由广东布政使突然被降为山西按察副使,此年冬曹离粤返里休假。朱彝尊应肇庆知县聘为西宾,教授府中子弟,顺治十五年北归。在粤期间,曹溶和朱彝尊曾编纂《岭南诗选》,未成。屈大均作为朱彝尊的至交,其后交往密切,应知悉此事。翁山编纂《岭南诗选》也许受此启发,或出岭之后受人鼓舞。比较之后,康熙元年南归之后不久即着手编纂最有可能,而不必如汪宗衍先生锁定在康熙三年甲辰。翁山《东莞诗集序》云:“予向者有《岭南诗选》前后二编,前集自唐开元至有明万历,后集自万历至今,尚未就。平叔斯集为吾之先声,故嘉之而为序其端。”[1]《东莞诗集序》约作于康熙十九年庚申,说明此时《岭南诗选》尚未编成。但翁山不久就放弃了此书的编纂,转而从事《广东文集》的编纂。《广东文集》及其伴生的《广东丛书》是对岭南文献的全面系统的整理。翁山《岭南诗纪序》云:“王子蒲衣,撰次《岭南诗纪》,请序于予。予时方撰次《广东文集》,集中人各有诗,然不专于诗。专于诗,则以属蒲衣,以为文集之夹辅。”[2]笔者认为王隼《岭南诗纪》成书于康熙二十二年癸亥前后,在此之前,翁山已经放弃《岭南诗选》的编纂。如果再结合康熙二十四年翁山透露的整个编纂规划,可知在《广东文集》编纂开始之后,《岭南诗选》的编纂确实没有太大的必要了。

《岭南诗选》最终应该没有成书,这是一般的看法。证据除了翁山先生“积二十年,亦未有成书”的叹惜之外,康熙二十四年春,翁山与王士禛和吴兴祚的谈话,也是一个旁证。是年,王士禛奉使至粤,四月九

---

① 《屈大均全集》第 3 册,第 280 页。
② 《屈大均全集》第 3 册,第 57 页。

日,吴兴祚招翁山与王士禛、黄与坚饮于端州石室岩。翁山婉拒吴、王之荐时,提到的正在编撰而未竟的著作有:"《诗外》、《文外》、《文钞》、《广东新语》与所述《易外》、《四书补注》、《广东文选》、《广东文集》、《十八代诗选》、《李杜诗选》、《今文笺》、《今诗笺》、《翁山六选》诸书。"①翁山胪列了十三种编著,唯独没有提到《岭南诗选》。据此可以推测,此前翁山已经放弃了《岭南诗选》的编纂。

　　不过,一些材料也引起了笔者的疑虑。刻于清道光二年的阮元修《广东通志》卷286《王隼传》云:王隼自号蒲衣,曾弃家入丹霞为僧,"寻入匡庐居太乙峰,久之,返于儒。(《岭南诗选》)"②。《王隼传》明确说这段记载依据"《岭南诗选》"。这里所谓的"《岭南诗选》",不知是否为翁山所谓的未成之编。笔者认为这一"《岭南诗选》"应当不是顺治十四年前后曹溶和朱彝尊在粤期间未竣之《岭南诗选》,因为王隼当时才十三四岁。乾隆十二年丁卯(1747)王之正《广东诗粹序》云:"前之选者《岭南文献》荒秽不择,近于滥;《五朝诗选》志在胪列时贤,表章绅绶,沦于陋;华夫诗选,似无可议矣,而去取未驯,令观者望洋无所适从。"③"华夫"是大均号。此"华夫诗选",似专指诗选,不应当是指诗文兼收的《广东文选》。考虑前后语境,"华夫诗选"也不应该是指翁山个人的诗作选本。不知此"华夫诗选"是否为翁山所谓未成《岭南诗选》。翁山在康熙二十五六年前后作《诗语》时说"积二十年,亦未有成书",距其逝世的康熙三十五年尚有时日,若欲竟其事,完全有时间完成这一计划。即使未竣其事,也有可能被人保存下来,就如翁山未曾终稿的《皇明四朝成仁录》一样。翁山后来虽然不愿用岭南指代广东,但后人未必不沿袭他原来的命名。所以这里所谓的"华夫诗选"和"《岭南诗选》"并不能排除编纂者为翁山的可能。不过,与此序同在一处的梁善长的《广东诗粹例言》云:"吾粤旧有《岭南文献》及《岭南文献续集》二书,所选唐宋元明诗颇富。翁山从而删节,载入《广东文选》者十之二三。黄俊升增减之,续以国朝诗为《五朝诗选》。屈选不专于诗,故搜罗未备,黄选专于诗,而

①黄廷璋:《翁山诗外序》,《屈大均全集》第1册,《翁山诗外》卷首。
②阮元修、陈昌齐等纂:〔道光〕《广东通志》卷286,《广州大典》第256册,第665页。
③见梁善长辑《广东诗粹》卷首,《广州大典》第493册,第3页。

持择未精。"①梁善长与王之正一样在这里提到了《岭南文献》和黄登的《岭南五朝诗选》,而讲到翁山之选时,说的却是《广东文选》,而不是"华夫诗选"。难道王之正所谓的"华夫诗选"指的就是《广东文选》?果真如此,王之正之用语也太过率性。待考。

(三)《广东文集》

《广东文集》,三百余卷,康熙年间编,未全刻,今存十六卷刻本。

如前所述,从一些文献记载来看,翁山在其息游之前,就已经开始了相关的编纂。不过,他真正大规模的文献编纂,应该是在康熙十九年庚申回乡之后。

《广东文集》之修纂就应该在此之后。《广东文集自序》和《广东新语》卷11"广东文集"皆未署年月。《翁山文外》卷2《岭南诗纪序》谈到了《广东文集》的编纂:"王子蒲衣,撰次《岭南诗纪》,请序于予。予时方撰次《广东文集》。"很可惜,翁山的《岭南诗纪序》也没有标明年份,王隼的《岭南诗纪》早已失传。因此《广东文集》编纂于何时,成了一个不易考求的问题。汪宗衍先生的《屈大均年谱》云:"《文集》之辑,当在丙寅之前。《诗外》十一《赋赠刘静庵太守》诗注云:'侯楚黄人,时受陈省斋先生助予纂修《广东文集》之嘱。'次于'丙寅春日诗'后一首。静庵即刘茂溶,康熙二十三年任广州府知府。省斋陈肇昌字,见前。然翁山草创是书,当在早年,至是始怂恿茂溶出赀刻之。"②陈肇昌曾任广东提学道,康熙十九年庚申秋,翁山顺利回乡即得益于陈肇昌和广东参议督粮道耿文明的斡旋。诗中"深凭玉尺加裁定,勿负殷勤一太丘"③语,即指助修之事。

汪宗衍先生早年草创的推测是否准确姑且不论,可以肯定编纂《广东文集》从开始搜集文献,计划编纂,到最后编成一定需要相当长的时间。不过,像《广东文集》这样的大型编纂,也只能在其息游之后,也即在其生活基本安定下来之后,而且他一个人也不可能在一两年内就能

①梁善长辑:《广东诗粹》卷首,见《广州大典》第493册,第4页。
②汪宗衍:《屈大均年谱》"康熙二十五年"条,《屈大均全集》第8册,第1962页。
③屈大均:《赋赠广州刘静庵太守》,《屈大均全集》第2册,第944页。

完成。黄廷璋《翁山诗外序》记载翁山婉拒吴兴祚、王士禛之荐时明确说《广东文选》《广东文集》"诸书未竟,余之笔砚未可辍",说明康熙二十四年《广东文集》尚未编成。《广东文选》刻成于康熙二十六年,而《文选》是因《文集》卷帙浩繁,未能尽刻,"于诸集中拔其十之二三"①所成。由此可知《广东文集》的编纂在康熙二十六年也已完成。至此可以确定,《广东文集》的正式编纂当始于康熙十九年庚申翁山息游之后,成于康熙二十六年之前。

　　《广东文集》凡二百余集,三百余卷。"自两汉至明,人各为集,大家数十,名家百余,凡为二百余集。"②"集中人各有诗,然不专于诗。"③其体例"以张天如所撰《汉魏百名家》为例可乎? 其例也,人各一集,集分诸体,体不必兼,即一体亦成一集。不成一集,则以其可附者附之,稍加裁择,咸使雅驯……书成,总计三百余卷。集皆有原序、新序或书后,集末则以本传、行状、墓志附焉,俾其人生平本末尽见,易以考求。统名曰《广东文集》,分名则曰某人集"④。

　　因为《广东文集》规模太过庞大,受财力所限,汪宗衍先生由此认为《广东文集》可能没有刻印:"文集似未刻,刻者《文选》。"⑤事实上《广东文集》不但刊刻,而且还有幸保存下来了一部分。不过,受财力所限,未能全刻。朱希祖《屈大均(翁山)著述考》一文云:"《广东文集》未全刻,存八册……康熙刻本,始于汉之陈元,终于明之黎遂球。"朱先生说,他在杭州购得,因为战乱避地西来,"此书寄存休宁戴氏,故不能言其中其刻若干家。惟当时尝以粤刻十三家本黎集相校,则异处甚多,文虽较少于今本,然其中有一二十篇为今本黎集所无者,此可以补其遗佚也"⑥。现藏于南京图书馆的清康熙刻本《广东文集》只存十六卷,分别为:汉陈元撰《陈议郎集》二卷;汉杨孚撰《杨太守集》二卷;唐刘轲撰《刘御史集》二卷;明林培撰《林光禄集》三卷;明谭清海撰《谭处士集》二卷;明杨起

①屈大均:《广东文选凡例》,屈大均辑:《广东文选》卷首。
②屈大均:《广东文选自序》,屈大均辑:《广东文选》卷首。
③屈大均:《岭南诗纪序》,《屈大均全集》第3册,第57页。
④屈大均:《广东文集总序》,屈大均辑:《广东文集》卷首,《广州大典》第489册,第469页。
⑤汪宗衍:《屈大均年谱》"康熙二十五年"条,《屈大均全集》第8册,第1962页。
⑥《屈大均全集》第8册,第2162页。

元撰《杨文懿集》二卷;明黎遂球撰《黎太仆集》三卷。不知此十六卷存书,是否为当年朱希祖先生所亲睹之《广东文集》。如果为其亲睹,不知是否为其完整的八册。

(四)《广东文选》

《广东文选》,四十卷,清康熙二十六年三闾书院刻本。其中文二十三卷、赋二卷、诗十四卷、词一卷。自汉至明,共选录一百六十九人的作品。内有各类文章四百八十三篇,诗词七百五十七题九百五十六首。卷首有刘茂溶序和自序。

《广东文选》刊于康熙二十六年丁卯。写于"康熙二十六年岁次丁卯十月既望"的刘茂溶《广东文选序》云:"予承乏广州,甫下车,即以征文考献为先务,会番禺翁山屈子有《广东文选》之役。书成,予览而善之,为之裁定。"①此序实为翁山代作,由"书成,予览而善之,为之裁定"一语,可知此书成于此时。《广东文选》何时开始编辑,虽然不太清楚,但可以确信康熙二十四年之前已经开始。黄廷璋《翁山诗外序》记载翁山婉拒吴兴祚、王士禛之荐时明确说《广东文选》《广东文集》"诸书未竟,余之笔砚未可辍也"。由此可以知道《广东文选》的编纂在《广东文集》尚未杀青之时,就已经开始了。

翁山在基本编成《广东文集》之后,选编《广东文选》所用时间不会太长。《广东文选》实际上就是《广东文集》的精华版。翁山《广东文选凡例》云:"予所编纂《广东文集》,自汉至今凡二百余家,人为一集,集分诸体,卷首载其原序,卷末则载行状、传志。但是书浩繁,未能尽刻,姑于诸集中拔其十之二三,以见大概。不能连篇累牍,为先哲多所表彰,予之所不得已也。"《广东文选》的定稿当在《广东文集》竣事之后。《广东文选》"不仍称《岭南文献》者,盖以岭南非今代所命名,而是书主于文不主于献也,其说则在《广东文集·自序》中矣"②。由此可以确知《广东文选凡例》的写作也在《广东文集》定稿之后。

《广东文选自序》又云:"书成,合诏令、疏、奏、序、记、传、论、碑志之

①屈大均辑:《广东文选》卷首。
②屈大均:《广东文选凡例》,屈大均辑:《广东文选》卷首。

属,与赋、颂、乐府、四五七言诸体,凡为四十余卷,梓而行之,以为《广东文集》之先声。"①罗志欢教授说:"此书虽然不是屈大均的理想之作,却是现存最具规模、最能体现他搜集整理广东文献思想和方法的作品。它的作用和贡献远远超乎于'以见大概'的原意。事实上,该书全面客观地展现了广东文化发展的历史轨迹和粤人著述状况。它对广东乃至岭南文化的贡献是巨大的。"②《广东文集》现在不能窥其全貌,但据《广东文选》我们可以一定程度地猜想《文集》的情况。"《文集》为牂牁大洋,而《文选》为一勺;譬之山焉,《文集》为罗浮二岳,而《文选》为一卷。使观者从一勺以求牂牁大洋,从一卷以求罗浮二岳。是一勺为牂牁大洋之所必须,一卷为罗浮二岳之所不可少。《文选》为《文集》之车右轮,相辅而行,而不可废一者也……梓而行之,以为《广东文集》之先声。"③

《广东新语》卷17"文选楼"条:"广州外城之南,有珠江义学,其西一楼予居之,以撰《广东文选》,里人因名之曰文选楼。为诗有曰:'自今南与北,文选有双楼。'"④由此可知,翁山编《广东文选》时住在广州城南木排头珠江义学楼上。另外,揆之情理,《广东文集》的编纂亦当在此。刘茂溶受陈肇昌嘱托"助予纂修《广东文集》"。所谓"助予",笔者推测并非是刘茂溶帮助翁山直接参与选诗选文等具体的编辑工作,而应是为翁山提供外在的支持。如在省城近处的"珠江义学"为其提供工作的方便,即可视作对翁山编纂的协助。《广东文选》的编纂时间不会太长,如果不是在编纂"卷帙浩繁"的《广东文集》时,而仅仅是编辑《文选》方才居于此处,则于理不合。而且,《广东文选》的编纂开始于《广东文集》尚未梓行之时,所以可以相信翁山编纂《广东文集》也应当是在广州城南的珠江义学"文选楼"。

(五)《广东丛书》

《广东丛书》,未见,疑不传。

---

①屈大均辑:《广东文选》卷首。
②罗志欢:《古文献散论》,第42页。
③屈大均:《广东文选自序》,屈大均辑:《广东文选》卷首。
④《屈大均全集》第4册,第430页。

翁山先生在编纂《广东文集》时,因体例所限,约有百余种粤人著作无法收入,曾计划编成《广东丛书》。"其集外诸家著书,非文体者,约有百余种,若丘文庄之《大学衍义补》,湛文简之《格物通》《周易测》《二礼经传测》《非老》《非杨》,黄宗大之《皇极经世传》,黄文裕之《乐典》,王光禄之《正学观水记》诸书,虽为体博大,为理精微,可以羽翼圣经贤传,概不编入,将别汇为《广东丛书》一部,俾与《广东文集》并悬日月,垂之无穷焉。斯二书也,丛书无所去取,贵大全也。《文集》中十汰二三,然亦宁宽毋严。"①鉴于《广东文集》卷帙浩繁,未能尽刻,疑《广东丛书》亦未曾刊刻。

(六)《罗浮书》

《罗浮书》,已竣,康熙年间佚逸,疑不传。笔者辑佚五十八条,近万字。

笔者所见各种目录学著作皆未著录此书;所见有关翁山的研究文章和资料,以及各类禁书资料皆未言及大均此著。笔者发现宋广业《罗浮山志会编》康熙五十六年丁酉(1717)刻本,引录此书中的资料达五十八则之多②。宋广业《会编》是一部普通的方志,许多研究岭南文化的学者,都曾翻阅,却均未注意到翁山之《罗浮书》。另外,吴骞③辑《罗浮纪胜》二卷刻于康熙六十一年壬寅。此书所引录的《罗浮书》二十三条内容,当转引自《罗浮山志会编》。

翁山先生对罗浮山有着深厚的感情,甚至认为"南岳"之名可归于罗浮。《广东新语》之"罗浮"条云:"予谓罗浮可以当南岳……北岳在浑源,为天下之极北,罗浮在博罗,为天下之极南,罗浮固宜称南岳,以与北岳对。予所居书曰'南岳草堂'。"④也许正是出于这一强烈的感情,才为之编纂一部山志。

---

①屈大均:《广东文集总序》,屈大均辑:《广东文集》卷首,《广州大典》第489册,第469页。
②王富鹏:《岭南三大家研究》,人民文学出版社2008年,第631—646页。
③吴骞(生卒年不详),江南当涂人,岁贡,康熙五十九至雍正五年任惠州知府。见刘溎年修,邓抡斌等纂:《惠州府志》卷19《职官表》,光绪七年刊本,《广东历代方志集成·惠州府部》第4册,第308页。
④《屈大均全集》第4册,第84—85页。

（七）《渔书》

《渔书》，十二篇，已竣，未见，疑不传。

翁山《三月》诗云："三月潮鱼尽上田，渔人塞箔向江边。我家江口知渔事，著得渔书十二篇。"①《鸣榔》云："白板未惊鱼，鸣榔响碧虚。数声明月上，十里蓼花初。予亦烟波客，能为雪夜渔。渔书三两卷，欲赠是三闾。"②《题白塘下刘氏园》云："罢钓归来处，榕边系小舠。龙过云气乱，鱼上海声高。水屋栖能稳，渔书著未劳。晨昏知水节，多物伴香醪。"③一曰"十二篇"，再曰"三两卷"，以此看来，翁山《渔书》确曾编著。朱希祖先生认为"《渔书》十二篇。盖亦未刊行"④。从这几首诗，可以推测《渔书》当为记录滨海之人渔事之作。《罗浮书》写山，《渔书》写海，何其自然。

（八）《皇明四朝成仁录》

《皇明四朝成仁录》，初以抄本流传，今存十二卷，初撰于翁山早年，未竣。《皇明四朝成仁录》最早由〔康熙〕《番禺县志》卷17著录，云"《四朝成仁录》"，"屈大均撰"，未载卷数。《番禺县志》由孔兴琏于康熙二十五年丙寅主持纂修⑤。

20世纪40年代之前，公私藏本有十多种，卷数多寡不等，皆为抄本。20世纪40年代叶恭绰集各家抄本，汇为十二卷书稿，收入《广东丛书二集》。记事起于崇祯二年，迄于南明永历十六年，是一部兼具纪传体与纪事本末体的史书，专记明末死国烈士。取"志士仁人，无求生以害仁，有杀身以成仁"⑥之意以为书名。

《皇明四朝成仁录》是一部非常重要的记录晚明历史的著作。翁山

---

① 《屈大均全集》第2册，第1276页。
② 《屈大均全集》第1册，第617页。
③ 《屈大均全集》第1册，第488页。
④ 朱希祖：《屈大均（翁山）著述考》，《屈大均全集》第8册，第2149页。
⑤ 孔兴琏修，彭演等纂：〔康熙〕《番禺县志》卷17，康熙二十五年刻本，见《广州大典》第276册，第511页。
⑥ 杨伯峻译注：《论语译注》，第161页。

年轻时就开始了这部史著的写作。顺治十六年己亥不足三十岁的翁山持浪杖人(道盛和尚)书拜访了当时文坛宗师钱谦益。翁山记录了这次相见的情况:"四面烟波绕,藏书有一楼。兴亡元老在,文献美人留。桥细穿荷叶,舟轻及素鸥。爱予初命笔,交广有《春秋》。"①由最后两句诗可以确知,这次相见翁山曾向钱氏谈起他开始不久的《皇明四朝成仁录》的写作。

　　翁山晚年因忙于其宏大的编纂计划,甚至无心吟诗作赋,诗云:"年来辞赋已无心,早岁《春秋》元有志。书法只今在草野,一部《成仁》吾《史记》。"②翁山先生把《皇明四朝成仁录》比作自己的《史记》,可见其重视程度。这部书的编撰开始得很早,但非常可惜,没有最终完成。《临危诗》云:"丙子岁之朝,占寿于古喆。乃得邵尧夫,其年六十七。我今适同之,命也数以毕。所恨《成仁》书,未曾终撰述。呜呼忠义公,精神同泯沦。后来作传者,列我《遗民》一。"③康熙三十八年己卯潘耒再次入粤,他昔日的好友翁山已成隔世之人。潘耒《广东新语序》云:"番禺屈翁山先生以诗名海内,宗工哲匠,无不敛衽叹服,比于有唐名家。然人知其诗而已,余游岭南,见其《广东新语》诸书,又知其善著书也。粤东为天南奥区,人文至宋而开,至明乃大盛,名公钜卿,词人才士,肩背相望,翁山既掇其精英,为《广东文选》矣……其《成仁录》表章尽节诸臣,尤有裨世教,惜未大成,仅有稿本藏于家,将就泯灭矣,独此书流行。余得交先生在其暮年,今来坟草宿矣。从其子索观遗集,有赠余诗四章,不胜感怆,因为叙是书,聊以当山阳怀旧之赋云尔。"④

　　此书虽然没有最终完成,但大体来说,其整体结构还是完整的。《皇明四朝成仁录》记事起于崇祯二年,迄于南明永历十六年。康熙元年壬寅即明昭宗永历十六年。是年四月十五日,吴三桂在云南昆明郊外以弓弦缢杀永历帝。尽管此后台湾郑氏仍然以永历年号纪年,但记事至此也算大体完整了。

①屈大均:《访钱牧斋宗伯芙蓉庄作》,《屈大均全集》第1册,第304页。
②屈大均:《季伟公赠我朱子纲目诗以答之》,《屈大均全集》第1册,第187页。
③《屈大均全集》第1册,第110页。
④潘耒:《广东新语序》,《屈大均全集》第4册,《广东新语》卷首。

（九）《粤游见闻》

《粤游见闻》一卷,清抄本,广东省立中山图书馆收藏。

此书略述南明多位帝王在南方尤其在粤的活动。卷首题"南海屈翁山大均氏记",不过,《中国野史集成》第 34 册将作者署为瞿其美。此书或为翁山佚著,或为他人伪托。朱希祖《屈大均（翁山）著述考》未载,《屈大均全集》未收。《广州大典》第 231 册据广东省立中山图书馆藏本影印收录。

（十）《永历遗臣录》

《永历遗臣录》,未见,疑不传。

翁山《伯兄白园先生墓表》云:"予姑为之表,志其大略,他日将为《永历遗臣录》,以伯兄为录中之一人。"①《永历遗臣录》与《成仁录》显然是相互支撑和补充的关系,亦为鼓舞遗民之具,为《麦薇集》之辅助。

（十一）《麦薇集》

《麦薇集》,凡十卷,已竣,未见,疑不传。

翁山云:"尝博观昭代,始自崇祯之季,至于万历（当为'永历',康熙三十四年刻本《翁山文钞》作'长历',盖为避忌改'永'为'长'）之年,为朝者四,为世者一,其间已仕未仕而为逸民者,隐忍不死,实繁其人。其身既系乎纲常,其言复合于《风》《雅》,吾谨采之,编为一书,名曰《麦薇集》,以上拟夫箕子、伯夷焉。"②

《皇明四朝成仁录》记明末死国烈士之事迹,《麦薇集》录明末遗民之言语,二者相辅而成。

（十二）《论语高士传》

《论语高士传》,已竣,未见,疑不传。

翁山云:"予尝取《论语》诸高士,各为一传,系以论赞,名曰《论语高

---

① 《屈大均全集》第 3 册,第 142 页。
② 屈大均:《麦薇集序》,《屈大均全集》第 3 册,第 281 页。

士传》。"①

翁山辑《论语高士传》，其用意至显，以为鼓舞遗民之具，为《采薇集》之辅助。

(十三)《间史》

《间史》，已竣，未见，疑不传。

《间史》为翁山重新修订的番禺屈氏族谱。附有春秋至明千余年间屈姓五十余人的列传和论赞。番禺屈氏原有《南宗屈氏家乘》，翁山在其基础上重新修订，并更名《间史》。《间史自序》云："吾番禺屈氏，当宋南渡时，有祖迪功郎讳禹勤者，实从关中来，始居沙亭，今至予十有八世，不知迪功郎之祖何人，或即三间大夫之后未可知，要之皆楚之同姓，帝高阳之苗裔云尔。沙亭之屈故有谱，以迪功郎为始祖，自始祖至予曾从孙，凡二十一世。其谱曰《南宗屈氏家乘》，吾易其名曰《间史》，而采古之屈氏知名者，自春秋至明千余年，凡得五十余人，各为列传，系以论赞，以冠《间史》之首，并为古今屈氏世系，俾吾家子姓有所考焉。"②

(十四)《十八代诗选》《李杜诗选》《今文笺》《今诗笺》《翁山六选》等

《十八代诗选》《李杜诗选》《今文笺》《今诗笺》《翁山六选》等书，已竣，未见，疑不传。

康熙二十四年乙丑春，王士禛奉使至粤。四月七日，翁山自番禺至肇庆，翌日，与王士禛同登阅江楼。九日，吴兴祚招翁山与王士禛、黄与坚饮于端州石室岩。吴、王"皆欲荐先生于朝。先生曰：'家有老母，吾岂能离朝夕之养？况余所著《诗外》、《文外》、《文钞》、《广东新语》与所述《易外》、《四书补注》、《广东文选》、《广东文集》、《十八代诗选》、《李杜诗选》、《今文笺》、《今诗笺》、《翁山六选》诸书未竟，余之笔砚未可辍也。'"③翁山写于康熙二十八年己巳的《复汪扶晨书》云："所撰《十八代诗选》、《李杜诗选》、《今文笺》、《今诗笺》、《翁山六选》等书，久置箧笥，

①屈大均：《林处士七十寿序》，《屈大均全集》第 3 册，第 94 页。
②《屈大均全集》第 3 册，第 46 页。
③黄廷璋：《翁山诗外序》，《屈大均全集》第 1 册，《翁山诗外》卷首。

未能剖劂一二也……右湘、绮园诸君子倘有同事之举,请以《十八代诗选》为先。书出,将必大行。"①由"久置箧笥"可知,此数种编著已经完成,只是无力刊行。

(十五)参与方志之纂修

除了以上诸种独立从事的编撰之外,翁山先生还参与了几种地方志书的编纂。这类方志有:《永安县次志》(今存)、《广州府志》(未见)、《安定县志》(今存)、《番禺县志》(今存)。

《广州府志》。康熙年间翁山先生参与纂修的《广州府志》,疑今已不存。

康熙二十六年丁卯六月,广州府知府刘茂溶聘翁山修《广州府志》。《翁山文外》卷13《慰妹婿李生文》:"岁丁卯季夏……大均是时,方为广州太守纂修郡志。"②《翁山文外》卷2《福州府烈女烈妇传序》云:"高子先烈女而后烈妇,各为年表。《烈女传》之有年表,自高子始。予顷者修《广州府志》,亦于烈女三致意,将仿高子,亦分为《广州府烈女烈妇传》一书,亦为年表,以与高子并行。"③高子即高兆,字云客,号固斋,侯官人。《翁山文外》卷3《女官传》:"旧《广州府志》载列女中,凡得六人,予简出别为《女官传》。盖谓女之仕也,能为天子诏,后治内政而有补于君德,亦与贤士大夫相等云尔。"题注云:"其略载《广州府志》。"④按:康熙年间所修《广州府志》,今存为康熙十二年汪永瑞修,余云祚、杨锡震纂《新修广州府志》稿本,凡五十四卷,残存卷4、卷7至卷23、卷26至卷27,藏中国国家图书馆。此所谓"新修",当是相对于明中叶黄佐所修《广州志》。清中罗天尺《五山志林》卷5"广州志考"条云:"各郡皆有志,吾广州独无。雍正六年谒臬台楼俨,出《广州志》抄本二册见示。谓鬻诸市,散帙未全,不知谁何底本。省局开后,征府志不得……尺续游花洲见李崇朴有藏本,但其人防有堕化书者,秘不示人。"⑤罗天尺所见二

①《屈大均全集》第3册,第245页。
②《屈大均全集》第3册,第224—225页。
③《屈大均全集》第3册,第57页。
④《屈大均全集》第3册,第105页。
⑤罗天尺:《五山志林》卷5,粤雅堂校刊本,《广州大典》第63册,第117—118页。

册《广州志》抄本和花洲李崇朴藏本，不知是汪永瑞所修，还是刘茂溶所修，抑或是黄佐所修《广州志》六十卷本。林子雄先生云："清康熙九年（1670）编纂的《广州府志》亦因兵事连年始终未能刊刻而仅有抄本流传于世。"①

《定安县志》，八卷，今存。

康熙二十六年丁卯，翁山应定安县知县张文豹、教谕梁廷佐之聘，参与纂修《定安县志》。《清史稿艺文志拾遗》云："《定安县志》八卷，张文豹、梁廷佐纂修，康熙抄本。"②《中国地方志综录》："《定安县志》四卷。张文豹、梁廷佐。乾隆增修康熙二十五年本。"③《胜朝粤东遗民录》："翁山曾寓定安，为修县志。"④《翁山文外》卷14《王惠愍先生哀辞有序》云："予以教谕梁君廷佐之请，为《吴端烈哀辞》，又为《王惠愍哀辞》。"⑤《吴端烈先生哀辞有序》云："丁卯，教谕梁君廷佐自定安来，以予数问定安人物，因举先生以对。"⑥张文豹，湖广麻城人，岁贡，康熙二十三年任定安县知县。

《永安县次志》，十七卷，今存。

康熙二十六年丁卯七月，至永安，受知县张进篆之聘纂修《永安县次志》。《翁山文外》卷1《翁山亭记》："丁卯秋七月，予以志事至永安。诸士夫日夕过从，以诗古文辞下问。甫半月，而予遂去，诸士夫不忍相别，为作亭于紫金之山，以待予明秋复来，名之曰翁山之亭，而属予为《记》以志之。"⑦张进篆，直隶前卫人，官监生。康熙二十四年至二十九年任永安县知县。《翁山文外》卷1《入永安县记》之"若麓张令公"应即此张进篆。

《番禺县志》，二十卷，今存。

〔康熙〕《番禺县志》二十卷，为康熙二十五年丙寅刻本，孔兴瑮修，

---

① 林子雄：《二千多年以来的广州文献》，《古版新语——广东古籍文献研究文集》，第45页。
② 王绍曾主编：《清史稿艺文志拾遗·方志类·广东之属》，中华书局2000年，第843页。
③ 朱士嘉编：《中国地方志综录·广东省》（增订本），商务印书馆1958年，第250页。
④ 陈伯陶：《胜朝粤东遗民录》卷4，第273页。
⑤《屈大均全集》第3册，第232页。
⑥《屈大均全集》第3册，第233页。
⑦《屈大均全集》第3册，第35页。

彭演等纂。卷首有孔兴璇作于康熙二十五年丙寅十月的序文。翁山是否参与了《番禺县志》的修纂,笔者未见到确凿的资料。不过,林子雄先生是肯定的:"屈氏又编纂广东地方文献,其中包括《广东文集》《广东文选》《广州府志》《番禺县志》及《永安县次志》等。"①笔者据掌握的资料知道康熙年间《番禺县志》共纂修三次,分别是康熙十二年癸丑王之麟修《番禺县志》十二卷;康熙二十年辛酉李文浩修《番禺县志》和康熙二十五年丙寅孔兴璇修《番禺县志》②。前两种今已不见,不能确定翁山是否曾经参与其事,唯据王之麟《番禺县志序》知王之麟修《番禺县志》参与纂辑者有翁山伯兄屈士燝,而无翁山本人。笔者在孔兴璇修《番禺县志》中,也没有见到翁山参与编纂的具体记载,不过据相关信息推测,翁山参与其事的可能性很大。《翁山诗外》卷 11 有《赋赠番禺孔明府》诗:"特简名贤向越台,素王苗裔鲁邦来。真知孝友能为政,自有神明不用才。泗水流添珠海满,尼山色映玉峰开。番禺自昔循良少,岂弟如公接上台。"③此诗前为《独酌 时丙寅春五十七岁》,后为《丙寅春日承王大将军招同诸公雅集分得萧字 时牡丹盛开》,由此推测《赋赠番禺孔明府》当亦大约作于此时。孔明府指孔兴璇,是时任番禺知县。《翁山诗外》卷 11 另有《赠番禺明府》诗:"罗浮西麓是番禺,山势双蟠接海珠。仙令至今来葛氏,人家自昔在兰湖。持将瀑布为膏泽,更有荔枝入画图。重与炎洲添胜迹,沉香不使浦中无。"诗后注曰:"宋刘崇龟为广州守,亲旧干谒者但作《荔枝图》与之。"④《翁山诗外》卷 9 有《为番禺孔使君母陈太夫人寿》诗,之二云:"县令多为相,如今亦汉时。神明元母教,孝友更人师。介福康侯受,徽音太姒贻。番禺荣养日,官舍擘离支。"⑤此"番禺明府"和"孔使君"亦当指孔兴璇。由此知孔兴璇与翁山交往比较密切。孔兴璇此时主持纂修《番禺县志》,请翁山参与其事,亦在情理当中。另外,〔康熙〕《番禺县志》卷 17 著录了翁山《易外》《四朝成仁录》《广东新语》等未

①林子雄《屈大均〈广东文集〉考述》谓翁山先生参与修纂《番禺县志》,见《古版新语——广东古籍文献研究文集》,第 117 页。

②任果、常德修,檀萃、凌鱼纂:〔乾隆〕《番禺县志》卷 1,见《广州大典》第 277 册,第 11—13 页。

③《屈大均全集》第 2 册,第 943 页。

④《屈大均全集》第 2 册,第 930 页。

⑤《屈大均全集》第 2 册,第 683 页。

刊著作稿本,皆未言卷数。翁山这几部著作康熙二十五年尚未定稿,向编纂者提供这一信息的当是翁山本人,这也从一个侧面说明翁山可能参与了县志的纂修。

由上所述,可知在翁山宏大的文献编纂计划当中,既有全国性的,也有地方性的,整体来说,以地方文献编纂为多。经统计,翁山编成和计划编纂的与岭南有关的地方性编著有十余种:《岭南诗选》(未成)、《广东文集》(存十六卷)、《广东丛书》(未见)、《广东文选》(今存)、《广东新语》(今存)、《罗浮书》(已佚,有辑佚)、《渔书》(未见)、《闻史》(未见)、《永安县次志》(今存)、《广州府志》(未见)、《定安县志》(今存)、《番禺县志》(今存)。

翁山不但是明清时期的一流诗人,同时也是一位有着巨大成就的学者和文献学家。他有着宏大而系统的编纂计划和成熟的编纂思想,尤其对乡邦文献的编纂有着极高的热情。在明末清初所有参与岭南地方文献编纂的人当中,翁山最为积极,成果也最为丰富。

三、清初岭南文献编纂之热潮

除了翁山之外,明末清初还有不少岭南诗人积极从事乡邦文献的编纂,事实上在当时的岭南地区已经形成了一个编纂整理岭南文献的热潮。

较早记载广东地方事迹、人物、风物和典章制度的编著有《交广春秋》《南裔异物志》《十三州记》《广东通志》《粤大记》等。系统整理岭南地方文献的大型编纂,明代之前并未见到。明初陈琏所编的《宝安诗录》是最早对东莞一邑诗歌的整理编纂。明中期祁顺接续陈琏的工作,增损陈琏所编《宝安诗录》为前集,以己所编明初至明中期之诗为后集刊出。《广东新语》卷12"宝安诗录"条云:"明兴,东莞有凤台、南园二诗社,其诗颇得源流之正。琴轩陈公琏尝为《宝安诗录》,自宋元以至国初,其后祁方伯顺,增损为《前集》;自琴轩至方伯时得数十人,为《后集》;外郡士大夫有为宝安作者,亦因其旧增附焉。"①明万历年间,广东

---

① 《屈大均全集》第4册,第323页。

提学副使湖北蕲州张邦翼编成《岭南文献》,其继任者福建晋江杨瞿崃继之编成《岭南文献续集》(又称《岭南文献轨范补遗》)。这是笔者所知明末清初之前有关岭南的大型文献编纂。

　　开启明末清初岭南地方文献编纂热潮的是区怀瑞。区怀瑞,字启图,广东高明人,明代著名诗人区大相之子。"怀瑞少负异才,不读唐以后书,与弟怀年俱能承其家学。"①他编选其前五百余家广东诗人的作品为《峤雅》。这也是一个宏大的计划,可惜天不假年,未成而卒。翁山《广东新语》卷12云:"吾粤诸邑,惟东莞诗有合集,区启图尝梓同乡先辈选诗曰《峤雅》,凡五百余家,其书未成。"②温汝能《粤东诗海序》云:"明区启图尝会萃诸集,编为峤雅。采择孔翠,芟简繁芜。自唐迄明,得五百余家,可谓盛矣。而刊未及竟,浸已散佚。"③明末怀瑞"念时艰日亟,自是研究兵略……甲申国难作,乙酉仲夏,怀瑞遂同邝露入南都……未几,福王败,唐王监国于闽"。怀瑞与黎遂球同往,"寻于途中仓猝触刃而卒"④。由此可知《峤雅》之编纂当始于顺治二年之前不久。

　　除翁山之外,陈恭尹、王隼等人也是清初整理地方文献这一热潮的积极参与者。"王子蒲衣,撰次《岭南诗纪》,请序于予。予时方撰次《广东文集》,集中人各有诗,然不专于诗。专于诗,则以属蒲衣,以为文集之夹辅,文集所不及者,藉诗纪以补其阙,于是而吾粤之文献,庶几以备。"⑤可惜王隼所编《岭南诗纪》,今亦不见。现存较早的系统收集整理岭南历代诗作的总集是翁山的遗民好友黄登所编《岭南五朝诗选》。梁佩兰序云:"由唐宋而元明迄今,凡五朝。千载辽邈……取其人之风雅而甲之乙之……上自车骑,下逮蓬荜,与夫高僧羽流、名媛闺秀,莫不表而出之。"⑥《岭南五朝诗选》选录了唐、宋、元、明、清五朝,五百余位粤籍诗人的两千余首作品。陈恭尹亦有编纂岭南诗歌文献的行动。其《征

---

①陈伯陶:《胜朝粤东遗民录》卷3,第211页。

②《屈大均全集》第4册,第323页。

③温汝能辑:《粤东诗海》卷首。

④陈伯陶:《胜朝粤东遗民录》卷3,第211—212页。

⑤屈大均:《岭南诗纪序》,《屈大均全集》第3册,第57页。

⑥梁佩兰:《岭南五朝诗选序》,《六莹堂集》,第416—417页。

刻广州诗汇引》云："百川东注,粤海独南其波;万木秋飞,岭树不凋其叶。生其土俗,发于咏歌,粤之诗所以自抒声情,不与时为俯仰也……请开秘笈,勿靳邮筒。湘江十六卷,匪惮其多;易水一二言,未伤为约。窃备佣史,敬授梓人。"[1]《重刻岭南文献征启》云："吾乡作者,代不乏贤。四始六义之文,两汉先秦之制,轻缣素练,仰淑前修,踵事增华,弥高往辙……某不揣荒芜,每思纂集。往读先辈某某所刻《岭南文献》,允为今古大观,犹不无挂漏贻讥,似宥于见闻未广,况其绝笔几及百年,宜有嗣音,以襄盛典……集无问于古今,人不分于久近,长章短韵,尺幅单词,凡属我粤之文,即惬所求之望,宜书副本,早付邮筒。"[2]我们现在虽然未能见到陈恭尹编纂的有关岭南的文献,但这两段文字却透露出他曾经的行动。从这些记载可以看出整理岭南地方文献已经不是个别人的行为,一定程度上可以说已经成为这一时期岭南文人的群体行为。系统整理编纂岭南诗歌文献,也是诗人们岭南地域性群体认同的表现之一。

记载岭南地方事迹、人物、风物和典章制度类的编著,如《广东通志》《粤大记》等除外,笔者所知自明至清初,成与未成的岭南文献编纂有十余种。如下表:

序号	责任人	文献名称	编纂或刊刻年代	备注
1	陈琏、祁顺	《宝安诗录》前集、后集	明初、明中期编	今存
2	张邦翼(湖北蕲春人);杨瞿崃(福建晋江人)	《岭南文献》《岭南文献续集》	明万历年间刻	今存
3	区怀瑞	《峤雅》	顺治二年乙酉前编	未成
4	曹溶、朱彝尊(浙江人)	《岭南诗选》	顺治十四年丁酉编	未成[1]
5	屈大均	《岭南诗选》前集、后集	康熙元年至二十年编	未成[2]

---

①《陈恭尹集》,第635页。
②《陈恭尹集》,第646—647页。

续表

序号	责任人	文献名称	编纂或刊刻年代	备注
6	屈大均	《广东文集》	康熙二十六年丁卯前后刻	未全刻,现存十六卷③
7	屈大均	《广东丛书》	康熙二十六年丁卯前后编	未见
8	屈大均	《广东文选》四十卷	康熙二十六年丁卯刻	今存
9	蔡均	《东莞诗集》	康熙十九年庚申前后刻	已刻,亡佚④
10	王隼	《岭南诗纪》	康熙二十年辛酉前后刻	已刻,亡佚⑤
11	陈恭尹	《广州诗汇》	康熙年间	拟编,未见⑥
12	陈恭尹	《重刻岭南文献》	康熙年间	拟编,未见⑦
13	黄登	《岭南五朝诗选》	康熙三十二年癸酉至三十九年庚辰间选刻	今存⑧

① 朱彝尊云:"岁丁酉,吾乡曹侍郎洁躬出领粤东左辖,思辑《岭南诗选》,属予甄录。"见朱彝尊:《静志居诗话》卷 14,第 395 页。按:曹溶,字洁躬,浙江嘉兴人,顺治十三年曹溶由户部侍郎出为广东布政使。丁酉为顺治十四年。

② 屈大均:《广东新语》卷 12"宝安诗录"条;汪宗衍:《屈大均年谱》"康熙三年"条,见《屈大均全集》第 8 册,第 1895 页。

③ 屈大均:《广东文选自序》《广东文集总序》。1987 年汪宗衍先生编纂《屈大均年谱》时认为,《广东文集》,"似未刻"。朱希祖《屈大均(翁山)著述考》云:"未刻全,存八卷。"1998 年,《广东文集》见载于上海古籍出版社出版的《中国古籍善本书目·集部》,2015 年广州出版社出版的《广州大典》亦收。

④ 汪宗衍:《屈大均年谱》"康熙十九年"条,见《屈大均全集》第 8 册,第 1943 页;屈大均:《东莞诗集序》,《屈大均全集》第 3 册,第 279—280 页;《赠蔡平叔姻家》,《屈大均全集》第 2 册,第 853 页。

⑤ 朱则杰:《六种广东地区清诗总集钩沉》,《五邑大学学报》2009 年第 1 期;屈大均:《岭南诗纪序》,《屈大均全集》第 3 册,第 57—59 页。

⑥ 陈恭尹:《征刻广州诗汇引》,《陈恭尹集》,第 635 页。

⑦ 陈恭尹:《重刻岭南文献征启》,《陈恭尹集》,第 645—647 页。按:陈恭尹所选或为自毁。其《复八十老人祝石书》云:"往时颇有所选述,自戊午遭意外之诬,下狱二百余日,家人惶迫,时惧更以文字得罪,取付秦炬,唯拙诗以先有刻本得存。"见《陈恭尹集》,第 719 页。

⑧ 卷首序明确记年者有癸酉郭宙序、李长华序;丙子袁景星序和庚辰鲁超序。郭宙序云"癸酉春,慨然发刻《岭南五朝诗选》",陈恭尹又云"粤之为郡十而地绵二千里,积庵不能家至户索,唯随得随选随刻",故知黄登《岭南五朝诗选》非一时刻成,大约在康熙三十二年癸酉至康熙三十九年庚辰。

除了外地人编纂的两种文献之外,其中十一种都是这一时期岭南人编纂的,由此看出明末清初岭南地区出现了一个编纂地方文献的热潮,短短的四五十年间编成或计划编纂的地方文献多达十余种。清初开始形成的这一热潮一直延续到清末民初。编纂的这类地方文献如乾隆年间梁善长的《广东诗粹》,陈兰芝的《岭南风雅》;嘉庆年间刘彬华的《岭南群雅》,温汝能的《粤东诗海》,曾文锦、陈觐光的《岭南鼓吹》;道光年间凌扬藻的《国朝岭海诗钞》,梁九图、吴炳南的《岭表国朝诗传》,伍崇曜的《楚庭耆旧遗诗》;民国时期何藻翔的《岭南诗存》,黄文宽的《岭南小雅集》,邬庆时、屈向邦的《广东诗汇》等。

　　从这个简表还可以看出,岭南士人编纂的主要是诗歌文献。编纂大型的岭南历代诗集,不仅仅是为了搜集、保存、传承岭南文献和文化,也是岭南诗史意识觉醒的表现,是建构岭南诗史的行为,同时也是诗人们地域认同的一种表现。岭南诗派,这一地域性诗派的形成离不开岭南诗人的地域认同和群体认同。在所有参与地方文献编纂的人当中,翁山热情最高、成就最大,从这一角度也可以看出,翁山在明末清初岭南诗派及其形成的过程中的作用和地位。

第二章　屈大均等人对岭南地域
诗学传统的建构

在人们的观念中，一个地区的文化传统是自然生成的，其实并不尽然。文化传统的生成，也会受到人们对某些因素强调的影响。岭南地区的文化传统和诗歌传统的形成，一定意义上就得益于岭南士人对本地区文化传统的构建。当然建构是有事实依据的，不是凭空虚构，而是理清发展的脉络，擦亮并突显被历史尘封的本应该得到彰显的关键存在。明末清初以屈大均等人为代表的岭南诗人开始了对岭南诗歌发展史的关注。他们不但系统整理了岭南的诗歌文献，并对岭南诗歌史进行了梳理。他们不但确立了张九龄在岭南诗史上的崇高地位和典范意义，还把"南园五先生"和"南园后五先生"纳入这一传统，肯定他们对"曲江规矩"的继承。从这一时期翁山等人的论述，可以看出"曲江规矩"和宗法汉魏，总体而言即是岭南传承千年的地域诗学传统。

一、乡贤崇拜与地域典范的确立

乡贤崇拜是一种普遍现象，是恋土情结的一种表现形式，是几乎接近本能的一种社会现象。乡贤崇拜在地域文化和地域传统的形成过程中起着至关重要的作用。张九龄就是这样一位在岭南诗歌传统乃至岭南文化传统形成的过程中，起到了重要作用的关键性人物。张九龄作为盛唐贤相、"文场元帅"在岭南历史上，无出其右者。翁山称之"为有唐人物第一"①。岭南人颂扬张九龄的作品很多，唐代岭南人莫宣卿②即有诗颂美。其《谒张曲江祠》云："明明大节重于唐，太息中书位不长。有志格君安社稷，无心爱己计存亡。一轮金鉴千年照，半世良臣万古

①屈大均：《岭南倡和集序》，载《屈大均全集》第3册，第59页。
②莫宣卿（834—867），字仲节，号片玉，封州开建（今广东封开）人。唐宣宗大中五年（851）进士第一。

彰。林甫当时如未相,定教尧舜在明皇。"①元末明初岭南诗人孙蕡②
《张曲江祠》云:"铁石肝肠鲠不阿,千年庙享未为过。胡儿反相知偏早,
人主荒淫谏亦多。金鉴录存明皎日,玉环事杳逐流波。岭头手种松犹
在,想见高材挂大罗。"③明代思想家陈献章有《度岭有怀张曲江》:"天地
风云会有辰,开元可是欠经纶。千寻松下看流水,十八年中度岭人。"④
另外,还有《读张曲江撰徐聘君墓碣四首》。明成化年间的岭南人苏葵⑤
有《谒曲江张丞相祠》:"堂堂曲江公,山川气攸萃。忠节贯日星,时艰惜
遭际。当廷视奸谀,明明见肝肺。天不假上方,长安乃鼎沸。銮舆远播
迁,神气几乎坠。一时岂无人,十九甘泄泄。李唐十数传,贤相公独最。
庙食宜千秋,芳名应万世……"⑥另有《过张曲江祠》云:"不是开元愿治
时,可怜金鼎又危机。诸人未识胡儿相,一语翻招汉主疑。花鸟曲江供
白首,风尘灵武换朱衣。古今用舍多慷慨,聊奠祠前酒一卮。"⑦可以肯
定无论生前还是身后,张九龄都是最受岭南人颂扬的乡贤之一。不过,
从以上所引明中期之前岭南人颂美张九龄的诗作,可以看出此时岭南
人对张九龄的颂扬还主要集中在其政治作为上。其文学成就和他在岭
南文学史上的典范意义几乎被忽略了。尽管此时岭南人在文字上更多
地强调了张九龄的政治作为,却难以否定张九龄在文学上对他们的感
召和引领作用。因为那个时代张九龄的政治形象和文学形象几乎是无
法分割的,谈到其政治作为,就无法完全抛开他在当时诗坛上的领袖作
用。对于读书人来说,没有理由在关注其政治地位时,而完全忽略其文
学成就。只不过,对于深受"学而优则仕"影响的普通士人来说,一个人
的政治和社会地位远比其文学成就耀眼,再者在唐由盛而衰的转折点

---

①吕永光主编:《全粤诗》第1册,岭南美术出版社2008年,第252页。

②孙蕡(1337—1393),字仲衍,号西庵,顺德人。南园五先生之首。元末避乱乡间,洪武三年
　　(1370)举于乡,入为翰林典籍。蕡尝与黄哲、王佐、李德、赵介结诗社于南园抗风轩,世称南园五
　　先生。著有《西庵集》八卷。

③吴晓曼主编:《全粤诗》第3册,岭南美术出版社2008年,第165页。

④马云主编:《全粤诗》第4册,岭南美术出版社2008年,第451页。按:此诗在《全粤诗》第4册题
　　作《度岭》。

⑤苏葵(1450—1509),字伯诚,别号虚斋,顺德人。明宪宗成化二十三年(1487)进士,选庶吉士,授
　　编修。屡迁至福建右布政使,卒于官,年六十。有《吹剑集》十二卷。

⑥韦盛年主编:《全粤诗》第5册,岭南美术出版社2009年,第742—743页。

⑦韦盛年主编:《全粤诗》第5册,第785页。

上,张九龄的政治影响实在太易引发人们的感叹和想象了。

与其前相比,晚明以后,岭南诗人颂美张九龄的诗作明显增多,而且出现了很大的变化。区大相《谒张文献祠》云:"一代孤忠在,千秋大雅存。诗才推正始,相业忆开元。曝日陈《金鉴》,蒙尘想剑门。更吟羽扇赋,摇夺不堪论。"[①]这里"千秋大雅存""诗才推正始"涉及了他的文学成就和意义。到了明末清初张九龄的文学成就和意义得到了进一步的强调和普遍的肯定。薛始亨[②]《曲江谒张文献祠》云:"南人初作相,风度亦高人。直道终难舍,文章自致身。倾心金鉴录,流涕剑门尘。祠前飞海燕,犹怯玉堂春。"[③]张穆《哭家文烈》:"昔当壮年万事轻,身骑快马横东城。与兄意气作兄弟,立身每励为人英。世悲叔季各出处,嘉尔献策名峥嵘。文采风流曲江旧,墨渖翻浪如长鲸。"[④]陈子升《龄儿学字诗以勉之》:"花下看儿学字初,本来文业肯生疏。拈将斑竹枝常画,摘得□□叶亦书。记诵料无廷硕并,呼名奢望曲江如。山妻笑指同堂老,他日飞腾莫学渠。"[⑤]陈恭尹《别后寄方蒙章陶苦子兼柬何不偕梁药亭吴山带黄葵村定邮诗之约》之二云:"曲江千载下,作者未全湮。笔墨无生气,光芒愧昔人。谁能师日月,可以喻清新。大海波澜在,骊珠自不贫。"[⑥]陈恭尹《次和刘沛然王础尘广州荔枝词》之十:"王逸当年未尽才,曲江能赋见风裁。一时胜会逢吴客,七字题诗满粤台。光焰只应燃火树,圆明端合长珠胎。侧生诮后天门远,谁遗文章落上台。"[⑦]翁山《张文献公祠》:"南人初作相,始自曲江公。风度朝廷肃,文章岭海雄。开元多事业,大庾有祠宫。一自陈金鉴,君王念不穷。"[⑧]翁山《将从雁代返岭南留别程周量》:"罗浮双岳峙,一半是蓬莱。风雨时离合,波潮若往回。

①《屈大均全集》第 4 册,第 315 页。
②薛始亨(1617—1686),字刚生,号剑公,别署甘蔗生、剑道人、二樵山人。顺德人。与大均同受学于陈邦彦,工诗书画,精琴棋剑艺。明亡后,隐居西樵山中,后入罗浮山为道士,以著述自乐。著有《南枝堂稿》《蒯侯馆十一草》。
③杨权主编:《全粤诗》第 20 册,第 581 页。
④史洪权主编:《全粤诗》第 21 册,岭南美术出版社 2017 年,第 511 页。
⑤陈子升:《中洲草堂遗集》卷 13,《丛书集成续编》第 151 册,第 373 页。
⑥《陈恭尹集》,第 154 页。按:"可以",原作"何以",据康熙五十七年刻本改。
⑦《陈恭尹集》,第 362 页。
⑧《屈大均全集》第 1 册,第 281 页。

宁无蝴蝶洞,不及凤凰台。文献曲江后,须君接武来。"①翁山《答赠程虞三》:"作客来吾越,诗歌迥不同。开元南海体,正始曲江风。唱和勤观察,声华助主公。月明开幕饮,不遣酒尊空。"②翁山《自胥江上峡至韶阳作》:"开元高相业,崛起曲江间。报国多金鉴,倾城一玉环。文章元帅在,风度盛唐闲。正始音谁继?书台洒扫还。"注云:"唐玄宗尝称曲江公为'文坛元帅'。公有书堂岩在始兴。"③由以上引诗可以看出此时的岭南诗人更多地把关注的重点放在了张九龄的诗歌上,而非政治作为。尤其"南海体""正始音"云云,更是强调曲江诗作为岭南诗歌的开端和典范的意义。这不但说明了曲江诗的文学意义在明末清初得到了岭南人充分的肯定,而且也说明了此时岭南文学的长足进步和岭南文学史意识的觉醒。

　　岭南文学史上可称典范的诗人作家,张九龄之后即是元末明初以孙蕡为首的"南园五先生"。元至正十八年(1358)青年诗人孙蕡、王佐与十多位诗友,结社于广州南园抗风轩,诗酒唱酬,号为南园诗社,亦有人称之为"南园派"④。南园诗社的核心为孙蕡、王佐、黄哲、李德、赵介五人,合称"南园五先生"。"南园五先生"在全国范围内有较高的地位,对岭南诗坛影响很大。明代学者胡应麟云:"国初吴诗派昉高季迪,越诗派昉刘伯温,闽诗派昉林子羽,岭南诗派昉于孙蕡仲衍,江右诗派昉于刘崧子高。五家才力,咸足雄据一方,先驱昭代。"⑤这里胡氏是以"岭南诗派"泛指岭南地区的诗人诗歌创作等。胡氏认为"岭南诗派"是与明初吴、越、闽、江右诗派并立的五大诗派之一,各雄居一方。近年来,学界比较关注岭南诗歌的研究,"岭南诗派"越来越受到重视,并且常常用"岭南诗派"泛指岭南地区的诗人及诗歌创作等。"南园诗社"的成立使"岭南诗派"真正结胎,使之有了一个凝聚岭南诗人的实体,起到了吸聚岭南诗人的核心作用。由"南园派"到"岭南诗派"只是空间和时间范

---

① 《屈大均全集》第 1 册,第 255 页。
② 《屈大均全集》第 2 册,第 707 页。
③ 《屈大均全集》第 2 册,第 780 页。
④ 李保孺《题宋芷湾先生诗卷真迹》有云:"鱼山尚守峚峒步,简民稍脱南园派。"见《委怀诗舫遗草》卷上,同治九年刻本,《广州大典》第 463 册,第 612 页。
⑤ 胡应麟:《诗薮续编》卷 1,见《广州大典》第 517 册,第 3 页。

围的扩展。陈田《明诗纪事》云："仲衍与彦举、庸之、仲修、伯贞称南园五先生。其实南园结社,抗风轩中吟侣,仲衍一一举之。"①《四库全书总目》云："(黄)哲之五言古体祖述齐、梁,(李)德之七言长篇胎息温、李,俱可自名一家……粤东诗派,数人实开其先,其提唱风雅之功,有未可没者。"②四库馆臣又云："赟当元季绮靡之余,其诗独卓然有古格。虽神骨隽异不及高启,而要非林鸿诸人所及。"③朱彝尊称："自赟以下,世所称南园五先生也,仲衍才调,杰出四人。五古远师汉、魏,近体亦不失唐音。"④南园五先生跨越宋元,上追三唐,力矫元诗之纤弱萎靡,不但在某种意义上接续了所谓的"曲江规矩",也使岭南诗风不同于当时主流诗坛。

　　在岭南人自己的笔下,南园五先生也备受尊崇。明中叶黄佐称孙赟诗:"初若不甚经意,而气象雄浑,兴喻深致,骎骎乎魏晋之风。"⑤欧大任云:"明兴,天造草昧,五岭以南,孙赟、黄哲、王佐、赵介、李德五先生起,轶视吴中四杰远甚。"明末陈之壮说:"五先生以胜国遗佚,与吴四杰、闽十才子并起,皆南音,风雅之功,于今为烈。"⑥晚明时期梁以壮⑦《抗风轩》诗云:"百年心血犹滋草,草色含诗若起予。先辈一开前代社,后人三复五家书。山川秀处吟经用,风雨深时思欲余。近日艳词秋水濯,阿谁还继曲江初。"⑧揆其语意则以南园诗人为曲江的继承者。在南园诗人中,孙赟可称领袖,其诗体格高古,不失唐音。明末清初岑徵《读南园五先生集感赋》云:"曲江遗大雅,高庙播文明。岂意开元后,重闻正始声。吴闽咸避席,关洛仰前型。叹息南园地,悲风蔓草平。"⑨翁山《修复浮丘诗社有作》云:"濲阳浮丘结大社,吾越风雅凌中州。前掩曲江后海目,埙篪一一相绸缪。变乱以来遗响绝,后生不知分歌讴。抗风

①陈田:《明诗纪事》甲签卷9,上海古籍出版社1993年,第199页。
②永瑢等撰:《四库全书总目》卷189,第1714页。
③永瑢等撰:《四库全书总目》卷169,第1473—1474页。
④朱彝尊:《静志居诗话》卷3,第70页。
⑤黄佐:《广州人物传》卷12,道光十一年刻岭南遗书本,《广州大典》第59册,第192页。
⑥《屈大均全集》第4册,第321页。
⑦梁以壮(1607—?),字又寀,号芙汀居士,番禺人。有全集二十六卷。
⑧史洪权主编:《全粤诗》第21册,第453页。
⑨杨权主编:《全粤诗》第20册,第635—636页。

轩中失领袖,诃子林里谁赓酬。别裁伪体遍里巷,汉唐规矩同寇雠……"①"南园五先生"的文学成就不但在此时得到了普遍的肯定,而且从岑徵、屈大均等人的诗中还可以看出曲江和南园在当时岭南诗人心中的典范意义。今人陈永正先生说:"孙蕡之诗,既有'气象雄浑'的一面,又有'清圆流丽'的一面,直接继承张九龄、邵谒的传统……故可以把孙蕡视为'岭南明诗之始'。"②

翁山说:"粤诗自五先生振起,至黄文裕而复兴。"③岭南诗坛在明初"南园五先生"之后,经过一个时期的沉寂,明代中叶正德、嘉靖年间又涌现出一批颇有成就的诗人,如黄佐、黎民表、梁有誉、欧大任、李时行、吴旦等。这个诗人群也颇受重视。明人胡应麟认为这个诗人群为当时全国四大诗派之一。胡氏云:"近日词场自吴、楚、岭南外,江右独为彬蔚。"④明末清初著名诗人朱彝尊说:"岭表自'南园五先生'后,风雅中坠,文裕力为起衰,如黎惟敬、梁公实辈,皆其弟子。嘉靖中,'南园后五先生',二子与焉。盖岭南诗派,文裕实为领袖,不可泯也。"⑤显然朱氏是把黄佐及黎民表、梁有誉、欧大任、李时行、吴旦等看成"南园五先生"、南园诗派的继承者,所以才有"南园后五先生"之说。明末岭南诗坛又涌现出大批诗人,如陈子壮、黎遂球等,他们组织诗社,倡导风雅,有所谓的"南园十二子"之说。他们也自认为是南园的继承者。

"南园后五先生""南园十二子"这样的称号表明,明中后期的岭南诗人与明初"南园五先生"存在着精神上的联系,"南园五先生"在其后也逐渐成为岭南诗人的典范。从以上的引文可以看出"南园五先生"与张九龄一样,作为文学意义上的典范正式被岭南诗人普遍确认,基本上都是在明末清初这一时期。这一现象也与此时岭南地域文学史意识的觉醒和上升有关。

"岭南诗派"是一个以地域命名、时间跨度漫长、没有领袖和统一理

---

① 《屈大均全集》第1册,第199—200页。
② 陈永正:《岭南诗派略论》,《岭南文史》1999年第3期。
③ 《屈大均全集》第4册,第321页。
④ 胡应麟:《诗薮续编》卷2,《广州大典》第517册,第16页。
⑤ 朱彝尊:《静志居诗话》卷11,第297页。按:"南园后五先生"原作"南园后五年生",笔者以意改之。

论的非典型的诗派,故长期以来就有人对"岭南诗派"是否存在持有异议。"岭南诗派"虽然没有统一的领袖和明确的理论纲领,但张九龄和"南园五先生"等具体的典范耸立在那里,众人一致尊崇、仿效和学习,实际上已经起到了统一的纲领和诗派领袖凝聚、规范众人的作用。因此地域典范的确立对"岭南诗派"、对岭南地域诗学的传承来说具有特别重要的意义。

明清两代是岭南诗歌发展的黄金时期。元末明初的南园诗人以盛唐张曲江为典范,其后的岭南诗人又以曲江和南园为典范,远祖近宗,不失法度。诗派领袖的作用,一般而言,并不会像政治领袖那样运用强力对诗人创作进行规范,其作用也只是精神的感召和引导。张九龄和"南园五先生"虽然没有与其后的岭南诗人生活在同一个时空当中,但其精神的感召和引导作用并不见弱,故可谓之岭南诗人和"岭南诗派"实际上的精神领袖。曲江、南园作为岭南诗人和"岭南诗派"精神领袖的一贯性,也是"岭南诗派"得以维系的重要纽带。清初岭南遗民薛始亨说:"洪、永、成、宏以迄于今,天下之诗凡数变矣,独吾粤犹奉先正典型。自孙典籍而降,代有哲匠……彬彬乎曲江流风于斯为盛。"[1]翁山也说:"吾粤诗始曲江,以正始元音先开风气。千余年以来,作者彬彬,家三唐而户汉魏,皆谨守曲江之规矩,无敢以新声野体而伤大雅,与天下之为袁徐、为钟谭、为宋元者俱变,故推诗风之正者,吾粤为先。"[2]精神领袖和诗学典范的始终如一,不但保证了诗派的相对稳定,而且也容易实现地域诗学传统的代际传承。

二、岭南诗史的梳理

岭南诗歌发展到明末清初已由涓涓细流汇成了长江大河,站在浩瀚苍茫的江边遥望其来龙去脉,最易生发历史的思考和感叹。此时岭南诗人开始表现出对岭南诗歌发展史的关注热情。

如前所述,明末清初曾经出现整理编辑岭南人诗歌作品的热潮。

---

[1]薛始亨:《中洲草堂遗集序》,陈子升:《中洲草堂遗集》卷首,《丛书集成续编》第151册,第272页。
[2]屈大均:《广东文选凡例》,屈大均辑:《广东文选》卷首。

翁山自云曾编纂《岭南诗选》："予撰《岭南诗选》前后集,《前集》自唐开元至明万历,《后集》自万历至今,人各有传,仿《列朝诗集》之体,积二十年,亦未有成书,可叹也。"①翁山还有意编辑岭南诗于其《广东文集》之中,且以王隼所编《岭南诗纪》"为文集之夹辅"。"予时方撰次《广东文集》,集中人各有诗,然不专于诗。专于诗,则以属蒲衣,以为文集之夹辅,文集所不及者,藉诗纪以补其阙,于是而吾粤之文献,庶几以备。"②可惜王隼所编《岭南诗纪》现亦失传。现存较早的系统收集整理岭南历代诗歌作品的总集是黄登所编《岭南五朝诗选》。梁佩兰序云:"由唐宋而元明迄今,凡五朝。千载辽邈……取其人之风雅而甲之乙之……上自车骑,下逮蓬荜,与夫高僧羽流、名媛闺秀,莫不表而出之。"③翁山《广东新语》"宝安诗录"条云:"区启图尝梓同乡先辈选诗曰《峤雅》,凡五百余家,其书未成。"④陈恭尹亦有编纂岭南诗歌文献的想法。其《征刻广州诗汇引》云:"请开秘笈,勿靳邮筒。湘江十六卷,匪惮其多;易水一二言,未伤为约。窃备佣史,敬授梓人。"⑤《重刻岭南文献征启》云:"吾乡作者,代不乏贤。四始六义之文,两汉先秦之制,轻缣素练,仰淑前修,踵事增华,弥高往辙……某不揣荒芜,每思纂集。"⑥我们现在虽然未能见到陈恭尹编纂的文献总集,但这两段文字却透露出他曾经的行动。从这些记载可以看出整理岭南地方文献在当时已经不是个别人的行为。系统整理编辑岭南诗歌,不但是搜集、保存、传承岭南的文献和文化,也是建构岭南诗史的行为,是岭南诗人地域性群体认同和岭南诗史意识觉醒的表现。

诗史意识觉醒最直接的证明,莫过于对其诗歌源流的追溯了。追溯岭南诗歌发展的源流,实际上就是建构岭南诗歌发展史和岭南诗学传统的行为。梁佩兰云:"粤有诗,始自唐张曲江。然史称'周武王十八年,越裳入贡,陈诗观乐以归',则粤有诗又当昉自周。乃孔子删诗于十

①《屈大均全集》第 4 册,第 323 页。
②屈大均:《岭南诗纪序》,《屈大均全集》第 3 册,第 57 页。
③梁佩兰:《岭南五朝诗选序》,《六莹堂集》,第 416—417 页。
④《屈大均全集》第 4 册,第 323 页。
⑤《陈恭尹集》,第 635 页。
⑥《陈恭尹集》,第 646 页。

五国之风,独楚无诗。粤为扬州之域,在战国时属楚,已无诗,粤安得有诗?论诗以孔子为断,粤之诗在周时者既不传,则诗以曲江为溯源矣。"①相较而言,对于岭南诗歌源流的追溯,翁山贡献最多。《广东新语》卷12《诗语》细致地追溯了岭南诗歌发展的源流,可以说《诗语》就是一卷岭南诗歌发展简史。《诗语》第一条"诗始杨孚"云:"汉和帝时,南海杨孚字孝元,其为《南裔异物赞》,亦诗之流也。然则广东之诗,其始于孚乎?而孝惠时,南海人张买侍游苑池,鼓枻为越讴,时切讽谏。晋时高州冯融汲引文华士与为诗歌。梁曲江侯安都为五言诗,声情清靡,数招聚文士,如阴铿、张正见之流,命以诗赋,第其高下,以差次赏赐之。此皆开吾粤风雅之先者,至张子寿而诗乃沛然矣。"②其后"曲江诗"一条高度评价了张九龄在诗坛上的地位,肯定了张九龄对于岭南文学的重要意义:"东粤诗盛于张曲江公,公为有唐人物第一,诗亦冠绝一时。玄宗尝称为文场元帅,谓公所作,自有唐名公皆弗如,'朕终身师之,不得其一二'云。而公为人虚公乐善,亦往往推重诗人,为荆州时,辟孟浩然置幕府,又尝寄罗衣一事与太白,故太白有《答公寄罗衣》及《五月五日见赠诗》;而王摩诘有'终身思旧恩'之句;浩然则有陪公游宴诸篇。三子者,皆唐诗人第一流,他人鲜知罗致,独公与之相得,使玄宗终行公之道,不为小人谗间,则公之推诚荐引,以为国家经纶之用者,又岂惟诗人而已哉!剑阁蒙尘,始潸然追念。噫嘻!亦已晚矣。少陵云:'受谏无今日,临危忆古人。'盖谓公也。丘文庄言:'自公生后,五岭以南,山川烨烨有光气'。信哉。"③翁山以诗人为主线,其后以次胪列述论:"陈琴轩诗""罗勉夫诗""神童诗""白沙诗"等。全部《诗语》史与论相结合,阅毕即可对岭南诗史有一个粗略的了解。

　　"诗社"条记述了明初以降岭南诗坛的盛况。"粤歌"条指出了岭南诗歌创作兴盛的基础:"粤俗好歌,凡有吉庆,必唱歌以为欢乐。"④这一条记述了岭南一些地区的乐歌习俗,意在为岭南诗歌的兴盛寻找合理

①梁佩兰:《岭南五朝诗选序》,《六莹堂集》,第 416 页。
②《屈大均全集》第 4 册,第 312 页。
③《屈大均全集》第 4 册,第 312—313 页。
④《屈大均全集》第 4 册,第 324 页。

的群众基础。

　　另外,翁山还考证了岭南最早的女诗人。《广东新语》"春冈"条云:"越女以能诗知名者,自绿珠始,至唐初,有南海七岁女子,若仙姑,尤其清丽者也。予诗云:'绿珠艳曲先南越,争似仙灵更有才。'"①"绿珠井"条又云:"博白县,本高凉白州东粤之地,其西双角山下,有梁氏绿珠故宅。宅旁一井七孔,水极清,名绿珠井。山下人生女,多汲此水洗之,名其村曰绿萝,以比苎萝村焉。绿珠能诗,以才藻为石季伦所重,不仅颜色之美,所制《懊侬曲》甚可诵,东粤女子能诗者,自绿珠始。今双角山下及梧州皆有绿珠祠,妇女多陈俎豆,其女巫亦辄歌乔知之《绿珠篇》,以乐神听。"②

　　综观翁山有关的记载,岭南的诗歌源流、诗学好尚、诗歌兴盛的基础、各时代的代表性作家,以及诗人的群体活动等都有论述,可以说基本上具备了诗歌发展史的大体框架。总之,这一时期,以翁山为代表的岭南诗人,其岭南诗史的意识明显增强,而且也对岭南诗歌发展史进行了认真的梳理。

三、岭南地域诗学的形成

(一)曲江规矩的形成过程

　　梁佩兰云:"粤有诗,始自唐张曲江。"③岭南诗人追溯岭南诗歌源头,大都如梁佩兰一样,往往至曲江而止。从字面上看,只是寻其源头,实际上,这其中有着寻找标准和规范的隐意。翁山云:"吾粤诗始曲江,以正始元音先开风气。千余年以来,作者彬彬,家三唐而户汉魏,皆谨守曲江之规矩,无敢以新声野体而伤大雅,与天下之为袁徐、为钟谭、为宋元者俱变,故推诗风之正者,吾粤为先。"④陈恭尹说:"吾粤作者,自张

---

①《屈大均全集》第 4 册,第 96 页。
②《屈大均全集》第 4 册,第 140—141 页。
③梁佩兰:《岭南五朝诗选序》,《六莹堂集》,第 416 页。
④屈大均:《广东文选凡例》,屈大均辑:《广东文选》卷首。

曲江而下,源流相接,代有其人,矩矱不远。"①薛始亨说:"纵观洪、永、成、宏以迄于今,天下之诗凡数变矣。独吾粤犹奉先正典型。自孙典籍而降,代有哲匠……彬彬乎曲江流风于斯为盛。"②这是在回望其前岭南诗歌发展历史的时候,对岭南诗人创作取向和规范的总结。岭南诗人的创作是否真的存在所谓的"曲江规矩"呢?"曲江规矩"的具体内涵又是什么呢?

陈永正先生说:"所谓的'曲江规矩'、'曲江流风',是指张九龄诗的思想内容与艺术风格。继承汉魏的传统,而又参以楚辞的表现手法,崇尚高古的格调,这就是千余年来岭南诗人所尊奉的'唐音'。"③"他(张九龄)在诗歌创作上,一方面继承汉魏的传统,一方面采用《离骚》的手法,形成他的唐音。这正是屈大均等岭南诗人所称颂的'曲江规矩'。"④其实"曲江规矩"的具体内涵翁山已经说清楚了,即"家三唐而户汉魏"中的汉魏和三唐传统。不过,严格一点说,"曲江规矩"不能包括"三唐"全部,因为张九龄为初盛唐人。"三唐"还包括其后的中晚唐。准确点说,"曲江规矩"应该是指汉魏和初盛唐的诗歌规范,是张九龄融汇汉魏和初盛唐之后形成的规范。"曲江规矩"为千余年来岭南诗人所尊奉,这一观点基本上得到了普遍的认可。不过,这一普遍接受的观点是否有切实的依据呢?

明初是岭南诗歌发展的一个重要时期,孙蕡、赵介、王佐、黄哲、李德五位诗人在广州筑抗风轩,结南园诗社,"开有明岭南风雅之先"⑤。"岭南诗派"自此结胎。"南园五先生"的创作是否遵循了所谓的"曲江规矩"呢? 就这一问题,明确分为两种截然不同的观点。陈恩维教授对"南园五先生"有深入的研究,他说:"近年来从事南园五先生和南园诗社的专题研究,发现岭南诗派不仅有核心的论诗主张,而且有自成一体的理论体系,既顺应了明初诗歌批评的大势,也自觉维护诗派的地域特

①陈恭尹:《岭南五朝诗选序》,《陈恭尹集》,第 750 页。
②薛始亨:《中洲草堂遗集序》,陈子升:《中洲草堂遗集》卷首,《丛书集成续编》第 151 册,第 272 页。
③陈永正:《岭南诗派略论》,《岭南文史》1999 年第 3 期。
④刘世南:《清诗流派史》,第 15 页。
⑤《屈大均全集》第 4 册,第 420 页。

色,并且在南园后学的共同参与下形成了传播和绵延数代的地域传承体系。"①与此不同的是王学太先生的看法,他在论述南园诗派时说:"粤派诗人没有遗下什么论诗或论文主张,但他们在创作上确有共同之处,这与他们彼此唱和、相互影响有关。也就是说他们的群体意识是在创作中自然形成的。"②二者的观点有明显的冲突。到底哪种说法更接近事实呢?仔细考察之后,笔者认为二者所说都有一定的道理,但也都有偏颇之处。如果能综合二者,取其是,弃其非,则不失为一种较为合理的做法。如果就南园诗人留传下来的文献而言,确实难以找到明确的与所谓的"曲江规矩"直接相关的诗论文字。不过,如果从他们具体的创作情况而言,又难以否认他们有意无意地共同遵循着某些他们认可的标准。孙蕡的诗集包括"《西庵集》九卷……又《孙典籍集句》一卷,又《和陶集》"③。"《孙典籍集句》是学习唐诗的产物……《和陶集》是其学习汉魏的成果。"④黄佐云:孙蕡诗"初若不甚经意,而气象雄浑,兴喻深致,骎骎乎魏晋之风"⑤。李时远云:"仲衍豪迈玮丽,足追作者。其七言古体不让唐人。"⑥"孙蕡、王佐二人,在诗风上既学盛唐李白之狂放,也学六朝谢灵运之巧思。"李德早期诗歌模仿李贺。经孙蕡点拨,接受批评,改学陶诗⑦。清人何藻翔在《岭南诗存》中评李德诗"短篇炼气归神,静穆而淡远"⑧。"黄佐《广州人物传》:庸之(黄哲)刻苦读书,通《五经》,尝借《文选》手抄之,遂能作诗。性好山水,结庐蒲涧,往来罗浮、峡山、南华诸名胜。"⑨赵介取陶渊明《归去来兮辞》"登东皋以舒啸,临清流而

①陈恩维:《试论岭南地域诗学传统的构建——以明初"南园五先生"为中心的考察》,《广州大学学报》2014年第5期。

②王学太:《以地域分野的明初诗歌派别论》,《文学遗产》1989年第5期。

③黄虞稷:《千顷堂书目》卷17,《文渊阁四库全书》第676册,第449页。

④陈恩维:《试论岭南地域诗学传统的构建——以明初"南园五先生"为中心的考察》,《广州大学学报》2014年第5期。

⑤黄佐:《广州人物传》卷12,《广州大典》第59册,第192页。

⑥转引自陈恩维:《试论岭南地域诗学传统的构建——以明初"南园五先生"为中心的考察》,《广州大学学报》2014年第5期。

⑦陈恩维:《试论岭南地域诗学传统的构建——以明初"南园五先生"为中心的考察》,《广州大学学报》2014年第5期。

⑧转引自陈永正:《岭南历代诗选》,广东人民出版社1985年,第137页。

⑨陈田:《明诗纪事》甲签卷9,第204页。

赋诗"之意,构"临清轩"读书息游,名其集曰《临清集》。陈琏评赵介:
"惟先生韬隐于家,守约处晦,内自足而无所营于外,益得肆力于诗。虽
出入汉、魏、盛唐诸大家阃奥,而尤究心《三百篇》之旨。"①从这些引文来
看,"南园五先生"在创作上确实有着共同的取向。虽然没有保留下来
直接论诗的文字,但可以肯定他们饮宴酬唱、切磋品评之时,一定会有
相关的讨论,并且大体形成了一致的学诗主张和创作路径。"南园五先
生"虽然没有留下明确的以曲江诗为其效法对象的文字,但就他们汉唐
兼尚的创作路径而言,确与张九龄大体一致。此时他们共同遵循的路
径,能不能说就是"曲江规矩"呢? 与其说他们共同遵循的是"曲江规
矩",还不如说,他们共同遵循的是张曲江曾遵循的汉魏初盛唐之法,同
时曲江诗也成为他们心摹手追的对象。后世岭南诗人所谓的"曲江规
矩",在南园诗人那里并不是十分明确,至于"曲江规矩"这一概念更要
等到明末清初才真正出现。另外,"南园五先生"有关张九龄的诗作,也
只是咏叹张九龄的相业和政治意义,几乎没有提及其文学成就,这也从
一个侧面证明了这一点。明中后期的岭南诗人,如"南园后五先生"等
之于张九龄在文学上的典范意义与明初大体一样。

　　岭南文学至明末清初走上了巅峰,不但诗人众多,作品上乘,而且
还留下了很多有关诗文理论的文字。如上所述,这一时期不但咏叹张
九龄的诗作很多,而且与之前相比,张九龄在文学史上的典范意义也得
到岭南诗人空前的关注。如陈恭尹之"曲江千载下,作者未全湮。笔墨
无生气,光芒愧昔人"、翁山之"文献曲江后,须君接武来"等。特别是在
清初遗民的笔下,张九龄的文学成就和诗学的典范意义得到了更充分
的肯定。从保存下来的相关文字来看,明中叶之前,岭南人仰望的主要
是张九龄崇高的政治地位。到了明末清初,情况发生了明显的变化,不
但张九龄的文学意义更多地被提及,而且其诗作本身也成了诗人们创
作的典范,其诗呈现出来的特征和精神变成了诗人们普遍尊崇的原则。
如前所引翁山诗"开元南海体,正始曲江风","开元高相业,崛起曲江
间……文章元帅在,风度盛唐闲。正始音谁继,书台洒扫还";岑徵诗

①陈琏:《临清集序》,见孙蕡等著,梁守中点校:《南园前五先生诗》,中山大学出版社1990年,第
　15页。

"曲江遗大雅,高庙播文明。岂意开元后,重闻正始声";张穆诗"文采风流曲江旧,墨沈翻浪如长鲸"。还有前面多次引述的薛始亨所说:"纵观洪、永、成、宏以迄于今,天下之诗凡数变矣。独吾粤犹奉先正典型。自孙典籍而降,代有哲匠……彬彬乎曲江流风于斯为盛。"①"吾粤诗始曲江,以正始元音先开风气。千余年以来,作者彬彬,家三唐而户汉魏,皆谨守曲江之规矩,无敢以新声野体而伤大雅。"②此时,曲江之诗已经成为人们学习模仿的范本、岭南诗学的标准。所谓的"曲江流风""曲江风采""曲江规矩"等说法也正是出现在这一时期。至此,可以说"曲江规矩""曲江流风",已经成为除"宗法汉魏"之外,岭南诗学的又一显意识的规范和标准。

　　这一观念不但在当时得到了众人的认可,而且后世岭南诗人也一直言必称曲江。清中期的李威指出:"粤东自曲江开正始之音,嗣后作者继兴。至前后五先生,创立南园以提唱风雅,古诗必综汉魏,近体必效盛唐,皆能兴复古昔,蔚为词章之华。"③刘彬华《岭南群雅序》云:"吾粤诗自曲江而下,明季三家以上,作者前后蜿蟺相望,炜哉盛矣。"④"曲江规矩"作为岭南诗学一个普遍被认可的传统,一直持续到现在。

(二)宗法汉魏

　　明末清初翁山等人通过整理岭南诗歌文献、梳理岭南诗史,对岭南诗人千年坚守的诗学传统进行了总结。他们笔下的岭南诗学的核心可概括为两点:一为"曲江规矩",二为宗法汉魏。

　　岭南诗始自曲江,而张九龄遵循的恰恰即是汉魏传统,且又自汉魏上溯风骚。"曲江公诗,其言造道,雅正冲淡,体合《风》、《骚》。"⑤陈永正先生说:"张九龄诗的思想内容与艺术风格,继承汉魏的传统,而又参以楚辞的表现手法,崇尚高古的格调。"⑥虽然张九龄没有留下多少明确表

①薛始亨:《中洲草堂遗集序》,陈子升:《中洲草堂遗集》卷首,《丛书集成续编》第151册,第272页。
②屈大均:《广东文选凡例》,屈大均辑:《广东文选》卷首。
③李威:《粤东诗海序》,见温汝能辑:《粤东诗海》卷首。
④刘彬华编:《岭南群雅》卷首,嘉庆十八年玉壶山房刻本,《广州大典》第496册,第175页。
⑤高棅编,葛景春、胡永杰点校:《唐诗品汇·五言古诗》卷2,中华书局2015年,第213页。
⑥陈永正:《岭南诗派略论》,《岭南文史》1999年第3期。

达自己诗学主张的文字,但从他具体的诗歌作品中,人们还是能读出其诗源出汉魏。

"岭南诗派"的出现始自"南园五先生"。如前所述,虽然"南园五先生"与张九龄一样没有留传下来多少直接论诗的文字,但在创作上确实有着共同的取向,大体上是汉唐兼尚。

盛唐张九龄和明初"南园五先生",在岭南诗歌史上有着特殊的地位。张九龄被尊为"岭南诗祖","南园五先生"也被认为是开宗立派的先驱,他们的作品都成为岭南后世诗人仿效的典范。他们所遵循的汉魏传统,到了明末清初,不但被人们发掘总结出来,而且也成为岭南诗人创作和评论的标准。王隼评梁佩兰诗云:"决从汉魏入","取神于苏、李、枚叔,取骨于三曹"①。陈子升诗"以《风》《雅》为第宅,以《骚》《选》为苑囿"②。"元孝诗沉健有格,惟宗唐贤古体,间入选理,一时习尚无所染焉。"③梁佩兰批评诗坛某些现象云:"末世崇饰虚名,人鲜殖学。甫就捃摭,便尔扬诩。毋论其于三百五篇比、兴、赋之义未识源流,即汉、魏、六朝、三唐以迄有明,亦未能望其墙仞……诗安得不亡?"④他强调诗歌创作要"殖学",深研风雅和汉魏之诗等。

由上所述,可以看出,岭南诗坛崇尚风骚汉魏自张曲江就开始了,经南园诗人使这一创作取向成为代代延续的传统,到了明末清初,这一诗学主张已经成为律己绳人的基本准则。虽然,这一传统到了明末清初才有较多的人用文字明确地表述出来,但不能以此否定岭南诗坛传承千年的这一传统的存在。岭南士人重视师承授受和学统文统的世代延续这一传统,从岭南诗人对几个重要诗社的不断修复也可以看出。倡建于明初的南园诗社和明中叶的浮丘诗社在其后不同时期,总有人不断修复重开。他们继承的不仅仅是诗社这一组织形式,更有伴随着这一组织形式延续下来的精神、文化乃至诗学的传统。张曲江、南园五子、白沙、黄佐、南园后五子、陈子壮、陈邦彦、屈大均、陈恭尹等递相祖

---

① 王隼:《六莹堂集序》,见梁佩兰:《六莹堂集》,第8页。
② 钱谦益:《中洲集序》,陈子升:《中洲草堂遗集》卷首,《丛书集成续编》第151册,第270页。
③ 赵执信语,见温汝能辑:《粤东诗海》卷64,第1202页。
④ 梁佩兰:《大樗堂初集序》,《六莹堂集》,第407页。

述,其诗学传统也就这样一代又一代传承下来。

岭南诗人创造着自己,也创造着传统;构建着传统,也构建着传统与自己的关系。这一建构是一个漫长的过程,从源头开始至明末清初才最终完成,形成了不同于其他地区的诗学理论和地域文学传统。在这一过程当中,明末清初的岭南诗人也发现了自汉魏以来,张曲江、“南园五先生”等与自己诗歌的相通之处。

第三章　屈大均对岭南文化
传统的梳理和重构

　　明末清初，当清军的铁蹄踏过江南之际，在普通百姓的意识当中，这也许只是又一次改朝换代，但在当时士人意识之中，这并不是一次普通的王朝更替，而是"以夷变华"的天下之亡。汉人退至岭南，已经退到了"天的尽头"，事实上也已经无处可退。宋末元初的厓门大战，宋人的顽强可谓惊天地、泣鬼神。这不但是最后一线生存空间的争夺，也是华夏文化存亡的关键一战。明末清初，陈邦彦、陈子壮、张家玉等岭南士人发起的丁亥抗清之役，其意义不在宋末厓门大战之下。

　　翁山认为宋亡之后，汉人的治统虽然不在，但因为有遗民对华夏文化的刻意传承，而使汉人治统没有真正丧失。他说："南昌王猷定有言，古帝王相传之天下至宋而亡。存宋者，逸民也……今之天下，视有宋有以异乎？一二士大夫其不与之俱亡者，舍逸民不为，其亦何所可为乎？"①与宋末一样，朱明已亡，华夏治统已失，"以夷变华"的文化危机再一次迫在眉睫。尽管治统不在，他认为只要华夏道统文脉不断，即可免于天下之亡。为了保存华夏道统文脉，他从早年即开始了有关文献的整理和编撰，特别是晚年息游之后，更是无心辞赋，几乎把全部精力都用在了文献和文化的整理和编撰。

　　翁山认为"述天下"，当从"述吾乡"开始，"述吾乡"实质上也是"述天下"。翁山有着丰富的编纂思想，其所有编撰都是在明确的编纂思想指导下完成的。十余部与岭南文献文化有关的编撰不仅保存了前贤著作和丰富多彩的岭南文化，同时也重构了岭南的文化传统和岭南文化与中原华夏道统学统的源流关系。岭南文化是岭南人的文化，梳理其源流、重构其传统，首先要从岭南之地和岭南之人开始。

①屈大均：《书逸民传后》，《屈大均全集》第 3 册，第 394 页。

一、岭南和岭南人

中国古人描述某地的地理位置,习惯于用星野这一概念。韩愈说"百粤之地,其次星纪,其星牵牛";《后汉书》云"粤地牵牛、婺女之分野";司马迁云"凡濒海泽国,当系南斗";《宋书》云"牛宿六星,三星主南越"。这是翁山《广东新语》中所引述的前人的说法。翁山细考历史上星占之事后云:"牛、女之间,皆可以占南越也。""粤之平陆,上游则系牛、女,然以度数考之,得牛、女为多,以灾祥考之,则独系于南斗。""南斗之于越,古今皆有占验如此。南斗固越之司命也。"[①]"日月星起于斗宿,古之言天者,由斗、牛以纪星,故曰星纪。星纪为十二次之首,而斗、牛又二十八宿之首,故斗、牛与中星明,则其地儒道大兴,中星在正南,又吾粤之所宜候者。洪武、永乐间,五星两聚牛、斗,占者谓'黄云紫水间当有异人',已而白沙先生出。其后成化丙戌,中星明于越之分野,而甘泉以是岁生。自此粤士多以理学兴起,肩摩躅接,彬彬乎有邹鲁之风。"[②]这是翁山对广东所在星野等所做的描述,显然其视角立足于中原而南向观察,其视野是以中原为中心的天下。

立足中原南望广东,"地当日月所交会,故陶唐曰南交,言乎日月之相交也。日在南则月在北,月在南则日在北,上下相望以为交……汉曰日南,举日而月在其中矣。天之阳在南,故曰日南"[③]。"南交者,粤也,陶唐之南裔也,故举南交而可以概粤矣。然史称周武王巡狩,陈诗南海……汉称粤为交州,盖本于唐,秦分粤地为南海郡,盖本于周……举交州而南海在其中矣,举交州亦可以概粤矣。其称曰交趾,交州之趾也,粤趾于中原,而交趾趾于粤也。交趾自高阳时已砥属,而尧名为南交,故论地名以南交为古,论事以宅南交为古。"[④]翁山所据当是《史记》。《史记·五帝本纪》云:"帝颛顼高阳者,黄帝之孙而昌意之子也……北

---

①《屈大均全集》第4册,第5—6页。

②《屈大均全集》第4册,第7页。

③屈大均:《广东文集总序》,屈大均辑:《广东文集》卷首,《广州大典》第489册,第467页。

④《屈大均全集》第4册,第27页。

至于幽陵，南至于交阯……日月所照，莫不砥属。"裴骃集解引王肃曰："砥，平也。四远皆平而来服属。"①"吾广于舆图为极南，值离位丙午之间。"②"广东居天下之南，故曰南中，亦曰南裔。"③翁山《广东新语》明确说三皇五帝之时，岭南就已经成为华夏的一部分，为华夏之"南裔"，不同时代对粤地还有不同的称呼，尧时称南交，周初称南海，汉时称日南和交州。

岭南距华夏中心地区确实遥远。古代以王畿为中心，按远近将统治区域分为"五服"。《国语·周语上》云："夫先王之制：邦内甸服，邦外侯服。侯、卫宾服，蛮夷要服，戎、狄荒服。"④《礼记·王制》云："南方曰蛮，雕题交阯，有不火食者矣。"⑤古时称粤为蛮夷，以"五服"之说，其区域当为"要服"，但文献记载，岭南则为"荒服"。虽然两者有所龃龉，但并不影响人们对这些说法的接受。翁山说："古言疆域皆曰服，越为荒服，汉文帝赐尉佗书曰：'服领以南，王自治之。'……其边海之地，则曰裳也。"⑥古代限于交通工具，岭南距离中原确实遥远。在古人的空间感中，所谓的"荒服""日南"已经是最为遥远的地方了。对于大多数人来说，岭南虽然遥远得只能靠想象填充辽阔的空间，但在三皇五帝时代这里就已经是中原华夏文明的沾溉之地。

翁山对历史上岭南所隶属之区域有详细的梳理。《广东新语》卷2云："《元命苞》云：'牵牛流为扬，分为越国。'故越号扬越，谓扬州之末土，扬之越也……曰於越者，始夏少康时；曰扬越者，始周武王时；曰荆越者，以在蛮荆之南，与长沙接壤，又当周惠王时，归附于楚也。若蛮扬则始于汤也。曰南越者，吴王夫差灭越，筑南越宫，故佗因其旧名，称番禺为南越也。"⑦不同时期岭南隶属不同的区域，其名称也有所不同。始皇之后中央政权对岭南实行了直接有效的行政管辖，其称谓也有变化，

①司马迁撰，裴骃集解，中华书局编辑部点校：《史记》卷1，中华书局1982年，第11—12页。
②《屈大均全集》第4册，第255页。
③屈大均：《广东文集总序》，屈大均辑：《广东文集》卷首，《广州大典》第489册，第467页。
④左丘明撰，徐元诰集解，王树民、沈长云点校：《国语集解》卷1，中华书局2002年，第6—7页。
⑤杨天宇：《礼记译注》，上海古籍出版社1997年，第212页。
⑥《屈大均全集》第4册，第27页。
⑦《屈大均全集》第4册，第28页。

秦汉称南越、称日南,唐称岭南,宋称广南。总之,翁山详细考述岭南在各个时代的不同称谓和隶属关系,其意思非常明显,岭南虽为天下极南之地,但在历史上向来都是中原华夏政权的一部分,是得华夏文化沐化的衣冠礼乐之地。尤其秦汉之后,中原华夏政权与岭南的关系更为密切,中原文化在这里的传播更为直接和广泛。

无论其隶属如何变化,但可以肯定岭南向属华夏。地属华夏,今粤人亦属华夏族裔。夏后杼太康失国,其侄孙杼少康复国,重建夏朝。少康以於越(在今浙江绍兴)封庶子杼无余,以祀先祖大禹之墓,是为越开国之始,故翁山云"曰於越者,始夏少康时"。岭南属越国,又称百越之地,源于越失国之后,其后人"散处江南海上,各为君长"。"越又曰蛮扬,《风俗通》云:'蛮,慢也,其人性慢。'故又曰蛮越也。其曰百越者,以周显王时,楚子熊商大败越,越散处江南海上,各为君长也……曰大越者,勾践自称其国也。曰於越者,始夏少康时。"[1]越失国之后,夏后少康、越王勾践的后裔部分散处岭南。助汉灭秦的梅鋗,即是散处岭南的越王勾践后裔。翁山《梅鋗》,之一云:"庾岭惟秦塞,台侯是越人。重瞳封万户,句践有孤臣。滇水乡闾旧,鄱阳俎豆新。千秋交广客,欲继入关尘。""台侯"即梅鋗。之二云:"艰难自梅里,此地奉君王。岂欲兴於越,惟知祀少康。雠从高帝复,名在《汉书》长。食采梅花国,人钦万古香。"[2]谓梅鋗等从梅里吴越之地,迁至五岭之南,继续奉祀夏后少康。"越人……以武事知名自梅鋗始……且是时,鋗之王在滇水上,固勾践之本支也,鋗即奉其王,以继禹、少康宗祀,亦孝子慈孙之所有事焉者。"[3]从这些记载可知,春秋战国之前,中原已有大批人士散处岭南各地了。

秦统一天下,来到岭南的中原人更多。《晋书·地理志》:"秦始皇既略定扬越,以谪戍卒五十万人守五岭。"[4]"自秦始皇发诸尝通亡人、赘婿、贾人略取扬越,以谪徙民与越杂处。又适治狱吏不直者,筑南方越

①《屈大均全集》第 4 册,第 28 页。
②屈大均:《梅鋗》,《屈大均全集》第 1 册,第 552 页。
③《屈大均全集》第 4 册,第 201 页。
④房玄龄等撰,中华书局编辑部点校:《晋书》卷 15,中华书局 1974 年,第 464 页。

地。又以一军处番禺之都,一军戍台山之塞,而任嚣、尉佗所将率楼船士十余万,其后皆家于越,生长子孙,故嚣谓佗曰:'颇有中国人相辅。'今粤人大抵皆中国种,自秦、汉以来,日滋月盛,不失中州清淑之气。其真瓯('瓯'原作'剽',据康熙三十九年木天阁刻本改)发文身越人,则今之徭、僮、平鬈、伢、黎、岐、蛋诸族是也。夫以中国之人实方外,变其蛮俗,此始皇之大功也……盖越至始皇而一变,至汉武而再变,中国之人得蒙富教于兹土,以至今日,其可以不知所自乎哉。"①秦灭楚,岭南为秦所有,于五岭之南设桂林、象郡和南海三郡。汉武帝平南越,随着大批中原人士的到来,极大程度地改变了岭南的人种结构。三国孙吴经营岭南,西晋、两宋衣冠南渡等,更多的中原汉人南下岭峤,彻底改变了岭南人的种族结构。"吾广故家望族,其先多从南雄珠玑巷而来。盖祥符有珠玑巷,宋南渡时,诸朝臣从驾入岭,至止南雄,不忘枌榆所自,亦号其地为珠玑巷,如汉之新丰,以志故乡之思也。"②翁山强调粤人来自中原,其实有着政治和文化的意义。

粤地虽远在岭海之间,但粤人自古皆有人出仕中原政权,且颇有作为。《广东新语》引黄佐语云:"自会稽以南,逾岭皆粤地也,秦汉之先,盖已有闻人者。"引邹阳语曰:"齐用粤人子臧而强威、宣。"引裴渊语曰:"南海高固为楚威王相时,有五羊衔谷之祥。"引欧大任语曰:"固,越人也,世在越,称齐高徯之族。""高固,南海人,周显王时,以才能归楚,为威王相。时有铎椒者,以王不能尽观《左氏春秋》,采取成败,卒四十章,为《铎氏微》,由固进之,以故文教日兴。"③"越人以文事知名者,自高固始;以武事知名自梅鋗始。"④"顺德……邑西南有地名石涌,南越相吕嘉故乡也……嘉本越人之雄,尉佗得之,因越人之所服而相之,而南越以治,佗之能用越人如此。秦将屠睢不能用桀骏以败,番君吴芮能用梅鋗以兴,越人之不可忽也如此。嗟夫! 越人固多六千君子之遗烈者哉。"⑤

总之,岭南与中原其种族源出为一,正如翁山所言"今粤人大抵皆

---

①《屈大均全集》第 4 册,第 211 页。
②《屈大均全集》第 4 册,第 44 页。
③《屈大均全集》第 4 册,第 200 页。
④《屈大均全集》第 4 册,第 201 页。
⑤《屈大均全集》第 4 册,第 429 页。

中国种"。地为王化之地,人为华夏文明教化之民。翁山引经据典,详述粤人源流,非止于叙述历史,其真正的目的在于通过历史的叙述来重构岭南的历史和文化传统。

二、上古华夏文明与岭南文化之渊源

轩辕黄帝为华夏文明始祖之一。自黄帝时起,岭南即已沾溉华夏文明。广州古名番禺。"番禺之名最古,《山海经》云:'黄帝生禺阳、禺号,禺号处南海,生徭梁,徭梁生番禺,番禺者,贲隅也。禺阳、禺号者,黄帝之庶子也。'番禺,黄帝之曾孙也。则番禺之名,以黄帝之曾孙也。若中宿之山曰二禺,亦曰禺阳,则以二庶子也。"①"二禺在中宿峡,相传轩辕二庶子,长太禺,次仲阳,降居南海,与其臣曰初、曰武者隐此。太禺居峡南,仲阳居峡北,故山名曰二禺,在南者曰南禺,北曰北禺……逾涧,有轩辕二帝子别业,祠二禺君。二禺君者,太禺、仲阳也。右为山晖堂,祠二禺臣,则初与武也。其下复有二帝子读书台。"②《山海经》云:'番禺始为舟。番禺者,黄帝之曾孙也,其名番禺,而处于南海。'故今广州有番禺之山,其始为舟,故越人习舟。古时吴楚之舟,皆使越人操之。"③古地名是历史和文化的符号。《山海经》记载番禺为黄帝曾孙,而广州古名番禺,仅此一地名即把岭南与华夏上古文化联系在了一起。以古贤命名的还有"尧山"。"会城中故有三山,其在番禺治东南一里者曰番山,迤逦而北一里曰禺山,其北曰粤秀。昔人尝以尧山及番禺为三山,与五岭并称,今尧山莫知其处,疑即粤秀也。三山之脉,自白云蜿蜒而来,为岭者数十,乍开乍合,至城北耸起为粤秀,落为禺,又落为番,禺北番南,相引如长城,势至珠江而止。"④以上几条记载说明华夏文明曙光初露之时,就已经远播岭南了。

"南交者,粤也,陶唐之南裔也,故举南交而可以概粤矣……交趾自

---

① 《屈大均全集》第 4 册,第 69 页。
② 《屈大均全集》第 4 册,第 64 页。
③ 《屈大均全集》第 4 册,第 432 页。
④ 《屈大均全集》第 4 册,第 69 页。

高阳时已砥属,而尧名为南交,故论地名以南交为古,论事以宅南交为古。"①这里说的是高阳、唐尧时代岭南与中原发生的文化交流。文明初期,中原华夏文化远播岭南也见载于司马迁的《史记》。《史记·五帝本纪》云:"方五千里,至于荒服。南抚交阯、北发……四海之内咸戴帝舜之功。"②尽管三皇五帝时代岭南是否已经纳入王土难以实物证之,但可以相信《史记》所载舜帝南抚交阯等岭南荒服之地这类传说并非是子虚乌有。至今五岭一带,还有很多关于虞舜的传说和与其活动相关的遗址,如韶石山等。有关黄帝、高阳、唐尧、虞舜与岭南的记载,至少说明上古时期中原华夏文明已经传播到了岭南。

　　"史称周武王巡狩,陈诗南海,又诗曰:'于疆于理,至于南海。'"③"南海介荆、扬裔土,周初始通中国,《王会》以翟贡称蛮扬焉,尚力而已,迄附于楚。"④这些记载透露出西周初年岭南与中原已经发生了政治和文化上的联系。时至东周,这种政治和文化的交流更多。岭南原属越,"周显王时,楚子熊商大败越……周惠王时,归附于楚"⑤。越失国后,夏后少康和越王勾践后裔部分散处岭南。后岭南称"粤",以与"越"别。粤,亦越也。"初,周惠王赐楚子熊恽胙,命之曰:'镇尔南方夷越之乱。'于是南海臣服于楚,作楚庭焉。越本扬越,至是又为荆越;本蛮扬,至是又为蛮荆矣。地为楚有,故筑庭以朝楚,尉佗仿之,亦为台以朝汉。"⑥秦汉距东周未远,南越王赵佗仿东周故实筑朝汉台。这些记载比较确凿地证明了东周时期岭南与中原在政治和文化上的联系已经非常密切。"翁源县东百里有翁山,相传周王以翁山封庶子,子孙因以山为氏,故曰翁山。"⑦屈大均,字翁山。按照他自己的说法,其字即采自粤北翁山。其八个子女亦以翁山八泉命名。笔者曾亲探翁山,亲睹八泉之源。以

---

①《屈大均全集》第 4 册,第 27 页。

②司马迁撰,裴骃集解:《史记》卷 1,第 43 页。按:"交阯",又作"交阯",为尊重所引原文,在引文附近,笔者则随原文书写,或用"交阯",或用"交阯"。

③《屈大均全集》第 4 册,第 27 页。

④《屈大均全集》第 4 册,第 200 页。

⑤《屈大均全集》第 4 册,第 28 页。

⑥《屈大均全集》第 4 册,第 417 页。

⑦《屈大均全集》第 4 册,第 92 页。

上这些记载说明,春秋之前已有不少中原人士散处岭南各地,把中原华夏文化带到了岭南。

春秋战国时期,"地为楚有,故筑庭以朝楚"。秦灭楚,岭南亦为秦有,于五岭之南设桂林、象郡和南海三郡。西汉武帝削藩,平南越设九郡,于是大批中原人士来到岭南。随着他们的到来和政治力量的介入,中原华夏文化在岭南的传播更为迅速,相对于土著文化,逐渐占据了优势。"以中国之人实方外,变其蛮俗,此始皇之大功也……盖越至始皇而一变,至汉武而再变,中国之人得蒙富教于兹土,以至今日。"①秦皇一变、汉武再变,岭南已成礼乐衣冠之邦。

秦末大乱,梅鋗本可以"绝关自守"割据岭南。"鋗之才,为百粤人所归,设当大楚方张之时,使庚胜兄弟绝关自守,其智勇岂遂出嚣、佗之下耶?且是时,鋗之王在湞水上,固勾践之本支也,鋗即奉其王,以继禹、少康宗祀,亦孝子慈孙之所有事焉者……鋗可以为赵佗,真可以为刘岩,而皆不为。"②梅鋗可以割据一方而不为,却受汉封"广德十万户",对于华夏文化在岭南的传播功莫大焉。梅鋗和其部将庚胜兄弟,此前很少人关注,而翁山却以多首诗词咏叹。翁山《送曾止山还光福歌》:"梅花将军越王孙(原注'谓梅鋗'),汤沐正在梅花国。飞扬往日破强秦,沛公项羽资其军。台岭因之号梅岭,梅花万户酬功勋。"这是肯定梅鋗据关抗秦。《梅鋗》三首,前二首颂扬梅鋗,之三顺势批评了割据称雄的赵佗:"蠢尔龙川令,乘时窃一州。徒能欺二世,不解助诸侯。冠带迟南越,车书阻上游。将军句践裔,智勇著春秋。"③与梅鋗相反,赵佗乘时窃居一州,"裂冠毁冕""椎结箕倨",致使"冠带迟南越,车书阻上游",其罪不小。"佗本邯郸胄族,以自王之故,裂冠毁冕,甘自委于诸蛮,与西瓯半嬴之王为伍。"④南海尉赵佗趁秦末大乱统一岭南,后又趁汉初七国之乱,割据称帝,一定程度上阻碍了中原华夏文明在岭南的传播。不过,其后赵佗"变逆为顺",功亦抵罪矣。从梅鋗与赵佗的比较中,可以

---

① 《屈大均全集》第 4 册,第 211 页。
② 《屈大均全集》第 4 册,第 201 页。
③ 《屈大均全集》第 1 册,第 127、552 页。
④ 《屈大均全集》第 4 册,第 418 页。

看出翁山对于华夏文化沐化岭南的态度。

　　"古言疆域皆曰服,越为荒服……其边海之地,则曰裳也。越故剪发文身,非中华冠带之室,汉高帝尝遗尉佗蒲桃宫锦,而文帝赐上、中、下褚衣,其欲以衣裳袭彼鳞介也。春秋重衣裳之会,盖以黄帝、尧、舜垂衣裳而天下治,天下而皆有其衣裳,而天下治矣。衣裳取诸乾坤,无衣裳,斯无乾坤矣。越西有瓯骆,其众半嬴,南面称王。越裳之地而有衣裳,是犹知夫礼义,非同裸国之民也。古者衣与裳相连,犹乾与坤不相离也。越裳而欲通于(原无'于'字,据康熙三十九年木天阁刻本补)中国,盖欲以其裳连乎中国之衣也。"①在翁山看来,"汉高帝尝遗尉佗蒲桃宫锦,而文帝赐上、中、下褚衣"是有着特别用意的。这不只是行政上的管辖,而意在以中原华夏文化教化炎荒之地,使之在文化上与中原融为一体。秦汉之后中原政权在岭南正式设郡置官,在行政力量的主导之下,华夏文化在岭南的传播和渗透更为强劲和深入。

　　翁山撰述强调"言不雅驯者勿道……言而荒诞者勿道"②。"崇正学、辟异端为要,凡佛老家言于吾儒似是而非者,在所必黜……有伤典雅者,亦皆删削勿存。"③但其《广东新语》却没有完全做到这一点。其原因在于岭南神明信仰非常普遍,各地皆有名目繁多的神仙鬼怪。如果完全忽略这一文化现象,不但与实事相背,而且于所谓的"广东百科全书"则成缺陷。尽管翁山亦欲如孔子不语神怪,但出于纪实的需要,还是不得不在《广东新语》中专设《神语》和《怪语》两卷,却又在序文中自我忏悔:"中间未尽雅驯,则嗜奇尚异之失,予之过也。"④《神语》一卷所记神明虽有地方神灵,但更多的却与中原文化的神明信仰有关,如雷神、海神、五帝、真武等等。从这也可以看出翁山对岭南文化源于华夏上古文化的强调,此不赘述。

　　翁山在撰作当中对岭南与中原华夏文化关系的记述和考证可以用"详密"二字概括。与翁山详密考述形成对照的是梁佩兰的简略概括:

①《屈大均全集》第4册,第27—28页。
②屈大均:《广东文选自序》,屈大均辑:《广东文选》卷首。
③屈大均:《广东文选凡例》,屈大均辑:《广东文选》卷首。
④屈大均:《广东新语自序》,《屈大均全集》第4册,卷首。

"中原共指为炎方,朱垠隔断天茫茫。自秦屠睢入作尉,倏尔反覆如蝍
蟧。尉陀(当为'佗')僭窃当盛汉,刘龑割据起后梁。其间名贤被迁谪,
悲叹有似流夜郎。岂知南交所自始,尧时命官已经理。虞舜南巡奏
《韶》乐,球门双阙天中起。成周白雉贡越裳,陈诗复见出儋耳。职方记
载属扬州,星域分明次鹑尾。尧舜以来四千年,风气开辟相后先,昔为
瓯脱今重边。"①这首诗的叙述虽然简略,但基本上概括了上古中原华夏
文化在岭南传播的主要历史。

三、华夏道统学统之正传

如前所述,岭南尽管处岭海之间,居天下之极南,但上古华夏文明
之光初露之时,即已照耀至此。秦汉之后与中原交通日渐密切,越来越
多的岭南人服习中原华夏文化。"粤处炎荒,去古帝王都会最远,固声
教所不能先及者也。乃其士君子向学之初,即知诵法孔子,服习《春
秋》。"②翁山强调岭南人所服习的中原华夏文化,从一开始即是中原上
古帝王和儒家的道统学统。

翁山对岭南人所接受的儒家学统有清晰的叙述:"汉议郎陈元,以
《春秋》、《易》名家。其后有士燮者,生封川,与元同里,撰有《春秋左氏
注》,陈国袁徽尝称其简练精微有师说。燮后有番禺董正,年十五通《毛
诗》、《三传春秋》,知名公府。有南海王范搜罗典故,为《交广春秋》,史
称其事赡词密,谓交广之有纪载,自范始。有黄恭亦南海人,以王氏《交
广春秋》多所遗漏,乃为王氏《交广春秋补遗》,其论尹牙、丁茂、朱厓令
女,皆以《左氏春秋》为断,后复广为《十三州记》,世以其书与杨孚《南裔
异物志》、《临海水土记》并传。其族子整,博洽工文词,有集十卷。此吾
广著述之源流也。而元父钦,得黎阳贾护之传,直接虞卿、荀况、张苍、
贾谊、贯公、贯长卿、张禹、尹更始、尹咸、翟方进、胡常之一脉,源远流
长,尝撰为《陈氏春秋》以自别。而《通志》谓陈元有《左氏训诂》及集若
干卷,不言陈钦,岂元之所著多其父未竟之业耶?嗟夫!《春秋》者,圣

---

① 梁佩兰:《题黄燕思度岭图》,《六莹堂集》,第193—194页。
②《屈大均全集》第4册,第291页。

人心志之所存,其微言奥指,通之者自丘明、公、谷而外,鲜有其人。粤处炎荒,去古帝王都会最远,固声教所不能先及者也。乃其士君子向学之初,即知诵法孔子,服习《春秋》,始则高固发其源,继则元父子疏其委。其家法教授,流风余泽之所遗,犹能使乡间后进,若王范、黄恭诸人,笃好著书,属辞比事,多以《春秋》为名,此其继往开来之功,诚吾粤人文之大宗,所宜俎豆之勿衰者也。元所撰,自《请立左氏学宫》与《请勿督察三公》二疏外,有《承诏与范升辩难书》十余道。其子坚卿,亦有文章名,能传祖父之业。噫嘻!陈氏盖三世为儒林之英也哉。"①从翁山对"粤人著述源流"的叙述可以看出岭南人学习儒家文化有着悠久的传统,虽处炎荒,起始却得华夏道统学统之正传。

翁山认为岭南迈入文明虽然起步较晚,但崇尚正学,可称"海滨邹鲁"。"其人足文而多智,学得圣人之精华,辞有圣人之典则,以无忝乎海滨邹鲁。盖自秦、汉以前为蛮裔,自唐、宋以后为神州。"②《广东文集总序》亦云:"广东居天下之南,故曰南中,亦曰南裔。火之所房,祝融之墟在焉,天下之文明至斯而极。极故其发之也迟,始然于汉,炽于唐于宋,至有明乃照于四方焉,故今天下言文者必称广东。"③岭南文化虽然起步晚,但"学得圣人之精华,辞有圣人之典则",至唐宋就已取得了令天下注目的成就。

自汉代开始粤地即有人以《易》和《春秋》成一家之言,唐宋时期卓有成就者更多。"自韩昌黎入粤,粤之人士与之游,而因以知名于世者,在海阳则有赵德,在南海则有区册、区弘。于时昌黎于德有牒,又有诗以别之,于册有序,于弘亦有诗送之,至今粤人以为荣。若曲江刘君轲者,其在匡庐,梦书生遗二鸡子,事甚奇,昌黎过韶时,尝欲为文以传之,不果。君故能文,当时与韩、柳齐名⋯⋯所著若《翼孟》,若《豢龙子》,若杂文,于圣人之旨,作者之风,皆往往而得。于是君名动一时,人谓曲江公之后,岭南复有君接武其人云⋯⋯先是时,君事黄老求轻举,继又参学浮图,习《南山疏钞》、《百法论》诸书,得其指归,已而尽吐弃之,专心

① 《屈大均全集》第 4 册,第 291—292 页。
② 《屈大均全集》第 4 册,第 26 页。
③ 屈大均辑:《广东文集》卷首,《广州大典》第 489 册,第 467 页。

儒述,直求三代圣王之道于《春秋》,得《春秋》之精微于三《传》。"①"赵进士德,海阳人。唐元和间,韩愈刺潮州……愈尝以平生所为文授德,德饥餐渴饮其中,沛然满足,因为《文录序》一篇,愈见而称善。比愈改官袁州,欲与俱行,谢不往,愈益高其风操。作诗相别。"②唐代大儒韩愈晚年因弘扬华夏道统儒学,谏迎佛骨而遭贬潮州。刺潮八月,江山为之改姓,此亦可见粤人对华夏道统儒学近乎天然的认同。粤人崇韩当与粤人自一开始即服习儒道的文化基因有关。韩愈三度入粤,与当地贤士交游,更强化了岭南人服习儒学的风气。

翁山认为"粤人书之精奥者"以明代黄畿的著作为最。"黄宗大先生,香山人,名畿。尝谓:'《中庸》,《易》之疏义也。《太极通书》、《定性西铭》,犹《中庸》也。'其读邵子《皇极》,叹曰:'自箕子以来,合术于道,其为尧夫乎。'因作《皇极管窥》十三篇以通之。论学则曰:'前之三代,由夏历殷而文成于周;后之三代,由汉历唐而文成于宋。名理醇粹,周、宋其齐轨乎?是故周至玄矣,道同乎伏羲;程至大矣,见卓于颜子;朱至博矣,功亚乎仲尼。再辟浑沦,不亦玄乎?心溥万物,不亦大乎?功在六籍,不亦博乎?'先生所著,又有《皇极经世书传》、《三五玄书》及《易说》。盖粤人书之精奥者,以先生为最。"③其"前之三代,由夏历殷而文成于周;后之三代,由汉历唐而文成于宋"之说亦是周览古今,深究浅出之语。

岭南文化"始然于汉,炽于唐于宋,至有明乃照于四方焉"。这是翁山博闻闳览之后的总结。不但整体的文化发展如此,就儒学而言也是如此。阳明心学是中国哲学的一次突破性的发展,而陈献章创立的岭南理学则是其先声。《广东新语》卷10云:"吾乡理学,自唐赵德先生始,昌黎称其能知先王之道,论说亟排异端而宗孔氏者也。宋则梁先生观国,有《归正》书……明兴,白沙氏起,以濂、洛之学为宗,于是东粤理学大昌。说者谓孔门以孟氏为见知,周先生则闻而知之者,程伯子周之见知,白沙则周之闻而知之者。孔孟之学在濂溪,而濂溪之学在白沙,

---

①《屈大均全集》第4册,第294页。
②《屈大均全集》第4册,第293页。
③《屈大均全集》第4册,第206页。

非仅一邦之幸。其言是也。"①明代岭南理学大昌,非成于一时,而是由来有自,与岭南"士君子向学之初,即知诵法孔子,服习《春秋》"有关。自汉代"陈元以《春秋》、《易》名家"之后,即代有其人,封川士燮,番禺董正,南海王范、黄恭等皆是,可谓源远流长,得华夏道统儒学之正传。湛若水得白沙真传,广开书院讲授白沙心学,使岭南理学得以完善。湛若水之后,岭南学派仍有传人,文敏公霍韬、文襄公方献夫等皆有古道儒风,不同流俗。一些人虽不以道学闻名,却也不乏此类著作。翁山《广东文集总序》云:"其文明,君子当之,而以文章为富有之业,以大车载而享于天子。此文献《金鉴》之录……文襄《皇极》之畴之所以与皋谟伊训相彪炳也……若丘文庄之《大学衍义补》,湛文简之《格物通》《周易测》《二礼经传测》《非老》《非杨》,黄宗大之《皇极经世传》,黄文裕之《乐典》,王光禄之《正学观水记》诸书,虽为体博大,为理精微,可以羽翼圣经贤传。"②张九龄和黄佐以诗闻名,但其《金鉴》《乐典》等却是发扬儒道之作,亦为世所重。

文化不仅存诸典册,更在人们的言行和心中。孔子云"礼失而求诸野"③,近古以来,中原、江南等地世风日渐浇薄,而僻处岭海之间的岭南,却相对较好地保存了一些古道儒风。王士禛说岭南"正以僻在岭海,不为中原江左习气熏染,故尚存古风耳"④。"白沙先生之没,甘泉翁曰:'道义之师,成我者与生我者等。'为之制斩衰之服,庐墓三年,不入室,如丧父然。其告词有曰:'成吾之身,孰与尽吾之性。教育之恩,何异生养之劳。'在《礼经》则师无无服之文,在义起则例有缘情之制。昔者孔子没,门人有三年之丧。大抵礼缘情行,例以义起,亦天地之大经,古今之通义云。"⑤湛若水仿孔门弟子为其师白沙"制斩衰之服,庐墓三年"。《广东新语》卷9"辞署县"条又云:"叶公春及为福清教谕,台使者委署连江县,辞曰:'洪武十四年,禁有司差遣学官,则学官教诸生外不

①《屈大均全集》第4册,第278页。按:此处"《归正》"原作"《妇正》",据康熙三十九年木天阁刻本改。
②屈大均辑:《广东文集》卷首,《广州大典》第489册,第467—469页。
③班固撰,颜师古注:《汉书》卷30,第1746页。
④王士禛:《池北偶谈》卷11,第251页。
⑤《屈大均全集》第4册,第265页。

当与矣。齐景公以旌招虞人，杀之不往，守道即守官也。学之于县，岂特旌与皮冠哉！职实欲附于虞人之义。'"①"学官教诸生外不当与""守道即守官"，此为有道之言。叶春及"辞署县"亦有古人之风。"霍文敏登第，谒座主不修门生礼，其后主南宫试，所得士三百人，亦不许称门生，其言曰：'是进士者，天子不敢用为私臣，我岂敢曰士由我进，而以之为我家桃李乎！'里居，于台使者若监司郡县书帖，皆不称'治'字，曰：'士既通籍，朝廷治之，尊无二上也。'其子勉斋知慈溪，称上官不曰'大人'，而曰'先生'。关白上官，不用手本，而用素简。某盐院橛营相府，先生不答，因被劾归。父子皆以古道自处，不肯同于流俗者也。"②岭南有道之士，不仅"以古道自处"，亦以此教人。《广东新语》卷9记载："顺德何公淡，知滨州，取《吕氏乡约》教民榜行之。每乡慎选老人，亲为演说大义，使训闾里，按季稽考，民以恶闻，则召其乡老，泣谓之曰：'吾不能化若，与若不能化乡，其罪一也。然吾则罪首也，民苟三犯，吾当自劾求退，于若何如？'各惭谢而去，讼为之稀……东莞林公培，知新化，仿古敛散法，置义仓一十五所，均口赋，以粮为差；建社学，率二十一里一区，选行谊为师，与诸生言：'朔望父老言，约法皆首明伦。'使还相告教。作《四诫诗》，令童子诵之。修古乡射礼于学宫。"③以上诸例所记皆为上层士夫文人的有道之行。类此者多，不赘。

　　古风儒行，不但存诸上层士夫文人，乡间闾里亦可寻见。《广东新语》卷9"合食"条云："博罗周谦山，常仿花树韦家礼，同祖兄弟合食于四孟朔，同父兄弟合食于每月朔望，费咸己出，罄俸余置谷百余石，与兄弟均之，周族之不能给者。"④卷9"唐氏乡约"条云："明初南海平步有六逸，其一曰唐豫，学者称为乐澹先生，尝立乡约，与乡人行之……有曰：'《礼》云：'父在，子虽老犹立。'今后为子者不许坐，违者叱以辱之。'"⑤在岭南地区与乡约有关的牌坊，至今还很多见。卷9"嫡子不释丧服"条云："西宁之连滩，凡冢子有父母之丧未葬，终身不释丧服，庶子则否，虽

---

①《屈大均全集》第4册，第261页。
②《屈大均全集》第4册，第257页。
③《屈大均全集》第4册，第262页。
④《屈大均全集》第4册，第267页。
⑤《屈大均全集》第4册，第263页。

市井鄙人,亦如是。《礼·丧小记》曰:'久而不葬者,惟主丧者不除。'盖死者以归土为安,丧事既葬始毕。故《记》曰:'兄弟之丧内除,亲戚外除。'外除者,由外饬以散哀也。灵柩未安则服不变,服不变则哀未衰,故《礼》云'主丧不除',所以欲人子之葬亲当及时也。《礼》失而求诸野,连滩其亦可称也夫。"①西宁之连滩,这样的山区小镇,居然还能保留这样的礼仪。"礼失而求诸野",信不诬也。

　　笔者年轻时以中原、西北和岭南之有限的阅历,发现文化的传播有如石子投水。涟漪从中心向外慢慢播散,中心平静之后,波纹还在边缘荡漾。原生于中原的儒学道统,于中原和江南等地的生活和风俗中日渐稀薄之时,而在岭海之间尚存古道儒风。今天再验之多年的观察,仍以此为是。

　　在现代人看来,岭南文化是一种复杂多元的文化。既有岩谷山地的文化特征,又有江河海洋的文化特点;既有土著的文化成分,也有中原华夏文化的传统。即就所接受的中原传统文化而言,既有正统的儒家文化,也有道家和道教文化。另外岭南背山面海,自古以来对海外文化的接受就非常方便。岭南佛教从一开始,即从海上而来。近现代以来,西方文化更是从这里最早登陆。总之,岭南文化是一种典型的多元复合型文化。

　　不过,明末清初岭南士人与现代人的理解不同。在翁山等人的叙述当中,岭南是"海滨邹鲁",传承的是典型的中原华夏正统文化。翁山等岭南士人如此叙述岭南的文化传统与他们所处的特殊的时代背景有关。汉人治统已失,"以夷变华""亡天下"的危机迫在眉睫。他们唯一能做的即是悉心保存华夏道统学统,承续华夏文脉。"道存则天下与存"②,他相信道统文脉不断,治统还会失而复得。"大宋不以有疆土而存,不以无疆土而亡"③,"存宋者,逸民也……其道之博厚高明,与天地同其体用,与日月同其周流,自存其道,乃所以存古帝王相传之天下于

---

①《屈大均全集》第4册,第264—265页。

②屈大均:《书逸民传后》,《屈大均全集》第3册,第394页。

③屈大均:《二史草堂记》,《屈大均全集》第3册,第320页。

无穷也哉"①。

　　清初遗民面临着多方面的生存压力,既糊口无资,又有文字之忌。翁山云:"予也少遭变乱,屏绝宦情,盖隐于山中者十年,游于天下者二十余年,所见所闻,思以诗文一一载而传之。诗法少陵,文法所南,以寓其褒贬予夺之意,而于所居草堂名曰'二史'。盖谓少陵以诗为史,所南以心为史云。"②又云:"慷慨干戈里,文章任杀身。尊周存信史,讨贼托词人。"③但冷静后又说:"奚必褒忠诛逆,义正词严,尽见于声诗之间,以犯世之忌讳为乎?"清政府以纪愤述哀诗文为忌,更严禁私史,严禁纪录国变之事。"诗法少陵"意即以诗存史。仿少陵"以诗为史"已不可能,唯有仿所南"以心为史"。"所南以心为史……是不幸而不得笔之于书,而以纪之于心者也。笔于书,乱臣贼子惧焉;纪于心,忠臣孝子喜焉。夫使天下之人,尽纪忠臣孝子之事于心,而圣人之道行矣。又安用书为?……君子处乱世,所患者无心耳。心存则天下存,天下存则春秋亦因而存。不得见于今,必将见于后世。"④

　　不可以自作诗文存史、存道,但前人之作有道存焉。编述前人之文以存道,存华夏道统、学统和文脉,则"圣人之道行矣"。翁山晚年几乎倾注全部精力从事编述,梳理和重构岭南文化传统,即"以心为史"、以心存道、以华夏道统学统存续"古帝王相传之天下"。"心存则天下存。"翁山"以诗为史",所著诗文是那个变乱时代的记录,可谓"诗史";其晚年以存续华夏道统、学统和文脉的遗民之心,从事文献文化之编撰,所存乃华夏道统学统薪火相传之史,可谓之"心史"。其毕生编纂和著述,皆"寓其褒贬予夺之意",既为"心史"又为"诗史",故翁山名其所居曰"二史草堂"。

　　翁山常自称是屈原后人,在一些作品中详细地追溯了沙亭屈氏的迁徙历史,且编成屈氏族谱《间史》。其相关的作品详细考述了屈氏源流和历史上的屈氏名人,同时也论述了其家风族训与屈骚精神、家族文

---

① 屈大均:《书逸民传后》,《屈大均全集》第 3 册,第 394 页。
② 屈大均:《二史草堂记》,《屈大均全集》第 3 册,第 320 页。
③ 屈大均:《春山草堂感怀》,《屈大均全集》第 1 册,第 286 页。
④ 屈大均:《二史草堂记》,《屈大均全集》第 3 册,第 320 页。

化与荆楚文化的关系。这是对其家族文化传统的建构,也是对其家族之根、家族文化传统的追寻。翁山所编撰的《广东文集》《广东文选》《广东丛书》《广东新语》等,不但是为了保护岭南文献和文化,也是为了重构岭南的文化传统、追寻岭南的文化之根。屈氏家族之根在荆楚,屈氏文化之根在屈骚。在翁山看来,屈骚为中原华夏正统文化的一部分,因此,屈氏文化和岭南文化之根皆在中原华夏文化、华夏道统和学统。翁山等人对岭南文化之根的追寻、对岭南文化传统的重构,主要是基于天下将亡的现实,出于存续华夏道统学统和文脉、存续"古帝王相传之天下"的强烈愿望。翁山对岭南文化传统的梳理和重构,对其后数百年间粤人的自我认知产生了重要影响。

第四章　屈大均等人笔下的岭南与中原王朝

　　岭南地处荒服，自古被视作蛮夷。北有五岭之阻，南有大海之险。据关守险，阻断南下的政治和交通，即可割据一方，称霸岭海。历史上岭南地区确有一些人曾称孤道寡、抗拒中原王朝。在满人取代汉人一统天下的清初，屈大均等岭南士人，又是如何看待岭南与一统王朝关系的呢？

一、岭南古来属华夏

　　轩辕黄帝为华夏文明始祖之一。自黄帝时代开始，岭南即已沾溉华夏文明。翁山在《广东新语》中引用上古典籍详细考证了岭南一些地名的由来，而这些地名一定意义上就折射出了岭南与中原的关联。

　　《广东新语》卷 18 记载："《山海经》云：'番禺始为舟。番禺者，黄帝之曾孙也，其名番禺，而处于南海。'故今广州有番禺之山。"①"番禺之名最古，《山海经》云：'黄帝生禺阳、禺号，禺号处南海，生徭梁，徭梁生番禺，番禺者，贲隅也。禺阳、禺号者，黄帝之庶子也。'番禺，黄帝之曾孙也。则番禺之名，以黄帝之曾孙也。"②"二禺在中宿峡，相传轩辕二庶子，长太禺，次仲阳，降居南海，与其臣曰初、曰武者隐此。太禺居峡南，仲阳居峡北，故山名曰二禺，在南者曰南禺，北曰北禺……逾涧，有轩辕二帝子别业，祠二禺君。二禺君者，太禺、仲阳也。"③这些材料说明华夏文明初期，文明始祖黄帝就已经派子嗣经营岭南了。

　　"南交者，粤也，陶唐之南裔也，故举南交而可以概粤矣。然史称周武王巡狩，陈诗南海……则举南海，又可以概粤矣。汉称粤为交州，盖

---

①《屈大均全集》第 4 册，第 432 页。
②《屈大均全集》第 4 册，第 69 页。
③《屈大均全集》第 4 册，第 64 页。

本于唐,秦分粤地为南海郡,盖本于周……举交州而南海在其中矣,举交州亦可以概粤矣。其称曰交趾,交州之趾也,粤趾于中原,而交趾趾于粤也。交趾自高阳时已砥属,而尧名为南交,故论地名以南交为古,论事以宅南交为古。"①翁山明确说岭南"自高阳时已砥属"。砥属,意为平定归服。翁山所据当是《史记》所载。《史记》卷1《五帝本纪》云:"帝颛顼高阳者,黄帝之孙而昌意之子也……北至于幽陵,南至于交阯……日月所照,莫不砥属。"②《史记》又云:"方五千里,至于荒服。南抚交阯、北发……四海之内咸戴帝舜之功。"③这些材料说明高阳、尧、舜时代岭南就已经隶属华夏。有关黄帝、高阳、唐尧、虞舜与岭南的记载,至少说明上古时期中原华夏民族的部落领袖已经开始了对岭南的经营和巡抚。不过,真正对岭南地区实施有效的行政管理,还需要等到秦汉时期。

《广东新语》卷7云:"南海介荆、扬裔土,周初始通中国,《王会》以翟贡称蛮扬焉,尚力而已,迄附于楚。"④"史称周武王巡狩,陈诗南海,又诗曰:'于疆于理,至于南海。'"⑤这些文字透露出西周初年岭南与中原王朝所发生的政治上的联系。

东周之后,岭南与吴、越、闽、楚等国关系密切,《国语·楚语上》有"抚征南海,训及诸夏"⑥之语。《广东新语》卷17"楚庭"条云:"初,周惠王赐楚子熊恽胙,命之曰:'镇尔南方夷越之乱。'于是南海臣服于楚,作楚庭焉。越本扬越,至是又为荆越;本蛮扬,至是又为蛮荆矣。地为楚有,故筑庭以朝楚,尉佗仿之,亦为台以朝汉。"⑦周惠王将岭南划归楚辖之前,曾隶属于扬,为扬越,其后为楚有,为蛮荆。秦汉之交南越王赵佗仿东周故实筑朝汉台,从一个角度也证明了东周时期乃至东周之前,岭南已经成为中原王朝的一部分。"翁源县东百里有翁山,相传周王以翁

---

①《屈大均全集》第4册,第27页。

②司马迁撰,裴骃集解:《史记》卷1,第11—12页。

③司马迁撰,裴骃集解:《史记》卷1,第43页。

④《屈大均全集》第4册,第200页。

⑤《屈大均全集》第4册,第27页。

⑥左丘明撰,徐元诰集解:《国语集解》卷17,中华书局2002年,第487页。

⑦《屈大均全集》第4册,第417页。

山封庶子,子孙因以山为氏,故曰翁山。"①周王以翁山封其子,说明此时岭南之地已经归属周王。

无论其隶属如何变化,但可以肯定岭南向属华夏。翁山曾详细追溯"越"的历史变迁。《广东新语》卷 2"越"条云:"《元命苞》云:'牵牛流为扬,分为越国。'故越号扬越,谓扬州之末土,扬之越也……越又曰蛮扬,《风俗通》云:'蛮,慢也,其人性慢。'故又曰蛮越也。其曰百越者,以周显王时,楚子熊商大败越,越散处江南海上,各为君长也……曰大越者,勾践自称其国也。曰於越者,始夏少康时;曰扬越者,始周武王时;曰荆越者,以在蛮荆之南,与长沙接壤,又当周惠王时,归附于楚也。若蛮扬则始于汤也。曰南越者,吴王夫差灭越,筑南越宫,故佗因其旧名,称番禺为南越也。"②

夏后少康以於越封庶子姒无余,祀大禹,是为越开国之始。岭南向称百越,源于越失国之后,其后人"散处江南海上,各为君长"。岭南原属越,故少康、勾践后裔部分散处岭南。秦末驻守岭南,助汉王灭秦的梅𫘬,即是越王后裔。翁山《梅𫘬》诗云:"庾岭惟秦塞,台侯是越人。重瞳封万户,句践有孤臣。"又云:"艰难自梅里,此地奉君王。岂欲兴於越,惟知祀少康。"③

这些材料说明文明初期,不但华夏文化已远播岭南,而且中原王朝已经开始了对岭南的经营和管理。在广州发现的南越文王赵眜④之墓,以地下考古实物证明了史籍记载的真实,证明了嬴秦时期中原王朝对岭南的管辖。春秋战国时期,"地为楚有,故筑庭以朝楚"。秦灭楚,岭南亦为秦有。《晋书·地理志》:"秦始皇既略定扬越,以谪戍卒五十万人守五岭。"⑤《岭外代答》卷 1 云:"自秦始皇并天下,伐山通道,略定扬粤,为南海、桂林、象郡。今之西广,秦桂林是也;东广,南海也;交阯,象郡也。"⑥始皇于五岭之南设桂林、象郡和南海三郡,说明最迟在嬴秦时

---

①《屈大均全集》第 4 册,第 92 页。

②《屈大均全集》第 4 册,第 28 页。

③《屈大均全集》第 1 册,第 552 页。

④考古资料谓南越文王名赵眜,而相关传世文献则载南越文王曰赵胡。

⑤房玄龄等撰:《晋书》卷 15,第 464 页。

⑥周去非著,杨武泉校注:《岭外代答校注》卷 1,中华书局 1999 年,第 1 页。

期,岭南已正式纳入中国版图。

秦末大乱,赵佗乘时窃据岭南。西汉派陆贾出使,说服赵佗归汉。七国乱时,赵佗妄称帝号,之后,汉文帝再派陆贾出使南越,赵佗撤帝号而称臣,再后,汉武帝削藩,撤王号设郡县。"汉武帝平南海,离秦桂林为二郡,曰郁林、苍梧;离象郡为三,曰交阯、九真、日南。又稍割南海、象郡之余壤,为合浦郡。乃自徐闻渡海、略取海南,为朱崖、儋耳二郡。置刺史于交州。汉分九郡,视秦苦多,其统之则一交州刺史耳。"①这说明秦汉以后,中原王朝已经对岭南实行了有效的行政管辖。

两汉之交,岭南再乱。东汉初年马援平交趾,立桐柱以为地标,并留军驻守。《广东新语》卷2"铜柱界"条云:"钦州之西三百里,有分茅岭,岭半有铜柱,大二尺许,《水经注》称:'马文渊建金标,为南极之界。'金标者,铜柱也。《林邑记》云:'建武十九年,马援植两铜柱于象林南界,与西屠国分疆,铭之曰:"铜柱折,交趾灭。"'交趾人至今怖畏。有守铜柱户数家,岁时以土培之,仅露五六尺许。'"②卷7"马人"条又云:"马人一曰马留。俞益期云:'寿泠岸南,有马文渊遗兵,家对铜柱而居,悉姓马,号曰马留,凡二百余户,自相婚姻。'张勃云:'象林县在交阯南,马援所植两铜柱以表汉界处也。援北还,留十余户于铜柱所,至隋有三百余户,悉姓马,土人以为流寓,号曰马流人。铜柱寻没,马流人常识其处,常自称大汉子孙云。'其地有掘得文渊所制铜鼓,如坐墩而空其下,两人舁之,有声如鼟鼓,马流人常扣击以享其祖,祖即文渊也。有咏者云:'铜鼓沉埋铜柱非,马留犹着汉时衣。'予亦有诗云:'山留铜柱水铜船,新息威灵在瘴天。终古马留称汉裔,衣冠长守象林边。'又云:'朝鸣铜鼓伏波祠,大汉儿孙实在兹。一任金标埋没尽,马人终古识华夷。'"③

从以上所述可知,岭南自上古时期,即与中原王朝有着密切的关系,已属华夏。东汉末年天下大乱,岭南为孙吴所有,后为司马晋朝所并。经南朝宋、齐、梁、陈,又为隋、唐所有。"至吴始分为二,于是交、广之名立焉。时交治龙编,广治番禺。唐太宗分天下为十道,合交、广为

①周去非著:《岭外代答校注》卷1,第1页。
②《屈大均全集》第4册,第35页。
③《屈大均全集》第4册,第212页。

一,置采访使于番禺,其规模犹汉时,唯帅府易地也。"①《广东文集总序》
对唐以后岭南的行政区划亦有概述:"考唐分天下为十道,其曰岭南道
者,合广东西、漳浦及安南国境而言也。宋则分广东曰广南东路,广西
曰广南西路矣……昭代亦分广东为岭南东西三道矣,专言岭而不及海
焉。廉、雷二州则为海北道,琼州为海南道矣,专言海而不及岭焉。"②

　　翁山详细叙述岭南在各个时代与中原王朝的政治文化关系,以及
不同的称谓和疆域隶属,其意思非常明显:岭南虽为天下之极南,但在
历史上向来都是华夏中原王朝的疆土,是得华夏文化沐化的衣冠礼乐
之地。

二、屈大均之于岭南割据政权
——南越和南汉

　　岭南远处荒服,北阻五岭,南向大海,其内江湖河汉纵横交织,既可
据关守险,又能出没江海,狂妄之徒,因其地利,而生异心。历史上确有
不少人萌生此念。秦汉时期的赵佗和唐宋之间的刘龑即是乘时割据的
偏霸之主。

　　翁山认为"广州背山面海,形势雄大,有偏霸之象"③。"佗墓后有大
冈,秦时占者言有天子气,始皇遣使者凿破此冈,深至二十余丈,流血数
日,今凿处形似马鞍,名马鞍冈。其脉从南岳至于大庾,从大庾至于白
云,千余里间,为危峰大嶂者数百计。来龙既远,形势雄大,固宜偏霸之
气所钟也。冈南至禺山十二里,禺山南至番山五里,二山相属如长城,
南控滇海……自南汉刘龑铲平二山……而地脉中断。然霸气时时郁
勃。"④此为堪舆家言,现代人盖谓之迷信。不论是否真的如翁山所说有
偏霸之气,但就其地理环境而言,岭南确实有割据称雄的地利。

　　古来割据岭南,最有代表性的即是秦汉之间的南越和唐宋之间的

<hr>

①周去非著:《岭外代答校注》卷一,第1页。
②屈大均辑:《广东文集》卷首,见《广州大典》第489册,第468页。
③《屈大均全集》第4册,第424页。
④《屈大均全集》第4册,第448页。

南汉。对于岭南的这两个偏霸的小王朝,翁山如何看待呢?

　　赵佗和刘龑虽同为岭南偏霸之主,但翁山对两者的态度却截然不同,对于赵佗有褒有贬,对于刘龑则有贬而已。对于赵佗,贬其割据称雄,迟滞粤人沐化中原华夏文明的进程。《广东新语》卷2"越"条云:"佗自称南越武王,已而又称武帝,生而自谥为武,此蛮夷大长之陋……佗倔强一隅,乘机僭窃……弃冠带,反天性,甘与嬴国之王争雄长也。夫使南越之不得早为中邦,渐被圣化,至汉兴七十有余载,始入版图,佗诚越之罪人也。"①赵佗虽有统一岭南之功,有德于民,但亦有其罪,罪在"弃冠带……使南越之不得早为中邦,渐被圣化"。

　　翁山贬斥赵佗割据,常以梅𬭁与之对比,并贬赵佗"非其种族"故宜如此。梅𬭁,知者不多,翁山却对他有详细的记述和极高的赞誉。秦朝末年,越王勾践的后裔梅𬭁逃居岭南,奉其王在浈水之上。《广东新语》卷7"梅𬭁"条云:"越人……以武事知名自梅𬭁始……自唐、虞、夏而后,得天下之正者,莫如汉、明,而越人率为功首,能以大义鼓唱诸侯,𬭁与何真是也。𬭁可以为赵佗,真可以为刘岩,而皆不为,与冯盎者亟以二十州县归唐,皆可谓能知天命者也。"②翁山认为梅𬭁有赵佗之才,本可以割据岭南,却助汉灭秦,使天下归一,为知天命者。"当是时,梅𬭁与无诸摇皆起兵从楚灭秦,又从汉灭楚,有大功劳,不愧为勾践之子孙。顾佗倔强一隅,乘机僭窃,甘与冒顿分南劲北强以苦汉,斯诚勾践子孙之所深恶痛疾者也。盖勾践之霸,少康之余烈也,𬭁与无诸摇之勋,勾践之余烈也。"③翁山以为梅𬭁之德不可不知,应该建祠以祀。"𬭁以兵从汉破秦,有大功德,子孙蕃衍,有由哉。"④翁山有不少诗词咏及梅𬭁。《梅𬭁》三首,之一、之二歌咏梅𬭁,之三贬斥赵佗:"蠢尔龙川令,乘时窃一州。徒能欺二世,不解助诸侯。冠带迟南越,车书阻上游。将军句践裔,智勇著春秋。"⑤从翁山对梅𬭁的赞誉也可以看出他对赵佗割据岭南的否定。其他一些岭南诗人也以之为僭窃。翁山门人陈阿平《海山楼

---

① 《屈大均全集》第 4 册,第 28—29 页。
② 《屈大均全集》第 4 册,第 201 页。
③ 《屈大均全集》第 4 册,第 28—29 页。
④ 《屈大均全集》第 4 册,第 41 页。
⑤ 《屈大均全集》第 1 册,第 552 页。

远眺》："图王自笑龙川尉，出使初传陆大夫。北望梅花迷庾岭，西来云影满苍梧。"①梁佩兰《题黄燕思度岭图》诗云："自秦屠睢入作尉，倏尔反覆如蜡螗。尉陀（当为'佗'）僭窃当盛汉，刘龚割据起后梁。"②

翁山既贬赵佗割据称雄，同时又褒其顺天应人，有德于民，并以之与刘龚相比。"龚在位专以惨毒为事，所诛杀粤人，若刈菅草，死后数百年，粤人始得而甘心之，所谓天道好还非耶？尉佗有功德于民，死葬禺山，人不忍言其故处，仁与不仁之报，盖若是哉。"③"南越武王赵佗，相传葬广州禺山，自鸡笼冈（'冈'原作'江'，据康熙三十九年木天阁刻本改）北至天井，连山接岭，皆称佗墓。《交广春秋》云'佗生有奉制称藩之节，死有秘异神密之墓'是也。孙权尝遣交州从事吴瑜访之，莫知所在，独得明王婴齐墓。掘之，玉匣珠襦，黄金为饰，有玉玺金印三十六，铜剑三，烂若龙文，而文王胡墓，亦莫知其处。"④这是褒其有德于民。

赵佗归汉，翁山认为是顺天应人之举。"粤秀耸拔三十余丈，旧有番、禺二山前导，今巍然三峰独峙，为南武之镇……中峰之正脉，落于越王故宫……山上有朝台故址……是南越王朝望升拜以朝汉，自称'蛮夷大长老夫臣佗，昧死再拜上书皇帝陛下'之处也。《南越志》云'熙安县东南有固冈，高数十丈，冈西面为羊肠道，尉佗登此望汉而朝宗，故曰朝汉台。'"⑤翁山详细记述赵佗朝汉台，有微意存焉。岭南人对赵佗归汉历来高度肯定。岭南文学史上，继张九龄之后有着极高地位的北宋余靖有诗颂扬赵佗。其《和王子元过大庾岭》云："秦皇戍五岭，兹为楚越隘。尉佗去黄屋，舟车通海外。"⑥明末著名诗人区大相《度大庾岭》诗云："花树迷秦戍，风云卷汉旌。梯悬沧海日，楼望尉佗城。慎德今皇事，楼舡罢远征。"⑦

翁山虽谓赵佗"滑稽之雄"，倔强僭窃，但对其正面描述却很多。

---

①陈伯陶辑：《陈献孟遗诗》，1920 年本。

②《六莹堂集》，第 193 页。

③《屈大均全集》第 4 册，第 451 页。

④《屈大均全集》第 4 册，第 447—448 页。

⑤《屈大均全集》第 4 册，第 70 页。

⑥吕永光主编：《全粤诗》第 1 册，第 442 页。

⑦郭棐编、陈兰芝增辑：《岭海名胜记》卷 10，乾隆五十五年刻本，见《广州大典》第 227 册，第 765 页。

"九眼井在歌舞冈之阳,相传尉佗所凿,其水力重而味甘,乃玉石之津液。《志》称佗饮斯水,肌体润泽,年百有余岁,视听不衰……自汉至今,以为尉佗之遗泽云。广州故多佳泉,其知名者有十……九眼井又一在龙川治西赵佗故城,名赵佗井,味亦甘冽。"①翁山笔下的赵佗乃非常之人,不赘。

相对于褒贬参半的南越王赵佗,翁山笔下的南汉刘龑祖孙则完全是负面的。南越诸王有德于民,且终归神汉,而刘龑祖孙却荼毒百姓,荒淫无道。史载南汉据有今广东、广西及云南一部分。尽管刘龑在位时,还有些作为,但翁山绝少正面记述。《广东新语》卷19记载:"龑者,清海军节度使刘隐之弟,伪梁常封隐南海王。隐卒,龑嗣,贞明三年,僭称帝于广州,改元乾亨,国号大越。又明年而更号汉。""刘龑墓,在番禺东二十里……崇祯九年秋,洲间有雷出,奋而成穴,一田父见之……邻人觉而争往……承棺有黄金砖四,棺既斧碎,有怀其发齿以出者。"②刘龑死葬之处"康陵",遭雷击,翁山以之为"不仁之报","死后数百年,粤人始得而甘心之"。

刘龑及其继任者均为荒淫残暴之君,课敛重赋,滥用酷刑,民不堪苦。刘龑死,子刘玢继。刘玢荒淫无道,刘晟杀兄自立。刘晟荒淫暴虐,诛灭旧臣以及兄弟、侄子,任用宦官、宫女为政。晟死,子刘𬬮继。刘𬬮庸懦无能,亦委政于宦官、宫女。刘𬬮认为臣属会顾及家室,不肯尽忠,故只信任宦官。臣属欲获晋用,需先自宫。"刘𬬮时,宦者有为三师三公者……女官亦有师傅令仆之名,目百官为门外人。群臣小过,及进士状头,或释道有才略可备问者,皆下蚕室,令得出入宫闱,亦有自宫以求进者。由是宦者近二万人,贵显用事之徒,大抵皆宦者也,卒用龚澄枢以亡其国……盖宦者自椓,亦椓人以盛其党……人作祸以椓之,民之无禄,至于如此也。"③朱彝尊谓"僭窃之主,未有愚于刘𬬮者也,谓群臣有家室,顾子孙,惟宦者可信,不知其植党纳贿更甚焉"④。

①《屈大均全集》第4册,第140页。
②《屈大均全集》第4册,第450页。
③《屈大均全集》第4册,第247页。
④《屈大均全集》第4册,第303页。

白蚬味美,为粤人所爱,刘鋹却禁民采撷。"番禺海中有白蚬螗,自狮子塔至西江口,凡二百余里,皆产白蚬……金锛蚬者生大海中,独珍,刘鋹时,取以自奉,禁民不得采,亦曰金口蚬。"①"蠃,种最多,以香蠃为上,产潮州,大者如盘盂……次则珠蠃,出东莞大步海,南汉常置三千人采之。"②南汉刘鋹时不但宦竖当道,而且多置苑囿,以便淫乐。"大抵鋹时三城之地,半为离宫苑囿。又南北东西环城,有二十八寺,以象二十八宿,民之得以为栖止者无多地也,其为无道若此。"③对于南汉,翁山一概斥为"伪南汉"。《广东新语》卷4:"会城中故有二湖,其一曰西湖,亦曰仙湖,在古瓮城西,伪南汉刘龚之所凿也。"④卷17:"佗宫故在粤秀山下,即楚庭旧址……宫之东为伪汉刘龚南宫。"⑤不赘。

对于同在岭南称王建制的南越和南汉,翁山的态度截然不同,其原因即在于南越有德于民,且受汉封;南汉残暴不仁,又待大宋兴兵。

三、正统与僭窃:屈大均的天下观和正闰观

翁山虽然对于同在岭南称王建制的南越和南汉的态度截然不同,但也有相同之处。其相同之处即是不可割据称雄,神华必然一统。由以上所述,即已可知。

接下来的问题是统一天下者是否无论谁何?由翁山的相关著述可知并非如此。翁山笔下的秦、晋皆非正统。这涉及翁山的天下观和正闰观。

(一)屈大均的天下观

总体来看,翁山的天下观大体包含两个方面:其一,天下是完整的,不得割据称雄;其二,天、道一体,道统高于治统,得天下者,必须是行王道、承续华夏道统儒学的华夏之人。

①《屈大均全集》第4册,第528—529页。
②《屈大均全集》第4册,第531页。
③《屈大均全集》第4册,第427页。
④《屈大均全集》第4册,第122页。
⑤《屈大均全集》第4册,第418页。

其一,天下是完整的,不得割据称雄。

汉初梅鋗、唐初冯盎、明初何真等皆为雄才大略的豪杰。翁山称赞他们虽有天时地利却不肯雄霸一方,谓其能知天命。如前所引,"(梅鋗)先君勾践,能灭吴尊周室,其遗风余烈,子姓当继绍而起,毋以窃据一方,为天下所指名为也。嗟夫!自唐、虞、夏而后,得天下之正者,莫如汉、明,而越人率为功首,能以大义鼓唱诸侯,鋗与何真是也。鋗可以为赵佗,真可以为刘岩,而皆不为,与冯盎者俱以二十州县归唐,皆可谓能知天命者也"①。"当是时,梅鋗与无诸摇皆起兵从楚灭秦,又从汉灭楚,有大功劳,不愧为勾践之子孙……盖勾践之霸,少康之余烈也,鋗与无诸摇之勋,勾践之余烈也。"②在翁山看来,梅鋗之功远在任嚣、赵佗之上。

北边的五岭横断江广,赵佗借其地利建制称雄,一定程度地阻碍了中原政治和文化的南下。尽管岭南易守,且赵佗及后继者于民有德,但翁山仍认为华夏一统乃是天命,不可抗拒。"夫以南越窃据为雄,已历世五王,历年九十有三矣。天将以土地归神华,为衣冠文物之区,所以爱斯民也甚厚,使建德、吕嘉善守,终亦覆亡。""刘铢时,广人见群星北流,知为举国归中原之兆,天之所废,虽阻险无所用之。"③

越人对于陆贾出使南越,说服赵佗归汉有极高的赞誉。张诩《陆贾》诗云:"汉秦已罢甲兵,天下讴歌太平。奉使来凭寸舌,无人上请长缨。"④歌咏陆贾的诗很多,不赘。陆贾在翁山笔下更如神祇:"陆贾初至南越,筑城于番禺西浒以待佗,名曰陆贾城。其遗基在郊西十里,地名西场。一曰西候津亭,出城凡度石长桥一、短桥二乃至。予之生,实在其地,所居前对龟峰,后枕花田,白鹅潭吞吐其西,白云山盘回其东,泉甘林茂,有荔枝湾、花坞、藕塘之饶,盖贾之所尝(原无'尝'字,据康熙三十九年木天阁刻本补)经营者也。其汤沐在锦石之山,其魂魄或尝游此。予尝欲以宅地作贾祠,私俎豆之。"⑤

---

①《屈大均全集》第 4 册,第 201 页。

②《屈大均全集》第 4 册,第 28—29 页。

③《屈大均全集》第 4 册,第 60—61 页。

④韦盛年主编:《全粤诗》第 5 册,第 646 页。张诩,字廷实,号东所,番禺人。陈献章弟子,明宪宗　　成化二十年(1484)进士。

⑤《屈大均全集》第 4 册,第 39 页。

华夏一统，天命有归，乱华者必诛，割据者必亡，这是翁山的一个重要思想。"会城南有安澜门，其地自伪南汉时，从百宝水浮来，上有田，禾苗方茂，其主以为天赐，甚喜。识者谓：'地宜静定，不宜动，一旦浮至，在水旁而有米有田，于字惟潘，禾者五谷之美，其必有姓名潘美者来获斯土乎？'未几宋太祖遣潘美平粤，符其兆焉。"①《广东新语》卷11"谶"条所记亦类此。如此者尚有，不赘。现代人尽可视为迷信，但这类记载却透露了翁山天命所归，神华必为一统的思想。

华夏族人朱元璋将得天下，"东莞何真，灼知天命有归，不敢妄为一州之主，以祸生民，诚为识时俊杰也者"②。"何真"条云："东莞伯何真少时，有相者谓曰：'公才兼文武，霸王之器，惜生南方，微带火色，爵位不过封侯。'后果如言。既贵显，先墓常有紫气，人或指为符瑞，辄斥绝之。比事孝陵，夙夜畏威惟谨，在朝名公，如宋濂、方孝孺辈，亟称重之。至论其保障炎邦，识时知命，则谓南越以来所未有云。"③"洪武初，永嘉侯朱亮祖戡定南粤，于越秀山巅建望楼高二十余丈，以压其气，历二百余年，清平无事。黄萧养僭称齐帝，即位五羊驿馆，逾月而亡，盖其验焉。"④"黄盗名萧养……纠集战船数百艘，直犯广州。于五羊驿僭位，称东阳王……船抵五羊门外，其手下衣貌与同者数十人，官兵莫能辨，乃以响箭向天射，萧养仰视，一箭直贯其喉，堕水死，其众尽降……海寇之雄，莫过萧养。"⑤在翁山笔下，何真能知天命，而黄萧养等则为逆天之人。响箭射天，直贯其喉，真是天命有归，天绝割据之人。

朱明一统之后，清平无事，更无抒一己之愤，分割天下之理。那些武装乱华，威胁一统王朝之人，翁山一概谓之"盗""贼""寇"。如称黄萧养为"黄盗"，称抗拒官府的疍民为"疍家贼"等。

对于天下变乱之时能保境安民的州宰吏民，无论妇人女子，皆不吝称扬。"士燮字威彦，广信人。建安初，为交趾太守，中国士人往依者百数。陈国袁徽与尚书令荀彧书曰：'交趾士府君，处大乱之中，保全一

①《屈大均全集》第4册，第38—39页。
②《屈大均全集》第4册，第448页。
③《屈大均全集》第4册，第205页。
④《屈大均全集》第4册，第448页。
⑤《屈大均全集》第4册，第227页。

郡,二十余年疆场无事,民不失业,羁旅之徒,皆蒙其庆,虽窦融保河西,曷以加之。官事小阕,辄玩习《书传》《春秋左氏传》,简练精微,皆有师说。'其称之若此……天下丧乱,道路断绝,而燮不废贡职,复下诏拜安远将军,封龙度亭侯。"①"五女将"条记述了保境安民的五位岭南女子。"冼氏,高州人……秦末五岭丧乱,冼氏集兵保境,蛮酋不敢侵轶……又冼氏者亦高凉人,其家世为南越首领,辖部落一万余户。冼氏幼而贤明,晓兵略,善抚诸蛮,罗州刺史冯融闻其贤,为子宝求娶焉。侯景反高州,刺史李迁仕遣使召宝,宝欲往,冼氏止之。既而迁仕果反,冼氏自将千余人,步担杂物,唱言输赋,至栅下,袭击迁仕,大破之,遂与陈霸先会于赣石。还谓宝曰:'陈都督非常人也,厚资给之。'及宝卒,岭表大乱,冼氏怀集百粤,数州晏然。"②相反,对于失守封疆,则无比痛惜。《广东新语》卷2"铜柱界"条,翁山就明弃交趾之事,表达了对柄国无术致使天下残缺,数十万"中国官吏工商,沦陷异类"③的无比愤恨和感伤。

"古言疆域皆曰服,越为荒服……边海之地,则曰裳也。越故剪发文身,非中华冠带之室,汉高帝尝遗尉佗蒲桃宫锦,而文帝赐上、中、下褚衣,其欲以衣裳袭彼鳞介也……衣裳取诸乾坤,无衣裳,斯无乾坤矣……古者衣与裳相连,犹乾与坤不相离也。越裳而欲通于(原无'于'字,据康熙三十九年木天阁刻本补)中国,盖欲以其裳连乎中国之衣也。"④在翁山看来岭南与中原不可分割,犹如有衣不可无裳。

其二,天、道一体,道统高于治统,得天下者,须是行王道、承续华夏道统儒学的华夏之人。

翁山认为天与道一体,得天下者,须是有道之人。三皇五帝、夏禹、商汤、周武等,皆为有道之君,其所传,皆古帝王之正统天下。得道统者,其天下方为正统;不得道统,其天下则非正统;得道统,即使天下未能合一,亦为正统。"自唐、虞、夏而后,得天下之正者,莫如汉、明。"⑤夏禹、商汤、周武得统于三皇五帝,乃天命所归,所行者王道,而非霸道。

---

①《屈大均全集》第4册,第202页。
②《屈大均全集》第4册,第232—233页。
③《屈大均全集》第4册,第37页。
④《屈大均全集》第4册,第27—28页。
⑤《屈大均全集》第4册,第201页。

嬴秦虽为华夏族姓,但废礼乐,施苛法,残害黎民,不行仁道,非有道之君。其所行乃霸道,而非王道,故其所得非古帝王之天下。《广东新语》卷7:"铫劝芮西从沛公伐秦,芮然之,使铫先往。当是时郡县苦秦法,多杀长吏以应陈胜……铫以为秦者,周之寇仇,非仅越人与六国人之寇仇也。越人首畔秦,吾当帅之,以为周先王报怨。"①嬴秦不行仁道,废周礼乐,非华夏道统儒学的承续者,其所得非古帝王相传之天下。虽号一统,实为僭窃,翁山认为"秦者,周之寇仇,非仅越人与六国人之寇仇"。

晋亦如秦,其天下亦是窃得。曹魏窃刘汉天下,司马晋朝受自曹魏,皆为僭窃。他认为《资治通鉴》帝魏、晋而伪蜀是错误的,且谓司马光"真是尼山一罪人"。"《春秋》之后有《纲目》,有如日月光相逐。月光元自日光来,紫阳一日三膏沐。地义天经总在兹,温公书法不曾知。背秦岂合诬周赧,篡汉那堪奖魏丕。昭烈一隅元正统,武侯六出本王师。"②他认为应该以朱熹帝蜀伪魏的观点为准。《通鉴纲目》以蜀承汉祚,于"汉献帝建安二十五年"之后,即以"汉昭烈皇帝章武元年"纪年。秦、晋虽是华夏族裔、一统天下,却未得华夏道统,其天下实为窃取,而非古帝王所传之正统。

元朝虽然疆域辽阔,但不施仁义,不行儒道,未得道统,故所得亦非古帝王所传之天下,自非正统王朝。翁山既高度肯定琼州无人仕元,同时在元朝一统之时,也反对在岭南行割据之事。《广东新语》卷9"琼人无仕元者"条云:"宋末,琼州人谢明、谢富、冉安国、黄之杰,从安抚赵与珞拒元兵于白沙口,皆被执,不屈而死,于是终元之世,郡中无登进士者。明兴,才贤大起,文庄、忠介,于奇甸有光,天之所以报忠义也。"③这是对粤人拒仕元朝的肯定。《广东新语》卷19又云:"元至正间,广州人林桂芳兵起称罗平国;南海人欧南喜兵起称王。又至元间,增城人朱光卿兵起称大金国。他如邵宗愚、王成辈,争战纷纭,么麽草窃,是皆以东粤天险,绝五岭,通二洋,可以篡赵、刘之业,而抗中原也。独东莞何真,灼知天命有归,不敢妄为一州之主,以祸生民,诚为识时俊杰也者……岭南形势,

---

①《屈大均全集》第4册,第201页。
②屈大均:《季伟公赠我朱子纲目诗以答之》,《屈大均全集》第1册,第187页。
③《屈大均全集》第4册,第259页。

盖与曩时大异,风气既开,峤路四达,梅关横隘,车马周行,泷水漓川,舟航交下,虽有强兵劲马,戍守不给,一夫夺险,势若山崩矣。"①翁山的心态是复杂的,尽管元朝非汉人一统天下,但亦谓之"以东粤天险""篡赵、刘之业"以抗中原者,为"么麽草窃"徒害一州生灵。这说明以仁义、民本为核心的儒道在翁山思想中有着最重要的位置。翁山《送鲍子韶还赣州》感叹:"朝台黄气在,偏霸意如何。鸿雁秋还少,牛羊日已多。"

　　翁山认为"道存则天下与存"。赵宋虽失治统,但因为遗民"自存其道",所以华夏治统又失而复得。《书逸民传后》云:"南昌王猷定有言,古帝王相传之天下至宋而亡。存宋者,逸民也。大均曰,嗟夫,逸民者,一布衣之人,曷能存宋? 盖以其所持者道,道存则天下与存……一二士大夫其不与之俱亡者,舍逸民不为,其亦何所可为乎? 世之蚩蚩者,方以一二逸民伏处草茅,无关于天下之重轻,徒知其身之贫且贱,而不知其道之博厚高明,与天地同其体用,与日月同其周流,自存其道,乃所以存古帝王相传之天下于无穷也哉。嗟夫,今之世,吾不患夫天下之亡,而患夫逸民之道不存。吾党二三子者,身遭变乱,不幸而秉夷齐之节,亦既有年于兹矣。然吾忧其所学不固而失足于二氏,流为方术之微,则道统失,治统因之而亦失。"②他认为"道存则天下与存""道统失,治统因之而亦失"。遗民"自存其道,乃所以存古帝王相传之天下"。也就是说赵宋虽然失去了治统,但遗民自觉地存续着道统儒学,因道统未失,其后华夏治统才可失而复得,故曰"存宋者,逸民也"。相近的思想在《二史草堂记》中也有表达:"是不幸而不得笔之于书,而以纪之于心者也。笔于书,乱臣贼子惧焉;纪于心,忠臣孝子喜焉。夫使天下之人,尽纪忠臣孝子之事于心,而圣人之道行矣。又安用书为? 故其言曰,大宋不以有疆土而存,不以无疆土而亡……嗟乎,君子处乱世,所患者无心耳。心存则天下存,天下存则春秋亦因而存。不得见于今,必将见于后世。"③翁山认为"尽纪忠臣孝子之事于心,而圣人之道行矣"。"其心在"则圣人之道不失;圣人之道不失,道统不失,故大宋"不以无疆土而亡"。

---

① 《屈大均全集》第 4 册,第 448 页。
② 《屈大均全集》第 3 册,第 394 页。
③ 《屈大均全集》第 3 册,第 320 页。

"心存则天下存,天下存则春秋亦因而存。不得见于今,必将见于后世。"

基于道统高于治统、道统可离治统而存的思想,治统丧失之后,或天下变乱之时,则可"以师为君,以道统为治统",承续道统者为素王。翁山《圣人之居》云:"孔子之祖为黄帝,为玄王。玄王之教至素王而大昌明。玄王始之,素王终之,皆非有天子之位,而以师为君,以道统为治统,作其圣功于无穷。"①

翁山的天下观概括起来,大致为:天下完整、不可分割。天、道一体,道统高于治统,道统可离治统而存。天下被窃,则可"以师为君,以道统为治统",道统不失,治统可失而复得。得天下者须是承续华夏道统儒学的华夏之人,躬行仁义,以民为本,行王道,不行霸道。如此,其所得才是古帝王相传之天下,才是天下之正统。

(二)屈大均的正闰观

天下分分合合,在中国是历史的常态。正统天下分裂之后,谁为正统就成了自说自话的事情。对于这一问题,翁山是如何看待的呢?这就涉及了他的正闰观。

翁山的正闰观是与其天下观相联系的。他既认为天与道一体,道统高于治统,有道者有天下,同时也强调王权在血统间的授受传承。《广东新语》卷7"士燮"条云:"士燮字威彦,广信人。建安初,为交趾太守,中国士人往依者百数……是时天下丧乱,道路断绝,而燮不废贡职,复下诏拜安远将军,封龙度亭侯。建安十五年,孙权遣步骘为交州刺史。骘至,燮率兄弟奉承节度,权加燮左将军。建安末年,燮遣子廞入质,又诱导益州豪雍闿等东附,权益嘉之,迁卫将军,封龙编侯。论者谓:'燮不能始终于汉,权乃国贼,与昭烈力争交州,而燮兄弟乃助权为逆,岂诚识《春秋》之义也者。'燮卒,而其子徽乃据交州,为吕岱所破,惜乎见之晚矣。后主建兴十三年,有廖式者起兵苍梧,以应诸葛丞相,诸郡应之,此真汉之义士也。燮视之宁无愧于心乎哉!"②显然翁山认为孙权为割据,刘备的蜀汉政权才是正统。

①《屈大均全集》第 8 册,第 1837 页。
②《屈大均全集》第 4 册,第 202 页。

　　尽管蜀汉偏居一隅，未能占据中原，但翁山认为刘备为汉室宗亲，无论在道统，还是在血统上都具有正当性。曹、刘、孙三家相比较，刘备更能躬行仁义，体恤下民，为有道之君，与曹操相比尤其明显。从历史记载和民间传说看，刘备仁厚爱民，曹操奸诈暴虐，二者形成了鲜明的对比。由《三国志》和裴松之的注来看，刘备的劣迹不多，而且还留下了携民渡江、三顾草庐等历史佳话。相反，曹操却有不少恶行，如"割发代首""梦中杀人""借头压军心"等诡计；"宁可我负天下人，不可天下人负我"的自白；进攻徐州，"死者万数，泗水为之不流"①等暴行。陈寿著《三国志》虽以曹魏纪年，肯定他是"非常之人，超世之杰"，但也直书其"运筹演谋，鞭挞宇内"②的残酷。陆机《辩亡论》云："曹氏虽功济诸华，虐亦深矣，其民怨矣。"③苏轼《孔北海赞》中称"曹操阴贼险狠，特鬼蜮之雄者耳"④。从这一角度来看，翁山以蜀汉为正统，并非仅仅因为刘备为汉室宗亲，其天、道一体，道统高于治统的思想才是其中的关键。

　　陈寿的《三国志》和司马光的《资治通鉴》皆以曹魏为正统，朱熹著《通鉴纲目》以蜀承汉祚进行翻案。翁山继承了朱熹的观点。刘友益《纲目书法》云："大书章武何？绍昭烈于高光也。魏篡立，吴割据，昭烈亲中山靖王之裔，名正言顺，舍此安归？故曰统正于下而道定矣。"⑤朱熹以蜀汉为正统，固然是为偏安江南的南宋寻找正统的历史依据，翁山继承朱子的观点，应该也有为退到南方的南明张目之意。

　　南朝宋刘裕，取东晋而代之。刘裕本可称汉却称宋，翁山以为憾事："刘裕本楚元王之裔，以裕之才，使当时以宗子举义，尽取司马氏而诛之，告于高、光之庙，复称为汉，其功岂出昭烈下哉？……嗟夫，汉之仇雠，司马氏为首，曹次之。汉灭于司马氏，非灭于曹。裕取司马氏之天下，汉之幸也。乃以复仇雪耻之师，而为篡夺之举，何当时智识之污下耶？"⑥可以看出，翁山认为刘汉为正统，孙吴为割据，魏、晋皆为僭窃

----

①陈寿撰，裴松之注：《三国志》卷8，中华书局1982年，第249页。

②陈寿撰，裴松之注：《三国志》卷1，第55页。

③严可均编：《全上古三代秦汉三国六朝文·全晋文》卷98，中华书局1958年，第2023a页。

④苏轼著，李之亮笺注：《苏轼文集编年笺注》卷21，巴蜀书社2011年，第189页。

⑤章学诚撰，叶瑛校注：《文史通义校注》卷3，中华书局1985年，第283页。

⑥屈大均：《书宋武帝本纪后》，《翁山文外》卷10，康熙刻本，见《广州大典》第438册，第167页。

闰运。与翁山同处明末清初的毛宗岗亦有相近的观点："读《三国志》者，当知有正统、闰运、僭国之别。正统者何？蜀汉是也；僭国者何？吴魏是也；闰运者何？晋是也。"[①]

在翁山看来，是否为华夏族人也是正统与否的一个重要条件。"不可以为唐而为唐，李存勖之过也；可以为汉而不为汉，裕之过也。裕之过小，以其去汉之世远也；存勖之过大，以其去唐之世未远也。且又沙陀之种，其称唐也，渊之称汉也。《传》曰谁滋他族，实偪处此。噫嘻，岂非区夏之大不幸乎哉！"[②]此"渊"，是指借八王之乱，反晋自立的匈奴首领刘渊。刘渊（？—310），字元海，匈奴首领冒顿单于后代，南匈奴单于于夫罗之孙，左贤王刘豹之子。父死之后，接掌部属。公元 304 年反晋，割据并州，自称大单于。因"汉有天下久长，恩结于民"，故称汉王，置百官，追尊汉朝皇帝。永嘉二年（308）即皇帝位，年号永凤。李存勖，代北沙陀人，生于晋阳（今山西太原）。唐末五代军事家，后唐开国皇帝，晋王李克用之子。李存勖在唐末官至检校司空，遥领晋州刺史，后袭父位为河东节度使和晋王。他骁勇善战，长于谋略，公元 923 年在魏州称帝，国号为唐，史称后唐，同年灭后梁，取河南、山东等地，定都洛阳。但他沉湎于声色，治国乏术，横征暴敛，百姓困苦，藩镇怨愤，士卒离心，同光四年（926）死于兴教门之变。在翁山看来，刘渊和李存勖，皆非华夏族人，其所建汉和唐亦非正统。

翁山认为天、道一体，道统高于治统，有道者有天下。不施仁义、不以民为本，无论是否为华夏族人，即使窃得天下，亦非正统。若行王道，即使偏居一隅，其所受亦是古帝王相传之天下。但天下必须完整，不可割据称雄。岭南向属华夏，即如南越有德于民，天命有归，亦当顺天应人，归于一统。

---

① 毛宗岗撰：《读〈三国志〉法》，见罗贯中著：《三国演义》，中华书局 2009 年，卷首。
② 屈大均：《书宋武帝本纪后》，《翁山文外》卷 10，见《广州大典》第 438 册，第 167 页。

第五章 明清之际华夏道统的承续危机 与屈大均对屈氏宗族精神的建构

　　明末清初天崩地解之时,屈原成了一个具有特殊意义的精神符号。归庄是曾经秘密抗清的志士遗民,其《九日普济寺养疴》云:"《离骚》读罢钟初歇,支枕长吟梦不成。"①阎尔梅为了抗清也是奔走流离,诗云:"痛饮读《骚》门闭住,西园花下即深山";又云:"走到君家须痛醉,鸡鸣犹自唱《离骚》。"②翁山《樊义士墓志铭》云:布衣樊洁"每遇霜黄木落,风雨晦冥之候,人未尝不闻其哭泣。朗月之夕,或歌《蓼莪》,或诵《离骚》、《山鬼》。其声悲酸凄楚,断续于幽林激濑之中,呜呜不止"③。不必赘述,由这几个例子即可大体知其一二。这一时期,翁山对沙亭屈氏的世系进行了梳理,并著《问史》一书,将自己的血统上溯至屈原。他表现出强烈的对家族之根的追寻和家风族训的建构意识,特别强调沙亭屈氏对屈原忠骚精神的继承。这不是一般意义上的寻根问祖,更不是简单的攀附高贵的血统,其中包含着基于时代巨变的深刻的文化意义。

一、明末清初遗民的亡天下之忧

　　明末天崩地解的巨变,对当时士人的心理产生了巨大的震撼。在当时看来,明亡清兴不同于一般意义上的朝代更迭、一姓王朝的亡国。明祚移易,是华夏治统的丧失,继之而失的可能是华夏道统和学统。如此,导致的是天下之亡,而非一国之亡。

　　清军入主中原,华夏民族走到了亡天下的关键时刻。华夏道统学

---

① 归庄:《归玄恭遗著·诗钞》,见《续修四库全书》第1401册,第623页。
② 阎尔梅:《书梁吟梁斋中》之三、《书平陆桥斋中兼酬张巫峰翔九岫岚兄弟》之十,《白耷山人诗集》卷8,见《续修四库全书》第1394册,第460、462页。
③《屈大均全集》第3册,第368页。

统乃至华夏文脉的存续确实面临着严峻的考验。当时士人中的优秀者清醒地意识到了这一问题,所以顾炎武惊呼"亡国与亡天下"有辨①。翁山说:"南昌王猷定有言,古帝王相传之天下至宋而亡。存宋者,逸民也……今之天下,视有宋有以异乎? 一二士大夫其不与之俱亡者,舍逸民不为,其亦何所可为乎?"②在当时有这种意识的岂止顾、屈等人。其他人虽然没有明确说出,但不少人的心中也隐约地存在着这样的意识。孔孟"以夷变华"③之忧,当时稍有知识的人都应该知道。这也许就是明末遗民为数众多的原因之一。他们坚守的并非仅仅不仕二姓的君臣观念,他们坚守的更是华夏民族的道统和文脉。

在普通人眼中,身处草野的遗民近于至轻至贱的匹夫,岂足以承担如此大任? 翁山曰:"嗟夫,逸民者,一布衣之人,曷能存宋? 盖以其所持者道,道存则天下与存,而以黄老杂之,则亦方术之微耳,乌足以系天下之重轻哉!……世之蚩蚩者,方以一二逸民伏处草茅,无关于天下之重轻,徒知其身之贫且贱,而不知其道之博厚高明,与天地同其体用,与日月同其周流,自存其道,乃所以存古帝王相传之天下于无穷也哉。嗟夫,今之世,吾不患夫天下之亡,而患夫逸民之道不存。"④这段话为当时遗民找到了超出传统不仕二姓的新的理论支点,宣明了许多遗民隐微的心理,对遗民存在的意义做出了关乎天下兴亡的价值判断。

这些遗民身伏草野,似乎微不足道,但也正是这些遗民一定意义上在这一特殊的时代肩负起了保存华夏道统和文脉的重任。"天以布衣存日月,海滨山阁著藏书"⑤,翁山就是这样一位自觉肩负起保存华夏道统和文脉的遗民。

翁山等相信"道存则天下与存",所以"夫使天下之人,尽纪忠臣孝子之事于心,而圣人之道行矣……故其言曰,大宋不以有疆土而存,不

---

①顾炎武《日知录》卷13《正始》云:"有亡国,有亡天下。亡国与亡天下奚辨? 曰:易姓改号,谓之亡国;仁义充塞,而至于率兽食人,人将相食,谓之亡天下。"见顾炎武著:《日知录》,第527页。梁启超将其概括为"天下兴亡,匹夫有责"。
②屈大均:《书逸民传后》,《屈大均全集》第3册,第394页。
③《孟子·滕文公上》"吾闻用夏变夷者,未闻变于夷者",《论语·宪问》"微管仲,吾其被发左衽矣",都传达了"以夷变华"的担忧。
④屈大均:《书逸民传后》,《屈大均全集》第3册,第394页。
⑤《屈大均全集》第4册,第430页。

以无疆土而亡……嗟乎,君子处乱世,所患者无心耳。心存则天下存,天下存则春秋亦因而存。不得见于今,必将见于后世"①。他所谓的道是指代表华夏正统文化的儒学。"其所持者道,道存则天下与存,而以黄老杂之,则亦方术之微耳,乌足以系天下之重轻哉!"②在他看来,黄老之学乃方术之微,不足以系天下之重,佛学更为外夷之学,并对明末清初佛教的极度兴盛表示不满。翁山《归儒说》:"予二十有二而学禅,既又学玄。年三十而始知其非,乃尽弃之,复从事于吾儒。盖以吾儒能兼二氏,而二氏不能兼吾儒。"③他认为儒学乃华夏文化的精髓,"若逐二氏而弃儒",则华夏文化将失其传承,"亡天下"的悲剧将不可避免。

　　翁山早年为避难一度为僧,三十岁后不避人们非议而逃禅归儒,正是基于他的这一思想。"予弱冠以国变托迹为僧,历数年,乃弃缁服而归。"④他不但逃禅归儒,而且还潜心研究儒学。不但精研《周易》,写成了《翁山易外》,还与何磷一起撰作了《四书补注》和《四书考》。朱希祖云:"屈、何二公考证《四书》之作,不事空言。"⑤翁山之所以要考注"四书",精研《周易》,不仅仅是出于对学术研究的兴趣,应该还缘于以上所述"圣人之道"与华夏治统的关系。

二、屈原忠骚与华夏道统和学统

　　屈大均字"泠君",号"华夫"。"华夫"二字,其意比较直白,华夏伟丈夫之意;"泠君"二字,则是为了音谐屈原"灵均"之号。他在《自字泠君说》一文中说:"其音与灵均相似,予为三闾之子姓,学其人,又学其文,以大均为名者,思光大其能兼风雅之辞,与争光日月之志也。又以泠君为字,使灵均之音长在于耳,人一称之,不惟使予不忘灵均,亦使天下之人不忘灵均,斯予之所以为慈孙之心也。昔司马长卿辞赋最盛,乃三闾之高弟子,然其名不以三闾而以蔺相如,徒学三闾之文,不学其人,

①屈大均:《二史草堂记》,《屈大均全集》第3册,第320页。
②屈大均:《书逸民传后》,《屈大均全集》第3册,第394页。
③《屈大均全集》第3册,第123页。
④屈大均:《姓解》,《屈大均全集》第3册,第174页。
⑤朱希祖:《屈大均(翁山)著述考》,《屈大均全集》第8册,第2141页。

吾尝以为大憾。吾三闾之子姓也，文可以不如三闾，并可以不如长卿，而为人则不可以不如三闾，而如长卿。噫嘻，自今以往，其益以修能为事，以无负兹内美，斯于高阳苗裔有光也哉！"①屈大均取字"泠君"，号"华夫"，是否有意义上的关联呢？二者之间的关联翁山在自己的作品中有所阐述，此不赘。

　　《三闾书院倡和集序》云："《离骚》二十有五篇，中多言学，与圣人之旨相合，其有功《风》《雅》，视《卜序》、《毛笺》为最。惜孟氏与之同时，知《诗》亡而《春秋》作，不知《诗》亡而《离骚》作。一邹一楚，彼此竟未同堂讲论也。"②又曰："《离骚》二十有五篇，中多言学，与圣人之旨相合。其曰：'壹气孔神，于中夜存，虚以待之，无为之先。'又曰：'超无为以至清，与太初而为邻。'此非孟氏养气之说耶？不与大《易》保合太和，穷神知化为一贯耶？司马迁采《怀沙》之篇以入列传，岂非以'人生有命，各有所错，死不可让，愿勿爱兮'数语，又有当于《易》所谓'尽性以至命者'耶？朱子笺注六经四子，即为《离骚》作传，亦以其学之正，有非庄老所及，而岂徒爱其文辞能兼《风》《雅》与其志争光日月耶？……孙文介云，《离骚》首称帝喾，次尧舜，又次汤武，谆谆祗敬之意，至述死生之际，廓然世外，清净潇居，非大有道术者不能发。嗟夫，此皆求三闾于道，而不徒求之于忠爱缠绵，哀怨悱恻之中者也。按《史记》，'帝喾溉执中而遍天下'，夫中之象，天以《河图》垂。伏羲以八卦则，而后神农、黄帝演之，以至于帝喾。而尧以允执之而命舜，则尧之学，得之于帝喾矣。三闾能溯厥渊源，推明授受之所自，则三闾亦得统于帝喾，无坠其精一之道者。今徒以其善于骚些，惊采绝丽，为可直继《风》《雅》，抑何得末而遗其本也哉！大抵古之圣贤，多以诗言道，见于三百五篇者，不一而足。《离骚》虽出忠愤，而所言皆至道阃奥，往往极乎广大，尽乎精微，发三百五篇之所未发。故汉代词人尊之为经，以与六艺并行于天壤，而独憾仲尼未及见，不得取而删定之，以补楚国之《风》也。今学士大夫，读《离骚》者，而忠者得其忠，文者得其文，盖自宋玉、景差、唐勒以至今兹，大抵皆三闾之弟子矣。然而师其文当师其学，师其学焉，而以之事父事君，知

①《屈大均全集》第 3 册，第 127—128 页。
②《屈大均全集》第 3 册，第 284 页。

天知人,同死生,尽性至命,非即所以学夫《诗》耶?予之为三闾书院也,与二三同志,称《诗》说《易》于其中。惟日孜孜,不敢负其家学,在三闾末胄,分当云尔。"①翁山认为屈原"能溯厥渊源,推明授受之所自",得统于三皇五帝等华夏上古圣贤之学,是传承华夏道统学统的伟大诗人。由此可以看出,翁山视屈原为自己的血缘和精神上的祖先,除了因为其本姓为屈和屈原的忠骚精神之外,还在于屈原之学与华夏上古文化、华夏道统学统的一脉相传。

其他相近的说法,还有不少。"天地之文在日月,人之文在《离骚》,六经而下,文至于《离骚》止矣。"②"三闾其亦儒之醇者与!司马迁作传,独采《怀沙》一篇,又以'知死不可让,愿勿爱'数言,诚《离骚》之正终,儒者之极致,与《易》之所谓尽性以至命一道者也。"③翁山认为孔子之后,华夏道统学统的继承者,屈原可与孟子并称。他的这些表述把屈原在华夏道统上的地位提升到了一个空前的高度。其《孟屈二子论》云:"孟子生战国时,所言必称尧、舜,屈子亦然。孟子精于《诗》、《书》、《春秋》,所言必称三经,屈子亦然。《离骚》诸篇,忠厚悱恻,兼《风》、《雅》而有之。《风》、《雅》,经也;《离骚》,传也,亦经也。其有功于三百篇。视卜氏《序》,端木氏《说》为优。惜孟子与之同时,知《诗》亡而《春秋》作,不知《诗》亡而《离骚》作。"④由以上所述可知,在翁山看来,屈原不但承续了华夏道统和学统,而且是那个时代可与孟子并称的大儒,屈原忠骚是华夏道统学统最纯正的一部分,辉耀着当时和后世。

三、忠骚传统与屈氏宗族精神

后人常以"忠爱"或"忠骚"概括屈原的精神。"忠爱"比较容易被普通人理解和接受,也更容易把抽象的精神上升到行为的层面。在翁山看来,"忠爱""忠骚"精神属于华夏道统学统的一部分,这种精神也为其

---

① 屈大均:《三闾书院倡和集序》,《屈大均全集》第3册,第282—283页。
② 屈大均:《闻史自序》,《屈大均全集》第3册,第47页。
③ 屈大均:《怀沙亭铭有序》,《屈大均全集》第3册,第189页。
④ 《屈大均全集》第3册,第120页。

屈氏宗族所长期秉持。

有明一代,沙亭屈氏曾一度辉煌;有清以降,沙亭屈氏已大不如昔。其"屈氏大宗祠"已经变得空空荡荡,没有片言只语与其宗风族训有关。尽管如此,我们也不能否认其宗风族训的存在。翁山著作不但多处谈到有关的内容,而且还透露出建构其宗风族训的意图。翁山涉及屈氏家族的很多文章,都或隐或显地突显了屈氏族人的作为与屈原忠骚精神的关联,而屈原忠骚似乎也成了贯穿屈氏族人千余年的最主要的精神。不管其家族历史如何,翁山在文章中事实上已经表现出了试图以屈原忠骚为核心建构屈氏宗风的努力。

翁山在试图建构其宗风族训的时候,也在努力勾画着沙亭屈氏的世系。翁山勾勒的沙亭屈氏的谱系虽然与其兄士煌所述还存在个别龃龉之处,但大体上却形成了一个较为清晰的轮廓。就保存至今的文字而言,在翁山之前,沙亭屈氏没有哪一个人比他怀有更强烈的构建沙亭屈氏谱系的愿望。追溯宗族的来源、构建宗族的谱系,这固然源自人们寻根的内在需要,但翁山这一强烈的表现却是一个值得探讨的问题。这其中的一个重要原因即是上文所论时代巨变所导致的亡天下之忧。

翁山对原来的屈氏族谱进行了整理,易名为《闿史》,且又"采古之屈氏知名者,自春秋至明千余年,凡得五十余人,各为列传,系以论赞"。《闿史》虽已失传,但通过《闿史自序》一文,我们大体上还可以看出他所勾勒的沙亭屈氏的源流:"考屈之先,出自楚武王子瑕,瑕受屈为卿,因以为氏,瑕者屈氏之始祖也。自瑕而下,屈氏之知名者,见于《左传》、《国语》、《国策》、诸子,凡若而人,而三闾大夫作《离骚》,仅述其皇考伯庸,而不及其祖,仅称其姊女媭,而不及其兄弟子姓,至今考求屈氏人物者,辄以为憾。然以三闾大夫之忠,未必无后,安知汉高帝所迁屈、景、昭、怀四族于关中者,无三闾大夫之子孙在其中耶? 吾番禺屈氏,当宋南渡时,有祖迪功郎讳禹勤者,实从关中来,始居沙亭,今至予十有八世,不知迪功郎之祖何人,或即三闾大夫之后未可知,要之皆楚之同姓,帝高阳之苗裔云尔。沙亭之屈故有谱,以迪功郎为始祖,自始祖至予曾从孙,凡二十一世。其谱曰《南宗屈氏家乘》,吾易其名曰《闿史》,而采古之屈氏知名者,自春秋至明千余年,凡得五十余人,各为列传,系以论赞,以冠《间史》之首,并为古今屈氏世系,俾吾家子姓有所考焉。"①可以看出他实际上并没有真正考出始祖至其本人确切连续的世系,他所勾勒的世系只是一个大体的轮廓。因屈原子孙无考,不能肯定翁山与屈原之间是否存在直接的血缘联系。然而,正因无考,我们更不能排除他们之间有直接血缘关系的可能。翁山在其他文章中也同样表达了这样的意思,也同样突出了屈原在屈氏血统上的崇高地位。翁山突出屈原在屈氏血统上的地位,并非仅仅出于血统攀附,更重要的还在于他试图以此来建立他与屈原之间在道统和学统的链接。如果论地位,屈氏始祖楚武王子瑕的地位要远远高于屈原,而屈原只是怀王手下一个被排挤打击的失败的政治人物。

如上所论,屈原承继了自三皇五帝以来的华夏道统和学统。翁山所说的这种道统和学统在屈氏后世子孙中,是否得以延续呢?可惜的是翁山整理的《间史》及其五十余人的列传和论赞我们不能看到了,可以相信其中一定会有比较明确的关于宗风族训的表述。虽然看不到《间史》中明确的世系图表和对五十余人的叙述和论赞,但通过翁山的其他文章,我们还是可以大体梳理出屈氏的宗族世系和屈氏人物对屈原忠骚精神的继承。

现在能够见到的翁山笔下的屈氏族人,屈原之后,即是唐代的屈政,再后即是沙亭屈氏始祖迪功郎屈禹勤。其《西屈族祖姑韩安人遗诗序》云:"考吾屈自汉高帝迁之关中,于是关中多屈氏与昭、景、怀三贵族及齐诸田,皆犹称王孙。传至有唐、吾屈有节度使讳政者,自关中来,始居梅岭之南。南宋时,其孙迪功郎诚斋又迁于番禺沙亭,今子姓千有余人,辄称三闾大夫之裔,复号为南屈,以别于关中之西屈。"②按照此文的说法,唐代屈政已经自关中迁至"梅岭之南"。虽然看不到屈政秉承屈原忠骚精神的有关叙述,但他官至节度使,保一方安定,我们姑且可以假定他是忠于朝廷的封疆大吏,进而说他秉承了屈原的忠爱精神。

其后,屈禹勤迁至番禺沙亭。据考禹勤并非屈政之孙,而是相隔数代之裔孙。"沙亭在番禺茭塘都,吾始祖迪功郎诚斋当宋徽宗时,来居

①《屈大均全集》第3册,第46页。
②《屈大均全集》第3册,第82—83页。

于此。其地滨扶胥江，多细沙。又念先大夫怀沙而死，因名乡曰沙亭。"①屈士煌也说"先世翰林诚斋公卜居沙亭"②。翁山《存耕堂稿序》曰："祖翰林诚斋公，当宋南渡时，公从祥符珠玑巷来，止南雄，其巷亦名珠玑，已而复迁沙亭。"③屈禹勤既为翰林，又官居迪功郎，二者并不矛盾，其身份可以是重叠的。南迁的具体时间，虽然几处文献有一定的出入，如"宋徽宗时""当宋南渡时""盖宋绍兴间"和"南宋"等，但综合之后，我们还是可以大体得出一个比较合理的说法：被视为南屈之祖的屈禹勤在两宋之交迁至番禺沙亭。虽然屈禹勤在"梅岭""祥符""珠玑巷"之间如何往复，最后迁至"沙亭"时的具体细节不太清楚，但屈禹勤在宋室南渡这一大背景之下，随王室而南迁，再迁至番禺沙亭本身，就一定程度上可以确认他对朝廷的忠诚。因"念先大夫怀沙而死"，而名迁入地为"沙亭"，更可见出他对屈原忠骚精神的刻意继承。

　　有明一代，沙亭屈氏真正成为当地的一大豪族，且与南海神庙关系非常密切。翁山《广东新语·神语》"南海神"条记载："南海神庙，在波罗江上，建自隋开皇年。大门内有宋太宗碑，明太祖高皇帝碑……庙向无祭田，宣德间，吾从祖萝壁、秋泉、南窗三公，始施田六顷六十八亩，在波罗海心沙东马廊、西马廊、深井、金鼎、石鱼塘，田乃潮田，岁一熟，淤泥所积，子母相生，今又增数顷矣。庙中有道士一房，僧二房，收其租谷，岁仲春十二、十三日，有事于庙，萝壁子孙主道士，秋泉、南窗子孙主于僧，予从兄士煌有碑志其事。而吾乡沙亭与庙仅隔一江，一舸随潮，瞬息可至，以有祭田之供，辄视之为家庙焉。而沙亭亦有南海离宫，高曾之所俎豆，灵怪之所凭依，世修其祀罔或懈。盖生乎南海之上者，祠南海；生乎南岩之下者，祠南岳，亦庶民之礼也，非僭也。"④仲兄屈士煌对此事的记述更为详细："先是，明宣庙中，吾十世祖名原裔号萝壁（原作'璧'）、十一世名鉴号秋泉、十二世名怀义号南窗同谒神，归而相告，语曰：'神之赫濯甚矣。祀典隆钜，固无以加，然有祠千余年，而竟乏一

①屈大均：《沙亭解》，《屈大均全集》第 3 册，第 472 页。
②屈士煌：《南海庙施田记》，崔弼辑撰：《波罗外纪》卷 7，嘉庆年间刻本，第 19 页。
③《屈大均全集》第 3 册，第 67 页。
④《屈大均全集》第 4 册，第 186—187 页。

石之租、三亩之税。朝廷禋祀而外，岁中四时荐享、牲腯萧脂之费何出？奉祀事、司洒扫、代嘏祝者衣食奚资？即四方宾旅游观者饔飧酒茗胡给？'于是各蠲田若波罗海心沙、东马廊、西马廊、北山田共五顷六十余亩以供祀事。以庙之羽士司其籍，列田形、税亩、册籍、条约，勒石于左庑下。盖宣德四年己酉二月庚子也……吾族自三祖施田以来，神日降庥，子（原作'于'，盖形近而误）弟多能沐诗书之泽，翱翔显于世。自鼎革后，兵燹频仍，旧碑苔藓，其田亦多芜没不治。于是族之绅耆文学请于当事，俾浮屠黄冠交司，其租税之出入，虽吾子姓毋得越俎焉，示公也。呜呼！巢许让天下，而市道细人至于较铢锱！今有人割不訾之膏壤，以荐馨于神，乃有耽耽逐逐，窃神脂以自润，宁不愧于心欤！兹者田以渐治，祀以益修，僧道交司之说，久而不变可也。其田广长短狭详见《庙志》……虽然祖宗之基业，保持之责在贤子孙，而神则犹众人之父母也。然则斯田兴替，凡在庙中者皆与责焉，岂吾屈氏私言哉。"[1]崔弼云："屈公祠，在庙门内东北，祀番禺沙亭乡屈原裔、族子屈鉴、族孙屈怀义，皆舍田以供祀事者。"[2]翁山以萝壁、秋泉、南窗三人为己之从祖，而其仲兄士煌认为萝壁（屈原裔）为十世祖、秋泉（屈鉴）为十一世祖、南窗（屈怀义）为十二世祖。有人认为"屈大均笔下元末明初的十世祖野薮翁、十一世祖听泉翁、十二世祖沧州翁所指即屈士煌《南海庙施田记》中宣德间的十世祖萝壁公、十一世祖秋泉公、十二世祖南窗公"[3]。不管兄弟二人谁的记载发生了错位，都不影响这一事件的真实性和我们的论述。翁山《南海神祠碑》又云："南海神祠在吾乡沙亭之东。国朝洪武初，吾十世祖垫薮公讳璲之所建，以南海神主祠在扶胥北岸，而吾乡在南岸，大江相隔不能朝夕常至，故作此祝融行宫，与室庐咫尺，可以勤勤肃谒焉。三百年来，子姓世修其祀，祈年则以为先啬，请子则以为高禖……

---

① 屈士煌：《南海庙施田记》，见崔弼辑撰：《波罗外纪》卷 7，第 19—20 页。

② 崔弼辑撰：《波罗外纪》卷 2《屈公祠》，第 3 页。

③ 林翾宇：《番禺沙亭屈氏家族南海庙施田考》，《中国地方志》2016 年第 12 期。按：屈大均笔下其直系第十、十一、十二世祖分别是野薮公（讳璲）、听泉公（讳钰）、沧洲公（讳溁）。相对应者，号不同，名讳亦不相同，故林氏之说有误。笔者经考证得知萝壁、秋泉和南窗分别是翁山第十、十一、十二世从祖。笔者所见今莘汀村奉祭南窗公的祠堂和思贤村奉祭听泉公、沧洲公的祠堂依然完好。沙亭屈氏族人屈巨贤亦告诉笔者秋泉与听泉为同辈兄弟。

祠向无碑,岁甲辰之吉,族人某某者,撤而新之,以光神明之德,以昭祖
考之诚。"①修建或捐钱给寺庙,在现代人看来也许只是出于个人祈福于
神的行为,但在古人看来却不大一样。屈氏家族倾巨额家产给南海神
庙,且修建神祠,虽然会有私人计虑的可能,但就当时普通百姓的信仰
来说,也许可以称得上是遂民之愿、造福民众的功德。正如翁山所云
"生乎南海之上者,祠南海;生乎南岩之下者,祠南岳,亦庶民之礼也"。
如果这样的推论合理的话,明代屈氏族人的作为也可以说没有背离屈
原的忠爱精神。因为屈原的忠爱不仅爱君,也应该包括爱民在内。

　　翁山笔下,屈氏其他族人同样也秉承了屈原的忠骚忠爱精神。其
《怀沙亭铭有序》一文云:"吾之乡名曰沙亭,先祖迪功郎诚斋之所命也。
往陈白沙先生尝至沙亭,主于吾从祖博翁之家,博翁之子青野师事之。
先生以博翁为三闾同姓,每举《远游》之篇,'壹气孔神,于中夜存,虚以
待之,无为之先'。四语为博翁言,而先生亦尝有得真于'亥子之间,求
中于未发之前,致虚以立其本'之语,辞旨与三闾一致,盖白沙之学得于
三闾,三闾其亦儒之醇者与! 司马迁作传,独采《怀沙》一篇,又以'知死
不可让,愿勿爱'数言,诚《离骚》之正终,儒者之极致,与《易》之所谓尽
性以至命一道者也。予今为学,即以三闾之言为师。师三闾所以学夫
白沙,其渊源殊不二也。闻昔有汪提举者,尝筑亭海北,名曰怀沙,盖怀
夫白沙也。吾今窃取其意,亦筑怀沙之亭,一以不忘吾乡,以不忘吾祖;
一以不忘白沙,以不忘三闾。"②陈献章有得于屈原之文,又以之教授屈
氏族人。翁山《广东新语·人语》"吾祖多寿人"条曰云:"吾先世人多寿
考,有听泉翁者,年八十余,以耆儒为乡党师。梁文康公储铭其墓曰:
'刚毅正大由天成,缜纯温润锻炼精,考槃在涧王侯轻。'……子沧洲翁,
讳漠,年八十余,有婴儿之慕;孙梅侣翁,亦年八十余,皆以齿德,屡举乡
饮不赴,此吾之高曾也。"③翁山通过陈白沙这一中介把屈氏族人与屈原
之学乃至华夏道统和学统勾连在了一起。文中的几位屈氏先祖皆是道
德纯粹的贤者形象。

①《屈大均全集》第 3 册,第 339 页。
②《屈大均全集》第 3 册,第 189 页。
③《屈大均全集》第 4 册,第 210 页。

　　到了明末清初,在翁山笔下,屈氏家族更涌现出一些可歌可泣的人物。对于屈氏兄弟来说,似乎重现了其远祖屈原一样的时代变局。屈士燝、屈士煌、屈士泰、翁山等屈氏兄弟面对这一天崩地解的变局,秉承着其远祖屈原的忠骚忠爱精神,追随南明,至死不悔。翁山自幼,其父亲的教诲就已经深植其心中了。《先考澹足公处士四松阡表》云:"先考讳宜遇……幼遭家多难,寄养于南海之邵氏,尝以魏恭简公本姓李氏冒庄渠魏氏,历三世而不能复,以为不孝之大。故公年四十有八,以不孝孤大均初补诸生,即携归沙亭谒庙,复姓屈氏……有暇,辄饮酒鼓琴,读医书,与经史百家相间。课大均至严,日诵不问何书,必以数千言为率,亲为讲解,弗以诿之塾师也。家贫,每得金,必以购书,谓大均曰:'吾以书为田,将以遗汝。吾家可无田,不可无书。汝能多读书,是则厥父播,厥子耘籽,而有秋可期矣。'比隆武二年丙戌十有二月,广州陷,公携吾母夫人黄及大均两弟两妹返沙亭,则曰:'自今以后,汝其以田为书,日事耦耕,无所庸其弦诵也。吾为荷篠丈人,汝为丈人之二子。昔之时,不仕无义。今之时,龙荒之有,神夏之亡,有甚于春秋之世者,仕则无义。洁其身,所以存大伦也,小子勉之。'比永明王即真梧州,乃喜曰:'复有君矣! 汝其出而献策,或邀一命以为荣,可也。'大均既赴肇庆行在,上《中兴六大典书》。"①父子之间可记述的事情很多,父亲对子女的教诲也一定不少,但这篇文章记述的却主要是其父对他读书和忠君的教导,其中所体现的也恰恰是屈原的忠骚忠爱精神。从其记述的有意选择,可以看出翁山刻意强调的是父子相承的品质和建构其家族传统和家风的意识。

　　翁山一生的出处选择,真正践履了其父的教诲。翁山自认为是华夏道统学统的继承者,屡言"吾儒",又屡言自己是屈原的精神后裔,推崇儒学,精研儒学经典,视儒学和屈骚为其家学。"师其文当师其学,师其学焉,而以之事父事君,知天知人,同死生,尽性至命,非即所以学夫《诗》耶? 予之为三闾书院也,与二三同志,称《诗》说《易》于其中。惟日孜孜,不敢负其家学,在三闾末胄,分当云尔。"②顺治四年他从师起兵抗

①《屈大均全集》第 3 册,第 137—138 页。
②屈大均:《三闾书院倡和集序》,《屈大均全集》第 3 册,第 283 页。

清;顺治六年春奉父命赴肇庆向永历皇帝上《中兴六大典书》;翌年,清
兵再陷广州,为避难削发为僧;之后多次北上,联络志士抗清;康熙十二
年,吴三桂反清,翁山上书言攻取之策,授以广西按察司副司,监军桂
林,监安远大将军孙延龄军;吴三桂阴图称帝,翁山托病归家,隐居番禺
沙亭,从事著述。"予少遭变乱,沟壑之志,积之四十余年,濡忍至今,未
得其所,徒以有老母在焉耳。"①

　　翁山始终以屈原忠骚砥砺自己。他一再强调自己"魂来自汨罗"
"家学元《骚赋》,依依忠爱情"②。翁山时刻提醒自己莫忘旧君,数十年
佩带永历铜钱一枚,"以黄锦囊贮之,黄丝系之,或在左肘,或在右肱,愿
与之同永其命"③。可以说翁山一生都在践履着屈原的忠骚忠爱精神。

　　翁山还常常以屈原忠骚勉励同宗族人,不但应该学其文,更要学其
人。"吾宗本荆楚人,文雅之士,固宜以《离骚》为家学,学其忠,复学其
文,以无愧大夫之宗族,无负《离骚》之一书……祠既成,将使吾宗操觚
之士,皆以祠为归,凡有所作,合之为《三闾家言》,附于《楚辞》之后,岂
非大夫之所乐得于其苗裔者哉!"④"以左徒之忠而文郁为骚赋之圣,凡
属屈之子孙,皆宜以之为大宗,继其争光日月之志,述其上兼《风》《雅》
之事,而为湘累一家之学,此乃吾楚之同姓,高阳之苗裔所尤宜,非惟天
下之人当祖述之而已也……自庚寅广州城破,予返沙亭,即以屈沱名此
溪,盖吾屈之姓之美以大夫,而沱之名之美亦以大夫,则为屈氏之子也
者,毋负其姓之美;居屈沱之上也者,毋负其名之美,而有以光大于大
夫。是则大均之所以自期,亦以期于合宗之人也夫!"⑤"大夫之姓为屈,
自有大夫,而天下之姓遂以屈之姓为天下人之姓之至高至美者,盖大夫
之姓,以大夫而重,大夫之忠,又以《离骚》而益重。为大夫之同姓者,不
能学大夫之文,宁不能学大夫之忠? 忠出于人,文出于天,天不可为也,
人则可为,吾愿与吾宗子姓交勉之。"⑥翁山所期待的是"合宗之人","凡

---

① 屈大均:《屈沱记》,《屈大均全集》第 3 册,第 313 页。
② 屈大均:《王学士亦经屈沱作诗予复和之》,《屈大均全集》第 1 册,第 562 页。
③ 屈大均:《一钱说》,《屈大均全集》第 3 册,第 130 页。
④ 《屈大均全集》第 4 册,第 419 页。
⑤ 屈大均:《屈沱记》,《屈大均全集》第 3 册,第 314 页。
⑥ 屈大均:《闻史自序》,《屈大均全集》第 3 册,第 47 页。

属屈之子孙,皆宜以之为大宗,继其争光日月之志","以《离骚》为家学",以屈原忠骚作为屈氏家族之传统。

　　明末清初天崩地解之时,屈氏族人远绍屈原忠骚确有不俗的表现。"吾宗自丧乱以来,二三士大夫,亦颇能蝉蜕垢氛,含忠履正,三闾之遗风,其犹未泯也。"①其《伯兄白园先生墓表》一文云:"伯兄生而聪敏,幼即能文,未弱冠举隆武乙酉科乡试。明年丙戌,丁父忧。其冬以广州失守,益哀痛不欲生存。会永明王立以丁亥,为永历元年。明年戊子三月,惠国公李成栋反正,伯兄亟走梧州迎跸,上《时务》一疏。官授中书舍人,奉命还娶。先是元年春,义师四起,伯兄尽破家产以从,与仲兄泰士衰经行军。初入罗浮,纠合十三营壮士,得数千人,与赴文烈侯张公家玉之师……再上疏请执殳,先死封疆,弗许。四年庚寅春,南雄失守,车驾复幸梧州。伯兄遂拜表辞朝,与仲兄遄归,联络山海义旗,亟援省会。拮据数月,始办一苍头异军以出……八年甲午,西宁王李定国统帅王师下高、雷、廉三府,伯兄移家罗浮,与仲兄间道赴军……叛臣洪承畴将委二兄某官,二兄不可,谓人臣之义,君为社稷亡则亡之,吾不能亡之于缅甸,岂可不亡之于番禺? 是时,延平王赐姓成功,方拥楼船数千,一战瓜洲,遂抵白下。南都城势且降拔,二兄亦欲浮牂牁大洋往从之,故还番禺取道。比抵家,母子相持痛哭,旋闻大行皇帝与皇太子遇难。伯兄愤惋过伤,遂得吞酸翻胃之病……乙卯正月二十有九日,遂尔不起。"②"沙亭之乡吾之宗,凡数百人而与予雁行,在兄则为汝伯兄白园、仲兄铁井,在弟则五郎汝,盖道同志同,予之所朝夕相依以为性命者也……人谓汝二兄'忠贞并笃',盖善学其祖灵均也者。夫吾家为三闾大宗子姓之秀,固宜以灵均为师,忠以致身,文以流藻,以求无负先大夫所以垂光来叶至意。汝之二兄,大节皎然,蝉蜕垢氛,既善学其左徒先祖矣。吾与五郎继之,复将善学其兄,岂非吾宗之盛事乎哉? 嗟夫,贤人君子,道同志合,可以为死生之友,世不多得,萃之一国难矣,况萃之一家。吾沙亭当炎州,穷处烟管之峰,扶胥之水,灵秀之所孕钟,有汝二兄为之兄,复有汝为之弟,一家而三美合,不惟人妒之,天且妒之……南

---

①《屈大均全集》第 4 册,第 419 页。
②《屈大均全集》第 3 册,第 139—141 页。

屈之不幸,其遂至于此极耶!"①不管事实上番禺屈氏族人如何,但翁山笔下的沙亭屈氏族人大都能够做到"以灵均为师"。而"以灵均为师,忠以致身,文以流藻"云云也正是翁山所建构的屈氏宗风的总纲。他在写给同宗族人澹翁的《存耕堂稿序》中说:"翁之方寸,今所留与而子孙者,自此以往,无论肥硗,其使之种粳秫者十之三,种兰荃者十之七,以继先大夫之孤芳,其亦庶乎于家风有光也哉。"②显然在他笔下,屈原忠骚正是其家风宗训的核心。

翁山笔下的沙亭屈氏,虽然没有一个连续不断的完整的世系,但翁山的叙述已经大体上为屈氏族人勾画出了一个比较清晰的世系轮廓,而且这一屈氏世系也一直都秉承着屈原的忠爱和忠骚精神,秉持着包括忠爱在内的华夏道统和学统。

翁山跨越时空以自己和沙亭屈氏接续屈原,不但是血统上的认同,更是一种精神的认同,是一种对自己家族传统、家族意识、宗族精神的建构行为。翁山于天崩地解之时,把屈原忠骚与华夏道统和学统的对接,对屈氏宗风族训传统的建构,也在理论上把自己和当时士人的出处选择,放在了巨大的华夏道统学统之承续的框架之中。在这一理论框架之中,士人此时的出处选择,其意义即不可等闲视之,它关乎着华夏道统和学统,乃至治统的存续。道统存,则疆土虽失而天下不亡。

①屈大均:《哭从弟孚士文》,《屈大均全集》第 3 册,第 217—218 页。
②《屈大均全集》第 3 册,第 67 页。

第六章 "学为圣贤":天下将亡之时 屈大均的大儒自塑

　　屈大均不但是中国古代社会后期的一流诗人、词人和学者,更是"天下将亡"之时华夏道统学统的捍卫者和继承者。明清鼎革之际,屈大均因避难曾托迹为僧。明清鼎革既成事实之后,普通民众也就默默地接受了这一现实,开始认真打算个人的小日子;普通士人也会慢慢调适自己的心理,以接受这个不得不接受的事实,而屈大均不是这样。他思考的是华夏治统丧失之后,天下存亡的问题。他认为只要存续华夏道统学统,即可免于天下之亡,治统亦可失而复得,故而三十岁时逃禅归儒,极力辟佛。他以孔子、朱熹为师,"学为圣贤",接续华夏道统学统,成一代大儒,以道统存天下。

　　翁山认为宋亡之后,因为有遗民对华夏文化、道统儒学的刻意传承,使汉人治统失而复得。"古帝王相传之天下至宋而亡。存宋者,逸民也。"①"大宋不以有疆土而存,不以无疆土而亡……心存则天下存,天下存则春秋亦因而存。不得见于今,必将见于后世。"②翁山认为道统高于治统,道统可以离治统而存,士君子生当乱世,"所患者无心耳",只要有心传承华夏道统文脉,治统即可失而复得。"以道统为治统,作其圣功于无穷。"③他认为明末同于宋末,存续华夏道统文脉的重任就落在了伏处草野的遗民肩上。

一、逃禅归儒,力倡正学

　　翁山早年为躲避清军追杀,曾经投雷峰海云寺函昰门下为僧,法名

---

①屈大均:《书逸民传后》,《屈大均全集》第3册,第394页。
②屈大均:《二史草堂记》,《屈大均全集》第3册,第320页。
③屈大均:《圣人之居》,《屈大均全集》第8册,第1837页。

今种,字一灵。"予弱冠以国变托迹为僧。"①为寻机抗清,浪游江南时,又转投天界系觉浪道盛和尚。"庚寅年二十一,又复髡,则予遂圆顶为僧,然犹不肯僧其帽,终岁间戴一青纱幅巾。壬辰年二十三,为飘然远游之举,以城市中不可以幅巾出入,于是自首至足,遂无一而不僧。"②

　　翁山虽然学禅学玄多年,先后投曹洞系和天界系高僧门下,还曾做过道独和尚的侍者,但在其文集当中却很难看到他肯定佛老的文章。其《空隐老人华严宝镜跋》是迄今为止发现的唯一的一篇正面阐释佛理的文章。"丙申,侍老人于海幢,老人谓善说《华严》,无如长者,但论文浩繁,读者恐难直晓,特搜精义,命今种录为一篇。"③此文是翁山做道独侍者时的应命之作,《翁山文外》《翁山文钞》皆未收录,为其佚文之一。如果对佛理没有深入的理解,面对"浩繁"的论文,是难以准确概括所蕴含的佛理精义的。翁山此文对其精义的概括,深入浅出,精要易晓。文献记载翁山漫游江南时,"吴越间名士俱从之游。其至诸寺刹,则据上坐(疑为'座'),为徒众说法,时年不过三十"④。据翁山自己叙述他还曾代广州长寿寺僧石濂大汕撰作有关佛家不同门派宗旨一书。其《复石濂书》云:"不过代兄作一《问五家宗旨》之书耳。"⑤翁山虽然内心没有真正皈依佛门,但这些材料说明翁山对佛学是有深入理解的。

　　翁山是文士,是儒者,但不是俗儒、陋儒,而是一个普通规则无法约束的侠者、狂者和大儒。因此,其行为常常让普通人惊愕。转投天界系,已遭人非议,三十岁时又突然弃僧服而归儒。翁山学禅多年,对儒释道深入比较之后,鉴于当时士人与清政府之间形成的微妙的默契和华夏道统学统的承续危机,他做出了自己的选择。"年三十而始知其非,乃尽弃之,复从事于吾儒。"

　　翁山逃禅归儒,极力辟佛,论者纷纭。有人从他与海云系的矛盾着眼推测其动机,虽然有一定道理,但他自己的说法则不可置之不理。他

①屈大均:《姓解》,《屈大均全集》第 3 册,第 174 页。
②屈大均:《髻人说》,《屈大均全集》第 3 册,第 471 页。
③《屈大均全集》第 3 册,第 476 页。
④陈伯陶:《胜朝粤东遗民录》卷 1,第 64 页。
⑤《屈大均全集》第 3 册,第 488 页。

自己在文章中多次提及逃禅归儒之事，并做出了自己的解释。他说：
"以家贫母老，菽水无资，不可以久处山谷之中与鹿麋为伍。既已来归
子舍，又不可以僧而事亲。"①除了这现实的原因之外，还有更为深刻的
文化原因。其《姓解》云："吾屈为岭南望族。予弱冠以国变托迹为僧，
历数年，乃弃缁服而归。或问其故，予曰：吾为僧，则必舍其姓而姓释，
吾以释之姓不如吾屈之姓之美也。吾为帝高阳之苗裔，虽至不才，亦犹
贤于为迦文氏之徒也……况于有托而逃，逃而须臾不忘其返，而可无以
自别于姓释之俦者乎……吾之心因姓而见，见吾不舍其姓或自书、或使
人书，或曰南屈，曰狂屈，又或曰楚之同姓，则见吾之心长存于木本水源
之间。"②屈姓之美，为其不舍，这应该还不是根本原因。其根本原因在
于他对华夏文化的认知。屈氏为上古高阳帝之苗裔，翁山认为屈原亦
是华夏古帝王道统的继承者，屈骚文化是华夏正统文化的一部分。其
不舍屈姓之美，实质上是不舍华夏道统学统。《归儒说》的解释更为深
入："予二十有二而学禅，既又学玄。年三十而始知其非，乃尽弃之，复
从事于吾儒。盖以吾儒能兼二氏，而二氏不能兼吾儒，有二氏不可以无
吾儒，而有吾儒则可以无二氏云尔。故尝谓人曰，予昔之于二氏也，盖
有故而逃焉，予之不得已也。夫不得已而逃，则吾之志必将不终于二氏
者，吾则未尝获罪于吾儒也。逃之而复能归，得已而归，则吾之志必将
终于吾儒者。"③《书逸民传后》又云："其所持者道，道存则天下与存，而
以黄老杂之，则亦方术之微耳，乌足以系天下之重轻哉！"④由此可见，翁
山逃禅归儒源自存道统以存天下这一思想。

　　除了这些原因之外，其实还有他没有明确说出的政治原因。遁入
空门，就某些汉族士人而言是为避难；在清政府看来，皈依佛门则是不
再抵抗。在翁山看来，这种微妙的默契意味着汉族士人的屈服。事实
上这样的屈服于华夏文化的存续大为不利，其直接后果则是导致华夏
道统学统的丧失。在他看来，黄老之学乃方术之微，不足以系天下之

①屈大均：《髻人说》，《屈大均全集》第 3 册，第 471 页。
②《屈大均全集》第 3 册，第 174—175 页。
③《屈大均全集》第 3 册，第 123 页。
④《屈大均全集》第 3 册，第 394 页。

重；佛学与满人文化一样更是外夷之学，佛学兴盛是对华夏文化、华夏道统学统的入侵。因此，他对清初佛教兴盛极度不满。

翁山出入释老，学禅学玄，"年三十而始知其非"，深入思考比较之后，认为儒学才是华夏文化的精髓，"吾儒能兼二氏，而二氏不能兼吾儒"。"若逐二氏而弃儒"，则华夏文化将失其传承，"亡天下"的悲剧将不可避免。他认为"夫使天下之人，尽纪忠臣孝子之事于心，而圣人之道行矣"①。他所谓的道是指代表华夏正统文化的儒学。他编纂《广东文集》"一篇一字，亦必以内圣外王为归，痛绝释老之言，阴寓《春秋》之法"②。他对佛老的这一看法贯穿在他所有的著述之中。

基于这一认识，逃禅归儒后，他大肆辟佛，故其著作多有于佛不利之语。"塔本浮屠氏所制，以藏诸佛舍利者，即中国之坟也。华人今多建之，以壮形势，非礼也。"③他不但指出佛门的这一做法有违华夏礼制，还指出佛门某些做法与佛理的自相矛盾之处："六祖发塔，在广州光孝寺佛殿后。六祖初剃度时，其徒为藏发于此，盖发冢也。佛以肤发为垢浊，委而去之，顾乃作塔以藏之，使人见而瞻礼，是犹有我相在也，失其旨矣。"④他甚至对六祖慧能亦有微词："新兴卢村，乃六祖生身之所，至今屋址不生草木，近其居者，毛发稀秃，此地之不幸也。"⑤从这些文字可以看出翁山对于六祖慧能的心态。

如果说对于六祖慧能，翁山尚存矛盾心态，那么对于"释氏之宫日新月盛"，其态度就非常明确了。《过易庵赠庞祖如序》云："吾广州所有书院皆毁于兵，独释氏之宫日新月盛，使吾儒有异教充塞之悲，斯道寂寥之叹……今使有一醇儒于此，能以斯道讲明庵中，使儒者不至流而为禅，而禅者亦将渐化而为儒，于以维持世道，救正人心，昌明先圣之绝学，其功将为不小。"⑥《广东新语》卷9"贤督学"条云："吾粤督学使者，在嘉靖时有魏公校者，以德行简士。甫至任，不事考较文艺，辄行黜陟。

①屈大均：《二史草堂记》，《屈大均全集》第3册，第320页。
②屈大均：《广东文集总序》，屈大均辑：《广东文集》卷首，见《广州大典》第489册，第469页。
③屈大均：《广东新语》，《屈大均全集》第4册，第455页。
④《屈大均全集》第4册，第456页。
⑤《屈大均全集》第4册，第45页。
⑥《屈大均全集》第3册，第86—87页。

尝使陈激衷、林克忠二人教诸生静坐,务见仁体,每晨入见,稽所得而开导之。大毁寺观淫祠,以为书院社学,使诸童生三时分肄歌诗习礼演乐,禁止火葬,令僧尼还俗,巫觋勿祠鬼,男子皆编为渡夫,一时风俗丕变,其崇正辟邪之功,前此所未有也。督学之官,非醇儒不可,使得其人复久任之,如代皇帝之用陈公政,提督北直隶学校,直至九年可也。如魏公者,得十有五人焉,分置省直,使之十年二十年专行其教,将见十五国风移俗易,先王之道大兴矣。"①卷9"请迁寺"条云:"翟一东先生宗鲁,初为诸生,以博罗延庆寺逼近泮宫,上书督学魏公校曰:'凤鸥不并树而栖,兰棘不同林而植。今泮宫实压招提,庠声嚣于梵音,青衿杂于左衽,非所以息邪反经,崇儒贞教也。徙寺他所,以其地广学宫便。'魏公从之,谓此议可行于天下。"②凡此种种在屈氏著作中多有,让人联想到谏迎佛骨的韩愈之辟佛。

尽管他对明末清初佛教大盛极为不满,其编撰"痛绝释老之言",但他对僧人并没有一概否定,甚至对某些僧人还极为推崇。僧人函可因事充戍辽东,顺治十五年翁山逾岭北上,取道东北数千里探望,甚至愿以身代之。顾梦游《送一灵师之辽阳兼柬剩和尚》二首诗后注云:"灵公,粤人,从雪公来金陵,欲北上具疏请自戍,而求放剩和尚入关。"③函可,字祖心,号剩人。《广东新语》卷12对函可的记述非常精到:"祖心,博罗人,宗伯韩文恪公长子。少为名诸生,才高气盛,有康济天下之志。年二十六,忽弃家为僧,禅寂于罗浮、匡庐者久之。乙酉至南京,会国再变,亲见诸士大夫死事状,纪为私史,城逻发焉,被拷治惨甚,所与游者忍死不一言。傅律殊死既得减,充戍沈阳。痛定而哦,或歌或哭,为诗数十百篇,命曰《剩诗》。其痛伤人伦之变,感慨家国之亡,至性绝人,有士大夫之所不能及者。读其诗,而君父之爱,油然以生焉。盖其人虽居世外,而自丧乱以来,每以潆涩苟全,不得死于家国,以见诸公于地下为憾。而其弟骥、骎、骊以抗节,叔父日钦,从兄如琰,从子子见、子亢以战败,寡姊以城陷,妹以救母,骎妇以不食,骊妇以饮刃,皆死。即仆从婢

①《屈大均全集》第4册,第259—260页。
②《屈大均全集》第4册,第268—269页。
③顾梦游:《顾与治诗集》卷5,见《四库全书存目丛书补编》第1册,第46页。

胅,亦多有视死如归者。一家忠义,皆有以慰夫师之心……《剩诗》有曰:'人鬼不容发,安能复迟迟。努力事前路,勿为儿女悲。'又曰:'地上反淹淹,地下多生气。'呜呼!亦可见其志也矣。"①番禺李正也属于这类僧人。"山人姓李名正,字正甫,番禺诸生也。丙戌城破,其父及于兵难,山人乃髡首,名今日僧,遁居零丁之山。遇哀至放声曼歌,歌文文山《正气》之篇,歌已而哭,哭复歌。四顾无人,辄欲投身大洋以死,与厓门诸忠烈魂同游。既又自念吾布衣之士耳,与其死于父,何如生于君?死于父则无子,斯死父矣;生于君则有臣,其尚可以致吾之命,而遂吾之志也乎,于是弃僧服而返……酒酣,慷慨为诗……皆悲酸惨绝,如猿吟鹤唳,不堪入耳。久之郁郁竟以死,年三十七……正甫一字零丁,零丁亦大洋名,自文文山一至,数百年乃有正甫以哀歌招其魂魄,文山其亦幸矣哉。"②翁山虽然辟佛,却又极力称扬函可和零丁山人这类僧人,个中原因不言自明。

　　翁山不但批评佛老,而且只要是与道统儒学相违背的,他都明确否定。尽管他整体上肯定南越王赵佗,但对其弃冠带,效土著"椎结箕倨"则大加批评;对秦王嬴政虽多贬词,但对他以中原文化变粤地蛮俗,则大加肯定。《广东新语》卷7"真粤人"条云:"夫以中国之人实方外,变其蛮俗,此始皇之大功也。佗之自王,不以礼乐自治以治其民,仍然椎结箕倨为蛮中大长,与西瓯、骆越之王为伍,使南越人九十余年不得被大汉教化,则尉佗之大罪也。盖越至始皇而一变,至汉武而再变,中国之人得蒙富教于兹土,以至今日,其可以不知所自乎哉。"③

　　翁山认为古帝王圣人所传之道全在儒学当中,唯儒为正,佛老蛮夷文化皆为异端。还认为欲兴正学,必以辟异端为始,必需士君子极力倡导,北宋儒学复兴,即缘于当时一批士人的倡导。宋人李之彦《东谷所见·异端》对当时的情况有所记述:"士君子莫不知崇尚正学,排斥异端。""明宋濂《凝道记下》云:'秦汉以来,正学失传。'宋初孙复、胡瑗、石

①《屈大均全集》第4册,第318页。
②《屈大均全集》第4册,第319页。
③《屈大均全集》第4册,第211页。

介以尊孔子，崇《大学》《中庸》，排佛、道为正学。"①清初黄宗羲《宋元学案》卷2《泰山学案》记载文洁公的看法："宋兴八十年，安定胡先生、泰山孙先生、徂徕石先生始以师道明正学，继而濂、洛兴矣。"②翁山为倡导正学，不但逃禅归儒，极力辟佛、辟蛮夷，还潜心研究儒学。他不但精研《周易》，写成了《翁山易外》《易月象》，还与何磻一起撰作了《四书补注》和《四书考》。朱希祖云："屈、何二公考证《四书》之作，不事空言。"③翁山之所以要考注"四书"，精研《周易》，不仅仅是出于对学术研究的兴趣，还缘于以上所述"圣人之道"与华夏治统的关系。

论学论人，翁山强调正学正己；品诗论文强调"正""则"。《广东新语》卷12"宝安诗录"条云："明兴，东莞有风台、南园二诗社，其诗颇得源流之正。"④他在《广东文选凡例》中说："吾粤诗始曲江，以正始元音先开风气。千余年以来，作者彬彬，家三唐而户汉魏，皆谨守曲江之规矩，无敢以新声野体而伤大雅，与天下之为袁徐、为钟谭、为宋元者俱变，故推诗风之正者，吾粤为先。是选中正和平，咸归典则，于以正人心、维风俗，而培斯文之元气。"⑤'当世宗皇帝时，泰泉先生崛出南海，其持汉家三尺，以号令魏晋六朝，而指挥开元、大历，变椎结为章甫，辟荒剃秽于炎徼，功不在陆贾、终军下也。'桢伯与梁兰汀、李青霞、黎瑶石皆泰泉门人，其诗正大典丽，泽于风雅，盖得其师所指授。"⑥

对于"正"和"则"这两个概念，翁山并没有停留在一般的事实层面，在一些文章中甚至把"正"和"则"提升到了天地哲学的高度。"天之为文以日月，而日月不过其则。日过其则，则日过乎月，而日为月所食；月过其则，则月过乎日，而月为日所食，而万物皆受其灾眚矣。故则者，日月之礼也。人之性与日月同体，才则日月之光明也。礼者，所以使日之中，月之正者也。"⑦此类例证很多，不赘。甘京综论翁山道："屈子翁山

①转引自汉语大词典编纂处：《汉语大词典》（缩印本），汉语大词典出版社1997年，第2873页。
②黄宗羲撰，全祖望修补：《宋元学案》卷2，《黄宗羲全集》第3册，第108页。
③朱希祖：《屈大均（翁山）著述考》《屈大均全集》第8册，第2141页。
④《屈大均全集》第4册，第323页。
⑤屈大均辑：《广东文选》卷首。
⑥《屈大均全集》第4册，第322页。
⑦屈大均：《张子诗集序》，《屈大均全集》第3册，第69页。

所著,谈《易》最多,而叙论诸篇,则凡《老子》《参同契》《阴符》诸书,无不能言其概,而必归正之于儒。其他传记碑表,惟忠节幽微之人,一篇之中,三致意焉,此翁山文所以可传也。"①

他要做的是一个醇正的儒者。韩愈尽管是唐代大儒,深为翁山敬重,但对他为儒不醇亦有微词,对韩愈"文以气为主"的说法不以为然。"吾尝谓文人之文多虚,儒者之文多实,其虚以气,其实以理故也……为文者,能以理而主其气,则气实,否则气虚,故有谓文以气为主者非也。儒者之道,舍穷理之外无余事,穷理所以尽其性,尽其性所以至其命……昌黎以为气,水也;言,浮物也,此非知文者也。是故君子有穷理之功,而无养气之功。"②翁山最服膺的是孔、孟、屈原和程、朱。他用醇儒的标准要求自己,当他用这一标准衡量韩愈时,则以为其思想驳杂不纯。

翁山对大儒韩愈、南越王赵佗、秦王嬴政、黄老之学等复杂的心态,以及他逃禅归儒、极力辟佛等行为,都是基于"天下将亡"之时,"以道统为治统",以道统儒学存续华夏治统的思想逻辑。正是基于这一逻辑,所以他主张彻底回归儒家正统文化,坚决捍卫和继承华夏道统和学统。从这一角度看待翁山,一切都会迎刃而解。

二、接续孔、孟、屈原、朱子、白沙、甘泉学统

如上所述,翁山伏处草野并不仅仅为了保全个人的节操,做一个不食周粟的遗民,还缘于保存华夏道统学统和文脉不坠于地这一重大的文化使命。为此他要坚守道统正学,接续孔子、朱子所传之道,接续纯正的华夏道统学统。除了孔子、朱子之外,在翁山看来,孟子、屈原和岭南的白沙、甘泉等传承的也都是华夏道统正脉。

孟子为华夏道统正传,毋庸赘述。屈原作为华夏道统正传,翁山之前尚无人深入论述。无论刘安、司马迁可"与日月争光"之评,还是朱熹的《楚辞集注》都没有把屈原明确纳入华夏道统的序列当中。在翁山笔

---

① 甘京:《翁山文外题辞》,《屈大均全集》第3册,卷首。
② 屈大均:《无闷堂文集序》,《屈大均全集》第3册,第68页。

下,《离骚》不但可与日月争光,屈原还是"儒之醇者",获得了华夏道统序列的正式身份。翁山《三闾书院倡和集序》云:"《离骚》二十有五篇,中多言学,与圣人之旨相合,其有功《风》《雅》,视《卜序》、《毛笺》为最。惜孟氏与之同时,知《诗》亡而《春秋》作,不知《诗》亡而《离骚》作。一邹一楚,彼此竟未同堂讲论也。"①又曰:"《离骚》二十有五篇,中多言学,与圣人之旨相合。其曰:'壹气孔神,于中夜存,虚以待之,无为之先。'又曰:'超无为以至清,与太初而为邻。'此非孟氏养气之说耶?不与大《易》保合太和,穷神知化为一贯耶?司马迁采《怀沙》之篇以入列传,岂非以'人生有命,各有所错,死不可让,愿勿爱兮'数语,又有当于《易》所谓'尽性以至命者'耶?朱子笺注六经四子,即为《离骚》作传,亦以其学之正,有非庄老所及,而岂徒爱其文辞能兼《风》《雅》与其志争光日月耶?……孙文介云,《离骚》首称帝喾,次尧舜,又次汤武,谆谆祇敬之意,至述死生之际,廓然世外,清净溘居,非大有道术者不能发。嗟夫,此皆求三闾于道,而不徒求之于忠爱缠绵,哀怨悱恻之中者也。按《史记》,'帝喾溉执中而遍天下',夫中之象,天以《河图》垂。伏羲以八卦则,而后神农、黄帝演之,以至于帝喾。而尧以允执之而命舜,则尧之学,得之于帝喾矣。三闾能溯厥渊源,推明授受之所自,则三闾亦得统于帝喾,无坠其精一之道者。今徒以其善于骚些,惊采绝丽,为可直继《风》《雅》,抑何得末而遗其本也哉!大抵古之圣贤,多以诗言道,见于三百五篇者,不一而足。《离骚》虽出忠愤,而所言皆至道闳奥,往往极乎广大,尽乎精微,发三百五篇之所未发。故汉代词人尊之为经,以与六艺并行于天壤,而独憾仲尼未及见,不得取而删定之,以补楚国之《风》也。今学士大夫,读《离骚》者,而忠者得其忠,文者得其文,盖自宋玉、景差、唐勒以至今兹,大抵皆三闾之弟子矣。然而师其文当师其学,师其学焉,而以之事父事君,知天知人,同死生,尽性至命,非即所以学夫《诗》耶?予之为三闾书院也,与二三同志,称《诗》说《易》于其中。惟日孜孜,不敢负其家学,在三闾末胄,分当云尔。"②翁山认为屈原"能溯厥渊源,推明授受之所自",得统于三皇五帝等华夏上古圣贤之学,是传

①《屈大均全集》第 3 册,第 284 页。
②屈大均:《三闾书院倡和集序》,《屈大均全集》第 3 册,第 282—283 页。

承华夏道统学统的伟大诗人。由此可以看出,翁山视屈原为自己的血缘和精神上的祖先,除了因为其本姓为屈和屈原的忠骚精神之外,还在于屈原之学与华夏上古文化、华夏道统学统的一脉相承。

其他相近的说法,还有不少。"天地之文在日月,人之文在《离骚》,六经而下,文至于《离骚》止矣。"①"三闾其亦儒之醇者与! 司马迁作传,独采《怀沙》一篇,又以'知死不可让,愿勿爱'数言,诚《离骚》之正终,儒者之极致,与《易》之所谓尽性以至命一道者也。"②

翁山认为孔子之后,华夏道统学统的承续者,屈原可与孟子并称。其《孟屈二子论》云:"孟子生战国时,所言必称尧、舜,屈子亦然。孟子精于《诗》、《书》、《春秋》,所言必称三经,屈子亦然。《离骚》诸篇,忠厚悱恻,兼《风》、《雅》而有之。《风》、《雅》,经也;《离骚》,传也,亦经也。其有功于三百篇。视卜氏《序》,端木氏《说》为优。惜孟子与之同时,知《诗》亡而《春秋》作,不知《诗》亡而《离骚》作。"③由以上所述可知,在翁山看来,屈原不但承续了华夏道统和学统,而且还是那个时代可与孟子并称的大儒、醇儒,屈原忠骚是华夏道统学统最纯正的一部分,照耀着当时和后世。所以,他学习屈原忠骚自然也就是继承华夏道统学统。

他在与顾炎武的诗中曾明确说要以孔子和屈原为榜样。其《送宁人先生之云中兼柬曹侍郎》云:"雕虫篆刻虽无用,一字褒讥臣子恐。君追孔氏著麟书,我学三闾持《橘颂》。"④其《自字泠君说》说得更为明白:"其音与灵均相似,予为三闾之子姓,学其人,又学其文,以大均为名者,思光大其能兼风雅之辞,与争光日月之志也。又以泠君为字,使灵均之音长在于耳,人一称之,不惟使予不忘灵均,亦使天下之人不忘灵均,斯予之所以为慈孙之心也……吾三闾之子姓也,文可以不如三闾,并可以不如长卿,而为人则不可以不如三闾,而如长卿。噫嘻,自今以往,其益以修能为事,以无负兹内美,斯于高阳苗裔有光也哉!"⑤

在翁山笔下,明代岭南理学家陈献章和湛若水也被纳入了华夏正

---

①屈大均:《闰史自序》,《屈大均全集》第3册,第47页。
②屈大均:《怀沙亭铭有序》,《屈大均全集》第3册,第189页。
③《屈大均全集》第3册,第120页。
④《屈大均全集》第2册,第1510页。
⑤《屈大均全集》第3册,第127—128页。

统文化谱系当中。陈献章，广东新会人，号白沙，创岭南理学。湛若水，广东增城人，号甘泉，谥文简，继承发扬白沙之学。《广东新语》卷1"云"条曰："广州治背山面海，地势开阳，风云之所蒸变，日月之所摩荡，往往有雄霸之气……新会当宋皇祐间，龙山下有黄云郁起，水色变为紫者旬日，人以为文明之瑞。明兴，白沙遂符其兆。故今学宫书云：'圣人门青天白日，新会学紫水黄云。'"①"星聚"条又云："星纪为十二次之首，而斗、牛又二十八宿之首，故斗、牛与中星明，则其地儒道大兴，中星在正南，又吾粤之所宜候者。洪武、永乐间，五星两聚牛、斗，占者谓'黄云紫水间当有异人'，已而白沙先生出。其后成化丙戌，中星明于越之分野，而甘泉以是岁生。自此粤士多以理学兴起，肩摩踵接，彬彬乎有邹鲁之风。祭酒伦右溪，常筑二堂于越山，一曰中星，一曰聚星，与名儒十有一人讲学以应其祥……五星聚牛、斗，光芒射于南海，而江门道学以兴，天象诚不虚垂示也。罗公洪先云：'甘泉考终之夕，有一星从东南来，其大如斗，光景烛天，至贡院之中而陨，声若雷震。'先生之生，应中星之见，其没也，应中星之陨。噫嘻！岂非一代之哲人者哉。"②"自此粤士多以理学兴起，肩摩踵接，彬彬乎有邹鲁之风"云云，显然翁山是认为白沙、甘泉接续了孔、孟之学，接续了华夏道统正脉。《广东新语》卷10"白沙之学"条有更明确的叙述："吾乡理学，自唐赵德先生始，昌黎称其能知先王之道，论说亟排异端而宗孔氏者也。宋则梁先生观国，有《归正》书……明兴，白沙氏起，以濂、洛之学为宗，于是东粤理学大昌。说者谓孔门以孟氏为见知，周先生则闻而知之者，程伯子周之见知，白沙则周之闻而知之者。孔孟之学在濂溪，而濂溪之学在白沙，非仅一邦之幸。其言是也。白沙先生初学于康斋，而未有得，归坐春阳之台，潜心数年，乃恍然有得于孔、颜之所以为乐。"③这段话对岭南理学的发展脉络和白沙之学与孔、孟、濂、洛之间的渊源关系梳理得非常清楚。其后，湛若水接续陈献章，进一步使白沙之学发扬光大。

　　湛若水与王阳明为执友，各广开书院讲学于南北。阳明来岭南游

---

①《屈大均全集》第4册，第16—17页。
②《屈大均全集》第4册，第7页。
③《屈大均全集》第4册，第278页。按："《归正》"原作"《妇正》"，据康熙三十九年木天阁刻本改。

甘泉洞,且与甘泉相约游罗浮。《广东新语》卷 3"甘泉洞"条云:"王文成尝至甘泉洞中,有《题甘泉居诗》云:'渴饮甘泉泉,饥餐菊坡菊。'又云:'遥拜罗浮云,奠以双琼环。'洞去罗浮甚近,文成尝与文简相约,未及往游,亦罗浮一憾事也。"①明代心学的直接源头即是陈献章的心学,由陈献章发端,经湛若水而完善,至王阳明而大成。

在翁山笔下,白沙、甘泉之学不但是华夏道统学统的重要环节,而且翁山本人也有意接续白沙、甘泉之学。《怀沙亭铭有序》云:"吾之乡名曰沙亭,先祖迪功郎诚斋之所命也。往陈白沙先生尝至沙亭,主于吾从祖博翁之家,博翁之子青野师事之。先生以博翁为三闾同姓,每举《远游》之篇,'壹气孔神,于中夜存,虚以待之,无为之先'。四语为博翁言,而先生亦尝有得真于'亥子之间,求中于未发之前,致虚以立其本'之语,辞旨与三闾一致,盖白沙之学得于三闾,三闾其亦儒之醇者与!司马迁作传,独采《怀沙》一篇,又以'知死不可让,愿勿爱'数言,诚《离骚》之正终,儒者之极致,与《易》之所谓尽性以至命一道者也。予今为学,即以三闾之言为师。师三闾所以学夫白沙,其渊源殊不二也。闻昔有汪提举者,尝筑亭海北,名曰怀沙,盖怀夫白沙也。吾今窃取其意,亦筑怀沙之亭,一以不忘吾乡,以不忘吾祖;一以不忘白沙,以不忘三闾。"②陈献章有得于屈原之文,又以之教授番禺屈氏族人。翁山这段文字所表达的意思是通过白沙再一次把屈氏族人与屈原之学乃至华夏道统和学统关联到一起。翁山念念"不忘白沙""不忘三闾",其目的是要接续华夏道统和学统。

翁山特别推崇白沙,也推崇白沙之后继承并弘扬白沙之学的湛甘泉和庞弼唐等人。《广东新语》卷 2"沙贝"条云:"增城者,五岭山水之丛⋯⋯甘泉湛公,世增城之沙贝,前对虎门,为山水汇会之区。语曰:'山川孕灵,不其征欤?'⋯⋯予尝欲移居沙贝,以禽受地灵⋯⋯有湛子钓台在于江曲,五湖烟水,一亭在于林间,前贤之流风,悠然其未远也。昔白沙以江门钓台授甘泉,而甘泉以蒲葵笠与弼唐以为传道之契,予亦

---

①《屈大均全集》第 4 册,第 105—106 页。
②《屈大均全集》第 3 册,第 189 页。

垂竿人也,先哲神明,其必有以默相予哉。"①"予尝欲移居沙贝,以翕受地灵""先哲神明,其必有以默相予哉"云云,可以看出翁山接续白沙、甘泉、弼唐学统,传其衣钵的热切愿望。翁山著述当中记载了很多与白沙、甘泉、弼唐有关的故实,也记录了自己追和、追摹白沙、甘泉之举。

《广东新语》卷4"樵湖"条云:"西樵下有湖,环山东南,随水势曲折而成,长亘六十余里,湛甘泉尝标为二十八曲,与弟子棹歌其中。予追和三章……山上又有天湖,方文襄尝畜三瀑布为之,亦称三瀑布湖……湖口有方子钓台,予尝垂竿其中。"②《广东新语》卷13"鼓琴"条云:"白沙先生雅好琴,尝梦抚石琴,其音泠泠,有一伟人笑谓曰:'八音中惟石音难谐,今子谐若是,异日其得道乎。'先生因自称石斋,有诗云:'寄语了心人,素琴本无弦。'予为作《石琴歌》云:'……石音最是难调者,碧玉老人能大雅。由来太古本无弦,不是希声知者寡。无弦吾欲并无琴,琴向高山流水寻……'石琴今在江门,碧玉老人,先生所自号也。"③从这些引文也可以看出翁山对白沙、甘泉的仰慕和接续白沙、甘泉之学的愿望。

翁山接续白沙的,不仅仅是道统学统,还有白沙大力倡导的以厓山为象征的岭南遗民精神。如前所述,明代中期大多数人早已忘记了发生在厓山的宋元大战,近二百年后,陈献章却突然表现出对这场大战发生地的浓厚兴趣,并创作了大量有关厓山的诗作④。他与广东右布政使刘大夏率先提议在厓山于大忠祠近处建慈元庙,并撰写《慈元庙记》。"在厓山象征与岭南遗民精神的形成过程中,明代江门的陈献章起到了至为关键的作用。"⑤明中叶之后,白沙弟子和再传弟子,以及其他岭南诗人,结社吟咏,蔚然成风。"白沙诗教"与他推崇的"厓山精神"在岭南得以广泛传扬。"厓山精神"实质上,就是岭南的遗民精神。翁山之所以特别崇敬白沙,除了因为白沙之学上接华夏道统学统之外,白沙所推

①《屈大均全集》第4册,第40—41页。
②《屈大均全集》第4册,第121—122页。
③《屈大均全集》第4册,第332页。
④张大年选编:《厓山诗选》。
⑤左鹏军:《岭南文献与文学考论》,第11页。

崇的"厓山精神",也穿越时空在翁山的心中发生了共鸣。

三、"学为圣贤"

翁山少时,即非同凡品,高僧函昰见而奇之。成年之后,其所作所为,果然不为凡常所束。曾学佛,不愿成祖;曾学玄,未成神仙。立功未成,其志则师法圣人立德、立言。翁山云:"《春秋》之后有《纲目》,有如日月光相逐。月光元自日光来,紫阳一日三膏沐……上师尼父下紫阳,空名不敢遗天王。"①翁山师法孔子、朱子,其志不小。不能成圣,亦当成一代大儒。

为圣为贤,成一代大儒,当以立德为先。翁山在《复吴绮园书》中说:"仆行年遂已六十,道德未成,文辞何补。欲于五经宝书有所纂撰,往往以无书考订,阁笔久之,诚所谓'左氏门庭虽多笔砚,稚川史籍不满巾箱',可为叹息者此也……安得遂舍桑梓,乘长风……直至秣陵三山街口,遍购群书,广借藏帙,勒完五经之私本,更裁诸史之大成,与足下辈三四人,日夕编摩,迭相参订,为悬诸日月不刊之书乎。"②"道德未成,文辞何补",显然翁山以立德为上。翁山采薇食蕨,不仕新朝,临终犹效曾子"得正而毙"。"临终之日,叱诸妇人退去,曰:'君子不死于妇人之手。'呼长子明洪近榻曰:'曾子云:"吾得正而毙焉,斯已矣。"'命扶枕,问正否者三,答曰'正',遂闭目而逝。"③其《临危诗》云:"后来作传者,列我《遗民》一……独漉题铭旌,志节表而出。"④正身为立德之始。大丈夫虽处乱世,始终要端正其身。

在翁山看来,明社既屋,"满夷"治华,大道已失。"栖栖然思有以易之,惟圣人则可。""士君子不幸生当乱世,重其身所以重道。"⑤"学为圣贤",以存华夏道统学统。圣贤离凡人虽远,但人人能学,人人皆可为圣贤。先秦大儒荀子即有是说。在翁山看来圣贤是可学的。他在《王蒲

①屈大均:《季伟公赠我朱子纲目诗以答之》,《屈大均全集》第 1 册,第 187 页。
②《屈大均全集》第 3 册,第 247—248 页。
③《屈氏族谱》卷 11,《屈大均全集》第 8 册,第 2115 页。按:笔者调整了个别标点符号。
④《屈大均全集》第 1 册,第 110 页。
⑤屈大均:《七人之堂记》,《屈大均全集》第 3 册,第 32 页。

衣诗集序》中说："吾友王说作先生有子隼，尝自称曰蒲衣……所居西山，去吾乡沙亭咫尺，旦夕过从，相与讲求圣人之学……夫儒者之道在六经。六经之有《诗》，所以通夫《易》、《书》、《春秋》、《礼》、《乐》之精微者也……《雅》、《颂》非圣贤不能作，《风》则妇人女子皆可为之。吾与蒲衣所为诗，《风》多而《雅》、《颂》少，今欲继为《雅》、《颂》，当先学为圣贤，如古者圣贤发愤之所为作。"①翁山晚年"无心辞赋"，专心撰述，正是"学为圣贤，如古者圣贤发愤之所为作"。他感叹，"今之世，匪惟《诗》亡，而《春秋》亦亡。夫子之所通焉者，至是而大穷，其义遂不能行于天下"②。《春秋》既亡，诗"义遂不能行于天下"，夫子之志，再兴之任，舍我其谁？"笔削吾何倦，《春秋》以没身。诸侯多史记，采取托何人？"③"采取托何人""《春秋》以没身"，这一关乎道统、关乎天下之举，翁山自任其事。"以《春秋》之谨严，为诗人之忠厚，不佞窃有志焉。"④"慷慨干戈里，文章任杀身。尊周存信史，讨贼托词人。"⑤

圣人可学，当学其述。"士生圣人之后，有志于文，不能师其作，当师其述。"⑥翁山亦如"述《国语》"之左氏，"述《文选》"之昭明，继"夫子之志"，从事其宏大的删述计划。删述意味着弃取，有所取，必有所弃。异端邪说、言而荒诞者弃之，合乎圣人之道者存之。"夫子称'述而不作'，述之中有选存焉，若《书》、《诗》是也。《书》始唐尧，而五帝以来言不雅驯者勿道；《诗》始殷汤，而白帝、皇娥、涂山之歌，言而荒诞者勿道……夫左氏之述《国语》，昭明之述《文选》，是皆夫子之志也哉！……夫子者，述者之圣。"⑦"诗之有选也，自夫子始，古诗三千，夫子仅十而存一，以为三百篇……盖《诗》必删而后正，正而《风》、《雅》、《颂》各得其所，乃可以为经，而与《书》并行于世……五经惟《书》与《诗》主乎文，夫子删后，而《书》与《诗》遂为夫子之文章。"⑧孔子删述《诗》《书》，彰其所寓之

①《屈大均全集》第 3 册，第 63—64 页。
②屈大均：《诗义序》，《屈大均全集》第 3 册，第 38 页。
③屈大均：《编史作》，《屈大均全集》第 2 册，第 1107 页。
④屈大均：《广东文选凡例》，屈大均辑：《广东文选》卷首。
⑤屈大均：《春山草堂感怀》，《屈大均全集》第 1 册，第 286 页。
⑥屈大均：《岭南诗纪序》，《屈大均全集》第 3 册，第 58 页。
⑦屈大均：《广东文选自序》，屈大均辑：《广东文选》卷首。
⑧屈大均：《岭南诗纪序》，《屈大均全集》第 3 册，第 57—58 页。

道,翁山谓之"述者之圣"。在翁山看来,道因文而显,悉心保存前贤的著作,实质上是对道的尊崇。"文者道之显者也,恭敬其文,所以恭敬其道。"①华夏道统学统就保存在前贤的著作当中。《诗》《书》《春秋》等因夫子删述而皆得其正,成为承载华夏道统学统和文脉的经典。一部《诗经》亦诗也,亦道也;一部《尚书》亦文也,亦道也。述,岂可轻乎哉!

孔子"信而好古""述而不作"。孔子以述代作,《诗》《书》遂为夫子之文章,亦皆得为经。在翁山看来,述亦是作,可以如夫子寓作于述之中。翁山晚年"无心辞赋",全力从事编撰工作,这是以实际行动师法圣人。孔子著《春秋》、朱子著《纲目》,翁山亦著《皇明四朝成仁录》以存志节之士;孔子、朱子精研《周易》,翁山亦精研《周易》,著《易月象》和可"藏之名山"②的《翁山易外》七十一卷;朱子注四书,翁山亦著《五经考》《四书补注兼考》,"不事空言"③;孔子删述《诗》《书》,以述代作,翁山亦选述"其身既系乎纲常,其言复合于《风》《雅》"的遗民诗《麦薇集》十卷④。追根溯源,经、史原本一体。孔子著《春秋》,有微言大义;朱子撰《纲目》,亦寓褒贬。"史中有经何精粹,素王宗子真无坠。"⑤翁山著《皇明四朝成仁录》非为汇编史料,而是寓褒贬于历史叙述之中,亦仿佛孔子、朱子之所作。翁山还多次以其所作与六经或其他经典相类比。翁山说《翁山文外》"未能尽善",但又借朋友之口云:"天地之心在日月,以薄蚀而愈见其文;圣人之心在六经,以残阙而愈见其文;子之心在文外,以为未尽善,而愈见其文。"⑥鉴于文字之忌,不得已有所删节,但其残阙亦如六经"而愈见其文"。《翁山诗外》师法诗圣杜甫,"以诗为史",羽翼《春秋》。"所见所闻,思以诗文一一载而传之。诗法少陵,文法所南,以寓其褒贬予夺之意。"⑦

孔子晚年回到鲁国,潜心编纂,著《春秋》"因乎鲁史";翁山息游之

①屈大均:《广东文集总序》,屈大均辑:《广东文集》卷首,见《广州大典》第 489 册,第 469 页。
②屈大均:《答汪栗亭书》云:"仆之千秋大业,可传之其人者,惟《诗外》、《文外》;藏之名山者,惟《易外》;若《广东新语》,则亦一奇书也。"见《屈大均全集》第 3 册,第 406 页。
③朱希祖:《屈大均(翁山)著述考》,《屈大均全集》第 8 册,第 2141 页。
④屈大均:《麦薇集序》,《屈大均全集》第 3 册,第 281 页。
⑤屈大均:《季伟公赠我朱子纲目诗以答之》,《屈大均全集》第 1 册,第 187 页。
⑥屈大均:《翁山文外自序》,《屈大均全集》第 3 册,卷首,第 1 页。
⑦屈大均:《二史草堂记》,《屈大均全集》第 3 册,第 320 页。

后,也把主要精力放在编纂上,编纂始于父母之邦,以一人之力系统整理编撰岭南。"述而有其本焉,则父母之邦是也。以父母之邦,为天下之本,此《春秋》之所以因乎鲁史,而《费誓》之所以殿乎《书》,《鲁颂》之所以殿乎《诗》也。"①述乡邦,亦即述天下。在翁山宏大的纂述计划当中,既有全国性的,也有地方性的,约有二十多种。其《广东文选》《广东新语》等亦为无人超越的经典。以夫子为师,纂述以乡邦为先。翁山由一国而天下的治理思想,其实出于同样的逻辑。

孔子、朱子是华夏文化史上的圣人,是万世师表,旷代大儒。翁山师法孔子、朱子,是在"天下将亡"之时,有意接续华夏道统学统,"学为圣贤",成一代大儒。从这个角度,我们才容易理解翁山为什么处处强调师法孔子、朱子,接续白沙、甘泉之学统。

翁山相信"道存则天下与存","夫使天下之人,尽纪忠臣孝子之事于心,而圣人之道行矣……心存则天下存,天下存则春秋亦因而存。不得见于今,必将见于后世"②。翁山以选述存华夏古圣人之道,存续华夏道统文脉,以期天下不亡。翁山无论考注"四书"、精研《周易》,还是选述乡邦、纂述天下,都不仅仅是出于学术研究的兴趣,其主要目的是要接续"圣人之道","以师为君,以道统为治统,作其圣功于无穷"③。周王失柄,礼崩乐坏,孔子"以师为君",存道统于乱世,后世称为素王;治统不在,翁山"学为圣人",成一代大儒,自塑典型于乱世,以道统存天下。

---

①屈大均:《岭南诗纪序》,《屈大均全集》第3册,第58页。
②屈大均:《二史草堂记》,《屈大均全集》第3册,第320页。
③屈大均:《圣人之居》,《屈大均全集》第8册,第1837页。

第七章 "交广有《春秋》"

——屈大均的明史书写

撰作一部通史或断代史,是古代许多文人的梦想,翁山也不例外。翁山有志著史,有志以孔子著《春秋》之笔书写明史,既直录史实,客观叙述,同时又以前明遗民的视角选择史实,寓含褒贬。他二十来岁时就开始撰写的史书《皇明四朝成仁录》即是其作为史家对当代历史的叙述。受其经历和占有资料的影响,其明史书写一开始即从岭南丁亥之役开始,《成仁录》所记史实也以岭南为多。翁山是一位史家、文献学家,更是以诗文著称的诗人。他"以诗为史",用大量的诗文记述了明清鼎革之际的所见所闻所感,这也是其明史书写的一部分。其明史书写既有最基本的历史轮廓,也有真切的历史细节;既有对历史的客观叙述,也有个人化的心灵书写。

一、"笔削吾何倦,《春秋》以没身"

《皇明四朝成仁录》是他极为看重的"屈沱五书"之一。《翁山文外自序》云:"予所著有《翁山易外》、《广东新语》、《有明四朝成仁录》、《翁山文外》、《诗外》凡五种,号曰《屈沱五书》。"①而在翁山的所有著述当中,《成仁录》不但耗时最长,而且最终也未能完成。从二十来岁开始撰写,翁山花费了四十多年的时间,最终却带着莫大的遗憾离开了人世。

顺治十六年己亥三十来岁的屈大均,持觉浪道盛和尚书拜访了文坛领袖钱谦益,并谈及已开始撰写的《成仁录》。其后,他还写到钱氏的赞赏:"爱予初命笔,交广有《春秋》。"②后来在与顾炎武的诗中,用互文之笔再次提及。其《送宁人先生之云中兼柬曹侍郎》云:"雕虫篆刻虽无

---

① 《屈大均全集》第 3 册,第 1 页。
② 屈大均:《访钱牧斋宗伯芙蓉庄作》,《屈大均全集》第 1 册,第 304 页。

用，一字褒讥臣子恐。君追孔氏著麟书，我学三闾持《橘颂》。"①三藩之乱平定后，清朝的统治已经稳固。康熙十八年己未翁山避地金陵，感到此时正是迫切需要修史的时候。其《题周梨庄戴笠图》诗云："董狐有志我未逮，三百年中谁记载？汉史应须属紫阳，元人岂解尊昭代！清溪水阁闲相期，笔削相将乘此时。"②此诗透露出翁山修史的迫切感。著作史书是一件极其繁重的工作，翁山不敢懈怠。其《编史作》云："笔削吾何倦，《春秋》以没身。诸侯多史记，采取托何人？"③决心以著史作为自己的终身事业。尤其到了晚年，翁山更有时不我待的心理，甚至为著史无心吟诗作赋。"年来辞赋已无心，早岁《春秋》元有志。书法只今在草野，一部《成仁》吾《史记》。上师尼父下紫阳，空名不敢遗天王。"④崇祯、弘光、隆武、永历四朝数百位死节之士的传记，耗尽了他毕生精力。临终诗云："所恨《成仁》书，未曾终撰述。呜呼忠义公，精神同泯沦。"⑤翁山通过诗句多次以《成仁录》与孔子的《春秋》、司马迁的《史记》相类比，可见此书在翁山心中的重要程度。

《春秋》《史记》是天下史，是中华文化的经典，非圣人、大儒不能作。翁山云："《春秋》者，周之大典，乃周公之所制作……夫正月而书之曰王，礼莫大焉，以为周礼在鲁，是则周史亦在鲁矣。是则《春秋》为天子之史，非诸侯之史；为天下之史，非一国之史明矣。"⑥翁山虽为在野遗民，却是有道君子，非如忠孝不得其正的公卿大夫。

仿孔子作《春秋》，翁山著《成仁录》不仅是为殉国烈士的壮举所激励，亦因有感于当时一些人忠孝不得其正。其《诗义序》云："予尝为《诗义》一书，纯以《春秋》为言，以为今之世，匪惟《诗》亡，而《春秋》亦亡。夫子之所通焉者，至是而大穷，其义遂不能行于天下。举世之所谓公卿大夫者，皆不可以王之风、王之正月，为夫子所大书特书者与之言。嗟夫，《诗》者，事父事君之具也。不知王之所以为王，则何以事其君父，将

---

①《屈大均全集》第 2 册，第 1510 页。

②《屈大均全集》第 1 册，第 129 页。

③《屈大均全集》第 2 册，第 1107 页。

④屈大均：《季伟公赠我朱子纲目诗以答之》，《屈大均全集》第 1 册，第 187 页。

⑤屈大均：《临危诗》，《屈大均全集》第 1 册，第 110 页。

⑥屈大均：《春秋说》，《屈大均全集》第 3 册，第 122 页。

忠于其所不当忠,孝于其所不当孝,忠与孝至是而不得其正,徒为名教之罪人而已矣。"①永历帝虽然退往岭南、云南,但翁山认为他们皆大明正统,可惜一些人背弃正统,投靠"满夷","徒为名教之罪人"。他要学朱熹撰《资治通鉴纲目》阐明《诗经》《春秋》之大义。"《春秋》之后有《纲目》,有如日月光相逐。月光元自日光来,紫阳一日三膏沐。地义天经总在兹,温公书法不曾知。背秦岂合诬周报,篡汉那堪奖魏丕。昭烈一隅元正统,武侯六出本王师……年来辞赋已无心,早岁《春秋》元有志。书法只今在草野,一部《成仁》吾《史记》。上师尼父下紫阳,空名不敢遗天王。"②朱子作《纲目》为天下定正统,翁山这首诗也明确了《成仁录》同样的目的。尤其此书第六卷之后对弘光、隆武、永历三朝三百五十多位死节之士事迹的详细记述,事实上即起到了为南明争正统的意义。

康熙十八年,李因笃应征清廷"鸿博",翁山在《有怀富平李孔德》诗中又表达了这一思想:"闻道征修史,《春秋》义未申。温公元晋胄,景略本秦人。草野存遗直,华夷有大伦。"③翁山不但对昔日好友出仕新朝颇有微词,而且也表达了对清修《明史》的不信任。他认为身在庙堂之人难以申明《春秋》大义,只有伏处草野的有道遗民才能秉笔直书,保存历史真相。其《春山草堂感怀》诗云:"慷慨干戈里,文章任杀身。尊周存信史,讨贼托词人。"④"存信史""任杀身",这岂是普通人能为之事?翁山以在野遗民之身,继承古代史官的精神,自觉担当秉笔直书的重任。

二、岭南丁亥之役与《皇明四朝成仁录》的写作

顺治三年丙戌十一月,南明桂王即帝位于广东肇庆,是为永历帝。十二月清军破广州,永历帝西走,清军穷追不舍。如前所述,顺治四年丁亥,即永历元年二月,陈邦彦为牵制清军西进,起兵高明山中,使生员马应房以水军先攻顺德,约大学士陈子壮起兵南海,侍郎张家玉起兵东

①《屈大均全集》第 3 册,第 38 页。
②屈大均:《季伟公赠我朱子纲目诗以答之》,《屈大均全集》第 1 册,第 187 页。
③《屈大均全集》第 1 册,第 599 页。
④《屈大均全集》第 1 册,第 286 页。

莞,参政黄公辅起兵新会,互为犄角。时不满十八岁的屈大均从其师邦彦起兵,独率一军。随师与陈子壮合兵攻广州,不下①。邦彦转战三水、新会、高明等地,一月十余捷。邦彦应南明卫指挥使白尝灿之邀,合兵守清远,被围十日。九月李成栋率清军挖地道至城下,引爆火药,城破。邦彦率军巷战,项被三刃,被执,被磔于广州。翁山于夜收拾邦彦尸骸,囊之而归。邦彦起兵之初,其家人被难,几遭灭门,仅其长子恭尹得脱。张家玉、陈子壮等也先后殉国②。

　　岭南丁亥之役是惨烈的,岭南士人的表现可歌可泣。起义虽然失败,但其作战于东,收效于西的目的达到了。此后不久,翁山就开始了此役中有关殉国烈士传的写作。有人认为"在顺治五年至七年之间,大均二十岁前后,已经着手此书的撰写工作"③。翁山《秋夜恭怀先业师赠兵部尚书岩野陈先生并寄恭尹》一诗即作于顺治五年,《顺德起义给事陈公传》也写成于这一时期。顺治七年,即明永历四年庚寅,陈恭尹为其父刊刻《陈岩野先生集》,即录翁山所作《陈公传》置于卷前。朱希祖云:"永历刻本《陈岩野先生集》八卷,《附录》三卷,南明陈邦彦撰,其子恭尹编。文四卷,诗四卷。附录一:恭尹撰《先府君岩野陈公行状》,薛始亨撰《陈岩野先生传》,屈大均撰《顺德起义给事·陈公传》,注云载《四朝成仁录》……得此本,狂喜竟日。"④汪宗衍云:"卷前一:恭尹撰《先府君岩野陈公行状》、薛始亨撰《陈岩野先生传》、屈大均《顺德起义给事陈公传》,注云:'载《四明成仁录》。'"⑤此"四明"当为"四朝"之误。这两则材料皆说明此时翁山已经开始了《成仁录》的撰写。此时翁山虽然已有撰述这部史书的宏大构想,但这一时期翁山所撰应该主要是岭南丁亥之役及其前后岭南殉国烈士的传记。顺治七年庚寅十一月清军再次攻陷广州。这年冬翁山于海云寺礼函昰为僧,法名今种,字一灵;顺治

①《屈氏族谱》卷 11,见《屈大均全集》第 8 册,第 2114 页。
②屈大均:《顺德给事岩野陈公传》,《屈大均全集》第 3 册,第 444—447 页。
③吴航:《屈大均〈皇明四朝成仁录〉编纂考》,《廊坊师范学院学报》2016 年第 2 期。
④朱希祖:《永历刻本陈岩野先生集跋》,《明季史料题跋》,中华书局 2012 年,第 83—84 页。
⑤汪宗衍:《记永历本〈陈岩野先生集〉》,《广东图书馆学刊》1982 年第 4 期。按:这里注曰载《成
　仁录》,但比较今本《顺德给事岩野陈公传》与《成仁录》中的陈邦彦传,二者实有很大不同。史著
　与普通叙事文的写法不同,其内容要简略很多。

十年癸巳屈大均入庐山;十二年乙未屈大均在粤中罗浮;十三年丙申空隐(名道独,字宗宝,函昰之师)住广州海幢寺,选大均为侍者;顺治十五年戊戌春翁山逾岭北上,赴沈阳寻访师叔函可。从顺治七年到顺治十五年这一段时间,翁山学禅学玄,除了一次去庐山、一次校勘憨山德清和尚《梦游全集》之外,都相对比较清闲。在学禅之余,这一时期应该写成了岭南丁亥之役及其前后岭南殉国烈士的部分传记,其他地区的殉国烈士可能尚未来得及撰写,故其诗云,"爱予初命笔,交广有《春秋》"。《交广春秋》为汉代岭南人王范所撰。"南海王范搜罗典故,为《交广春秋》,史称其事赡词密,谓交广之有纪载,自范始。"[①]汪宗衍也认为"交广春秋"盖指"成仁录"中《前后广州死难诸臣传》(日本静嘉文库藏本作《前后广州殉难录》)及《南海、顺德、东莞起义诸臣传》"[②]。顺治十六年己亥八月,翁山应张琳之请,为其兄张家玉撰《行状》。此《行状》首叙写作缘由:"公季弟琳请余为状,余询诸公门生故将曾随鞭弭者,一一书之,与《四朝成仁录》互有详略,各从文之体制云尔。"[③]这则材料也证明此前《成仁录》卷 10 的《东莞起义大臣传》等已经写成。

由此看来,翁山的明史书写和《成仁录》的最初构思和结撰都起始于明末发生在岭南的那场丁亥之役。不但如此,《成仁录》中有关岭南的书写,相对于其他地区来说,所占篇幅也比较大。全书共十二卷,写及岭南的就有六卷,所记涉及明末清初岭南二十多年的干戈之事。其目如下:

卷 4:崇祯朝,《韶州死事传》;《西宁死事传》。

卷 8:隆武朝,《广东州县起义传》。

卷 9:隆武朝,《赣州死事传·黎遂球》;《前广州死难诸臣传》。

卷 10:永历朝,《顺德起义臣传》;《东莞起义大臣传》;《南海起义大臣传》;《定安死事传》;《封川死事传》。

卷 11:永历朝,《反正诸勋死事传》;《后广州死事诸臣传》;《广东死事四侯传》。

①《屈大均全集》第 4 册,第 291 页。

②汪宗衍:《屈大均年谱》,《屈大均全集》第 8 册,第 1880 页。

③屈大均:《增城侯谥文烈张公行状》,《屈大均全集》第 3 册,第 456 页。

卷 12:《广东死事三将军传》①。

翁山以所历所闻记人述事,故能委曲详尽,也从另一角度补正了清朝官方记载有意无意忽略的历史,较为详实地保存了明末至清康熙初年岭南地区二十多年真实的历史。“我粤忠义之士,一盛于宋,再盛于明,事虽不成,亦足以折强敌之气,而伸华夏之威……事不必成,功不必就,而已可传不朽矣! 是故,凡起兵者,得死其所,我皆著之于篇。”②“与大多数注重宣传清初东南沿海抗清斗争的南明史撰述相比,大均作为岭南学者,所著《皇明四朝成仁录》,颇注重收集和整理清初广东、广西、海南沿海地区的抗清斗争事迹。这是同时期其他南明史撰述无法具有的突出特点。”③

翁山《成仁录》的写作并不顺利,欲成一国之史,对于一位身处草野的遗民来说,其难度可想而知。相关资料的搜集非常困难,不但因为以一人之力不能遍检天下,而且更因记录此类事情、保存相关资料有可能危及性命。记录此类事情在清初论罪当死。顺治二年,函可因记录清军进入南京之事,即被拷几死。翁山奔走天下二十年,不止一次向人谈起撰写此书的计划,并四处搜集相关资料。顺治十八年,翁山漫游吴越已有三年,所事无成,欲南归省母。临别王亹将自己久藏笥中的袁崇焕疏稿及他人讼冤诸疏赠予翁山,希望他为“国史之采择”,“采入《大司马列传》”④。

翁山从早年着手撰写此书,“至晚年则为之尤力”⑤,但并未最终完成。“其《成仁录》表章尽节诸臣,尤有裨世教,惜未大成,仅有稿本藏于家,将就泯灭矣。”⑥他去世后,此书以抄本流传。20 世纪 40 年代之前,公私藏本达十多种,卷数多寡不等,多为抄本。民国三十六年,叶恭绰

①屈大均撰,叶恭绰整理:《皇明四朝成仁录》卷首,民国年间《广东丛书》本,见《四库禁毁书丛刊》史部第 50 册,第 468—470 页。

②屈大均:《广东州县起义传》,《屈大均全集》第 3 册,第 789 页。

③吴航:《屈大均〈皇明四朝成仁录〉的学术价值》,《廊坊师范学院学报》2015 年第 2 期。

④屈大均:《王子安先生哀辞有序》,《屈大均全集》第 3 册,第 419 页。按:王予安,原作“王子安”,据康熙刻本《翁山文钞》卷 10 改。下同,不赘。

⑤朱希祖:《屈大均(翁山)著述考》,见《屈大均全集》第 8 册,第 2143 页。

⑥潘耒:《广东新语序》,《屈大均全集》第 4 册,卷首。

集"吴县叶调生廷琯写本十四卷"与"吴县张叔鹏炳翔重编本十五卷,番禺邬伯坚庆时重编本十二卷,番禺徐信符传钞本三册,新阳陈凤藻刊本一册,历史语言研究所钞本二册,南京国学图书馆钞本三册",共七家刊抄本,后在陈乐素的帮助下编成十二卷的大著作付印①。此书虽然没有最终完成,但经过叶恭绰的整理编订,大体来说,其整体结构还是完整的。此书记事起于崇祯二年,迄于南明永历十六年,即康熙元年壬寅。是年四月十五日,吴三桂在昆明郊外以弓弦缢杀永历帝。尽管此后台湾郑氏仍然以永历年号纪年,明正朔未绝,但记事至此也基本完整了。

《成仁录》合纪传体与纪事本末体而为一,是翁山以亲历之人的见闻写成的当代史,历来受史家重视。嘉、道年间,阮元重修《广东通志》,笔者经过比较,可以肯定有关人物的传记就较多取材于此书。谢国桢说:"翁山为明季遗民,蓄志恢复,穷究博讨明季爱国志士抗清事迹,所以发潜彰幽,藉以激励名节……搜辑之勤,衷存史料之多,在明季稗乘中,要无出其右者。徐秉义明季忠烈纪实,记载虽博,然尚不如此书之详审也。"②若从清代整个南明史撰述体系来讲,屈大均《皇明四朝成仁录》之作,远在徐秉义《明末忠烈纪实》、温睿临《南疆逸史》之前,是清初明遗民率先将片段式的、零碎化的南明史记载熔铸为综合性南明史撰述的重要尝试,在一定程度上反映了清前期南明史撰述的走向问题。"③

《成仁录》以时间为经,以地域为纬,再以地系人,仿《史记》体例有传有赞。除了其史学价值之外,还有较高的文学和文体学价值。卷12《广东死事三将军传》写王兴自焚一节:"十一年,境内荐饥,(王)兴散粮储以赈……久之,城中食尽,兴令兵民散出就食。时升米二千钱,鼠一钱百,人虽饥羸,无有异者。兴私谓其弟曰:'城可恃而食不支,天也。我终不降,弟善抚诸孤以续先祀,我死且不朽。'乃密斫大棺一具藏之。十二年八月,城将陷,(尚)可喜使使来招。望日,日夕,兴令将士登陴严守,自与妻张氏朝服及诸妾北拜谢恩,置酒相诀。张氏与妾十五人皆缢

①叶恭绰:《屈翁山先生〈皇明四朝成仁录〉序》,《皇明四朝成仁录》卷首,《四库禁毁书丛刊》史部第50册,第463页。
②谢国桢:《增订晚明史籍考》卷9,上海古籍出版社1981年,第416页。
③吴航:《屈大均〈皇明四朝成仁录〉的学术价值》,《廊坊师范学院学报》2015年第2期。

死,兴举火自焚。比晓,敌人入视,兴与妻妾十七人骸骨皑然,乃取所斫大棺合殓之。时兴年四十五。"①这段文字对王兴自焚的前后交待甚详,写出了王兴慷慨悲壮的结局。许多记载死难志士的传记都写得既委曲备至,又慷慨豪迈。改定《顺德起义臣传》后,翁山写道:"大均向受业于公,后死之责未知能无愧于四君与否! 噫嘻! 今亦老矣! 尝为《哀辞》一篇以吊公,比于宋玉之《招魂》,盖亦弟子之谊云。"②此书亦为翁山发愤之所作。

翁山的《永历遗臣录》与《成仁录》显然是相互支撑和补充的关系,因失传,不赘。翁山有关明史的书写,除这两部史书之外,《诗外》《文外》《文钞》乃至《广东新语》中也有不少。特别是《文外》《文钞》中一些叙事作品更是如此。大量作品叙及不仕新朝的遗民和坚守志节的烈女,这些作品从另外一个角度弥补了《成仁录》因体例之限所未及之处。《翁山文外》卷3之《锡眵传》表达的遗民之恨非常强烈:"锡眵性多言,每谈先朝遗事,扼腕弥日。遭乱感愤,闻雷震,辄叹息曰:'雷、雷,何不向广州击平南王,而在此轰轰耶? 若平南王不可击,请击锡眵。锡眵有目,诚不忍见此世界也!'"③锡眵言辞之激烈无以复加,其恨之深至于自毁。

翁山《文外》《文钞》记述了大量的烈女烈妇,其用意无须赘述。其《福州府烈女烈妇传序》云:"《春秋》者,《烈女传》之祖也……《烈女传》之有年表,自高子始。予顷者修《广州府志》,亦于烈女三致意,将仿高子,亦分为《广州府烈女烈妇传》一书,亦为年表,以与高子并行。"④

除了直接记述遗民、烈士和烈女的事迹之外,翁山还编辑了明遗民诗选《麦薇集》十卷。《麦薇集序》云:"尝博观昭代,始自崇祯之季,至于万历(当为'永历',康熙三十四年刻本《翁山文钞》作'长历',盖因文字之忌改'永'为'长')之年,为朝者四,为世者一,其间已仕未仕而为逸民者,隐忍不死,实繁其人。其身既系乎纲常,其言复合于《风》《雅》,吾谨

①《屈大均全集》第3册,第906—907页。
②《屈大均全集》第3册,第855页。
③《屈大均全集》第3册,第109—110页。
④《屈大均全集》第3册,第56—57页。

采之,编为一书,名曰《麦薇集》……集凡十卷,以明人始,亦以明人终。"①《成仁录》存明末四朝志节之士,《麦薇集》录明末四朝志节之文,其相辅而行的用意非常明显。《麦薇集》可以说是翁山对明末历史的另一种书写。

遗民、烈士和烈女是翁山关注的明末变乱中的主要对象。通过对这些人物的叙述,传达了他对明末历史的理解。甘京《翁山文外题辞》云:"传记碑表,惟忠节幽微之人,一篇之中,三致意焉,此翁山文所以可传也。"②

三、袁崇焕不入《成仁录》

如前所述,《成仁录》对岭南英烈记载尤详,但在抗击清军的过程中连续取得重大战果、最后死于王事的岭南人袁崇焕,却未能成为这部当代史的传主之一。

袁崇焕,广东东莞人,万历四十七年进士,镇守辽东先后取得宁远大捷、宁锦大捷。崇祯元年为蓟辽总督,二年击退皇太极,解京师之围,十二月下狱。"三年八月遂磔崇焕于市。兄弟妻子流三千里,籍其家。"③袁崇焕被冤杀,缘于崇祯二年护卫京师之战。叙事始于崇祯二年《畿辅死事传》的《成仁录》,于情于理于事应该在首卷即为袁崇焕立传。就其影响和他在明清鼎革过程的关键作用而言,不在首卷最显耀处为之立传也不应该。但《成仁录》没有袁督师传,翁山仅在首卷其他人的传记中略略提及而已。《翁山文外》《翁山文钞》也没有叙述袁崇焕事迹的专文。

袁崇焕之事,翁山非常熟悉。数十年之后,人人皆知崇焕之冤,难道翁山不清楚吗?况且南明隆武帝时,袁崇焕之冤已经洗雪,"卒得服爵赐葬"④。难道翁山对袁督师抱有特别的成见?《成仁录》虽为未竟之

①《屈大均全集》第3册,第281页。
②《屈大均全集》第3册,卷首。
③张廷玉等撰:《明史》卷259,第6719页。
④陈伯陶:《胜朝粤东遗民录》卷4,第275页。

书,但也基本完成,翁山也不至于在掌握大量资料的情况下,终其一生抽不出一点时间为鼎革之际的关键人物、他所敬仰的袁督师写一短文。

顺治十五年戊戌春翁山逾岭北上,东出榆关,吊袁崇焕废垒,作《吊袁督师》。诗云:"袁公忠义在,堪比望诸君。百战肌肤尽,三年训练勤。凉州无大马,皮岛有骄军。一片愚臣恨,长悬紫塞云。"①翁山从数千里外的广东来至山海关外,面对着明清鼎革过程中的关键人物、自己的同乡袁督师曾经驻守的废垒,其内心五味杂陈。"忠义在""肌肤尽""愚臣恨",说明他非常清楚崇焕之冤。其后想起被冤杀的袁督师又一气作《再吊袁督师》五首,有云:"计拙遗(当为'遭')谗小,身歼快寇仇。长城从此坏,权相欲何求?""载读愚忠纪,凄然泪数行。为秦诛李牧,救魏少冯唐。""劳臣遭反间,蠢尔善愚人……一自镘镂赐,无人更致身。"②诗不仅怒斥权奸,而且也指出了冤杀袁督师所造成的严重后果。从这几首诗,还可以看出翁山对袁崇焕是饱含深情的。翁山不但一吊、再吊袁督师,而且还在《广东文选》中选录了袁崇焕的诗。《广东文选》卷33选有袁崇焕《南还别陈翼所总戎》二首。之一云:"功名劳十载,心迹渐多违。忍说还山是,难言出塞非。主恩天地重,臣遇古今稀。数卷封章外,依然旧日归。"之二云:"慷慨同仇日,间关百战时。功高明主眷,心苦后人知。麋鹿还山便,麒麟绘阁宜。去留都莫讶,秋草正离离。"③翁山所选这两首诗也与其督师辽东有关。

翁山不但对袁崇焕之事非常清楚,而且还掌握了大量有关的资料。蔡均,字平叔,广东东莞人,翁山姻家。翁山次女"明泾,适东莞城蔡鋆"④。蔡鋆,为蔡均之子。蔡均曾将袁崇焕存留在东莞的遗诗编为《率性堂诗集》。他又搜集本地诗作,编成《东莞诗集》四十卷。翁山《东莞诗集序》曰:"寓其大书特书之微旨,斯亦有功于纲目。"⑤《东莞诗集》收有《袁崇焕》及其他有关辽东战事的诗。蔡均编的《东莞诗集》在乾隆年间曾遭禁毁。"乾隆四十六年(辛丑,1781)六月十四日奏准"浙江省第

①《屈大均全集》第1册,第449页。
②《屈大均全集》第1册,第460页。
③屈大均辑:《广东文选》下册,第481页。
④《屈氏族谱》卷11,见《屈大均全集》第8册,第2116页。
⑤《屈大均全集》第3册,第280页。

十四批次奏缴书目:"《东莞诗集》刊本,明蔡均辑,不全。内有《东事诗》《塞外曲》《袁崇焕》等篇,语多触碍。"①由此可以肯定蔡均和翁山对袁崇焕的事迹都非常清楚。翁山《赠蔡平叔姻家》诗原注云:"平叔为九峰先生沈之后,所居东莞白市,近撰《东莞诗集》,表章本朝先辈,值其第五子周晬日,故及之。"②蔡均和翁山作为同声相求的朋友和儿女亲家,他们在一起不可能不交流谈论袁崇焕这样一位人物的事迹。翁山如果想从蔡均那里得到有关袁崇焕的资料显然非常容易。一些信息证明翁山还掌握着袁崇焕的其他资料。

顺治十七年庚子冬,翁山谒禹陵,馆于王瑞家。《王予安先生哀辞有序》云:"庚子之冬,予谒禹陵于会稽,有王予安先生者,延予馆其家。时先生年七十有四,予三十有一。"③二人虽然年龄悬殊,却为至交。王瑞(1587—1667),字予安或作子安,山阴人,崇祯举人,为诸生时尝客袁崇焕幕中。工诗,有《匪石堂诗》三十二卷。或曰"王予表字予安,别署菌阁主人"④;或曰"王瑞,字子安,别号遁纳,会稽人,明亡为僧",为"云门十子"之一⑤。与陈洪绶、祁豸佳、董玚、王雨谦、王作霖、鲁集、罗坤、赵甸、张逊庵合称"云门十才子"⑥。王瑞与粤人黎遂球、梁稷友善。黎遂球《莲须阁集》卷4有《送王予安还越兼怀梁非馨》诗。黎遂球是翁山敬仰的先贤,在《黎太仆公影堂记》等作品中表达了对他的仰慕。梁稷,字非馨,南海人,为袁崇焕幕僚。崇焕死,梁稷入闽,上疏为崇焕申冤,崇焕终得服爵赐葬。后归里⑦。顺治十八年,缅甸人执永历帝献于吴三桂,南明的抗清活动基本消歇。翁山怅然欲归,以诗留别王瑞等人。《将归东粤省母留别王二丈瑞祁四丈骏佳》诗云:"磨剑未屠龙,弯弓未射虎。郁抑英雄姿,念我有慈母。白云东去复西飞,万里罗浮今又

---

① 雷梦辰:《清代各省禁书汇考》,第244页。
② 《屈大均全集》第2册,第853页。
③ 《屈大均全集》第3册,第418页。
④ 王贵忱:《袁崇焕画像及其疏稿》,《广州师院学报》1996年第3期。
⑤ 朝满:《云门十子——王雨谦》,http://blog.sina.com.cn/s/blog_44f9b3310100t5g0.html。
⑥ 黄涌泉:《陈洪绶年谱》,人民美术出版社1960年,第93页。按:鲁集,当为鲁槃。〔康熙〕《绍兴府志》作"鲁槃",自乾隆重修府志之后,便误为鲁集。
⑦ 陈伯陶:《胜朝粤东遗民录》卷4,第274—275页。

归。”[①]除此之外，翁山还有《别王二丈予安》诗：“圣贤耻独善，所贵匡时艰。太阿苟不割，蛟龙将波澜。箧中有《阴符》，吾生焉得闲？平沙利马足，惊飙宜鹰翰。遥遥万里心，慷慨入长安。”[②]翁山再次向至交吐露了其平生的志向。临别，王亹以所藏袁崇焕疏稿及余大成（集生）、程本直（更生）讼冤诸疏稿授翁山，嘱之采入袁督师传中。谓翁山曰：“子之乡有大司马袁公崇焕者，方其督师蓟辽，予以诸生居幕下。其为国之忠勤，予独知之。其不得死于封疆，而死于门户，天下人更未必知之也。自大司马死而辽事遂不可为，吾三十年以来，每一念至，未尝不痛心切齿于当日之权奸也。大司马无子，其疏稿及余集生、程更生讼冤诸疏，予藏之笥中久矣，今将授子，以为他日国史之采择其可乎？”“临别，嘻吁呜咽，复执予手曰：‘曩当丧乱时，予不能死，不惟有愧于吾乡九公，且无以见袁大司马。使大司马被逮时，予以一死明其冤，以十口保之，天怒或回，使大司马得立功自赎，则辽事庶几可为，而吾乃茶弱不能，郁郁至今，悔之无及。惟斯疏草子其采入《大司马列传》，使后世获知其忠，亦吾所以下报大司马也。’予拜，先生亦拜。”[③]这段话透露出了王亹未能以身家性命为袁崇焕鸣冤的悔恨，也透露了他对翁山的殷切期望。崇焕被冤杀于崇祯三年八月，此至正好三十年。七十多岁的老人郑重拜求刚满三十岁的年轻人，这一场景是何等感人！可以相信翁山至死都不会忘记。余大成，字集生，应天人。万历丙午举人，丁未进士，累迁太仆寺卿。程本直，字更生，布衣，袁崇焕被杀，诣阙上疏，愿与俱死，著《白冤疏》《漩声》。康熙六年丁未翁山远在西北边地闻王亹辞世，作《王予安先生哀辞有序》，回忆他与王亹相识交游的情况并恸陈其哀：“念平生之欢好兮，忽契阔于北邙。临岐路而涕流兮，勉以求仁之遑遑。今踯躅于寒边兮，迷不知父母之遗乡。悲耆旧之凋零兮，与稚小而同行。魂营营于会稽兮，彷佛先生之容光。为长歌以追吊兮，庶鉴格于穷荒。”[④]其中深情可读而得之。王亹去世十几年后，翁山对这位年长自己四十多

①《屈大均全集》第1册，第139页。
②《屈大均全集》第1册，第66页。
③屈大均：《王予安先生哀辞有序》，《屈大均全集》第3册，第419页。
④《屈大均全集》第3册，第420页。

岁的朋友仍念念不忘。康熙二十年辛酉张杉欲自岭南返越州,翁山作
《送张南士返越州因感旧游有作》十三首。其中第四首专咏王疃。诗
云:"云门一老(王疃)未龙钟,七十能登秦望峰。一代遗民在禅寂,裂裟
空挂六陵松。"①

　　由蔡均和王疃与翁山的交往,可以肯定翁山事实上掌握了大量的
记述袁崇焕的资料。他不为崇焕立传,不但有违自己对他的感情和《成
仁录》的体例,而且也严重辜负了至交王疃的重托。翁山自云:"予则有
愧于先生焉。"②翁山是不是受当时政治环境的压力不便为之立传呢?
"及崇焕以孤忠见法,(梁)稷悲愤欲蹈海死事,然思白其冤,姑少全。自
以无家室妻子,只身怏怏不乐,归,遂留寓金陵。时晋江何乔远主南都
社事,一时词人号为极盛……稷厕其间……未几,复入都,匿遂球寓,不
敢出见客,尝与遂球共被,遂球责之,稷但流涕不言。会予安举于乡,公
车北上,与稷时私去相语,予安后为遂球言塞上事,遂球乃深服稷,故出
都时,赠别稷诗有'勉矣千秋事,毋为达者嗔'语……及南都破,稷间关
入闽,唐王时,以荐官主政……稷因之遂上疏白崇焕冤,卒得服爵赐
葬。"③崇祯一朝其冤未雪,从梁稷的隐忍,可知当时谈论崇焕事应当有
政治正确的压力。不过,南明隆武帝时,其冤已雪,且"得服爵赐葬",至
翁山晚年,已经入清半个多世纪,显然所谓的政治压力是根本不存在
的。那么,翁山不为之立传,究为何故呢?

　　《成仁录》以时间为经,以地域为纬,以地系人,叙事始于崇祯二年
之《畿辅死事传》,迄于永历末年死于国事之人。崇焕恰恰就是因崇祯
二年护卫京师被杀的。如若为之立传,崇焕势必居是书第一卷,且为该
卷最为显耀之人。《成仁录》不但纪明末之事,且寓褒贬:斥奸邪、彰忠
义,臣为君隐,微言大义存焉,故钱谦益谓之"交广有《春秋》"。

　　在翁山笔下,崇祯皇帝勤于国事,是欲有作为的皇帝,也是史所罕
见的为社稷而死的皇帝。翁山在诗作当中对崇祯皇帝常有重瞳、轩辕
之比。《烈皇帝御琴歌》云:"共工怒触天寿崩,百神惊走惨无色。先皇

---

①《屈大均全集》第 2 册,第 1211 页。
②屈大均:《王予安先生哀辞有序》,《屈大均全集》第 3 册,第 419 页。
③陈伯陶:《胜朝粤东遗民录》卷 4,第 274—275 页。

龙战血玄黄,云中徒跣归文昌。臣寻弓剑煤山旁,泪枯参天双海棠……
伏波马革裹未遂,轩辕龙髯攀不能。"①《翁山诗外》七言古诗第一卷起首
即为《御书歌》和长诗《烈皇帝御琴歌》。这两首诗皆为歌咏崇祯之作。
将此二诗置于卷首,用意显豁。御书为"烈皇帝御书'松风'二大字"。
《御书歌》云:"先皇昔爱松风吼,时作'松风'字如斗……日日焚香瞻圣
藻,天门龙跳见天威……血泪风吹无尽时,枯枝复似海棠枝。"②《翁山文
钞》卷2《御琴记》载有翁山瞻拜御琴之事:"戊戌之春,草泽臣大均,北走
京师,求威宗烈皇帝死社稷所在,故中官吴,指万岁山寿皇亭之铁梗海
棠树下。臣大均伏拜而哭失声。吴感动,留信宿其家。臣大均辄从吴
询问宫中遗事……上励精图治,后宫希所游幸……河南沦陷,秦、楚、
燕、齐、三晋,戎寇交讧,上宵旰不遑,减膳撤县。"③顺治十五年戊戌,翁
山至京师,诣万寿山,至寿皇亭之铁梗海棠树下,哭拜崇祯皇帝。宿故
中官吴家,问宫中旧事。旋走济南,观李氏家藏翔凤御琴,并作《烈皇帝
御琴歌》。多年后,思犹未竟。其《天崇宫词序》曰:"我威宗烈皇帝,实
为三代时守成之令主。其励精图治之勤,方之成康,有过无不及焉。况
于文景,况于后代乎? 而究归于亡国丧身者,天也,非人也。然国君死
社稷,为人伦之极,则千古无有践其言者,而一人独能之,盖天欲予以立
极之名,而若使其生平犹有失德,则人未免有憾焉。赋之以令主之德,
全之以成仁之节。自古无不亡之国,天独以高皇帝得国之正而使其亡,
亦不失其正。"④这段话最好地传达了翁山对崇祯皇帝的评价。在他看
来明朝的灭亡,完全归咎于朋党之祸和为臣者未能忠于国事。"嗟国祚
之将移兮,而朋党之祸倡。上有君而下无臣兮,神华之统以亡。"⑤

　　除了现在可以看到翁山哭颂崇祯皇帝的作品之外,可能还有不少
这类作品没有被保存下来。翁山《与孙无言》云:"有《三月十九日华山
哭先皇帝诗》四章,奉寄足下和焉。"⑥这是康熙五年翁山在华山所作,今

---

①《屈大均全集》第1册,第112页。
②《屈大均全集》第1册,第111页。
③《屈大均全集》第3册,第300页。
④《屈大均全集》第3册,第430页。
⑤屈大均:《王予安先生哀辞有序》,《屈大均全集》第3册,第419页。
⑥《屈大均全集》第3册,第243页。

不见。从我们能见到的翁山全部作品来看,他对崇祯皇帝极尽颂扬。袁崇焕之所以被冤杀,实因崇祯被诬,而且自崇祯三年被杀,崇祯一朝始终没有昭雪其冤,若为之立传将会彰显皇帝不明。为尊者讳,翁山就不得不委屈袁大司马了。若于《成仁录》第一卷《畿辅死事传》为之立传,有开宗明义之效,显然更为不妥。《畿辅死事传》仅述及"(满)桂与崇焕积不平","桂泣陈崇焕奸状。上怒,下崇焕锦衣狱"①,而未言及冤杀崇焕。翁山如此,真乃用心良苦。崇焕是翁山敬仰的乡贤,他的冤杀,着实让人唏嘘,但为之立传却又违背臣为君隐的原则。袁崇焕之死,真是让翁山左右为难,敬之爱之,却不能述之。

朱希祖云:"翁山以目睹所亲历,而又采实事以辑之,可谓详密者矣。"②朱希祖的评价是准确的。如果仅从事实的角度看,不为崇焕立传,可谓之大疏漏,但如果从整部书的叙事与主导思想的关系而言,却可以说此书又是严谨的。虽然现行本《成仁录》没有明确的编著凡例,但可以相信翁山此著一定有其明确的主导思想。从其现存的编著来看,翁山皆有明确的主导思想,《成仁录》作为他最看重的著作之一不可能没有。谢国桢称《成仁录》日本静嘉堂文库藏本"前有子目凡例"③。若所言为实,这也从另一个角度证明了翁山撰作此书,是有统一规划和主导思想的。不过,翁山不为崇焕立传,是否因为袁氏死于诏狱、未死疆场,于所谓的"成仁录"不太合适呢?笔者以为非也。如果出于这一考虑,他完全可以把"袁督师传"收入其《翁山文外》或《翁山文钞》之中,但《文外》《文钞》包括翁山所有的佚文,根本看不到为袁大司马所作之文。由此,可以看出,在翁山全部的写作计划当中,根本就没有为袁督师立传之意。另外,《成仁录》未载袁督师传,是否写成后遗失了呢?笔者认为,这一推测也不可能发生。《成仁录》的体例是纪传体与纪事本末体的结合。个人传记嵌套在专题叙事当中,而且同一个专题之中,个人传记虽然相对独立,但往往互有补充和关联。若为袁崇焕立传,其传当在卷1《畿辅死事传》之中,而且袁氏这样一个关键人物,其事、其人一

---

①《屈大均全集》第 3 册,第 524、525 页。
②朱希祖:《皇明四朝成仁录补编跋》,《明季史料题跋》,第 73 页。
③谢国桢:《增订晚明史籍考》卷 9,第 415 页。

定会在这一专题其他人物的传记中多次出现。事实上，现在看到的《畿辅死事传》是完整的，而且其他人物的传记中也极少出现袁崇焕的影子，仅在《满桂传》中提及二人的矛盾和满桂对崇焕的诬陷。再综观翁山之文，这样的重要人物，往往不只一处写及，或以不同文体多次叙述，但袁崇焕的事迹仅在《王予安先生哀辞有序》中有较多叙述，他处则难得一见。

翁山虽未遵王贉嘱托为袁督师立传，但亦未将王贉所授有关袁崇焕的疏草遗弃。"王（贉）氏殁后，大均撰《王予安先生哀辞》一文，略记其为人，并及王氏述袁崇焕蒙冤事。此文收入传本至稀的康熙刻本《翁山文钞》卷十中，内中记袁氏事有为他书所未及者……袁崇焕遗文以及程、余二氏之申冤疏流传情况，往昔鲜为人道及，借大均一文传此消息，方知伍崇曜刊本《袁督师事迹》一书所收袁氏疏草及程本直《矾声纪》、余大成《剖肝录》诸文，必是自屈大均旧藏本所由出。"①

能体现翁山明史书写的作品很多：一是作为史家所撰写的历史著作和相关的记人记事之文，如《成仁录》《永历遗臣录》和《翁山文外》《文钞》中的一些作品；一是作为置身于明末变乱中的诗人，以其所思所感创作的诗词文，如《翁山诗外》和《文外》《文钞》的部分作品；一是作为怀抱强烈使命感的文献学家所进行的文献编纂，如《广东新语》《麦薇集》《囷史》《论语高士传》等。他心中的明清鼎革史就隐含在他四十多部编纂和撰著当中。

翁山有志著史，亦有志以诗笔详细记述所见所闻的明末历史。《成仁录》是其作为史家对当代历史的客观叙述，《翁山诗外》《文外》《文钞》等则是他作为诗人儒者对其所历所感的明末历史的书写。其明史书写是那个时代真实的历史，也是他自己的明清鼎革史，与他人所写有同有异。其同处是明清易代之际最基本的历史轮廓，其不同之处则是更详细、更深入、更个人化的叙述和感慨。不同之处既有更真切的历史细节，也有更个人化的心灵书写。其明史书写，深细宏丰，笔者仅从其岭南遗民的角度粗略论及，更深入细致的论述，则非此文所能容纳。

---

① 王贵忱：《袁崇焕画像及其疏稿》，《广州师院学报》1996 年第 3 期。

第八章　明末清初岭南诗人的地域书写

　　明末清初岭南诗人有关岭南的地域书写非常丰富，难以全方位讨论。此处仅以明末清初岭南诗人的梅岭书写和翁山的岭南书写为例，取鼎中一脔而尝之。

一、明末清初岭南诗人的梅岭书写
——兼论梅岭地标文化内涵的生成与变迁

　　"地标"这一概念古已有之，主要是指具有地理标志意义的地点。"日月云霞为天标，山川草木为地标。"[①]"地标铜柱，郡固金城。俗陋而荒，民骄以悍。"[②]"天列尚书之星，地标光禄之塞。"[③]其中第一条引文中的"地标"一词显然是作为名词使用的，其内涵与现代人所谓的"地标"一词基本一致。围绕着某一地标形成的某些文化现象，我们可称之为"地标文化"。

　　横亘在中国南部广东广西、湖南江西等省之间的南岭，在古代不仅是阻碍南北交通的一道屏障，更造成了岭南岭北气候、物产、风俗和文化的巨大差异。南岭素称天险，而居于江西大余和广东南雄之间的梅关古道和梅岭（又称大庾岭、台岭）则是古代贯通岭南与中原最重要的交通枢纽和关隘。"南安府城西南二十五里大庾岭，磅礴高耸，南接南雄。唐张九龄开凿新路，两壁峭立，中路坦夷，一曰梅岭，以汉将梅铞得名。铞从吴芮定百粤，有功封台侯。台岭即梅岭也。后因铞将庾胜兄弟居守，又名大庾岭。"[④]据翁山《广东新语》记载，梅铞为越王勾践的后

---

①赞宁撰，范祥雍点校：《宋高僧传》卷15，中华书局1987年，第375页。
②祝穆撰，祝洙增订：《方舆胜览》卷39，第712页。
③庾信撰，倪璠注，许逸民点校：《庾子山集注》卷16，中华书局1980年，第1077页。据倪璠注云，此文并非庾信之作，而为初唐人之作。
④谈迁著，罗仲辉、胡明校点校：《枣林杂俎·名胜》，中华书局2006年，第341页。

裔,曾据此抗秦。唐开元四年,张九龄主持开凿驿道后,大庾岭变得"坦坦而方五轨,阗阗而走四通,转输以之化劳,高深为之失险"①。因着岭北岭南巨大的差异和其特殊的地理位置,大庾岭事实上无论古今都是中国南部一个重要的关隘和极其突出的地理标志性存在。

　　随着朝代的更替和社会的变迁,围绕着这一地标式关隘上演了无数的历史和文化事件,这一关隘也由此层积了深厚的文化内涵,形成了独特的地标文化。这一特殊的地标因与故土、家园、朝廷、人物、事件、社会变迁等关联到一起,则生发出种种不同的情感内容,形成多种文化现象。地标文化最基本的情感内容即是地域感,因具体事件的触发,地域感则又呈现出复杂的内容和多种表现形式。高耸在中国南部的这一天然屏障,造成南北文化的差异及与中原文化的隔离,由此生成"化内"与"化外"的文化认知;大庾岭既阻断南北,又有梅关以通江广,因着历代政治军事的变化,则衍生出相应的关隘文化;历代被贬岭南的官员,络绎此地,大庾岭由此又与谪迁文化结下了不解之缘;人们离家日久,难免产生故土之思,大庾岭则成了岭南人在诗歌当中寄托故土之思的家园符号;梅铝抗秦、庾胜守关、惠能留钵、张九龄开凿驿道等故事则为大庾岭增添了有关的名人文化内容;明末清初朝代鼎革之际,岭南诗人的诗作又为大庾岭增添了与时代世变相关的情感内容,丰富了这一地标文化的内涵。粤北岁终多晴少雨,昼夜温差较大,夜间低温霜冻,适宜梅花生长。庾岭南、北山坡气候差异明显,致有一树梅花"南枝落,北枝开"②之说。这一奇特景观更成为诗人的最爱。岭上、道旁多植梅树,故庾岭梅花、梅关古道享天下盛名,以致有人误以为"梅岭"之名由是而得。据不完全统计,仅唐、宋、明三朝,由内地谪宦岭南的士大夫文人描写庾岭梅花的诗歌就多达千首③。天下梅花,庾岭最早。有人以庾岭梅花标示时间,喻示春天将来的信息。如"梅花开尽杂花开,过尽行人君不来。不趁青梅尝煮酒,要看细雨熟黄梅"④,"清浅风流圣得知,黄昏归

---

①张九龄:《开凿大庾岭路记》,见屈大均辑:《广东文选》上册,第548页。

②白居易:《白氏六帖》,转引自黄庭坚著,任渊、史容、史季温注,刘尚荣点校:《黄庭坚诗集注》卷3,中华书局2003年,第135页。

③曾大兴:《广东文学景观研究》,《广东技术师范学院学报》2012年第1期。

④苏轼:《赠岭上梅》,见曾枣庄、舒大刚主编:《三苏全书》第9册,语文出版社2001年,第412页。

鹤月来时。岭头更有高寒处,却是江南第一枝"①,"孤山千树雪,庾岭一枝春。此日风尘里,披图意转新"②,"庾岭一枝春信早,龙泉三尺土花斑"③。也有人以庾岭梅花喻人,比喻人的某些品质。元末明初蓝仁(字静之)《为云壑题雪友墨梅》云:"欧阳笔下开冰雪,竹外横斜见一枝。庾岭独怜春色早,罗浮相忆月明时。山间自伴幽人隐,林下长歌处士诗。老我岁寒频对此,白雪幽壑共心期。"④张弼《红梅赠翁金事》云:"庾岭小红梅,风标天下绝。"⑤"铁杆冰姿亦半摧,入门为尔重徘徊。独怜不改坚贞操,依旧寒花冒雪开。"⑥这是以庾岭梅花喻人高洁的品格,以迎雪开放的庾岭梅花比喻人不屈的精神和风骨。围绕着庾岭梅花创作的大量的文学作品,一定意义上又形成了一种颇有意味的文化现象。总之,数千年来围绕着大庾岭层积了多种形式的文化内涵。笔者于此将对大庾岭地标文化的某些内涵的形成和变迁进行尝试性分析。

(一)化内与化外的界阈符号的形成与消失

受交通条件的限制,对于绝大多数古代先民来说,横亘在中国大陆南部的这道南岭,就是其终生难以逾越的天险。南岭因此也就成了岭南与中原之间文化交流的天然障碍。古代中国的政治和文化中心长期以来都在北方,在以中原文化为主导的文化观念的影响下,除了帝王统治的核心地区之外,所有周边地区都被视为戎狄蛮夷。长江流域的荆楚一带在上古时期已被视为"荆蛮",在人们观念中,五岭以南是更少濡染中原文化的、不折不扣的蛮夷地区、"化外"之地。

岭南地区被称作蛮夷的记载在各类典籍中很多。秦汉时期的南越王赵佗就曾自贬身价称自己为"南越蛮夷大长"。汉高祖"遣楚人陆贾使南越,立尉佗为王。他(佗)者,秦时为南海郡尉,因天下之乱,遂有南

---

① 文天祥:《赠南安黄梅峰》,见《文天祥全集》,江西人民出版社 1987 年,第 40 页。
② 释至仁:《题梅》,见杨镰编:《全元诗》第 47 册,中华书局 2013 年,第 287 页。
③ 聂古柏:《万安县邂逅一楼偏高明旧有公略张宪金和刘素庵一诗用题于左》,顾嗣立编:《元诗选》第 3 集,中华书局 1987 年,第 153 页。
④ 蓝仁:《蓝山集》卷 3,见《文渊阁四库全书》第 1229 册,第 794 页。
⑤ 朱彝尊选编:《明诗综》卷 24,中华书局 2007 年,第 1205 页。
⑥ 黄仲昭:《南安行台赋古梅》,《未轩文集》卷 10,见《文渊阁四库全书》第 1254 册,第 548—549 页。

越。贾至,尉佗椎髻箕踞见贾。贾曰:'足下中国之人,亲戚昆季坟墓在真定。今足下反天性,弃冠带,欲以区区之越与天子抗行为敌国,祸且及身矣。'……于是尉佗乃蹶然起坐,而谢曰:'吾居蛮夷中久,殊失礼仪。'"①汉高祖死后,赵佗乘乱称帝。文帝再遣陆贾使越。陆贾曰:"'王之昆弟在真定,已使人存问,修治王先人冢墓。愿与王分弃前患,从今已来,与王通使如故。故使贾喻意。'〔而越王乃稽首请为蕃臣,奉职贡,去帝制,因为书谢。自称〕南越蛮夷大长老夫臣佗曰:'高后听信谗臣,别异蛮夷。故改号聊以自娱,自帝其国,未敢有害于天下。'"②由这些历史文献的记载可以看出,岭南地区被视作蛮夷,是一个由来已久的事实,人们"化内"与"化外"观念的形成很早,但具体形成于何时,则难以考求。

　　唐宋时期,有关文献依然习惯称岭南地区为蛮夷。就保存下来的古代诗歌文献而言,所谓的"蛮夷""化外"等概念隋唐之前却不易见,而保存下来的唐代诗歌文献中倒是很多。这应该与魏晋六朝衣冠南渡文化中心南移有关。如宋之问《题大庾岭北驿》之二"阳月南飞雁,传闻至此回……江静潮初落,林昏瘴不开"③;杜甫诗"冠冕通南极,文章落上台。诏从三殿去,碑到百蛮开"④;张籍诗"椰叶瘴云湿,桂丛蛮鸟声"⑤。张籍与韩愈等人联句又云:"瘴衣常腥腻,蛮器多疏冗。"⑥

　　在人们的观念当中,古代中国在地域上愈向周边,蛮夷的色彩会渐趋加重,这样逐渐地过渡和加重,虽然在一定的区域内不是特别明显,但在某些特别的地方,常常会出现突变的情况。大庾岭由于其特殊的地形、地理位置和历史原因,就成了这样一个特别的地方。它既是明显的地理分界线,同时在人们的认识当中,又是一个政治上和文化上区隔华、夷,化内、化外的分界线:"庾岭嶻起,为华夷界。"⑦

---

①荀悦撰,张烈点校:《汉纪·两汉纪》卷4,中华书局2002年,第52页。

②荀悦撰:《汉纪·两汉纪》卷7,第95页。

③彭定求等编:《全唐诗》卷52,中华书局1999年,第642页。

④杜甫:《送翰林张司马南海勒碑》,仇兆鳌注:《杜诗详注》卷6,中华书局1979年,第444页。

⑤张籍:《送蛮客》,徐礼节、余恕诚校注:《张籍集系年校注》卷2,中华书局2011年,第179页。

⑥张籍、韩愈、孟郊、张彻:《会合联句》,《张籍集系年校注》卷8,第940页。

⑦〔万历〕《南安府志》卷9《地理志》,《日本藏中国罕见地方志丛刊》,书目文献出版社1990年影印本,第429页。

　　大庾岭居广东南雄与江西赣州之间,地理位置非常重要,因为它处在既能扼控又能交通中原与岭南的界点上。苏轼说此处"据江西上流,接南荒之境";元人伍庠之说大庾县"控广引闽……地虽僻远,而据上流,遏边徼"①。大庾岭"居五岭之首,为江、广之冲"。"梅关,在南雄府北六十里大庾岭上,东北去江西南安府二十五里,雄杰险固,为南北之噤要。亦谓之横浦关。自秦戍五岭,汉武遣军下横浦关,常为天下必争之处。"②"赣之为郡,处江右上游,地大山深,疆隅绣错,握闽楚之枢纽,扼百粤之咽喉。汉唐以前,率以荒服视之。"③以上引述,皆是从梅关扼控交通的意义上来强调其地理位置的重要。梅关扼控南北交通,事实上也造就了梅岭在地理和文化上分割南北、分割中原文化与岭南文化的作用。

　　梅岭被视为化内、化外,华、夷之分界,始于何时,也许亦如岭南何时被视为蛮夷一样,难以稽考,但在唐人诗歌中已经较多出现。宋之问被贬岭南,途经梅岭作《早发大庾岭》,诗云:"晨跻大庾险,驿鞍驰复息。雾露昼未开,浩途不可测。嶷起华夷界,信为造化力。"④张说流配钦州,返途作《喜度庾岭》:"东汉与唐历,南河复禹谋。宁知瘴疠地,生入帝皇州……洄沿炎河畔,登降粤山陬。岭路分中夏,川源得上流。"⑤宋诗明确地说梅岭为"华夷界",张诗"岭路分中夏"所表达的也是同样的意思。

　　有人认为,"明代的政治制度环境以及赣南地方社会的族群冲突和社会动乱,强化了地方官员及士大夫视岭外与岭内为'化外'与'化内'的政治观念,即把大庾岭作为'华'与'夷'的文化界标","大庾岭梅关作为区分'华'、'夷'界标的符号象征,一直延续至清代后期"⑥。在官方文献的表述和人们的习惯表达中的确如此,不过,人们的观念是否也是如

①〔嘉靖〕《南安府志》,见《天一阁明代方志选刊续编》,上海书局 1989 年影印本,第 317 页。

②顾祖禹撰,贺次君、施和金点校:《读史方舆纪要》卷 100,中华书局 2005 年,第 4590 页。

③《重刻赣州府志序》,〔天启〕《赣州府志》卷首,《北京图书馆古籍珍本丛刊》第 32 册,书目文献出版社 1988 年影印本,第 7 页。

④彭定求等编:《全唐诗》卷 51,第 626 页。

⑤郭棐编:《岭海名胜记》卷 15,明万历二十四年刻本,见《广州大典》第 226 册,第 482 页。按:"川源",原作"州源",据《全唐诗》卷 88 改。《全唐诗》卷 88,此诗题作《喜度岭》,"与唐历"作"兴唐历";"粤山陬"作"闽山陬"。

⑥饶伟新:《赣南地方文献与大庾岭梅关的文化象征意义》,《古籍整理研究学刊》2000 年第 6 期。

此呢？

　　元明之后，随着岭南经济的发展，其政治和文化日益被中原文化同化，其蛮夷的色彩已经逐渐淡化，对于北方人来说，岭南已经不是那样落后得可怕。明代人叶权说："岭南昔号瘴乡，非流人逐客不至。今观其岭，不及吴越间低小者，其下青松表道，豁然宽敞。南安至南雄，名为百二十里，早起半日可达，仕宦乐官其地，商贾愿出其途。余里中人岁一二至，未尝有触瘴气死者，即他官长可知。何昔之难而今之易也？意者古昔升平，大抵不满百年，即南北阻隔。自南雄达省城，群蛮出没，无他陆路，舟行艰难，往来者少，故山岚之气盛，如大室久虚，即阴沉不可住，况山川有灵气者耶？客子在途，心摇摇多畏恐，触之而病，宜矣。我朝自平广东以来，迨今承平二百年，海内一家，岭间车马相接，河上舟船相望，人气盛而山毒消，理也。"①这段话虽然分析古今之变的道理未必准确，却道出了不同时代人们之于岭南地区观念的不同，以及发生在明代的事实。

　　事实上明代之后，岭南地区的经济和文化都有高度的发展。如果说唐宋时期岭南人张九龄和余靖、崔与之等人成为当朝政治和文化上的重要人物还是偶然现象，那么明代之后，情况就完全不同了。岭南人在有明一代成为朝中重臣和文化名人的已有很多，丘濬、陈献章、湛若水等就是。文学上，明初和明中叶分别以"南园五先生"和"南园后五先生"为核心的南园诗派已经成为当时全国五大和四大地域诗派之一。明代中期岭南诗人梁有誉为当时文坛影响最大的"后七子"之一。清代之后岭南地区在文学上更出现了足可与中原、江南相抗的诗人群体。其在全国政治和经济上的地位更为重要。

　　尽管在人们的印象当中岭南早已是"王化"之区，但人们在言语上还是习惯称之为夷、蛮，连岭南人自己也自称南蛮。明代广东顺德人欧大任《晚霁过梅关》云："千峰收积雨，迢递出梅关。日向猿声落，人从鸟道还。中原开障塞，南海控瓯蛮。万国来王会，秋风战马闲。"②清初翁山《北游初归奉家慈还居沙亭作》："涕泣辞京国，间关出战尘。发肤归

①叶权撰，凌毅点校：《贤博篇·游岭南记》，中华书局1987年，第41页。
②吕永光主编：《全粤诗》第9册，第41页。

父母,薪胆献君臣。逃墨因多难,成仁未是仁。蛮江葭菼外,此日复垂纶。"①陈恭尹《答朱彦则》:"民俗凋疲只愿闲,每飞符檄靖诸蛮。著书名在千秋后,借箸功存五岭间。绮里芝荣谁共采,盖公堂迥杳难攀。何时邂逅嵩台月,卮酒相从一解颜。"②岭南人习惯上自称南蛮,说明此时所谓的蛮夷这一概念在人们观念当中,往昔政治和文化上的贬义正逐渐消失,大庾岭也逐渐变成了一个纯粹的区分地理空间的概念,作为华夷分界的意义已经消失。

(二)逐臣心态的附丽与消失

梅岭不但是一个让人产生诗意想象的空间,也是古代诗人笔下最为悲凉的山岭意象之一。考察历代诗人留存下来的有关诗作,唐人对悲凉梅岭这一意象的创造贡献最大。唐人有关诗作,虽有友情的表达,但相对于逐臣心态、迁谪之意、生死预期、故土之思的表达,显然不可同日而语。

之所以如此,与唐代把岭南作为官员主要的贬谪之地有关,而梅关又是谪宦的必经之处。"岭路既开,用是如粤,或迁谪岭表者,悉取此道。"③出生在北方的官员,突然被朝廷贬谪到陌生、遥远,且被附会成恐怖、可怕的化外烟瘴之地,在仕途挫败感的作用下,当他们登上区分"化内"与"化外"的梅岭时,其心里的凄凉可以想见。在他们的笔下,梅关是一个带有悲剧色彩的地理标志:孤独、沦落、放逐、离群索居、乡关万里。

唐光宅元年(684),宋之问贬岭南钦州,途经大庾岭,作《度大庾岭》,之一云:"度岭方辞国,停轺一望家。魂随南翥鸟,泪尽北枝花。山雨初含霁,江云欲变霞。但令归有日,不敢恨长沙。"④登上岭头,前面就是所谓的化外烟瘴之地了,这一去不知是否还能生还。不自觉地向着家乡所在的方向再看一眼,但愿不要埋骨在瘴疠之地。与宋之问同时被贬的还有沈佺期,被贬流放到驩州,在度岭时想起了同时被贬的好友

①《屈大均全集》第 1 册,第 218 页。
②《陈恭尹集》,第 461 页。
③〔嘉靖〕《南安府志》,见《天一阁明代方志选刊续编》,第 31 页。
④彭定求等编:《全唐诗》卷 52,第 643 页。

杜审言,作《遥同杜员外审言过岭》:"天长地阔岭头分,去国离家见白云。洛浦风光何所似,崇山瘴疠不堪闻。南浮涨海人何处,北望衡阳雁几群。两地江山万余里,何时重谒圣明君。"①岭南化外之地,"崇山瘴疠"早已耳闻。前途茫茫,这一贬直到海边,不知是否还能谒见君王。宋之问《早发大庾岭》云:"……歇鞍问徒旅,乡关在西北。出门怨别家,登岭恨辞国……兄弟远沦居,妻子成异域。羽翮伤已毁,童幼怜未识……适蛮悲疾首,怀巩泪沾臆。感谢鹓鹭朝,勤修魑魅职。生还倘非远,誓拟酬恩德。"②张说被赦返途作《喜度庾岭》:"见花便独笑,看草即忘忧。自始居重译,天星已再周。乡关绝归望,亲戚不相求。弃杖枯还植,穷鳞涸更浮。道消黄鹤去,运启白驹留。"③梅岭作为化内、化外的界标最能触动逐臣迁客脆弱的神经,从而生发迁谪之意、故土之思。眼前这道关隘不但在提醒自己被逐出了朝廷、远离了君王,而且还在提醒自己已远离故土。唐人许浑路过梅岭,其诗虽写到征战,颇有豪气,但仍然极写过岭时的悲凉:"楼船旌旆极天涯,一剑从军两鬓华。回日眼明河畔草,去时肠断岭头花。"④从唐代开始,在诗人的笔下,梅岭似乎就已经与悲凉的心境结下了不解之缘。

古代岭南的生活条件和医疗条件确实不如北方,毋庸置疑。即使到了经济繁荣的宋代,岭南的生活条件也不是很好。被贬海南的苏轼在给友人的《与程秀才三首》之一中说道:"此间食无肉,病无药,居无室,出无友,冬无炭,夏无寒泉,然亦未易悉数,大率皆无耳。"⑤由此可见当时岭南的落后。《元城行录》记载古时岭南有"春、循、梅、新,与死为邻;高、窦、雷、化,说着也怕"⑥的说法。这一民谚虽然很大程度上是出于想象的夸张之辞,却也如实地表达了古代人对岭南这一陌生地域的恐惧心理,烘托了古时岭南作为化外之地的落后和可怕。唐代的张祜

①彭定求等编:《全唐诗》卷96,第1038页。
②彭定求等编:《全唐诗》卷51,第626页。
③郭棐编:《岭海名胜记》卷15,《广州大典》第226册,第482页。按:《全唐诗》卷88,此诗题作《喜度岭》。
④许浑:《南海府罢归京口经大庾岭赠张明府》,彭定求等编:《全唐诗》卷534,第6143页。
⑤茅维编、孔凡礼点校:《苏轼文集》卷55,中华书局1986年,第1628页。
⑥马永卿辑,王崇庆解:《元城行录解》,明刻本,《中国古籍珍本丛刊·广东省立中山图书馆卷》,国家图书馆出版社2015年影印本,第150页。

《寄迁客》诗就透露出了这种恐惧心理:"万里南迁客,辛勤岭路遥。溪行防水弩,野店避山魈。瘴海须求药,贪泉莫举瓢。但能坚志义,白日甚昭昭。"①当时岭南落后的医疗条件和迥异于出发地的自然环境,更增强了谪宦心中的生死预期。对于他们来说,翻过大庾岭即进入了化外之地,心中对命运的不确定性更加强烈。死多生少的预期,更让他们视前路为畏途。这种生死预期,韩愈被贬潮州时表达得最为凄凉:"知汝远来应有意,好收吾骨漳江边。"②作者刚出西安即预想有生之年,难有生还的希望,侄孙韩湘前来相送,居然想到让他随行为其收拾尸骨。因着这样强烈的生死预期,这座区分化内、化外的梅岭难免会强化其逐臣心态。

苏轼为人洒脱豁达,但在过岭时也难免会流露出这种悲凉的心境。其《赠岭上老人》云:"鹤骨霜髯心已灰,青松合抱手亲栽。问翁大庾岭头住,曾见南迁几个回?"③建中靖国元年(1101)正月,苏轼遇赦北归,过梅岭遇一被贬流落在此地的老翁。"同是天涯沦落人"的遭遇使他认老翁为知己。一句"曾见南迁几个回"透露了他豁达背后的悲凉心境。《过岭》之二对这种心境有更为细腻的表达:"七年来往我何堪,又试曹溪一勺甘。梦里似曾迁海外,醉中不觉到江南。"④《过岭寄子由》:"投章献策谩多谈,能雪冤忠死亦甘。一片丹心天日下,数行清泪岭云南。"⑤"山林瘴雾老难堪,归去中原茶亦甘。"⑥杨万里《六月十九日度大庾岭题云封寺》云:"梅山未到未教休,到得梅山始欲愁。知道望乡看不见,也须一步一回头。"⑦杨诗对将要过岭不得不前的心态的描画更为形象。

宋代之后,尽管岭南仍然是被贬官员的谪迁之地,但随着岭南经济

---

①彭定求等编:《全唐诗》卷510,第5844页。

②韩愈:《左迁至蓝关示侄孙湘》,严昌校点:《韩愈集》,岳麓书社2000年,第136页。

③郭棐、陈兰芝增辑:《岭海名胜记》卷10,《广州大典》第227册,第771页。

④曾枣庄、舒大刚主编:《三苏全书》第9册,第414页。此诗郭棐编,陈兰芝增辑《岭海名胜记》卷10题作《度岭寄子由》。

⑤曾枣庄、舒大刚主编:《三苏全书》第9册,第415页。按:查慎行《初白庵诗评》卷中云:"此系子由和诗。"

⑥查慎行补注,王友胜校点:《苏诗补注》卷44,凤凰出版社2013年,第1344页。查氏认为此诗为苏辙和诗。

⑦杨万里著,王琦珍整理:《杨万里诗文集·南海集》,江西人民出版社2006年,第260页。

的发展和南北交流的频繁,岭南虽然在人们的观念和习惯上仍然被视作化外之地,但在人们心理上所唤起的恐惧感已经逐渐减弱。特别是苏轼在一贬再贬的过程中的作为和他特有的豁达表现,更有效地驱除了人们心理上有关岭南的可怕印象。一句"日啖荔枝三百颗,不妨长做岭南人"不知驱除了多少人对岭南的可怕想象。

宋元之后,随着岭南经济文化的发展以及与中原交流的日益频繁等的影响,谪宦过岭之作,其感慨已不如唐人之深。南宋张九成因反对与金国议和,被贬南安军,在岭南生活达十四年之久,秦桧死后才还朝。其《三月晦到大庚》诗云:"我登超然台,积雨久不止……十年劳梦想,一夕居眼底。独坐不能去,颓然起深思……归路夫何如,江声寒玉碎。"①被贬七年之后忽见飞雪,作《十一月忽见雪片,居此七年未尝见也》:"风劲势回旋,飘零蔽遥岑。落此炎瘴地,七年到于今。"②这两首诗的基本语调是客观叙述,虽有欲归的表达,却没有激烈的情绪宣泄。

明代解缙被贬谪广西过大庾岭,想起张九成曾被贬于此,作《重过南安二首》有云:"少年见说张横浦,曾访南安旧谪居。"当想起苏轼遇赦北归并题诗于壁时,心中又生起一丝希望,"庾关北望曙河流,江右江左壮此州。为有东坡两行竹,每看南斗迎谯楼"。在解缙这两首诗中已经几乎看不到逐臣心态了。

总之,元明之后,一些被贬岭南的官员,过岭之作中的逐臣心态已逐渐减弱,唐人过岭时的那种生死未卜、有去无回的恐惧已经基本消失。此时一些诗作流露的心态,也应和了前述明人叶权《贤博篇》记述的情况。至于奉旨南下的官员某些过岭之作的类似感叹,实属诗人套语。清人李栖凤有《过梅岭有怀》:"千重云树万重山,叱驭南来不惮艰。庾岭风烟终有异,粤关书札寄南还。旧游亲友俱星散,新过村郊独泪潸。唯有朝廷恩义重,凛遵简命抚南蛮。"③李栖凤(? —1664),字瑞梧,广宁人,本贯甘肃武威,清初大臣。父为明朝总兵李维新。李栖凤早年

---

① 张九成著,李春颖校注:《张九成文集校注》,中国政法大学出版社 2018 年,第 7 页。

② 张九成著:《张九成文集校注》,第 9 页。

③ 政协南雄委员会编:《梅岭古今》附录,政协南雄委员会 1992 年印刷,转引自莫昌龙:《梅关古道关钥文化内涵探析》,《韶关学院学报》2012 年第 5 期。按:"泪潸"原为"泪潜",据文意改。

以诸生身份降后金大汗皇太极,值文馆。八旗汉军制定后,隶镶红旗。顺治元年授山东东昌道。明年,移上荆南道。三年任安徽巡抚。六年为广西巡抚。翌年,与尚可喜、耿继茂合军,克雷州、廉州。十年,败李定国于龙顶岗,以功晋兵部右侍郎。十五年,加兵部尚书,总督两广,击败南明永历朝廷将领陈奇策。十七年,加太子少保。翌年,任广东总督,以老乞休。康熙三年正月卒。李栖凤先升广西巡抚,后又加兵部尚书,总督两广,极得清廷信任,率军攻南明,其"旧游亲友俱星散,新过村郊独泪潸",显然是为赋新诗强说愁的套语。

一些文人来游岭南,因非贬谪,过岭抒怀,谪迁之意自然不存,其乡国之思,也不再像唐人那样带有生死未卜的悲凉。明代戏剧家汤显祖曾游岭南,过梅岭作《秋发庾岭》:"枫叶沾秋影,凉蝉隐夕晖。梧云初晻霭,花露欲霏微。岭色随行棹,江光满客衣。徘徊今夜月,孤鹊正南飞。"[1]清初诗人朱彝尊来游岭南作《度大庾岭》:"雄关直上岭云孤,驿路梅花岁月徂。丞相祠堂虚寂寞,越王城阙总荒芜。自来北至无鸿雁,从此南飞有鹧鸪。乡国不堪重伫望,乱山落日满长途。"[2]无论汤显祖诗中"光满客衣""孤鹊南飞",还是朱诗中的"乡国伫望""乱山落日"的意象,表达的都不是被逐天涯难以回还的心态,而只是乡关万里、离群独行的乡国之念。这样的意象,在客子远游之类的诗作中很常见。

(三)岭南人家园符号的生成与丰富

在梅岭地标文化的生成过程中,化内化外界阈符号的生成、逐臣心态的表达和以庾岭梅花比方人品、标示时间等文化内涵的生成,主要发生在宋元之前。元明之后,岭南文人逐渐成为梅岭地标文化新内涵生成的主体。

在许多人的诗歌当中,梅岭既是五岭之一的那座山岭,同时又是指代岭南地区的一个地理符号。对于外地人来说,越过去意味着进入化外之地,或者是踏上了回乡的第一程;对于岭南人来说,越过梅岭则是走出岭南的第一步。张九龄是唐代文学史上有重要影响的诗人,被尊

①汤显祖著,徐朔方笺校:《汤显祖集全编》,上海古籍出版社 2016 年,第 632 页。
②朱彝尊:《曝书亭集》,世界书局 1937 年,第 34 页。

为"岭南诗祖"。他给在南海为官的二弟赠诗云:"鸿雁自北来,嗷嗷度烟景。尝怀稻粱惠,岂惮江山永。小大每相从,羽毛当自整。双凫侣晨泛,独鹤参宵警。为我更南飞,因书至梅岭。"①南海离梅岭有相当的距离,但其诗不说南海却说梅岭,显然这里的梅岭指代的是包括南海在内的岭南。宋代岭南人李昴英《子先宗友试兰省送以小诗》云:"毫端五色织成章,皎皎清标月照梁。再战文场推定霸,一经书法首尊王。鞭扬庾岭梅花早,梯上寒宫桂籍香。师道自居吾岂敢,所期竹帛远流芳。"②李昴英是广州人,诗中"鞭扬庾岭",表达的是指走出岭南、扬名中原和朝廷的开始。翁山《屡得友朋书札感赋》之四:"名因锡鬯起词场,未出梅关人已香。遂使三闾长有后,美人香草满禺阳。"注云:"予得名自朱锡鬯始,未出岭时,锡鬯已持予诗遍传吴下矣。"③显然诗中的庾岭、梅关都是指代岭南的一个地理符号。

对岭南人来说,梅岭不但是一个指代岭南的地理符号,还是指代家园的一个地理符号。宋代名臣崔与之,广州增城人,身处剑门遥想家乡,其词《水调歌头 题剑阁》云:"万里云间戍,立马剑门关。乱山极目无际,直北是长安。人苦百年涂炭,鬼泣三边锋镝,天道久应还。手写留屯奏,炯炯寸心丹。　　对青灯,搔白发,漏声残。老来勋业未就,妨却一身闲。梅岭绿阴青子,蒲涧清泉白石,怪我旧盟寒。烽火平安夜,归梦到家山。"④显然词中的梅岭是指代家园的一个地理符号。元代区子复,号拙翁,南海人。元成宗大德初任象州武仙县县丞。其《公署述怀》诗云:"先庐风雨待重修,故冢松楸欠封植。每逢寒食倍思亲,翘首东云长叹息。蒲涧清泉想旧盟,庾岭梅花寻故识。他时解印赋归来,社里徉狂会亲戚。"⑤这里的"蒲涧""庾岭"都是指代家园的地理符号。自唐迄元,岭南诗人不多,著名者更少,因此其间写及大庾岭的岭南诗人的诗作不多。从这几个梅岭(或庾岭)意象看,显然梅岭是一个带有家园意

---

① 张九龄:《二弟宰邑南海见群雁南飞因成咏以寄》,张九龄著,熊飞校注:《张九龄集校注》卷4,中华书局2008年,第328页。
② 吕永光主编:《全粤诗》第2册,第392页。
③ 《屈大均全集》第2册,第1349页。
④ 屈大均:《广东文选》下册,第698页。
⑤ 区仕衡:《九峰先生集》附录,道光二十年伍崇曜诗雪轩校刊本,见《广州大典》第501册,第770页。

味的地理符号,也是抒写作者家园意识的地理意象。

从明初开始知名的岭南诗人逐渐增多,到清初岭南诗歌创作至于鼎盛。相应地岭南诗人写及梅岭的诗作也日渐增多。黎贞(1346? —1405?),字彦晦,号秫坡,新会人。其《大庾岭寄冯梅窗表弟》云:"自出梅关外,江山非故乡。梦魂不怕远,夜夜到隋冈。"①陈琏(1370—1454),字廷器,号琴轩,东莞人。明太祖洪武二十三年(1390)举人,英宗正统元年(1436)任南京礼部左侍郎。其《送余德禔归羊城》云:"君今又南还,谓言忆慈母。朝看庐阜云,暮宿西江雨。行经十八滩,指日度梅关。家山应不远,遥见白云山。"②显然,两诗中的梅关都是指代家园的地理符号。

明末清初岭南诗人很多,梅岭在他们的笔下,延续并丰富了作为家园的地理符号的内涵。黎遂球《戊辰生日宿凌江上药上人禅房七夕前二夜也》云:"匹马梅关归独迟,经行随处有僧知。人间作客频添岁,天上牵牛又报期。投宿满分供佛饭,染云频写画禅诗。还因夜雨秋江水,坐遍松房话别离。"③李云龙,字烟客,番禺人。少补诸生,负奇气。走塞上,在袁崇焕幕中参其谋。崇焕死,遂为僧,称二严和尚。明亡,不知所终。著有《雁水堂集》。其《梅关道中》之二云:"石林飞磴郁千盘,直上青霄立马看。古木数丛苍霭合,春山一路白云寒。居人每叹长安远,过客时歌蜀道难。临发邮亭回首望,故乡从此隔烟峦。"④康熙十年辛亥,陈子升入黄山青原访熊鱼山、方以智,为方外之游,回程作《往还岭上皆值佛日》:"佛日出梅关,逾年佛日还。有怀惟野老,如愿即乡山。衣逐缁流破,鞭垂白马闲。如何卢行者,归路发先斑。"⑤康熙四年乙巳春,翁山北上,岁暮抵陕西三原,寓城南庆善寺。其《登庆善寺阁》诗云:"驻马鄜原下,天晴眺寺楼。池阳城对出,清峪水中流。贳酒乘春兴,听歌散暮愁。梅关千万里,归及雁横秋。"⑥释函昰《度大庾岭》诗云:"爱雪辞乡

①吴晓曼主编:《全粤诗》第 3 册,第 291 页。
②吴晓曼主编:《全粤诗》第 3 册,第 381 页。
③史洪权主编:《全粤诗》第 18 册,第 277—278 页。
④释道独等著:《岭外洞宗高僧三种》,第 235 页。
⑤陈子升:《中洲草堂遗集》卷 10,《丛书集成续编》第 151 册,第 337 页。
⑥《屈大均全集》第 2 册,第 1512 页。

国,秋风送马蹄。庾关终古峙,猿狖至今啼。五老人初望,三山日渐西。徘徊下原隰,叠叠白云迷。"①函可《雪》诗:"相对寂无言,怀人一万里。只在庾岭头,欲折不堪寄。"函可《忆庾岭》:"岭头一步他乡路,夹路梅花送马蹄。却恨当年轻踏过,如何不信鹧鸪啼。"②明末清初这几位岭南著名诗人笔下的这几个梅岭意象,不用一一分析,很明显都是指代家园的地理符号,同时也寓含着那个时代难以言说的丰富复杂的情感内容。

承平时期,家园即使距离遥远,却也是一个预期可达的归宿,而对于明清鼎革之际奔走在梅岭南北的岭南诗人来说,家园却关联着个人的生死去就。在他们的诗作当中,梅岭作为家园这一地理符号,其内涵相对于其前显然变得更加丰富。

(四)清初梅岭地标文化的新内容

1. 英雄豪情与英雄失路

如果说梅岭在明代之前岭南诗人的笔下主要是一个岭南的地理符号、家园符号,到了明末清初,梅岭在岭南诗人的笔下,除了这既有的内涵之外,又赋予了许多新的内涵。

对于明清鼎革之变局,岭南士人的反应比较强烈。相对其前,岭南诗人笔下有关梅岭意象的诗中也多了一股英雄豪情。韩上桂(1572—1644),字芬男,一字孟郁,号月峰,番禺人。幼颖悟绝伦,日诵万言如宿记。十六岁为诸生,闻西部有边患,慨然有投笔志,于是学击剑驰马,研习天官兵法壬遁之书。时中外用兵,奉命督运饷边,迁建宁同知。明亡,恸哭不食,卒于宁远城。其《获熊诗赠御史顾公》云:"节使东巡拂曙霜,秋风轻洒绣衣裳。江清道出牂牁远,云尽天回庾岭长。向日鹓鸾腾羽翼,得时鹰隼恣飞扬……已静波涛潜海鳄,更弯弓矢射天狼。"其《赠黄斗华》云:"燕赵古称悲歌地,群豪磊落多奇气。感德终酬国士恩,结交讵负平生志……揭来庾岭恣遨游,草木萧飕览素秋。逢人便欲输情尽,作客岂直为身谋。予虽蠢鱼差任侠,握手相亲盟可歃。浅材竟许轶班扬,壮节竟推齐荆聂。雄剑悲鸣久已藏,因君拂拭露光芒。相携拟向

---

①释函昰:《瞎堂诗集》,第 69 页。
②释函可:《函可和尚集》,第 299、345 页。

楼兰去,共扫边尘静陆梁。"①在那个时代,越过大庾岭,奔赴边塞,最能表现岭南士人的英雄气概。何巩道(?—1675),字皇图,号樾巢,香山人,吾驹子。南明永历十一年诸生,荫锦衣卫指挥使。明清鼎革,目睹明室倾覆,常怀复国之思。其《上金鸿胪三首》之二云:"梅岭巍巍半壁存,东西旌斾拥雄藩。总凭妙算持全粤,难怪高名动至尊。临敌不妨游别墅,过庭惟有颔诸孙。千秋善处功名会,悟主封侯在一言。"②梅岭对于当时的南明来说,是阻挡清军南下的要塞,故寄厚望于巍巍梅岭、鸿胪雄藩。陈恭尹《留别诸同人》云:"霏微残月晓风寒,生死交情话别难。入楚客无燕匕首,送行人有白衣冠。舟辞香浦鸿初到,马踏梅关雪渐看。后会不须期故国,中原天地本来宽。"《度大庾岭》:"向风长叹草萧萧,山压重门石气骄。千古霸图俱寂寞,再来行迹尚渔樵。寄书黄木湾何处,走马红梅驿渐遥。欲扫苍崖记名姓,少年时已薄题桥。"③永历帝西走,广州已成清军的牧马之地。有志恢复的岭南士人,多逾梅岭以寻机抗清。陈恭尹自比荆轲刺秦,有一去不返之志。

这一时期岭南诗人除了抒写英雄豪情之外,也常常不自觉地流露出英雄失路之悲。与陈恭尹一样,翁山在诗中也曾记述自己黄金结客、荆轲刺秦之志。这样的英雄壮举,可泄一时之愤,实际上于事无补。紧接而来诗作流露的即是现实的无奈和英雄失路之悲。翁山《度梅关作》之二云:"八度人关逐雁飞,寒门北去暑门归。黄金结客无衣食,白首为家有翠微。天下侯王须漂母,先朝臣妾尽明妃。频来空使梅花厌,未见龙沙一奋威。"④《送鲍子韶还赣州》之一:"岭南秋气早,八月已寒衣。处处边筇咽,年年塞马肥。空增沧海戍,不虑白登围。汉使君能任,重来事未非。"⑤岭南天气本来长夏无冬,八月有如盛夏。翁山却说"秋气早"来、"八月寒衣",这样的主观反应源于当时岭南地区"处处边筇""年年塞马"的现实。这实际上是作者的英雄悲歌。翁山《送张南士返越州因

---

① 李永新主编:《全粤诗》第 14 册,第 692、733 页。
② 钟东主编:《全粤诗》第 22 册,岭南美术出版社 2017 年,230 页。
③《陈恭尹集》,第 33 页。
④《屈大均全集》第 2 册,第 845 页。
⑤《屈大均全集》第 1 册,第 405 页。

感旧游有作》之十二:"汝度梅关越两秋,乘桴几尽海南头。夜深欲见扶桑日,应上罗浮大石楼。"之十三:"英雄泪尽此刀环,我欲浮家镜水间。越女由来天下白,凭君寄语苎萝山。"①"君行驱匹马,梅岭踏梅红。望望无南雁,依依是北风。徘徊燕市上,慷慨酒人中。自许为鸿鹄,何时奋翼同?"②"乘桴海南""英雄泪尽""浮家镜水""徘徊燕市"云云皆是这种心态的表达。翁山诗集中这样的诗很多,列举已多。这类诗此前岭南人的诗集中是难以见到的。何绛也是这一时期岭南比较著名的诗人,多次与陈恭尹一起南渡北上。其《四出梅关》云:"堪笑劳劳数尺躯,半生空自有眉须。长吟草泽多新恨,四出梅关尚故吾。西去楚云连七泽,东流章水下三吴。山川满目皆惆怅,天下何人是丈夫。"③"堪笑""新恨""惆怅"等用字主观色彩更为明显。张家珍与屈大均、陈恭尹一样也经历过岭南丁亥之变。其《送陈缑山还金陵》诗云:"对君不作寻常别,底事同销壮士颜。十里离亭折杨柳,一鞭疲马出梅关。时危性命应相假,归去湖山岂等闲。独有天涯翘首处,春云容易泪潺潺。"④"疲马梅关"、眼"泪潺潺""壮士颜"销等传达的也是这样的心理。明末清初因时局之变岭南逃禅者多能诗文士。曹洞宗天然函昰门下的释今无即是一位成就很高的诗人。其《雨花台逢冯大》之一云:"世有奇男子,飘零可奈何。风尘一剑苦,涕泪十年多。榆塞留余策,梅关发浩歌。相逢一相揖,忆别自蓬婆。"⑤其中的英雄失路之悲再明豁不过,谁能想到此诗出自释氏之手。

英雄豪情与英雄失路之悲是这一时期岭南诗人作品的最重要的情感内容之一。围绕着大庾岭所书写的这种情感在此前此后的岭南诗人作品中都难以见到。

2. 时代风烟与沧桑之感

梅岭是古代区分华夷的地标,是中国南部的一道天险,也是一道重要的军事屏障。朝代鼎革之际,梅岭往往会扮演非常重要的角色,甚至

---

① 《屈大均全集》第 2 册,第 1212 页。
② 屈大均:《送客》,《屈大均全集》第 1 册,第 456 页。
③ 史洪权主编:《全粤诗》第 21 册,第 635 页。
④ 史洪权主编:《全粤诗》第 21 册,第 695 页。
⑤ 释今无著,李君明点校:《今无和尚集》,广东旅游出版社 2017 年,第 375 页。

成为人们心理的一道防线。梅岭就常常触动明末清初岭南士人的神经,成为岭南诗人表达今昔之感的地理符号。

　　陈邦彦有着杰出的政治和军事才能。在他的策划下,顺治四年丁亥与陈子壮和张家玉等岭南士人,发起了大规模的抗清行动。虽然最后失败,却达到了作战于东,收效于西的目的,也改写了清军征服岭南的历史。其《梅岭行》一反传统有关大庾岭天险的说法:"谁云梅岭高,山椒鸡犬辨鸣号。谁云梅岭险,刘汉丸泥曾不掩。稠叠连峰小径纷,东西百里望如云。悬车束马皆堪度,缀却关门仍有路。轮蹄任辇日交加,领将炎服赴京华。浪夸百二藩南海,岭外较之应十倍。古来守国在人谋,潼关剑阁未云优。君王有道干戈偃,玉帛车书侈壮游。"并注曰:"自雄州南下,若韶之浈阳峡、广之中宿峡,皆险陋,仅通舟楫,而大庙峡介韶广之间,铁壁千里,陆路断绝,非轻舟不可上下,此吾郡北门之固也。"[①]这显然是以一个军事家的眼光来审视梅关等岭南关隘的。诗作感叹关塞不险,透露出他以据当下的现实对未来在岭南地区有可能发生的军事战守的忧思。

　　这一时期类似于陈邦彦以军事家的眼光写梅岭的诗歌不多。较多的是感叹时代风烟,抒写变乱之后的沧桑之感。释函可因入清第一桩文字狱案,被拷几死,后流放东北苦寒之地。之后闻听清军占领广州,想象着发生在这里的一切。其《即事》诗:"吴楚东南舞白题,庾关安得一丸泥。三岔河畔羝难乳,五石城中马又嘶。血浸花田新鬼闹,书传沙碛老猿啼。何时重踏曹溪路,只恐禅宫草亦萋。"[②]南明军队,梅关不守,清军血洗广州,"血浸花田",即使曹溪"禅宫"亦成废墟。对他来说更可怕的消息还在其后,其家所在之处被洗劫,家人尽屠。多年之后,其师侄阿字今无跋山涉水,远赴东北探望,带去了意外的消息,其族弟掌邦尚存,不知是喜是悲。其《和掌邦弟二首》小序云:"阿字出塞,简布袋破纸,有二诗,云是予族弟掌邦所寄也。掌邦名宗礼,从楚江入匡谒栖贤,留十余日便辞。欲相访,业八阅月,竟不知飘泊何所。呜呼!投荒以来,骨肉凋残殆尽,乃不意复有掌邦其人,又复能作是语,因和其韵,亦

①史洪权主编:《全粤诗》第21册,第234页。
②释函可:《函可和尚集》,第239页。

异地埙篪也。"之一云:"袈裟一搭是吾忧,万井风烟况未收。早是无家心已断,忽闻有弟泪重流。洞庭波泛孤鸿影,华表霜寒老鹤愁。两地月明遥共望,何时还照合江楼。""早是无家""忽闻有弟",是何等遭际,方有是语!之二云:"空囊墨化苍龙吼,野寺钟残黑雾屯。数代弓裘归马革,十年心胆碎鸰原。急将短铗弹庾岭,莫遣长歌度蓟门。荒垄遗编重拭目,离支树下好招魂。"①其诗写的是自己的遭际,也是那个时代真正的历史,是最典型的时代风烟。函可本为当地世家旺族之裔,数代簪缨之族,一朝屠戮殆尽。这样的遭际,空门寂灭之说无论多么深刻也难以真正让他了却生死。

相比较其师兄天然函昰诗的情感表达就不会如此震慑人心。其《奉柬制府董公》诗云:"忆昔鸾溪绍祖山,时荒分卫荷隆颁。出门倚杖惭僧服,避地移茅入庾关。洪府远闻江路静,孤峰仍逐使臣还。寅缘一望孙弘阁,七载衔恩想像间。"②诗写因战乱避地梅岭,却只"时荒""避地"能见出时代特点。其《度大庾岭二首》之一云:"突兀庾关暗晓昕,人从鸟道入高雯。嵩林秋晚新忧隐,车马骈阗旧见闻。行迈不随尘鞅后,凭高休作海江分。皇天后土知予意,半亩山田且自耘。"③天然和尚是得道高僧,情感表达含而不露,不过"新忧隐""旧见闻"还是透露出其心中的沧桑之感。"乱后无炊强下山,难忘熟处向庾关。海云旧院曾相约,庐岳新锄且放闲。战伐不争穷发地,行吟偏有荔枝湾。日长睡足观潮上,大树交风到石栏。"④虽然乱后无食,被迫下山再向朋友化缘,但还能把人写得像闲云野鹤一样"行吟""睡足""放闲"。变乱带给作者的心灵冲击,在这几首诗中几乎被洗尽。尽管如此,其诗还是能明显看出沧桑之感。

今无是天然函昰的弟子、海云诗派的中坚,诗歌成就很高。其《春日》云:"庾关几度蹴旌旗,驿使萧条去马迟。入梦故人惊夜枕,乞油双衲阻归期。海螺雉堞催烽火,香草郊原长乱离。藿食自无廊庙意,不知

---

① 释函可:《函可和尚集》,第 278—279 页。

② 释函昰:《瞎堂诗集》,第 162 页。

③ 释函昰:《瞎堂诗集》,第 187 页。

④ 释函昰:《偶成》,《瞎堂诗集》,第 156 页。

衰病欲何之。"①"雉堞烽火""几度旌旗",寥寥数语活画了时代的风烟。"春帆共挂喜同行,月上迟君望倍明。薄宦久知无别累,孤舟何事滞江程。梅关署冷苔痕厚,浩劫机深道意生。不久亦来寻促膝,莲花社里话三更。"②"梅关署冷",苍"苔痕厚",浩劫之后共话沧海桑田,体悟道意佛法。

3. 追怀历史与兴亡之叹

大庾岭、梅关古道居五岭东部、江西大余和广东南雄之间,是交通楚粤之锁钥,故与岭南有关的许多重要人物也都与这一关隘发生了关联,赵佗、梅铅、庾胜、陆贾、张九龄、慧能、苏轼等就是。后人咏叹梅关,这些人物亦常常会走到诗人的笔下。与这些人物有关的故事和作品也是构成大庾岭地标文化的重要内容。同是咏叹古人,明末清初的岭南诗人与其前有明显不同,兴亡感叹即是其一。

余靖是北宋时期岭南的重要人物,也是较早用诗写及梅岭的岭南诗人。其《和王子元过大庾岭》云:"秦皇戍五岭,兹为楚越隘。尉佗去黄屋,舟车通海外。峭巘倚云汉,推轮日倾害。贤哉张令君,镌凿济行迈。地失千仞险,途开九野泰。安得时人心,尽夷阴险阂。"其《题庾岭三亭诗》之《叱驭楼》云:"山巅层拘与云平,贤者新题叱驭名。为要澄清归治道,不辞艰险表忠诚。南枝初见梅林秀,九折遥思剑栈横。若使当时嫌远宦,海隅何得有欢声。"《题庾岭三亭诗》之《通越亭》:"行尽章江庾水滨,南逾梅馆(一作'岭')陟嶙峋。城(一作'域')中绍祚千年圣(一作'胜'),海外占风九译人。峤岭古来称绝徼,梯山从此识通津(蔡学士弟兄新砌岭路相接)。舆琛辇赆无虚岁,徒说周朝白雉驯。"③"途开九野泰""舟车通海外""梯山从此识通津"等都是肯定赵佗归汉、张九龄开凿梅岭,以及蔡学士兄弟新砌岭路的贡献。

在这方面,明代岭南诗人大抵也是如此。元末明初岭南何真有诗写及梅关。其《洪武四年蒙宣回京钦差回广东收集军士道经梅关谒张公九龄诗》云:"提兵昔过梅关北,奉命今还五岭东。古庙尚留朱履迹,

---

①释今无:《今无和尚集》,第516页。
②释今无:《小塘迟朱廉斋进士不至》,《今无和尚集》,第530页。
③吕永光主编:《全粤诗》第1册,第442、461、462页。

旧题羞见碧纱笼。一天云气千山雨,万壑松声十里风。谒罢相祠重回首,蓬莱宫阙五云中。"①元末明初黎贞《梅关行》:"兴怀却忆曲江公,建此千秋万祀之奇迹。想当凿石通道时,风云庆会人神依。遂使文明播南海,椎髻桀骜余风改。贤才络绎赴中州,神乐衣冠一都会。"②明初陈琏《过梅关有怀张丞相九龄》:"大庾峨峨何壮哉,羊肠石磴荒苍苔。天教此岭限南北,公凿一关通往来。听猿林下风日好,驻马林边云雾开。怀人不尽千古意,丹心飞绕黄金台。"③明初丘濬《过梅关题张丞相庙》诗:"平生梦想曲江公,五百年来间气钟。行客不知经世业,往来惟羡道傍松。"④明中期理学家湛若水云:"文献凿庾岭,功与九河同。河凿免鱼鳖,岭凿免兵锋。无险不负固,割据无奸雄。"⑤陈复,字养浩,新宁人。明宪宗成化十年(1474)举人。其《过梅岭》云:"山卷虬龙势郁蟠,路高直入彩云端。松声轻杂泉声细,梅影疏笼月影寒。丞相亭台凌碧汉,梵王宫殿倚层峦。骑尘飞出雄关去,遥望中原眼界宽。"⑥欧大任《晚霁过梅关》:"千峰收积雨,迢递出梅关。日向猿声落,人从鸟道还。中原开障塞,南海控瓯蛮。万国来王会,秋风战马闲。"⑦晚明区大相《度大庾岭》:"关河谁设险,道路至今平。花树迷秦戍,风云卷汉旌。梯悬沧海日,楼望尉佗城。慎德今皇事,楼舡罢远征。"⑧从以上所举诗例可知,从明初到明末的岭南诗人,在缅怀赵佗、张九龄等人的贡献时与宋代的余靖没有太大不同。

有些诗除了肯定赵佗和张九龄之外也会写及慧能和苏轼。梁维栋《梅关怀古》:"庾岭何人倩五丁,张公不负此山灵。千年孔道纡筹策,百代奇勋勒鼎铭。不断车书趋北阙,联翩旌宠下南溟。黄梅亦是传衣钵,

---

① 吴晓曼主编:《全粤诗》第 3 册,第 8 页。
② 吴晓曼主编:《全粤诗》第 3 册,第 288 页。
③ 吴晓曼主编:《全粤诗》第 3 册,第 502 页。
④ 马云主编:《全粤诗》第 4 册,第 658 页。
⑤ 湛若水:《泉翁大全·归去纪行录》卷 85,转引自莫昌龙:《梅关古道关钥文化内涵探析》,《韶关学院学报》2012 年第 5 期。
⑥ 韦盛年主编:《全粤诗》第 5 册,第 524 页。
⑦ 吕永光主编:《全粤诗》第 9 册,第 41 页。
⑧ 郭棐编:《岭海名胜记》卷 15,《广州大典》第 226 册,第 485 页。

水自分流草自青。"①孙蕡《灵洲》："金鳌露背出沧溟，撑挂惟应倩巨灵。坡老留题空断偈，德云种柏满幽庭。天寒怖鸽依江渚，夜静灵鼋听塔经。画舫图书催入觐，庾梅关北树青青。"②陈琏《登梅山阁山有红梅》："岁当辛巳腊月暮，高阁凌云试一登。雪里梅花红淡淡，天边松树翠层层。关门疏凿思文献，锡杖飞来记慧能。挂角招提今在否，试将往事叩山僧。"③

　　明末清初之前颂扬张九龄凿险开道，多有止息烽烟、天下太平之赞誉，如"公凿一关通往来""岭凿免兵锋"等，而明末清初岭南人写及张九龄等古人则少了这些，多了感时伤世之情。邓云霄，字玄度，东莞人。万历二十六年（1598）进士。授直隶苏州府长洲知县，旋擢南京户部给事中。明亡，不知所终。其《梅关道上古松歌》："何如岭外冲南斗，粤天浩荡开元后。传闻植自曲江手，嶙峋气节俱不朽。"《度大庾岭》二首："古庙风悲唐相树，荒屯月冷汉家营。故乡东望频回首，恨逐飞云片片生。""分流楚粤中崖坼，异代兴衰入望愁。试向关门占紫气，谁从仙吏识青牛？"④诗作既肯定了张九龄的功业，同时又充溢着太多的感慨。"古庙风悲唐相树，荒屯月冷汉家营""嶙峋气节俱不朽""异代兴衰入望愁"等，其中滋味值得品味。梁以壮，字又采，号芙汀居士，番禺人。以壮祖在明朝历有宦声，夙有家学。以壮年十一负文字之名，弱冠即有著述，后出岭游历。其《陆贾祠》云："半檐残祀大夫宫，莫问王雄与帝雄。烟外鹤鸾巢夕下，槛边狐兔入秋中。一围画暗西城雨，五粒星摇特地风。今日梅关仍险隘，何人还说汉时功。"⑤最后一句"今日梅关仍险隘，何人还说汉时功"也是值得玩味之笔。翁山《徐君自江左来广赋赠》之一："秣陵城北是花城，花到君家色倍明。黄菊去秋容我摘，白鹇今日逐人迎。秦时梅岭犹天险，汉代崧台亦帝京。凭吊定知纷涕泪，江南人物本多情。"⑥"凭吊定知纷涕泪"显然缘于明清鼎革这场时代的巨变。越王勾践的后裔梅𫓧抗秦之事，以前很少提及，至明末清初，突然较多被

①钟东主编：《全粤诗》第 15 册，岭南美术出版社 2013 年，第 646 页。
②吴晓曼主编：《全粤诗》第 3 册，第 132 页。
③吴晓曼主编：《全粤诗》第 3 册，第 502 页。
④钟东主编：《全粤诗》第 15 册，第 134、341—342 页。
⑤史洪权主编：《全粤诗》第 21 册，第 450—451 页。
⑥《屈大均全集》第 2 册，第 860 页。

人提起,特别是翁山多次咏叹。翁山《梅鋗》三首:"庾岭惟秦塞,台侯是越人。重瞳封万户,句践有孤臣。湞水乡间旧,鄱阳俎豆新。千秋交广客,欲继入关尘。"(之一)"艰难自梅里,此地奉君王。岂欲兴於越,惟知祀少康。雠从高帝复,名在《汉书》长。食采梅花国,人钦万古香。"(之二)①其《送曾止山还光福歌》也咏及梅鋗:"梅花将军越王孙(谓梅鋗),汤沐正在梅花国。飞扬往日破强秦,沛公项羽资其军。台岭因之号梅岭,梅花万户酬功勋。"②再如《送人度梅岭》:"天作长城五岭间,雄州缭绕万重山。越王旧治梅花国,秦帝初开大庾关。红叶影中双骑去,白猿声里一人还。乘时自有台侯业,莫使乡愁上玉颜。"③其《度梅关作》之一云:"苦恨秦关一道通,人如去雁与来鸿。梅花但为台侯植,锦石难同陆贾封。五岭由来称塞上,三城久已作回中。越王(谓勾践)留得多豪俊,战败屠睢最有功。"④翁山为何对梅鋗如此青睐有加呢?"秦"与"清"音相近,故以秦比清,梅鋗抗秦,犹言抗清。

如果沿着时间继续考察,可以发现清代康乾之后,情况又有了变化。有关大庾岭的诗歌其抒情内容出现了与明代之前相近的现象。三藩之乱平定之后,康熙二十三年王士禛代表朝廷祭告南海,作《大庾岭》:"五岭界百粤,束峤实大庾。西衡北豫章,嵯峨此终古。黄屋敢自娱,僭伪缘秦楚……昨者滇闽乱,此岭烦师旅。我来兵销后,丛薄无豿虎。绝顶眺南溟,波涛如可睹。白云左右飞,危径穿一缕。回首望中原,佳气溢横浦。"⑤新城王士禛其立脚之处显然与明末清初岭南士人不同。清代江南太仓人张衍懿《度梅岭》云:"拔起危峰万仞雄,势临百粤控南中。人从丹壁千盘上,路入青天一箭通。古碣尚留唐相迹,荒祠谁祀越王功。只今四海梯航日,早见征车度晓风。"⑥清代中期浙江仁和人杭世骏来任粤秀山长,其《梅岭》诗云:"绝险谁教一线通,雄关横截岭西东……戌草乱侵萧勃垒,阵云遥堕尉陀(按:当为'佗')宫。荒祠一拜张

---

①《屈大均全集》第 1 册,第 552 页。
②《屈大均全集》第 1 册,第 127 页。
③《屈大均全集》第 2 册,第 825 页。
④《屈大均全集》第 2 册,第 845 页。
⑤郭棐编、陈兰芝增辑:《岭海名胜记》卷 10,《广州大典》第 227 册,第 762 页。
⑥沈德潜等编:《清诗别裁集》卷 21,第 829 页。

丞相,疏凿真能迈禹功。"①乾隆年间浙江人戴文灯的《度梅岭》诗概括了梅岭的史事:"乱崖苍苍划地户,中穿一脊雄南邦。是谁凿破混沌界,前有梅铞后曲江……承平兵革销不用,惟见老树堆空腔。呜呼秦尉窃帝号,一夫足敌九鼎扛。称臣奉贡屈辞说,更历数世非心降。楼船忽见下杨仆,伏波更出湟溪泷……以兹作镇界扬越,南讹平秩功无双。夜投逆旅慰心悸,烧春满注烧瓷缸。浩歌坐见烛花跋,东山远寺昏钟撞。"②入清既久,诗中王朝一统的心态清晰可见。

以上数首是北方南下文人的诗作,康乾之后,即使是岭南士人的有关诗作,也与明末清初有明显不同。张维屏《梅岭》诗云:"万绿拥关云,云中两界分。山开唐宰相,岭属汉将军。节物看梅子,乡心数雁群。南宗留活水,为断涧边闻。"③张维屏是清代中后期岭南文坛领袖,同时又是朝廷大员,其诗除了叙述历史人物事迹之外,还有更符合其身份的内容的表达。其《晓度大庾岭庚午》诗:"雄关遥矗冻云边,宿雾犹封古道前。五岭屏藩朝北极,百蛮锁钥控南天。时平斥堠锁烽燧,稻获牛羊散野田。绝顶何辞冒霜雪,寒梅春在百花先。"《度庾岭丙子》:"岭云岝崿涧泉清,雪外梅花铁干撑。危磴石盘千仞峻,断崖烟锁一关横。时来佗龚夸门户,事过孙卢悔甲兵。今日承平销战垒,翠徽(按:疑为'微')深夜有人行。"④显然其诗所透露的心态与明末清初岭南诗人不同。张氏虽为岭南人,其诗中的岭南地域意识并不明显,其叙述角度倒是与其他地区的诗人比较接近。

顺着时间进行排比,可以清楚地发现,明末清初的岭南诗人有关梅岭的诗与其前有明显不同。他们有关梅岭的诗无论是咏叹古人还是抒写英雄豪情,都带有那个时代岭南士人的兴亡感叹。这也是明末清初岭南士人为梅岭地标增添的新的文化内涵。

庾岭梅关以其独特的地理位置和交通南北的重要作用,成为一个受到特别关注的地点。它由一个纯粹的地理空间,因着与其发生关联

①郭棐编,陈兰芝增辑:《岭海名胜记》卷 10,《广州大典》第 227 册,第 770 页。

②徐世昌辑:《清诗汇》卷 88,第 1337 页。

③张维屏著,关步勋、谭赤子、汪松涛标点:《松心诗录》卷 6,《张南山全集》第 3 册,广东高等教育出版社 1994 年,第 111 页。按:此诗又见《张南山全集》第 3 册《花甲闲谈》卷 2(第 324 页),题为《梅岭庚寅》。

④张维屏著:《花甲闲谈》卷 2,《张南山全集》第 3 册,第 323 页。

的政治、军事、文化等事件,成了一个层积着深厚文化内涵的文化地标。
每种文化内涵的生成都有其特殊的历史和文化原因,其变迁或消失亦
是因为时过境迁,人、事皆非所致。无论消失与否,它都曾是组成梅岭
地标文化的基本内容。

二、屈大均的岭南书写
——以《广东新语》的地理书写为论述中心

翁山云:"广东者,吾之乡也。不能述吾之乡,不可以述天下。"[①]言
下之意,述天下,当从书写岭南开始。翁山有关岭南的书写,大致来说
可以分为三部分:一为对岭南文献的整理和编纂,主要成果有《广东文
集》《广东文选》《广东丛书》等;二为有关广东地理、风物、人文的编纂和
记录,主要成果有《广东新语》《永安县次志》《罗浮书》等;三为诗文当中
有关岭南的部分。翁山对岭南的文化、文学、历史、地理、风物等自然和
人文的书写,大体上也就包含在这三个方面之中。这是一个巨大的工
程,是以个人之力无法完成的浩大工程。不过,从这不自量力的行动,
可以看出他对生于斯长于斯的岭南感情之深厚。翁山自云对这里的
"一桑梓且犹恭敬"[②]。翁山有关的岭南书写就是在这样的心理驱动下
开始的。笔者认为翁山诗文的岭南书写与其岭南文化和文献的编撰很
大程度上形成了相互支撑和配合的关系,尤其他对岭南山水自然、草木
鱼虫等的书写与《广东新语》中的地理书写更是如此。不管是有意还是
无意,二者之间事实上形成了这样的关系。翁山在《广东新语》中亦经
常引用自己的诗作,而且所引诗句大都能在《翁山诗外》中找到出处。
这样的叙述方式事实上形成了诗与文、诗文与编撰的互文结构。

(一)屈大均岭南地理书写的系统性

翁山自云岭南山水游历殆遍。书写岭南地理是翁山十分着意的事
情,故其诗文有大量涉及岭南山水生物的内容。大体而言,其有关书写

①屈大均:《广东文选自序》,屈大均辑:《广东文选》卷首。
②屈大均:《广东文集总序》,屈大均辑:《广东文集》卷首,《广州大典》第489册,第469页。

基本是以《广东新语》为经，以《翁山诗外》《翁山文外》等有关内容为纬，基本上实现了相对全面的系统书写。从地理书写这一角度来看，可以说翁山是第一个用诗系统描述岭南的诗人。

　　翁山诗文数量庞大，写及岭南山水生物的诗文很多。其《翁山诗外》《翁山文外》对岭南地理的书写是否系统难以统计归纳，但通过《广东新语》却可以比较直观地看出其书写的系统性。《广东新语》是一部有关广东的百科全书，是对岭南自然和人文的系统书写，其系统性毋庸辞费。

　　《广东新语》全书二十八卷，其中十四卷大致说来与岭南地理直接相关。相关卷目可以分为山水、鸟兽、鱼虫、草木、食货这样几类。一个比较明显的现象是与地理书写相关的卷次较多引用了自己的诗句，而与地理书写没有太多关系的另外一半大体说来则相对较少引用。见下表：

是否相关	分类	卷次	卷名	引用自己诗句之处	每卷总条数	百分比
与地理书写有关的十四卷	山水	卷1	《天语》	4	29	14%
		卷2	《地语》	5	42	12%
		卷3	《山语》	30	49	61%
		卷4	《水语》	30	70	43%
		卷5	《石语》	16	25	64%
	货食	卷14	《食语》	4	29	14%
		卷15	《货语》	10	25	40%
	禽兽	卷20	《禽语》	20	30	67%
		卷21	《兽语》	6	24	25%
	鱼虫	卷22	《鳞语》	17	25	68%
		卷23	《介语》	12	22	54%
		卷24	《虫语》	11	35	31%
	草木	卷25	《木语》	63	83	76%
		卷27	《草语》	35	73	48%
	合计	共14卷		263	561	47%

续表

是否相关	分类	卷次	卷名	引用自己诗句之处	每卷总条数	百分比
与地理书写没有太多关系的十四卷		卷 6	《神语》	0	22	0％
		卷 7	《人语》	4	27	15％
		卷 8	《女语》	12	29	41％
		卷 9	《事语》	2	50	4％
		卷 10	《学语》	0	10	0％
		卷 11	《文语》	0	30	0％
		卷 12	《诗语》	0	18	0％
		卷 13	《艺语》	3	7	42％
		卷 16	《器语》	8	36	22％
		卷 17	《宫语》	3	22	14％
		卷 18	《舟语》	3	12	25％
		卷 19	《坟语》	6	27	22％
		卷 26	《香语》	1	11	9％
		卷 28	《怪语》	2	8	25％
	合计	14 卷		44	309	14％

由这一表格可以看出与地理有较多关联的十四卷除了《天语》和《食语》两卷较少引用自己的诗句之外,其他相对来说都比较多,特别是《山语》《水语》《木语》和《草语》等。另外十四卷中的《女语》一卷也有较多引用,共有 12 处,这与翁山特别关注节孝烈女有关。

总之,与地理相关的部分,翁山引用自己的诗句是比较多的,引用次数占总条目的百分之四十七,接近一半,而与地理关联度不高的部分,则较少引用,引用次数仅占总条目的百分之十四。翁山写及岭南地理生物的诗文很多,《广东新语》所引用的只是少数。由这一现象和《广东新语》整体的系统性,基本可以确认翁山诗文对岭南地理书写的系统性和丰富性。

(二)岭南山水自然

1. 岭南山水之奇特

屈大均奔走天下二十年,写作《广东新语》的最初动机,即出于向外地人介绍岭南的需要。"予尝游于四方,闳览博物之君子,多就予而问焉。予举广东十郡所见所闻,平昔识之于己者,悉与之语。语既多,茫无端绪,因诠次之而成书也。"①无论岭北人士的询问,还是他自觉向别人介绍,自然都会突出岭南不同于其他地区的独特之处。他在写作《广东新语》时自然也会延续这一取向。其诗文描写的虽然是他司空见惯的东西,但在外地人看来,依然感到新奇。

岭南地濒大海,水网密布,洲岛众多。"诸村多以洲名。洲上有山,烟雨中望之,乍断乍连,与潮上下。"一句"洲岛逐潮来"②非常形象地写出了岭南地理的这一奇特之处。对于沿海之民来说,大海就好像是自己的邻居,自然会融进他们的日常生活。《广东新语》"潮候"条云:"昼潮夜汐,天地呼吸之气。广州里海,视大海每迟数刻,径迅纡回之别也。俗传:'初一、十五,水上日午。初九、二十三,水大牛归栏。'盖潮候左券,琼海潮昼夜惟一汛,半月潮长则西流,半月潮消则东流。予诗:'半月西流半月东,乘潮不必更乘风。'又临高、儋州接壤间,水性迥别,儋州东流,则临高西流;儋州西流,则临高东流。予诗:'琼潮系星不系月,东流半月西半月。昼夜从无两汛时,临高、儋耳东西绝。'"③这些司空见惯的现象,不但化入了他们的日常生活,甚至还进入了当地人的爱情当中。其《雷阳曲》云:"花下欢闻白马嘶,郎来日日在南溪。莫如琼海潮相似,半月东流半月西。""天脚遥遥起半虹,涛声倏吼锦囊(注曰'地名')东。天教铁飓吹郎转,愿得朝朝见破篷。"诗后注曰:"雷州人每见天脚有晕若半虹,辄呼为'破篷',为飓风将至之候。飓风大者无坚不摧,名'铁飓'。"④

①《屈大均全集》第 4 册,卷首。
②《屈大均全集》第 4 册,第 53 页。
③《屈大均全集》第 4 册,第 155—156 页。
④《屈大均全集》第 2 册,第 1176 页。

　　岭南濒海,亦多山。山多则泉多,奇者亦多。"潮水泉"条云:"韶州清溪驿东五里许有潮泉,泉有雌雄,雄大而雌小,一雄长则一雌消,日凡三长三消,初以鸡鸣,次午,次酉,消则涓滴不留。惟秋冬间泉无消长,乃有细水长流,土人以泉应潮,名曰潮泉。"①其《潮泉》诗云:"一泉天半有神灵,吸得江潮上翠屏。千里潮来清远峡,不教一宿返南溟。"②"广州城中,有日、月二泉,日之泉,每夜辄有一日在其中;月之泉,每夜辄有一月在其中。日泉今失其处,惟月泉在金华夫人庙神座下,有巨石覆之。"③翁山《日月二泉井》诗云:"月泉西出日泉东,日月光生二井中。南海波潮从口上,朱明门户与心通。朝含真气知天一,夕有清光似碧空。汲取寒华供茗饮,仙人美禄此无穷。"④

　　翁山对罗浮山情有独钟,甚至把它看作是五岳之一——南岳。他不但写有与罗浮山有关的大量诗文,而且还特意编撰了一部山志——《罗浮书》。其《罗浮曲》云:"可怜罗浮山,离合亦有时。天雨罗浮合,天晴罗浮离。"《铁桥》云:"浮山不复浮,与罗合为一。若非一铁桥,安得如胶漆?""罗浮若夫妇,一合不复离。只恐铁桥断,大川来间之。"⑤"飞桥半天接罗浮,铁柱双标在两头。锁住蓬莱东一股,浮山不逐海潮流。"这几首诗亦为《广东新语》"罗浮"条引用。"罗浮"条云:"蓬莱有三别岛,浮山其一也。太古时,浮山自东海浮来与罗山合,崖巘皆为一,然体合而性分,其卉木鸟兽,至今有山海之异,浮山皆海中类云。《汉志》云:'博罗有罗山,以浮山自会稽浮来傅之,故名罗浮。'……当二山之交……一石飞空,袅袅数十百丈,上横绝巘,下跨悬崖,以接二山之脉,故曰桥也。"⑥所谓铁桥实际上是连接二山的巨大石梁。

　　端砚为天下名砚,翁山有端砚不止一枚,与端砚有关的诗也有多首。长诗《乞砚行》云:"青花细细似微尘,蕉叶白中时隐见。空濛雨气成黄龙,欲散不散浮水面。猪肝淡紫方新鲜,带血千年色未变。中间火

①《屈大均全集》第 4 册,第 131—132 页。
②《屈大均全集》第 2 册,第 1269 页。
③《屈大均全集》第 4 册,第 155 页。
④《屈大均全集》第 2 册,第 918 页。
⑤《屈大均全集》第 2 册,第 1066、1085 页。
⑥《屈大均全集》第 4 册,第 76、73 页。

捺晕如钱,半壁阴沉望似烟。翡翠硃砂非一种,斑斑麻鹊点多圆。斯是水岩石中髓,水之精华结渊底。就中纯粹含乾德,纷纷脂玉惭肌理。入手温然暖若春,浮动心花兼意蕊。姑射冰凝总在神,昭仪膏滑那濡水。玉骨虽刚按似柔,生气周身无不靡。鸜鹆何须活眼多?云霞亦是空天滓……使君割爱本非常,不贪为宝吾难已。连城之璧安希求,腼颜未免秦人耻。何物能为十五城?赋诗适自呈媸鄙。使君作者本多才,笑我布鼓持当雷。不须狡狯凭诗笔,自有神明契合来。"①从这首诗可以看出他对端砚深有研究和对端砚的特别喜好。他曾亲自到端州采石作砚,得一块砚石,取名为"水肪"。《端州访砚歌和诸公》云:"水岩之石水精子,带血羊肝纯作紫。火捺金钱朵朵圆,白凝蕉叶为肌理……神物由来知者寡,相错刚柔方大雅。不得精华日月中,文明安足成天下。"②《广东新语》引用了这两首诗。"端石"条云:"惟中层者,纯深秀嫩,一片真气,如新泉欲流,又如云霞氤氲,温柔长暖,斯乃石之髓也,得之可以尽废诸岩石矣。予尝得其一,名曰水肪。"③

《广东新语》虽然突出了岭南不同于其他地区的独特之处,但并非继承了自汉末南海人杨孚作《南裔异物志》所开创的搜奇记异的传统。其中《天语》《神语》和《怪语》等卷虽语涉怪异,并非是翁山故意如此,而是出于体例和实录的需要,所以他在《广东新语自序》中说:"中间未尽雅驯,则嗜奇尚异之失,予之过也。"④

2. 岭南山水之险

广东北部和西部多山,岭南山水险峻之处多在此地。翁山多次出岭,往来跋涉,其诗多处写及此地的山水之险。其《泷中泷在乐昌县北,凡有六:曰穿腰泷,曰梅泷,曰寒泷,曰金泷,曰白茫泷,曰垂泷》有云:"舟子穿腰欲上天,下泷船笑上泷船。上泷争似下泷险?一片风帆乱石边。"注曰:"舟子以篙夹腰异舟而上,因谓此泷为穿腰。""舟随瀑水天边落,白浪如山倒翠微。巨石有时亦却立,白鸥欲下复惊飞。""舟从潭底出天来,声似

---

①《屈大均全集》第1册,第153—154页。
②《屈大均全集》第1册,第182—183页。
③《屈大均全集》第4册,第170页。
④《屈大均全集》第4册,卷首。

雷霆山欲摧。百道惊泉争一石,波涛喷击几时开。"①此诗写昌乐泷。"昌乐泷,在乐昌县西北六十里……泷口东岸有赵佗古城,佗昔自王,首筑此以扼楚塞。盖以秦新道惟此泷中最险。"②《上泷谣》云:"上泷下泷舟不同,双船与石相争雄。我行亦与篙人似,半在船中半水中。"《上泷谣四解》之一、二又云:"宁上三峡,莫上六泷。上泷犹可,下泷杀我。""船随飞流,入于泷湫。千尺之势,十沉一浮。"③这里的山水之险,可以想见。

　　与以上相关的再如:《上泷谣》曰:"篙直如箭,船石不见。篙曲如弓,船石相春。"这首诗写的是从粤北碥石经六泷到乐昌的情况。《广东新语》卷18《舟语》"泷船"云:"舟自宜章下平石者,曰单船;自平石下六泷至乐昌者,曰双船。单,小艑也;双,大艭也。六泷古名武溪,或以为即马援门生所歌《武溪深》者。水最湍怒,舟上下砯石,单船小,水易漂没,故必用双船,其力能与石斗,船胜石则生之机,石胜船则死之机,固峤南之绝险处也。双船兼二独木为之,形若浮槎,单者止刳一木,每船三人,上水者篙人在水中,下者桨人在舟中,二人分左右打桨,一人在后,一手中持舵,一手打桨,舵亦以长桨为之……双船一曰泷船。"④沿北江南下,自英德至清远有所谓粤中三峡。翁山多次出岭北上路经此地,也留下了不少与之相关的诗歌。其《上三峡谣》云:"潮上飞来,一宿即回。飞来潮上,二禺皆响。"《自英德下峡者先浈阳自清远上峡者先中宿歌曰》:"浈阳头,中宿尾,中央一峡香炉是。""头中宿,尾浈阳,香炉一峡是中央。"⑤《广东新语》云:"自英德至清远有三峡,一曰中宿,一曰大庙,一曰浈阳。大庙介二峡之间,尤险狭,故尉佗筑万人城于此。汉杨仆先陷寻陕,姚氏云:'寻陕在始兴三百里,地近连口。'即此。然其险盖与蜀异,蜀三峡,其险在滩;粤三峡,其险在峡。自皋石山而下,危峦峻嶽,为铁步障,为玉屏,凡数百里不断……耸而为峰,两两壁合,镵锐绝特,望

①屈大均:《翁山诗外》卷13,康熙年间屈明洪补刊本,《广州大典》第437册,第451页。
②《屈大均全集》第4册,第126—127页。
③《屈大均全集》第2册,第1273、1356页。
④《屈大均全集》第4册,第439—440页。
⑤《屈大均全集》第2册,第1357页。

之若攒玉插天,其下苍磴屈盘,箐丛茂密,临危飞石,与古木互相撑拒,往往有崩陷之患,盖粤山之第一险。"①

西江岸边的肇庆曾为南明永历皇帝之都。这一带地势险要,也是翁山念念不忘的地方。其诗云:"六月滇黔水大来,端州城门不敢开。左右双江争一口,白波倒卷失崧台。咽喉最苦羚羊小,水花四溅如白鸟。洪涛鼓舞不因风,一出峡门成浩淼。""水如奔箭穿霞壁,舟与浪花相拒敌。千岩万壑势将崩,一石中流犹荡击。""北江势比西江缓,水性西江尤劲悍。时时一口似龙门,万里飞流束欲断。"这描写的是西江水势之凶险。这几首诗皆见于《广东新语》卷3"两三峡"条:"浈阳、香炉、中宿,为北三峡,大湘、小湘、羚羊,为西三峡……西江既出羚羊,势乃沛然,与北江合为一大川,每当夏涨,水如万马奔腾,岩壑尽崩,舟与惊涛相为劲敌。其性既湍悍,又苦峡门隘小,稍失势,则帆樯倒下千尺……峡口之西有亭,曰束江,其上为灵山寺,登之俯视,建瓴水头十丈,排山而下,真滔天之势也。"②

3. 追和前人,追怀前人遗迹

翁山对岭南的地理书写,表达了他对岭南乡土的依恋。礼敬先贤是对传统的尊重,是对文化的崇敬。家乡某处山水如果曾是先贤关注和驻足之处,此处山水便倍受当地人热爱。地理书写与先贤崇拜的结合是非常自然的。翁山的岭南书写,就常常结合具体对象穿插先贤的遗事或诗文。

湛甘泉是明代理学家,在岭南文化史上有着重要的地位,翁山对他非常崇敬。其《西樵湖棹歌追和湛文简公》三章即是追和这位岭南先贤的:"二十三泉一半飞,飞为大小水帘肥。湖中尽是飞泉水,曲曲随舟上翠微。""东北湖头接白云,东南湖尾大江分。诸峰不在烟波外,七十芙蓉总与君。""芙蓉一朵一飞泉,流作湖波荡碧天。十八花湾行不尽,江风吹上瀑花边。"③《广东新语》"樵湖"条云:"西樵下有湖,环山东南,随

---

①《屈大均全集》第4册,第62页。

②《屈大均全集》第4册,第68—69页。

③《屈大均全集》第2册,第1268—1269页。

水势曲折而成,长亘六十余里,湛甘泉尝标为二十八曲,与弟子棹歌其中。"①《广东新语》"石笠"条云:"西樵有一巨石,形如笠,文敏公镌曰'霍子笠'。予补之以铭曰:'吾之笠,石所成。吾戴之,云之轻。'又有一石状冠,予镌曰:'屈子冠',铭之曰:'白云为衣,瀑布为带。复此石冠,徜徉天外。'"②文敏公,名霍韬(1487—1540),字渭先,号兀崖,南海人。明正德九年(1514)会试第一。嘉靖三年(1524),"大礼朝议"论争时,他援引古礼,揆之事体,主张嘉靖帝应尊生父兴献王为皇考,反对群臣以兴献王为皇叔考之议。他力排众议,因避嫌媚上,三辞升迁。嘉靖十五年(1536)官至礼部尚书、太子少保。嘉靖十九年(1540),霍韬在京病逝。追封为太师太保,谥文敏,建祠祀奉。后人把他与石肯乡梁储、大同乡方献夫,合称为明代南海县的"三老阁"。

《广东新语》"三石"条云:"罗浮之路,自浮丘而始,至白云而中,地道潜通,无间远近,故堂曰白云,浮丘又白云之门户也。万历间,学士赵志皋以谪官至,开浮丘大社,与粤中士大夫赋诗,而范浮丘、稚川二仙像祀之。以浮丘公与王子晋吹笙得仙,又为亭曰吹笙,而堂曰大雅,楼曰紫烟,轩曰晚沐,于此地一大开辟。既去,人为亭以留其舄,至今百有余年矣。荔支梅竹之植,手泽犹存,予每徘徊而不能去……'今日丘林带城郭,惟余海月一片挂长松。'不禁浩然而兴叹也。丘前有撒金巷,予家尝近焉,儿时数就珊瑚井旁嬉戏。"③为追怀先贤,康熙二十九年庚午屈大均与陈恭尹、梁佩兰等人一起重新修复浮丘诗社。其《修复浮丘诗社有作》:"仙城三石三培塿,似三神山随波流。地道潜通第七洞,朱明门户惟浮丘。浮丘丈人昔栖此,子乔吹笙翩来游。浮丘伯与浮丘叔,兄弟一罗而一浮。稚川来挹浮丘袖,丹井至今如龙湫。海神珊瑚一再献,珊瑚知自珊瑚洲。潆阳(赵公志皋。)浮丘结大社,吾越风雅凌中州。前掩曲江后海目,堨篊一一相绸缪……泰泉弟子多古调,兰汀青霞居其优。我今欲作钟吕倡,欲得二三黎与欧。南园东皋总荒草,坛坫复有浮丘不。"注云:"三石谓浮丘与海珠、海印('印'原作'卬',据康熙年间屈明洪补

---

① 《屈大均全集》第 4 册,第 121 页。
② 《屈大均全集》第 4 册,第 175 页。
③ 《屈大均全集》第 4 册,第 162 页。

刊本改）也。"①

4.结合传说写山水

山水绝佳或特异之处,常常会出现相关的一些传说。传说的故事虽然未必真正发生过,却可以为山水增色,增强人们探究的愿望。

翁山写山水有时会把传说作为诗歌的主体内容,如诗云:"两边生竹合无痕,生竹能成夫妇恩。潭上至今媒竹美,枝枝慈孝更多孙。"这首诗如果不作注解,读者就不太容易明白。这首诗写的就是有关"赌妇潭"的传说。《广东新语》卷4"赌妇潭"条云:"赌妇潭,在龙门蓼溪水口。相传有二童男女戏赌,各持竹一边,从上流掷下,云两竹相合,即为夫妇。至下流观之,竹果相合如生,遂成夫妇,故名潭曰赌妇,潭上竹林名媒竹。"②

《留人石诅祝辞》诅曰:"留人石,莫留人。风吹石,化为尘。"祝曰:"留人石,既为尘。望夫石,复为人。"其序云:"自横州伶俐水口以上江之南岸有一石,状若女子,号'留人石'。谚曰:'广西有一留人石,广东有一望夫山。'是也。广东商贾多赘于广西不返,其妇女辄以此石能留人,西望诅祝。"③这首诗写的显然也是传说。《广东新语》卷5"望夫石"条亦有相关的记述。翁山《石船铭》云:"至人餐石,以刚为柔。至人乘石,以沉为浮。风将气御,水以神游。芙蕖一瓣,泛泛如舟。虚无之滓,为尔长留。"《广东新语》卷5"石船"条云:"高州潘仙坡有一石船,中坳,两端微起若荷华片,长八尺有半,广四尺。又有石篙一,在云炉洞,长二丈许,相传潘茂名真人遗物。"④由这一记载可知《石船铭》所写也涉及一个传说。《广东新语》卷5"洗头盘"条云:"永安苦竹㵲梅花岩畔,有一石坎,名仙女洗头盘。相传女子就盘沐发,能使发鬓美而长。"翁山于此石下题诗云:"安得仙人九节杖,挂到玉女洗头盘。"⑤传说是美丽的,不但能使山水顿生灵气,也能为诗增色。

---

① 《屈大均全集》第1册,第199—200页。
② 《屈大均全集》第4册,第128页。
③ 《屈大均全集》第2册,第1360页。
④ 《屈大均全集》第4册,第176页。
⑤ 《屈大均全集》第4册,第180页。

《何仙姑坛作》:"咫尺春江接凤台,朱明门户井中开。金精不使吴王得,云母难贻葛令来。帝赐霞衣留洞府,人传玉舄在莓苔。绿珠艳曲先南越,争似仙灵更有才?"仙姑善诗,故云。之二:"少小仙人梦里逢,天花炼就不乘龙。飞过海上麻姑石,化作云边玉女峰。井有寒浆如太华,冈余红雪似芙蓉。鲍家尚尔婚勾漏,桃李多情笑彼侬。"①何仙姑是传说中的八大仙人之一,据载为广东增城人。《广东新语》卷3"春冈"条:"春冈,在增城城中,一名凤冈。其东麓有唐时何仙姑宅,《罗浮经》云:'其阴云母峰,峰之西北曰凤凰冈,神女居之。'是也。仙姑常往来罗浮,其行如飞,天后遣使召赴阙,中路失之。天宝九年,五色云起,麻姑坛有仙子,缥缈而出,道士蔡太一识其为仙姑也。大历中,又见于小石楼,广州刺史高翚上其事,赐明霞衣一袭,取所作《饵云母诗》入大内。"②《浮丘谣》云:"浮丘叔、浮丘丈人同一目。撒豆成金人不知,肩上珊瑚担一束。"③这也是一首有关神仙的诗歌。《广东新语》"三石"条云:"浮丘……相传有二仙,一老一少,两人一目,彼此扶挈('挈'原作'絜',据康熙三十九年木天阁刻本改)而行,居人遗以麦豆,撒之成金,视所荷之薪,则红白珊瑚枝也。老者浮丘丈人,少者浮丘叔也。考《列仙传》,浮丘伯姓李氏,不言浮丘叔,意丈人其即伯欤?然浮丘伯,班固以为荀卿门人,服虔以为秦时儒生。高后时,浮丘伯在长安,楚元王交尝受诗于浮丘伯,又遣子郢客与申公俱卒业,当时浮丘伯或与安期生为友,安期生至粤,而浮丘伯亦相从而至耶。"④

5. 岭南山水造就岭南人

有关人与地理关系的理论虽然很细致深入,但其最核心的东西却被一句"一方水土,养一方人"的谚语道破了。谚语是最通俗的表达,如果上升到哲学层面,则是人与自然的和谐相处,用中国传统的观念来表达,即是天人合一。

岭南的山水自然对岭南人的造就,翁山的诗歌也有所表现。珠江

---

① 《屈大均全集》第 2 册,第 893 页。
② 《屈大均全集》第 4 册,第 96 页。
③ 《屈大均全集》第 2 册,第 1360 页。
④ 《屈大均全集》第 4 册,第 162—163 页。

三角洲水网密布,这里人不离水,水不离人。翁山的《江潮曲》就描述了岭南人与水的亲密关系。"与郎如沓潮,朝暮不曾暇。欢如早潮上,侬似暮潮下。""两潮相合时,不知早与暮。与郎今往来,但以潮为度。"①《广东新语》"广州潮"条云:"广州潮,以朔日长,至初四而消;以望日长,至十八而消,谓之水头。以初四消至十四,以十八消至二十九、三十,谓之水尾……渔者歌云:'水头鱼多,水尾鱼少,不如沓潮,鱼无大小。'沓潮者,潮之盛也,一名合沓水。水之新旧者,去来相逆,故曰沓。沓,重沓也。当重沓时,旧潮之势微劣,不能进退,鱼去而复来,故多。鱼大者始能乘潮,故大。沓潮者,渔人所喜。"②在水的滋润下,岭南人养成温婉细腻的性格。岭南有一个比较独特的疍民族群。他们长年生活在珠江水上,珠江的每个支流都有他们的身影。他们以水为生,水也造就了他们特殊的生活习俗和性格。《疍家曲》:"艇小如凫雁,轻摇出海门。阿姑知未许,梢上有花盆。"这首诗写出了疍民的某些生活和习俗。"疍女未许嫁,则船尾置一花盆。"③

　　岭南背山面海,水多山亦多。大山中人,其生活样态则是另外一副模样。翁山《梅花汈水》云:"梅花汈水地,幽绝可逃秦。耕凿无余事,衣冠在野人。人人持鹿铁,处处见熊伸。傜女歌声好,风吹听不真。"④由《广东新语》卷2可知此诗描述的是粤北山地人。"梅汈"条云:"自乳源治北行,出风门,度梯上、梯下诸岭,磴道崄巇,尺寸斗绝,民悬居崖壑之间,有出水岩、双桥、梅花、汈水四处尤险。其险皆在石,石之气,使人多力而善斗,跳荡而前,无不以一当十。以石为盾,火为兵,虽瑶蛮亦畏惮之,勿敢与争。子生八九龄,即以鸟枪、鹿铁教之,发必命中。"⑤这首诗描写的正是这里独特的地理环境对当地人的塑造。《龙门健儿行》描述的情形与这类似:"龙门健儿身手强,绵木为枪三丈长。三人持一绵木枪,风旋电转谁能当?进四尺兮退四尺,挑起人马半空掷。朔骑千群丧精魄,前锋夹以竹篙锥。三丈不足二丈余,藤牌絮被滚如珠。三眼鸟枪

①《屈大均全集》第2册,第1066页。
②《屈大均全集》第4册,第119页。
③《屈大均全集》第2册,第1079页。
④《屈大均全集》第1册,第293页。
⑤《屈大均全集》第4册,第41—42页。

洞铁甲,绕指郁刀随卷舒。燋铜锋镝涂毒药,猛虎中之仅三跃。用短尤能精用长,纵横击刺千军却。往日勤王义气作,文烈张公恣挥霍。大小百战似雷霆,长驱几欲空沙漠。"①《广东新语》"木枪"条有比较明确的记述:"龙门健儿,多以棉木为枪,长三丈余,三人持之,一进一退,以四尺为率,从地上挑起人马,敌不能近,谓之八步长枪。"②

《翁山诗外》有《军行曲》多首。"五兵相救短兼长,左右藤遮两翼张。日日诸军催练习,粤人军器最精良。""沙炮都须丈二长,藤牌一一辅花枪。纵横只用鸳鸯阵,马战何如步战良。""挑战时时逾白沟,刀牌好手夹蛇矛。镖枪先掷身随入,出没如风敌尽愁。"③这虽是一组军旅诗,但诗中"沙炮""藤牌""镖枪""粤人军器"却透露出了其地域性。《广东新语》卷16"鸟枪"条就引用了此诗。"粤人善鸟枪,山县民儿生十岁,即授鸟枪一具,教之击鸟,久之精巧命中,置于肘上,背物而击之,百步外钱孔可贯……弹子多至升许,一发毙数十百人,杂以快钯藤盾,长短相救,每战辄无敌矣。"④

6. 不同于北地的气候

岭南地处亚热带,气候湿热。寒冬时节,雪亦难过五岭,百岁老人亦难得一睹风雪。不过,明末清初岭南地区却出现了一段相对寒冷的时期。文献记载这一时期广州多次雨雪。康熙三十年前后,广州下了一场罕见的大雪。

《罗浮对雪歌庚午》:"峤南自古无大雪,况复罗浮火洞穴。山人不识冰与霜,白露少凝阴道绝。今年季冬太苦寒,雪花三尺如玉盘。麻姑玉女尽头白,四百缟素失峰峦。天气忽将南作北,层冰峨峨路四塞。"⑤《丙寅元日作》:"一自边人至,南中得雪看。炎天无旧暖,涨海有新寒。今岁春光早,开年花气干。深深元日酒,好尽老农欢。"⑥《广东新语》卷1"风候"条云:"凡地之阳气,自南而北,阴气自北而南。比年岭表甚寒,

---

① 《屈大均全集》第1册,第123—124页。
② 《屈大均全集》第4册,第403页。
③ 《屈大均全集》第2册,第1264页。
④ 《屈大均全集》第4册,第398—399页。
⑤ 《屈大均全集》第1册,第201页。
⑥ 《屈大均全集》第1册,第659页。

虽无雪霜,而凛烈惨凄之气,在冬末春初殊甚,北人至止,多有衣重裘坐卧火炕者,盖地气随人而转,北人今多在南,故岭表因之生寒也。予诗:'边人带得冷南来,今岁梅花春始开。头白老人不识雪,惊看白满越王台。'①岭南虽然为天下之极南,但偶尔也会出现极端的天气。这首诗显然透露了翁山的反清情绪。

《白雨》:"炎天白雨早禾宜,更为园林熟荔枝。今岁无多黄雨下,农夫相庆酒杯持。"②白撞雨是岭南夏日常见的天气现象。《广东新语》卷1"雨"条:"凡天晴暴雨忽作,雨不避日,日不避雨,点大而疏,是曰白撞雨,亦曰过云,亦曰白雨。谚曰:'下白雨,娶龙女。'白雨者,炎热之气所蒸,夏间为多,其势苦暴,邵子所谓火雨也。岭海炎方,夏日火尤盛,故多白雨。六月火在天上,故先下火雨,乃为水雨而滂沱也。子瞻诗'夏畦流膏白雨翻',升庵云:'俗以暑雨乍落乍晴,日光穿漏,谓之天笑,即白雨也。'白雨宜早稻,谚曰:'早禾壮,须白撞。'"③

岭南地暖,生物与他处多有不同。同一种植物,其生长所应时节亦不同于北方,此皆气候不同所致。翁山写花卉的一些诗间接地写出了岭南不同于北方的气候。《菊》:"未敢违霜露,宜寒故晚开。重阳嫌太早,白雁莫相催。冉冉辞秋草,依依有早梅。炎方无《月令》,嗟汝后时才。""不是花难发,炎洲故晚寒。苦心嫌自见,佳色畏人看。地暖非吾性,山深正所安。微红有霜叶,采采作晨餐。"④《广东新语》卷27"菊"条云:"岭南菊,冬乃盛发,子瞻在海南,以十一月之望,与客泛菊作重九。有云:'岭南地暖,百卉造作无时,而菊独后开,考其理,菊性介烈,不与百卉并盛衰,须霜降乃发,而岭南尝以冬至微霜故也。'大均谓:'《记》称:菊,穷也,华事至此而穷尽,故谓之菊。岭南华事,以菊始而不以菊终,华于正月,又华于十一二月,菊故名节华,又曰女节,至岭南则非节矣。'盖岭南地最晚寒,故菊晚开,黄菊应寒者也。"⑤

菊花、梅花有君子之节,岭南岭北皆受人喜爱。与菊花一样,岭南

①《屈大均全集》第4册,第12页。
②《屈大均全集》第2册,第1276页。
③《屈大均全集》第4册,第17页。
④《屈大均全集》第1册,第474页。
⑤《屈大均全集》第4册,第639页。

梅花开放时节也不同于别处。《梅》诗:"咫尺梅关雪不来,梅花开罢腊梅开。炎州十月春如海,处处飞香半是梅。"①《岭梅》:"岭梅冬已发,香总在南枝。霜共黄花湿,风兼绛叶吹。虽寒无雪覆,即早有莺窥。隔岁春光满,江南殊未知。"②

一叶知秋,翁山写的虽然是岭南花卉,却透露了岭南气候的独特之处。

(三)岭南生物物产

1. 当地人的生活和劳作

缪天自云:"诗有俚语,经顾宁人笔辄典;诗有庸语,入屈翁山手便超。"③油盐酱醋、瓜果菜蔬这类最普通的日常物品很难入诗。不过,这类俚语庸语在《翁山诗外》中却大量存在。正是这类诗真切地描绘了岭南人最普通的生活和劳作。

岭南人喜食鱼生,外地人很难理解。《席上赋得甘滩鲥鱼限鱼字》:"甘滩最好是鲥鱼,海目山前味不如。丝网肯教鳞片损,玉盘那得鲙香余? 多惭食饫先王母,敢恨尝新后老渔。四月金钱人竞掷,未应黄颊当园蔬。""滩下肥过滩上鱼,罾中泼剌溯流初。冰鳞触损烹无及,玉筋殷勤食有余。三月乱随西水下,九江争向北山渔。嘉名更得三来好,为惜膏流作网疏。"④这首诗说的就是吃鱼生的情况。《过定思族翁斫鲙作》描绘得更细致:"水出鲜鳞作鲙宜,蛮姜蜜酒沃红肌。相遇一味鱼生足,不必重为鸡黍期。""鲙成双蝶食如流,冬至鱼生绝胜秋。明岁方塘思佃取,养鱼经向范公求。"⑤《广东新语》卷 22"鲥鱼"条云:"鱼生以鲥鱼为美,他鱼次之。予家在沙亭乡,池沼颇多,亲戚相过,必以斫鲙为欢,以多食鲙为韵事。"⑥翁山有时也会亲自捕鲥鱼为鲙。《荡舟海目山下捕鲥鱼为鲙》诗有所描述。诗云:"雨过苍苍海目开,早潮未落晚潮催。鲥鱼

---

①《屈大均全集》第 2 册,第 1209 页。
②《屈大均全集》第 1 册,第 546 页。
③沈德潜等编:《清诗别裁集》卷 8,第 299 页。
④《屈大均全集》第 2 册,第 995 页。
⑤《屈大均全集》第 2 册,第 1321 页。
⑥《屈大均全集》第 4 册,第 519 页。

不少樱桃颊,与客朝朝作鲙来。""羚羊峡口嘉鱼美,不若鲥鱼海目鲜。黄颊切来纷似雪,绿尊倾去更如泉。""刮镬鸣时春雪消,鲥鱼争上九江潮(原作'湖',据康熙年间屈明洪补刊本改)。自携鲙具过渔父,双桨如飞不用招。"注曰:"鲥鱼以樱桃颊为上,黄颊、铁颊次之,烂鳞粉颊为下。凡捕鲥鱼以刮镬鸣为信。刮镬,鸟名。"①《广东新语》卷22"鱼生"条对岭南的这一习俗有明确的解释:"粤俗嗜('嗜'原作'好',据康熙三十九年木天阁刻本改)鱼生,以鲈、以鳜、以鳢白、以黄鱼、以青鲚、以雪鲚、以鲩为上,鲩又以白鲩为上。以初出水泼剌者,去其皮剑,洗其血腥,细剑之为片,红肌白理,轻可吹起,薄如蝉翼,两两相比,沃以老醪,和以椒芷,入口冰融,至甘旨矣。而鲥与嘉鱼尤美,予尝荡舟海目山下,取鲥为脍……嘉鱼亦多脂,尝食乳泉石沐,冬则出穴饮雪水,而所处大、小湘峡、端溪、锦水、杨柳沙,潮咸不到,故肥美不腥,脍之并美于熟食也。雪鲚以冬而肥,其性属水,喜游泳波上,得济流则跳跃寻丈,生食之益人气力……凡有鳞之鱼,喜游水上,阳类也,冬至一阳生,生食之,所以助阳也。无鳞之鱼喜伏泥中,阴类也,不可以为脍,必熟食之,所以滋阴也。或云:'凡鱼行随阳,春夏浮而溯流,秋冬没而顺流,其浮时可脍,其没时必须烹食,乃不损人云。'粤人多有鱼生之会,以天晓空心食之佳。或以鳝之乌耳者、藤者、黄者为生,亦有以蚝为生者,岭内人不知此味,不足与之言也。"②

　　鱼生是岭南人的喜好,也是他们的日常饮食。《翁山诗外》写岭南人日常饮食的诗很多。《园菜》之二云:"三花与二兰,朝夕上蔬盘。作豉多蠲忿,为薤有合欢。冬怜甜芋暖,夏爱苦瓜寒。每作伊蒲馔,慈姑尽意餐。"③《渔谣》云:"鳝多乌耳,蟹尽黄膏。香粳换取,下尔香醪。"④再如,"山辣作金齑,蛮姜为玉豉",也属于这一类。《广东新语》卷27"三蘱"条云:"山辣者,三蘱也,蛮姜,高良姜也,以其子合细辛末,可辟口疾。""三蘱,根似姜而软脆,性热消食,宜兼槟榔嚼之,以当蒟子,或以调

①《屈大均全集》第2册,第1203页。
②《屈大均全集》第4册,第510—511页。
③《屈大均全集》第2册,第757页。
④《屈大均全集》第2册,第1378页。

羹汤,微辣而香。聘妇者,以三藾雕镂花、鸟、胡蝶诸状,薄金傅之,佐槟榔、椰、肉桂、姜花等以实筐。三藾一名山柰,亦曰廉姜,可为齑。"①

《翁山诗外》中这类诗很多。再如《食白蟛蜞》:"正月蟛蜞出,雌雄总有膏。绝甘全在壳,虽小亦持螯。捕取从沙坦,倾将入酒糟。野夫贪价贱,日夕下醇醪。""风俗园蔬似,朝朝下白黏。难腥因淡('淡'原作'汲',据康熙年间屈明洪补刊本改)水,易熟为多盐。馈客双瓶少,随身一盒兼。儿童频下水,多卖与间阎。"②《广东新语》卷 23"蟛蜞"条云:"凡春正二月,南风起,海中无雾,则公蟛蜞出;夏四五月,大禾既莳,则母蟛蜞出。其白者曰白蟛蜞,以盐酒腌之,置荼蘼花朵其中,晒以烈日,有香扑鼻。"③

这类诗写的是岭南人的日常生活。比较而言,写带有岭南特色的生产劳作的诗更多。《浮田》诗云:"上有浮田下有鱼,浮田片片似空虚。撑舟直上浮田去,为采仙人绿玉蔬。"④珠江三角洲水网稠密,当地人靠水吃水。《广东新语》卷 2"茭塘"条云:"茭塘之地濒海,凡朝虚夕市,贩夫贩妇,各以其所捕海鲜,连筐而至,疍家之所有,则以钱易之;蛋人之所有,则以米易,予家近市亭,颇得厌饫。尝为渔者歌云:'船公上樯望鱼,船姥下水牵网。满篮白饭、黄花(皆鱼名),换酒洲边相饷。'"⑤这首诗在《翁山诗外》亦题为《渔者歌》。有些诗描写的劳作场景很具岭南特色。《渔曲》之二云:"风俗河豚会,秋来乐事多。乘潮下生钓,滥口峭帆过。"⑥这首诗描写的正是岭南水乡渔民劳作的情况。《广东新语》卷 22"渔具"条对何为生钓进行了解释:"取河豚以秋潮始盛,垂千百钩于网中,河豚性嗔,触网辄不去,欲与网斗,以故往往中钩;又或以一大绳为母,以千百小绳为子,子绳系于母绳之末,而母绳之末各系一钩,一河豚中钩,则众河豚皆中钩,是名兄弟钓,亦名拖钓,其钩皆空不以饵,亦曰生钓。然生钓之河豚多雌者,雌者多子,味不美,惟南亭海心冈撒网而

①《屈大均全集》第 4 册,第 654 页。
②《屈大均全集》第 1 册,第 662 页。
③《屈大均全集》第 4 册,第 526 页。
④《屈大均全集》第 2 册,第 1275 页。
⑤《屈大均全集》第 4 册,第 40 页。
⑥《屈大均全集》第 2 册,第 1115 页。

取者,其河豚多雄,雄者多膘,味绝美。"《渔曲》之三云:"花中藏跳白,出没少鱼惊。向夕鸣榔去,知予是月明。"何谓"跳白","渔具"条亦有解释:"跳白者,船也,其制小,仅受一人,于湾环隈澳间,乘暮入焉,乃张二白板于船旁,而鸣其榔,鱼见白板,辄惊眩入网,然诸鱼不惊,惟鲚、鲂、鲻三者惊,三者味甘美,故粤人最重跳白之鱼。鱼以晓散而暮聚,聚必于水之涯涘,故跳白船之出以暮,而多在岸草蒙茸之际,无风波患。"①

再如《捕蟹辞》:"捕蟹三沙与四沙,秋来乐事在渔家。随潮上下茭塘海,艇子归时月欲斜。""紫蟹迎潮复送潮,纷纷衔穗上兰桡。蟹黄应月秋逾美,乱掷金钱向市桥。"②《打蚝歌》:"一岁蚝田两种蚝,蚝田片片在波涛。蚝生每每因阳火,相叠成山十丈高。"注曰:"以石烧红投海水中,即生蚝。""冬月珍珠蚝更多,渔姑争唱打蚝歌。纷纷龙穴洲边去,半湿云鬟在白波。"③《采珠词》:"合浦秋清水不波,月中珠蚌晒珠多。光含白露生琼海,色似明霞接绛河。""中秋月满珠同满,吐纳清光一一开。明月本为珠作命,明珠元以月为胎。""家家养得采珠儿,兼采珊瑚石上枝。珠母多生珠子树,海中攀折少人知。"④这类诗《翁山诗外》多有,举例已多。翁山对海滨人的生活劳作非常熟悉也很关心,并著《渔书》十二篇。其《三月》诗云:"三月潮鱼尽上田,渔人塞箔向江边。我家江口知渔事,著得渔书十二篇。"⑤《鸣榔》:"白板未惊鱼,鸣榔响碧虚。数声明月上,十里蓼花初。予亦烟波客,能为雪夜渔。渔书三两卷,欲赠是三闾。"⑥可惜《渔书》今已失传。

岭南物产虽然丰富,但普通百姓的生活还是非常辛苦。《雷女织葛歌》:"雷女采葛,缉作黄丝。东家为绤,西家为绤。夫寒衣葛布,妇饥食葛乳。得钱虽则多,不足偿租赋。一日织一疋,十指徒苦辛。只以肥商贾,无能养一身。"⑦

---

① 《屈大均全集》第 4 册,第 513—514、513 页。
② 《屈大均全集》第 2 册,第 1284 页。
③ 《屈大均全集》第 2 册,第 1285 页。
④ 《屈大均全集》第 2 册,第 1210 页。
⑤ 《屈大均全集》第 2 册,第 1276 页。
⑥ 《屈大均全集》第 1 册,第 617 页。
⑦ 《屈大均全集》第 2 册,第 1359 页。

2. 岭南物产之丰美

"广州包带山海,珍异所出,一箧之宝,可资数世。"①岭南自古以来,就以奇物异珍闻名,以至汉末杨孚《南裔异物志》后,形成了一个书写岭南异物的传统。对于翁山来说,虽然这些所谓的奇物异珍可能司空见惯,但其诗作还是不自觉透露出喜爱之情。

荔枝为岭南佳果,自北宋苏轼"日啖荔枝三百颗"之后,岭南荔枝便声誉鹊起。虽然自宋至今有关闽粤荔枝孰优孰劣一直有所争论,但在全国范围内,岭南荔枝绝对算得上是上品名果。《翁山诗外》当中写荔枝的诗很多,仅《广州荔枝词》一组七绝竟达五十多首。"蓬莱一岛海浮来,上有荔枝下有梅。五色仙禽餐不尽,纷纷衔过越王台。""六月增城百品佳,居人只贩尚书怀。玉栏金井殊无价,换尽蛮娘翡翠钗。""照人最是凝冰子,五月光生一片寒。未启朱苞光已出,可怜更在水精盘。""龙眼独从阴处长,荔枝先向日边红。仙人肌体如冰雪,玉液丹成大火中。"②《广东新语》卷 25"荔支"条云:"以蝉鸣为候应,此时('时'原作'进',据康熙三十九年木天阁刻本改)熟者曰金钗子,实大核小,昔人解金钗而得其种,或谓即黑叶也。荔支叶青绿,此独黑,故曰黑叶。广人为荔脯者,多黑叶,次曰进奉,曰大造,曰塘垦,是皆水支之贵者也。当摘时宿之井中,沃以寒泉,火气既去,金液斯纯,以正阳精蕊,而配以正阴津液,水火既济,斯为神仙之食。"③他对荔枝的喜爱可以想见。

说到荔枝,就不得不提龙眼。翁山也常常荔枝、龙眼并提。《广东新语》卷 25"荔支"条云:"荔支属火,宜使向阳,龙眼属水,宜向阴。荔支之阳子甜,龙眼之阴子甜。语曰:'当日荔支,背日龙眼。'"④《龙眼》诗:"采摘日盈筐,香生比目房。食多能益智,《本草》有仙方。"⑤《代怨别曲》又云:"益智为龙眼,蠲愁是荔枝。为君空采摘,无路寄相思。"⑥龙眼能否益智,不得而知。除了诗中提到这一功用外,他在《广东新语》卷 25

①房玄龄等撰:《晋书》卷 90,第 2341 页。
②《屈大均全集》第 2 册,第 1204—1205 页。
③《屈大均全集》第 4 册,第 571 页。
④《屈大均全集》第 4 册,第 571 页。
⑤《屈大均全集》第 2 册,第 1125 页。
⑥《屈大均全集》第 2 册,第 1070 页。

"龙眼"条还明确说"龙眼多食益智"①。

　　翁山常常在诗歌中表达他的神仙思想,不管是否真想得道成仙,但他确曾多次入山采撷菖蒲、灵芝等草药。《题钦子五芝图》云:"二十四种黄金芝,我昔罗浮皆采之。此芝一茎五枝秀,君今图此将何为?君能服食自不老,丹砂不若紫芝好。园绮当年餐紫芝,容颜得为君王保。"②《广东新语》卷27"芝"条云:"芝生罗浮最多,有二十四种,其知名者,曰石芝、木芝、草芝、菌芝。葛稚川以为赤者如珊瑚,白者如截肪,黑者如泽漆,青者如翠羽,黄者如紫金,而光明洞彻,皆如坚冰,见即禹步采之,阴干百日,色不变者为真芝。盖芝者,川岳之灵,其形千出,或如人、如龙、如亭,盖多五采云覆其上,非有德之士不能见。山中见小人乘车马,长七八寸者,是为肉芝,肉芝最不易得。予尝入罗浮采之,有诗云:'凤凰玎珰捣灵药,二十四种黄金芝。就中肉芝最神异,仙人持作长生师。'"③岭南多灵芝,其神仙思想更促成了他对岭南这类生物的关注。

　　岭南处山海之间,外地人视为山珍海错的稀有食品,对本地人来说只是平常之物。《白华园作》云:"璚珸羹清绝,河豚美在肝。养亲多海错,不用采芳兰。""海鱼称第一,鮀与马膏鲫。疍女持相赠,烹来一室香。"④璚珸为沙嬴。"凡年丰则白蚬、乌蚬多,凶则沙嬴多。沙嬴亦露雾所为,雾露之渣滓为白蚬、乌蚬,其精华为沙嬴,故沙嬴不能多有,沙嬴者,璚珸也。岭南蛤蜊,不如江浙,璚珸则胜之……凡河豚以三月从咸海入者可食,以冬十一二月从淡江出者不可食。""嬴,种最多,以香嬴为上,产潮州,大者如盘盂,其壳雌雄异声,可应军中之用。次则珠嬴,出东莞大步海,南汉常置三千人采之。"⑤这里河涌密匝,气候湿热,地势土壤各有不同,因此不但物种丰富,而且不同地方常常都有各自独特的物产。《黄塘棹歌》云:"一丈莲茎二丈花,枝枝高过钓鱼槎。莲花二丈穿莲叶,莲叶虽长不及花。"⑥这是否有夸张的成分在呢?《广东新语》卷4

---

①《屈大均全集》第4册,第575页。
②《屈大均全集》第1册,第134页。
③《屈大均全集》第4册,第656—657页。
④《屈大均全集》第2册,第1112页。
⑤《屈大均全集》第4册,第532、531页。
⑥《屈大均全集》第2册,第1331页。

"黄塘"条云:"端州七星岩西有仙掌峰,峰下有湖曰黄塘,相连数塘为一,广百余顷。野生荷花、菱芡之属甚众,以水深,莲茎长至二丈。"①如此看来,黄塘荷花确有这么高大。《广东新语》卷14"诸饭"条介绍了不同地方的特色食品,琼州椰霜饭非常独特。其诗云"树有天然粉,温香最饱人"。"琼州以南椰粉为饭,曰椰霜饭。南椰与椰子树不同,其精液形色气味,皆类藕蕨之粉,故曰南椰粉,性温热补中,《本草》以为莎木面也……出万州之南万岭。"②

　　岭南多珍稀之物,为天下富饶之地。《广州竹枝词》:"洋船争得是官商,十字门开向二洋。五丝八丝广缎好,银钱堆满十三行。""十字钱多是大官,官兵枉向澳门盘。东西洋货先呈样,白黑番奴拥白丹。"注:"白丹,番酋也。"③广州在明清时期作为全国唯一的对外通商口岸,成为南方北方、东西二洋货物的集散之地。广州十三行,各地珍稀之物,堆山填海,天下商贾云集。诗中所写并非虚夸。

3. 岭南物之奇

　　极具岭南特色的高大树木,榕树和木棉算是其中的代表了。长诗《维帝篇》中的四句简略地概括了这两种树的基本特征:"榕树大十围,流泉应鸣蝉。百尺木棉花,未火然高天。"④翁山对这两种树颇有感情,曾用多首长诗进行详细描写。

　　《菩提坛大鉴禅师祝发处》对这两种树的描绘非常详细:"菩提有灵树,植自萧梁前。智药所移根,航海来炎天。岁久干中空,苍皮相纠缠。根须自上生,千百垂连卷。大者成虬螭,小者藤萝穿。结束成一身,四体何拘挛。下枝多洞穴,崩陷至三泉。上枝虽臃肿,亦自方且圆。雷霆日大索,鳞爪无留奸。神火所焦灼,千寻亦童颠。二月叶始陨,槎枒余一拳。叶状如柔桑,五月争新妍……南中多怪木,巨者惟木棉。柯作女珊瑚,丹萼烧天边。开时无一叶,一一烽火然。光如十日出,吞吐海东偏。么凤巢蕊中,血染绿毛鲜。复有细叶榕,交阴连陌阡。根须亦倒生,合

---

① 《屈大均全集》第 4 册,第 130 页。
② 《屈大均全集》第 4 册,第 343 页。
③ 《屈大均全集》第 2 册,第 1307 页。
④ 《屈大均全集》第 1 册,第 41 页。

抱为一椽。纵横作广厦,户牖相盘旋。腹大容十牛,亦可藏舟船。皮肤左右纽,瘿瘤以万千……"①《广东新语》卷25"木棉"条云:"木棉,高十余丈,大数抱,枝柯一一对出,排空攫拏,势如龙奋。正月发蕾,似辛夷而厚,作深红、金红二色,蕊纯黄六瓣,望之如亿万华灯,烧空尽赤。花绝大,可为鸟窠,尝有红翠、桐花凤之属藏其中……花时无叶,叶在花落之后,叶必七,如单叶茶,未叶时,真如十丈珊瑚,尉佗所谓烽火树也。"②《南海神祠古木棉花歌》:"十丈珊瑚是木棉,花开红比朝霞鲜。天南树树皆烽火,不及攀枝花可怜。南海祠前十余树,祝融旌节花中驻。烛龙唧出似金盘,火凤巢来成绛羽。收香一一立花须,吐绶纷纷饮花乳。参天古干争盘拏,花时无叶何纷葩。白缀枝枝蝴蝶茧,红烧朵朵芙蓉砂。受命炎州丽无匹,太阳烈气成嘉实。扶桑久已摧为薪,独有此花擎日出……"③翁山这首诗当是与陈子升、陈恭尹、梁佩兰等岭南诗人的唱和之作,多位岭南诗人的诗集中都有此题。这一时期岭南诗人的同题之作,不止此诗。这显然是岭南诗人对岭南风物的集体书写。最让北方人感到不可思议的应该是榕树。俗语云"独木不成林",榕树却不然。《广东新语》卷25"榕"条云:"榕,叶甚茂盛,柯条节节如藤垂,其干及三人围抱,则枝上生根,连绵拂地,得土石之力,根又生枝,如此数四,枝干互相联属,无上下皆成连理。其始也根之所生,如千百垂丝,久则千百者合而为一,或二,或三,一一至地,如栋柱互相撑抵,望之有若大厦,直者为门,曲者为窗牖,玲珑四达,人因目之曰榕厦。其根下蟠者,剔去土石,又往往若岩洞,容十许人。其树可以倒插,以枝为根,复以根为枝,故一名倒生树。"④

椰子虽为普通人所熟知,但实际上椰子只产在琼州一带,也算是岭南奇树。《广东新语》卷25"椰"条云:"椰,产琼州。栽时以盐置根下则易发,树高六七丈,直竦无枝,至木末乃有叶如束蒲,长二三尺,花如千叶芙蓉,白色,终岁不绝。叶间生实如瓠系,房房连累,一房二十七八

---

① 《屈大均全集》第1册,第98—99页。
② 《屈大均全集》第4册,第565页。
③ 《屈大均全集》第1册,第124页。
④ 《屈大均全集》第4册,第566页。

实,或三十实,大者如斗,有皮厚苞之,曰椰衣,皮中有核甚坚,与肤肉皆紧著,皮厚可半寸,白如雪,味脆而甘,肤中空虚,又有清浆升许,味美于蜜,微有酒气,曰椰酒……琼人每以槟榔代茶,椰代酒,以款宾客,谓椰酒久服,可以乌须云。"①《椰子酒歌》:"琼南无酒家,酒向椰中取。椰子有一心,出酒如娘乳。"②

　　盐有海盐、井盐,这是普通人的认识,树上生盐却不为众人所知。翁山诗云:"贫家爱向阳江住,盐醋多从树上求。"《广东新语》卷25"盐醋子"条云:"盐醋子,阳江山林多有之,高四五尺,叶如苦楝,秋生白花,结子最繁,冬即枯死,子味酸如醋,酤日暴之,能出白盐,故名。"③阳江还有海苔树,亦甚奇:"海苔树,出阳江海中石上,状如树枝,根如铁,亦称铁树,柯条蟠结,有枝无叶,分红黑两种,火稍炙之,随手作各种古树,甚有画意,予诗云:'非铁非苔树,珊瑚软未成。'"④

　　岭南多奇草异木,亦多珍禽异虫。翁山云:"岭南多珍鸟,予少时尝喜畜养。有诗云:'仙禽亦有白鹦鹉,顶上一花莲倒垂。么凤可怜毛太绿,画眉亦自白双眉。'又云:'花里青鸡与锦鸡,青鸾亦共白鹇栖。青鸡顶上丹砂好,来自朱明洞以西。'青鸡比秦吉了稍大,尾长,头上一点如丹砂。锦鸡一曰鹦鸐,山鸡也,其冠甚小,背有黄赤文,绿顶红腹,每照水即舞,目眩而死,其照镜亦然。"⑤《峡口作》:"行尽羚羊峡,人烟两岸开。鸡声若吹角,知有海潮来。"⑥《望海》:"海气夜成潮,潮鸡唱沈寥。流随明月满,声入大江消。"⑦诗中所谓的"潮鸡",即石鸡。"石鸡,特小,亦曰潮鸡,潮长则鸣,其声长而清,有如吹角。"⑧

　　罗定有一种非常矮小的马,称为"果下马"。《罗定山歌》云:"花练初着时,郎乘果下马。何处遣相寻?知在荔枝下。""果下紫骝嘶,郎来

---

①《屈大均全集》第 4 册,第 579 页。

②《屈大均全集》第 2 册,第 1139 页。

③《屈大均全集》第 4 册,第 611 页。

④《屈大均全集》第 4 册,第 610 页。

⑤《屈大均全集》第 4 册,第 475 页。

⑥《屈大均全集》第 2 册,第 1067 页。

⑦《屈大均全集》第 1 册,第 406 页。

⑧《屈大均全集》第 4 册,第 476 页。

自水西。折侬花不得，花不为郎低。"①果下马"高仅三尺，可骑行树下，
名果下马，一曰果骝，多海石榴色，骏者有双脊骨，能负重，凌高蹑险，轻
疾若飞……果下马者，以其小而坚壮，亦名石马。粤人凡物之小者皆曰
石，然果下马非有种，马中偶然产之，不可常得，故其价绝贵"。岭南还
有果下牛。"果下牛，出高凉郡，《尔雅》所谓犩牛也。郭璞云：'犩牛绝
卑小，可行果树下，故又呼果下牛。'粤谣云：'果下马，果下相逢为郎下。
果下牛，果下相逢为侬留。'"②

　　岭南有一种能陆地行走的鱼。翁山诗云："穿山有陆鱼，蝼蚁食无
余。水中鱼尚可，只解食沮洳。"《广东新语》卷23"鯪鲤"云："鯪鲤，似鲤
有四足，能陆能水，其鳞坚利如铁，黑色，绝有气力，能穿山而行，一名穿
山甲，盖陆之鱼也。杨孚《异物志》：'鯪鲤吐舌，蝼蚁附之，而因吞之　又
开鳞甲，使蝼蚁入之，乃奋迅而舐取之。'"③

　　岭南有一种灵猫雌雄同体。这种灵猫就是香狸，翁山《香狸》诗云：
"双筋人争下，香狸果有香。无多须小猎，不少是炎方。食果三秋美，眠
花一尺长。山珍都让汝，入馔有辉光。""灵猫相牝牡，《本草》昔曾知。
岂意肥甘甚，偏于口体宜。果香生骨肉，花味入膏脂。与客分尝罢，殷
勤报猎师。"④香狸是岭南人的一道美味。"雷州产香狸，所触草木生香，
脐可代麝，《本草》称灵猫自为牝牡者也，亦名果狸。其食惟美果，故肉
香脆而甘，秋冬百果皆熟，肉尤肥。"⑤

　　蝴蝶是一种常见的昆虫。不过，罗浮山的一种大蝴蝶，世间罕见。
翁山有多首诗写及，并把罗浮蝴蝶视作仙虫。《赋得蝴蝶茧赠王黄门幼
华》云："罗浮蝴蝶有洞穴，天蛾吐丝白如雪。千丝万丝作一茧，仙胎只
为风车结。终日缠绵如有情，变化一一通神明。茧中久蛰经霜雪，雌雄
之雷不能惊。枝间厚裹乌桕叶，山人采得盈筐箧。四百峰边大小村，家
家皆有大胡蝶。"⑥"大胡蝶，惟罗浮胡蝶洞有之，尝止花树间，见人弗动，

①《屈大均全集》第2册，第1080页。
②《屈大均全集》第4册，第487页。
③《屈大均全集》第4册，第536页。
④《屈大均全集》第1册，第614页。
⑤《屈大均全集》第4册，第495页。
⑥《屈大均全集》第1册，第187页。

即动①亦依依不远,采者连枝持出,辄飞复故处,不他之。其生以茧,茧中有一卵,小于鸡子,重胎沁紫,包以乌桕木叶,络以彩丝,山中人尝以冬月往采,好事者购取藏之。明年二月,以茧置梧柳间,辄有一大胡蝶展翅径尺,飞来就茧,不饮不食,抱伏缠绵,经七日,茧破子出,大可六七寸许,越数日,挟之飞去,其出茧绝不使人见,虽昼夜伺之,弗觉也。雌雄不离,千里外必相寻觅,至则绕笼翔舞,不得入,以翅触笼,金翠委损,放之,两两相逐,翩然高举。盖羽族之至神者,精气相通,无间远迩,所谓仙灵之使令,非人间所得而羁也……大胡蝶,本洞中仙种,相传麻姑遗衣所化。二三月间出洞,山中人索其子藏之,至六七月如蚕成茧,茧破成蛾,乃化为胡蝶。初化时大五六寸,雌雄成配,无一孤者。"②翁山有明确的神仙思想,尝想象自己为罗浮大蝴蝶。《大蝴蝶》:"二月大蝴蝶,家家出茧来。仙衣成凤子,光采似花开。芍药人争喂,麻姑使莫催。养成三尺翅,骑汝入蓬莱。"③《罗浮放歌》:"罗浮山上梅花村,花开大者如玉盘。我昔化为一蝴蝶,五彩绡衣花作餐。"④山水入诗,已有传统,但像翁山这样大量创作与饮食、虫介等有关的诗,此前还是比较少见的。饮食、虫介等本来很难入诗,但《翁山诗外》中这类作品却很多,可见翁山是有意为之。

翁山生于岭南、长于岭南,对岭南的山山水水充满由衷的热爱,因此,这里山水草虫在他的笔下都充满了美感。人与地域之间存在着复杂的交互关系。熟悉的地域和环境给人带来的是舒适、自然和安全;地域的突然裂变则会对个人的生存和发展造成很大的影响,对个人的心态也会造成冲击,进而使人产生一定的恐惧感。对于古代中原人来说,岭南是一个神秘陌生的地方,这里的山水生物都不同于中原地区。初来乍到给予他们的冲击是强烈的,甚至是恐怖的,一开始他们体会到的往往不是美,而是怪异,所以古代形成了一个记录岭南"异物"的传统。特别是许多贬谪到岭南的文人,因为自己心理上的挫折感,再加上之前

①按:"即动"二字,据康熙三十九年天木阁刻本补。
②《屈大均全集》第 4 册,第 539—540 页。
③《屈大均全集》第 1 册,第 379 页。
④《屈大均全集》第 1 册,第 141 页。

形成的对贬谪地区的恐惧和排斥,初到岭南这个陌生的地方,其山水生物难以给他们的心灵以愉悦和慰藉,因此,也就谈不上在他们的心中唤起美感。但生于斯,长于斯的翁山先生则不同,这是他热爱的故土,从小习惯了这里的环境,与这里的山山水水完全融合在了一起,这里的一切都是能引起其愉悦的存在。

　　翁山曾感叹陆贾在《南中行纪》中记录了岭南,却没有用诗描绘岭南山水生物,是一大遗憾:"自有南越以来,其为客而有文章之美者,首陆贾,次则终军……贾昔为南越而爱之,以其有造于南越也……予尝恨贾不能诗,于南越无所歌咏。"①翁山不但系统地记录了岭南的山水生物、风俗人文,而且还用大量的诗文多角度充满感情地描绘了岭南。他对岭南的地域书写显然是有意为之,有系统书写的内在冲动。

①屈大均:《锦石山樵诗集序》,《屈大均全集》第 3 册,第 64—65 页。

附录一　岭南诗人世家:南海陈氏(绍儒、子壮、子升等)事迹征略

广东南海陈氏为宋朝散大夫康延之后,前后数代以科举入仕,致身显宦,为岭南科举和仕宦世家,亦为岭南著名诗人世家。前后十余人皆能诗善文,并有多部诗集传世。

◎陈康延。宋朝散大夫。

◎陈观,字思贤。布衣,博学敦行,长于诗。年八十六卒。著有《沧江集》。子:珙。

◎陈珙,字伯玉。官训导,赠太常卿。子:锡、鳌。

◎陈锡,字祐卿,号天游。弘治戊午乡荐,乙丑进士,授户部主事。历福建参政、左布政、应天府府尹。致仕后,优游田园,以翰墨自娱。卒年八十有一,御赐祭葬。祀福建名宦及乡贤祠。子:绍文。

陈鳌,号雁泉。能诗,陈锡弟,以子绍儒贵,封户部郎中,累赠太常寺卿。子:绍儒。

◎陈绍文,字师尧,一字公载,号中阁。少颖悟,神宇耸秀。工举业、古文词,旁及百家。嘉靖丁酉举于乡,为汤溪令,有政声。晋梧州府通判,转藩府理官,解印去。绍文素精医,能鼓琴,霜髯电目,人以为仙。卒年七十有九。著有《中阁集》。清梁善长《广东诗粹》卷4、清温汝能《粤东诗海》卷24有传。

陈绍儒,字师孔,号洛南。嘉靖丁酉与从兄绍文举同科乡试。戊戌登进士。历户部云南司主事、员外郎、山东司郎中、湖广按察司副使、南工部尚书等。致仕后,杜门研究经典,至老不懈。其穷理以濂洛为宗,文尚史汉,诗祖少陵,著作二十卷。卒年七十有六,诏给祭葬。清温汝能《粤东诗海》卷24、清〔道光〕《广东通志》卷280有传。子:长宏采、次宏乘。

◎陈宏采,以荫历南户部郎中、贵州镇远知府。

陈宏乘,岁荐国子典籍,历湖广长沙府善化县知县,诰赠奉政大夫、南京户部江西清吏司郎中。子:仲熙韶、季熙昌、四子熙阳。

◎陈熙韶,字仲慈,号兰砌。幼颖悟,弱冠与弟熙昌应选贡入南雍,称岭南二陈。举万历己酉乡试,历梧州府同知、南户部员外、思恩府知府。素清廉,耻干谒。致仕,杜门吟咏,不苟言笑。祀乡贤。子:子履。

陈熙昌,字当时,号呆庵。万历丙午解元,与弟熙阳同丙辰进士。除平湖知县,在任六载,擢吏科给事中。疏劾魏阉,削籍为民。崇祯改元,起吏科,寻卒,赠太常寺少卿,祀平湖名宦及乡贤祠。子:长子壮、季子升。

陈熙阳,字季慈。侍父官楚,佐父发奸伏恶。丙辰与兄熙昌进士同榜,著有《南雅斋稿》。

◎陈子履,号顺虎。天启恩贡知县。

陈子壮,字集生,号秋涛。万历己未科进士,殿试一甲三名,探花及第,授翰林编修,入史馆。任通议大夫詹事府协理府事礼部右侍郎,兼翰林院侍读学士,纂修会典总裁,礼部右侍郎署部事经筵日讲官等职。著有《陈太史昭代经济言》《练要堂集》《秋痕》《陈文忠公遗集》等。为明末岭南诗坛领袖。子:长上庸、次上延、季上图。

陈子升,字乔生,号中洲,南明弘光明经第一。鼎革后,皈依道独为僧,受天然函昰和尚戒,法名今住,字草庵。工诗,为"粤东七子"之一,著有《中洲草堂遗集》。子:元基、臣张。

◎陈上庸,荫授中书舍人,任兵部职方司主事,随父起兵九江堡抗清,战殁。赠太仆寺少卿。

陈上延,荫尚宝司丞。

陈上图,荫锦衣卫指挥使。有《陈子壮年谱》一卷。

●明孝宗弘治十一年戊午(1498)

◎是年,陈锡,举乡荐。

　　"陈锡,字祐卿,号天游,南海人。宋朝散大夫康延之后……宏治戊午乡荐。"(阮元修,陈昌齐等纂〔道光〕《广东通志》卷276,道光二年刻本,《广州大典》256册,广州出版社2005年,第526页。按:以下引用该文献,不再另注版本信息和著者项。)

●弘治十八年乙丑(1505)

◎是年,陈锡,进士及第。授户部主事。

> "弘治乙丑进士,授户部主事。"(黄佐纂修〔嘉靖〕《广东通志》卷62,嘉靖四十四年刻本,《广州大典》第242册,第288页。按:以下引用该文献,不再另注版本信息和著者项。)

●明武宗正德元年丙寅(1506)　绍儒1岁

◎陈绍儒,字师孔,号洛南,广东南海县沙贝村人,生于明武宗正德元年。

> "陈绍儒,字师孔,号洛南。父雁泉尝梦神人授以积墨之法,并'甲榜'二字,以语府尹。天游公大异之。是夕绍儒生,异光满室。及长风格凝整,五岁读小学、孝经,明爱亲敬长之理。"(潘尚楫等修,邓士宪等纂〔道光〕《南海县志》卷36,同治八年刻本,《广州大典》第274册,第667页。按:以下引用该文献,不再另注版本信息和著者项。)

●正德五年庚午(1510)　绍儒5岁

◎绍儒五岁读书。

> "陈绍儒⋯⋯及长风格凝整,五岁读小学、孝经,明爱亲敬长之理。"(〔道光〕《南海县志》卷36,《广州大典》第274册,第667页。)

●正德十二年丁丑(1517)　绍儒12岁

◎陈锡迁福建参政。

> "正德丁丑迁福建参政,历左布政,绥定叛军,钩稽乾没,树立风纪,绰有令闻。""弘治乙丑进士,授户部主事。"(〔嘉靖〕《广东通志》卷62,《广州大典》第242册,第288—289页。)

●明世宗嘉靖四年乙酉(1525)　绍儒20岁

◎绍儒读书浮丘朱明观中。

> "陈绍儒⋯⋯弱冠读书浮丘朱明观中,精于易。嘉靖丙戌补从化弟子员。"(〔道光〕《南海县志》卷36,《广州大典》第274册,第667页。)

●嘉靖五年丙戌(1526)　绍儒21岁

◎绍儒补从化弟子员,每试必居首。

"陈绍儒……弱冠读书浮丘朱明观中,精于易。嘉靖丙戌补从化弟子员。"(〔道光〕《南海县志》卷36,《广州大典》第274册,第667页。)

● **嘉靖十年辛卯**(1531)　绍儒26岁

"陈绍儒……应辛卯岁贡。卒业成均每试必居首。时司成湛若水吕柟咸器重之。"(〔道光〕《南海县志》卷36,《广州大典》第274册,第667—668页。)

● **嘉靖十六年丁酉**(1537)　绍儒32岁

◎绍文及从弟绍儒二人同科中乡试。绍文曾与梁公实、欧桢伯、黎瑶石、吴而待结诗社。

"陈绍儒……丁酉与从兄绍文同科中本省乡试。"(〔道光〕《南海县志》卷36,《广州大典》第274册,第667—668页。)"陈绍文,字师尧,一字公载,号中阁,锡之子。少颖悟,神宇耸秀。工举业,旁及百家,为古文词。学于大司徒陈儒,所交游尽当世知名士。田公汝成来视学,试高等。嘉靖丁酉举于乡,为汤溪令,著有声绩。所司行部,不具俱帐,以故不为上官所喜。久之,晋梧州府通判,寻转藩府理官。慨然叹曰:'吾素无宦情,尚可为王门吏耶!'即解印去。绍文素精医,能鼓琴,霜髯电目,人以为仙也。年七十九卒。"(〔道光〕《南海县志》卷36,《广州大典》第274册,第667页。)"绍文,字公载……丁酉举人,官通判,有《中阁集》。"(梁善长辑《广东诗粹》卷4,乾隆十二年达朝堂刻本,《广州大典》第493册,第66页。)"陈绍文,字公载,自号中阁山人……与梁公实、欧桢伯、黎瑶石、吴而待结诗社,又同游黄才伯之门。"(钟东主编《全粤诗》第10册,岭南美术出版社2010年,第214—215页。)

● **嘉靖十七年戊戌**(1538)　绍儒33岁

◎绍儒进士及第。

"绍儒……戊戌登进士。观政通政司,以给假归省,适母病,昼夜扶持不少懈。母梦朱衣神人护之,病遂愈。还朝授户部云南司主事,晋员外郎。诘内竖混窃之奸,革仓库积年之弊,议设陪库主事、经历大使各一人,以防阑出。遂著为令,一年羡余至盈五万。"

(〔道光〕《南海县志》卷 36,《广州大典》第 274 册,第 667—668 页。)

●**嘉靖四十年辛酉(1561)　绍儒 56 岁**

◎绍儒为四川参政。

　　"陈氏……南海有知新州康延。其后有府尹锡,锡弟封郎中
鳌。绍文、绍儒同举于乡,而绍儒今参政。"(黄佐纂修〔嘉靖〕《广东
通志》卷 20,嘉靖四十年刻本,《广州大典》第 240 册,第 541 页。)

●**嘉靖四十四年乙丑(1565)　绍儒 60 岁**

◎此前,绍儒为四川参政、按察使,广西右布政使、左布政使,补云南左
布政使。

　　"丁内忧,服阕。补四川参政,寻转按察使……平白莲教,秦政
和之。乱,协其渠魁,散其党三千余众。升广西右布政使,寻转左。
丁外艰,服阕,补云南左布政使。"(〔道光〕《南海县志》卷 36,《广州
大典》第 274 册,第 668 页。)

●**嘉靖四十五年丙寅(1566)　绍儒 61 岁**

◎是年绍儒升顺天府尹。

　　"丁外艰,起补云南左布政,擢顺天府尹。"(魏绾修,陈张翼纂
〔乾隆〕《南海县志》卷 15,乾隆六年刻本,《广州大典》第 273 册,第
309 页。按:以下引用该文献,不再另注版本信息和著者项。)

●**明穆宗隆庆元年丁卯(1567)　绍儒 62 岁**

◎是年绍儒升太常寺卿。

　　"时穆宗登极,百度惟贞。绍儒厘革县驿冒滥,豪贵敛手。甫
六月,转太常寺卿。"(〔乾隆〕《南海县志》卷 15,《广州大典》第 273
册,第 309 页。)"厘革县驿冒滥,豪贵敛手,甫六月调太常寺卿。上
耕藉召问礼仪,据经以对。上韪之。"(〔道光〕《南海县志》卷 36,《广
州大典》第 274 册,第 668 页。)

●**隆庆二年戊辰(1568)　绍儒 63 岁**

◎是年绍儒升南京刑部右侍郎。

　　"巡抚浙江右佥都御史赵孔昭为户部右侍郎。太常寺卿陈绍
儒为南京刑部右侍郎。"(谈迁著,张宗祥点校《国榷》卷 65"戊辰隆
庆二年"条,中华书局 1958 年,第 4090 页。)

◎其后绍儒又累迁至工部尚书。

　　　　"又奏汰道流之冗滥者。升南京户部右侍郎,条陈辽东、甘肃
　　　等十三镇兵马主客钱粮,言极明切。上嘉纳之。转左侍郎,提督
　　　京、通、临、徐等处仓场。议复漕运,例限六疏。晋南工部尚书。有
　　　忌者媒蘗其短,诏令致仕。南归,杜门惟研究经典,至老不懈。"
　　　(〔道光〕《南海县志》卷 36,《广州大典》第 274 册,第 668 页。)

　　　　"晋南京户部右侍郎,条陈辽东、甘肃等镇兵马主客钱粮,凡万
　　　余言。帝嘉纳之。转左侍郎,提督京、通仓场。复议漕运例限,至
　　　今遵守,升南京工部尚书。忌者媒蘗之,遂致仕归。"(〔乾隆〕《南海
　　　县志》卷 15,《广州大典》第 273 册,第 309 页。)

●明神宗万历九年辛巳(1581)　绍儒 76 岁

◎绍儒卒。绍儒诗祖少陵,音调谐美,著有《洛南集》《留余遗稿》等,又
有《大司空遗稿》二十卷。有子宏采、宏乘;孙熙昌、熙阳,曾孙子壮、子
升等。

　　　　"南归,杜门惟研究经典,至老不懈。其穷理以濂洛为宗,文尚
　　　史汉,诗祖少陵,所著集二十卷行于世,卒年七十六,诏给祭葬。子
　　　宏采以荫历南户部郎中,镇远知府;宏乘岁荐国子典籍,历善化知
　　　县;孙熙昌、熙阳,曾孙子壮。"(〔道光〕《南海县志》卷 36,《广州大
　　　典》第 274 册,第 668 页。)

●万历二十一年癸巳(1593)　熙韶 20 岁

◎熙韶弱冠与弟熙昌应选贡入南雍,称岭南二陈。熙韶,字仲慈,号兰
砌。熙昌,字当时,号呆庵。

　　　　岁贡:"陈熙韶,万历癸巳选贡……陈熙昌,俱万历癸巳选贡。"
　　　(陈大科、戴耀修,郭棐等纂〔万历〕《广东通志》卷 20《选举》,日本国
　　　立公文书馆藏万历三十年刻本,《广州大典》第 243 册,第 481 页。)

●万历二十四年丙申(1596)　子壮 1 岁

◎子壮,字集生,号秋涛,广东南海沙贝村人,生于广州九曜坊之杲日堂
故宅,时神宗万历二十四年丙申。曾祖绍儒,南京工部尚书。祖弘乘,
善化知县。父熙昌,吏科都给事,赠太常寺卿。

　　　　"公以是年九月二十四日辰时,生于广城九曜坊之杲日堂旧

居。"(陈上图《陈子壮年谱》,清抄本,见《广州大典》第191册,第497页。)

●万历三十年壬寅(1602)　子壮7岁

◎子壮少聪颖,七岁能文,通《易经》,有神童之目。是年中秋无月,一嘉宾吟道:"天公今夜意如何,不放银灯照碧波。"子壮随口应曰:"待我明年游上苑,探花因便问嫦娥。"满堂喝彩。

　　　"公七岁通易。"(陈上图《陈子壮年谱》,见《广州大典》第191册,第497页。)

●万历三十三年乙巳(1605)　子壮10岁

◎子壮十岁遍读五经诸子百家。

　　　"公十岁遍读五经诸子百家,靡不淹贯。时习读于兵巡道前之斐园千秋社也。"(陈上图《陈子壮年谱》,见《广州大典》第191册,第497页。)

●万历三十四年丙午(1606)　子壮11岁

◎熙昌秋围,举解元。

　　　"陈熙昌,字当时,号果(按:当为'杲')庵。祖绍儒,父宏乘,与兄熙韶同应选贡入南雍。万历丙午解元。"(〔道光〕《南海县志》卷38,《广州大典》第274册,第695页。)"奉常公发乡省解元。公之四叔熙阳公乡举,兄弟同科。熙韶行二,以前任思恩府知府。"(陈上图《陈子壮年谱》,《广州大典》第191册,第497页。)

●万历三十七年己酉(1609)　子壮14岁

◎熙韶中秋围。熙韶,字仲慈,号兰砌,熙昌二兄。

　　　"公之二伯父思恩公乡举。"(陈上图《陈子壮年谱》,《广州大典》第191册,497页。)"陈熙韶,字仲慈,号兰砌,绍儒孙也。负凤颖,甫就传,大父命属对,应声辄佳。弱冠与弟熙昌应选贡入南雍,与邵景尧辈雁行。冯司成梦祯赏识之,称岭南二陈。领万历己酉乡荐,授梧州府同知。威惠并行,急公求瘼,摄守令篆所在宜民,榷梧厂裕饷通商。校乡闱拔张茂梧领解联捷,称得士。督援黔师入省,严纪律,无驿骚,升南户部员外。上笥库十议,釐凤弊积,羡千缗,悉捐饷辽。转郎中,出守思恩府。九司故桀骜,前守率苛征,渔

土物。熙韶一无所取,九司畏怀,奉令惟谨。归五羊祗垂橐耳。杜
门吟咏,不苟言笑,耻干谒。祀乡贤,子子履以恩荐授县令。"(〔道
光〕《南海县志》卷38,《广州大典》第274册,第694—695页。)

●万历三十九年辛亥(1611)　子壮16岁
◎子壮,补邑弟子员。

　　　"公十六岁应试补邑弟子员,为陆景邺老师所得士。"(陈上图
　　《陈子壮年谱》,《广州大典》第191册,第497页。)

●万历四十二年甲寅(1614)　子壮19岁,子升1岁
◎子升,字乔生,号中洲,又号南雪,广东南海沙贝村人,生于神宗万历
四十二年甲寅冬。熙昌季子,子壮介弟。鼎革后,曾皈依道独为僧,受
天然函昰和尚戒,法名今住,字草庵。称智山道人、智山居士。

　　〔康熙〕《南海县志》卷11《陈熙昌》。陈伯陶《胜朝粤东遗民录》
　　卷1《陈子升》。李模《为陈黄门六十序》:"檗庵法字先生曰'智山'。
　　而问予姑苏,自称智山道人。"黄河澂《陈中洲先生全集序》云:
　　"……陈中洲先生,杲庵先生季子,秋涛先生介弟也……令嗣臣张,
　　能世其学。"(见《中洲草堂遗集》卷首,道光二十年南海伍氏诗雪轩
　　校刊本,《丛书集成续编》第151册,台北新文丰出版公司1989年
　　影印本,第274、275页。)《赠眉雪子意不尽》末句云:"更分付雪儿记
　　者,作歌人陈子南雪。"(《中洲草堂遗集》卷20,《丛书集成续编》第
　　151册,第409页。)《中洲草堂遗集》卷14《归宗寺呈天然和尚》《重
　　入庐山归宗寺受天然和尚戒,答西堂角公见赠之作用韵》。

　　《中洲草堂遗集》卷13《生日》"晚节可称诗圣得,生年真与觉皇
　　同",句后注曰:"佛生于周昭王二十四年之甲寅。"(《丛书集成续
　　编》第151册,第370页。)此诗盖作于康熙二年癸卯冬。梁佩兰
　　《中洲草堂遗集识》云:"先生长予一十五岁,忘年交好。"(《中洲草
　　堂遗集》卷首,《丛书集成续编》第151册,第268—269页。)梁佩兰
　　生于崇祯二年己巳,由此知子升生于万历甲寅。《归宗寺呈天然和
　　尚》云:"四十年前恨不同,高山忽仰客途中……欣从两世师承地,
　　况自昙摩海岸东。"(《中洲草堂遗集》卷末,《丛书集成续编》第151
　　册,第383页。)子升曾皈依函昰师道独和尚,故曰"两世师承"。释

函昰《书卷子与陈乔生》云:"智山居士,即陈乔生……后闻皈依先师,法名今住,字草庵。"(《中洲草堂遗集》卷末,《丛书集成续编》第151册,第424页。)

●**万历四十三年乙卯(1615)　子壮20岁,子升2岁**

◎子壮二十岁,参加广东乡试,中周文炜榜第八名。十月父子同北上。

"公二十岁乡试,中周文炜榜第八名,为易三房太师周公讳昌晋所得士。公以是日饮鹿鸣宴,始冠。十月父子同北上。"(陈上图《陈子壮年谱》,《广州大典》第191册,第497页。)

●**万历四十四年丙辰(1616)、清太祖天命元年　子壮21岁,子升3岁**

◎熙昌与弟熙阳同举进士,授平湖令。子壮下第,归娶方氏。

"奉常公成进士,授平湖令。公下第,归始婚方夫人。"(陈上图《陈子壮年谱》,《广州大典》第191册,第497页。)"熙昌……万历丙午解元,与弟熙阳同丙辰进士。除平湖知县。"(〔道光〕《南海县志》卷38,《广州大典》第274册,第695页。)

●**万历四十六年戊午(1618)、清天命三年　子壮23岁,子升5岁**

◎是年十月,子壮上南宫应选,便道平湖省亲。

"十月公上南宫应选,便道平湖省亲。"(陈上图《陈子壮年谱》,《广州大典》第191册,第497页。)

●**万历四十七年己未(1619)、清天命四年　子壮24岁,子升6岁**

◎是年熙昌考满入觐,奉旨授吏科给事中。子壮会试中庄际昌榜。殿试一甲三名,探花及第,出王应熊之门,授翰林院编修,入史馆。

"奉常公考满入觐,奉旨授吏科给事中。公入北会试,中庄际昌榜七十二名。出于巴县太师相王公讳应熊之门。殿试一甲三名,探花及第,除授翰林院编修,入史馆。八月十二日子时,方夫人卒于广城仙湖街之三益堂旧居。是年在京城配庶室许氏。"(陈上图《陈子壮年谱》,《广州大典》第191册,第497页。)"熙昌……丙辰进士。除平湖知县。在任六载,持大体,讼多平反,无留牍。定七限征输,不事鞭笞,输将莫敢后者。尝捐羡金贷赎镪,宽徭赋,减贴役。邑中田赋诡飞不可问。熙昌先清官户实田,照例优免,以溢额者充役,不及额而取。寄庄以渔利者,尽数还民。役田遂溢四万二千有奇。官民户均役,民咸悦曰:'万代瞻仰公之明德。'岁歉,谷贵,平粜赈恤,暇即课士,人文蔚起,分校省闱,多得名俊,擢吏科给事中,天下想望风采。"(〔道光〕《南海县志》卷38,《广州大典》第274册,第695页。)

◎是年子升过孟尝君养士处,慨然太息,见者咸异之。

　　"子升幼从父宦游,自浙而京师,历齐鲁、逾江汉,水陆万余里。尝过孟尝君养士处,慨然太息,见者咸异之,时六岁童子耳。"(陈伯陶《胜朝粤东遗民录》卷1,第33页。)

◎子升幼聪慧,子壮教以为诗,应声而就。

　　"子升幼时,子壮教以为诗,应声而就。子壮尝曰:'阿季胜我。'长与薛始亨缔社于仙湖,复与子壮、黎遂球、区怀瑞、怀年兄弟、黎邦瑊、黄圣年、徐棻、欧必元、欧主遇、黄季恒、僧通岸等十二人修复南园诗社。所著书亡虑数十种,子壮则谓其诗可孤行。"(陈伯陶《胜朝粤东遗民录》卷1,第34页。)

●万历四十八年庚申(1620)、明光宗泰昌元年、清天命五年　子壮25岁,子升7岁

◎七月,明神宗崩。八月,太子朱常洛即位,是为明光宗。

◎光宗在位一月,崩。皇长子由校即位,是为明熹宗,改万历四十八年为泰昌元年,以明年为天启元年。

●明熹宗天启元年辛酉(1621)、清天命六年　子壮26岁,子升8岁

◎后金取沈阳,定都辽阳。

◎子壮奉旨回广州祀南海神,敕封南海广利洪圣大王。何吾驺、李孙宸有诗送之。顺道过浙省亲,奉母归里。至广州,敕封南海广利洪圣大王,并亲撰碑文立石。留广州,续娶黄氏为继室。

　　李孙宸《送陈太史奉使还粤,便道过浙,觐其尊人官舍》(李孙宸《建霞楼诗集》卷16,清刻本,见《广州大典》第431册,第100页)。何吾驺《送陈集生奉使祀南海,道入平湖省觐尊公,因将母及仲氏归里》之一云:"垂髫喧白社,叹息结忘年。自待承明诏,长歌伐木篇。笔花逢睿赏,冠玉与谁传。几日违文酒,何堪望似仙。"(何吾驺《元气堂诗集》卷中,嘉庆二十四年刻本,《广州大典》第431

册,第 692 页。)

　　据何吾驺诗首句,知吾驺与子壮幼年已相交。吾驺长于子壮,然二人同年中举,同年进士,以平辈相交。

◎伍瑞隆、朱实莲、高赏明、关捷先、陈是集举乡荐,伍瑞隆为该科解元。

　　〔道光〕《广东通志》卷 76《选举表》。

◎十二月,上庸生于北京,子壮侧室许氏所出。

　　"十二月生上庸于北京,侧室许氏所出。"(陈上图《陈子壮年谱》,见《广州大典》第 191 册,第 497 页。)

●天启二年壬戌(1622)、清天命七年　子壮 27 岁,子升 9 岁

◎明熹宗宠信太监魏忠贤及乳母客氏。忠贤勾结客氏,内外擅权。后金入寇山海关。

◎子壮回京供职史馆。魏忠贤见子壮才锋卓绝,使人关说,欲罗致之。子壮峻拒。

●天启三年癸亥(1623)、清天命八年　子壮 28 岁,子升 10 岁

◎子升随父、兄在京。子壮在史馆。

　　《中洲草堂遗集》卷 16《双鹤吟并序》云:"天启癸亥,予时十岁,随先君谏议、先兄编修。京邸中有桃一株、鹤一双。方置酒,兄呼予曰:'汝试即事为诗句。'"(《丛书集成续编》第 151 册,第 394 页。)

　　此诗,子升出首句,兄对次句。离乱后,子升足成五言绝句。

●天启四年甲子(1624)、清天命九年　子壮 29 岁,子升 11 岁

◎左副都御史杨涟劾权阉魏忠贤二十四大罪,不纳,与左光斗同削籍归。

◎子壮自翰林出典浙江乡试,发策问历代宦官之祸,并自作策进呈。试毕还京陛见,历陈东汉十常侍及唐甘露之变。语及痛切。阉党衔之。

　　"公自翰林出典浙江乡试主考,周君之纲副之。"(陈上图《陈子壮年谱》,见《广州大典》第 191 册,第 497 页。)

◎子升随父宦游。

　　《中洲草堂遗集》卷 15《西阁书壁三十六韵》:"问业金闺口,随官竹马行。东湖闻吏事,西苑览神京。江夏无双誉,何郎第五名。"

（《丛书集成续编》第 151 册，第 388 页。）

●**天启五年乙丑**（1625）、**清天命十年 子壮 30 岁，子升 12 岁**

◎杨涟、左光斗、魏大中、周朝端、袁化中、顾大章六君子被逮下狱，旋均被害。

◎正月，上延生。子壮次子，夫人黄氏出。

　　　　陈上图《陈子壮年谱》。

◎二月，子壮刻成《陈太史子史经济言》十二卷。奉旨管诰敕撰文。

　　　　陈子壮《新镌陈太史子史经济言序》："天启乙丑仲春既望。陈
　　　子壮题。"（见《广州大典》第 405 册，第 5 页。）陈上图《陈子壮年
　　　谱》。

◎父熙昌，上疏反对宦官专政。时，多地为魏忠贤建生祠，欲请子壮为生祠书写"元勋"二字为匾额，以示威尊。云"书此二字，可得好官"。子壮正色拒之。忠贤怒，摘出浙江乡试录中有"庸主失权""英主揽权"等语，诬陷陈子壮犯"诽谤"罪。父子二人同日罢官，削籍为民，减死放归。冬，南归，始构盐仓街新邸于广州。

　　　　陈上图《陈子壮年谱》。〔康熙〕《南海县志》卷 11《陈熙昌》《陈
　　　子壮》（《广州大典》第 272 册，第 683—685 页）。陈伯陶《胜朝粤东
　　　遗民录》附录。

◎梁元柱以疏劾魏阉罢归，构园于广州粤秀山麓，署曰"偶然堂"。与邝露、黎遂球、李云龙、欧必元、梁梦阳、梁继善、赵焞夫等集诃林净社，推子壮为社长，常饮酒高会，赋诗作画。

　　　　梁元柱《偶然堂遗稿》卷 4《附录·年谱》。《顺德县志》云："都
　　　御史杨涟首疏魏珰二十四大罪，侃侃凿凿。柱继上……珰衔之，削
　　　籍去。柱归隐五羊，选胜粤秀山，栽修竹，濯清泉，每花晨月夕招邀
　　　朋旧饮酒赋诗。"（姚肃规修，佘象斗纂〔康熙〕《顺德县志》卷 8，康熙
　　　二十六年刻本，见《广州大典》第 282 册，第 216 页。）《番禺县续志》
　　　云："天启间顺德梁元柱以疏劾魏阉罢归，复与陈子壮、黎遂球、赵
　　　焞夫、欧必元、李云龙、梁梦阳、戴柱、梁木公开诃林净社。"（梁鼎芬
　　　等修，丁仁长等纂〔宣统〕《番禺县续志》卷 40，民国二十年刻本，见
　　　《广州大典》第 279 册，第 585 页。按：以下引用该文献，不再另注

版本信息和著者项。)

◎本年子壮诗赋:《感祥鹊堂赋》《初归饮顺虎家兄东皋别业》《东皋九龙井》。

　　　　《陈文忠公遗集》卷1、卷2。

●天启六年丙寅(1626)、清天命十一年　　子壮31岁,子升13岁

◎九月,子壮于广州刻成《陈太史昭代经济言》十四卷,陈鼎新为之序。

　　　　《陈太史昭代经济言》卷首(《广州大典》第61册,第119—120页)。

◎子履在广州城东建有东皋别业,子壮在粤常与黎遂球、黄圣年、黎邦瑊、徐棻、欧主遇、张萱、何吾驺等饮宴唱酬于此。

　　　　"东皋诗社在东门外,崇正四年,陈子壮从兄子履所辟。南望教场,后为白云山……子壮抗疏罢归,有《饮顺虎家兄东皋别业诗》。黎遂球、黄圣年、黎邦瑊、徐棻、欧主遇、张萱、何吾驺皆有唱和。""《东皋诗》一卷。明陈子履撰,存。传钞本。陈子壮序略云:东皋者,余伯兄顺虎先生所为别业也。"(〔宣统〕《番禺县续志》卷40、卷32,《广州大典》第279册,第585—586、427页。)"子履以恩荐授县令。"(〔道光〕《南海县志》卷38,《广州大典》第274册,第695页。)"陈子履,天启恩贡知县。"(〔乾隆〕《南海县志》卷8,《广州大典》第273册,第214页。)

　　　　子履,熙韶子,子壮从兄。顺虎或为其号。

◎何吾驺得旨还朝,黎邦瑊同行,子壮、黎遂球有诗送之。

　　　　子壮《送何龙友太史还朝十首》《送黎君选同龙友北上》四首(陈子壮《陈文忠公遗集》卷3,道光二十年南海伍氏诗雪轩校刊本,见《广州大典》第502册,第403—404页)。黎遂球《送何象冈太史还朝》,题注"时天启丙寅"(黎遂球《莲须阁集》卷8,道光二十年南海伍氏诗雪轩校刊本,《广州大典》第502册,第590页)。

　　　　吾驺本年得旨还朝,明年初方行。何吾驺《秋意丁卯入都作》有云:"几年不见长安月。"(何吾驺《元气堂诗集》卷中,嘉庆二十四年刻本,《广州大典》第431册,第714页。)

◎陈邦彦娶妻彭氏。

陈邦彦《九月晦日》诗云："忆昔丙寅岁,亲命初受室。贫贱共
黾勉,历年十有七。"(陈邦彦《陈岩野先生集》卷 3,嘉庆十年听松阁
刻本,《广州大典》第 433 册,第 717 页。)

◎本年子壮诗:《东皋和区嘉可》。

　　　《陈文忠公遗集》卷 2。

●天启七年丁卯(1627)、清太宗天聪元年　子壮 32 岁,子升 14 岁

◎八月,明天启帝崩,无嗣,弟信王由检即帝位,以明年为崇祯元年。

◎三月上巳日,子壮因座师陆梦龙来粤任按察使,乘舟往迎,黄圣年应
三水蒋县令之聘往掌教职,故二人同舟往三水。至三水遇何吾驺乘舟
还朝,因陆未至,遂订峡山之游。子壮在三水停舟数日,与蒋县令饮,随
后至峡,与何吾驺、黎邦瑊三人同游峡山,有诗若干。

　　　"陆景邺先生观察而来也,壮以弟子之役买舟迎诸江浒。上巳
美风日,黄子逢永亦有三水之行,因与弄潮而上。至三水,闻观察
先生临省尚遥,欲返舟。何子龙友偕黎子君选北上,舟适至。饮
剧,订游峡山,予兴犹迟迟也。蒋邑侯从臾予借舟继饮食。"(陈子
壮《陈文忠公遗集》卷 4,《广州大典》第 502 册,第 408 页。)《陈文忠
公遗集》卷 4《上巳同逢永发珠江》《三水候陆观察座师》《邂逅何龙
友偕黎君选舟中分赋》《将为峡山之游赋谢蒋三水》《舟中呈黄子》
《峡夜别何黎二子》。

　　　此组诗名曰《日薄游草》,题序如上。其中《峡夜别何黎二子》
题注:"去岁已有行色,予亦称诗送矣。"去年何吾驺得旨还朝,子
壮、遂球有诗送之,是年初何吾驺方偕黎邦瑊北上。

◎本年子壮诗:组诗《日薄游草》。

　　　《陈文忠公遗集》卷 4。

●明思宗崇祯元年戊辰(1628)、清天聪二年　子壮 33 岁,子升 15 岁

◎正月,诏起诸主事者。熙昌、子壮父子起复原职。子壮升左春坊左谕
德兼翰林院侍讲。

　　　正月起补原职,升在左春坊左谕德兼翰林院侍讲(陈上图《陈
子壮年谱》,《广州大典》第 191 册,第 497 页)。

◎四月,袁崇焕重被起用为辽蓟总督,出关督师。子壮招集诸文士于广

州诃林净社殷勤饯行志别,赵焞夫作图,子壮题引首"肤功雅奏"。题诗者除子壮外,有梁国栋、黎密、傅于亮、陶标、欧必元、邓桢、吴邦佐、韩昊、戴柱、区怀年、彭昌翰、释通岸、李膺、邝露、吕非熊、释超逸、释通炯、梁稷十九人题诗于图上,对袁氏复出寄莫大期望。

> "肤功雅奏"作"肤公雅奏",邝露题七言律诗四首,落款作"邝瑞露"(见诗卷《袁崇焕督辽饯别图诗》。按:笔者所见为上海古籍出版社 2014 年《袁崇焕集》卷首的彩印本,《袁崇焕集》云:诗卷现藏于广东省博物馆)。吴天任《邝中秘湛若年谱》卷首复制本仅为局部,诗二首后落款亦为"邝瑞露"。

◎六月初一日,子壮自广州束装赴召。九月十九日,子壮陛见。二十日谢恩,疏陈父子谪累之由,为父熙昌恳补京堂。旨下,熙昌准补京堂,着即遇缺起用。熙昌于此前的八月初八日申刻卒于广州仙湖街之三益堂。十月十九日子壮方得家报,二十六日子壮上疏请恤赠。十二月初十日,奉旨准赠熙昌中宪大夫、太常寺少卿。

> 陈上图《陈子壮年谱》。

◎本年子壮诗:《崇祯元年元日立春歌》《人日旧好诸君携酒过》《诸君再过》《灯夕过区嘉霁》《送袁自如少司马还朝》《春兴》《留春词》《赋得首夏犹清和》《赐环纪恩》《欲将》《送吴玺卿兼寄何宫谕》《尚书怀》《黎仲赐》《北望台》。

> 《陈文忠公遗集》卷 6。

●崇祯二年己巳(1629)、清天聪三年　子壮 34 岁,子升 16 岁

◎三月,子升、子壮兄弟丁忧家居,奉诰命卜葬。

> 陈上图《陈子壮年谱》。

◎六月,上图生。子壮季子,夫人黄氏出。

> 陈上图《陈子壮年谱》。

> 陈上图,字叔演。其父子壮殉节后,以荫授锦衣卫指挥使。永历帝入滇,乃挈妻何氏避山中,年及三十而卒(陈恭尹《寿陈母何夫人序》,《陈恭尹集》,第 612 页)。

◎子升自幼刻苦力学,读书一览成诵。是年以制义应童子试,以第一名中式。郡人称为奇童。

"读书一览辄诵,而力学刻苦,初操觚为文,愤悱不自得。一夕梦其胸前有一孔,洞开彻背,惊寤,而文遂大进。年十六,郡守颜俊彦拔冠一郡,目之曰十六邑奇童,补郡弟子员。"(陈伯陶《胜朝粤东遗民录》卷1,第33页。)薛始亨《陈乔生传》云:"年十五以制义应童子试,郡司李樯李颜公俊彦行太守事,赏其文典古,拔之冠。一郡目曰:'十六邑之奇童。'遂为郡弟子员。"(见《中洲草堂遗集》卷首,《丛书集成续编》第151册,第272页。)

◎子升此后十余年足不出岭南。

《中洲草堂遗集》卷22《送沈甸华归滆序》云:"予先君令于滆之当湖。先兄又典试于全滆,故滆之文人,予家获与交游十之八九。自燕、吴、齐、鲁、秦、晋、楚、蜀以及于七闽、豫章弗如也。予从先君宦游,归即淹伏诸生中,不逾岭者十余年。"(《丛书集成续编》第151册,第416页。)

◎张溥召集各省文社于尹山(在江苏吴江)集会,以"兴复绝学"为宗旨,在应社基础上成立复社,并自称"吾以嗣东林也"。复社兴于吴下,子升与同里黎遂球、陈邦彦、欧必元以文章声气遥应复社。

"与同里黎遂球、陈邦彦、欧必元以文章声气遥应复社,遂球每持其诗文延誉两都、吴越间。一时贤俊引领愿交,书邮车辙逾岭而南者,无不问子升之庐,留连缱绻而后别。太仓张溥尤音问莫逆。巡抚寿春方震孺直声震天下,于人少所推许,独倾心子升,及抚粤西,病亟,千里相迎,以后事为托。子升终其事,无少憾,其笃谊如此。"(陈伯陶《胜朝粤东遗民录》卷1,第33—34页。)

◎十二月十二日,梁佩兰生。

梁佩兰(1629—1705),字芝五,号药亭。康熙二十七年戊辰进士。与屈大均、陈恭尹并称"岭南三大家"。

●崇祯三年庚午(1630)、清天聪四年　子壮35岁,子升17岁

◎二月,座师陆梦龙为子壮《练要堂集》题词,其时《练要堂集》已刻成。

陆梦龙《练要堂集题词》:"庚午仲春清明日会稽友人陆梦龙拜题。"(《陈文忠公遗集》卷首,《广州大典》第502册,第392页。)

◎屈士煌生。

　　　　屈士煌(1630—1685),字泰士,一字铁井,大均从兄,士燝胞
弟。顺治三年丙戌十二月清军破广州,顺治四年,义师四起,士煌
与兄士燝"尽破家产以从……入罗浮,纠合十三营壮士,得数千
人",往来张家玉、陈子壮、陈邦彦诸军,后追随永历帝至云贵。事
败,潜归奉母。顺治七年庚寅十一月,广州再陷,遁西樵(《屈大均
全集》第3册,人民文学出版社1996年,第139—144页)。著有《屈
泰士遗诗》。

◎九月初五日,屈大均生于南海之西场。

　　　　屈大均(1630—1696),字翁山。与梁佩兰、陈恭尹并称"岭南
三大家"。

◎子壮、子升丁忧在家。

●崇祯四年辛未(1631)、清天聪五年　　子壮36岁,子升18岁
◎子壮以资深被起用为詹事府协理府事少詹事,兼翰林院侍读学士。

　　　　陈上图《陈子壮年谱》。

◎陈恭尹生。

　　　　陈恭尹(1631—1700),字元孝,晚号独漉子,与屈大均、梁佩兰
并称"岭南三大家"。

◎子履辟东皋诗社。子履辑诗社诸人之作为《东皋诗》一卷。

　　　　"广州旧多名园。其在城东者,曰东皋别业,陈大令之所营
也。"赵元方注云:"陈大令名子履。南海人。子壮兄。"(见屈大均
《广东新语》,中华书局1985年,第470—471页。)"东皋诗社在东
门外,崇正四年,陈子壮从兄子履所辟。南望教场,后为白云
山……子壮抗疏罢归,有《饮顺虎家兄东皋别业诗》。黎遂球、黄圣
年、黎邦瑊、徐棻、欧主遇、张萱、何吾驺皆有唱和。明亡,池馆荒
废。国朝康熙间驻防镶黄旗参领王之蛟修葺之,取为别业,聘屈大
均、陈恭尹、梁佩兰主其中,名曰东皋诗社。四方投篇赠缟者门不
停轨,与昔之南园颉颃,今圮。"《东皋诗》一卷。明陈子履撰,存。
传钞本。陈子壮序略云:东皋者,余伯兄顺虎先生所为别业也。左
联永泰,右接长春,演武之场据其首,镇海之楼奠其北。凿山开径,
引水植林,仲长统乐志命篇;竹木周匝,潘安仁闲居作赋。菡萏披

敷,池环九岛以种鱼,迳仿孤山而纵鹤。封胡遏末,兄弟足当宾主。东南交游特盛,或良辰张宴,或飞盖夜游,点缀江山,独专丘壑。既命题之不一,旋比类以成编。凡文二首,诗数十首。谨按此编内陈子履《东皋纪略》一篇,陈熙韶《玉带桥记》一篇,此外,则何吾驺、张萱、黎邦瑊、邝露、黎遂球、张家玉、陈熙韶、陈熙昌、陈子壮、陈子履诸人诗凡数十首。别有题曰《练要堂集选》者,盖就陈忠简公子壮集中有涉东皋者录之,殆后人续编入者欤。"(〔宣统〕《番禺县续志》卷40、32,《广州大典》第279册,第585—586、427—428页。)

顺治初东皋为清兵牧马之地。翁山《双声子·吊东皋别业故址》云:"幸狐狸,知谢公白血,珍同水碧金膏。微躯安惜,乾崩坤裂,平陵一死鸿毛。与龙髯马角,和粪土、同委干濠。炊残白骨,牛羊总成,一片腥臊。"注云:"谢公谓故督师大学士陈公子壮也。"(《屈大均全集》第2册,第1438页。)子壮于顺治四年起兵抗清,死难,词寓无限感慨。

◎本年子升曲:《客居闰十一月和方密之》。

《中洲草堂遗集》卷20。曲中有句云:"暂侨寓,高楼广檐,门外是远水危堑","月重十一,人重念千里,离家月几"(《丛书集成续编》第151册,第405页)。自明崇祯元年戊辰至方以智去世后一年,即清康熙十一年壬子,四十四年间只有崇祯四年辛未和崇祯十五年壬午闰十一月。又,《岭龁题词》云:"予弱冠时,嗜声歌,作传奇数种,因经患难刻本散失,仅存清曲数阕,名曰《岭龁》。"(《丛书集成续编》第151册,第403页。)时子升近弱冠之年,而崇祯十五年已近而立,故将此曲系于是年。

●崇祯五年壬申(1632)、清天聪六年　子壮37岁,子升19岁

◎子壮纂修《玉牒》。

陈上图《陈子壮年谱》。

◎子壮本年因家事南归。

陈子壮《与孔玉横少宗伯》:"弟自乙丑之岁,家居凡九年,中间小草仅戊辰一月耳。家难频仍,才襄先人大事,即遭家祖母之变。今服除五月,始竭蹶入都门。"(《陈文忠公遗集》卷10,《广州大典》

第 502 册,第 466 页。)

● 崇祯六年癸酉(1633)、清天聪七年　子壮 38 岁,子升 20 岁

◎二月,黎遂球北上应试,南园诸子于东林僧舍送别。子壮、子升、欧主遇、黄圣年、徐棻、谢长文、顾圤、李云龙、冯祖辉、张乔等十人赋诗相赠,书成长卷《南园诸子送黎美周北上诗卷》。

◎春,子壮单骑上京,妻儿辈俱留广州侍母。此前,子壮仲弟卒。客途中有书与孔贞运,请帮补南京之官缺,以便就近养母。

> 陈子壮《与孔玉横少宗伯》:"弟自乙丑之岁,家居凡九年,中间小草仅戊辰一月耳。家难频仍,才襄先人大事,即遭家祖母之变。今服除五月,始竭蹶入都门……家慈自失先人,先弟与不肖遂相依为命,琐事必关,少别即忆。驿程艰难,又不便移养,并弟妇儿辈俱留家侍奉。独弟单骑来此,万里遄程,古有绝裾之讥,而今亦有弃亲之任之律,何以为怀。倘徼福庇得步后尘,目下南缺似甚,相应则遂母子之愿,幸也! 如不可,必亦惟有再三陈请矣。"(《陈文忠公遗集》卷 10,《广州大典》第 502 册,第 466 页。)

◎子壮迁礼部右侍郎兼翰林院侍读学士,充经筵日讲,于帝多所启沃。每进讲,帝动容倾听。寻署本部事,主事礼部三月,刷剔积弊,部中为之一新。

> 陈上图《陈子壮年谱》。屈大均《皇明四朝成仁录》卷 10。

◎残腊,子升与邝露、宋生同凭一几,看小李将军山水。

> 吴天任《邝中秘湛若年谱》崇祯六年条(至乐楼丛书第三十五种 1991 年)。

◎子升作传奇数种和曲《岭歈》。

> 《岭歈题词》云:"予弱冠时,嗜声歌,作传奇数种,因经患难刻本散失,仅存清曲数阕,名曰《岭歈》。"(《中洲草堂遗集》卷 20,《丛书集成续编》第 151 册,第 403 页。)

● 崇祯八年乙亥(1635)、清天聪九年　子壮 40 岁,子升 22 岁

◎李自成毁中都祖陵。子壮上书曰:"今日宜下罪己诏与天下,以收拾人心,或可激发忠义,寇乃可灭。"

◎唐王聿键及周王尝以礼节小故弹劾大员,皆下狱论治,子壮担心外藩

势重,有司不能行使职权,抗疏救之。宗藩遂交相构陷子壮。十一月十六日,子壮被革职,下刑部问罪。

> 陈上图《陈子壮年谱》。无名氏《陈文忠公行状》云:"会唐王、周王常以礼节小故劾各大员,皆下狱论治,公虑外藩势重,有司不能举职,抗疏救之。又适有诏宗室中具文武才者,许改秩受职。公以宗材受职,偾事可虞,复抗疏固争,陈五不可。宗藩引前代故事交构公,以为非祖间亲,革职,刑部问议。"(陈伯陶《胜朝粤东遗民录》附录,第 329 页。)

◎子壮本年诗:《投狱夜示在系诸公》《狱中杂咏》《乙亥除夕》。

> 陈子壮《秋痕》卷 2(崇祯十一年刻本,《广州大典》第 431 册,第 599 页)。

●崇祯九年丙子(1636)、清太宗崇德元年　子壮 41 岁,子升 23 岁

◎四月二十四日,子壮出狱,谢恩毕,取道南还。上延、上图随侍出京,沿潞河,过齐鲁、姑苏,游金山寺,登北固山,抵杭州寓吴允淳家,流连于西湖之上,凡数月,始归。

> 陈上图《陈子壮年谱》。

◎本年子壮诗文:《潞河感述》《舟次清源,何采侯计部招饮水月庵,延、图同侍》《题水月庵》《聊城》《张秋》《挂剑台》《游金山寺》《游金山记》等。

> 陈子壮《秋痕》卷 2。《陈文忠公遗集》卷 9。

●崇祯十年丁丑(1637)、清崇德二年　子壮 42 岁,子升 24 岁

◎四月,子壮在白云山中营构云淙书院。

> 陈上图《陈子壮年谱》。

●崇祯十一年戊寅(1638)、清崇德三年　子壮 43 岁,子升 25 岁

◎正月初一日,子升访黎遂球于广州,有《戊寅小岁和黎美周》诗。遂球亦有诗《新年喜陈乔生见过》。

> 《中洲草堂遗集》卷 11。黎遂球《莲须阁集》卷 7。

◎正月十五日,子壮为子升的诗集作序。

> 《中洲草堂遗集》卷首《旧序》。序末署:"崇祯戊寅上元日兄子壮撰。"(《丛书集成续编》第 151 册,第 271 页。)

◎二月十五日花朝节,子壮与子升、黎遂球、欧主遇、欧必元、区怀瑞、区

怀年、黄圣年、黄季恒、黎邦城、徐棻、释通岸等十二人复修南园旧社,世称南园十二子。其后吴、越、江、楚、闽中诸名流亦来入社。

> 黎延祖《南园故址并序》:"南园为国初赵御史介、孙典籍蒉、王给事佐、李长史德、黄待制哲五先生结社地。后为祠祀文陆张三大忠,有司岁时祀之。崇祯戊寅直指介龛葛公捐俸重修。先忠愍与陈文忠公,暨诸名公唱和于此,继五先生风雅。变迁以来,祠属丘墟,人骑箕尾。"(见陈恭尹编《番禺黎氏存诗汇选·瓜圃小草》,康熙三十三年刻本,《广州大典》第 507 册,第 378 页。)无名氏《陈文忠公行状》:"公既归,辟云淙别墅于城北白云山中,寄情诗酒,复修南园旧社。一时诸名流:区启图名怀瑞,曾息庵名道唯,高见庵名赉明,黄石佣名圣年,黎洞石名邦城,谢雪航名长文,苏裕宗名兴裔,梁纪石名佑逵,区叔永名怀年,黎美周名遂球,及公季弟名子升,共十二人,称南园后劲。"(见陈伯陶《胜朝粤东遗民录》附录,第 332 页。)

◎春,子壮《进讲录》上下卷、《秋痕》五卷刻成。

> 子壮将崇祯六年癸酉之后充经筵日讲之《进讲录》与诗文集《秋痕》合为《南宫集》付刻。陈子壮《南宫集自序》署曰:"崇祯戊寅春三月山中人子壮谨识。"(陈子壮《南宫集》,崇祯十一年刻本,《广州大典》第 431 册,第 599 页。)

◎本年子升诗:《戊寅小岁和黎美周》。

> 《中洲草堂遗集》卷 11。

● 崇祯十二年己卯(1639)、清崇德四年　子壮 44 岁,子升 26 岁

◎正月,清兵入济南。二月,北归。三月,出青山口。深入凡二千里,阅五月,下畿内、山东七十余城。

> 《明史》卷 24《庄烈帝纪》。

◎子升乡试落第,东游潮州,过梅州。

> 《中洲草堂遗集》卷 1《士不遇赋》云:"己卯之岁,陈子下第。"卷 14 有《咏怀古迹乙卯》之《蓝关》云:"韩公谪宦叹崎岖,我亦曾游恨有余……能使世间魑魅息,不烦空徙恶溪鱼。"(《丛书集成续编》第 151 册,第 277、386 页。)《中洲草堂遗集》卷 11 有《落第后将往潮

州,赴李乔之司李之约,呈家兄宗伯》诗。

　　《中洲草堂遗集》卷17《韩公桥歌》诗云:"船系连环石两头,一头盐饷接官邮。一头刺史登临处,清镜寒潭映北流。""韩公桥"当指潮州湘子桥。桥两端各有数个巨大的桥墩,中间十八条梭船连成浮桥。桥西为广济门,直通闹市,桥东为笔架山,韩文公(愈)祠所在地。《中洲草堂遗集》卷15《西阁书壁三十六韵》:"跃马秦中相,驱车甘上卿。不难同朔荐,方欲请终缨。拾芥徒云易,怀芳奈不呈。一朝花扫地,三刖玉埋荆。宋药金相失,燕台骏自更。"《中洲草堂遗集》卷15《下篷辣滩望阴那山》诗:"梅州行李出,雁渚钓鱼过。偎寒一身小,裴徊九面多。滩声迅篷辣,山色暗阴那……岁暮游还远,将如杖履何。"篷辣滩位于梅州。阴那山位于梅县雁洋镇,其东南为大埔县英雅乡,距梅州市不远,属梅州名胜。《中洲草堂遗集》卷15《赠李调甫程乡》诗云:"花满移新县,源高发远流……练武兵搏咒,斑文杖祝鸠。岁寒重相结,一掖点狐裘。"(《丛书集成续编》第151册,第395、388、388—389、388页。)程乡,属梅州。此数诗当作于乡试落第后东游潮州之时。

◎子壮在广州。

◎本年子升诗赋:《落第后将往潮州,赴李乔之司李之约,呈家兄宗伯》《咏怀古迹乙卯》《西阁书壁三十六韵》《下篷辣滩望阴那山》《韩公桥歌》《赠李调甫程乡》《忆秦娥潮州作》《士不遇赋》《梦禺山赋》。

●崇祯十三年庚辰(1640)、清崇德五年　　子壮45岁,子升27岁

◎是年子壮之"云淙别墅"落成。子升作《家兄云淙落成》诗二首,及《云淙赋》。是年《东皋赋》《云淙赋》刻成。区怀瑞为之序。

　　《云淙赋》,《中洲草堂遗集》失收。子升《家兄云淙落成》题注云:"云淙别墅在白云山。有宝象林、朋泉、无畏岩、海曙楼、邀瀑亭、余箫阁之胜。"(《中洲草堂遗集》卷11,《丛书集成续编》第151册,第345页。)区怀瑞《旧刻〈东皋〉〈云淙〉赋序崇祯庚辰》云:"陈子《东皋》《云淙》二赋成,以示区子。区子曰:'斯道也将绝响矣。'"(《丛书集成续编》第151册,第426页。)

◎九月初四日,上庸婚娶。是日未时子壮夫人黄氏卒于广州盐仓街

旧居。

　　　　陈上图《陈子壮年谱》。

◎本年子升诗赋:《家兄云淙落成》《邀瀑亭探得西字》《赠吴鲁冈恤部,吴持张天如庶常书至》《二月二十二日》《拟高常侍送李少府贬峡中,王少府贬长沙》《云淙赋》。

　　　　《中洲草堂遗集》卷11《邀瀑亭探得西字》诗有"一踏春郊信杖藜,吾兄邀瀑有高栖"句。《赠吴鲁冈恤部,吴持张天如庶常书至》有"为报虎丘明月道,石门天尽水涟漪"句(《丛书集成续编》第151册,第345页)。张天如(溥),卒于崇祯十四年五月。故姑将此数首系于是年。

●崇祯十四年辛巳(1641)、清崇德六年　子壮46岁,子升28岁
◎正月,李自成陷河南府(今河南洛阳)。二月,张献忠陷襄阳。十一月陷南阳。
◎子壮与陈邦彦订为兄弟,聘邦彦为西席,馆之于邸内硕肤堂,使诲二子上延、上图。其后陈恭尹亦来就读。

　　　　"一日,公(陈子壮)弟子升偕友人陈邦彦谒公。邦彦字会份,顺德人,时尚为诸生,公一见与语,惊曰:'此奇男子也。'遂与订为昆弟,因下榻馆之,使诲上延、上图。课读之余,尝与之纵谈天下事,邦彦指陈形势,条举策画,悉中当时利害,确然可见之施行。公益重之,语人曰:'吾粤之士,胸怀经济大略,而不以经生自局者,会份一人而已。'"(无名氏《陈文忠公行状》,见陈伯陶《胜朝粤东遗民录》附录,第332—333页。)"吾乡之不得会斌,犹南宫之不得陈彦升也。彦升才性学殖与会斌同。少从其尊人游关塞间,形势扼塞兵马出入之数与夫古今利害历历能道之。其有志天下而不以经生自局也。亦宜为会斌所许可……仆交游之得二陈生也,亦云奇于彼,而偶于此矣。会斌则又盛称舍弟之文。"(陈子壮《与陈会斌》,《陈文忠公遗集》卷10,《广州大典》第502册,第473页。)

　　　　子升与邦彦友善。邦彦以文行负重名,年近四十,无所遇。一日子升介见兄子壮,子壮与之语,惊异之,遂订为兄弟,馆之于邸内硕肤堂,教授上延、上图。课诵之余,子壮与纵论天下事。邦彦指

陈形势,条举策画悉中利害,子壮益重之。

● 崇祯十五年壬午(1642)、清崇德七年　子壮 47 岁,子升 29 岁

◎二月清兵破锦州,十月入蓟州。清兵分道入塞,京师戒严。李自成围开封,九月决河,浮舟入城,大掠而去。

◎二月,子壮赴香山榄溪,为大学士何吾驺之梁夫人祝寿。回广州,延释函昰于诃林说法。

◎三月禊日,黎遂球为子升作《陈乔生制义稿序稿名腐化》。

　　　　《中洲草堂遗集》卷末。

◎张穆至广州,与区怀瑞、戴柱、何颖同登白云山,游子壮云淙别业,有《同区启图、戴安仲、何石闾游陈秋涛宗伯云淙》七律。

　　　　张穆《铁桥集》。

◎释函昰省亲广州,子壮率诸人士延请开法诃林。十月朔日,函昰入院。

　　　　汪宗衍《明末天然和尚年谱》"崇祯十五年壬午"条。

◎冬,子壮复原官,起补礼部右侍郎,同充会典副总裁。

　　　　陈上图《陈子壮年谱》。

◎十一月初一日,子壮拜表遣家人入京师上奏,以亲老辞不赴,疏留中不下。兵部马士英差人催促,旨催起废诸人就道,子壮亦在列。

◎十二月十三日,子壮拜疏陈情,退休益决,遂再遣家人入京奏请,后得旨:"该部知道。"

　　　　陈上图《陈子壮年谱》。

◎子升与薛始亨等在仙湖结社。

　　　　薛始亨《中洲草堂诗刻原序》云:"崇祯壬午陈子乔生与余缔社于仙湖。同社诸子方锐意举子业,余窃视乔生,翩翩然有建安芙蓉园之想。制义之暇辄复称诗。其伯氏文忠公修复南园五先生故事,乔生则已奋袂登坛,名流且避席矣。"(见《中洲草堂遗集》卷首,《丛书集成续编》第 151 册,第 271 页。)

● 崇祯十六年癸未(1643)、清崇德八年　子壮 48 岁,子升 30 岁

◎春,子壮于广州赈饥,设区均济,得活者数千人。

　　　　陈上图《陈子壮年谱》。

◎三月,在广城归德门下小市街建立牌坊,录陈氏功名于其上。

其牌坊文云:"江西南安府上犹县儒学训导,诰赠通议大夫太常寺卿,前以长子锡南京应天府府尹,敕赠承德郎户部山西清吏司主事陈珙。诰赠通议大夫太常寺卿陈鳌。嘉靖戊戌科赐进士出身南京工部尚书,谕赐祭葬,以长子宏采贵州镇远府知府,进阶资政大夫陈绍儒。湖广长沙府善化县知县,敕赠征仕郎吏科给事中,以仲子熙韶广西思恩府知府,诰赠奉政大夫南京户部江西清吏司郎中陈宏乘。万历丙午科解元,丙辰科赐进士第,吏科都给事中,蒙恩起用,诰赠中宪大夫太常寺少卿陈熙昌。万历己未科,赐进士及第,通议大夫詹事府协理府事礼部右侍郎,兼翰林院侍读学士,纂修会典总裁,前礼部右侍郎署部事经筵日讲官陈子壮。六叶重光,三阶复始,文明北斗魁三象,阀阅天南第一家。垂德、功、言于不朽,仰公卿长之无惭。"(陈上图《陈子壮年谱》,第 499 页。)

●崇祯十七年甲申(1644)、清世祖顺治元年　子壮 49 岁,子升 31 岁

◎春,岭南饥,陈邦彦乞粟以赈馏粥,百日食者三千人。

陈恭尹、何绛《兵科给事中赠资政大夫兵部尚书先府君岩野公行状》。

◎三月十八日,李自成军攻破北京外城,十九日五鼓破内城,明崇祯帝殉社稷。二十一日,子壮得崇祯帝煤山凶信,时方开学社于广州禺山书院。闻变,率黎遂球等缙绅千余人设位于广州光孝寺,成服哭临。随后山海盗寇窃发,子壮同当事登陴勤守。

黎遂球《莲须阁集》卷 14《答嘉湖吴人抚》。陈上图《陈子壮年谱》。

◎五月,清军进入北京。九月,福临入关称帝,是为清世祖顺治元年。

◎福王于南京称帝,以明年为弘光元年。诏荐士,子升于本年以明经举第一。

薛始亨《陈乔生传》云:"圣安登极,诏荐士,以明经举第一。明年隆武改元于闽,因赴闽拜中书科中书舍人,使粤而闽陷,奔谒行在于邕州,拜吏科给事中,迁兵科右给事中。"(见《中洲草堂遗集》卷首,《丛书集成续编》第 151 册,第 272 页。)子升《自悼诗》有云:

"冉冉三十,始冠明经。"(《中洲草堂遗集》卷2,见《丛书集成续编》第151册,第285页。)

◎子壮捐资助饷银一千两以佐军需,八月初三日令解赴南都。十月,诏子壮任弘光朝礼部尚书,十一月,子壮自广州束装赴召,上图从行。十二月二十一日,进都朝见。谢恩后寻晋子壮勋阶从一品,太子太保光禄大夫。

　　　　陈上图《陈子壮年谱》。子升《寄钱牧翁》诗注云:"宏光时,牧斋大宗伯、先兄同官掌詹事府。"(《中洲草堂遗集》卷12,见《丛书集成续编》第151册,第364页。)

◎本年子升诗:《冬心》。

　　　　《中洲草堂遗集》卷11。

●顺治二年乙酉(1645)、明弘光元年、隆武元年　　子壮50岁,子升32岁

◎正月,子壮以礼部尚书兼詹事府正詹事掌府事,兼翰林院侍读学士,经筵日讲。二月,捐资助军械。时帝初御经筵,子壮为日讲官,太子太保。

　　　　无名氏《陈文忠公行状》。陈上图《陈子壮年谱》。

◎五月初九日,闻清兵破扬州,将薄金陵,子壮趋朝请旨设法守御,为马士英所阻,不得入觐。初十日夜三鼓,马士英挟福王与太后阖宫潜逃。次日,子壮觉,方欲追随福王车驾,而清兵已逼金陵。十七日,赵之龙、钱谦益等出南京城迎降。二十一日,子壮遂微服抱詹事府印信潜出聚宝门,沿途打听福王下落。子壮闻福王被清军掳去,大哭,欲自尽。

　　　　无名氏《陈文忠公行状》。陈上图《陈子壮年谱》。

◎张家玉走钱塘,遇唐王,与同邑苏观生等护王入闽。复举黄道周于王。

　　　　屈大均《增城侯谥文烈张公行状》。张家玉《奏为洒血陈情事》:"夏六月臣果攀龙鳞附凤翼,遇彩于钱塘。"(张家玉撰《张文烈公军中遗稿》,清抄本,《广州大典》第433册,第24页。)

◎六月初五日,子壮至杭州住太平桥。歇二日,得奉福王之母慈禧太后旨,"星驰还粤,集旅勤王",遂取道南还。

　　　　无名氏《陈文忠公行状》。陈上图《陈子壮年谱》。

◎六月,兵部尚书张国维等奉鲁王以海监国于绍兴,以明年为监国元年。

◎闰六月,礼部尚书黄道周、南安伯郑芝龙等迎立唐王聿键于福州,以本年七月一日始为隆武元年。

◎闰六月二十二日,子壮抵家。

> 陈上图《陈子壮年谱》。

◎闰六月二十六日,彭日贞(孟阳)营葬张乔于白云山麓之梅花坳,子升、黎遂球诸名士送者数十百人,下至缁黄,人各赋一诗,植花一本以表之,号百花冢。黎遂球作墓志铭,彭孟阳作诔文以祭之。

> 张乔《莲香集》卷1。黎遂球《歌者张丽人墓志铭》。彭孟阳《诔文》。

◎七月初三日,子壮见粤督丁魁楚,言迎立桂王之子永明王事。魁楚谓子壮唐王立于福京事,议立永明王事遂罢。八月初九日,隆武帝起子壮太子太保、兵部尚书,遣官敦请赴闽。

> 无名氏《陈文忠公行状》。

> 陈上图《陈子壮年谱》称起为礼部尚书,与《行状》有异。

◎隆武改元,张家玉疏,召子升赴闽,拜中书科中书舍人。

> "隆武改元,张家玉疏召赴闽,拜中书科中书舍人。"(陈伯陶《胜朝粤东遗民录》卷1,第34页。)

◎子升自广州,溯东江,过河源、龙川,至粤东,经大埔,再沿汀水赴闽,谒隆武帝。

> 薛始亨《陈乔生传》云:"明年隆武改元于闽,因赴闽拜中书科中书舍人,使粤而闽陷,奔谒行在于邕州,拜吏科给事中,迁兵科右给事中。"(见《中洲草堂遗集》卷首,《丛书集成续编》第151册,第272页。)李模《为陈黄门六十序》:"乙丙之交岭海阻绝者数年,先生以明经荐起,读中秘书,给事黄门,而文忠、美周后先殉节。"(《中洲草堂遗集》卷首,《丛书集成续编》第151册,第274页。)子升子元基《维摩图歌并序》:"宏光改元获恩荐,筮官中秘趋闽殿。为勤王事使粤还,奔复闽中驾已晏。徘徊扈跸向端州,忍令日月不重留。继世黄门宜锁闼,两迁兵吏直螭头。著论辨奸何烜赫,疏上封事多感

激。忠诚深荷圣人知,国步艰虞心惨恻。"(见《中洲草堂遗集》卷末,《丛书集成续编》第 151 册,第 434 页。)子升《四愁》诗注:"子升于延津初受命为秘书也。"(《中洲草堂遗集》卷 11,《丛书集成续编》第 151 册,第 350 页。)子升《自五羊至河源得二十绝句存八首》之一:"帐借江风盖借云,离情倚剑帖龙文。楼船更倩戈船护,初学乘槎谒圣君。"之二:"风前尽醉林婆酒,白鹤晴峰无那春。"之三:"木棉临水烂红霞。"之五:"带马春沙暂牧场,今朝春水没中央。"(《中洲草堂遗集》卷 17,《丛书集成续编》第 151 册,第 395 页。)

◎八月,皇亲王略赍皇兄桂王密谕,请子壮兴兵勤王。是时,靖江王闻南京破,集诸蛮起兵,称监国于广西。子壮将启行赴召,集旅勤王,命子上图奉朱太夫人赴南海九江寄居表叔朱微魁之念慈轩。

　　　　陈上图《陈子壮年谱》。无名氏《陈文忠公行状》。

◎十月二十二日,子壮遵慈训赴召。子升及子壮长子上庸、朱子洁、梁迈臣诸人从行,由广州束装将住福京。二十五日,子壮进谒安仁、永明二王于端州舟中。溯流北上,行及雄州,复接邸报,及朝臣万元吉一本,令收拾两广。

　　　　陈上图《陈子壮年谱》。无名氏《陈文忠公行状》。

◎十一月十四日,子壮至雄州府,接隆武帝谕。时唐王以逆宗靖江王僭乱,惧其侵夺广州,乃复遣使加子壮为东阁大学士、兵部尚书,令与粤督丁魁楚、赣督万元吉,同办军务,不必入觐。御旨一如邸报。又谕云:郭之奇或有荐其才名,或有非其行谊,令子壮衡以全器,使吏部知道。子壮遂留雄州府,命黎遂球赴赣州助万元吉,以为声援。

　　　　无名氏《陈文忠公行状》。陈上图《陈子壮年谱》。

◎十二月初八日,子壮疏恳辞东阁大学士衔。十五日,土贼数千围攻雄州。子壮率先登陴,昼夜防御。后二日,贼以城坚他窜,雄州解围。子壮捐资募兵,得二千余人,预备勤王。

　　　　陈上图《陈子壮年谱》。

◎十二月,隆武帝走建宁。

◎本年子升诗:《忆银尖有序》《龙川》《自大埔度上杭》《次韵寄答某》。

　　　　《中洲草堂遗集》卷 15《次韵寄答某》云:"有怀秋色里,西望极乡关……图书森宪府,牙载换仙班……虞章披乡合,汉贝劳师颁。挥斥风云际,绥宁楚粤间。辕门邀七萃,妆阁侍双鬘。子月阳方进,臣年鬓未斑。建陵飞檄出,临武凯歌还。招隐承相念,衰迟敢浪攀。掞天雄笔丽,照日大旗殷。"(《丛书集成续编》第 151 册,第 390 页。)观诗中语及作者心态,当作于是时。前三首诗作于赴闽途中。

●顺治三年丙戌(1646)、明隆武二年、绍武元年　子壮 51 岁,子升 33 岁

◎二月,隆武帝走延平。六月,清兵入绍兴,鲁监国遁海。八月,清兵破汀州,杀隆武帝。十月,明两江总督丁魁楚、广西巡抚瞿式耜等迎桂王朱由榔监国于肇庆。明大学士苏观生,拒赴肇庆朝桂王,王西走桂林,乃遣陈邦彦奉笺劝进,且请回銮。邦彦既行,十一月观生又立隆武帝弟唐王聿鐭于广州,改元绍武。十一月十二日,桂王返肇庆,十八日即帝位,以明年为永历元年。两藩战于高峡三水之间,肇庆无以为守,永历帝西走桂林。十二月,佟养甲、李成栋潜师直抵广州,城陷,绍武帝被害。

> 屈大均《皇明四朝成仁录》卷 10《东莞起义大臣传》:"九月,车驾至上杭,御营溃散……是冬十月,上监国梧州。大学士苏观生复拥立唐王于广州,以兵礼二部右侍郎召(张)家玉,不赴。"(《屈大均全集》第 3 册,第 857 页。)屈大均《皇明四朝成仁录》卷 10《顺德起义臣传》:"赣陷,车驾至上杭,军溃。观生闻变还广州……九月,永明王监国,乃遣邦彦奉笺劝进,且请回銮。既行,襄皇帝弟唐王至广州,观生拥而立之,改元绍武。"(《屈大均全集》第 3 册,第 848—849 页。)〔道光〕《广东通志》卷 285《梁朝钟传》。

◎正月初二日,子壮自雄州归省朱太夫人于九江。

> 陈上图《陈子壮年谱》。

◎二月,皇子诞生,恩被大臣,子壮长子上庸荫授中书舍人。时隆武帝遣中书何吾骏赍敕召子壮赴福州,将俾以重任。十三日,子壮自九江至广州受诏,即上疏谢恩。

> 陈上图《陈子壮年谱》。

◎子升受命自闽使粤,沿江西之贡水、章水,经湖南于八月间入粤,闽

旋陷。

> 《西江叹逝赋》："缅曩纪之丙戌兮,奉皇华于东路。遵章贡之
> 江澨兮,闻旌旗之颠仆。嗟美人之奋厉兮,憺成人其必赴。"(《中洲
> 草堂遗集》卷1,《丛书集成续编》第151册,第282页。)

◎八月,汀州陷,隆武帝被杀。子壮闻之,抚膺痛哭。

> "唐王被执于汀州,公抚膺痛哭,语所属曰:'昔文信国有言援
> 立新君以存宗社,存一日则尽臣子一日之责。吾南还时,本议拥立
> 神宗孙桂王子永明王以延国祚,缘唐王即位福京,其事遂寝。今福
> 京既亡,永明王近驻端州,殆天之所相以兆光复,未可知也。'"(无
> 名氏《陈文忠公行状》,见陈伯陶《胜朝粤东遗民录》附录,第
> 336页。)

◎九月,子壮遣人赴端州奉表劝进。

> 无名氏《陈文忠公行状》。陈上图《陈子壮年谱》。

◎十月初四日,赣州陷。总督万元吉及子壮门人兵部职方司主事黎遂
球等殉难。粤督丁魁楚败还。子壮因以劝进端州事相告,魁楚曰:"吾
有是心久矣。"魁楚即偕子壮以兵赴端州,与广西巡抚瞿式耜等,于十四
日奉桂王称监国于肇庆,魁楚、式耜同辅政。会闻清兵陷赣州,监国为
司礼太监王坤所挟,仓促幸梧州。

> 无名氏《陈文忠公行状》。屈大均《皇明四朝成仁录》卷10。
> 《小腆纪年》卷13。

◎是时,隆武帝之弟唐王聿𨮁与邓、周、益、辽四王航海至广州。苏观生
又以"兄终弟及",欲立唐王。观生与子壮商议。子壮力阻,无果。

> "会议拥立。商之公,公曰:'天潢之序不可紊,况端州已正大
> 位,若必为之,是启争端也。'苏观生曰:'兄终弟及,何谓紊序?即
> 起争端,岂谓吾等甲兵不坚利乎?'公曰:'以兄终弟及为宜,则端州
> 之立固所以继南京也。且公等亦思今日偾事之由乎?自煤山遘变
> 以来,南京则不二年而亡,福京则仅一年而陷。其时南京之倡议迎
> 立者,马士英也,而士英则以奸邪误国。福京之决计拥立者,郑芝
> 龙也,而芝龙则以观望丧师。良由诸臣徒以推戴贪功,不以兴复厪
> 念,以至宗社日移,国祚日短也。今公等不鉴败亡覆辙,犹欲各据

争立,势必至天潢之内互为敌仇,谚所谓"鹬蚌相争,渔人之利",吾未见为得计也。'苏观生曰:'君言拥立非功,何以劝进端州？争非得计,何不劝端州退位以成让国之美？'公知其意不可回,乃率所部兵出屯九江,建树义旗,广行召募……又命上庸说降诸山寨,招集流散,纠合义勇,待时而发。"(无名氏《陈文忠公行状》,见陈伯陶《胜朝粤东遗民录》附录,第337页。)

◎十一月初一日,桂王专敕印剑旗牌至九江加衔,命子壮督师,赐尚方剑便宜行事、太子太师、文渊阁大学士、礼兵二部尚书,凡大小文武官员皆可随材委用,并授上庸为兵部职方司主事,并颁一敕一防使团练义勇以助。

　　　陈上图《陈子壮年谱》。

◎十一月初二日,苏观生等立唐王聿𨮁于广州,改元绍武。观生又招海上郑、石、马、徐四姓盗,授总兵官,以与肇庆相拒。

　　　徐鼒《小腆纪年》卷13所载苏观生立唐王的时间为五日而非二日。"丁未(初五日)明前大学士苏观生立唐王聿𨮁于广州。"(见徐鼒撰,王崇武校点《小腆纪年附考》卷13,中华书局1957年,第508页。)

◎子壮与瞿式耜书,请兴师东向,以靖唐藩。

　　　"前大学士陈子壮移书瞿式耜,请兴师东向,以靖唐藩。王曰:'先遣官谕之,俟其拒命,讨之未晚。'"(徐鼒《小腆纪年附考》卷13,第512页。)

◎十一月十二日,桂王还肇庆,十八日即帝位。

　　　屈大均《皇明四朝成仁录》卷9。陈恭尹《兵科给事中赠资政大夫兵部尚书先府君岩野公行状》。

　　　无名氏撰《陈文忠公行状》所记永历即位时间与屈大均、陈恭尹等所记稍有不同。《陈文忠公行状》谓:"(丁魁楚)即偕公以兵赴端州,与广西巡抚瞿式耜定议。十月十四日,永明王即位于端州。"(见陈伯陶《胜朝粤东遗民录》附录,第336—337页。)

◎苏观生命陈际泰率兵守三水江口,以拒端州之兵。观生初恐惧欲和,会总督林佳鼎以舟师问罪广州,唐王使总兵林察接战。林察使徐、郑、石、马四姓盗诈降,掩袭,林佳鼎仓促战死,全师覆没。观生于是骄无和志,自是高峡三水之间,无日不战,胜负相当。廷议水军新败,肇庆无以为守,永历帝西走桂林。道路阻塞,子壮与永历帝之间诏、奏俱为隔阻。

> 屈大均《顺德给事岩野陈公传》。徐鼒《小腆纪年附考》卷13。陈上图《陈子壮年谱》。

◎十二月,清军总督佟养甲、提督李成栋自福建攻占潮、惠二州。用潮、惠印符,每日为文书邮至广州报平安,而轻骑伪装急袭广州,直至城下。观生无备。

> 屈大均《顺德给事岩野陈公传》。陈恭尹《兵科给事中赠资政大夫兵部尚书先府君岩野公行状》。无名氏《陈文忠公行状》。

◎十二月十五日,观生随唐王聿鐭视学,或报有警。观生怒曰:"东方昨日有文书,岂有此理? 妄言斩之!"三报斩三人,而前军已入东门,仓促间,兵不能集,唐王被执,观生自缢而死。子壮以母在城,乃剃发诈降,得奉其母还九江堡。

> 屈大均《顺德给事岩野陈公传》。陈恭尹《兵科给事中赠资政大夫兵部尚书先府君岩野公行状》。无名氏《陈文忠公行状》。

◎子升别城南故居。子升自此离开城南故居,十四年间,流离窜伏,八迁所居。

> 子升《旧刻城南集自序》:"予自丙戌岁别城南故居,丁亥岁奔走流离几不自全。伏处江村中……迄今庚子十有四年,八迁所居。"(《中洲草堂遗集》卷末,《丛书集成续编》第151册,第427页。)

◎本年子升诗:《诏拟初唐应制丙戌闽中行在秘省作》《梁非馨归至行在因赠》《戏简艾千子侍御》《度虔州》《凌江中秋》《代赠效李义山体》《舟中瓶梅》。

> 《中洲草堂遗集》卷11。

●顺治四年丁亥(1647)、明永历元年　子壮52岁,子升34岁
◎正月,帝在柳州。成栋尽锐西寇,破肇庆,直犯桂林。三月,永历帝走武冈就总兵刘承胤,清兵由宝庆趋武冈,永历帝复走靖州,又奔柳州、象州,十二月返桂林。

◎陈邦彦说顺德大盗余龙袭广州。二月十日,余龙率舟数百从虎门海道进入,遇敌船百余艘于东莞,焚之,歼其兵,进薄广州,攻之四日。

　　　　陈恭尹《兵科给事中赠资政大夫兵部尚书先府君岩野公行状》。屈大均《皇明四朝成仁录》卷10《顺德起义臣传》。

◎二月,陈邦彦起兵高明山中,使生员马应房以舟师先攻顺德,复约子壮、张家玉、黄公辅起兵,互为犄角。子壮与刑部主事朱实莲、长子上庸起兵九江堡。

◎三月四日,侍郎张家玉起兵东莞。随后参政黄公辅起兵新会。远近闻之,翕然响应。屈士燝、屈士煌亦破产从军,往来于子壮与家玉军中。

◎四月,李成栋败余龙于黄连。陈邦彦妾何氏及二子和尹、虞尹被俘杀,恭尹方受命往返于诸军间,闻之潜匿。一子馨尹后战死于军中。

　　　　陈恭尹《兵科给事中赠资政大夫兵部尚书先府君岩野公行状》。

◎子壮、邦彦、家玉相约七月东西会攻广州。七月初一日,子壮大会文武,誓师于九江,编海上诸舟为四营,得战舰六千余艘,尽张汉威营黄色旗,子壮居中军,行牌各处,水陆会攻广州。此时风雨骤作,中军船中"督"字大黄旗被雨,一旗尽黑,不辨字画,左右疑非吉兆。子壮曰:"忠孝是吉,人即吉兆也。"计议已定,子壮从径道攻广州西南,邦彦从海道攻其东北,且击成栋归路。定于七月七日兵临城下,城中三鼓,皆发。

　　　　陈上图《陈子壮年谱》。无名氏《陈文忠公行状》。

　　　　无名氏《陈文忠公行状》所记时间与陈上图、屈大均和陈恭尹等人所记有异,谓"七月二十八日立汉威营"(见陈伯陶《胜朝粤东遗民录》附录,第338页)。

◎子壮率师抵城南五羊驿。

　　　　无名氏《陈文忠公行状》:"驻五羊驿,连日攻广州,不克。"(见陈伯陶《胜朝粤东遗民录》附录,第339页。)陈上图《陈子壮年谱》:"后率师将抵五羊,始解缆,公复为船中物坠所中,微损正额。噫!即此二兆,岂天将有意耶?"(见《广州大典》第191册,第502页。)

◎七月五日,子壮督舟师千余艘突然至广州,一鼓夺下西郊炮台。火器飙发,焚一角楼,敌大惧。子壮家童有一人乘马张檄至城下,为养甲捕获,一审遂吐事实,内应谋泄。养甲大惊,登城自守,急忙传檄所遣东西兵还救。并严捕细作,手刃子壮妹婿知州梁若衡,悬赏出首告密者。卫指挥杨可观家奴率先出首其主,总兵杨景烨及同事者皆被杀。养甲又假言犒赏据守东门的花山盗。让三千人分批进入一空院,入则斩之。是日,内城豪杰被杀者近百人,城中震慄。赵王与从子亦被绞死。

屈大均《皇明四朝成仁录》。无名氏《陈文忠公行状》。

陈上图《陈子壮年谱》所载稍异,谓:杨可观等见夺下炮台,敌兵奔溃,于是"西门伏兵先发,城门大开······讵前部水哨误报五羊城破,诸师遂舍西门而争趋五羊,乃机会一失,内应事泄"(见《广州大典》第191册,第502页)。

◎成栋与家玉方战于新安,得报遽返。邦彦告子壮曰:"今夕成栋必由东回救广州,我以火舟待之,至则必遭吾火,惧其余舟奔突,请严阵以待。青旗朱旆者,我军也。"报至,子壮未即传令。七日,鸡鸣,成栋至禺珠,火舟起,邦彦引军旁击,焚其蒙冲斗舰数十艘,杀敌千余人,擒游击孟辉、都司张一鸿、守备杨聪等,斩之。成栋脱走,邦彦乘风追之,黎明时分,迫近子壮军。养甲从城上击鼓,喧声震天,子壮军不知,望帆樯蔽空而上,以为尽是敌军,心惧阵动。子壮虽知,然而仓促传令不及,后军拔船先走,成栋因击之,遂溃。邦彦收兵攻城。城上悬杨可观、杨景烨首以示,邦彦望祭哭之。攻五日,不拔,遂退。

屈大均《皇明四朝成仁录》。陈恭尹《兵科给事中赠资政大夫兵部尚书先府君岩野公行状》。

陈上图《陈子壮年谱》和无名氏撰《陈文忠公行状》此处所记与此稍异。陈上图《陈子壮年谱》谓:陈子壮自七月初五攻广州,至十二日退兵。后于"八月初五日,公复率各路舟师围攻广城"(见《广州大典》第191册,第502页)。无名氏《陈文忠公行状》谓:"八月十六日,公复约邦彦攻广州。"陈邦彦与子壮约伏兵于禺珠以火舟击李成栋于归路,"青旗而朱旆者,我军也"(见陈伯陶《胜朝粤东遗民录》附录,第339页)。

◎子升领军一队与战。屈大均亦独领一队,随其师邦彦与子壮合兵攻广州。

◎七月十二日,邦彦退兵,率副总兵霍师连等攻三水,复之,斩知县陈亿。

◎八月,邦彦分兵攻高明,御史麦而炫等接应,克之。麦而炫报捷迎子壮。子壮往高明安抚,遂命刑部主事朱实莲与麦而炫同守高明。

◎八月二十五日,子壮还九江,遣家人奉朱太夫人寓高明三洲之冯馆。

◎上庸战殁。

> 陈上图《陈子壮年谱》谓:"上庸在九江团练义师,猝然兵至,扶病御敌,负剑而卒。比我师至,敌已解围,公遂屯师于九江。"(见《广州大典》第191册,第503页。)无名氏撰《陈文忠公行状》所记与此稍异,谓子壮攻广州,"成栋回舟奋击,战方酣,忽风雨大至,波浪拍天,成栋援兵继至,乘风顺流,势不可遏,师大溃,长子上庸殁于阵,公遂舍舟登陆,退还九江"(见陈伯陶《胜朝粤东遗民录》附录,第340页)。

◎南明清远卫指挥白尝灿邀邦彦共守清远。邦彦率军赴焉,婴城固守,被围十日。李成栋挖地及城,实火药。战酣,火发,城崩十余丈。邦彦率死士巷战,自晓及午,项被三刃,被执。被押至广州。九月二十八日赴刑,被磔而死,时年四十有五。屈大均于夜收拾尸骸、齿发,囊之而归。

> 陈恭尹《兵科给事中赠资政大夫兵部尚书先府君岩野公行状》。屈大均《皇明四朝成仁录》。汪宗衍《屈大均年谱》。

◎九月初十日,子壮再治兵于九江,四路设伏。二十四日,李成栋率师环攻九江,见洛口无兵,成栋遂舍舟登陆,进逼中洲书院之后垣。伏兵四起,子壮率义勇五百人冲击,斩其健将张虎等三十余人,大胜之。成栋兵退还舟,解围而去。

> 屈大均《皇明四朝成仁录》。无名氏《陈文忠公行状》。陈上图《陈子壮年谱》。

◎十月初十日,清兵猛攻增城,家玉亲自擂鼓,自早战至晚。家玉中数矢,伤一目,堕马,跃入野塘以死。享年三十三岁。

> 屈大均《皇明四朝成仁录》。

◎十月十四日,子壮率军攻新会,围三日,不克,往攻新兴,亦不克,遂还高明。

◎二十一日,李成栋兵抵高明,子壮婴城固守。成栋穴地为道至城下,实火药,二十九日火发,南城崩。子壮逃至高明之三洲,归省其母,而朱太夫人已缢于冯馆矣。子壮呼天擗踊,欲殓母而死,遂为追兵所及。子壮冠服,端坐自如。成栋亲手释绑,命乡人殓葬其母。至军中,具宾主礼,谈笑举止如常。成栋又遣副将张英吊唁,设饮食供具甚美,子壮流涕拒之。

> 屈大均《皇明四朝成仁录》。无名氏《陈文忠公行状》。陈上图《陈子壮年谱》。

> 陈伯陶《陈子升传》所记有此有异,云:"子壮之死也,李成栋籍其家,子升奉母窜匿。"(见陈伯陶《胜朝粤东遗民录》卷1,第34页。)

◎子升奉母隐匿山泽间。

> "子壮之死也,李成栋籍其家,子升奉母窜匿。"(陈伯陶《胜朝粤东遗民录》卷1,第34页。)

◎十一月初六日,佟养甲先杀御史麦而炫、行人区怀晟、知府区宇宁、知县曾贯卿、守备陆言、参将王鼎衡六人以惧子壮。子壮且笑且骂,养甲怒,遂被磔。临命,呼太祖高皇帝不绝声,时年五十有二。

◎上延、上图系狱。上图将同命,家童伯卿请代,乃因之。

> 无名氏《陈文忠公行状》。

◎子升奔走流离中手录近体诗一通寄业师欧主遇。十四年后即顺治十七年庚子以此手札刻成《城南诗集》,且自序。

> 子升《旧刻城南集自序》(《中洲草堂遗集》卷末,《丛书集成续编》第151册,第427页)。

◎本年子升诗:《薤露丁亥十一月》《少年》《哭云淙兄》《手录新诗因成十四韵寄呈业师欧先生》。

> 《中洲草堂遗集》卷15《手录新诗因成十四韵,寄呈业师欧先生》云:"伊昔操柔翰,何期逐转蓬。克家惭旧德,报国竟无功……几度哀时命,微吟守固穷……夫子步趋远,烟村花木中。"(《丛书集成续编》第151册,第390页。)由此数句知作于丁亥事败之后。

《中洲草堂遗集》卷末之《旧刻城南集自序》云："予自丙戌岁别城南故居,丁亥岁奔走流离几不自全。伏处江村中,犹手录近体诗一通,寄业师欧壶公先生。"(《丛书集成续编》第151册,第427页。)子升于顺治五年戊子往广西南宁奔谒永历帝。故系此诗于是年。

●顺治五年戊子(1648)、明永历二年　子升35岁

◎二月,永历帝走南宁。三月,清提督李成栋以广州反正。八月,永历帝返肇庆。

◎是年初,子升在苍梧,奔谒永历帝于广西南宁。永历帝返肇庆,子升拜吏科给事中,迁兵科右给事中。因直遭人忌恨,假以使事排挤出朝,遂使东。

　　薛始亨《陈乔生传》云:"奔谒行在于邕州,拜吏科给事中,迁兵科右给事中。"(见《中洲草堂遗集》卷首,《丛书集成续编》第151册,第272页。)陈伯陶:"子壮之死也,李成栋籍其家,子升奉母窜匿。成栋艳子壮妾张,纳之年余,不欢。偶演剧,张见之而笑。诘之,曰:'为台上威仪触目相感。'成栋遽起,着明冠服。张取镜照之,成栋欢跃。张怂恿其叛,成栋抚几曰:'怜此松江眷属也。'张曰:'我敢独享富贵乎?请先死以成君子之志。'遂自刭死。成栋大哭曰:'女子乎是矣。'拜而殓之。时金声桓已叛,江西道不通,子升复拥旧卒为复仇计,成栋惧,遂叛,归于明,迎桂王都粤。子升因奔谒行在于邕州,桂王至梧州,复扈驾谒兴陵,抵肇庆,拜吏科给事中,迁兵科右给事中。时朝廷草创,衣冠附勋镇如响。子升守正无所倚,疏上封事多感激奋发,桂王鉴其忠。小人嫉之,而间无由入,乃假以使事出之外。子升既东,而桂王西奔,子升追不及,流落山泽间,久之得归里。"(《胜朝粤东遗民录》卷1,第34页。)《至行在拜吏垣感赋戊子端州》《苍梧怀古戊子》(《中洲草堂遗集》卷11、卷12)。

　　陈上图《陈子壮年谱》云"授子升礼科给事中",与《胜朝粤东遗民录》所记有异。

◎闰三月十八日,释上延、上图,殓子壮于光孝寺之邵宅。

　　无名氏《陈文忠公行状》。

◎七月二十四日,永历帝遣官致祭子壮。

◎八月初一日,上图赴阙谢恩。二十日,上图疏请恤典。

◎九月十二日,追封子壮太师上柱国,特进光禄大夫,中极殿大学士,吏、兵二部尚书,忠烈侯,谥文忠,赐祭坛建祠。长子上庸,赠太仆寺少卿;仲子上延,荫尚宝司丞;季子上图,荫锦衣卫指挥使。

　　陈上图《陈子壮年谱》。

　　其他文献所载稍异。《明史》谓赠"番禺侯",无名氏撰《陈文忠公行状》谓"南海忠烈侯",屈大均《成仁录》则谓"忠烈侯"。无名氏撰《陈文忠公行状》谓"吏兵二部尚书",屈大均《成仁录》则谓"礼兵二部尚书"。入清特谥忠简,《明史》有传。

　　陈上庸,字登甫。子壮长子。明崇祯间诸生。任兵部职方司主事,二十七岁殉难。著有《仙湖草》。黄登《岭南五朝诗选》卷6有传,录其《过小云谷梅亭听岑飞霞先辈鼓琴》《初秋喜邝无傲过宿山斋》诗二首。另〔光绪〕《惠州府志》卷25录其《望湖楼》诗一首。

◎本年子升诗:《苍梧扈驾谒兴陵》《奉和瞿相公劳师全州见道上古松之作》《留别刘及叔兵部》《夜度梅林》《述哀》《送人之牂牁》《赠景公峻兼讯陆参军骏如》《巫山之阳,香溪之阴,明妃神女旧迹存焉追和唐人》《苍梧寓目柬鲁孺发巡抚》《和邝湛若苍梧访太真绿珠遗迹》《谒伏波将军祠》《至行在拜吏垣感赋戊子端州》《赠金道隐》《酬职方潘员外霜鹤》《寄方密之学士》《腊兴回文》《赠马五郎大金吾》《遥讯万膳部寓处》《与少司寇黄公感述》《寄邝湛若》《赠某将》《上定兴侯相公》《南中塞上曲》《汉臣篇》《苍梧怀古戊子》。

　　《中洲草堂遗集》卷8、卷11、卷12。

●顺治六年己丑(1649)、明永历三年　子升36岁

◎十二月十三日,葬子壮于故乡沙贝大坑山。帝复命兵部武库司主事伦凤翔董葬仪,并致祭。

　　陈上图《陈子壮年谱》。

◎本年子升诗:《登楼》《早春梦游罗浮》《之清远》。

　　《中洲草堂遗集》卷12。

●顺治七年庚寅(1650)、永历四年　子升37岁

◎春,南雄失守。正月,永历帝走梧州。

◎冬,清兵再破广州,屠之,死者七十万人。

◎屈大均礼函昰禅师于番禺员冈乡雷峰海云寺为僧,法名今种,字一灵。

◎十一月,清兵下桂林,瞿式耜等死难。永历帝走南宁,子升追永历帝不及,遂流落山泽间。方以智、钱澄之弃官为僧。

> 《小腆纪年附考》卷17。薛始亨《陈乔生传》云:"端水草创,衣冠附勋镇如响,乔生守正无所倚,上深鉴其忠。小人嫉之,而间无由入,乃假以使事出之。乔生既东,而粤会再陷,追西辙不及,流落山泽间。为诗多悲慨,为变雅之音。"(见《中洲草堂遗集》卷首,《丛书集成续编》第151册,第273页。)《寄方密之时为沙门》(《中洲草堂遗集》卷12)。

●顺治八年辛卯(1651)、明永历五年　子升38岁

◎正月,永历帝走广南。

> 《小腆纪年附考》卷17。

◎是年陈恭尹于西樵之寒瀑涧筑几楼。

> 陈恭尹《初游集小序》:"庚寅避乱于西樵。辛卯春筑几楼于寒瀑涧。其秋之闽。"(见《陈恭尹集》,第3页。)

●顺治九年壬辰(1652)、明永历六年　子升39岁

◎二月,永历帝走安隆。

●顺治十年癸巳(1653)、明永历七年　子升40岁

◎九月,子升与薛始亨夜话。

> 薛始亨《癸巳九月与乔生先生夜话,见其壁间画像,乃十年前梁生所写,抚今追昔有少壮之殊,爰赋二诗以赠,因书其上》(《中洲草堂遗集》卷末)。

●顺治十一年甲午(1654)、明永历八年　子升41岁

◎西宁王李定国统帅王师,下高、雷、廉三府。继攻新会失利,撤兵还黔。

●顺治十二年乙未(1655)、明永历九年　子升42岁

◎函昰和尚住庐山栖贤寺。

●顺治十三年丙申(1656)、明永历十年　子升43岁

◎永历帝走云南。

●顺治十四年丁酉(1657)、明永历十一年　子升 44 岁

◎李定国扈从入云南,封晋王。

◎梁佩兰举广东乡试,得魁榜首。

◎子升《中洲草堂诗刻》刻成。初秋,薛始亨为之序,论及粤诗源流。

　　　　薛始亨《中洲草堂诗刻原序》:"近刻成,又属余曰:'为我序
　　之。'"(《中洲草堂遗集》卷首,《丛书集成续编》第 151 册,第
　　272 页。)

◎子升在朱彝尊广州客舍与万泰、严炜、薛始亨聚饮,醉后赋诗。又与
朱彝尊同过光孝寺,有诗纪之。

　　　　朱彝尊《羊城客舍同万泰、严炜、陈子升、薛始亨醉赋》《同陈五
　　子升过光孝寺》(《曝书堂集》卷3)。

◎秋,屈大均欲北上寻访函可。子升作《送一灵上人出塞寻祖心禅师》
七古、《寄一灵上人》五律;张穆画马赠别,并有《送翁山道人度岭北访沈
阳剩和尚》五古;岑徵有《别一灵上人》七律。

　　　　《中洲草堂遗集》卷 7、卷 8。《铁桥集》。《选选楼遗诗》。

◎本年子升诗:《送一灵上人出塞寻祖心禅师》《寄一灵上人》《人日寄曹
秋岳方伯》《曹方伯闻予谈西樵之胜有作赋答》《端午别万履安、严伯玉、
朱锡鬯还山却寄》。

　　　　《中洲草堂遗集》卷 7、卷 8、卷 12。

　　　　顺治十三年曹溶由户部侍郎出为广东布政使,同年秋朱彝尊
　　来粤入曹溶幕。朱来粤后不久即与陈子升、屈大均、陈恭尹、梁佩
　　兰、薛始亨等诗人结交。顺治十四年九月,曹溶由广东布政使突然
　　被降为山西按察副使,此年冬曹离粤返里休假。

●顺治十五年戊戌(1658)、明永历十二年　子升 45 岁

◎十二月,永历帝走永昌。

◎春,屈大均北上寻访函可。

　　　　屈大均《天崇宫词序》云:"臣大均自戊戌春北走幽燕,曾亲诣
　　万寿山寿王(疑为'皇')亭之铁梗海棠树下,伏拜恸哭久之。"(见
　　《屈大均全集》第 3 册,第 431 页。)《翁山文钞》卷 2《御琴记》:"戊戌
　　之春,草泽臣大均,北走京师,求威宗烈皇帝死社稷所在。"(见《屈

大均全集》第 3 册,第 300 页。)

　　　　邬庆时认为屈大均这次北上,起意于顺治十四年秋,成行于顺治十五年春(见邬庆时《屈大均年谱》,广东人民出版社 2006 年,第 53 页)。

◎春,陈恭尹与何绛出厓门,渡铜铜鼓洋,访故人于海外。八月,同适湖南,度大庾岭,取道宜春,至昭潭度岁。子升作《送元孝之楚》诗送之。

　　　　《中洲草堂遗集》卷 9。陈恭尹《独漉堂诗集》卷 1《增江前集序》、卷 2《中游集序》,《独漉堂文集》卷 1《北征赋》。

◎本年子升诗《送元孝之楚》《怀一灵上人塞上》。

　　　　《中洲草堂遗集》卷 9、卷 12。

●顺治十六年己亥(1659)、明永历十三年　子升 46 岁

◎子壮季子上图卒。

　　　　子升《中洲草堂遗集》卷 12 有《己亥岁暮仲冬金吾侄亡》。陈恭尹《寿陈母何夫人序》云:上图以荫授锦衣卫指挥使,年及三十而卒(见《陈恭尹集》,第 612 页)。

◎本年子升诗:《己亥秋日有寄》《己亥书怀》《己亥岁暮仲冬金吾侄亡》。

　　　　《中洲草堂遗集》卷 12。

●顺治十七年庚子(1660)、明永历十四年　子升 47 岁

◎董场自岭南返会稽,子升、陈恭尹等以诗送之。

　　　　子升《中洲草堂遗集》卷 12 有《送董无休还会稽,兼寄陆惠迪、子占兄弟》诗。陈恭尹《独漉堂集·增江后集》有《送董无休归会稽歌》二首。温肃《陈独漉先生年谱》系陈恭尹此诗于顺治十七年庚子。从之。董场,字无休,原名端生,字叔迪,会稽人。五岁而孤,十岁能诗文,受业于刘蕺山之门。度岭南,与陈恭尹称莫逆交。有《学村园稿》。又李瑶《绎史勘本》谓董场有高行,晚岁披缁,手辑《刘子遗书》。

◎初秋,子升在广州,与张穆、岑梵则、王邦畿、梁梿、何绛、梁观、陈恭尹、梁佩兰集高俨西园客舍。

　　　　张穆《西郊同岑梵则王说作陈乔生梁药亭陈元孝集高望公客斋赋》:"青山野水各栖迟,乱世相逢喜复悲。地似新亭余草莽,心

随落日向天涯。尊前雨气侵高堞,原上秋风吊古祠。白首壮怀消
已尽,谁家明月夜吹篪。"(张穆《铁桥集》不分卷,康熙年间刻本,
《广州大典》第 433 册,第 777 页。)

◎秋夜,子升与王邦畿、梁佩兰、梁槤唱和。

　　　　子升《中洲草堂遗集》卷 14《秋夜同王说作、梁器圃、梁药亭》
　　　七律。

◎秋,子升避寇于广州周边。

　　　　陈子升《旧刻城南集自序》:"迄今庚子十有四年,八迁所居。
　　　复以避寇□□师家。"(《中洲草堂遗集》卷末,《丛书集成续编》第
　　　151 册,第 427 页。)子升《避寇》诗云:"氛起潢池接野烟,秋生皂帽
　　　失辽田。娑娑忍别枌榆地,豁达惟看鸿雁天。畏道回车疑九折,芳
　　　邻将母尚三迁。"《城西七夕》云:"倦客当檐步列星,银河天半落飘
　　　萍……谁堪故里成羁旅,欹枕残更酒乍醒。"《入光孝寺宿自先上人
　　　兰若》云:"觱篥声中才避寇,菩提树下且寻僧。"《陈村》云:"皇皇避
　　　地此重过。"(《中洲草堂遗集》卷 12,《丛书集成续编》第 151 册,第
　　　363 页。)此数首诗置于《庚子元日》和作于本年的《送董无休还会
　　　稽,兼寄陆惠迪、子占兄弟》之间,或紧后,故此数首应作于是年。
　　　这几首诗皆言及避寇,所谓"避寇",不知所指何事。

◎子升刻近体诗《城南诗集》,凡三十三首。

　　　　陈子升《旧刻城南集自序》:"予自丙戌岁别城南故居,丁亥岁
　　　奔走流离几不自全。伏处江村中,犹手录近体诗一通,寄业师欧壶
　　　公先生。盖忧夫泯泯,而托诸皦皦者也。迄今庚子十有四年,八迁
　　　所居。复以避寇□□师家。师殁已久,仲子奏孚氏出予所录,谓予
　　　曰:'吾先君为子存此,嘱令勿失。'嗟乎! 文字之相成尚如此,况其
　　　上焉者乎? 予旧刻有《三益堂集》《仙湖集》《绥弦阁集》《东游稿》,
　　　今多不存。即存欲重刻之,亡赀也。存此录而刻之,亦曰无忘丙戌
　　　以前之业云尔。故名曰《城南诗集》,凡三十三首。"(《中洲草堂遗
　　　集》卷末,《丛书集成续编》第 151 册,第 427 页。)

◎本年子升诗:《庚子元日》《送董无休还会稽,兼寄陆惠迪、子占兄弟》
《避寇》《城西七夕》《入光孝寺宿自先上人兰若》《陈村》《秋夜同王说作、

梁器圃、梁药亭》。

　　　　《中洲草堂遗集》卷 12、卷 14。

● **顺治十八年辛丑**(1661)、明永历十五年　**子升 48 岁**

◎本年子升诗:《岁除答梁羲倩敦五两甥》《辛丑拜墓作》。

　　　　《中洲草堂遗集》卷 13《岁除答梁羲倩敦五两甥》诗,后一首即
　　　　是《壬寅元日》,故此诗当作于本年。《辛丑拜墓作》之二有云:"吁
　　　　嗟三十载,陵谷皆颓夐。"(《中洲草堂遗集》卷 5,《丛书集成续编》第
　　　　151 册,第 297 页。)子升父熙昌逝世于崇祯元年戊辰八月,至此,已
　　　　过三十余年。

● **清圣祖康熙元年壬寅**(1662)、明永历十六年　**子升 49 岁**

◎四月,清军杀永历帝于云南。五月,郑成功卒,子郑经嗣位。十一月,
鲁监国卒。

◎黄与可携子升诗集和子升手书及扇头诗与钱谦益。十月五日,钱谦
益为子升诗集作序。阳月七日,复作书《复陈乔生》。

　　　　钱谦益《中洲集序》:"年家子黄与可念我八十耆老,度岭相存,
　　　　携乔生手书及诗集见视。展念吟讽,涔淫渍纸不能收。嗟乎! 铜
　　　　马竞驰,金虎横噬。九婴暴起,十日并出。心穷填海,力尽移山。
　　　　原轸之归元如生,霁云之断指犹动……读乔生之诗而想见其已事。
　　　　恸哭誓师,创残饮血,既已怒为轰雷,笑为闪电矣。炎风朔雪,唐天
　　　　俨然,传芭伐鼓,楚祀未艾。陈庭之矢集隼而终楛,周府之玉化蜮
　　　　而能射。自悼之章,《七哀》之什,长怀思陵,永言《金鉴》。鲁阳之
　　　　落日重挥,耿恭之飞泉立涌。岂犹夫函书牖井,但忏庚申,恸哭荒
　　　　台,徒传乙丙而已哉! 若其学殖富有,才笔日新,以《风》《雅》为第
　　　　宅,以《骚》《选》为苑囿,缛绣凄弦,蒙荣集翠。南海盱衡告余,有火
　　　　攻伯仁之叹,固无待于余言也。老人冬序,百感交集。……岁在壬
　　　　寅阳月五日漏下二鼓,虞山蒙叟钱谦益书于绛云余烬之东厢,时年
　　　　八十有一。"(见《中洲草堂遗集》卷首,《丛书集成续编》第 151 册,
　　　　第 270 页。)钱谦益《复陈乔生》:"羽可来,得奉手书,及扇头佳什。
　　　　不谓高明元览,尚忆东吴荻芦中有此长物,巡檐顾影且感且叹,新
　　　　诗累卷出风入雅,所谓轩鬐诗人之后,奋飞词家之前。非复昏忘所

可评骘。吟咀之余,乘兴作叙文一篇,方寸五岳,吐茹不能,聊亦伸写一二。借他酒杯,浇我块垒也。有心者读此想亦为悲歌忼慨泣数行下耳。道隐如在海幢,可视彼,一叹也!寒窗萧条,草次命笔,南鸿多便,时佇德音。"(见《中洲草堂遗集》卷首,《丛书集成续编》第151册,第270页。)《中洲草堂遗集》卷14《过虞山忆钱牧斋先生》诗注云:"先生有绛云楼,曾为予序诗集。"又云:"诗序云南海之弟犹吾弟也。"(《丛书集成续编》第151册,第382页。)《得钱牧斋宗伯书为拙集作序》(《中洲草堂遗集》卷13)。

◎屈大均南归,至桐江南岸富春山之麓,拜谢翱墓。秋,归里省母,迁居沙亭。蓄发弃沙门服,留发一握,为小髻子,戴一偃月玉冠,人称罗浮道士。子升作《屈道人歌》《喜翁山道人归自辽阳作》。

　　　《中洲草堂遗集》卷7、卷9。《翁山文钞》卷6、《翁山诗外》卷5。

◎中秋,子升与屈大均、张穆、岑梵则、王邦畿、高俨、庞嘉鳌、梁佩兰、梁观、屈士煌、陈恭尹诸同人集于广州西郊草堂,听屈大均述崇祯皇帝御琴翔凤事。一座欷歔,为之罢酒。子升作《崇祯皇帝御琴歌有序》及《秋日西郊燕集时屈道人归自辽阳》。

　　　子升《崇祯皇帝御琴歌序》云:"道人屈大均自山东回,言济南李攀龙之后,其家藏百琴,中一琴名'翔凤',乃烈皇帝所常弹者。甲申三月,七弦无故自断。遂兆国变,中官私携此琴流迁于此……壬寅中秋二三同志集于西郊,闻道人之言,并述杨太常之事,咸欷歔感慨。谓宜作歌以识之。"(《中洲草堂遗集》卷7,《丛书集成续编》第151册,第310—311页。)

◎本年子升诗:《崇祯皇帝御琴歌有序》《屈道人歌》《喜翁山道人归自辽阳作》《秋日西郊燕集时屈道人归自辽阳》《寄钱牧翁》《壬寅元日》《挽何司寇》《春日言怀》《八九吟八九者,盖云十有八九也,本百一之旨以名篇焉》。

　　　《中洲草堂遗集》卷7、卷9、卷12、卷13。

●康熙二年癸卯(1663)　子升50岁
◎初夏,子升游惠州、潮州。

　　　子升《首夏东游江上作》注云:"谓潮有韩昌黎,惠有苏眉山也。"(《中洲草堂遗集》卷13,《丛书集成续编》第151册,第369

页。)此诗前有《癸卯早春口占呈友人》和《得钱牧斋宗伯书为拙集作序》。康熙元年壬寅十月,钱谦益(牧斋)为子升诗集作序,并作《复陈乔生》书,疑钱序及回书是年方至。

◎秋,子升游四会。

子升《四会访朱子敬表兄学署》诗有句云:"潮平江影见秋山,桑梓程途莽苍间……笑我出门多内顾,片帆西上昨东还。"(《中洲草堂遗集》卷13,见《丛书集成续编》第151册,第369页。)此诗当作于东游回乡之后。

◎梁佩兰与程可则过访子升,子升有《程周量、梁芝五二子同过二子会试、乡试各第一》诗。

《中洲草堂遗集》卷13。吕永光《梁佩兰年谱》系此诗于顺治十四年丁酉。尽管是年梁氏应乡试,举解首,但笔者仍认为系此诗于是年为不当。此诗前有《壬寅元日》《癸卯早春口占呈友人》,后有《丙午腊月羊城对雪》,故此诗作于康熙二年当更为合理。顺治八年辛卯清朝首次在广东举行乡试,程可则中试,第二年会试。《广东通志》云:"顺治辛卯以《诗经》荐壬辰(按:顺治九年)会试,举礼部第一,以磨勘首义,不得与殿试,而可则益沉酣经学。庚子(按:顺治十七年)春,应阁试,授内阁撰文中书,寻改内秘书院。"(郝玉麟修,鲁曾煜纂〔雍正〕《广东通志》卷48,雍正九年刻本,《广州大典》第250册,第214页。按:以下引用该文献,不再另注版本信息和著者项。)顺治九年程可则受此挫折,郁郁南还。曹溶《海日堂集序》谓程可则"京师对策为天下第一,已得之矣,卒阨抑而不用。隐于禺山则又何也"(《海日堂集序》卷首,《广州大典》第436册,第123页)。龚鼎孳《海日堂集序》:"方是时,周量箧其所为诗歌古文辞,万里而南以归,息乎岭峤,憔悴不形,感知己者内伤而已。既予持节底('底'疑为'抵')五羊,则秋岳时时言此中有人。盖盛称周量诗不置云。"(《海日堂集序》卷首,《广州大典》第436册,第124页。)顺治十三年丙申冬,龚鼎孳颁诏至粤,与广东布政使曹溶(秋岳)交集。顺治十年癸巳屈大均北游,程可则有《送灵上人之庐山》诗。这些记载都言及此后数年程可则不但回到了岭南,而且诗文活动在岭南已经形成了一定的影响。不过,程可则在岭南比较活跃的诗文活动,除了这一时期之外,还有一个时段,即康熙元年至三年。顺治十七年庚子程可则应阁试,举进士,授官。康熙元年壬寅秋末,程可则以父丧归粤,梁佩兰同王鸣雷、陶璜、朱竹庵曾前往吊慰。从康熙元年到康熙三年,程可则与岭南诗人往还相当密切。康熙元年魏礼自海南渡海回广州,留羊城一月,再晤粤中诸子。梁佩兰招同程可则、魏礼、陈恭尹、徐干学、王鸣雷、高俨、湛用喈、何绛、梁樒、陶璜集六莹堂分赋。陈恭尹作《同宁都魏和公昆山徐原一同里王震生高望公湛用喈程周量何不偕梁器圃陶苦子集药亭六莹堂得真字》。康熙二年癸卯四月初四夜,程可则与陈恭尹、王邦畿、梁佩兰、王鸣雷订游海幢寺。王邦畿《耳鸣集》七言律二有《浴佛前四夜与周量、芝五、震生、元孝订游海幢寺,先柬阿首座分得城字》诗。康熙三年甲辰春,程可则与陈恭尹和王说作、王鸣雷同宿梁佩兰之六莹堂。这年秋程可则守丧期满,方起复入都。从这些记叙可以看出康熙元年至三年间,程可则在岭南的诗文唱和活动比较频繁,综合多方面的信息,可知子升之《程周量、梁芝五二子同过二子会试、乡试各第一》诗当作于是年。

◎七月七日,梁佩兰得人赠金赎回所典当的六莹琴,子升作诗以贺。

　　　　子升《赎琴》(《中洲草堂遗集》卷13)。梁佩兰《琴六莹典人十七月,几不归,癸卯牛女夕得金赎还,喜赋》(《六莹堂初集》卷8)。王邦畿《和梁芝五琴六莹典人十七月,几不归,癸卯牛女夕得金赎还,喜赋之作》(《耳鸣集·七律二》,清初古厚堂刻本,《广州大典》第435册,第803页)。

◎本年子升诗:《五羊门辛卯改五羊门为五仙门,感旧而赋》《癸卯早春口占呈友人》《首夏东游江上作》《四会访朱子敬表兄学署》《赎琴》《得钱牧斋宗伯书为拙集作序》《程周量、梁芝五二子同过二子会试、乡试各第一》。

　　　　《中洲草堂遗集》卷7、卷13、卷14。

●康熙三年甲辰(1664)　子升51岁

◎本年子升诗:《甲辰小除夕作》。

　　　　《中洲草堂遗集》卷13。

●**康熙四年乙巳**(1665)　**子升 52 岁**

◎春,屈大均北上赴金陵,子升、梁佩兰、陈恭尹为其饯行,各赋《罗浮蝴蝶歌》赠行。

　　　　陈子升《罗浮蝴蝶歌送屈翁山之金陵同梁芝五陈元孝席上赋》(《中洲草堂遗集》卷 7)。陈恭尹《赠别屈翁山》二首(《独漉堂诗集》卷 2),《送屈翁山》《罗浮蝴蝶歌送屈翁山》《送屈翁山之金陵》(《独漉堂诗集》卷 3)。

◎七夕前,王鸣雷归自江西,子升遇之于梁阜已宅。

　　　　子升《七夕前梁阜已宅逢王震生初归自豫章》云:"庭邀皎月树含风,归客吟孤旧友同。老丑自看诗益好,贤豪相待命犹穷。白藤穿枕眠徐孺,龙眼推筐邻左冲。劝种宜男家计得,小星言在此城东。"(《中洲草堂遗集》卷 13,《丛书集成续编》第 151 册,第 370 页。)陈恭尹《喜王东村归》云:"疏星三五未成行,鱼子花开客到乡。小妇罢啼牛女夜,大家争解驱驴囊。"(《陈恭尹集》,第 490 页。)

◎子升自广州回南海九江中洲草堂。

　　　　陈恭尹《送家中洲归草堂》:"移家归及九江春,旧馆初开事事新。图史暂抛中酒日,桔槔闲作灌畦人。花兼细雨泥深巷,柳带高莺出近邻。即恋芳菲难得舍,诗篇先许报交亲。"(《陈恭尹集》,第 490 页。)子升《城中答王东村、家元孝送归中洲草堂之作,兼示二三同志》:"归心一发尉佗楼,一点晴烟见渡头。三径尚堪携客入,中洲曾是为谁留。青含浦树喧黄鸟,绿遍江苗过白鸥。七十二峰无恙在,更于城郭念同游。"(《中洲草堂遗集》卷 13,见《丛书集成续编》第 151 册,第 371 页。)

◎本年子升诗:《将归九江村旧居先寄亲旧》《送梁甥敦五德庆广文》《七夕前梁阜已宅逢王震生初归自豫章》《寄潮州宋上木太守》《哭朱远公》《城中答王东村、家元孝送归中洲草堂之作,兼示二三同志》《初返故园》。

　　　　《中洲草堂遗集》卷 13。

●**康熙五年丙午**(1666)　**子升 53 岁**

◎约于本年,子升入空门,礼道独和尚,称智山道人、智山居士。

陈子升《中洲草堂遗集》卷9《佛日东游答欧奏孚、陈皖公》云："西方传佛日,东去访仙山。五十未闻道,江湖稀闭关。"(《丛书集成续编》第151册,第331页。)此首前为《礼诵后作寄道侣》,后为《困酒入诃林留宿自公房》有云:"已作逃禅客,无烦折简招。"故此处"闻道",当意谓礼佛诵经。

◎春,子升与金堡(今释)重会。

"乙巳春曾有此作,丙午春复与乔生晤。言光阴过电,丹霞之约未有后期。念之惘惘,十八年前同舍,何如十八年后同参。此来每年为纪岁月。弟今释再识。"(金堡《答乔生居士》,见《中洲草堂遗集》卷末,《丛书集成续编》第151册,第430页。)

金堡,崇祯十三年庚辰进士,授临清知州,有政声。隆武朝除兵科给事中。永历二年,因瞿式耜荐,金堡赴肇庆行在,仍授兵科给事中,顺治九年东归,投雷峰海云寺函昰天然门下,受具足戒,法名今释,字澹归。子升也曾任职隆武和永历朝。陈伯陶云:"隆武改元,张家玉疏召赴闽,拜中书科中书舍人。"(《胜朝粤东遗民录》卷1,第34页。)薛始亨《陈乔生传》云:子升"赴闽拜中书科中书舍人,使粤而闽陷,奔谒行在于邕州,拜吏科给事中,迁兵科右给事中"(见《中洲草堂遗集》卷首,《丛书集成续编》第151册,第272页)。二人有同样的经历,十八年前子升和金堡都追随南明皇帝,同朝为官,或有同寓之事,故谓"十八年前同舍"。"十八年后同参",意谓后来二人皆入空门,且皆礼天然函昰。

◎冬,广州降雪。

陈子升《丙午腊月羊城对雪》(《中洲草堂遗集》卷13)。陈恭尹《广州客舍夜雪歌》(《独漉堂诗集》卷2)。

◎子升与梁佩兰、陈恭尹于里居间常相往还酬唱。

"丙午、丁未以后,与梁佩兰、陈恭尹往还酬唱,有未惬者,再四更易,必令激赏而后已。新城王士禛尝谓子升诗为可传。"(陈伯陶《胜朝粤东遗民录》卷1,第34—35页。)"丙午、丁未以后,多半与予及陈元孝往还唱酬题咏。"(梁佩兰《中洲草堂遗集识》,见《中洲草堂遗集》卷首,《丛书集成续编》第151册,第269页。)

◎本年子升诗:《礼诵后作寄道侣》《丙午腊月羊城对雪》《答沈甸华见赠》《以诗索何旦兼竹杖,何曾许觅一僮并及之》。

　　《答沈甸华见赠》诗有句云:"远访遂过梅峤路,出寻闲傍李官厅……来就秬含询草木,欣然携手折芳馨。"(《中洲草堂遗集》卷13,见《丛书集成续编》第151册,第371页。)此诗后一首为《丙午腊月羊城对雪》,故此诗亦当作于本年。又,《中洲草堂遗集》卷22《送沈甸华归溧序》云:"予先君令于溧之当湖。先兄又典试于全溧,故溧之文人,予家获与交游十之八九。自燕、吴、齐、鲁、秦、晋、楚、蜀以及于七闽、豫章弗如也。予从先君宦游,归即淹伏诸生中,不逾岭者十余年……今又十余年垂首惊魄,窜野循墙以息交而绝游。"(见《丛书集成续编》第151册,第416页。)自顺治七年子升追永历帝不及,流落山泽始,至此亦十余年。《以诗索何旦兼竹杖,何曾许觅一僮并及之》诗云:"五十闲身老待扶,孤生筇竹笑人孤。"(《中洲草堂遗集》卷13,《丛书集成续编》第151册,第373页。)此诗在《丙午腊月羊城对雪》之后,又曰"五十闲身",姑系此诗于本年。

● 康熙六年丁未(1667)　子升54岁

◎子升溯端水西上至泷洲,此时生活非常拮据。

　　《将溯端水而上贻二三知己》:"村居无计隐烟萝,强走江关无奈何。举案妇愁储粟尽,牵衣儿竞念书多。行同老马犹知路,食有嘉鱼且放歌。寄语离居数君子,道心随处恐消磨。"《西游归贻王大雁、佺元孝兼怀梁阜己》:"心如蠹柳常经折,字泣鲛珠不救贫。万里声名千古业,只应相爱寂寥身。"《初至泷洲访从佺山庄遇故里杜子》(《中洲草堂遗集》卷13,见《丛书集成续编》第151册,第371—372页)。"曾遇仙城客,闻君近益贫。有家旅食稳,无税笔耕匀。自觉尘中幻,题诗物外亲。丹霞山水好,莫觅武陵春。"(金堡《答乔生居士》,见《中洲草堂遗集》卷末,《丛书集成续编》第151册,第430页。)

◎本年子升诗:《暮春三宿邝无傲斋中,迟高望公不至,同许式微许二陔赋》《将溯端水而上贻二三知己》《初至泷洲访从佺山庄遇故里杜子》《荆棘》《西游归贻王大雁、侄元孝兼怀梁皋己》《客馆秋夕》《陶苦子村居筑楼同元孝侄闭关,秋日过之赋此》《喜梁皋己初归同王大雁、何皇图、吴仪汉、陶苦子、离患上人分赋得乾字》。

　　　　《中洲草堂遗集》卷13。

　　　　陈恭尹《增江后集小序》云:"自壬寅至戊申,则掩关羊额为多,盖二何子之家在焉,而梁、陶则所居近也。"(《陈恭尹集》,第49页。)陈恭尹、何衡、何绛、梁梿、陶璜时称"北田五子"。姑系《陶苦子村居筑楼同元孝侄闭关,秋日过之赋此》诗于此。

●康熙七年戊申(1668)　子升55岁

◎本年子升诗:《赠把秀卿金吾太师》《赠马太监先世回人》《中秋夜集詹竹殿宅》《赠詹竹殿明府》《秋钓》《汪镈石生子诗以柬之汪曾宰番禺》《听叶山人弹琴》。

　　　　《中洲草堂遗集》卷14。

●康熙八年(1669)己酉　子升56岁

◎八月,屈大均抵番禺故里,奉母还居沙亭,子升作《屈翁山归自雁门有赠》。

　　　　康熙四年屈大均北上,八年八月归自塞上,子升和陈恭尹皆有诗赠之。子升诗云:"诗名重译处应闻,四十休嗟未策勋。"(《中洲草堂遗集》卷14,见《丛书集成续编》第151册,第378页。)是年大均四十岁。

◎本年子升诗:《屈翁山归自雁门有赠》。

●康熙九年庚戌(1670)　子升57岁

◎正月二十七日,屈大均妻王华姜病卒。子升作《为屈翁山悼妻华姜王氏》悼之。

　　　　《中洲草堂遗集》卷14。

◎本年子升诗:《为屈翁山悼妻华姜王氏》《寄陈伯玑兼怀药地禅师》。

　　　　《寄陈伯玑兼怀药地禅师》云:"待访青原老开士,约君联榻道心胸。"(《中洲草堂遗集》卷13,见《丛书集成续编》第151册,第373页。)康熙十年辛亥春子升北上入黄山青原访熊鱼山、方密之,为方外之游,故系于此。

●康熙十年(1671)辛亥 子升 58 岁

◎春,三月三日,子升北上入黄山青原访熊开元、方以智,为方外之游。

　　子升《西江叹逝赋》:"越五五之变迁兮(注曰:五五,谓自丙戌至辛亥二十五年也),留阐士于青原。吾将叩丈室于祖庭兮,证十喻于法身。溯洄从其远在兮,羌失之乎万安(注曰:县名)。"(《中洲草堂遗集》卷1,《丛书集成续编》第 151 册,第 282 页。)李模《为陈黄门六十序》:"辛亥先生入黄山青原访熊鱼山、方密之,为方外之游。二公宗门中所谓檗庵、药地者也。檗庵法字先生曰'智山'。而问予姑苏自称'智山道人'。"(《中洲草堂遗集》卷首,《丛书集成续编》第 151 册,第 274 页。)陈元基《维摩图歌并序》:"不将行脚惜衰颜,曾参庐岳礼黄山。天然岂与檗庵志,得戒安名遄复还。此后杜门无剥啄,诸山争传居士法。"(见《中洲草堂遗集》卷末,《丛书集成续编》第 151 册,第 435 页。)

　　熊开元(1599—1676),字鱼山,湖北嘉鱼人。入清为僧,法名正志,号檗庵。方以智(1611—1671),字密之,号曼公。子升《将之吴越留别亲友》诗云:"童年随历宦,胜地只谙名。记得山川遍,重为老大行。"子升少时曾随父宦游吴越,故谓之"重为老大行"。《发舟言怀》诗之一云:"丛花三月重,百戏一村喧。"之二云:"独自装瓢笠,还谁宠远行。人人嬉上巳,物物得由庚。"(见《丛书集成续编》第 151 册,第 333 页。)由此诗知,子升此次北游,当是在逃禅之后,启程于上巳节三月三日。与卷5《客中咏二高士》"逾岭去桑梓,吴门花发时",所示时间相同。陈恭尹《送家中洲之青原访药地禅师》诗云:"远兴忽生黄菊节,旧心期对白头僧。"(见《陈恭尹集》,第 124 页。)此处"黄菊节",意谓晚节。此时子升已入暮年,其遗民气节不变。

◎沿北江,经韶州、雄州、梅关、南安、赣州、南康、丰城,过彭蠡,访庐山栖贤寺、万杉寺,至池州,过石埭、九华山、宣州之湾沚,扶杖入黄山访方以智不遇,谒檗庵和尚。

　　《中洲草堂遗集》卷5《客中咏二高士序》云:"仆度岭访友于青原,不遇。遂如吴门,还至南州,乃哭之于万安,因作《二高士咏》,

以见意焉。"(《丛书集成续编》第 151 册,第 301 页。)《中洲草堂遗集》卷 9《送吴熙申之潮州,兼讯故将军吴葛如家,予时有豫章之行》有句云:"我亦东林去,山钟使尔闻。"(《丛书集成续编》第 151 册,第 333 页。)此诗后又有《将之吴越留别亲友》《发舟言怀》《过飞来寺》《宿栖贤寺》《游万杉寺》《寓南康东观赠章松樵道人》等诗。《中洲草堂遗集》卷 14《咏怀古迹乙卯》之《台岭》云:"辛壬癸甲出关回,行路虽难歌莫哀。敝舍亦劳千里望,中原只透一门开。伤心逆旅通行李,屈指将军有姓梅。风度楼前融朔雪,大唐今数曲江才。"(《丛书集成续编》第 151 册,第 386 页。)卷 9《寓南康东观赠章松樵道人》诗云:"东观同为客,南阳老炼师。玉京遗草莽,庐岳借茅茨。"(《丛书集成续编》第 151 册,第 334 页。)栖贤寺、万杉寺亦为庐山名刹。卷 7《赠沈耕岩征君原字眉生》有句云:"我从庐岳趋黄山,避暑吴淞秋始还。"(《丛书集成续编》第 151 册,第 315 页。)卷 10 有《石埭访姚六康明府》《石埭昭明太子庙》等诗。卷 10《逢邓子敬讯郭天门先生家居有寄》诗云:"客至鄱湖上,湖光远近浮。"《望九华》诗云:"明到池阳郡,思君且上台。"《湾沚》之一有云:"今夜投湾沚,心惟江月涵。"之二有云:"湾沚宣州地,水乡连众山。"(《丛书集成续编》第 151 册,第 335 页。)《中洲草堂遗集》卷 14《弹子矶寄离公》《雄州赠陆孝山太守》《过丰城简陈元水》《自南安至南康晤廖昆湖太守》《望庐山铁壁崖寄阿衍大师》《豆叶屏》《湖口书怀寄辅昙上人》《姚六康石埭署中醼,会同张苣山、秦又宛、沈天士、卢弗疑、曹扶三、张师仲、堵雪怀分赋》《入黄山谒檗庵和尚》《陵阳江馆送韦寅东访漆夫村居》《池阳道中寄怀梁药亭》等。以上盖为此途中所作。

◎往金陵,避暑于吴淞,过常熟、毘陵等地,秋在吴门。

　　　子升《中洲草堂遗集》卷 7《赠沈耕岩征君原字眉生》有句云:"我从庐岳趋黄山,避暑吴淞秋始还。江楼远望不及往,宛然斯人苍翠间。"(《丛书集成续编》第 151 册,第 315 页。)《中洲草堂遗集》卷 14 有《毘陵重遇宋鸿生次韵》《宿朱吉人莲花庄,是赵松雪故居》。《中洲草堂遗集》卷 14《顿修上人与予相聚吴门有诗见赠,予从云间、樵李往返度岁,而上人又入池阳未回,因留此属和》云:"吴苑秋风飘桂花,残僧羁客叙生涯……隔年那觅团圞处,独拨松灰坐九华。"(《丛书集成续编》第 151 册,第 383 页。)

◎秋冬,经句容,过兰陵,客长兴、湖州,游画溪、秀水、云间、三泖,登穹窿山。于云间、嘉兴间往返度岁。

《中洲草堂遗集》卷 10《过句容作》诗云:"微凉初贴地,稍稍上行踪。远树漏人语,斜阳明句容。排门询葛令,宿店倚茅峰。明又催僮起,马头闻曙钟。"(《丛书集成续编》第 151 册,第 335 页。)《赠吕半隐常博》有云:"巴江隐隐流,岂是澜江秋。君住湖山曲,峨嵋天际头。"(《丛书集成续编》第 151 册,第 336 页。)据此知其入越时,已至秋凉。吕半隐,名潜。"吕潜,字石山,号半隐,大器子。博学、工诗、善画,举崇祯十六年进士,授太常博士。明年李贼陷京师,时大器官南京,以劾马士英去,入粤。潜奉母寓于苕,复客于扬。初闻父殁都匀,继遭母故邗江,流离逋播,极人世琐尾之苦。以蜀道险远,且继有滇黔之乱,往来苕与扬者四十年,至康熙二十四年始扶母枢旋里,并迁父枢至遂。"(〔光绪〕《遂宁县志》卷 3。)《中洲草堂遗集》卷 10 有《兰陵赠庄书采进士》《客长兴,时京口李司直自卞山买舟相寻》,知其曾过兰陵,客长兴。卷 10《长兴大雄寺听吴仲征弹琴》云:"古寺过从密,秋心不待言……当携画溪上,弹向老梅根。"《同朱五瑞吉人兄弟游画溪》云:"君家兄弟好,邀我画溪游。"(《丛书集成续编》第 151 册,第 336 页。)卷 10 有《游穹窿山上真观,闻施亮生尊师有岭南之行,留此为赠》。赵潜《旧刻五老唅题词》:"今乔翁发白矣,游益广,诗日益壮,其奥思奇气埒与诸名山敌。辛亥之冬,复遥携五老以示三泖。不惟短长优劣立辨,则必恍然自失,望崖而退也。"(见《中洲草堂遗集》卷末,《丛书集成续编》第 151 册,第 428 页。)《中洲草堂遗集》卷 14《吴兴舟过盛舍乡怀凌忠清》《罨画溪寄慎疒副宪》《旅中同吴仲征、周彬野集庞君燕寓舍,韩叔夜病不至,次吴韵》《客中自慰》《留别慎疒》《访曹秋岳侍郎》《娄县赠孟传是明府》《赠徐安士》《云间遇皋旭有赠皋旭平湖人,先君曾宰平湖》《夜集曹秋岳啬斋,同俞右吉、项嵋雪次韵》《赠张友声尊人

振侯受知于先子,早逝》《访李灌谿先生》《甘露庵访姚文初》《索王勤中
画菊守溪先生之后》《过虞山忆钱牧斋先生》等,盖为途中所作。

◎本年子升诗赋尚有:《述交篇送郭皋旭还平湖》《铁如意》《张友鸿司李
招饮竹深书屋,王衡之工部适自白下至》《旅馆折蜡梅花贻王衡之》《之
青原访药地禅师留别诸子》《客长兴时京口李司直自卞山买舟相寻》《赠
萧孟昉》《柑赋》等。

　　　《中洲草堂遗集》卷 1、卷 5、卷 10、卷 14。

● 康熙十一年壬子(1672)　子升 59 岁

◎春,在吴门。

　　　《中洲草堂遗集》卷 14《虎丘寄吴梅村学士》云:"虎丘深雪闭楼
时,一读娄东学士诗……几度有怀犹未访,腊寒邻壁响参差。"《吴
门旅兴》云:"浪迹吴门且暂休,几多抛掷几多收……木人独入丛花
国,夸尽王孙春草游。"《顿修上人与予相聚吴门有诗见赠,予从云
间、檇李往返度岁,而上人又入池阳未回,因留此属和》诗云:"吴苑
秋风飘桂花,残僧羁客叙生涯……隔年那觅团圞处,独拨松灰坐九
华。"(《丛书集成续编》第 151 册,第 382—383 页。)

◎春,乘舟沿长江过京口、金陵等地,经江西南归。

　　　《中洲草堂遗集》卷 10《京口金山寺》云:"归逐赣船行,金山下
且停。"《金陵》有云:"独有秦淮月,时时照客舟。"《辛亥秋遇沈从弱
于石埭遂往白门,相期归路访其安庆家居,兼取药地和尚近耗,明
年归舟经过,乘风不及登岸,为之怅然》云:"去岁曾相约,春江草阁
中。"《归宗寺戒后与记汝阇黎夜话》云:"春将枯树美,瀑似石崖崩。
才觉抛儿戏,归鞍倚大乘。"(《丛书集成续编》第 151 册,第 336—
337 页。)

◎访药地和尚,不遇。

　　　《中洲草堂遗集》卷 14《哭药地和尚》有句云:"青原山色皖江
湄,不道来寻是别时。"子升于康熙十年辛亥春入青原访方以智,未
遇,与沈从弱相约于明年南归时再访。不料风急舟疾不及登岸,又
未得遇。方以智已于康熙十年辛亥辞世,子升归至江西万安,方得
其耗。《中洲草堂遗集》卷 10《辛亥秋遇沈从弱于石埭遂往白门,相

期归路访其安庆家居,兼取药地和尚近耗,明年归舟经过,乘风不及登岸,为之怅然》有云:"去岁曾相约,春江草阁中。"《中洲草堂遗集》卷5《客中咏二高士》序云:"仆度岭访友于青原,不遇,遂如吴门。还至南州,乃哭之于万安。"《中洲草堂遗集》卷1《西江叹逝赋》有句云:"越五五之变迁兮(注曰:五五,谓自丙戌至辛亥二十五年也),留阐士于青原。吾将叩丈室于祖庭兮,证十喻于法身。溯洄从其远在兮,羌失之乎万安(注曰:县名)。"(《丛书集成续编》第151册,第383、337、301、282页。)

◎入庐山归宗寺受天然和尚戒,法名今住,字草庵。访开先寺。

　　《中洲草堂遗集》卷14有《归宗寺呈天然和尚》云:"四十年前恨不同,高山忽仰客途中……欣从两世师承地,况自昙摩海岸东。"(《丛书集成续编》第151册,第383页。)陈子升曾皈依函昰之师道独和尚,故曰"两世师承"。释函昰《书卷子与陈乔生》:"智山居士,即陈乔生。予四十年前声气友也。予与黎子美周少年时为莫逆交,美周又与乔生为莫逆交。出世来形迹隔绝,而心中常有其人。后闻皈依先师。法名今住,字草庵。"(见《中洲草堂遗集》卷末,《丛书集成续编》第151册,第424页。)按:函昰礼道独为僧,为函字辈;函昰之徒为今字辈,子升法名今住。"今住"法名,或为因受天然和尚戒而得。邬庆时《屈大均年谱》"戊戌年"条云:"(子升)晚入黄山青原访药地禅师。重入鹰山(按:当为庐山),礼函昰。归后杜门不出。"(《屈大均年谱》,第52页。)《中洲草堂遗集》卷10《开先寺留呈山鸣和尚》云:"赑屃兼山负,虹蜺落涧开。衣摊春草染,杖发暝钟催。"(《丛书集成续编》第151册,第337页。)

◎沿赣江,经南昌、吉安、南州、万安、赣州等地,过湖南,佛日逾大庾岭,时已岁暮。自连州乘舟沿湟水、北江,过中宿峡至广州。

　　《中洲草堂遗集》卷14《南州访黎博庵》有云:"春色生于微雨外,远情归自大江东。滕王阁畔非贪住,不那频年梦寐通。"卷10《往还岭上皆值佛日》有云:"佛日出梅关,逾年佛日还。"《初发连州》有云:"岁晏穷千里,心知恋本州。山川交楚粤,文藻忆韩刘。对雁方怀岳,看云却背楼。疏林晴可数,寒鸟不妨投。"《湟水舟中》

有云："腊近客都归，吾游尚未几。楚萍催发迹，江雪溅行衣。"此数诗所谓"岁晏""腊近"，意在言晚。《中洲草堂遗集》卷7《赠沈耕岩征君原字眉生》有云："我从庐岳趋黄山，避暑吴淞秋始还。"卷16有《峡山早秋》有云："可怜中宿月，空照白猿归。"（《丛书集成续编》第151册，第383、337、337、337、315、393页。）据诗意，诗当作于此时归途。

◎本年子升诗尚有：《赠梅子初》《赠叶汉客》《呈灵岩继起和尚和南示偈有"总持翰墨管领烟霞"之语》《泊舟白门寄赠胡星卿》《重入庐山归宗寺受天然和尚戒，答西堂角公见赠之作用韵》《敷浅原》《寿曾旅庵》《中宿峡》《江上》。

●康熙十二年癸丑（1673）　子升60岁
◎本年子升诗：《寄母族诸表兄弟》。

　　《寄母族诸表兄弟》诗有"颓年不觉周花甲"句（《中洲草堂遗集》卷14，见《丛书集成续编》第151册，第384页）。子升生于神宗万历四十二年甲寅年，至此行年六十。

●康熙十三年甲寅（1674）　子升61岁
◎吴三桂自云贵率兵三十万至湖广，迭下常德、澧州、岳州、长沙、襄阳诸处。吴之茂以四川、孙延龄以广西、耿精忠以福建、王辅臣以陕西应之，起兵反清。郑经亦率兵入漳、泉二府。
◎天然函昰和尚自庐山回岭南，子升喜赋。

　　《中洲草堂遗集》卷10《闻天和尚自庐山归雷峰喜赋》云："忽慰三年别，初为两地逢。愿教鼙鼓息，齐叩法堂钟。"卷14《喜天然和尚自庐山归雷峰》云："四十年中泥望云，三年前谒又萍分。"子升于康熙十一年壬子春入庐山归宗寺受天然和尚戒，稍后回岭南，至是年正好三年，故云"三年别""三年前谒又萍分"。不过，前引《台岭》诗的记述却与此有些微偏差。《中洲草堂遗集》卷14《咏怀古迹乙卯》之《台岭》云："辛壬癸甲出关回，行路虽难歌莫哀。""辛壬癸甲"意谓北游历时四年至康熙十三年甲寅方回岭南。天然和尚于康熙十年冬受归宗寺请，赴庐山，康熙十三年七月，天然和尚退院。住栖贤，卜隐紫霄峰下之净成，未诛茅而耿精忠据福建攻江西各属，于是天然和尚自三峡寺避乱入岭,住雷峰。康熙十三年正值三藩之乱,故有"愿教鼙鼓息"句。所谓"辛壬癸甲"或为泛泛而言(《丛书集成续编》第151册,第341、385、386页)。

◎本年子升诗:《闻天和尚自庐山归雷峰喜赋》《喜天然和尚自庐山归雷峰》。

《中洲草堂遗集》卷10、卷14。

●康熙十四年乙卯(1675)　子升62岁

◎本年子升诗:《咏怀古迹乙卯》五首:《苍梧》《台岭》《铜柱》《桂阳》《蓝关》。

《中洲草堂遗集》卷14。

●康熙二十八年己巳(1689)　子升76岁

◎初夏,梁佩兰请假南归,子升、屈大均等有诗词贺梁佩兰南归。

子升《赠梁芝五》:"南园忆旧社,西园见新作。之子缛鲜荣,芳菲倚蘅若。心轻进士举,归以骚人托。结客多鸿冥,招予方雀跃。于此谐素心,匪徒丽金臒。君家昔比部,七子名辉灼。今日西园游,中原但寥廓。当杯申此章,相厚不为薄。"(《中洲草堂遗集》卷5,《丛书集成续编》第151册,第299页。)屈大均《翁山诗外》卷19有《桂枝香·贺梁太史给假南还》词。

●康熙三十一年壬申(1692)　子升79岁

◎正月十七日,子升、屈大均、梁佩兰、陈恭尹、龚翔麟、王煐、陈廷策、方正玉、朱汉源、季煌、廖焞、黄河澂、黄河图、王世桢、沈上钱、受释大汕之邀,集长寿寺离六堂,分韵赋诗。

梁佩兰《上元后二夕长寿石公邀同龚蘅圃王紫诠陈毅庵方鹤洲朱汉源陈生洲季伟公陈元孝屈翁山廖南焞黄葵之摄之社集离六堂分韵》二首(《六莹堂二集》卷7)。陈恭尹《上元后二夕长寿精舍雅集同王惠州陈韶州两使君梁药亭廖南暐屈翁山王础尘沈上钱方葆宇陈生洲黄葵村分得来字》二首(《陈恭尹集》,第503页)。王煐《上元后二夕长寿精舍分赋得一东》(《忆雪楼诗集》卷上)。

◎九月四日,子升去世。有子:元基、臣张。

元基《维摩图歌并序》云:"家藏陈从诸所画维摩图像与先黄门

相似,九月四日黄门讳日展奉堂上,瞻拜作歌恭纪。"(见《中洲草堂遗集》卷末,《丛书集成续编》第 151 册,第 434 页。)黄河澄《陈中洲先生全集序》云:"陈中洲先生,杲庵先生季子,秋涛先生介弟也……令嗣臣张,能世其学,而家累酷贫,不能尽梓……臣张偕余更加较订审择。"(见《中洲草堂遗集》卷首,《丛书集成续编》第 151 册,第 275 页。)子臣张,名龄之,字元张,改字臣张(见《中洲草堂遗集》卷 22《命儿子字臣张说》,《丛书集成续编》第 151 册,第 417 页)。

◎子升"善鼓琴,能吴歈,九宫十三调,曲尽其妙"。现存《中洲草堂遗集》二十三卷,首一卷,末一卷。

　　《中洲草堂遗集》卷 20《岭歈题词》云:"予弱冠时,嗜声歌,作传奇数种。因经患难刻本散失,仅存清曲数阕,名曰《岭歈》。"(《丛书集成续编》第 151 册,第 403 页。)子升殁后,《中洲草堂遗集》由梁佩兰于康熙年间编辑而成。康熙刻本今不存。今存道光二十年(1840)南海伍氏诗雪轩《粤十三家》刊本。此本以"黄石溪明经影钞本"为底本重刻。伍氏诗雪轩《粤十三家》刻本现存中国国家图书馆和上海图书馆,为台北新文丰出版公司《丛书集成续编》第 151 册和《广州大典》第 503 册影印收录。

◎子升与王邦畿、王鸣雷、陈恭尹、梁佩兰、程可则、伍瑞隆合称"粤东七子"。

　　王士禛云:"东粤诗,自屈、程、梁、陈之外,又有王邦畿说作、王鸣雷震生、陈子升乔生、伍瑞隆铁山数人,皆有可传。"(王士禛《渔洋诗话》卷中,见丁福保辑《清诗话》,上海古籍出版社 2015 年,第 188 页。)

●康熙三十二年癸酉(1693)
◎是年初,朱彝尊奉命使粤,同来者有其子朱昆田、友沈名荪。朱彝尊等留广州三日后将去,梁佩兰设宴于五层楼,邀陈元基、王隼、陈恭尹、屈大均、吴文炜、梁无技、季煌为之饯行,席上分赋。梁佩兰以罗浮蝴蝶茧二枚赠行。

附录二　岭南诗人世家:番禺王氏
(邦畿、鸣雷、隼等)事迹征略

广东番禺王氏系出闽王审之。宋室南渡时,其始祖将仕郎王珣由闽迁粤,居广州之高第街。四世祖王道夫,十世祖王维节。番禺王氏为岭南著名诗人世家。前后数代以诗而名者有:王邦畿、王鸣雷、王佳宾、王隼、潘孟齐、王客僧、王瑶湘人。王邦畿为"粤东七子"之一,又是"岭南七子"之一;王鸣雷为"粤东七子"之一;王隼亦被称为"粤诗四大家"之一,以此可见番禺王氏诗名之盛。笔者以王邦畿和王隼父子为中心对番禺王氏数位诗人的事迹进行认真的钩稽和梳理,尽力呈现番禺王氏在明末清初岭南诗坛的真实样态。

◎王审之。

◎王珣。始迁祖。两宋之际由闽迁粤,居广州高第街。

◎王道夫。四世。兵部尚书。子二:次寿孙。

◎王寿孙。五世。翰林,机宜文字。

◎王维节。十世。明成化间解元,进士。

◎王燧,号济川。佳宾祖父,有文名。

◎王觐。诸生,子三:长佳宾、仲用宾、季锡溥。

◎王者辅,字汝珩。鸣雷父,岁贡,好古文。

王邦畿(1616—1665),字诚篇。明末清初遗民诗人。明崇祯时副榜贡生,礼天然函昰和尚,为居士,名今吼,字说作,以僧字行。著有《耳鸣集》,有清初刻本存世。《清史列传》卷71有传。子:隼。

王佳宾(1631—1689),字用襕,别号讷庵,邦畿族弟。康熙初武进士,官广州右卫守备。佳宾本名家子弟,多才艺,能诗善医,兼善相马。日与鸣雷、王隼赋诗为乐。著有《怡志堂诗》二卷,未见。子二:长体仁、次体义;女一;孙二。

王用宾。佳宾仲弟。顺治六年己丑,十八岁与兄佳宾同补诸生。

子二：元忠、守良。

◎王鸣雷，生卒年未详，字震生，号东村，又号大雁、穷室。明末清初遗民诗人。邦畿从子，王隼从兄。著有《王中秘文集》《空雪楼诗集》《大雁堂集》《续易林上下经》《从蒙子语录》《东村讲学录》，皆未见，疑不传。阮元《广东通志》卷286有传。黄登辑《岭南五朝诗选》卷7录其诗六首；温汝能辑《粤东诗海》卷58录其诗五十八首；温汝能辑《粤东文海》收其文二十四篇。

王隼（1644—1700），号蒲衣，又号梳山。邦畿子。清初诗人、学者。撰著十余种，现存《大樗堂初集》《诗经正讹》《五律英华》《文苑综雅》《岭南三大家诗选》。子二：长客僧；女：瑶湘。

潘孟齐（？—1692）。王隼妻，潘楳元女，能诗。与王隼倡随拈韵，雅相得也。

体仁。佳宾子，番禺诸生。

体义。佳宾子，番禺武诸生。

元忠。用宾子，举人。

守良。用宾子，补诸生。

◎王客僧（1666—？）。王隼长子。康熙庚子举人，官云南知州，有诗集。

王瑶湘，生卒年未详。王隼女，善诗，李仁妻。著有《逍遥楼诗集》，未见。

祖光。体仁子。

祖裕。体义子。

●明神宗万历四十四年丙辰（1616）　邦畿1岁
◎邦畿出生，广东番禺人。

　　　　邦畿《生子》诗："行年二十九，腊月始生儿。旱色含新雨，春风灌旧枝。闽人呼犬子，掌梦叶熊时。对此劬劳意，亲恩无尽期。"（《耳鸣集·五律二》，见《广州大典》第435册，第786页。）

　　　　邦畿子王隼生于明崇祯十七年甲申，时邦畿行年二十九，据此知其生年为明万历四十四年（1616）丙辰。

●明思宗崇祯四年辛未（1631）　邦畿16岁，佳宾1岁
◎佳宾出生，广东番禺人，字用襒，别号讷庵。祖父王燧，号济川。父王

觐,诸生。兄弟三人,佳宾为长。邦畿族弟。

> 屈大均《诰封定远将军王君行状》:"君讳佳宾,字用襧,别号讷庵,番禺人,系出闽王审之。宋南渡时,将仕郎珣者,由闽迁粤,居广州之高第街,是为君之始祖。四世讳道夫,兵部尚书,生二子,次者讳寿孙,翰林,机宜文字。十世讳维节,明成化间解元,进士。君祖济川公,讳燧,隐居不仕。父讳觐,为邑诸生,以文学著声。子三,君其冢子……君生于有明崇祯辛未六月三十日寅时。"(《屈大均全集》第 3 册,第 110—113 页。)

● 崇祯十年丁丑(1637)　邦畿 22 岁,佳宾 7 岁
◎ 佳宾七岁,父亲王觐去世。

> 屈大均《诰封定远将军王君行状》:"君生七岁而孤,时仲弟用宾六岁,季弟锡溥三岁,赖节母陶太夫人鞠育成立。"(《屈大均全集》第 3 册,第 110 页。)

● 崇祯十七年甲申(1644)、清世祖顺治元年　邦畿 29 岁,佳宾 14 岁,隼 1 岁
◎ 是年春,岭南饥,陈邦彦乞粟以赈,馆粥百日,食者三千人。

> 陈恭尹《兵科给事中赠资政大夫兵部尚书先府君岩野公行状》:"癸未秋,傍海所在盗起,公乞饷于富人募乡兵,拒之。明年春,饥,公又乞粟以赈馆粥百日,食者三千人,富人服其无私,卒莫怨也。"(陈伯陶《胜朝粤东遗民录》附录,第 372 页。)

◎ 三月二十日,李自成攻入北京,明崇祯帝殉社稷。五月,清军进入北京。九月,福临入关称帝,是为清世祖顺治元年。福王于南京称帝,以明年为弘光元年。
◎ 十二月,隼出生,广东番禺人,本名准,后改名隼,号蒲衣,又号梳山,所居曰大樗堂、潨庐。

> 阮元《广东通志》载:"隼父既甘隐,隼早年亦志栖遁,自号蒲衣。"(〔道光〕《广东通志》卷 286,见《广州大典》第 256 册,第 665 页。)〔乾隆〕《番禺县志》记载:"□□本名准,七龄能诗……隼父既甘隐,隼早年亦有栖遁之志,自称曰蒲衣……隼居太乙久之,□□□以书招还,□□□亦以诗劝其返俗,乃归。时年二十七矣,则康熙九年庚戌也……隼卒于庚辰,年五十七,同人私谥清逸先

生。"(檀萃、凌鱼纂〔乾隆〕《番禺县志》卷15,乾隆三十九年刻本,见《广州大典》第277册,第312页。按:以下引用该文献,不再另注版本信息和著者项。)邦畿《客中呈苏元易并示准儿》:"草生堂砌烟皆绿,梅借晴光色自增。长路随行怜稚子,旅怀同住喜良朋。十年屏迹同圆月,此夜寒斋共一灯。西望越云最高处,名山惭愧未能登。"(《耳鸣集·七律四》,见《广州大典》第435册,第811页。)陈恭尹《王蒲衣五十序》载:"王子蒲衣,其生后于予十三年,而其尊大人说作先生及与吾先君交,故王子行辈于予兄弟也……今兹之腊,年五十加一矣。"(见《陈恭尹集》,第619—620页。)

　　据邦畿《生子》诗,此"腊月始生"之子,应为邦畿第一个儿子。《番禺县志》云"时年二十七矣,则康熙九年庚戌也",以此逆推,王隼当生于明崇祯十七年甲申,亦即清顺治元年。陈恭尹生于崇祯四年辛未,据《王蒲衣五十序》所载,后推十三年,亦是明崇祯十七年。由"今兹之腊,年五十加一矣"句知,此邦畿所谓"腊月始生"之子为王隼,原名准儿。再者,除了王隼之外,再未见邦畿有其他儿子。

　　王隼自撰《五律英华凡例》后署"梳山蒲衣子识于大樗堂"。王隼诗《庚午秋夜,梦与石门游匡山,循金井桥而上,东折百余武憩白虎洞,访熊燕西草堂。双松抱门,竹篱半塌,满园芳草,王孙安归?徘徊太息者久之,还坐玉渊潭上,涧水泠泠,斜阳半岭,感山川云物之殊,今昔存亡之恨,四顾茫茫,潸然出涕,适樵父以美酒饷,班荆松下,款曲道故。石门曰:"对酒当歌,又悲歌,可以当泣,盍赋诗纪游,可乎?"遂分韵联句,得绝诗七章,相与朗吟而醒。速命童子篝灯录之,仅得一章。吁梦寐之际,其可慨矣夫》云:"秋山秋水两茫茫,二十年前旧草堂(梳山句)。芳草满园人寂寂,数声寒雁送斜阳(石门句)。"(王隼《大樗堂初集》卷11,诗雪轩校刊本,见《广州大典》第503册,第579—580页。)

　　由此知,蒲衣为王隼之号,此外还有梳山,大樗堂、澩庐当为其居所之名。

◎本年邦畿诗:《生子》。

●顺治二年乙酉(1645)、明弘光元年、隆武元年　邦畿 30 岁,佳宾 15 岁,隼 2 岁

◎五月,清军渡江,破南京。南明弘光帝被害。闰六月,唐王聿键立于福州,改元隆武。

　　　　屈大均《皇明四朝成仁录》卷 10《东莞起义大臣传》:"南都陷,
　　走嘉兴府,(张家玉)与副使苏观生、总兵郑鸿逵等拥戴唐王,奉王
　　入福州,以乙酉闰六月即位,改为隆武元年,即弘光之元年也,是为
　　绍宗襄皇帝。"(《屈大均全集》第 3 册,第 855 页。)

◎邦畿、鸣雷叔侄二人同应南明隆武乡试,皆得中。

　　　　〔乾隆〕《番禺县志》卷 15:"字诚篇,后事□□名今吼,字说作,
　　遂以僧字行。说作当崇正时举副榜贡生,旋举唐王乙酉乡试。岭
　　南拥戴时曾受官,遭乱离。"(《广州大典》第 277 册,第 311 页。)屈
　　大均《广东新语》卷 9《事语》:"广东王鸣雷,乙酉乡试,以全作五经
　　题中式第八十四名,居榜之末。榜之末,其犹乙榜之首欤。"(《屈大
　　均全集》第 4 册,第 258 页。)陈恭尹《王东村文集序》:"东村王子早
　　通五经,举于乡,海内知名。"(见《陈恭尹集》,第 590 页。)黄登辑
　　《岭南五朝诗选》云:"王鸣雷,字震生,番禺人,领□□,有《大雁堂
　　诗集》《空雪楼文集》行世。"(黄登辑《岭南五朝诗选》卷 7,康熙三十
　　九年刻本,《广州大典》第 492 册,第 588 页。)〔道光〕《广东通志》卷
　　286 云:"王鸣雷,字震生,号东村,番禺人。聪慧,早知名。乙酉乡
　　试,鸣雷兼五经,考官惊其才,欲首举之,而格于例,乃抑置榜末。"
　　(《广州大典》第 256 册,第 664 页。)鸣雷《大樗堂初集叙》云:"九叔
　　说作,览山水,立论说。"(王隼《大樗堂初集》卷首,见《广州大典》第
　　503 册,第 541 页。)

◎本年邦畿诗:《寒雨乙酉》《上鲁藩滋阳王乙酉》。

●顺治三年丙戌(1646)、隆武二年　邦畿 31 岁,佳宾 16 岁,隼 3 岁

◎二月,隆武帝走延平。六月,清兵入绍兴,鲁监国遁海。八月,清兵破汀州,杀隆武帝。十月,明两江总督丁魁楚、广西巡抚瞿式耜等迎桂王朱由榔监国于肇庆。明大学士苏观生,拒赴肇庆朝桂王,王西走桂林,乃遣陈邦彦奉笺劝进,且请回銮。既行,十一月观生又立隆武帝弟唐王

聿锷于广州,改元绍武。桂王返肇庆,十一月十八日即帝位,以明年为永历元年。两藩战于高峡三水之间,肇庆无以为守,永历帝西走桂林。十二月,清军破广州,绍武帝被害。

> 屈大均《皇明四朝成仁录》卷10《东莞起义大臣传》:"九月,车驾至上杭,御营溃散……是冬十月,上监国梧州。大学士苏观生复拥立唐王于广州,以兵礼二部右侍郎召(张)家玉,不赴。"(《屈大均全集》第3册,第857页。)屈大均《皇明四朝成仁录》卷10《顺德起义臣传》:"赣陷,车驾至上杭,军溃。观生闻变还广州……九月,永明王监国,乃遣邦彦奉笺劝进,且请回銮。既行,襄皇帝弟唐王至广州,观生拥而立之,改元绍武。"(《屈大均全集》第3册,第848—849页。)〔道光〕《广东通志》卷285《梁朝钟传》云:"十二月十五日广州陷。"(见《广州大典》第256册,第649页。)

◎邦畿,以荐任绍武朝御史。

> "王邦畿……广州拥立绍武,以荐官御史。"(陈伯陶《胜朝粤东遗民录》卷1,第68页。)

◎鸣雷,官绍武朝中书舍人,十二月清军破广州,下狱,将诛,其父喜贺,后得释。

> "王鸣雷……广州拥立,授中书舍人。城破后,与罗宾王俱下狱。父闻之,喜曰:'吾儿得死所矣。'既得释,乃逾岭北游燕赵。"(陈伯陶《胜朝粤东遗民录》卷1,第72页。)〔乾隆〕《番禺县志》卷15:"王鸣雷……拥戴时,受中书舍人官。我师克广州,与罗宾王俱下狱,将诛之。时汝珩犹在。闻之喜甚,且自贺曰:'吾儿得死所矣!'会与宾王俱免。"(《广州大典》第277册,第313页。)

◎鸣雷父者辅,字汝珩,晚补诸生,得岁贡。勤学,好古文,为文奇奥。事母甚笃,闻鸣雷下狱,喜贺。

> 〔乾隆〕《番禺县志》卷15:"王鸣雷,字震生,号东村。父者辅,字汝珩。性勤学,窗间火尝达曙。好古文。奇奥为文,构思必趋僻径,徜徉然后就纸。虽贫,好购书。岁终,计学塾赀售书肆,空橐归。妻知其故,佯索之,谢曰:计可添薪,然已随手散书肆矣。妻笑。汝珩事母甚笃。母患疽生虫,口吮而出之,昼夜为母诵经,疽

顿愈。晚乃补诸生,得岁贡。"(《广州大典》第 277 册,第 313 页。)
◎本年邦畿诗:《丙戌腊末》。

●顺治四年丁亥(1647)、明永历元年　　邦畿 32 岁,佳宾 17 岁,隼 4 岁

◎永历帝在广西。正月十六,李成栋陷肇庆。三月,永历帝走武冈,复
走靖州、柳州、象州,十二月,返桂林。陈邦彦为牵制清军西进,起兵高
明山中,使生员马应房以水军先攻顺德,约大学士陈子壮起兵南海,侍
郎张家玉起兵东莞,参政黄公辅起兵新会,互为犄角。转战多地,皆
殉难。

　　《行在阳秋》卷上。陈恭尹《兵科给事中赠资政大夫兵部尚书
先府君岩野陈公行状》:"元年正月,上在柳州,成栋尽锐西向,破肇
庆,遂围桂林。公出自山中,临西江之口,望敌旌旗叹曰:'莫救也。
夫若乘其未定,得奇兵径袭广州,此孙膑所以解赵也。'时顺德大盗
余龙众数万聚甘竹滩上,粤之余兵败将倔强者往往依焉。公驾扁
舟,独诣龙军,三日结其酋豪,握手倾谈,人人得其欢心,说以攻广
州,龙许之。二月十日,龙率舟数百从海道入,遇敌百余舶于东莞,
焚之,进薄广州,养甲闭城不出,而遣飞骑日夜走桂林,追成栋
军……成栋得报,亦解围而东,桂林由是得完。于是公起义兵于高
明,使门人生员马应房以舟师攻顺德。三月,侍郎张公家玉起兵东
莞,公与张公书曰:'成不成,天也;敌不敌,势也。姑置勿计。今主
上殷忧,王师风鹤,若得牵掣敌骑,使数月毋西,则浔、梧之间可以
完葺。是我不必收功于东而收功于西也。'张公然之,敌自是不能
复西……与大学士陈文忠公子壮会师九江,约文忠从径道攻广州
西南,而公从海道攻其东北。"(见陈伯陶《胜朝粤东遗民录》附录,
第 368—369 页。)屈大均《皇明四朝成仁录》卷 10《顺德起义臣传》:
"元年正月,上在柳州。成栋尽锐西寇,破肇庆,直犯桂林。邦彦既
受团练之诏,走甘竹滩说大盗余龙等,使乘广州空虚袭之。二月,
龙率舟数百,入自虎门,遇敌战舰百余艘,焚之,歼其水兵,遂进攻
广州,四日不能下,引还。成栋闻报,解桂林之围而东。桂林由是
得完,三宫赖以无恐,义师牵制之力也。于是,邦彦起兵高明山中,
使生员马应房以舟师先攻顺德,约大学士陈子壮起南海,侍郎张家

玉起东莞,参政黄公辅起新会,互为犄角。四月,邦彦出攻高明,围之。御史麦而炫、主事区怀炅、举人谭相国等皆毁家以从,军声大振。养甲使骑捕邦彦家,获一妾二子,而以书招之,邦彦不从,乃杀其二子。七月,将攻广州……敌攻清远,邦彦往救,婴城固守,被围十日。敌为地道达城,火发城崩。邦彦率死士巷战,项被三刃……入狱,五日不食,赋诗自若。临碟作歌……西向受刃,颜色不变,年四十有五。九月二十八日也。自邦彦死,义兵始衰,敌得以全力直向子壮、家玉二军。后十二日,增城之战而家玉死;越一月,高明之战而子壮亦死矣。"(《屈大均全集》第 3 册,第 849—851 页。)

◎邦畿作《燕丁亥》诗,哀永历西奔。

　　　　邦畿《燕丁亥》诗云:"玄燕西飞入楚乡,洞庭秋色起微霜。月明千里行人绝,杨柳萧萧江水长。"(《耳鸣集·焚余旧草》,《广州大典》第 435 册,第 824 页。)

　　　　"玄燕"当喻永历,此诗盖为哀永历西奔。

◎鸣雷北游。

　　　　"王鸣雷……广州拥立,授中书舍人。城破后,与罗宾王俱下狱。父闻之,喜曰:'吾儿得死所矣。'既得释,乃逾岭北游燕赵,往来吴楚,归而自题所居曰'穷室',为《醉乡侯传》以寄意。"(陈伯陶《胜朝粤东遗民录》卷 1,第 72 页。)

　　　　顺治三年十二月,清军破广州,鸣雷因官绍武朝,下狱,得释后北游。其第一次北游姑系于是年。

◎本年邦畿诗:《丁亥初春重游甘竹中途留宿岑六》《丁亥莫春有怀》《燕丁亥》。

●顺治五年戊子(1648)、永历二年　　邦畿 33 岁,佳宾 18 岁,隼 5 岁

◎是年春,广州大饥。三月,李成栋反正,以广州附永历,复明衣冠、正朔。八月,永历帝还都肇庆。

　　　　〔乾隆〕《番禺县志》卷 18:"五年戊子春,大饥。斗米八百钱。三月,李成栋叛称明。"(《广州大典》第 277 册,第 426 页。)邦畿《戊子歌》:"岁维戊子,月建乙卯。饥馑为灾,多食不饱。当胃脘间,如虚若燥。小妇不量,多病又恼。薪贵于玉,人贱于畜。一豕万钱,

一妾斗粟。见于陌者,藤形瘇足。路有死人,白茅不束。濯濯者
山,明星粲粲。吁嗟广厦,雕梁析爨。鸠居鹊巢,主人鼠窜。不能
鼠窜,朝夕供飧。虽则供飧,犹怒不繁。束刀入市,夺民之食。驾
言行迈,掳民供役。千里不饭,中道绝息。娥娥者妆,罗列成行。
几微失意,饮剑以亡。或挞未死,逐出路傍。见者吞泣,不敢匿藏。
莫高匪山,莫卑匪履。行行行行,必有终止。民之憔悴,莫甚于此。
哀哀苍天,乱何时已。"(《耳鸣集·拟乐府》,见《广州大典》第 435
册,第 769 页。)

◎隼随父邦畿住广州高街故宅。是年秋,邦畿赴肇庆从永历帝。陈恭
尹赴肇庆行在,为父请恤,与邦畿同寓肇庆一年。

　　陈恭尹《王蒲衣五十序》载:"先君殉节之明年,予过先生于广
　　州高街故宅,王子方四岁,结双角髻,绾朱丝绳,彩服戏堂下,明慧
　　可喜。其后与先生同寓于端州者一年。"(见《陈恭尹集》,第 619—
　　620 页。)

　　此处所谓"王子方四岁"似指周岁,按古人通常的记年习惯,是
　　年王隼当为五岁。

◎本年邦畿诗:《戊子人日》《戊子谷日》《戊子歌》《戊子中秋奉和关蓬石
吏部》。

●顺治六年己丑(1649)、永历三年　邦畿 34 岁,佳宾 19 岁,隼 6 岁
◎邦畿寓肇庆,从永历帝,不详何官。

　　邦畿《日中》诗:"日中晴色出云端,楚楚精神晔晔冠。路遇故
　　人频告语,承恩新拜广文官。"(《耳鸣集·焚余旧草》,《广州大典》
　　第 435 册,第 825 页。)〔乾隆〕《番禺县志》卷 15:"其《己丑晓漏》诗
　　云:'白简朱衣晓漏催,平明春色御门开。不知辇下承恩者,谁从銮
　　舆入楚来。'时永明王驻肇庆,朝臣树党。自广西至者,自恃旧臣,
　　诋粤东人,故邦畿诗托讽。则知邦畿曾事永明王,官御史矣。"(《广
　　州大典》第 277 册,第 311 页。)

　　永历朝臣排斥任职绍武之人,邦畿在绍武朝曾官御史,故有诗
　　及之。〔乾隆〕《番禺县志》云永历朝官御史,不知何据。

◎佳宾与弟用宾同补诸生。

　　屈大均《诰封定远将军王君行状》云："年十九与仲弟同补诸生。文行卓然，为多士冠冕。"（《屈大均全集》第 3 册，第 110—111 页。）

◎夏，邦畿归，礼天然函昰于雷峰，山名今吼，字说作。

　　〔乾隆〕《番禺县志》卷 15 载："后事□□名今吼，字说作，遂以僧字行……桂林倾覆，邦畿遁归，乃终隐。"（见《广州大典》第 277 册，第 311 页。）"及桂林倾覆，邦畿遁归，乃避地于顺德之龙江。后礼僧函昰于雷峰，名今吼，字说作，居罗浮、西樵间。"（陈伯陶《胜朝粤东遗民录》卷 1，第 68 页。）函昰《瞎堂诗集》卷 7 有《与王说作复大云之请》："君但先为复，年来欲住山。多因酬世拙，以此乐吾闲。黄独岂真美，青松未可删。尚能不贱目，云水去留间。"《与梁同庵、王说作夜坐风幡堂》："中夏坐宜夜，夜深乌不啼。相看今古尽，无语是非齐。殿迥薰风细，楼高云气低。等闲过一夕，险韵漫分题。"（函昰《瞎堂诗集》，第 61 页。）

　　《番禺县志》和陈伯陶《胜朝粤东遗民录》皆认为桂林倾覆后，邦畿遁归。不确。金堡谓"余谒雷峰始识之"。金堡于顺治五年任永历朝兵科给事中，顺治九年归粤东，投雷峰海云寺函昰天然门下。如果以《番禺县志》之说，邦畿官永历朝御史，桂林倾覆后遁归，当与金堡同朝为官数年，二人不当迟至顺治九年金堡至海云寺后方识。顺治八年陈恭尹东游八闽时，亦不当有《西樵送王说作》诗。笔者认为，因永历朝臣排斥任职绍武之旧臣，故邦畿寓肇庆时即不得志，不当在永历西遁携行之列，故庚寅年初永历西遁之前，邦畿即已归里。据函昰的有关诗作，可知邦畿顺治六年即已归里，礼天然函昰于雷峰海云寺。函昰《瞎堂诗集》卷 7 紧接《与王说作复大云之请》诗之后，即为《己丑冬赴古冈大云请因示诸衲》《古冈除夕》《与诸衲游知园》《游圭峰》《归过石洞》《古冈闻警》《将还雷峰留别古冈诸子》《诸子送予江门口占慰别》，而《与王说作复大云之请》诗之前同页《与梁同庵、王说作夜坐风幡堂》有云"中夏""薰风"（函昰《瞎堂诗集》，第 61—62 页）。显然这几首诗作于己丑年底至庚寅年初。己丑年大云邀请函昰往古冈，函昰通过邦畿回复大云。之后往住古冈,逾年得清军过岭之警,遂还雷峰海云寺。由此可知,是年夏邦畿即已离开肇庆永历朝廷,礼天然于雷峰了。自顺治五年秋,邦畿赴肇庆从永历帝,至顺治六年夏,正好如陈恭尹所说,二人同寓端州一年。

◎本年邦畿诗:《春已去》《江城三月曲》三首、《溪女》《晓漏己丑》《日中》《奉送瞿阁老出镇桂林》。

● 顺治七年庚寅(1650)、永历四年　　邦畿35岁,佳宾20岁,隼7岁

◎正月,永历帝走梧州。二月,清兵围广州。冬,清军再陷广州。清平南王尚可喜、靖南王耿继茂屠城,死者七十万,史称"庚寅之劫"。十二月,永历帝走南宁。

〔乾隆〕《番禺县志》卷18:"庚寅春二月,尚可喜、耿继茂围广州,冬十二月朔二日克广州。可喜等屠城,死者七十万人,民居遂空。"(《广州大典》第277册,第426页。)成鹫《纪梦编年》:"未几兵至,驻札北郭外,连营十里……先君以母在不忍遽去,遣予兄弟先还乡里。围城八月余,日夕攻守……先君知不可守,泣别老母,先六日冒险还乡。至十月初二日城陷,以拒命故,屠焉。男子之在城者,靡有孑遗。妇稚悉为俘掳,监管取赎。七日止杀。"(见《咸陟堂集》第2册,广东旅游出版社2008年,第303页。)

广州城陷之日,记述不一。有曰十月,有曰十一月,有曰十二月者。

◎邦畿往古冈。

函昰《瞎堂诗集》卷7有《还雷峰寄王说作》:"归卧雷峰下,闻君去古冈。同时见秋雁,一棹入寒塘。篱菊何年醉,溪云看独长。人生几回别,老大畏行藏。"(函昰《瞎堂诗集》,第63页。)

庚寅年函昰自古冈回至雷峰,而邦畿却往古冈。

◎邦畿与隼避乱于龙江。因战乱田宅俱尽,此前诗作亦仓皇失散。陈恭尹避乱南海西樵山。是年冬,屈大均礼天然函昰禅师于番禺员冈乡雷峰海云寺为僧,法名今种,字一灵。

金堡《王说作诗集序》云:"庚寅以来,田宅俱尽,不求闻达,间与时浮沉,又得老氏之三宝以善藏其用。"(释澹归《徧行堂集》第1

册,第 174 页。)邦畿有《寄怀邝湛若时在围城内》:"屋角见新月,林端动远思。候潮鱼海渺,哀野雁云悲。离乱非今日,烽烟又一时。如何春色暮,秾李嫁高枝。"(《耳鸣集·焚余草》,见《广州大典》第 435册,第 793 页。)王隼《述怀杂言与熊燕西野人结交》:"忆余七岁咏凤凰,趋庭问礼大夫旁。改诵子山枯树赋,坐客期我似班扬。大人抚摩恒置膝,口授《离骚》老与庄。"(王隼《大樗堂初集》卷 6,见《广州大典》第 503 册,第 567 页。)《顺德龙江乡志》卷 4:"国初兵燹,一时诸贤避地多有依于龙江者。本邑有陈恭尹,南海则林逢春、林开春,番禺则李祈年,西凉则刘湘客,吴门则徐增。又南海则崔振、王邦畿,新兴则吴献。献有裔在龙江。恭尹则生终皆在龙江。开春则在龙江中解首也。湘客后又以方外至龙江也。乡中先贤如张雩木、朱培君、康瑞文、蔡非文、彭公吹、薛剑公、炎洲兄弟皆以意谊相交,故文人之盛集于一时也。"(清佚名纂《顺德龙江乡志》,1926 年重刊本,《中国方志丛书》第 51 号,台北成文出版社 1967 年影印本,第 315 页。)"及桂林倾覆,邦畿遁归,乃避地于顺德之龙江。后礼僧函昰于雷峰,名今吼,字说作,居罗浮、西樵间。"(陈伯陶《胜朝粤东遗民录》卷 1,第 68 页。)陈恭尹《西樵送王说作》。陈恭尹《初游集小序》:"己丑之秋,执金吾于禁闼,其冬假归。庚寅避乱于西樵。辛卯春筑几楼于寒瀑洞。其秋之闽。"(见《陈恭尹集》,第 731、3 页。)

　　是年广州被围,由邦畿和王隼诗,知父子相守在一起,且不在围城中。若以独漉文及诗,父子应避乱于西樵,若以《顺德龙江乡志》和陈伯陶《胜朝粤东遗民录》等所述则避乱于顺德之龙江乡,不过南海西樵和顺德龙江相距咫尺。邦畿《耳鸣集》古厚堂刻本《自序》云:"十年以前失去不复存,十年以后删去不敢存。"(见《广州大典》第 435 册,第 767 页。)自是年至顺治十七年《耳鸣集》付梓恰为十年。所谓"十年以前失去不复存"之诗,或为此时仓皇避乱而散佚。

◎冬夜,邦畿宿诃林寺。

　　邦畿《庚寅冬夜宿诃林》云:"飒飒西风万木平,微微古寺一灯明。虚堂独坐闻寒雨,疑有孤魂泣夜声。"(《耳鸣集·焚余旧草》,见《广州大典》第 435 册,第 825 页。)

◎佳宾投笔从戎,征潮阳有功,得百夫长,不受。

> 屈大均《诰封定远将军王君行状》云:"庚寅,广州不守,君慨然投弃笔研,一志从戎。随某将军征潮阳有功,得百夫长,不受。"(《屈大均全集》第 3 册,第 111 页。)

◎隼是岁能诗。

> "隼七岁能诗,比长娶潘楳元女孟齐。孟齐亦能诗,倡随拈韵,雅相得也。"(〔道光〕《广东通志》卷 286,见《广州大典》第 256 册,第 665 页。)

◎庚寅之难,广州死难者众多,有僧人于东门外聚焚而瘗。鸣雷自称"东门博士",作文以祭。

> 〔乾隆〕《番禺县志》卷 15:"时丧乱之后,暴骨山积,好义者哀为共冢。鸣雷自称东门博士,为文祭之。"(《广州大典》第 277 册,第 313 页。)"庚寅,平、靖二藩再破广州,屠戮甚惨,居民几无噍类。浮屠真修曾受紫衣之赐,号紫衣僧者,募役购薪,聚骴于东门外焚之,累骸烬成阜,行人于二三里外望如积雪,因筑大坎瘗焉,表曰'共冢'。鸣雷为文祭之。"(陈伯陶《胜朝粤东遗民录》卷 1,第 72 页。)

◎本年邦畿诗:《寄怀邝湛若时在围城内》《忆邝舍人湛若庚寅城陷死之》《哭英卓今》《哭梁同庵》《庚寅冬夜宿诃林》。

●顺治八年辛卯(1651)、永历五年　邦畿 36 岁,佳宾 21 岁,隼 8 岁

◎邦畿与隼在龙江。是年春陈恭尹筑几楼于西樵之寒瀑涧,秋,游闽,以诗赠别邦畿。

> 函昰《瞎堂诗集》卷 7 有《送王说作归龙江》:"别去当正月,相期二月还。三旬风雨夜,百里海云间。吾道难为俗,君心亦自闲。梨花凉月上,人影待春山。"(函昰《瞎堂诗集》,第 64 页。)陈恭尹《初游集小序》:"庚寅避乱于西樵。辛卯春筑几楼于寒瀑洞。其秋之闽。"陈恭尹《西樵送王说作》云:"相送已惆怅,清溪更乱鸣。未穷生死理,难了别离情。细草秋无路,长林晓有声。不须今夜月,还似昨宵明。"(见《陈恭尹集》,第 3、731 页。)

●顺治九年壬辰(1652)、永历六年　邦畿 37 岁,佳宾 22 岁,隼 9 岁
◎邦畿与金堡相识于雷峰海云寺。

金堡《王说作诗集序》云:"王子说作,盖岭表诗家之秀也,余谒
雷峰始识之。雷峰虽提持祖道,然不废诗,士之能诗者多至焉,皆
推说作第一手。余亦时为诗,性既粗直,诗亦愤悱抗激,每见说作
诗辄自失,以为有愧于风人也。说作诗诸体皆工,至其五七言律,
真足夺王、孟之席。"(释澹归《偏行堂集》第 1 册,第 174 页。)〔乾
隆〕《番禺县志》卷 15:"后事□□名今吼,字说作,遂以僧字行……
桂林倾覆,邦畿遁归,乃终隐。"(见《广州大典》第 277 册,第 311
页。)"及桂林倾覆,邦畿遁归,乃避地于顺德之龙江。后礼僧函昰
于雷峰,名今吼,字说作,居罗浮、西樵间。"(陈伯陶《胜朝粤东遗民
录》卷 1,第 68 页。)

金堡,崇祯庚辰进士。永历二年戊子赴肇庆行在,除兵科给事
中,司谏职。因直言,下狱,受酷刑,几死,左足残疾。黜戍清浪卫
(今贵州岑巩境内),得瞿式耜助,留居桂林,顺治七年庚寅十一月,
清兵陷桂林,削发为僧,名性因。顺治九年东归,投雷峰海云寺天
然函昰门下,法名今释,字澹归。邦畿与金堡虽曾同朝为官,但为
时短暂,故至是年金堡"谒雷峰始识之"。

◎程可则于顺治八年辛卯参加广东首次乡试,一举而捷,顺治九年参加
会试,举礼部第一,邦畿寄诗以贺。

邦畿《寄酬程周量》:"万里春风动海涛,少年才子织金袍。榜
元科第身名贵,天阙文章语气高。宫树露深官绿柳,园花云灿水红
桃。南中一雁三年隔,此夕封书敢告劳。"(《耳鸣集·七律二》,见
《广州大典》第 435 册,第 801 页。)

●顺治十年癸巳(1653)、永历七年　邦畿 38 岁,佳宾 23 岁,隼 10 岁
◎邦畿失偶。

《癸巳岁》之五:"黄鸟嗟流落,狂歌野水西。他人将谓父,居士
近无妻。香橘青犹嫩,柔桑绿已齐。瞻言周道远,何处一枝栖。"
(《耳鸣集·焚余草》,见《广州大典》第 435 册,第 795 页。)

由"居士近无妻"句知,邦畿此前失偶,王隼失母。卷 10《杂词

癸巳》之后,《惆怅》十一首当为悼亡之作,有云:"蓬岛自疑仙有籍,
上池空叹药无灵""人间天上广无期""分明细语心能忆,悯默灵魂
唤未知。惆怅烧香终不返,少君方术益教疑""前庭寡鹤当春舞,隔
树晴鸠尽日呼""亲承泪眼为长别,似有余言未尽陈""当时别恨尚
寻常,过后思量倍断肠……兰摧楚泽生年浅,玉瘗蓝田逝日长""晓
入彩云全镜没,夜深明月半床空""一片芳魂定不迷,幽冥之事渺无
稽""今往昨来成幻梦,云亡如在不分明。鸳鸯岂复乘潮至,蝼蝈空
闻彻夜声。若是丈夫无泪落,也应赊取哭斯情"。这些诗句隐约透
露其妻已逝。其《杂词癸巳》八首亦当有追忆当年之作。其序曰:
"《杂词》八章,曾无定指,或佳人而思公子,或公子而思佳人,或诗
人而嘉言其事。虽词杂旨殊而托微寄远,非徒效彼冶容贻讥好
色。"(《耳鸣集·七律四》,见《广州大典》第 435 册,第 811—
814 页。)

◎八口之家,衣食艰难。

　　邦畿《没田》:"草莽惭无罪,书田亦没官。为言作王圃,不杀已
仁宽。身贱寡尤易,家贫免累难。不知将八口,长铗向谁弹。"《癸
巳岁》之四:"天地既如此,人民岂复论。卖田供赋役,买米鬻儿孙。
辛苦将谁告,忧思只自存。念予还有姊,饥饿在南村。"(《耳鸣集·
焚余草》,见《广州大典》第 435 册,第 795 页。)

　　由"不知将八口,长铗向谁弹""念予还有姊,饥饿在南村",知
其生计艰难。

●顺治十一年甲午(1654)、永历八年　邦畿 39 岁,佳宾 24 岁,隼 11 岁
◎邦畿和隼在顺德龙江,寓处称"鬼驿"。隼诗文灿然可观。

　　陈恭尹《独漉堂文集》卷 4《王蒲衣五十序》载:"其后与先生同
寓于端州者一年。又七年,予自吴、越还,见先生于龙江寓舍,王子
方十一二,出而揖我,问其文,灿然可观矣。"(见《陈恭尹集》,第
619—620 页。)陈恭尹《增江前集小序》载:"甲午春,予归自吴越,首
夏僦居新塘,始有室焉。"(见《陈恭尹集》,第 15 页。)《顺德龙江乡
志》卷 4:"国初兵燹,一时诸贤避地多有依于龙江者。本邑有陈恭
尹,南海则林逢春、林开春,番禺则李祈年,西凉则刘湘客,吴门则

徐增。又南海则崔振、王邦畿,新兴则吴献。"(清佚名纂《顺德龙江乡志》,《中国方志丛书》第 51 号,第 315 页。)魏礼《悼王说作》诗:"他日重寻鬼驿寓(说作寓处),夜潮空打尉佗城。"(魏礼《魏季子文集》卷 5,林时益辑《宁都三魏全集》,道光二十五年宁都谢庭绥绂园书墅重刻本,《四库禁毁书丛刊》集部第 5 册,第 565 页。)

　　顺治九年春,陈恭尹自福建往游江西,登匡庐。秋,自赣出九江,顺流而东,止于西湖。之后往返吴越,秘密结联。顺治十一年春,陈恭尹自吴越归岭南,访邦畿于龙江寓舍,见蒲衣,当于是年。由魏礼诗注知"说作寓处"称"鬼驿",其寓意当与屈大均的僧寮"死庵"同。

●顺治十二年乙未(1655)、永历九年　邦畿 40 岁,佳宾 25 岁,隼 12 岁
◎邦畿寄诗给天然函昰和尚。

　　邦畿《奉寄天然和尚时住栖贤》诗:"一自违师后,于今两载余。暮云频有梦,春雁从无书。傍寺参方丈,逢人问起居。得知佳胜处,栖息爱吾庐。"(《耳鸣集·五律二》,《广州大典》第 435 册,第 782 页。)

　　顺治十年癸巳,函昰入庐山住归宗寺,十一年甲午秋,移居栖贤寺,至十二年乙未离开岭南已两年有余,故云"一自违师后,于今两载余"。

●顺治十三年丙申(1656)、永历十年　邦畿 41 岁,佳宾 26 岁,隼 13 岁
◎夏至日,邦畿重游肇庆,追忆永历之事。

　　邦畿《丙申长至重游端水》:"山川形胜称灵地,父老能言出圣人。赤鲩钓来犹尚火,寒梅摘去不知春。微阳天气初生子,太岁星缠又纪申。日暮高歌岩顶上,鲁戈何自挽红轮。"(《耳鸣集·七律一》,见《广州大典》第 435 册,第 797 页。)
◎冬,来机奉函昰母回岭南,邦畿于函昰故宅迎接。

　　函昰《瞎堂诗集》卷 8 有《丙申冬日来机奉母南归》:"同生惟有汝,远俗得予心。奉母三千里,侨居最上岑。随缘归岭表,重别立庭阴。此去应无憾,庐山面目深。"《因老母南归寄酬王说作》:"佳诗劳远锡,又是一年余。无意为疏节,行人落报书。故园应不改,

深谷已成居。幸自归慈氏,知君待敝庐。"(释函昰《瞎堂诗集》,第
75 页。)

顺治十年癸巳,函昰侍母入庐山,十三年冬,命来机奉其母回
岭南,因寄诗给邦畿,嘱其准备迎接。

●顺治十四年丁酉(1657)、永历十一年 邦畿 42 岁,佳宾 27 岁,隼 14 岁
◎夏,邦畿奉函昰之命题诗扇寄示今无和尚。

邦畿《夏日承本师天然和上属,阿字持书沈阳,诗扇寄示,赋此
奉答,兼怀阿公剩人大师时在沈阳》:"法王垂念严蒸苦,惠我清风白雪
词。良友几年无信息,辽阳秋听鹤归时。"(《耳鸣集·七绝三》,见
《广州大典》第 435 册,第 824 页。)古云《海幢阿字无禅师行状》:
"广州海幢寺阿字禅师,讳今无……年十六,抵雷峰……年二十二,
奉师命出山海关,千山可和尚一见深器之,每罢参与语,自春徂秋,
顿忘筌蹄。三年归。"(见释今无《今无和尚集》卷首,第 3 页。)

阿字今无和尚于顺治十三年奉天然函昰之命自庐山栖贤寺赴
东北探望流放关外的剩人函可和尚。在沈阳与师叔函可把臂游千
山,风雪读杜诗,前后一载。顺治十四年九月自沈阳南行,泛渤海,
冒风涛,过京师,于顺治十六年还抵雷峰,前后历时三年。《今无和
尚集》卷 17 有《过山海关》《宿三岔河》《到辽阳呈剩师叔》《辽阳怀
顿修》《岁晏时寓千山》《小除丙申》《丁酉生日宿沈阳南塔寺》《初秋夜
怀山中诸兄弟》《丁酉九日南还别剩师叔》《将渡辽海先题牛庄寺》
诸诗。《辽阳怀顿修》云:"忆别姑苏寺,分吟尚暮秋。"《小除丙申》:
"一年余五日,万虑到三更。"(释今无《今无和尚集》,第 362—368
页。)据此可知阿字丙申年奉师命北上,秋经姑苏,冬至沈阳,丁酉
秋日别函可和尚南还。揆之情理,阿字在关外日久,邦畿《夏日承
本师天然和上属》诗当作于丁酉夏。

●顺治十五年戊戌(1658)、永历十二年 邦畿 43 岁,佳宾 28 岁,隼 15 岁
◎春,屈大均北上辽东,寻访函可和尚。
◎隼年成童,与潘楳元女孟齐订婚。

邦畿《与潘浣先定男女婚姻》诗:"情怀开畅爱高吟,吉兆先教
见六壬。坦腹敢夸先世事,名山时引向平心。啾啾稚鸟依高树,矫

矫长松下昼阴。最喜新盟联旧好,交情一倍重南金。"(《耳鸣集·七律一》,《广州大典》第 435 册,第 798—799 页。)〔乾隆〕《番禺县志》卷 15:"潘楳元,字浣先,一字亚目……楳元以名家子早有时称。粤中大帅高其学行,特荐举为广州教授。故事无官本郡者,盖异数也。所著《广州乡贤传》,曾祖梧亦列其中。"(《广州大典》第 277 册,第 314 页。)"隼七岁能诗,比长娶潘楳元女孟齐。孟齐亦能诗。"(〔道光〕《广东通志》卷 286,见《广州大典》第 256 册,第 665 页。)

　　《耳鸣集》在《与潘浣先定男女婚姻》诗后为《人日》《冬夜有怀杨无见》《登逍遥楼》《寄送当路》《己亥立秋》《己亥八月十四夜望月书怀》《己亥小除立春》诗,其前有《丙申长至重游端水》诗。《耳鸣集》大体以诗体分卷,但卷内则基本是以时间为序排列。此处"人日"当为己亥年正月初七。故推知《与潘浣先定男女婚姻》诗所写当为戊戌年之事。是年王隼已十五岁,已至舞象之年,在古时订婚已不算太早。

◎邦畿与魏礼晤于其寓所"鬼驿"。

　　魏礼《悼王说作》诗:"生年六十老柴荆,州府从来绝送迎。留得孤魂归侍帝,近闻一子竟为僧。诗名只博坟前草,笔札还余纸上情。他日重寻鬼驿寓(说作寓处),夜潮空打尉佗城。"(魏礼《魏季子文集》卷 5,《四库禁毁书丛刊》集部第 5 册,第 565 页。)

　　魏礼于顺治十五年戊戌来粤,二人当有交游。魏礼的记述有不确之处。谓其"生年六十",实际上邦畿行年五十而卒。魏礼虽与邦畿为友,但毕竟远在江西,对邦畿行年未必有准确了解,有关邦畿去世和王隼出家的信息,当为听说而非亲见,故云"近闻一子竟为僧"。

●顺治十六年己亥(1659)、永历十三年　邦畿 44 岁,佳宾 29 岁,隼 16 岁
◎邦畿此前再娶。

　　邦畿《己亥小除立春》诗云:"重云漠漠雨霏霏,炉火初红影共依。病妇卜云今日起,稚儿师放读书归。沿堤绿浅春光早,近海寒深酒力微。门径不须劳再掩,贵人车马到应稀。"(《耳鸣集·七律

一》,《广州大典》第 435 册,第 800 页。)

顺治十年癸巳,邦畿有《癸巳岁》诗,之五有"他人将谓父,居士近无妻"句,其《惆怅》十一首亦当为悼亡之作。邦畿时年三十八,尚在盛年,再结合此处"病妇"二字,可知邦畿其后当再娶。此"病妇"当为其续弦,"稚儿"当为王隼。

◎本年邦畿诗:《人日》《己亥立秋》《己亥八月十四夜望月书怀》《己亥小除立春》。

●顺治十七年庚子(1660)、永历十四年　邦畿 45 岁,佳宾 30 岁,隼 17 岁

◎是年前后,邦畿和隼居古厚堂。

王隼《六莹堂集序》:"忆少时侍先君子古厚堂中,雪夜偶论及岭南文献……先君闻言微颔。其后数年,余往住匡庐。又六、七年,始归。"(见《六莹堂集》,第 8 页。)

王隼曾"侍先君子古厚堂中",其父卒后出家,"其后数年,余往住匡庐",而且顺治十七年之后,邦畿突然与诗友交游唱和增多,是年之前可能已离开顺德龙江寓舍,搬回广州高街故宅。

◎邦畿《耳鸣集》付梓。

金堡《王说作诗集序》末署:"庚子秋八月朔,蔗余今释题于载庵。"(见《广州大典》第 435 册,第 767 页。)邦畿《自序》云:"耳自鸣也,耳自听也,孰与汝听之人?有不自知其为耳鸣也者,殷殷然如雷也,以为雷也;逢逢然如鼓也,以为鼓也。且以天下皆为雷也、鼓也。询之人,罔有听者。予之诗,亦若是则已矣。十年以前失去不复存,十年以后删去不敢存。其或托微辞以自见,亦自听之,人不得而听也,又何必存?人曰:耳之鸣也,不可听也,举天下之人告以耳鸣,莫不默喻其所以然者。不以耳听,以心听也,予然之。仅存一二,或以待天下有心人。岭南王邦畿自序。"(见《广州大典》第 435 册,第 767 页。)

据金堡序及邦畿《自序》,知《耳鸣集》清初古厚堂刻本,当为是年付刻。

◎隼诗成帙,请陈恭尹评骘。

陈恭尹《独漉堂文集》卷 4《王蒲衣五十序》载:"又数年,予自

梁、楚还,则王子诗已成帙矣,问可否于予,予称其才于先生。先生曰:'令无学我,我诗不可学也。'先生以诗名世者也,清古峭健,而王子以春容富丽承之,得其旨矣。"陈恭尹《中游集小序》载:"戊戌仲秋,复逾大庾岭,取道宜春,度岁于昭潭……轻舟济江,历中都,治寒衣于汴梁。北度黄河,徘徊太行之下。冬中南还,自郑州、信阳至云梦登舟,度岁于汉口。"(见《陈恭尹集》,第620、31页。)

　　鸣雷《大樗堂初集叙》:"犹记在时,隼弟龁立侧,辄诲曰:'若作衣裳尔其佩,若种涧松尔其岁。慎毋时俗以为雷同,慎毋唯诺以为取容。谷口之郑,南郡之徐,斯人哉,斯人哉!振古岂易得。'隼弟曰:'谨受命。'于时,弟尚少,为诗老矣、清矣、幽矣。每诗成先商雷,叔未尝见也。"(王隼《大樗堂初集》卷首,见《广州大典》第503册,第541页。)

　　是年初,陈恭尹、何绛自汉口溯流而上,至湖南衡阳、郴州,逾南岭,下韩泷,三月抵家,仍寓新塘。王隼以诗册请正于独漉。

◎初秋,邦畿与梁佩兰、陈恭尹、岑梵则、张穆、陈子升、梁梿、何绛、何衡、梁观集于高俨西园旅舍唱和。

　　张穆《西郊同岑梵则王说作陈乔生梁药亭陈元孝高望公客斋赋》(见《铁桥集》)。

◎秋夜,邦畿与陈子升、梁佩兰、梁梿唱和。

　　《秋夜同王说作、梁器圃、梁药亭》七律(见《中洲草堂遗集》卷14)。

◎秋,陈恭尹与魏礼、梁梿、何绛、陶璜、梁佩兰游宿灵洲山寺,各自吟诗纪其事,并寄语邦畿和鸣雷。

　　陈恭尹《同何不偕梁器圃魏和公梁药亭陶苦子宿灵洲山寺柬王说作王大雁》。梁佩兰《宿灵洲山寺同魏和公、何不偕、陈元孝、陶苦子、家器圃因寄王说作、东村》。邦畿《酬和公、芝五宿灵洲寺见怀病中》:"禅栖林影在虚空,佛火如星浪里红。百八咒钟开鬼国,二时潮鼓报鲛宫。鹤移高树惊生客,月起前山忆病翁。此夜老龙曾不寐,听君吟咏水声中。"(《耳鸣集·七律二》,见《广州大典》第435册,第805页。)

和公,即魏礼,宁都三魏之一,魏禧季弟。是年仲夏,魏礼再次入粤,宿梁佩兰家。魏礼与岭南诸诗人游灵洲山寺,时邦畿病中,未赴。

●顺治十八年辛丑(1661)、永历十五年　邦畿 46 岁,佳宾 31 岁,隼 18 岁

◎屈大均从兄士燝、士煌追随永历至云南、贵州,是年东归,邦畿赠以诗。

邦畿《赠屈贡士仪部泰士职方辛丑归自黔中》诗:"吁嗟漠漠步维艰,不敢安居有愧颜。劳瘁十年双泪尽,飘零万里一生还。禀承母命论时事,爱着僧衣住旧山。兄弟壮年怀并美,风流谁复与追攀。"(《耳鸣集·七律二》,见《广州大典》第 435 册,第 803 页。)屈士燝、士煌"艰难险阻,九死一生,破先人之产,绝老亲之裾,与弱弟间走交、南,匍匐诣阙","追从车驾,朝向昆明,暮趋腾越,艰难险阻,濒九死而弗移"(见屈大均《伯兄白园先生墓表》《哭从弟孚士文》,《屈大均全集》第 3 册,第 140、217 页)。

永历帝过大理,士燝、士煌追永历不及,又闻郑成功以舟师攻复镇江,薄南京城下,东还,欲取道梅关以往,是年抵家。

●清圣祖康熙元年壬寅(1662)、永历十六年　邦畿 47 岁,佳宾 32 岁,隼 19 岁

◎四月,清军杀永历帝于云南。五月,郑成功卒,子郑经嗣位。十一月,鲁监国卒。

◎邦畿《秋怀》八首,感时伤逝。

《秋怀一作天柱词》,其序曰:"岁纪壬寅,权归白帝。金乌落羽,桂树不华。暗露成声,明河莫挽。痛仙人之长往,忧蓬岛之云颓。以此感怀,于焉不寐。如何永叹,遂有长篇。"(《耳鸣集·七律三》,见《广州大典》第 435 册,第 808 页。)〔乾隆〕《番禺县志》卷 15:"迄永明王从亡诸臣死于缅甸,吴逆因戕王于滇,时康熙元年也,邦畿已着禅衣。感伤家国,欲泣而不敢,欲默而不能,乃为《秋怀》八章以寄哀思……桂树,谓永明也,其诗一名《天柱词》,引喻藏义,非身其际者,莫知当时比兴之所由。故邦畿以诗鸣,终其身而无可指摘。"(见《广州大典》第 277 册,第 311 页。)

◎邦畿知屈大均将欲南归,寄诗言怀。

　　　　邦畿《寄翁山子》:"几载音书隔广陵,海潮空落月空升。自闻归棹思携手,得见新诗辄服膺。蝉噪高枝声自远,鹤还故里感方兴。如何慰籍离人梦,肯信秋风不可乘。"(《耳鸣集·七律二》,见《广州大典》第435册,第804页。)

　　　　屈大均于顺治十五年春北上,至辽东;冬,由北而南,至广陵,往返吴越数载,是年欲归岭南。

◎秋,程可则以父丧归粤,鸣雷同梁佩兰、陶璜、朱竹庵前往吊慰。

◎梁佩兰招同鸣雷与魏礼、徐乾学、陈恭尹、程可则、高俨、湛用喈、何绛、梁梿、陶璜集六莹堂分赋。

　　　　陈恭尹《同宁都魏和公昆山徐原一同里王震生高望公湛用喈程周量何不偕梁器圃陶苦子集药亭六莹堂得真字》:"竹窗藤几迥无尘,一会西园尽俊人。济上魏舒为旧好,邺中徐干是嘉宾。霜催细菊浮香早,风落高梧透月新。随兴摊书还席地,野情疏放本来真。"(见《陈恭尹集》,第491页。)

　　　　魏礼去年渡海往琼州,是年自海南经广州回宁都,在广州滞留一月。是年徐乾学来粤。梁佩兰邀请在穗诸位诗人集六莹堂与会。

◎魏礼回赣,邦畿以诗赠别。

　　　　邦畿《送魏和公有序》:"和公家隐翠微,乐敦朋好,迹同方外,心绝人群。钦彼高怀,享兹清福。忽思沧海,遂入庾关。至止珠江,爰探琼岛。纵观波浪起伏之奇,细纪土地人民之异。于焉尽兴,便理归舟。汉台有月,暂永今夕之欢;梅岭不封,宁断他宵之信。同人惜别,小子歌骊,并遗桃花洞里,微蕨山中。鉴我性情,知人名字。"之一云:"神魂从矣驰清誉,为喜高踪到竹扉。昨见便辞琼海去,今还又别翠微归。大江落日潮初上,独树繁霜叶已稀。君说故山多胜友,此时应念久相违。"(《耳鸣集·七律二》,见《广州大典》第435册,第801—802页。)

◎秋,屈大均北游归来。中秋,邦畿与屈大均、陈恭尹、岑梵则、张穆、陈子升、高俨、庞嘉鳌、梁观、屈士煌等宴集于广州西郊。屈大均为述崇祯皇帝御琴翔风事。一座欷歔,为之罢酒。

> 《中洲草堂遗集》卷 7 之《崇祯皇帝御琴歌序》:"道人屈大均自山东回,言济南李攀龙之后,其家藏百琴,中一琴名'翔凤',乃烈皇帝所常弹者。甲申三月,七弦无故自断,遂兆国变。中官私携此琴流迁于此……壬寅中秋二三同志集于西郊,闻道人之言,并述杨太常之事,咸欷歔感慨。谓宜作歌以识之。"(《丛书集成续编》第 151 册,第 310—311 页。)陈恭尹《秋日西郊宴集同岑梵则张穆之家中洲王说作高望公庞祖如梁药亭梁颛若屈泰士屈翁山时翁山归自塞上》:"黍苗无际雁高飞,对酒心知此日稀。珠海寺边游子合,玉门关外故人归。半生岁月看流水,百战山河见落晖。欲洒新亭数行泪,南朝风景已全非。"(见《陈恭尹集》,第 62 页。)

◎冬夜,邦畿、鸣雷与岑梵则集梁佩兰寓斋烧烛论诗。

●**康熙二年癸卯(1663) 邦畿 48 岁,佳宾 33 岁,隼 20 岁**

◎是年隼弱冠,有室,娶潘楳元女孟齐。程可则作诗以贺,邦畿回赠以诗。

> 邦畿《为准儿娶妇,承程舍人周量惠以雅什赋此奉答,并呈芝五、震生》:"流水桃花大海东,明星灿灿竹灯红。礼仪岂为贫家设,诗句多承贵客工。稚齿昨朝初及长,壮怀今日已成翁。聪明无事频妆减,不听阳春耳便聋。"(《耳鸣集·七律二》,见《广州大典》第 435 册,第 803 页。)〔道光〕《广东通志》卷 286:"隼七岁能诗,比长娶潘楳元女孟齐。孟齐亦能诗,倡随拈韵,雅相得也。"(见《广州大典》第 256 册,第 665 页。)邓之诚《清诗纪事初编》卷 8:"妻潘字孟齐。通史汉。能作韵语。乐贫偕隐。隼性嗜音声。每自度曲。作昆山腔。女瑶湘吹箫以和之。"(上海古籍出版社 2013 年,第 989 页。)

> 程可则于康熙元年因丁父艰返粤,三年秋,守丧期满,起复入都。丁父艰在粤三年,与邦畿多有交往,故系此诗于是年。另,王隼成年,亦当婚娶。

◎四月初四夜,邦畿、鸣雷与陈恭尹、梁佩兰、程可则订游海幢寺。

> 邦畿《浴佛前四夜与周量、芝五、震生、元孝订游海幢寺,先东

阿首座分得城字》诗:"春风已作三朝别,夏月哉生此夕明。堪叹华年同逝水,却思野寺隔孤城。栽池小藕经时长,浴佛余香濯虑清。有约届期谁后到,大师有罚记渠名。"(《耳鸣集·七律二》,见《广州大典》第 435 册,第 802 页。)

◎夏,鸣雷与梁佩兰、程可则、丘象升往海幢寺访释阿字、澹归。

　　程可则《同丘曙戒、王震生、梁药亭过海幢寺访阿字、丹霞二师》(见《海日堂集》卷 2)。

　　澹归自康熙元年三月入丹霞,创别传寺,自任监院,是年行化五羊。

◎七月七日,梁佩兰得人赠金赎回所典当的六莹琴,邦畿贺以诗。

　　邦畿《和梁芝五琴六莹典人十七月,几不归,癸卯牛女夕得金赎还,喜赋之作》:"银烛生花月上弦,小星双渡大河前。箫声谙得红楼语,琴曲欣逢白雪篇。今夜忽然还太古,元音终是属高贤。欢情似为离情倍,莫恨西风动隔年。"(《耳鸣集·七律二》,见《广州大典》第 435 册,第 803 页。)梁佩兰《琴六莹典人十七月,几不归,癸卯牛女夕得金赎还,喜赋》(见《六莹堂初集》卷 8)。陈子升《赎琴》(见《中洲草堂遗集》卷 13)。

◎九月九日,梁佩兰六莹堂前一朵梅花先时而放。邦畿与陈恭尹、梁佩兰一起赋咏早梅。

　　邦畿《六十四方草堂,堂前梅重阳日一花开》:"高枝独立迥无邻,先报琼华第一春。气骨定知名士品,须眉应类上仙人。似窥玉盏酬佳节,疑笑金英狷隐沦。冰雪文章谁并美,草堂新咏见丰神。"(《耳鸣集·七律二》,见《广州大典》第 435 册,第 805 页。)梁佩兰《六莹堂堂前梅重阳日一花开,同王说作、陈元孝诸子分赋》(见《六莹堂集》,第 92 页)。

◎佳宾中武举人。

　　屈大均《诰封定远将军王君行状》:"癸卯,就武科,中式。"(《屈大均全集》第 3 册,第 111 页。)

●康熙三年甲辰(1664)　邦畿 49 岁,佳宾 34 岁,隼 21 岁

◎春,邦畿、鸣雷与陈恭尹、程可则同宿梁佩兰六莹堂。

陈恭尹《春夜同王说作王东村程周量宿六莹堂怀主人梁药亭》:"今夜草堂集吾辈,主人安在在驴背。梧桐未叶月不明,银灯吐焰空相对……雪中旅店关山路,欲梦何门觅君处。黄金台畔士如云,几许风期似得君。"(见《陈恭尹集》,第 98—99 页。)

梁佩兰于去年秋赴京会试。此时主人不在,二三君子却共宿六莹堂。

◎佳宾中进士。

屈大均《诰封定远将军王君行状》:"癸卯,就武科,中式。甲辰,成进士。仲弟亦登贤书,季弟补诸生高等。"(《屈大均全集》第 3 册,第 111 页。)温汝能:"王佳宾,字用襘,号讷庵。番禺人。清圣祖康熙三年武进士,官广州右卫守备。"(见温汝能辑《粤东诗海》卷 66,第 1253 页。)《番禺县志》:"王佳宾,字用襘。康熙初以武进士官广州右卫守备。多才艺,能诗,善相马。武非所好也,后自免归。"(李福泰修,史澄、何若瑶纂〔同治〕《番禺县志》卷 43,同治十年光霁堂刻本,《广州大典》第 278 册,第 546 页。按:以下引用该文献,不再另注版本信息和著者项。)

◎春,梁佩兰会试,又铩羽而归,继而南游吴越。游吴期间,梁佩兰寄诗与邦畿述怀。

梁佩兰《客吴门寄王说作》:"万重山外千重水,追忆同君旧入林。为友过于兄弟谊,望余兼有父师心。春晴谁信无莺语,秋气偏来逆客吟。又是一年时节了,吴门枫落大江深。"(见《六莹堂集》,第 90 页。)

◎春,鸣雷在金陵,秋九月,从广陵、建业入匡庐。

鸣雷《金陵道中寒食雨》《白门道中》。《题东林寺》:"遍礼名山说大乘,倦来仍是策枯藤。孤云千里白半顶,高竹百竿青一层。"(见温汝能辑《粤东诗海》卷 58,第 1097 页。)鸣雷《游庐山栖贤寺至大鹏峰记》:"今年秋九月予从广陵、建业来,泊舟彭蠡门,访杨东曦学博。因问西堂大师,自南岭来入栖贤,已住山半载。山中多南僧,下彭蠡门来乞米,遂使栖贤路时尝有僧往来……同游者谁? 师即西堂石鉴也,鸣雷与东曦杨子名日升坐铁壁崖,下山访予者,雷峰顿修师也,从西堂二僧,曰逆淙、曰寒知。"(见温汝能辑《粤东文海》卷45,嘉庆十八年文畬堂刻本,《广州大典》第499册,第529—530页。)

◎本年鸣雷诗:《白门道中》《金陵道中寒食雨》《题东林寺》《题顿公铁壁崖》《登南昌城南楼》《秋日登滕王阁》。

●**康熙四年乙巳**(1665)　**邦畿**50岁,**佳宾**35岁,**隼**22岁
◎春,邦畿卒。邦畿生于明神宗万历四十四年丙辰,卒年为康熙四年乙巳,得年五十。

　　陈恭尹《祭王说作明经文》:"天假之年,安识所暨。呜呼! 先生淹然遐弃。五十之年,亦云寿至。有子知名,斯文不坠。"(见《独漉堂文集》卷13,《陈恭尹集》,第677页。)王隼《酬梁药亭先生暨同社诸子挽先府君之作》:"乱离终五十,忍问旧仪容","至今歌《薤露》,如哭葬时春"(《大樗堂初集》卷9,《广州大典》第503册,第575页)。梁佩兰《挽王说作》五首之一:"未哭歌先短,穷交二十年。几人泉下路,似汝世间贤!"梁佩兰《大樗堂初集序》云:"予向与蒲衣尊人说作先生为风雅之交垂二十年。"(见《六莹堂集》,第60、408页。)

　　崇祯十七年甲申,邦畿自云行年二十九,至是年,正好寿至五十。邦畿生卒年详见拙作《王邦畿生卒年及王隼出家时间考》未刊稿。梁佩兰与邦畿虽然出处迥然相异,但二人却相知很深。梁佩兰甚至感叹邦畿"为友过于兄弟谊,望余兼有父师心"。如果从明亡清兴的崇祯十七年甲申算起,至邦畿去世的康熙四年正好是二十年。对于一些士人来说,这段时间可算是穷途末路,事实上二人皆屡经磨难,故谓穷交。

◎邦畿与王鸣雷、陈恭尹、梁佩兰、程可则、陈子升、伍瑞隆合称"粤东七子",与陈恭尹、梁佩兰、程可则、方殿元、方还、方朝合称"岭南七子"。

　　王士禛云:"东粤诗,自屈、程、梁、陈之外,又有王邦畿说作、王鸣雷震生、陈子升乔生、伍瑞隆铁山数人,皆有可传。"(王士禛《渔洋诗话》卷中,见丁福保辑《清诗话》,上海古籍出版社2015年,第188页。)"粤东七子"之称当由此而来。罗学鹏《广东文献四集》卷

19 选王邦畿、陈恭尹、梁佩兰、程可则、方殿元、方还、方朝,为"国初
七子"(同治二年春晖堂刊本,见《广州大典》第 492 册,第 26 页)。
所谓的"岭南七子"这一合称即由此而来。

◎七夕前,鸣雷归自江西,陈子升遇之于梁皋已宅。

　　陈子升《七夕前梁皋已宅逢王震生初归自豫章》:"庭邀皎月树
含风,归客吟孤旧友同。老丑自看诗益好,贤豪相待命犹穷。白藤
穿枕眠徐孺,龙眼推筐邻左冲。劝种宜男家计得,小星言在此城
东。"(《中洲草堂遗集》卷 13,《丛书集成续编》第 151 册,第 370
页。)陈恭尹《喜王东村归》:"疏星三五未成行,鱼子花开客到乡。
小妇罢啼牛女夜,大家争解驱驢囊。"(《陈恭尹集》,第 490 页。)

　　《中洲草堂遗集》卷 13 自前至后有时间标示的诗作有:《岁除
答梁羲倩敦五两甥》《壬寅元日》《春日言怀》《秋日西郊燕集时届道
人归自辽阳》《癸卯早春口占呈友人》《得钱牧斋宗伯书为拙集作序》《生
日》《冬夜赠曹自悦司马》《甲辰小除夕作》《将归九江村旧居先寄亲
旧》《七夕前梁皋已宅逢王震生初归自豫章》《城中答王东村、家元
孝送归中洲草堂之作,兼示二三同志》《初返故园》《丙午腊月羊城
对雪》《暮春三宿邝无傲斋中,迟高望公不至,同许式微、许二陔赋》
等。由此可以看出《中洲草堂遗集》卷 13 大体是按照时间先后编
排的。屈大均南归、钱谦益作序皆在康熙元年壬寅;陈子升生辰在
冬日,故《生日》紧接《冬夜赠曹自悦司马》《甲辰小除夕作》二诗;在
《将归九江村旧居先寄亲旧》和《初返故园》之间的《七夕前梁皋已
宅逢王震生初归自豫章》《城中答王东村、家元孝送归中洲草堂之
作,兼示二三同志》两首诗应该作于康熙四年乙巳。进而基本可以
确定鸣雷此次北游于本年秋自赣归岭南。

◎鸣雷与陈恭尹等送陈子升归九江中洲草堂。

　　陈子升《城中答王东村、家元孝送归中洲草堂之作,兼示二三
同志》(《中洲草堂遗集》卷 13)。

◎秋夜,鸣雷、王隼同梁佩兰、刘汉水、梁王顾、陈夔石访陈恭尹,宿独漉
堂,拜读陈邦彦遗集。

　　梁佩兰《秋夜宿陈元孝独漉堂,读其先大司马遗集感赋》六首

（见《六莹堂集》，第59页）。陈恭尹《秋夜王东村梁药亭刘汉水王蒲衣梁王顾家夔石过宿独漉堂读先司马遗集有诗赠答》二首（见《陈恭尹集》，第116页）。王隼《秋夜与梁药亭先生、陈夔石、刘汉水、梁王顾、家东村宿陈元孝独漉堂，读其先大司马遗集感赋》二首，之二："小子生何晚，深嗟未及亲。壮心移海岳，正气逼星辰。樽里宁无子，芦中尚有人。可怜当日事，掩卷不能陈。"（《大樗堂初集》卷9，见《广州大典》第503册，第575页。）

　　陈恭尹此诗后有《人日新晴即事》《春阴》《春日过刘汉水李世臣于黄木山堂王东村欧阳伟人林本茅偕至即事分赋兼怀李铎臣西行得青字》《屈翁山薄游代州镇将赵君妻以姊子本秦人也读其白母书诗以纪怀》《腊月望夜湛用啮水边新阁落成招同诸子月下小饮》诸诗（见《陈恭尹集》，第118—121页）。康熙五年丙午屈大均游代州，娶王华姜，故此五诗当为康熙五年之作，进而推测陈恭尹和梁佩兰两首"秋夜"诗当作于康熙四年。王隼《秋夜与梁药亭先生、陈夔石、刘汉水、梁王顾、家东村宿陈元孝独漉堂，读其先大司马遗集感赋》二首及下一首《暮秋访陈夔石西洲，宿其石冈书屋留题》亦为是年之作。

◎是年冬，隼与王芳知一起入丹霞山别传寺，礼今释澹归学佛，法号古翼，字辅昊。不久，入匡庐为僧。其妻孟齐长斋事佛。

　　〔道光〕《广东通志》卷286《列传》："隼父既甘隐，隼早年亦志栖遁，自号蒲衣。尝弃家入丹霞为僧，寻入匡庐居太乙峰，久之，返于儒。"（《广州大典》第256册，第665页。）屈大均《王蒲衣诗集序》："吾友王说作先生有子隼，尝自称曰蒲衣，年二十余，即弃家隐于匡庐，服沙门服，与豫章王孙熊燕西者游，诗歌唱酬甚乐也。"（《屈大均全集》第3册，第63—64页。）王隼《六莹堂集序》："其后数年，余往住匡庐。又六、七年，始归。"（见《六莹堂集》，第8页。）陈恭尹《王蒲衣五十序》："先生（邦畿）既没，王子为武夷、匡庐之游，六七年而归，而学益进。"（见《陈恭尹集》，第620页。）陈恭尹《寄送蒲衣自丹霞之福州》："发心初不与人言，二十辞家事世尊。"（《陈恭尹集》，第121页。）〔乾隆〕《番禺县志》："隼父既甘隐，隼早年亦有栖

遁之志,自称曰'蒲衣'。年二十父没,终服弃家入丹霞为僧,事
□□。王芳知者,隼同姓也,同学佛至丹霞。芳知死,隼遂游闽,未
几入匡庐居太乙峰。时燕人熊燕西,豫章王孙也,隐庐山与交好。
隼居太乙久之,□□□以书招还,□□□亦以诗劝其返俗,乃归。
时年二十七矣,则康熙九年庚戌也。先是隼弃家时,孟齐亦长斋事
佛,会梁屈同招,遂决意弃僧衣还俗,与孟齐重合。"(见《广州大典》
第 277 册,第 312 页。)魏礼《悼王说作》:"生年六十老柴荆,州府从
来绝送迎。留得孤魂归侍帝,近闻一子竟为僧。诗名只博坟前草,
笔札还余纸上情。他日重寻鬼驿寓(说作寓处),夜潮空打尉佗
城。"(魏礼《魏季子文集》卷 5,见《四库禁毁书丛刊》集部第 5 册,第
565 页。)

今释澹归住丹霞山别传寺,与邦畿为好友,同为天然函昰门
人。曹洞宗法系"今"字辈之下即为"古"字辈,故王隼为岭南曹洞
宗高僧天然函昰徒孙。魏礼为易堂九子之一,与邦畿、屈大均、陈
恭尹等岭南诗人关系密切,诗文来往频繁。

◎本年王隼诗:《秋夜与梁药亭先生、陈蘗石、刘汉水、梁王顾、家东村宿
陈元孝独漉堂,读其先大司马遗集感赋》二首、《暮秋访陈蘗石西洲,宿
其石冈书屋留题》。

●康熙五年丙午(1666) 佳宾 36 岁,隼 23 岁
◎生子,名客僧。

〔乾隆〕《番禺县志》卷 15 云:"子客僧,康熙庚子举人,官云南
知州,并有诗集。"(见《广州大典》第 277 册,第 312 页。)

由"客僧"二字,推知其子当生于王隼出家后不久。

●康熙六年丁未(1667) 佳宾 37 岁,隼 24 岁
◎是年王隼入匡庐,过泷江,溺水。

鸣雷《大樗堂初集叙》:"叔向时语匡庐,以不及游为恨事,辄泫
然。隼弟饱卧数年匡庐云,饱食数年匡庐水。匡庐哉! 雷九载别
矣。弟住匡庐哉,余四载别弟矣。"(王隼《大樗堂初集》卷首,见《广
州大典》第 503 册,第 541 页。)王隼《梦更涉丁未溺于泷江》:"昔年共
约匡庐隐,今日相逢梦寐间。空叹有魂归白水,可怜无骨葬青山。

数篇遗草留孤韵,一树残梅想瘦颜。石上三生人不见,等闲风月几时还。"(《大樗堂初集》卷10,见《广州大典》第503册,第578页。)

此泷江当为江西吉安境内的赣江支流,而非广东云浮境内的南江。王隼丁未溺于泷江当在其由粤至庐山的途中。王隼是年入匡庐,至康熙九年还俗,刚好四年。与鸣雷"弟住匡庐哉,余四载别弟"的叙述相吻合。而且康熙六年正式隐于庐山也照应了《番禺县志》"终服弃家"的说法。康熙四年春其父去世,至康熙六年正好三年"终服"。

◎陈子升溯端水西上至泷洲,归而赋诗赠鸣雷和陈恭尹。鸣雷与陈子升、梁阜己、何皇图、吴仪汉、陶苦子、离患上人等分韵赋诗。

陈子升《西游归贻王大雁、侄元孝兼怀梁阜己》《喜梁阜己初归同王大雁、何皇图、吴仪汉、陶苦子、离患上人分赋得乾字》(《中洲草堂遗集》卷13)。

●康熙七年戊申(1668)　佳宾38岁,隼25岁
◎函昰手编《似诗》付刻,并命弟子今无序之。此前邦畿曾请函昰将所为诗付梓,并乞名。

今无和尚《丹霞天老和尚古诗序》:"戊申八月,天老人手书命今无曰:'近日禅讲暇,偶为古诗,诸子请付梓,欲少待之不可,汝其序之。'"(《阿字无禅师光宣台集》卷5,见释今无《今无和尚集》,第152页。)天然《似诗自序》:"说作吼子乞余诗付梓人,已而乞名。名曰《似诗》。'似诗'者,何谓也? 夫道人无诗,偶即是诗,故亦曰诗。然偶不是偶,诗又不是诗,故但曰'似'。吼子请焉,更为语曰:子以予偶不可读,姑取诗以示人,为其近人也。何近乎? 情近也,境近也。悲欢合离与人同情,草木鸟兽与人同境。同人者善入,入则亲,亲则信,信则渐易而不觉矣。噫! 此吼子之说也,然予以为吼子之知予诗者惟近,而不知予之不是诗者亦惟近……噫! 吼子谓是偶耶? 诗耶? 固非艰深不可晓,而古今传诵,不敢目之为诗,则安知夫人之所谓近者而即远,所谓远者而即近耶? 吾愿天下勿以坚白之昧,终而自安于所乐,是不但一诗也。天然道人书。"(见《瞎堂诗集》卷首。)李福标、仇江《瞎堂诗集前言》:"《似诗》,顺治、康熙

间刻本。函昰生前手编。"(见《瞎堂诗集》卷首。)

　　研究岭南文史的著名学者陈永正和杨权二位先生认为邦畿卒于康熙七年，且于是年刻《似诗》。汪宗衍先生亦曾认为康熙七年邦畿为天然和尚刻《似诗》。其《天然和尚年谱》刻本"康熙七年"条云："是年今无为撰《丹霞天老和尚古诗序》：谓'戊申八月，天老人手书命今无曰：近日禅讲暇，偶为古诗。诸子请付梓，欲少待之不可，汝其序之'(《光宣台集》五)。王邦畿尝为和尚刻诗曰《似诗》。撰自序云：说作吼子乞余诗付梓人。已而乞名，名曰《似诗》。"(汪宗衍《天然和尚年谱》，《北京图书馆藏珍本年谱丛刊》第63册，北京图书馆出版社1999年影印本，第18页。)不过，在其《明末天然和尚年谱》中"王邦畿尝为和尚刻诗曰《似诗》"这句话不见了。汪宗衍《明末天然和尚年谱》"康熙七年戊申"条："八月，今无为撰《丹霞天老和尚诗序》，略曰：'戊申八月，老人手书命今无曰："近日禅讲稍暇，偶为古诗，诸子请付梓，欲少待之不可，汝其序之。"此老人之逸言，微借工部之气出之者也……'(《光宣台集》五)。和尚尝作《似诗自序》，曰：'说作吼子乞余诗付梓人，已而乞名，名曰似诗。'"(汪宗衍《明末天然和尚年谱》，第65页。)二者之不同，或为汪先生后来有所见而做了修改。笔者认为应当是天然和尚编刻《似诗》最初受邦畿影响。邦畿于康熙四年已经去世，生前应当有此动议。天然手定此编，以为教授僧徒之用，当经过较长时间的斟酌，故迟至是年《似诗》方编成付梓。

◎秋，潘孟齐寄诗与隼，七夕，隼诗以答之。

　　潘孟齐《书怀寄夫子》："惭愧兰芝女，还家恨解携。如何伯鸾妇，翻作仲卿妻。星月原同影，鸳鸯不独栖。烛花随泪尽，愁听夜乌啼。"王隼《客中七夕答孟齐内子见寄》："喜汝能偕隐，惭余久未还。悲欢贫贱里，形影别离间。乞巧怜新月，逢秋忆旧山。如何牛女夕，霜点客衣斑。"(《大樗堂初集》卷8，《广州大典》第503册，第573页。)

　　王隼有《己酉仲春由雄州入晋安，秋归庐岳纪途中经历，寄梁药亭先辈陈元孝金吾一百韵》诗。王隼《秋思赋并叙》又云："予辞建安归隐庐岳将过半载,爰值穷秋,岩露零零,谿风瑟瑟。"(《大樗堂初集》卷5、卷1,《广州大典》第503册,第561、544页。)王隼于康熙八年春由粤北入闽,秋至庐山,行踪未定,其妻孟齐初秋寄《书怀寄夫子》诗当于康熙八年之前王隼有固定居所之时,故系孟齐、王隼寄诗于是年。王隼出家时,其妻孟齐亦长斋事佛,故云"喜汝能偕隐,惭余久未还"。

◎本年隼诗:《客中七夕答孟齐内子见寄》。本年潘孟齐诗:《书怀寄夫子》。

●康熙八年己酉(1669)　佳宾39岁,隼26岁

◎仲春,隼由南雄入闽,秋归庐山,居太乙峰,寄诗与梁佩兰、陈恭尹。梁、陈有诗寄之。

王隼《己酉仲春由雄州入晋安,秋归庐岳纪途中经历,寄梁药亭先辈陈元孝金吾一百韵》云:"庾岭眺瓯闽,秦关临楚嶻。天柱竿嵯峨,桂山峯浓澹。飘荡看浮云,流离观旅雁。思乡哀子山,去国嗟王粲。不为避风尘,岂是轻轩冕。驱车行迟迟,伫立涕潸潸。儌装趁曾飔,含悲忘春暖……进谒曲江祠,聊憩云封观……倏见郁孤台,遥望濂溪院。龙山产芰荷,空同载髐骗……勤王忆天祥,爱民思赵抃……辛勤半月程,伛偻九里岘……鄞江松柏稠,新罗风物善……武夷空所思,灵鹫终归窜。迤逦别西山,蹉跎滞南剑。百花岩崔嵬,九龙滩潋滟……三宵泊永安,一朝望平远。南台落旅帆,西禅驻尘辖。幢幡映栴檀,碎磔肃钟梵。蒲团地尚存,竹室帘犹卷……杖指匡庐归,笠舍金鳌返。天外自逍遥,人间宁眷恋。初过三峡桥,乍寻五柳馆。微茫彭蠡深,浩荡浔阳满。山栖适性灵,岩居任狂诞……松根搜茯苓,溪边安笔研。朗吟招隐诗,闲读高僧传。"(《大樗堂初集》卷5,《广州大典》第503册,第561—562页。)梁佩兰《答王蒲衣匡庐见寄》:"石房终日自开扉,太乙峰高客到稀。山果熟时猿摘献,雪钟沈后鹤停飞。闲窥石镜心俱冷,静对梅花月上微。欲识故人沧海畔,年年吟傍钓鱼矶。"(梁佩兰《六莹堂集》,第88页。)

王隼约于康熙六年已经隐居庐山,此诗云"己酉仲春由雄州入

晋安,秋归庐岳",说明此前因事曾到岭南。是年春再从南雄出发,经福建武夷,及秋回到庐山。"秋归庐岳"一"归"字,隐约透露了王隼之前已隐庐山。陈恭尹知王隼将经闽归庐山,有诗寄之："发心初不与人言,二十辞家事世尊……此去八闽潮水上,荔支青榄似乡园。"(陈恭尹《寄送蒲衣自丹霞之福州》,见《陈恭尹集》,第121页。)王隼《秋思赋》亦云："予辞建安归隐庐岳将过半载,爰值穷秋,岩露零零,豀风瑟瑟。"(《大樗堂初集》卷1,见《广州大典》第503册,第544页。)按:此"建安"为晋安。

〔道光〕《广东通志》卷286据〔乾隆〕《番禺县志》和《岭南诗选》云:蒲衣"尝弃家入丹霞为僧,寻入匡庐居太乙峰,久之,返于儒"(见《广州大典》第256册,第665页)。据阮志,王隼在别传寺时间很短,居庐山时间较长。王隼作于康熙二十年辛酉的《六莹堂集序》也能印证阮志的说法："忆少时侍先君子古厚堂中,雪夜偶论及岭南文献……先君闻言微颔。其后数年,余往住匡庐。又六、七年,始归。"(见《六莹堂集》,第8页。)若以此而论,王隼居匡庐达六七年之久。其他几则资料也表明王隼在庐山有所谓的"六、七年"时间。陈恭尹《王蒲衣五十序》云："先生(邦畿)既没,王子为武夷、匡庐之游,六七年而归,而学益进。"(《陈恭尹集》,第620页。)不过〔乾隆〕《番禺县志》所载与此有所冲突。〔乾隆〕《番禺县志》卷15《人物》云:"年二十父没,终服弃家入丹霞为僧,事□□。王芳知者,隼同姓也,同学佛至丹霞。芳知死,隼遂游闽,未几入匡庐,居太乙峰。时燕人熊燕西,豫章王孙也,隐庐山与交好。隼居太乙久之,□□□以书招还,□□□亦以诗劝其返俗,乃归。时年二十七矣,则康熙九年庚戌也。"(见《广州大典》第277册,第312页。)按照《番禺县志》的记述,王隼与王芳知一起入丹霞学佛,芳知死后,王隼先游闽,再至匡庐学佛。实事上王隼可能是在芳知死后,先入匡庐学佛,之后因事来岭南,在回庐岳时,经游福建。如果按照《番禺县志》的记述,再结合王隼这首长诗所透露的信息,王隼隐居匡庐的时间则只有一年,距所谓的"六七年"很远。虽然《番禺县志》把入匡庐学佛与游闽的先后顺序搅在一起,导致了一些混乱,但对于王隼还俗时间的记述却非常清晰："时年二十七矣,则康熙九年庚戌也。"

　　不同文献出现的矛盾的叙述,可能与王隼在别传寺与庐山归宗、栖贤寺之间的活动有关,清初丹霞山曹洞宗别传寺与庐山归宗、栖贤寺关系非常密切。函昰早年入庐山归宗寺投曹洞宗道独和尚为僧,掩关学佛,顺治十年至顺治十五年长住庐山归宗和栖贤寺。澹归开别传寺于丹霞,最初亦是为师祖道独而建。康熙元年三月,今释澹归入丹霞,谋划建寺,自充监院,躐州过郡,甚至屈尊媚俗以化缘。但事未竣,而道独圆寂。康熙五年别传寺粗具规模,于是澹归恳请师父函昰入山主法。函昰于康熙五年腊月初四日在别传寺首次登堂说法。因僧众日多,僧寮逼仄,康熙七年南雄直隶州知州陆世楷捐俸重修南雄龙护园,作为别传寺的下院。康熙十年冬,函昰应僧众之请赴庐山归宗寺主法,十三年退院,往住栖贤。王隼至庐山后,出于多种原因,可能曾在庐山与岭南、别传寺之间往返,从而导致一些叙述的混乱。

◎是年前后鸣雷作《寄怀蒲衣弟》以抒怀。

　　鸣雷《寄怀蒲衣弟》:"天地岂无意,北风吹小斋。不因云雁起,那感弟兄怀。微躯幸无恙,远托渐多佳。惭愧梅花下,依稀白满阶。"(见温汝能辑《粤东诗海》卷58,第1097页。)

◎本年前后鸣雷诗:《寄怀蒲衣弟》。本年隼诗:《己酉仲春由雄入晋安州秋归庐岳纪途中经历寄梁药亭先辈陈元孝金吾一百韵》《下九龙滩歌》《初入匡庐寄晋安高云谷》《山中》《山中寄人》《匡庐守岁》诗和《秋思赋》。

●康熙九年庚戌(1670)　　佳宾40岁,隼27岁
◎隼交燕人熊燕西为挚友。

　　王隼《述怀杂言与熊燕西野人结交》:"大樗堂壁严霜起,王郎拔剑双眸紫。千尺狂怀如薪岩太华之高峰,万寻热血如渑澬洞庭之秋水。肝胆二十七年中,不知吐向谁人是……忆余七岁咏凤凰,趋庭问礼大夫旁……大人抚摩恒置膝,口授《离骚》老与庄。又云汝曹辈,结交须老苍。不得轻草草,反覆笑苏张。余时闻此语,四

顾但茫茫。散尽黄金交侠客,一朝弃我如遗迹。"(《大樗堂初集》卷6,《广州大典》第503册,第566—567页。)《赠熊野人燕西》:"十载携家庐岳隐,三间茅屋半园葵。兴亡泪减高僧偈,离乱吟多处士诗。隔寺不嫌连夜宿,邻人常诇歌朝炊。看云独立长松下,笑指东陵瓜熟时。"(《大樗堂初集》卷10,《广州大典》第503册,第577页。)

　　由"肝胆二十七年中",知王隼与燕西结交于是年。"十载携家庐岳隐",所谓"十载"应为约数,应包括出家丹霞之前和在丹霞与庐山之间,游隐往返的时间。隼受其父邦畿影响,早年即有隐逸之志,故于丹霞礼澹归和尚之前,当有亦隐亦游之事。

◎屈大均、梁佩兰等人招之,本年隼还俗,与妻潘氏孟齐复合。

　　〔乾隆〕《番禺县志》卷15:"隼居太乙久之,□□□以书招还,□□□亦以诗劝其返俗,乃归。时年二十七矣,则康熙九年庚戌也。先是隼弃家时,孟齐亦长斋事佛,会梁、屈同招,遂决意弃僧衣还俗,与孟齐重合。"(《广州大典》第277册,第312页。)王隼《庚午秋夜,梦与石门游匡山,循金井桥而上,东折百余武憩白虎洞,访熊燕西草堂。双松抱门,竹篱半塌,满园芳草,王孙安归?徘徊太息者久之,还坐玉渊潭上,涧水泠泠,斜阳半岭,感山川云物之殊,今昔存亡之恨,四顾茫茫,潸然出涕,适樵父以美酒饷,班荆松下,款曲道故。石门曰:"对酒当歌,又悲歌,可以当泣,盍赋诗纪游,可乎?"遂分韵联句,得绝诗七章,相与朗吟而醒。速命童子篝灯录之,仅得一章。吁梦寐之际,其可慨矣夫》:"秋山秋水两茫茫,二十年前旧草堂(梳山句)。芳草满园人寂寂,数声寒雁送斜阳(石门句)。"(《大樗堂初集》卷11,《广州大典》第503册,第579—580页。)《初归省母夜侍大樗堂命赋灯字》:"侍立频垂泪,悲欢此夜灯。六年千里客,八口一池冰。乳燕噪新垒,饥乌啄古藤。飘零惭仲子,偕隐入於陵。"(《大樗堂初集》卷8,《广州大典》第503册,第572页。)

　　"□□□以书招还,□□□亦以诗劝其返俗,乃归……会梁、屈同招。""梁、屈"指梁佩兰和屈大均。此处被挖去的姓名,当为屈大均等。屈大均于康熙八年回到岭南,九年设馆于东莞尹源进家。
《番禺县志》谓"隼居太乙久之",当是把王隼自丹霞出家至康熙九
年还俗混而言之。"庚午秋夜梦"诗,曰"庚午秋夜梦与石门游",又
曰"二十年前旧草堂"。庚午前推二十年为是年,此诗进一步证明
王隼还俗的时间应为是年。《初归省母夜侍大樗堂命赋灯字》云
"六年千里客",王隼于康熙四年出家,至是年,正好六年,故曰"六
年千里客"。此所省之"母",疑为其后母。

◎隼出庐山,夜宿溢浦口,感叹老大无成。学佛数年,诗赋皆臻上乘。

　　　王隼《宿溢浦口书怀》云:"雪晴荒店闻猿叫,乱思欺人拨不休。
年长易侵潘岳鬓,愁多难上仲宣楼。高峰泉石来心上,晓月关山落
马头。故国无成惭重返,一瓢吟向五湖秋。"(《大樗堂初集》卷10,
《广州大典》第503册,第578页。)鸣雷《大樗堂初集叙》:"隼弟饱
卧数年匡庐云,饱食数年匡庐水。匡庐哉!雷九载别矣。弟住匡
庐哉,余四载别弟矣。归而见所为赋也,已扬马矣;所为诗也,已李
杜矣。"(见王隼《大樗堂初集》卷首,《广州大典》第503册,第541—
542页。)

◎回乡初住浮青阁,在朋友的馈赠和帮助下安顿下来,安心做一个隐于
乡间的诗人、学者。

　　　王隼《初住浮青阁酬社中诸子见赠》:"借阁栖吟骨,凭高逗眼
青。坐量傍水影,卧数远山形。垒石商茶灶,移床拟纸屏。东林旧
茅屋,抛掷任人扃。"之二:"洒扫登楼路,看山诗思醒。新邻贻药
白,远寺寄茶经。鹤占侵囱白,松争入座青。何当赠佳句,吟尽一
池星。"(《大樗堂初集》卷8,见《广州大典》第503册,第572页。)

◎鸣雷闻翁山移家东莞,诗以赠之。

　　　鸣雷《闻屈翁山小除后三日移家住东湖》:"举世皆归计,惟君
问去津。天无三日腊,海有一家春。野水亦照叶,渔夫不应人。东
湖鲤鱼好,取奉白头亲。"(见温汝能辑《粤东诗海》卷58,第
1097页。)

　　　康熙九年正月十一日,屈大均移家东莞,设馆于尹源进家。正
月二十七日,王华姜病卒。本年十一月安葬王氏后,屈大均复至东

莞。诗中所谓"东湖"在东莞(见《屈大均全集》第 8 册,第 1916 页)。

◎本年鸣雷诗:《闻屈翁山小除后三日移家东湖》。本年隼诗:《述怀杂言与熊燕西野人结交》《赠熊野人燕西》《寄庐陵刘岸矣》《暮秋晚望》《寄怀梁王顾》《宿溢浦口书怀》《初归省母夜侍大樗堂命赋灯字》《初住浮青阁酬社中诸子见赠》。

●康熙十年辛亥(1671)　佳宾 41 岁,隼 28 岁

◎是年前后鸣雷年近五十,作《伤春》诗感叹平生。

鸣雷《伤春》:"最厌生年近五旬,髭须渐渐白如银。杜康数盏堪消恨,春鸟一声能感人。何处常行歌舞地,也曾经过乱离身。家妻太笑无高策,红烛偷光敢忘邻。"(见温汝能辑《粤东诗海》卷 58,第 1098 页。)

◎本年前后鸣雷诗:《伤春》。

●康熙十二年癸丑(1673)　佳宾 43 岁,隼 30 岁

◎隼自匡庐还,已经三年。是年前后,于西山之麓结漯庐,作久居之所,终岁闭门著述,行年三十,而鬓白发稀。

陈恭尹《王蒲衣五十序》:"王子为武夷、匡庐之游,六七年而归,而学益进……既而结漯庐于西山之麓者二十年,为隐士之冠,宽衣博带,每至城郭,则人争物色之……今兹之腊,年五十加一矣。孝先以同人之意请文于予。"(见《陈恭尹集》,第 620 页。)王隼《忆山》:"三载还家客,行吟古渡头。共看新叶落,独忆故山秋。有鹤云依树,无人月占楼。一从辞杖笠,孤负蓼花洲。"(《大樗堂初集》卷 8,《广州大典》第 503 册,第 572 页。)王隼《长歌续短歌送汤建孟还江门》:"风尘流落三十载,蹉跎鬓影星星改。忆昔与君相见始,月堕寒江冷秋水。庐霍三年空所思,鸲鹆系断蛮溪纸……嗟余樗散材,匠石不我采。枘凿乖方员,于世处卑隘。"(《大樗堂初集》卷 6,见《广州大典》第 503 册,第 567—568 页。)梁佩兰《大樗堂初集序》:"予观其行年三十而头发已种种,终岁键关舍,著述之外无他嗜好,其志岂以今人自许者邪!"(《大樗堂初集》卷首,见《广州大典》第 503 册,第 543 页。)

　　《王蒲衣五十序》作于康熙三十三年，王隼"结澱庐于西山之麓者二十年"，"二十年"当是约数，以时推之，姑系是年。再者，王隼回乡已有三年，亦应筑屋作长久之计。"三载还家客"，王隼自二十七岁还俗，至是已经三年，正好行年三十。王隼虽然早年即有归隐之志，但也有较高的自我期许，而立之年，无所成就，于是激成了"只今三十心已朽"的感慨。《失题》云："……昔年十五二十时，一心□□□□□。日日摩挲七宝刀，醉倒屠门歌督护。只今三十心已朽，秋日蛴螬拥衰柳。"（《大樗堂初集》卷7，《广州大典》第503册，第569—570页。）《村居》之三："落拓嗟生计，荒田久废耕。但能依老母，不敢慕时名。花与春俱去，愁将病共争。甘心安草泽，三十已无成。"（《大樗堂初集》卷8，《广州大典》第503册，第574页。）

◎是年鸣雷为王隼诗集作序，促其付刻。

　　鸣雷《大樗堂初集叙》："隼弟饱卧数年匡庐云，饱食数年匡庐水。匡庐哉！雷九载别矣。弟住匡庐哉，余四载别弟矣。归而见所为赋也，已扬马矣；所为诗也，已李杜矣。岂真风雅之有所自邪。不然，无所自而何以君子之响、逸人之声，款款入吾耳也。因知天下文人大都多不遂其志，亟欲得其子之贤，而发其蕴蓄之概，以嗣其道。且使其毅然而不为时会所夺，澹然而不为世会所移。宁惟绍于笔墨哉。今《耳鸣》之集在人间若广陵散，余望大雅若匡庐高阜之云，不知隼弟诗在旁，竟已嗣续之也。兹从臾刻之，毋谓余王氏之无人也。"（见王隼《大樗堂初集》卷首，《广州大典》第503册，第541—542页。）

　　鸣雷于康熙四年自赣返粤，至此已九年。由"匡庐哉！雷九载别矣"，知《大樗堂初集叙》作于是年。鸣雷虽"兹从臾刻之"，但王隼《大樗堂初集》却迟至多年之后方付之梨枣。

◎佳宾任职广州右卫守戎所，治卫如治邑，有善政。佳宾本名家子弟，多才艺，能诗，武职非其所好。

　　屈大均《诰封定远将军王君行状》："癸丑，谒选，授广州右卫守戎所，职掌者顺德军田，无他务。君意稍不自得，以为壮略郁郁无所施,将焉用此。既而曰:'昔先王易田畴,薄税敛,民可使富;食以时,用以礼,民可使仁,施之一邦。如是,吾今施之一卫,以卫为县,以军为民,养而教之,是亦武人之为政,未为贤将,先为循吏,岂不可以见吾之生平乎?'顺德,故水国,草坦沙田,率滨炎海,壤地褊小,潮汐回(原作'迴',据康熙年间刻本改)环。顾屯丁多于诸县,乱离以来,人多咠窳,田半污莱,屯丁飘忽舟居,有如水鴜,妻孥鱼鳖,浮没不常。君悯之,为治农器,给种与牛,大垦荒田,得七百余顷,增粮至三千五百。于是田塍有庐,墩有村,渔步有楼,军人多以力耕致富者。取卫中之秀,而诗,而书,使之弦诵……三十年间,在师旅不忘俎豆,雅歌、投壶一用儒术。善谈论,喜属文辞,慕古祭遵、鲁肃之为人,纂《武备志》,参以《纪效新书》,增药方数十百条。军中得此,人人可以行兵,可以为将,陷阵被巨创,可以无事,万金良药而得无死,斯亦韬钤之一秘也。有《怡志堂诗》二卷,与族子中书舍人大雁、处士蒲衣多所倡和。予为之序,谓君治诗如其治兵,治兵如其治药,皆以律为之权衡。"(《屈大均全集》第 3 册,第 111—112 页。)〔乾隆〕《番禺县志》卷 15:"王佳宾,字用禴,别号讷庵。康熙初以武进士官广州右卫守备。治卫如治邑,以善政称。佳宾本名家子弟,多才艺,能诗善医,兼善相马。抑于武职非所好也。"(见《广州大典》第 277 册,第 314 页。)

◎本年鸣雷文:《大樗堂初集叙》。本年隼诗:《村居》《忆山》《长歌续短歌送汤建孟还江门》《失题》。

●康熙十三年甲寅(1674) 佳宾 44 岁,隼 31 岁

◎吴三桂自云贵率兵三十万至湖广,迭下常德、澧州、岳州、长沙、襄阳诸处。吴之茂以四川、孙延龄以广西、耿精忠以福建、王辅臣以陕西应之,起兵反清。郑经亦率兵入漳、泉二府。江西吉安破,南昌守军震恐,佳宾奉命押解军器往送。

　　屈大均《诰封定远将军王君行状》:"甲寅,吉安之破,南昌震惊,君奉檄解将军大铳十员,员三千觔。至中宿峡,触怪石破舟,大铳悉沦于水,君以巨木绞渊出之。"(《屈大均全集》第 3 册,第 111 页。)

●康熙十四年乙卯(1675)　佳宾 45 岁,隼 32 岁

◎春,邦畿逝世十周年,梁佩兰与同社诸君悼念,隼以诗酬谢。

> 王隼《酬梁药亭先生暨同社诸子挽先府君之作》:"十载思亲泪,重重湿旧巾。未曾知达孝,何以答生身。"(《大樗堂初集》卷 9,《广州大典》第 503 册,第 575 页。)

> 邦畿于康熙四年乙巳去世,至此十年。梁佩兰《挽王说作》五首,之五称赞邦畿、王隼父子风雅相继:"江左乌衣后,琅琊大道王。姓名传乐府,金石出歌商。《大雅》能相继,王风赖不亡。广陵弹一曲,休更过山阳。"注曰:"'琅琊大道王',此乐府语也。说作之子蒲衣取以为号,故借用之。"(见《六莹堂集》,第 60 页。)

◎鸣雷与修《广东通志》。

> 〔乾隆〕《番禺县志》卷 15 云:鸣雷"康熙初曾与邑人屈琚等修《广东通志》,时称典核,然未能究所长"(《广州大典》第 277 册,第 313 页)。

> 是年,两广总督金光祖主持编纂《广东通志》,鸣雷参与其事。

◎本年隼诗:《酬梁药亭先生暨同社诸子挽先府君之作》。

●康熙十五年丙辰(1676)　佳宾 46 岁,隼 33 岁

◎清平南王尚可喜卒,其子尚之信以广东叛应吴三桂。

◎鸣雷与修《广东通志》,将竣,因"三藩"之乱而止。

> 康熙十五年丙辰尚可喜卒,其子尚之信以广东叛应吴三桂。"四月,贼犯广东,提督严自明、总兵苗之秀、副将王启秀叛,尚之信阴通贼……副都统莽依图自肇庆突围出,总督金光祖,巡抚佟养钜、陈洪明,俱降贼。"(蒋良骐撰,林树惠、傅贵九点校《东华录》卷 11"康熙十五年",中华书局 1980 年,第 176 页。)《广东通志》即将完成,而"三藩"乱起。修志之事暂时停顿,至康熙末才正式出版。按:《广州大典》第 245 册著录为康熙三十六年刻本,然而该《广东通志》卷 27 却收有撰于康熙五十二年的《今上皇帝谕祭南海神文》,故疑该志刻成于康熙末年。康熙十九年赐尚之信死,岭南平,南北方才交通。以此知,其后数年鸣雷当在粤。

●康熙十六年丁巳(1677)　佳宾 47 岁,隼 34 岁

◎佳宾奉命押解军粮往送粤北韶州。

> 屈大均《诰封定远将军王君行状》:"丁巳秋,韶州之围,解米万余石。"(《屈大均全集》第 3 册,第 111 页。)

● 康熙十八年己未(1679) 佳宾 49 岁,隼 36 岁

◎ 佳宾奉命押解军粮往送南宁。

> 屈大均《诰封定远将军王君行状》:"丁巳秋,韶州之围,解米万余石。己未,南宁之战,解米八千余石,皆从锋镝纷纭中,冒死得达,以功纪录者数。"(《屈大均全集》第 3 册,第 111 页。)

● 康熙十九年庚申(1680) 佳宾 50 岁,隼 37 岁

◎ 八月,清廷赐尚之信死。

◎ 隼自庐山归来已经十年,俯仰人间,虽有不得已之烦扰,亦有天伦和知己之乐。

> 王隼《溧庐杂咏》之一:"我昔十载前,匡山缚茅屋。采药荷长镵,踏雪劚黄独。下视万丈云,倦骑千岁鹿。往来非今人,忘言对松竹。自谓卒余生,潇洒忘结束。胡作樊笼雉,叹彼辽城鹤。俯仰十年中,龌龊头已白。赖有同心人,于焉成小筑。柴门不在广,取容杯与轴。方池不在深,取濯缨与足。儿童解我意,绕砌栽黄菊。老妻适我情,瓮中酒长熟。芰荷制吾衣,薇蕨充吾腹。荒居无四邻,空山静耳目。草草百年身,聊以全吾璞。"(《大樗堂初集》卷 4,《广州大典》第 503 册,第 560 页。)

◎ 屈大均寄诗给隼。

> 屈大均《寄王蒲衣》:"只今亦有蒲衣子,云卧南当大虎门。诗笔真如珠子树,书笼长见凤凰孙(谓罗浮大蝴蝶也)。袈裟岂得留高士,岣嵝何如在故园?紫水归人方咫尺,玉台巾好且相存(白沙先生居江门,尝称紫水归人,其巾象玉台山为之)。"(《屈大均全集》第 2 册,第 842 页。"真如"原作"莫如",据康熙年间屈明洪补刊本《翁山诗外》改。)

> 檀萃认为屈大均以此诗招王隼还俗。檀萃《楚庭稗珠录》卷 4 云:"翁山既返初服,因寄诗蒲云:'只今亦有蒲衣子,云卧南当大虎门。诗笔真如珠子树,书笼常见凤凰孙。袈裟岂得留高士,岣嵝如何(当为'何如')在故园。紫水归人方咫尺,玉台巾好且相存。'

盖讽蒲衣之归。然则蒲衣还俗，实翁山（原作'山翁'）有以招之
也。"（见《广州大典》第 394 册，第 274 页。）蒲衣少时当居广州城
里，还俗后结澿庐于西山之麓，与翁山所居之番禺思贤里皆东临珠
江，南对虎门，与诗中"只今亦有蒲衣子，云卧南当大虎门"相合。
故疑此诗不应作于王隼还俗之前，檀萃之说或不确。屈大均于康熙
十八年夏携家避地南京，至康熙十九年秋返粤，先暂馆羊城，后长住
番禺思贤。翁山息游之后，无心辞赋，与王隼相互鼓励，承续圣人之
学，倾力从事文献编纂。此诗或为翁山与王隼相互勉励之作。

◎秋，鸣雷出岭北游燕、赵、吴、楚，历览金陵、燕京等地。

〔乾隆〕《番禺县志》卷 15："鸣雷乃出岭北游，历燕赵，往来吴楚
中，时抗高隐者，渐复出。鸣雷过旧都之长干里，为《义鸳冢铭》以
刺时。谓：'彼妇者谁？子夫肉未寒，已嫁江干。履敝犹可穿，衣敝
犹可完，一节之失不可以复赎。皎皎清池，濯濯涟漪，宁不重愧斯
禽？'其词盖有所指也……但生于岭外，既地僻又非其时，是以其诗
流传海内甚少。即其三游吴、浙、建业、广陵，所游未久。"（《广州大
典》第 277 册，第 313—314 页。）鸣雷《燕京九日》："去岁重阳岭外
来，今年旅食燕昭台。天涯到处同风俗，人事他乡异酒杯。鬓发亦
知当节改，菊花能得几回开。愁心莫更凭栏望，蓟北烟高首重回。"
（温汝能辑《粤东诗海》卷 58，第 1098 页。）《别虎丘山寺》云："老去
别山如别世，三观四看未能忘。"（见温汝能辑《粤东诗海》卷 58，第
1097 页。）《华亭旅次》："避老长年封破镜，算归终日秣神驹。预愁
度岭无他事，只是西风吹白须。"（温汝能辑《粤东诗海》卷 58，第
1099 页。）

〔乾隆〕《番禺县志》云"三游吴、浙、建业、广陵，所游未久"，由
此知鸣雷曾多次北游。根据多种信息推测，是年前后鸣雷曾再次
北游。康熙十五年丙辰尚可喜卒，其子尚之信以广州叛应吴三桂。
康熙十九年尚之信死，岭南平，南北交通。康熙十八年清廷开博学
鸿词，原抗志隐遁者，多有改节出仕之人，如朱彝尊、李因笃等。再
由《燕京九日》《别虎丘山寺》诗所谓"鬓发亦知当节改""老去别山"
"吹白须"知，鸣雷此次北游已非少年。

◎本年鸣雷诗:《燕京九日》。本年隼诗:《濠庐杂咏》。

●**康熙二十年辛酉**(1681)　**佳宾51岁,隼38岁**

◎郑经卒,子克塽立。清兵入云南,吴世璠败,云南平。

◎十月,梁佩兰《六莹堂集》刻成,隼为之序。

> 王隼《六莹堂集序》云:"忆少时侍先君子古厚堂中,雪夜偶论及岭南文献,因举近代梁兰汀、区海目、陈云淙、黎板桥、邝扶南诸君子所为诗歌骚赋,命隼各识数语,品题其下。既毕,复举所最厚善,二十年共坛坫,如药亭、翁山、独漉三先生撰著,其独造入微旨趣……先君闻言微颔。其后数年,余往住匡庐,又六、七年,始归。昕夕奉几屦,比先君时益密。有所感发,时复搦管与诸公分垒唱酬。见先生论诗益精微,著诗益富,于十年前之作,益以变化,使人不测。"(见《六莹堂集》,第8页。)

◎本年前后鸣雷诗文:《别虎丘山寺》《华亭旅次》《钱塘怀古》《夏日过仁甫山馆见榴花开因宿小楼》《义鸳冢铭》等。

●**康熙二十一年壬戌**(1682)　**佳宾52岁,隼39岁**

◎清廷杀耿精忠,三藩乱平。

◎隼西山村居期间,与屈大均常旦夕过从论学赋诗。

> 屈大均《王蒲衣诗集序》云:"吾友王说作先生有子隼,尝自称曰蒲衣……既乃返于儒,所居西山,去吾乡沙亭咫尺,旦夕过从,相与讲求圣人之学……吾与蒲衣所为诗,《风》多而《雅》、《颂》少,今欲继为《雅》、《颂》,当先学为圣贤,如古者圣贤发愤之所为作,斯可以为名,属其刻大樗堂集成,即书之以为其序。"(《屈大均全集》第3册,第63—64页。)
>
> 康熙十九年秋屈大均回粤,僦居番禺莘汀,康熙二十年馆于广州耿文明署中,之后回思贤里长住。王隼所居之西村在番禺东北、大均故里之南,两地相距咫尺,二人旦夕过从论学赋诗。翁山嘱浦衣将所作之诗结集刊刻,并先为之序。

◎是年前后,鸣雷北游归来,安于贫,日与从弟隼及族叔佳宾唱和。

●**康熙二十二年癸亥**(1683)　**佳宾53岁,隼40岁**

◎七月,郑克塽以台湾降清,明正朔绝。

◎是年佳宾辞官。居城东南铁炉古巷,治园池亭榭,种以梅柳竹梧,翁山常常过访。佳宾日读诸史,弹琴作诗,与鸣雷、王隼唱和。善抚两弟及友人子女。著《怡志堂诗》二卷,屈大均序之。

　　〔乾隆〕《番禺县志》卷15:"王佳宾,字用禴,别号讷庵。康熙初以武进士官广州右卫守备……抑于武职非所好也,乃自免归。日与鸣雷、蒲衣赋诗为乐。有《怡志堂诗》二卷。□□序之,谓其治诗如其治兵,治兵如其治药,皆以律为之。居城东南铁炉古巷,园池亭榭以梅柳竹梧杂花木环之。施药行医以养其母。"(《广州大典》第277册,第314页。)〔同治〕《番禺县志》:"王佳宾,字用禴。康熙初以武进士官广州右卫守备。多才艺,能诗,善相马。武非所好也,后自免归。"(《番禺县志》卷43,《广州大典》第278册,第546页。)屈大均《诰封定远将军王君行状》:"君前后以三癸为出处,中武科于癸卯,作守戍于癸丑,罢官于癸亥。三十年间,在师旅不忘俎豆,雅歌、投壶一用儒术。善谈论,喜属文辞……有《怡志堂诗》二卷,与族子中书舍人大雁处士、蒲衣多所倡和。予为之序,谓君治诗如其治兵,治兵如其治药,皆以律为之权衡。所居城东南铁炉古巷,有园三四亩,方塘二区,亭二所,以梅、柳、竹、梧、杂花木环之……君两弟早丧,君抚仲弟之子元忠成立,中式举人,守良补诸生;季弟之子之女,悉与婚嫁。故人张君大光死,以七岁子廷俊为托。君遇之,恩若己子,为之毕姻,充太学上舍……比年,君益放旷,屏绝人事,有以自怡,日读诸史,弹琴作诗。教二子,长者文事,少者武备。家有良马三四,尝以骑射命中课之。"(《屈大均全集》第3册,第112—113页。)屈大均《春日过访王用禴园亭作》二首:"铁炉城内巷,君作一丘园。水竹频无路,烟花似在村。蝶同居士梦,莺与美人言。幽赏忘归去,依依为绿尊。""行行渐入林,春自一家深。二亩花犹少,三年柳已阴。番山微见影,瀑水似闻音。自此长来往,听君弄玉琴。"(《屈大均全集》第2册,第693页。)

◎是年前后,隼《岭南诗纪》编成。此书刻成,亡佚。

　　屈大均《岭南诗纪序》云:"王子蒲衣,撰次《岭南诗纪》,请序于予。予时方撰次《广东文集》。"(《翁山文外》卷2,见《屈大均全集》

第 3 册,第 57 页。)

　　屈大均《赋赠广州刘静庵太守》诗注云:"侯,楚黄人,时受陈省斋先生助予纂修《广东文集》之嘱。"(《翁山诗外》卷 11,见《屈大均全集》第 2 册,第 944 页。)刘静庵即刘茂溶,康熙二十三年任广州府知府。省斋,陈肇昌字。陈肇昌曾任广东提学道,康熙十九年庚申秋,屈大均顺利回乡即得益于陈肇昌等人的斡旋。屈大均《广东文集》这样大规模的文献编纂,当在其回乡之后。以此知王隼《岭南诗纪》编成当在是年前后。

●康熙二十三年甲子(1684)　　佳宾 54 岁,隼 41 岁

◎隼《诗经正讹》八卷,大樗堂刊本,是年刻成。

　　《诗经正讹》八卷,大樗堂刊本,现藏浙江图书馆,为《广州大典》第 138 册影印收录。除此刻本之外,《诗经正讹》另有乾隆九年(1744)大樗堂刊本,亦存浙江图书馆。

●康熙二十四年乙丑(1685)　　佳宾 55 岁,隼 42 岁

◎王士禛康熙二十三年十一月奉使,是年二月至粤。祀南海神庙毕,与王隼、屈大均、陈恭尹、黄与坚、高层云、梁无技、张远、程燕思、释月涛、释南柄等同游广州诸名胜。

　　王士禛《香祖笔记》卷 3:"予以乙丑二月抵南海。"王士禛有《与元孝翁山蒲衣方回王顾诸子集光孝寺》《同庭评稷园元孝蒲衣翁山游海幢寺遂至海珠寺》诗,并作五古四首,分咏菩提树、五仙观、海珠石、菖蒲涧诸名胜。

◎是年夏,隼往游惠州、潮州,及秋乃还。屈大均、陈恭尹以诗送别。

　　陈恭尹《送王蒲衣采诗惠潮》:"树树熟离支,殊非远别时。新蝉湘子庙,初日海王祠。路记双江合,文犹八代衰。时无采风使,草野亦陈诗。"(见《陈恭尹集》,第 172 页。)屈大均《送蒲衣子往潮阳有作》:"越鸟无非翠,蛮花只是红。何需命兰楫,更向海阳东?幸得园林接,方期啸咏同。殷勤为此别,归日及秋鸿。"(见《屈大均全集》第 1 册,第 455 页。)

◎是年之前隼《五律英华》八卷编成。第三卷爵里,屈士煌辑;第四卷爵里,由鸣雷与何绛辑。

梁佩兰《五律英华序》云："王蒲衣特起而任之,掩关西山,自架一小阁,屏障帷榻皆诗。凡唐人……无不穷究冥搜,日尽而继之以夜,不数月而五律之集成。得诗七千五百首,以工费浩繁,剞劂有待,遂于选中拔其尤者,先刻问世。"(见王隼《五律英华》卷首,《广州大典》第 481 册,第 515—516 页。)

《五律英华》八卷,康熙大樗堂刻本,梁佩兰序。王隼自撰《凡例》,后署名"梳山蒲衣子识于大樗堂"。此本刊刻的具体时间未详。不过,通过参与编辑诗人爵里的屈士煌的生平可以约略推知。屈士煌"没时为乙丑十有二月六日"(《屈大均全集》第 3 册,第 144 页)。

◎是年鸣雷尚在世。鸣雷与王邦畿、陈恭尹、梁佩兰、程可则、陈子升、伍瑞隆合称"粤东七子"。著有《续易林上下经》二卷、《从蒙子语录》一卷、《东村讲学录》二卷、《王中秘文集》十卷、《空雪楼诗集》七卷、《大雁堂集》。皆未见,疑不传。

鸣雷生卒年未详,行年当与梁佩兰、屈大均、陈恭尹大体同时而稍长。王隼《五律英华》第三卷、第四卷爵里,分别由屈士煌和王鸣雷、何绛共辑,而屈士煌卒于是年,由此知鸣雷是年尚在世。

朱彝尊《海日堂集序》:"南海多骚雅之士,其尤杰出者,处士屈大均翁山,陈恭尹元孝,孝廉梁佩兰药亭、王鸣雷东村,其进退出处不同,而君皆与交莫逆。集中多往来酬寄之作。数君子者,其诗并传于后无疑。"(见程可则《海日堂集》卷首,道光乙酉重刊本。)王士禛云:"东粤诗,自屈、程、梁、陈之外,又有王邦畿说作、王鸣雷震生、陈子升乔生、伍瑞隆铁山数人,皆有可传。"(王士禛《渔洋诗话》卷中,见丁福保辑《清诗话》,上海古籍出版社 2015 年,第 188 页。)

陈恭尹《王东村文集序》:"东村王子早通五经,举于乡,海内知名。其为人虬须犀首,恂恂似不能言,遇几榻鞠然熟寝,好果饵,伸手求索,若稚子。至有所著述,终夜立黑地中,倚柱吟思,比晓不肯休,蚊蚋嘬于肌肤不少避,壮夫不若也。所为诗文,追险走僻,达于康庄,如穷崖古藓,斑驳层积,深林老魅,惧立毛发,哀猿幽幽鸣谷中,意态巉削独出,不必有所从来,欲尽剥弃古人皮毛,敲骨而夺之髓,信天下之奇作也。"(见《陈恭尹集》,第 590 页。)〔乾隆〕《番禺县志》卷 15:"鸣雷学于梁朝钟,为文有师法,奇古奥劲,读之多涩口。其《梓湎子》《斑柔子》《辛桑生》《旅说》诸篇,峭刻似战国诸子,不可识辨。而鸣雷究安于贫,不谋仕。自题所居曰'穷室'。卜云:门西室南,其穷矗鬐,乃为《醉乡侯传》以寄意。时秀水朱太史彝尊、新城王尚书士正至岭表,俱引重鸣雷。鸣雷于文尤长,大似□□。尝为《祭灶文》,佶屈如《汲冢书》,句必三覆始能读,字必再索始能解,不使人一览尽之也。康熙初曾与邑人屈琚等修《广东通志》,时称典核,然未能究所长。所著有《王中秘文集》十卷,其《空雪楼诗集》有槜李山人、禾水道人序。山人谓其诗纯于中唐钱王、韩王诸家,真得风人之旨。但生于岭外,既地僻又非其时,是以其诗流传海内甚少。即其三游吴、浙、建业、广陵所游未久。昨游都门,见其诗,如蓝兔渚、施愚山、吴园次、韩圣秋皆推叹以为成家,犹未尽知。其必传,百世后定有知者。然鸣雷诗佳,其文尤自成一子。"(见《广州大典》第 277 册,第 313—314 页。)〔道光〕《广东通志》卷 286 云:"鸣雷学于梁朝钟,为文有师法,奇古奥劲,似战国诸子,不可识辨。康熙初与修《广东通志》,时称典核。著有《王中秘文集》《空雪楼诗集》。"(《广州大典》第 256 册,第 664 页。)"(王鸣雷)既得释,乃逾岭北游燕赵,往来吴楚,归而自题所居曰'穷室',为《醉乡侯传》以寄意……尝学于梁朝钟,为文有师法,奇古奥劲,读之涩口似战国诸子。其《祭灶文》佶屈如《汲冢书》,必三复再索始解。生平著书等身,无语言不妙天下……诗纯乎中唐钱、刘、韩、王诸家,得风人之旨,朱彝尊、王士祺至粤,俱推重之。著有《续易林上下经》二卷、《从蒙子语录》一卷、《东村讲学录》二卷、《王中秘文集》十卷、《空雪楼诗集》七卷、《大雁堂集》。"(陈伯陶《胜朝粤东遗民录》卷 1,第 72—73 页。)黎左严云:"震生有通人之目,著书等身,无一语言而不妙天下。"曹顾庵云:"王子震生能诗,且胸中渊博,著撰甚富,予心仪久矣。"(温汝能辑《粤东诗海》卷 58,第 1091 页。)

●康熙二十五年丙寅(1686)　佳宾 56 岁,隼 43 岁

◎屈大均往西村访隼。西村在番禺东北,在屈大均故里思贤村之南。

屈大均《过西村访蒲衣子作》云:"咫尺沙亭是故园,西村何必让南村。门生吹笛迎溪口,稚子舁篮出市门。翠羽最怜么凤小,苍鳞长识老龙尊。新诗一一忘忧物,不必兰房更树萱。"注:"陶公云:'昔欲居南村。'"(《屈大均全集》第 2 册,第 939 页。)

这首诗作于康熙十九至二十五年间。王隼自庐山返乡初住浮青阁,之后于西山之麓结瀔庐以作久居之所。此所谓"西村"即王隼西山之麓瀔庐所在地。康熙三十年辛未,王隼女瑶湘与李仁新婚,屈大均与陈恭尹、梁佩兰、林梧、吴文炜、梁无技等往瀔庐宴集,即席分赋志贺。屈大均作《辛未上巳宴集王蒲衣瀔庐分得春字》二首,注云:"时会送李孝先就婚于蒲衣。"(见《屈大均全集》第 2 册,第 761 页。)陈恭尹作《辛未上巳同梁药亭、屈翁山、林叔吾、吴山带送李孝先就昏西村,寓止西山草堂,即事赠诗且勉之》二首(见王隼辑《岭南三大家诗选》卷 22,康熙三十一年刻本,《广州大典》第 501 册,第 393 页)。梁佩兰《与王瑶湘女史书》:"闻瑶湘读书,余甚喜。余与汝祖若翁交,凡两世矣,视汝如己子,故甚望汝之成也……余何时得来汝父西山,见汝于瀔庐,使汝将所读之书,各诵一遍,俾我泠然称善也?"(《六莹堂集》,第 432—433 页。)由此而知,此处"瀔庐"亦即"西山草堂",在西村无疑。

●康熙二十六年丁卯(1687)　　佳宾 57 岁,隼 44 岁

◎是年,李上林中举。李上林原在佳宾卫所,为佳宾所取诗书弦诵之秀者。佳宾不但有善政,且多才艺,善诗、善医、善相马,恩被士卒,且及兽畜。

屈大均《诰封定远将军王君行状》:"癸丑,谒选,授广州右卫守戎所,职掌者顺德军田,无他务……取卫中之秀,而诗,而书,使之弦诵,而毕亦魁、柯如荄、郑瑛、钟惺、岑楼、何澄缓皆补诸生,李上林则以丁卯中式矣……君素健,恬淡寡欲,善治养生家言,医道精明,人多赖以存活……比年,君益放旷,屏绝人事,有以自怡,日读诸史,弹琴作诗。教二子,长者文事,少者武备。家有良马三四,尝以骑射命中课之。君故善相马,为诸将军贵人相马,往往得金。伯乐所云,得相驽马之利多,得相千里马之利少。君又如之。至于治

马，则驽骀者以骏，羸者以肥，疗其病疡，灌而行之劀之，法本《周官》，恩及兽畜，其绝艺又有如此。”（《屈大均全集》第 3 册，第 111—113 页。）

●康熙二十八年己巳（1689）　佳宾 59 岁，隼 46 岁

◎是年四月，佳宾先于其母而逝。屈大均闻讣而至，抚棺而哭，为作《行状》和《哭王用禴》诗四首。佳宾有子二人，女一人，孙二人。

屈大均《诰封定远将军王君行状》："呜呼，痛哉！吾友定远将军用禴王君之没也，君没之四日，予闻讣，冒暑自沙亭三十余里奔至，抚棺而哭……体仁、体义……乞予为状。以予与君相知之深，且君平时有命，欲得予文以不朽。予哽咽无辞，谊不可却，以询君之族子蒲衣，得其大概，因造次而为之状……太夫人年八十有四矣，善饮啖，甚健……而君已矣，太夫人哭君于堂，泪涸声澌，君隐然长寐，合体自然，君之自为则得矣，其亦何以塞高堂之悲，而瞑目于杳杳黄墟也耶。君素健……体性肥，少疾。十四之夕，微感风寒，不以为意。廿三乃剧，犹寂静安闲，神思不乱……君生于有明崇祯辛未六月三十日寅时，终于己巳岁四月二十五日酉时，得年五十有九。元配罗氏，继室马氏，侧室陈氏。子体仁，番禺诸生；体义，番禺武诸生，皆陈氏出。女马氏出。体义娶广海卫守戎梁君先声长女。女适副戎曾君良学次子国学，生子勋。孙二人，祖光，体仁出；祖裕，体义出。”（《屈大均全集》第 3 册，第 110—113 页。）屈大均《哭王用禴》之一云："城中吾友少，相见即交深。况复园亭好，兼之骚雅音。暮霞时引领，朝露忽伤心。汝爱狂歌客，泉台何处寻？"（《屈大均全集》第 2 册，第 718 页。）〔乾隆〕《番禺县志》卷 15："王佳宾……施药行医以养其母。母年八十余尚存，而佳宾顾先母卒。"（《广州大典》第 277 册，第 314 页。）

◎隼为屈大均的词集《骚屑》作序。

屈大均词集《骚屑》刻于是年，王隼为之序。此刻当为《骚屑》之单行本。《骚屑》又曰《道援堂词》《屈翁山词》，传本很少。翁山去世后，凌凤翔将翁山词附于诗后重刻《翁山诗外》。今所见多为附于《翁山诗外》后者，共二卷。姚觐元《清代禁毁书目四种·禁书

总目》谓之《屈翁山词》(《续修四库全书》第 921 册,姚觐元辑《清代禁毁书目四种·禁书总目》)。屈大均《复汪扶晨书》云:"与兄相别,自庚申至己巳,凡一十年。其相隔也,自潜口至珠江,凡五千里,而书疏时通,新诗珍物,络绎而至……新刻《骚屑》中多四声谐协,有善歌者,其以是教之小红低唱,汝吹箫能如是乎? 是亦治疾之一方,诗人之一福也已。笑笑。"(《翁山文外》卷 15,《屈大均全集》第 3 册,第 244—245 页。)

◎是年之后刻《文苑综雅》十八卷,康熙刊本,今存。

◎本年隼诗:《送石门归隐匡庐限韵作》。

　　　《送石门归隐匡庐限韵作》之二:"昔我隐匡庐,结屋虎溪左。层轩纳五湖,虚窗供四野。晴云帐里飞,幽鸟床下躲。探泉乳鹿随,采药长镵荷。别来十九年,雪压茅房亸。子其往葺之,赖我同心者。同心事耦耕,观化委炉冶。一丘一壑中,古人亦云可。"(《大樗堂初集》卷 5,《广州大典》第 503 册,第 564 页。)

　　　王隼二十七岁自庐山回乡,至此正好十九年。他虽已还俗,但仍心系匡庐,故明年梦与石门同游庐山并联句。

●康熙二十九年庚午(1690)　隼 47 岁

◎是年秋夜,梦与石门同游庐山访熊燕西草堂。

　　　《大樗堂初集》卷 11 有《庚午秋夜,梦与石门游匡山,循金井桥而上,东折百余武憩白虎洞,访熊燕西草堂。双松抱门,竹篱半塌,满园芳草,王孙安归? 徘徊太息者久之,还坐玉渊潭上,涧水泠泠,斜阳半岭,感山川云物之殊,今昔存亡之恨,四顾茫茫,潸然出涕,适樵父以美酒饷,班荆松下,款曲道故。石门曰:"对酒当歌,又悲歌,可以当泣,盍赋诗纪游,可乎?"遂分韵联句,得绝诗七章,相与朗吟而醒。速命童子篝灯录之,仅得一章。吁梦寐之际,其可慨矣夫》诗,云:"秋山秋水两茫茫,二十年前旧草堂(梳山句)。芳草满园人寂寂,数声寒雁送斜阳(石门句)。"(《广州大典》第 503 册,第 579—580 页。)

◎是年屈大均作长诗赠隼。

　　　屈大均《翁山诗外》卷 4《琵琶行赠蒲衣子》:"王郎好音能琵琶,

千态万恨归边沙……梳山音律此一种，教坊买断倾金车。王郎王郎尔莫苦，埋忧国腹如丹砂。天际真人既有此，北窗跂脚殊风华。"（《屈大均全集》第 1 册，第 198—199 页。）

◎本年隼诗：《庚午秋夜，梦与石门游匡山，循金井桥而上，东折百余武憩白虎洞，访熊燕西草堂，双松抱门，竹篱半塌，满园芳草，王孙安归？徘徊太息者久之，还坐玉渊潭上，涧水泠泠，斜阳半岭，感山川云物之殊，今昔存亡之恨，四顾茫茫，潸然出涕，适樵父以美酒饷，班荆松下，款曲道故，石门曰："对酒当歌，又悲歌，可以当泣，盍赋诗纪游可乎？"遂分韵联句，得绝诗七章，相与朗吟而醒，速命童子篝灯录之，仅得一章。吁梦寐之际，其可慨矣夫》。

●**康熙三十年辛未**（1691）　**隼 48 岁**

◎二月花朝日，梁佩兰招隼、陈恭尹、陈阿平、林祝万、姚飞熊、梁无技等集于六莹堂，送姚东郊归枞阳，即席分赋。

　　陈恭尹《花朝梁药亭招集六莹堂送姚东郊归桐城同王蒲衣姚非熊》（《陈恭尹集》，第 521 页）。

◎三月三日，瑶湘与李仁完婚。屈大均与梁佩兰、陈恭尹、林梧、吴文炜、梁无技等往澟庐宴集，即席分赋以贺。

　　黎延祖《辛未花朝赠李孝先新婚》诗；屈翁山《辛未上巳宴集王蒲衣澟庐分得春字》二首，诗注："时会送李孝先就婚于蒲衣。"

　　李仁，字孝先，广东四会人，李恕子。太学生，著有《借堂偶编》。孝先父相如，桂王时曾任云南鹤庆府知府，故陈恭尹《辛未上巳同梁药亭屈翁山林叔吾吴山带送李孝先就昏西村，寓止西山草堂，即事赠诗且勉之》诗有"尊君风义在""高门曾列戟"语。又云："择对元难偶，题诗自得媒"，"故人有才女，之子产燕京"（王隼辑《岭南三大家诗选》卷 22，康熙三十一年刻本，见《广州大典》第 501 册，第 393 页）。

◎瑶湘，隼女，善诗，著有《逍遥楼诗集》，配李仁。

　　〔乾隆〕《番禺县志》卷 15 云："女瑶湘，亦能诗，子客僧，康熙庚子举人，官云南知州，并有诗集。"（《广州大典》第 277 册，第 312 页。）梁佩兰《与王瑶湘女史书》："闻瑶湘读书，余甚喜。余与汝祖若翁交,凡两世矣,视汝如己子,故甚望汝之成也。余有女龙端,少汝一岁,颇聪慧。余授以诗,上口即能背诵。而余性懒,不能常授,以此龙端之学不及汝……余何时得来汝父西山,见汝于漆庐,使汝将所读之书,各诵一遍,俾我泠然称善也?"(《六莹堂集》,第432—433页。)

◎是年之前,隼著《琵琶楔子》一卷。

王煐《岭南三大家诗选序》:"岁在壬申季秋,适蒲衣王子有岭南三大家之选,既成,问序于予……蒲衣,名隼,能诗,好声律。取古今人词曲之佳者,谱入琵琶。著有《琵琶楔子》,自谓得未曾有。亦岭南诗人之杰出者。"(《岭南三大家诗选》卷首,《广州大典》第501册,第240页。)〔乾隆〕《番禺县志》卷15:"隼善填词,能度曲,以配管弦。常挟象板檀槽载酒夜泛,令童子吹洞箫,自唱昆山调和之,击楫中流,逐烟波上下,能令听者乐极悲来,百端交集。雅好琵琶,稍裕即理书卷,手胝口沫无休时。窘即弹琵琶,琵琶声益急,则其窘益甚。从不言窘于人,人以其声候之。会岁暮,窘甚,计无所出,日取琵琶弹之。孟齐之弟闻,怀十金遗之,置于几不顾,而弹益切。俄而闽中使者及粤大吏先后馈至,合五百金。乃舍琵琶,召宾客大作岁事,分济贫亲友,金缘手辄尽。率以为常。未几,而琵琶声复闻矣。"(《广州大典》第277册,第312页。)

王隼《岭南三大家诗选》编刊于康熙三十一年,而王煐《序》已言王隼著《琵琶楔子》,知此前《琵琶楔子》已成。

●康熙三十一年壬申(1692)　隼49岁
◎隼妻潘孟齐卒。

陈恭尹《王蒲衣五十序》:"夫人潘氏,通《史》、《汉》诸书,乐贫偕隐,字之曰孟齐……王子年四十余,而孟齐谢世。长子有孙矣……今兹之腊,年五十加一矣。孝先以同人之意请文于予。"(《陈恭尹集》,第620页。)屈大均《慰蒲衣》四首,之三:"幸当婚嫁毕,陶写好忘情。丝竹须安石,云山且向平。孟光多逸事,徐淑更才名。彤管人皆艳,芬芳似女贞。"之四:"落叶夫人泪,哀蝉武帝悲。仙灵遗蜕早,骚些放招迟。昔我离鸾恨,殊多别鹄辞。君今伤燕婉，何以慰哀思？"(《屈大均全集》第 2 册，第 784—785 页。)

　　屈大均《慰蒲衣》诗云"幸当婚嫁毕"，说明潘孟齐去世时，子客僧和女瑶湘皆已婚嫁。瑶湘与李仁完婚于去年初，即康熙三十年辛未，陈恭尹云"王子年四十余，而孟齐谢世"，详细比对，孟齐辞世当为是年。因王隼生于崇祯十七年腊月，谓"王子年四十余"，庶几说得，实已四十八九岁。

◎秋日，隼于城南客舍再遇名妓文玉。

　　王隼《琵琶曲赠文玉校书》："琵琶一曲赤栏桥，无恨伤心在此宵。却忆江州白司马，青衫红泪不能消。"诗序："文玉校书，汉台名妓，紫驼驰去，不见十年。壬申秋日，访予城南客舍，相视如梦，不禁云英今昔之感，作琵琶曲赠之。"(《大樗堂初集》卷 11，见《广州大典》第 503 册，第 579 页。)

◎九月四日，陈子升去世。

◎九月，隼编《岭南三大家诗选》二十四卷成，屈大均、陈恭尹、梁佩兰人各八卷。王煐作序刊行。藏中山大学图书馆、广东省立中山图书馆等。

　　王煐《岭南三大家诗选序》："岁在壬申季秋，适蒲衣王子有岭南三大家之选，既成，问序于予。"(《岭南三大家诗选》卷首，《广州大典》第 501 册，第 240 页。)

　　陈衍诗云："岭南依样仿江南，独漉骚余鼎足三。敌得天山鬓边雪，离忧古色满江潭。"(陈衍《戏用上下平韵作论诗绝句三十首止论本朝人，及见者不论》之五，见钱仲联编校《陈衍诗论合集》之《石遗室论诗诗录》，福建人民出版社 1999 年，第 1101 页。)邓之诚认为王隼选"《岭南三大家诗选》。隐以抗江左三家"(邓之诚《清纪事初编》卷 8，上海古籍出版社 2013 年，第 986 页)。王隼特以三人为限，只取岭南诗人，可能受到了以地域和三人成组的组合方式的启发。汪宗衍云："蒲衣叙次梁、屈、陈，窃谓以年齿为次。"(见汪宗衍《屈大均年谱》"康熙三十一年"条。)

●康熙三十二年癸酉(1693)　隼 50 岁

◎是年初，朱彝尊奉命使粤，同来者有其子朱昆田、友沈名荪。朱彝尊等留广州三日后将去，梁佩兰设宴于五层楼，邀隼、陈恭尹、屈大均、吴

文炜、陈元基、梁无技、季煌为之饯行,席上分赋。梁佩兰以罗浮蝴蝶茧
二枚赠行。

　　陈恭尹《别朱竹垞三十六年矣癸酉二月复会于广州三日别去
送之以诗》:"三日江边驻客船,菩提坛下又离筵。如何三十六年
别,一日分为十二年。"(见《陈恭尹集》,第 222 页。)朱彝尊《岭海将
归,梁吉士佩兰载酒邀同屈大均、陈恭尹、吴韦、陈元基、梁无技、季
煌燕集五层楼席上分赋得会字》:"飞楼压高城,人天纳万籁。登临
信可娱,矧与群彦会。吉士澹荡人,偕行屏轩盖。论交半簪笠,杂
坐缓巾带。"(见《曝书亭集》卷 16,世界书局民国 26 年,第 206 页。)
◎是年前后《大樗堂初集》付梓。卷首有鸣雷、梁佩兰、屈大均和熊燕西
所为序,另有屈士煌和屈大均为其七言律《无题一百首》所撰题辞和序。
此刻本,今不存。

　　据推测《大樗堂初集》初刻时间当为康熙三十二年前后。熊燕
西序未见,而所见卷首数序和《题辞》皆未标示时间。屈士煌
(1630—1685),字泰士,一字铁井,屈大均从兄,卒于康熙二十四年
乙丑,而卷首有屈士煌所撰《题辞》。若以此为据,初刻时间应为康
熙二十四年前后。不过,《大樗堂初集》卷 11 却有作于康熙二十九
和三十一年的《庚午秋夜,梦与石门游匡山……》和《琵琶曲赠文玉
校书》诗。《琵琶曲赠文玉校书》诗云:"琵琶一曲赤栏桥,无恨伤心
在此宵。却忆江州白司马,青衫红泪不能消。"小序云:"文玉校书,
汉台名妓,紫驼驰去,不见十年。壬申秋日,访予城南客舍,相视如
梦,不禁云英今昔之感,作琵琶曲赠之。"(《大樗堂初集》卷 11,《广
州大典》第 503 册,第 579 页。)壬申为康熙三十一年,故系《大樗堂
初集》初刻于康熙三十二年前后。屈士煌《题辞》亦如大均、鸣雷之
序一样,皆于数年前撰就。

● 康熙三十三年甲戌(1694)　　隼 51 岁
◎是年春,隼纳副室徐氏,教以琵琶,屈大均作词志喜。

　　陈恭尹《王蒲衣五十序》:"王子年四十余,而孟齐谢世。长子
有孙矣,王子以先人之产付之,挟幼子别居,纳徐氏女副室,教以琵
琶。予题其卷有曰'琵琶妙手王摩诘,不买鸾胶续断琴',欲其不忘

孟齐也,王子爱而常诵之……今兹之腊,年五十加一矣。孝先以同人之意请文于予……方王子少壮病时,不谓其可五十,今五十而病尚如故,则百年可知也,况其精神意气视昔有加,何烦于祝为哉!在礼五十始寿,吾侪其举觥相贺可矣。"(《陈恭尹集》,第 620 页。)

屈大均《金菊对芙蓉·蒲衣纳姬,赠之》:"桃叶蠲愁,柳枝销恨,不须萱树兰房。正桐初乳子,蕉早甜娘。椰中更有同心物,尽纤手、日日持浆。休穿玉指,未缝狄布,先绣琴囊。　　怜惜小小娥光,且缓教顾兔,在月中央。但眉描五岳,衣渲三湘。青丝角髻捐巾粉,待入山、同扫丹床。休师素女,令伊情好,长似深汤。"(《屈大均全集》第 2 册,第 1499 页。)

　　据文意,屈词当作于是年春。综合陈恭尹序和屈大均词,王隼纳姬当为是年春。屈大均相关的词还有两首。《换巢鸾凤·蒲衣折梅归饷赠之》云:"多折瑶芳,要持归镜侧,插满鬓旁。乳莺初弄粉,媚蝶早收香。多情天肯念王昌。故教换巢、雌雄一双。教徐淑,再娇小、复归仙掌。　　欢畅,春自享。亲鼓凤琶,檀口催低唱。石帚香词,玉田清曲,都在鹍鸡弦上。新制弹头百千篇,雪儿心慧能幽赏。帘帏边,许花翁、每聆飞响。"注:"史梅溪词:'天念王昌忒多情,换巢鸾凤教偕老。'蒲衣,王姓;姬氏徐。"《琵琶仙·蒲衣将我新词谱入琵琶楔子,令新姬歌之,赋以为谢》云:"天授王郎,有谁识,这是琵琶仙子。弹出南宋新声,词人任驱使。红豆好、尊前丽曲,又添得、小红能记。笛已亲教,琴知自弄,香阁多喜。　　笑连日、情满徐妆,为梅萼纷纷点丫髻。催我暗香幽咽,尽骚人风致。须说与,裁云剪月,有个侬、俊句相媚。便与分入檀槽,遏云天际。"注:"梅溪词:'梅开半面,情满徐妆。'姬徐氏也。"(《屈大均全集》第2 册,第 1499—1500 页。)

◎春夏间,隼携副室徐氏及幼子入山别居。

　　屈大均《十二时·送蒲衣子入山》词云:"送君归,乱山归去,婚嫁参差都了。想竟似,无情春杳。不使莺花缠绕。玩弄清琴,沉酣玉醴,怕不成仙道。且养寿,影灭婵娟,却笑蔡家,犹爱纤纤姑爪。颜未衰,心花意蕊,况有十分光姣。镜里复红,分明大药,不在丹干好。引啸时有风,飞身欲在烟杪。　　恨此生,茅龙未遍,五岳犹牵怀抱。莫学庐耽,翩翩毛羽,拂尽洲和岛。恐去家未久,归来但见华表。"(见《屈大均全集》第 2 册,第 1485—1486 页。)

"孟齐谢世,长子有孙",瑶湘完婚,王隼无可挂怀,于是携副室徐氏及幼子入山别居。

● 康熙三十四年乙亥(1695)　隼 52 岁
◎ 端午,隼应梁佩兰之招同屈大均、陈恭尹、王煐、廖煟、吴文炜、蓝涟泛舟珠江观竞渡。

王煐《午日药亭招同翁山元孝南伟(按:当为"炜")山带蒲衣采饮诸子泛舟珠江观竞渡》云:"初泛珠江听采莲,尊前屈指七经年……他时此会谁为伴,万里相思一惘然。"(见王煐著,宋健整理《王南村集》,天津古籍出版社 2015 年,第 115 页。)

蓝涟(生卒年不详),字公漪,一字采饮,福建侯官人。父蓝镏,善篆隶。蓝涟工书画及诗,书法有父风,山水学倪瓒,以布衣遨游江湖。其诗磊落有奇气,闽越称张远、许琰为冠,涟次之。诗有《采饮集》。康熙十九年庚申,屈大均避地南京时与蓝涟结交。康熙三十三年甲戌蓝涟来粤。年八十余卒。

● 康熙三十五年丙子(1696)　隼 53 岁
◎ 正月二十九日,王煐招隼同屈大均、陈恭尹、梁佩兰、袁景星、史申义、王原、于廷弼、史万夫、岑徵、廖煟、吴文炜、林贻熊、蓝涟、陈阿平、曾秩长、梁无技、黄汉人宴集于广州城南官斋,席上分赋。

梁佩兰《城南公宴诗并序》云:"正月二十九日,川南观察王紫诠使君招同袁休庵通政、史蕉饮庶常、王令诒明府、史万夫明经、岑霍山、陈元孝、王蒲衣、廖南昈处士、蓝采饮山人、陈献孟、曾秩长、梁王顾茂才雅集城南官斋,觞宴之余,各赋诗以纪一时之盛。"(《六莹堂二集》卷 2,《广州大典》第 503 册,第 392 页。)陈恭尹《丙子正月晦日袁密山通政史蕉饮梁药亭两吉士王令诒明府王紫诠使君招同蓝公漪史万夫于南溟廖南昈岑金纪屈翁山吴山带王蒲衣梁王顾林赤见家献孟曾秩长黄汉人集使君寓斋分赋》(《陈恭尹集》,第 323 页)。王煐《正月晦日同袁密山梁药亭史蕉饮史耻(按:疑为"万")

夫于天池令诒兄招同布衣岑金纪廖南炜屈翁山陈元孝王蒲衣蓝采
饮孝廉吴山带林赤见秀才梁王顾陈献孟曾秩长童子黄汉人宴集寓
斋分赋即以志别》(王煐著,宋健整理《王南村集》,第 139 页)。

◎夏,屈大均去世。

◎冬,赵执信来广州,隼与赵执信、陈恭尹夜坐论诗。樊泽达、刘曾来粤
主是年广东乡试,隼与赵执信、樊泽达、刘曾、王煐、陈恭尹、梁佩兰雨中
泛舟小港桥。

> 赵执信《与陈元孝王蒲衣两处士夜坐论诗》《樊检讨崑来招同
> 刘郎中行斋、梁吉士药亭及南村、元孝雨中泛舟小港桥》(赵执信
> 《饴山诗集》卷 8)。

◎冬日,王煐邀刘曾、樊泽达及隼、陈恭尹、梁佩兰等白社诸子集大汕长
寿精舍雅集,分韵赋诗。

> 刘曾《王紫诠观察招同樊崑来梁药亭太史陈元孝王蒲衣处士
> 雅集长寿寺拈韵石濂上人方丈得隅字》(黄登《岭南五朝诗选·国
> 朝名宦》卷 12,《广州大典》第 492 册,第 306 页)。大汕《冬日紫诠
> 王大参招樊太史刘铨部暨白社诸公过集小院分赋得七阳》(宋健
> 《王南村年谱》,天津古籍出版社 2017 年,第 188 页)。王煐《冬日
> 邀樊崑来检讨刘省庵司封偕诸同人集长寿精舍分赋得九青》(王煐
> 著,宋健整理《王南村集》,第 160 页)。

● 康熙三十七年戊寅(1698)　隼 55 岁

◎重阳日,隼、梁佩兰、陈恭尹、姚敦仁等雅集光孝寺诃林风幡堂分韵赋
诗。徐钪以故未至,为其拈韵"燕"字,明日始成。

> 陈恭尹《九日小集风幡堂同姚敦仁梁药亭王蒲衣迟徐虹亭不
> 至分得灯字》:"茗宴风前快不胜,江城佳节况良朋。言寻西土千年
> 树,还问南宗第一灯。"(《陈恭尹集》,第 248 页。)梁佩兰《九日同陈
> 元孝、姚敦仁、王蒲衣暨远公雅集诃林风幡堂,迟徐虹亭不至,分得
> "江"字》之二:"禅堂四面敞虚窗,叶落闲阶树一桩。香饭熟时飞鸟
> 下,寒池深处毒龙降。佳游莫过因花事,大笑何妨向酒缸。风雅爱
> 君酬唱好,夕阳天际眼空双。"(《六莹堂集》,第 314 页。)徐钪《九日
> 梁佩兰、陈元孝、王蒲衣诸公雅集光孝寺诃林,余以他阻未至,诸公

仍为余拈韵得"燕"字,明日足成之》(徐钪《南州草堂续集》卷 2,康熙四十四年刻本)。

　　风旛堂,唐印宗法师建。顺治六年,天然禅师迁于今址,于其额书"风旛堂"三字(清顾光修,何淙纂《光孝寺志》卷 2、3,清抄本,见《广州大典》第 229 册,第 305、315 页)。姚人骘,字敦仁,号丹岩,福建古田人。

◎岁末,隼与梁佩兰、陈恭尹、廖燡、王圣隆、秦钦文等集东林啸公方丈重修诗社,分赋。

　　陈恭尹《小除后同廖南昉梁药亭王蒲衣王也夔秦钦文暨各家子弟集东林啸公方丈重修社事分得能字》(见《陈恭尹集》,第 259 页)。

● 康熙三十九年庚辰(1700)　　隼 57 岁

◎隼辞世,同人私谥清逸先生。《清史稿》《广东通志》《番禺县志》有传。

　　〔乾隆〕《番禺县志》卷 15:"隼卒于庚辰,年五十七,同人私谥清逸先生。"(《广州大典》第 277 册,第 312 页。)邓之诚:"著有《琵琶楔子》,自谓得未曾有。卒于康熙三十九年,年五十七。"(《清诗纪事初编》卷 8,第 990 页。)

◎隼有"粤诗四大家"之称。

　　张德瀛《词徵》"粤诗四大家"条:"吾粤当国初时,如陈恭尹、屈大均、梁佩兰、王隼皆以诗鸣,有'四大家'之称。屈词最伙,陈与梁下之,惟王词未见。故老谓其好弹琵琶,撰新乐府。"(张德瀛《词徵》卷 6,民国十年刊本。)赵执信《饴山诗集》谓:"其诗与陈恭尹、梁佩兰并称岭南大家。"(见〔道光〕《广东通志》卷 286,《广州大典》第 256 册,第 665 页。)

◎隼撰著有《岭南诗纪》《诗经正讹》八卷、《五律英华》八卷、《文苑综雅》十八卷、《琵琶楔子》一卷、《岭南三大家诗选》二十四卷、《大樗堂初集》十二卷(一作七卷,一作十四卷)、《大樗堂外集》一卷、《□□□集》《两粤新书》《梳山赠言》《梳山七书》及《韵考》。今知现存《大樗堂初集》十二卷、《诗经正讹》八卷、《五律英华》八卷、《文苑综雅》十八卷、《岭南三大家诗选》二十四卷。

(一)《岭南诗纪》,康熙二十二年前后刻。未见。《翁山文外》卷2《岭南诗纪序》云:"王子蒲衣,撰次《岭南诗纪》,请序于予。予时方撰次《广东文集》,集中人各有诗,然不专于诗。专于诗,则以属蒲衣,以为文集之夹辅,文集所不及者,藉诗纪以补其阙,于是而吾粤之文献,庶几以备……吾今与蒲衣,心虽有余,力则不足,以一国之书,而成以一人之手,其不为人之所讪笑妒嫉亦幸矣。宁复有解其囊橐而助之成者乎? 今且与蒲衣鬵郭外之田庐,卖临邛之车骑,以为剞厥之需。《传》曰:'一篑苟覆,九仞终成。'其无以为难而中止可矣。是为序。"(《屈大均全集》第3册,第57—59页。)屈大均编纂《广东文集》始于康熙二十二年前后,成于康熙二十六年之前,以此知王隼《岭南诗纪》编成亦在此前后。

(二)《诗经正讹》八卷,康熙二十三年大樗堂刊本,藏浙江图书馆。此本《广州大典》第138册据浙江图书馆藏本影印。骆伟《岭南文献综录》云:浙江图书馆另藏乾隆九年大樗堂刊本(广东人民出版社2016年,第10页)。

(三)《五律英华》八卷,康熙大樗堂刻本,康熙二十四年前编成。藏广东省立中山图书馆。梁佩兰序,王隼自撰《凡例》。后署名"梳山蒲衣子识于大樗堂"。《广州大典》第481册据广东省立中山图书馆藏本影印。第一卷爵里,梁佩兰、吴文韦辑;第二卷爵里,陈恭尹、屈大均辑;第三卷爵里,屈士煌辑;第四卷爵里,何绛、王鸣雷辑;第五卷爵里,陈滗、陶璜辑;第六卷爵里,黄河澄、梁谓辑;第七卷爵里,梁无技、陈阿平辑;第八卷爵里,华林释元觉离幻、匡庐释古鹏六息辑。通过参与编辑诗人爵里的这些岭南诗人的生平可以约略推知此本刊刻的时间。这些人当中,屈士煌谢世较早。如前所述,屈士煌卒于康熙二十四年。由此可知,《五律英华》编成于康熙二十四年前。梁佩兰《五律英华序》云:"王蒲衣特起而任之,掩关西山,自架一小阁,屏障帷榻皆诗。凡唐人……无不穿究冥搜,日尽而继之以夜,不数月而五律之集成。得诗七千五百首,以工费浩繁,剞劂有待,遂于选中拔其尤者,先刻问世。"(见《广州大典》第481册,第515—516页。)

（四）《文苑综雅》十八卷，康熙刊本，约于康熙二十八年之后刻。《文苑综雅》为王隼编纂的《梳山七书》之一种，选汉至隋赋十八卷，王煐序。藏广东省立中山图书馆。"南州龚应昌、番禺潘守恕、南海梁无技、燕山刘汉忠仝校。"《广州大典》第 481 册据广东省立中山图书馆藏本影印。王煐与王隼相交于康熙二十八年己巳四月到任惠州知府之后，由此可以确认王隼《文苑综雅》刻于是年之后。屈大均《翁山文钞》卷 8《募刻文苑综雅题辞》云："王子蒲衣所编纂者，凡七书，以卷帙浩繁，未能行世也。其曰《文苑综雅》者，取自周秦以来，至于宋元。为赋，为乐府，为四五七言诸体诗，及词曲谱韵，次为一书，略加笺释，凡百有二十卷，先镂诸版……予最爱是书，每过，王子必出以相示，窃谓六经之文源于《诗》，其流为赋，故学文者必先学夫诗赋……汇选古今诗汇，以为《梳山七书》者，亦方订刻以公天下，而以《综雅》为先声云。"（《屈大均全集》第 3 册，第400—401 页。）

（五）《琵琶楔子》一卷，康熙三十年之前编成，未见。〔乾隆〕《番禺县志》卷 15 云："生平所著有《大樗堂集》七卷，《外集》一卷，《诗经正讹》《岭南诗纪》，《□□□集》《梳山七书》《琵琶楔子》一卷。"（《广州大典》第 277 册，第 312 页。）王煐《岭南三大家诗选序》："岁在壬申季秋，适蒲衣王子有岭南三大家之选，既成，问序于予……蒲衣，名隼，能诗，好声律。取古今人词曲之佳者，谱入琵琶。著有《琵琶楔子》，自谓得未曾有。亦岭南诗人之杰出者。"（《岭南三大家诗选》卷首，《广州大典》第 501 册，第 240 页。）王隼《岭南三大家诗选》编刊于康熙三十一年，而王煐《序》已言及王隼著《琵琶楔子》一卷，知此前《琵琶楔子》已成。

（六）《岭南三大家诗选》二十四卷，康熙三十一年壬申秋大樗堂刊本，王煐序。王煐序云："蒲衣名隼，能诗……亦岭南诗人之杰出者。"此本藏中山大学图书馆、广东省立中山图书馆、清华大学图书馆。中山大学图书馆藏两部，其中"又一部钤'人境庐藏书'"〔韩锡铎、沈津主编《中山大学图书馆古籍善本书目》（增订本），广西师范大学出版社 2014 年，第 835 页〕。又藏天津人民图书馆、美国普林斯顿大学葛思德东方图书馆(骆伟主编《岭南文献综录》,第308页)。《广州大典》第501册据广东省立中山图书馆藏本影印,《四库禁毁书丛刊》集部第39册据清华大学图书馆藏本影印。除此之外,清代尚有道光十九年(1839)万卷楼刊本、同治七年(1868)南海陈氏刊本等五六种版本。此外,还有民国十年(1921)国华书局石印本等。

(七)《大樗堂初集》,康熙三十二年前后刻,十卷(或十二卷,或七卷,或十四卷),此刻本,今不存。卷首当有王鸣雷、梁佩兰、屈大均和熊燕西序,另有屈士煌和屈大均为其七言律《无题一百首》所撰题辞和序。现存《大樗堂初集》十二卷诗雪轩刊本,系《粤十三家集》之一种,道光二十年(1840)南海伍元薇据屈大均后人所藏原刊本所刻,藏中国国家图书馆、上海图书馆和广东省立中山图书馆,不见屈大均序和题辞。乾隆四十二年八月初四日《浙江巡抚三宝奏续交应毁书籍折》云:"《大樗堂诗集》一部。刊本。是书国朝王隼著,广东人。卷首有屈大均序。诗赋共十卷,多感愤之语。"(张书才、吕坚编《纂修四库全书档案》,上海古籍出版社1997年,第653页。)由这一条禁书材料,可知清初刻本当为十卷,且有屈大均序。屈大均撰《王蒲衣诗集序》和《无题百咏序》见于《翁山文外》卷2,进一步确认康熙原刻本中屈大均序的存在。因屈大均为乾隆禁书钦点要犯,后人可能为避祸删除了屈大均的序文。《广州大典》第503册据广东省立中山图书馆藏本影印,《四库禁毁书丛刊》集部第166册据中国国家图书馆藏本影印。《大樗堂初集》到底有多少卷,不同的地方有不同的说法,阮志所记甚至前后矛盾。道光年间阮元《广东通志》卷197《艺文略九》云:"《大樗堂初集》十四卷,国朝王隼撰,存。"(《广州大典》第255册,第149页。)〔道光〕《广东通志》卷286《列传》又云:"其诗与陈恭尹、梁佩兰并称岭南大家(《饴山诗集》)。著有《大樗堂集》七卷,《外集》一卷,《诗经正讹》《岭南诗纪》《琵琶楔子》一卷。"(《广州大典》第256册,第665页。)据考阮志本传所记,是依据乾隆三十九年《番禺县志》卷15的说法:"生平所著有《大樗堂集》七卷,《外集》一卷,《诗经正讹》《岭南诗纪》

《□□□集》《梳山七书》《琵琶楔子》一卷。"（《广州大典》第 277 册，第 312 页。）诗雪轩《粤十三家集》刊本，伍元薇《大樗堂初集跋》云："右《大樗堂初集》十二卷，国朝番禺王隼蒲衣著……阮《通志·艺文略》作十四卷，而是集仅十二卷。曾经翁山后人所藏者，似非缺本。又《翁山文外》，有《集序》一首，《无题百咏序》一首，未刻，不知何故。而《百咏题词》则屈士煌泰士撰，泰士，翁山仲兄也。熊燕西序亦有缺页，所谓豫章王孙者也。俟购得补刊之。所著《诗经正诂》及《韵考》《五律英华》《岭南诗纪》并不存，则是书又可听其湮没耶！庚子浴佛后三日，后学伍元薇谨跋。"（《广州大典》第 503 册，第 589 页。）由此可以看出，《大樗堂集》原刻卷数，清中已成悬疑。据推测《大樗堂初集》初刻时间当为康熙三十二年前后。因未见熊燕西序，而所见诸序和屈士煌所撰《题辞》皆未标示时间，故刊刻时间只能依据相关信息进行推测。如前所论，姑且定为康熙三十二年前后刻。

（八）《梳山赠言》，未见，内有屈大均作品。乾隆四十七年八月二十八日《闽浙总督陈辉祖奏第二十二次缴送应毁书籍折》云："《梳山赠言》一部，刊本。是书王隼编。不全。系哀集友人投赠诗文，中多屈大均作，应销毁。"（张书才、吕坚编《纂修四库全书档案》，第 1622 页。）

（九）《韵考》，未见。伍元薇《大樗堂初集跋》云："所著《诗经正诂》及《韵考》《五律英华》《岭南诗纪》并不存。"（《广州大典》第 503 册，第 589 页。）

（十）《大樗堂外集》，未见。〔乾隆〕《番禺县志》卷 15 云："生平所著有《大樗堂集》七卷，《外集》一卷。"（《广州大典》第 277 册，第 312 页。）

（十一）《□□□集》，不知是王隼的什么著作。〔乾隆〕《番禺县志》卷 15："生平所著有《大樗堂集》七卷，《外集》一卷，《诗经正诂》《岭南诗纪》《□□□集》《梳山七书》《琵琶楔子》一卷。"（《广州大典》第 277 册，第 312 页。）〔乾隆〕《番禺县志》卷 15 王隼本传起始的"王隼"二字即被挖去，这里被挖削的三个字，亦不知为何字。〔同治〕《番禺县志》卷 43 虽有王隼传,却未言及此书(《广州大典》第278 册,第 544 页)。〔宣统〕《番禺县续志》无王隼传记。

(十二)《两粤新书》,未见。〔宣统〕《番禺县续志》卷 32《艺文·补遗·史部》云:"《两粤新书》。国朝王隼撰,佚。江阴李本撰《爝火录》引。谨按《两粤新书》列禁书目。"(梁鼎芬等修,丁仁长等纂〔宣统〕《番禺县续志》卷 32,《广州大典》第 279 册,第 441 页。)

(十三)《梳山七书》,当为王隼所纂七种文献的总称,犹翁山《屈沱五书》之称。〔乾隆〕《番禺县志》卷 15 云:"生平所著有《大樗堂集》七卷,《外集》一卷,《诗经正讹》《岭南诗纪》《□□□集》《梳山七书》《琵琶楔子》一卷。"(《广州大典》第 277 册,第 312 页。)屈大均《翁山文钞》卷 8《募刻文苑综雅题辞》云:"王子蒲衣所编纂者,凡七书,以卷帙浩繁,未能行世也。其曰《文苑综雅》者,取自周秦以来,至于宋元。为赋,为乐府,为四五七言诸体诗,及词曲谱韵,次为一书,略加笺释,凡百有二十卷,先镂诸版……予最爱是书,每过,王子必出以相示,窃谓六经之文源于《诗》,其流为赋,故学文者必先学夫诗赋……汇选古今诗汇,以为《梳山七书》者,亦方订刻以公天下,而以《综雅》为先声云。"(《屈大均全集》第 3 册,第 400—401 页。)由翁山题辞可知《梳山七书》为王隼编撰的七种文献的总称。这七种文献或为:《岭南诗纪》《诗经正讹》八卷、《五律英华》八卷、《文苑综雅》十八卷、《琵琶楔子》一卷、《岭南三大家诗选》二十四卷、《梳山赠言》七种。不过,〔乾隆〕《番禺县志》把《梳山七书》与《诗经正讹》《岭南诗纪》等并列,似乎又不是包含、被包含的关系。

◎隼或创"粤讴"。

粤讴是流行于清代中叶到民国中期珠江流域的一种民间说唱文学。丘菽园校订招子庸《除却了亚九》时附文称:"始创此调者,为国初广州隐士王蒲衣……冯子良……即今日粤讴之所本也。"(见《总汇新报》1909 年 12 月 20 日。)

●康熙五十九年庚子(1720)　隼卒后二十年

◎是年,客僧中乡试。后官云南知州。能诗,有诗集,疑不传。

〔乾隆〕《番禺县志》卷 15:"子客僧,康熙庚子举人,官云南知州,并有诗集。"(《广州大典》第 277 册,第 312 页。)

　　客僧盖生于王隼出家后不久的康熙五年丙午,至是年,约五十五岁。

主要参考文献

丛书类

陈红彦、谢冬荣、萨仁高娃主编：《清代诗文集珍本丛刊》，国家图书馆出版社 2017 年

陈建华主编：《广州大典》，广州出版社 2015 年

《四库禁毁书丛刊》编纂委员会编：《四库禁毁书丛刊》，北京出版社 2000 年前后

《四库全书存目丛书》编纂委员会编：《四库全书存目丛刊》，齐鲁书社 1997 年

《续修四库全书》编纂委员会编：《续修四库全书》，上海古籍出版社 2003 年前后

永瑢等编：《文渊阁四库全书》，台湾商务印书馆 1986 年

《丛书集成初编》，商务印书馆 1936 年

《丛书集成新编》，台北新文丰出版公司 2004 年

《丛书集成续编》，台北新文丰出版公司 1989 年

《丛书集成续编》，上海书店出版社 1994 年

总集类

陈永正主编：《全粤诗》，岭南美术出版社 2008 年

黄登辑：《岭南五朝诗选》，康熙三十九年刻本

梁善长辑：《广东诗粹》，乾隆十二年达潮堂刻本

凌扬藻辑：《国朝岭海诗钞》，道光丙戌年刻本

刘彬华辑：《岭南群雅》，嘉庆十八年玉壶山房刻本

罗学鹏辑：《广东文献初集、二集、三集、四集》，同治二年春晖堂刻本

彭定求等编：《全唐诗》，中华书局 1999 年

屈大均辑，陈广恩点校：《广东文选》，广东人民出版社 2008 年

沈德潜等编:《清诗别裁集》,上海古籍出版社 1984 年

王隼辑:《岭南三大家诗选》,康熙三十一年刻本

温汝能辑,吕永光等整理:《粤东诗海》,中山大学出版社 1999 年

徐世昌辑:《清诗汇》,北京出版社 1996 年

徐作霖、黄蠡辑,黄国声点校:《海云禅藻集》,广东旅游出版社 2017 年

别集类

陈邦彦著:《陈岩野先生集》,嘉庆十年听松阁刻本

陈恭尹著,郭培忠点校:《陈恭尹集》,人民文学出版社 2018 年

陈荆鸿笺:《独漉诗笺》,广东人民出版社 2009 年

陈维崧著,陈振鹏校点:《陈维崧集》,上海古籍出版社 2010 年

陈献章著,孙通海点校:《陈献章集》,中华书局 1987 年

陈子升著:《中洲草堂遗集》,道光二十年南海伍氏诗雪轩校刻本

陈子壮著:《陈文忠公遗集》,道光二十年南海伍氏诗雪轩校刻本

程可则著:《海日堂集》,道光乙酉重刻本

顾梦游著:《顾与治诗》,清初书林毛恒刻本

何吾驺著:《元气堂诗集》,嘉庆二十四年刻本

洪亮吉撰,刘德权点校:《洪亮吉集》,中华书局 2001 年

黄宗羲著,沈善洪、吴光主编:《黄宗羲全集》,浙江古籍出版社 2005 年

黎遂球著:《莲须阁集》,道光二十年南海伍氏诗雪轩校刻本

梁佩兰撰,吕永光校点补辑:《六莹堂集》,中山大学出版社 1992 年

梁佩兰著,董就雄校注:《梁佩兰集校注》,中华书局 2019 年

钱谦益著,钱曾笺注,钱仲联标校:《钱牧斋全集》,上海古籍出版社
　　2003 年

屈大均著,欧初、王贵忱主编:《屈大均全集》,人民文学出版社 1996 年

申涵光著:《聪山集》,商务印书馆 1936 年

释成鹫著,曹旅宁、蒋文仙、杨权、仇江点校:《咸陟堂集》,广东旅游出版
　　社 2008 年

释澹归著,段晓华校点:《徧行堂集》,广东旅游出版社 2008 年

释函可著,张红、仇江等点校:《函可和尚集》,广东旅游出版社 2015 年

释函昰著,李福标、仇江点校:《瞎堂诗集》,中山大学出版社 2006 年

释今无著,李君明点校:《今无和尚集》,广东旅游出版社 2017 年

王邦畿著:《耳鸣集》,清初古厚堂刻本

魏际瑞等著,林时益辑:《宁都三魏全集》,道光二十五年宁都谢庭绶绂
　　园书塾重刻本

张维屏著,关步勋、谭赤子、汪松涛标点:《张南山全集》,广东高等教育
　　出版社 1994 年

朱彝尊著:《曝书亭集》,世界书局 1937 年

史志类

陈伯陶纂修:〔民国〕《东莞县志》,东莞养和印务局铅印本

陈伯陶撰,谢创志整理:《胜朝粤东遗民录》,上海古籍出版社 2011 年

陈寅恪撰:《柳如是别传》,上海古籍出版社 1980 年

陈志仪修,胡定纂:〔乾隆〕《顺德县志》,乾隆十五年刻本

戴肇辰等修,史澄、李光廷纂:〔光绪〕《广州府志》,光绪五年刻本

谷应泰撰:《明史纪事本末》,中华书局 1977 年

顾诚撰:《南明史》,中国青年出版社 1997 年

郭尔戺、胡云客修,冼国干等纂:〔康熙〕《南海县志》,康熙三十年刻本

郭汝诚修,冯奉初等纂:〔咸丰〕《顺德县志》,咸丰六年刻本

郝玉麟修,鲁曾煜纂:〔雍正〕《广东通志》,雍正九年刻本

黄鸿寿撰:《清史纪事本末》,北京图书馆出版社 2003 年

黄宗羲等撰,孟昭庚校点:《南明史料八种》,江苏古籍出版社 1999 年

黄佐纂修:〔嘉靖〕《广东通志》,嘉靖四十年刻本

黄佐撰:《广州人物传》,道光十一年刻岭南遗书本

孔兴琏修,彭演等纂:〔康熙〕《番禺县志》,康熙二十五年刻本

李福泰修,史澄、何若瑶纂:〔同治〕《番禺县志》,同治十年刻本

梁鼎芬等修,丁仁长等纂:〔宣统〕《番禺县续志》,民国二十年刻本

潘尚楫等修,邓士宪等纂:〔道光〕《南海县志》,同治八年刻本

钱谦益撰:《列朝诗集小传》,上海古籍出版社 2008 年

任果、常德修,檀萃、凌鱼纂:〔乾隆〕《番禺县志》,乾隆三十九年刻本

阮元修,陈昌齐等纂:〔道光〕《广东通志》,道光二年刻本

孙静庵著,赵一生标点:《明遗民录》,浙江古籍出版社 1985 年

汪运光修,张二果、曾起莘纂:〔崇祯〕《东莞县志》,崇祯十二年修,清
　　抄本

王钟翰点校:《清史列传》,中华书局 1987 年

温睿临撰:《南疆绎史》,台北大通书局 1987 年

谢正光编:《遗民传记索引》,上海古籍出版社 1992 年

谢正光、范金民辑:《明遗民录汇辑》,南京大学出版社 1995 年

徐鼒撰,王崇武校点:《小腆纪年附考》,中华书局 1957 年

佚名纂:《顺德龙江乡志》,1926 年重刻本

张廷玉等撰:《明史》,中华书局 1974 年

赵尔巽等撰:《清史稿》,中华书局 1977 年

郑梦玉等修,梁绍献等纂:〔同治〕《南海县志》,同治十一年羊城内学院
　　前翰元楼刻本

年谱类

黄涌泉撰:《陈洪绶年谱》,人民美术出版社 1960 年

蒋寅撰:《王渔洋事迹征略》,人民文学出版社 2001 年

李君明撰:《广东文人年表》,中山大学出版社 2009 年

汪宗衍撰:《明末天然和尚年谱》,台湾商务印书馆 1986 年

汪宗衍撰:《屈大均年谱》,见欧初、王贵忱主编:《屈大均全集》附录,人
　　民文学出版社 1996 年

温肃撰:《陈独漉先生年谱》,见陈恭尹著,郭培忠校点:《陈恭尹集》附
　　录,人民文学出版社 2018 年

邬庆时著,广东省立中山图书馆编:《屈大均年谱》,广东人民出版社
　　2006 年

总目和汇编类

崔弼辑:《波罗外纪》,嘉庆年间刻本

郭棐编:《岭海名胜记》,万历二十四年刻本

郭棐编,陈兰芝增辑:《岭海名胜记》,乾隆五十五年刻本

黄芝撰:《粤小记》,道光十二年刻本

柯愈春撰:《清人诗文集总目提要》,北京古籍出版社 2001 年

雷梦辰撰:《清代各省禁书汇考》,北京图书馆出版社 1989 年

李灵年、杨忠编:《清人别集总目》,安徽教育出版社 2000 年

罗元焕撰:《粤台征雅录》,乾隆六十年刻本

孙殿起撰:《贩书偶记》附续编,上海古籍出版社 1999 年

檀萃撰,黄涛编:《楚庭稗珠录》,光绪年间抄本

谈迁撰,罗仲辉、胡明校点校:《枣林杂俎》,中华书局 2006 年

永瑢等撰:《四库全书总目》,中华书局 1965 年

中国第一历史档案馆编:《纂修四库全书档案》,上海古籍出版社 1997 年

诗论、诗话类

邓之诚撰:《清诗纪事初编》,上海古籍出版社 2013 年

郭绍虞编选,富寿荪校点:《清诗话续编》,上海古籍出版社 2016 年

胡应麟撰:《诗薮续编》,少室山房刻本

刘勰著,陆侃如、牟世金译注:《文心雕龙译注》,齐鲁书社 1995 年

陆以湉撰,崔凡芝点校:《冷庐杂识》,中华书局 1984 年

钱钟联主编:《清诗纪事》,凤凰出版社 2004 年

屈向邦撰:《粤东诗话》,涌清芬室

舒芜等编选:《中国近代文论选》,人民文学出版社 1959 年

宋长白撰:《柳亭诗话》,光绪壬午柳泽元校刻本

王夫之等撰,丁福保辑:《清诗话》,上海古籍出版社 2015 年

王士禛著,戴鸿森校点:《带经堂诗话》,人民文学出版社 1963 年

王士禛著,靳斯仁点校:《池北偶谈》,中华书局 1982 年

王应奎撰,王彬、严英俊点校:《柳南随笔》,中华书局 1983 年

王镇远、邬国平著:《清代文学批评史》,上海古籍出版社 1995 年

伍蠡甫主编:《西方文论选》,人民文学出版社 1964 年

严羽著,郭绍虞校释:《沧浪诗话校释》,人民文学出版社 1983 年

杨钟羲著,雷恩海、姜朝晖校点:《雪桥诗话余集》,人民文学出版社

　　2011 年

赵翼著，霍松林、胡主佑校点：《瓯北诗话》，人民文学出版社 1963 年

赵执信著，陈迩冬校点：《谈龙录》，人民文学出版社 1981 年

朱彝尊著，黄君坦校点：《静志居诗话》，人民文学出版社 1990 年

研究论著

蔡鸿生著：《清初岭南佛门事略》，广东高等教育出版社 1997 年

陈恩维著：《文学地理学视野下的明初岭南诗派研究》，上海古籍出版社
　　2019 年

陈永正主编：《岭南文学史》，广东高等教育出版社 1993 年

陈永正主编：《屈大均诗词编年笺校》，中山大学出版社 2000 年

陈垣著：《明季滇黔佛教考》，中华书局 1989 年

存萃学社编集：《〈四库全书〉之纂修研究》，香港大东图书公司 1980 年

（法）丹纳著，傅雷译：《艺术哲学》，安徽文艺出版社 1991 年

董就雄著：《屈大均诗学研究》，学苑出版社 2009 年

董就雄著：《叶燮与岭南三家诗论研究》，中华书局 2010 年

方勇著：《南宋遗民诗人群体研究》，人民出版社 2000 年

何冠彪著：《明末清初学术思想研究》，台北学生书局 1991 年

何冠彪著：《明清人物与著述》，香港教育图书公司 1996 年

何宗美著：《明末清初文人结社研究》，南开大学出版社 2003 年

黄河著：《王士禛与清初诗歌思想》，天津人民出版社 2002 年

孔定芳著：《清初遗民社会》，湖北人民出版社 2009 年

李春光撰：《清代学人录》，辽宁大学出版社 2001 年

李德超撰：《岭南诗史稿》，高雄法严寺出版社 1998 年

李世英、陈水云著：《清代诗学》，湖南人民出版社 2000 年

李瑄著：《明遗民群体心态与文学思想研究》，巴蜀书社 2009 年

林子雄著：《古版新语——广东古籍文献研究文集》，广州出版社 2018 年

刘世南著：《清诗流派史》，人民文学出版社 2004 年

罗志欢著：《古文献散论》，中国社会科学出版社 2018 年

潘承玉著：《清初诗坛：卓尔堪与〈遗民诗〉研究》，中华书局 2004 年

番禺炎黄文化研究会筹备组编:《纪念屈大均文选》,番禺炎黄文化研究会筹备组 1996 年印刷

覃召文著:《岭南禅文化》,广东人民出版社 1996 年

尚小明著:《学人游幕与清代学术》,社会科学文献出版社 1999 年

司徒国健著:《广东士人与清初政治:梁佩兰交游及著述考论》,台北文津出版社有限公司 2014 年

孙立著:《明末清初诗论研究》,广东高等教育出版社 1999 年

田崇雪著:《遗民的江南》,学林出版社 2008 年

汪学群著:《明代遗民思想研究》,中国社会科学出版社 2012 年

王俊义著:《清代学术探研录》,中国社会科学出版社 1996 年

王小舒著:《神韵诗学论稿》,广西师范大学出版社 2001 年

吴承学著:《中国古代文体学研究》,人民出版社 2011 年

冼玉清著:《广东释道著述考》,广西师范大学出版社 2016 年

谢国桢著:《增订晚明史籍考》,上海古籍出版社 1981 年

严迪昌著:《清诗史》,浙江古籍出版社 2002 年

张健著:《清代诗学研究》,北京大学出版社 1999 年

赵园著:《明清之际士大夫研究》,北京大学出版社 1999 年

周焕卿著:《清初遗民词人群体研究》,上海古籍出版社 2008 年

周裕锴著:《中国禅宗与诗歌》,复旦大学出版社 2017 年

朱则杰著:《清诗考证》,人民文学出版社 2012 年

左鹏军著:《岭南文献与文学考论》,中山大学出版社 2016 年

学术论文

卜庆安:《论屈大均的逃禅》,《海南师范学院学报》2002 年第 2 期

陈恩维:《试论岭南地域诗学传统的构建——以明初"南园五先生"为中心的考察》,《广州大学学报》2014 年第 5 期

陈永正:《岭南诗派略论》,《岭南文史》1999 年第 3 期

关汉华、冼剑民:《屈大均及其史学》,《暨南学报》1997 年第 2 期

蒋寅:《以禅喻诗的学理依据》,《学术月刊》1999 年第 9 期

孔定芳:《明清易代与明遗民的心理氛围》,《历史档案》2004 年第 4 期

李婵娟:《北田五子与清初典范遗民文人集团之建构》,《中山大学学报》2015 年第 3 期

李舜臣:《20 世纪以来清初岭南诗僧群研究综述》,《淮阴师范学院学报》2009 年第 1 期

李文约:《关于〈翁山文外〉的几个问题》,《学术研究》2000 年第 2 期

林瓅宇:《番禺沙亭屈氏家族南海庙施田考》,《中国地方志》2016 年第 12 期

覃召文:《寻根的心迹——论屈大均》,《文学遗产》1995 年第 6 期

孙立:《屈大均的逃禅与明遗民的思想困境》,《中山大学学报》2003 年第 5 期

汪宗衍:《记永历刻本〈陈岩野先生集〉》,《广东图书馆学刊》1982 年第 4 期

王学太:《以地域分野的明初诗歌派别论》,《文学遗产》1989 年第 5 期

吴航:《屈大均〈皇明四朝成仁录〉的学术价值》,《廊坊师范学院学报》2015 年第 2 期

严明:《清诗特色形成的关键》,《苏州大学学报》1998 年第 2 期

杨权:《士君子"僧其貌可也,而必不可僧其心"——论屈大均的逃禅》,《广州大典研究》2021 年第 1 期(总第 3 辑)

杨权、陈丕武:《诗派标准与"岭南诗派"》,《学术研究》2012 年第 3 期

曾大兴:《岭南诗歌清淡风格与气候之关系》,《学术研究》2012 年第 11 期

张涛:《文学社群与明清地域文学流派》,《江苏师范大学学报》2014 年第 1 期

赵永济:《清初遗民诗概观》,《复旦学报》1987 年第 1 期

赵园:《游走与播迁——关于明清之际一种文化现象的分析》,《东南学术》2003 年第 2 期

朱希祖:《屈大均(翁山)著述考》,见屈大均著,欧初、王贵忱主编:《屈大均全集》附录,人民文学出版社 1996 年